Chłopy Tom I-II
Jesień - Zima
Władysław Reymont

Chłopy Tom I-II
Copyright © JiaHu Books 2015
First Published in Great Britain in 2015 by JiaHu Books – part of Richardson-
Prachai Solutions Ltd, 34 Egerton Gate, Milton Keynes, MK5 7HH
ISBN: 978-1-78435-176-2
A CIP catalogue record for this book is available from the British Library
Visit us at: jiahubooks.co.uk

TOM PIERWSZY: JESIEŃ

TOM DRUGI: ZIMA

TOM PIERWSZY: JESIEŃ

ROZDZIAŁ 1

- Niech będzie pochwalony Jezus Chrystus!
- Na wieki wieków, moja Agato, a dokąd to wędrujecie, co?
- We świat, do ludzi, dobrodzieju kochany - w tyli świat!... - zakreśliła kijaszkiem łuk od wschodu do zachodu. Ksiądz spojrzał bezwiednie w tę dal i rychło przywarł oczy, bo nad zachodem wisiało oślepiające słońce; a potem spytał ciszej, lękliwiej jakby...
- Wypędzili was Kłębowie, co? A może to ino niezgoda?... może...
Nie zaraz odrzekła, wyprostowała się nieco, powlekła ciężko starymi wypełzłymi oczami po polach ojesieniałych, pustych i po dachach wsi, zanurzonej w sadach.
- I... nie wypędzali... jakżeby... dobre są ludzie - krewniaki. Niezgody też nijakiej być nie było. Samam ino zmiarkowała, że trza mi w świat. Z cudzego woza to złaź choć i w pół morza.
Trza było... roboty już la mnie nie miały... na zimę idzie, to jakże - darmo mi to dadzą warzę abo i ten kąt do spania?...
A że rychtyk i ciołka odsadzili od maci... a i gąski, bo to już zimne nocki, trza zagnać pod strzechę, tom i zrobiła miejsce... jakże, bydlątek szkoda, Boże, stworzenie też... A ludzie dobre, bo mię choć latem przytulą, kąta ani tej łyżki strawy nie żałują, że se człowiek kiej jaka gospodyni paraduje...
A na zimę we świat, po proszonym.
Niewiela mi potrza, to se u dobrych ludzi uproszę i do zwiesny z Panajezusową łaską przechyrlam, a jeszcze się coś niecoś grosza uścibi - to rychtyk la nich na przednowek... krewniaki przeciech...
A już ta Jezusiczek przenajsłodszy biedoty opuścić nie opuści.
- Nie opuści, nie - zawołał gorąco i wstydliwie wsadził jej w garść złotówkę.
- Dobrodzieju nasz serdeczny, dobrodzieju!
Przypadła mu do kolan roztrzęsioną głową, a łzy jak groch posypały się po jej twarzy szarej i zradlonej jak te jesienne podorówki.
- Idźcie z Bogiem, idźcie - szeptał zakłopotany podnosząc ją z ziemi.
Zebrała drżącymi rękami torby i kijaszek z jeżem na końcu, przeżegnała się i poszła szeroką, wyboistą drogą ku lasom; raz w raz tylko odwracała się ku wsi, ku polom, na których kopano kartofle; i na te dymy pastusich ognisk, co się snuły nisko nad ścierniskami - poglądała żałośnie, aż i zniknęła za przydrożnymi krzami.
A ksiądz usiadł z powrotem na kółkach od pługa, zażył tabaki i rozłożył

brewiarz, ale oczy ześlizgiwały mu się z czerwonych liter i leciały po ogromnych, w jesiennej zadumie pogrążonych ziemiach, to po bladym niebie błądziły lub zatrzymywały się na parobku, pochylonym nad pługiem.

- Walek... bruzda krzywa... te... - zawołał unosząc się nieco i chodził już oczami krok za krokiem za parą tłustych siwków, ciągnących pług ze skrzypem.

Zaczął znowu bezwiednie przebiegać czerwone litery brewiarza i poruszać ustami, ale co chwila gonił oczami siwki, to stadko wron, które ostrożnie, z wyciągniętymi dziobami podskakiwały w bruździe i raz w raz, za każdym świstem bata, za każdym nawrotem pługa, podrywały się ciężko, padały zaraz na zorane zagony i ostrzyły dzioby o twarde, zeschłe skiby.

- Walek! a śmignij no prawą po portkach, bo zostaje!

Uśmiechnął się, bo jakoż po bacie prawa już równo ciągnęła, a gdy konie doszły do drogi, uniósł się żywo poklepał je przyjaźnie po karkach, aż wyciągały do niego nozdrza i przyjacielsko obwąchiwały twarz.

- Heeet-aa! - wołał śpiewnie Walek, wyciągnął błyszczący jakby ze srebra pług, uniósł go lekko, pociągnął konie lejcami, że zatoczyły krótki łuk, wraził krój błyszczący w rżysko, śmignął batem, konie pociągły z miejsca, aż zgrzytnęły orczyki - i orał dalej wielki łan ziemi, co pod prostym kątem spadał od drogi po pochyłości i niby długi wątek zgrzebnych skib rozciągał się aż ku wsi, leżącej nisko i jakby zatopionej w czerwonawych i żółtawych sadach.

Cicho było, ciepło i nieco sennie.

Słońce, chociaż to był już koniec września, przygrzewało jeszcze niezgorzej - wisiało w połowie drogi między południem a zachodem, nad lasami, że już krze i kamionki, i grusze po polach, a nawet zeschłe twarde skiby kładły za się cienie mocne i chłodne.

Cisza była na polach opustoszałych i upajająca słodkość w powietrzu, przymglonym kurzawą słoneczną; na wysokim, bladym błękicie leżały gdzieniegdzie bezładnie porozrzucane ogromne białe chmury niby zwały śniegów, nawiane przez wichry i postrzępione.

A pod nimi, jak okiem ogarnąć, leżały szare pola niby olbrzymia misa o modrych wrębach lasów - misa, przez którą, jak srebrne przędziwo rozbłysłe w słońcu, migotała się w skrętach rzeka spod olch i łozin nadbrzeżnych. Wzbierała w pośrodku wsi w ogromny podłużny staw i uciekała na północ wyrwą wśród pagórków; na dnie kotliny, dokoła stawu, leżała wieś i grała w słońcu jesiennymi barwami sadów - niby czerwono-żółta liszka, zwinięta na szarym liściu łopianu, od której do lasów wyciągało się długie, splątane nieco przędziwo zagonów, płachty pól szarych, sznury miedz pełnych kamionek i tarnin-tylko gdzieniegdzie w tej srebrnawej szarości rozlewały się strugi złota - łubiny żółciły się kwiatem pachnącym, to bielały omdlałe, wyschłe łożyska strumieni albo leżały piaszczyste senne drogi i nad nimi rzędy potężnych topoli z wolna wspinały się na wzgórza i pochylały ku lasom.

Ksiądz ocknął się z zapatrzenia, bo długi, żałosny ryk rozległ się gdzieś niedaleko, aż wrony poderwały się z krzykiem i skośnym rzutem leciały na kopaniska- a czarny migocący cień biegł za nimi dołem po rżyskach i podorówkach.

Przysłonił ręką oczy i patrzył pod słońce - drogą od lasów szła jakaś dziewczyna i ciągnęła za sobą na postronku dużą, czerwoną krowę; gdy przechodziła obok, pochwaliła Boga i chciała skręcić, aby księdza pocałować w rękę, ale krowa szarpnęła ją w bok i znowu ryczeć zaczęła.

- Na sprzedanie prowadzisz, co?

- Ni... ino do młynarzowego bysia... a stójże, zapowietrzona... Wściekłaś się czy co! - wołała zadyszana; usiłując powstrzymać, ale krowa ją pociągnęła, że już obie gnały w dyrdy, aż kurz je zakrył obłokiem.

A potem wlókł się ciężko po piaszczystej drodze Żyd szmaciarz, pchał przed sobą taczki dobrze naładowane, bo raz w raz przysiadał i ciężko dyszał.

- Co tam słychać, Moszku?

- Co słychać?... Komu dobrze, to i dobrze słychać...

Kartofle , chwała Bogu obrodziły, żyto sypie, kapusta będzie. Kto ma kartofle, kto ma żyto, kto ma kapustę temu dobrze słychać! - Pocałował księdza w rękaw, założył na kark pas od taczek i pchał dalej, lżej już, bo zaczynał się spadek łagodny.

A potem szedł środkiem drogi w kurzawie, bo zamiatał nogami, ślepy dziad, prowadzony przez tłustego kundla na sznurku.

A potem leciał od lasu chłopak z butelką, ale ten ujrzawszy księdza przy drodze okrążył go z dala i biegł na przełaj pól do karczmy.

To znowu chłop z sąsiedniej wsi wiózł zboże do młyna albo Żydówka pędziła stado kupionych gęsi.

A każdy pochwalił Boga, zamienił słów parę i szedł w swoją drogę, odprowadzany życzliwym słowem i spojrzeniem księdza, któren, że już słońce było coraz niżej, powstał i krzyknął do Walka:

- Doórz do brzózek i do domu... na nic się konie zmachają.

I poszedł wolno miedzami, odmawiał półgłosem modlitwy i jasnym, pełnym kochania spojrzeniem ogarniał pola...

...Rzędy kobiet czerwieniły się na kopaniskach... rozlegał się gruchot zsypywanych do wozów kartofli... miejscam orano jeszcze pod siew... stada krów srokatych pasły się na ugorach... długie, popielate zagony rdzawiły się młodą szczotką zbóż wschodzących... to gęsi niby płaty śniegów bieliły się na wytartych, zrudziałych łąkach... krowa gdzieś zaryczała... ogniska się paliły i długie, niebieskie warkocze dymów ciągnęły się nad zagonami... Wóz zaturkotał albo pług zgrzytnął o kamienie... to cisza znowu obejmowała ziemię na chwilę, że słychać było głuchy bełkot rzeki i turkot młyna, schowanego za wsią, w zbitym gąszczu drzew pożółkłych... to znowu śpiewka się zerwała lub krzyk nie wiadomo skąd powstały leciał nisko, tłukł się po bruzdach i dołach i tonął bez echa w jesiennej szarości, na ścierniskach oprzędzonych srebrnymi pajęczynami, w pustych sennych drogach, nad którymi pochylały się jarzębiny o krwawych, ciężkich głowach... to włóczono role i tuman szarego, przesłonecznionego kurzu podnosił się za bronami, wydłużał i pełzał aż na wzgórze i opadał, a spod niego niby z obłoku wychylał się bosy chłop, z gołą głową, przewiązany płachtą - szedł wolno, nabierał ziarna z płachty i siał ruchem monotonnym, nabożnym i błogosławiącym ziemi, dochodził do końca zagonów, nabierał z worka zboża, nawracał i z wolna podchodził pod wzgórze, że najpierw głowa rozczochrana, potem ramiona, a w końcu już był cały widny na tle słońca z tym samym błogosławiącym ruchem siejby; z tym samym świętym rzutem rozrzucał zboże, co jak złoty pył kolistym wirem padało na ziemię.

Ksiądz szedł coraz wolniej, czasem przystawał, aby odetchnąć, to znowu obejrzał się na swoje siwki, to przyglądał się chłopakom, obtłukującym kamieniami ogromną gruszę, aż hurmem przybiegli do niego i chowając ręce za siebie całowali w rękaw sutanny.

Pogładził ich po głowach i rzekł upominająco:

- Nie łamcie ino gałęzi, bo na bezrok gruszek mieć nie będziecie.

- My nie rzucalim na gruszki, ino że tam jest gapie gniazdo - ozwał się śmielszy.

Ksiądz się uśmiechnął dobrotliwie i zaraz znowu przystanął przy kopaczkach.

- Szczęść Boże w robocie!

- Boże zapłać, dziękujemy! - odpowiedzieli razem, prostując się, i ruszyli wszyscy do ucałowania rąk dobrodzieja kochanego.

- Pan Bóg dał latoś urodzaj na kartofle, co? - mówił wyciągając otwartą tabakierkę do mężczyzn - brali sumiennie i z szacunkiem w szczypty, nie śmiejąc przy nim zażywać.

- Juści, kartofle kiej kocie łby i dużo pod krzami.

- Ha, to świnie zdrożeją, bo jaki taki chciał będzie wsadzać do karmika.

- Już i tak drogie; na zarazę latem wyginęły, a i do Prus kupują.

- Prawda, prawda. A czyje to ziemniaki kopiecie?

- A Borynowe.

- Gospodarza nie widzę, tom i rozeznać nie rozeznał.

- Ociec pojechali z moim ano do boru.

- A to wy, Anna, jakże się macie? - zwrócił się do młodej, przystojnej kobiety w czerwonej chustce na głowie , która, że ręce miała uwalane ziemią, przez zapaskę ujęła jego rękę i pocałowała.

- Jakże się ma ten wasz chłopak, com go to we żniwa chrzcił?

- Bóg zapłać dobrodziejowi, zdrów, się chowa i coś niecoś bałykuje.

- No, zostańcie z Bogiem.

- Panu Bogu oddajem.

I ksiądz skręcił na prawo, ku cmentarzowi, który leżał z tej strony wsi, przy topolami wysadzonej drodze.

Długo za nim spoglądali w milczeniu, na jego smukłą, pochyloną nieco postać, dopiero gdy przeszedł niskie, kamienne ogrodzenie cmentarza i szedł między mogiłami ku kaplicy, co stała wpośród pożółkłych brzóz i klonów czerwonych, rozwiązały się im języki.

- Lepszego to i na całym świecie nie znaleźć - zaczęła któraś z kobiet.

- Juści, chciały go też zabrać do miasta... żeby ociec z wójtem nie jeździli prosić biskupa, to byśwa go i nie mieli... Kopta no, ludzie, kopta, bo do wieczora mało daleko, a ziemniaków mało wiele! - mówiła Anna wysypując swój kosz na kupę żółcącą się na rozkopanej ziemi, pełnej zeschłych łęcin.

Wzięli się chyżo za robotę i w cichości, że ino słychać było dziabanie motyczek o twardą ziemię, a czasem suchy dźwięk żelaza o kamień. Czasami ktoś niektoś wyprostował zgięty i zbolały grzbiet, odetchnął głęboko, popatrzył bezmyślnie na siejącego przed nimi i znowu kopał, wybierał z szarej ziemi żółte ziemniaki i rzucał do kosza, przed się stojącego.

Ludzi. było kilkanaścioro, przeważnie starych kobiet i komorników, a za nimi bieliły się dwa krzyżaki, u których w płachtach leżały dzieci raz w raz popłakując.

- A tak i stara poszła we świat - zaczęła Jagustynka

- Kto? - spytała Anna podnosząc się.

- A stara Agata.

- Na żebry...

- Juści, że na żebry! Hale! nie na słodkości, ino na żebry. Obrobiła krewniaków, wysłużyła się im bez lato, to już ją puściły na wolny dech.

- Wróci na zwiesnę, to im naznosi w torebeczkach, a to i cukru, a to i harbaty, a to i grosza coś niecoś; zaraz ją będą miłowały, każą spać w łóżku, pod pierzyną, robić nie dadzą, coby se wypoczena. A wujna, a ciotka jej mówią, póki tego ostatniego szelążka od niej nie wyciągną... A jesienią to już la niej miejsca nie ma w sieni ani we chliwie. Scierwy, psie krewniaki i zapowietrzone - wybuchała Jagustynka i taki gniew ją przejął, że stara jej twarz posiniała.

- Biednemu to zawsze na ten przykład wiatr w oczy dorzucił jeden z komorników, stary, wynędzniały chłop z krzywą gębą.

- Kopta no, ludzie, kopta - popędzała Anna nierada tokowi rozmowy. Jagustynka, że to długo nie mogła bez gadania, to spojrzała na siejącego i rzekła:

- Te Paczesie to stare chłopy, że jaże im już kłaki na łbach puszczają...

- Ale kawalery zawdy - rzekła insza kobieta.

- A tyle dziewuch się starzeje albo i służby szukać idzie...

- Przeciech, a one mają cały półwłóczek i jeszeze łączkę za młynem.

- Juści, abo to im matka da się żenić... abo to im popuści...

- A kto by krowy doił, kto by opierał, kto by kole gospodarstwa abo i świń chodził...

- Obrządzają se matulę i Jagusię, bo jakże, Jagna kiej pani jaka, kiej i druga dziedziczka, ino się stroi... a myje, a w lusterku przegląda, a warkocze zaplata.

- I patrzy ino, kogo by puścić pod pierzynę, który aby mocny! - dorzuciła znowu ze złym uśmiechem Jagustynka.

- Józek Banachów posyłał z wódką - nie chciała.

- Cie... dziedziczka zapowietrzona.

- A stara ino w kościele siaduje, a na książce się modli, a na odpusty chodzi!

- Prawda, ale czarownica to też jest; a Wawrzonowym krowom to chto mleko odebrał, co? A jak na Jadamowego chłopaka, co jej śliwki w sadku obrywał, jakieś złe słowo powiedziała, to mu się zaraz taki kołtun zbił i tak go pokręciło, Jezus!

- I ma tu błogosławieństwo Boże być nad narodem, kiej takie we wsi siedzą...

- A drzewiej, kiej jeszcze krowy pasałam tatusiowe, to baczę, że takie ze wsi wyganiali - dodała znowu Jagustynka.

- Tym się krzywda nie stanie, bo ma ją kto strzec...i zniżając głos do szeptu, a patrząc z ukosa na Annę, co kopała na przedzie pierwszą z kraja redlinę, szeptała Jagustynka sąsiadkom:

- A pono pierwszy do obrony to ano chłop Hanki... cieka się on za Jagną kiej ten pies.:.

- Laboga... moiściewy... cudeńka prawicie... Hale! to by już grzech i obraza boska była... - szeptały do siebie kopiąc i nie podnosząc głów.

- A bo to on jeden... a to jak za suką, tak chłopaki za nią ganiają.

- A bo też urodę ma, to ma; wypasiona kiej jałowica, biała na gębie, a ślepie to ma rychtyk jak te lnowe kwiatki... a mocna, że i niejeden chłop jej nie uradzi... ,

- A bo to co robi, ino żre a wysypia się, to nie ma urodna być...

Milczały długą chwilę, bo trzeba było kartofle wysypywać na kupę.

A potem już z rzadka pogadywały to o tym, to o owym aż i zamilkły, bo któraś dojrzała, że od wsi rżyskiem bieży Józka Borynianka. ,

Jakoż i ta nadbiegała zziajana i już z daleka krzyczała:

- Hanka, a chodźcie ino do chałupy, bo krowie się cosik stało.

- Jezus Maria, a której?...

- A to ci graniastej... a to ci... tchu złapać nie mogę..-

- Loboga, aże mnie zatknęło, myślałam, że mojej...-zawołała z ulgą Anna.

- Witek ją co dopiero przygnał, bo gajowy ich wypędził z zagajów. Krowa się zlachała, bo taka śpaśna... i zaraz przed oborą upadła... i ani pić nie pije, ani żreć nie żre, ino się tarza, a ryczy, że loboga!

- Ojca to nie ma?

- Ni, tatulo jeszcze nie przyjechali. O Jezus, mój Jezus, taka krowa, co na raz dobrze i garniec mleka dawała. A chodźcież rychło.

- Duchem ci lecę, w to oczymgnienie.

Jakoż i wyjęła dziecko z płachty, nadziała mu czapeczkę z kutasikami, okręciła zapaską i poszła żywo, a taka była strwożona wieścią, że nawet nie opuściła wełniaka, zapomniała do cna, aż jej odsłonięte do kolan nogi bieliły się po roli. Józka biegła przodem.

A kopacze, każdy okrakiem nad swoją redliną, posuwali się z wolna, kopiąc leniwiej, jako że nikt nie pilił i nie poganiał.

Słońce już się przetaczało na zachód i jakby rozżarzone biegiem szalonym czerwieniło się kołem ogromnym i zsuwało za czarne, wysokie lasy. Mrok gęstniał i pełzał już po polach; sunął bruzdami, czaił się po rowach, wzbierał w gąszczach i z wolna rozlewał się po ziemi, przygaszał, ogarniał i tłumił barwy, że tylko czuby drzew, wieże i dachy kościoła gorzały płomieniami.

A niektórzy ściągali już z pól do domów.

Głosy ludzkie, rżenia, porykiwania, turkoty wozów coraz ostrzej brzmiały w cichym, omroczonym powietrzu.

Sygnaturka na kościele zaczęła dzwonić Anioł Pański spiżowym świergotem, że ludzie przystawali i szept pacierzów, niby szemranie opadających listków, padał w mroki.

Ze śpiewami a pokrzykami wesołymi spędzano bydło z pastwisk, co ciżbą szło drogami w tumanach kurzawy, że tylko raz w raz wychylały się z niej głowy potężne i rogi krzaczaste.

Owce pobekiwały tu i ówdzie, to gęsi zerwały się z pastwisk i stadami leciały, całe w zorzach zachodu zatopione, że tylko krzyk przenikliwy znaczył je w powietrzu.

- Ale szkoda, ta graniasta to sielna krowa.
- I..: nie na biedaka trafiło.
- A tak i bydlątka żal, co się zmarnuje.
- Gospodyni Boryna nie ma, to wszystko leci kiej przez sito.
- A bo to Hanka nie gospodyni?
- La siebie... jakby na komornym u ojca siedzą, tu juści patrzą, aby ino na swoją stronę coś niecoś urwać, a ojcowego niechta pies pilnuje.
- A Józka, że to jeszcze skrzat głupi, to i cóż poradzi?
- Hale, abo to Boryna nie mógłby gront oddać Antkowi, co?
- A sam pójdzie do nich na wycug, co?... Starzyście. Wawrzku, a do cna jeszcze głupi - zaczęła żywo Jagustynka. - Ho, ho, Boryna jeszcze krzepki, może się ożenić, a głupi by był, żeby dzieciom zapisywał.
- Hale, krzepki to juści, że jest, ale już ma ze sześćdziesiąt roków.
- Nie bój się, Wawrzku, każda młódka pójdzie za niego, niechby tylko rzekł.
- Już dwie żony pochował.
- Niech se pochowa i trzecią, Panie Boże mu pomóż, a niech dzieciom, póki żyw, nie daje ni staja, ni liszki jednej, ni tyle, co trepem przydepnie. Ścierwy, wyrychtowałyby go, kiej moje mnie. Dałyby mu wycugi że na wyrobek by chodził, z głodu by zdychał abo i na żebry, po proszonym

szedł. Oddaj ino, co masz, dzieciom - to ci oddadzą; rychtyk ci tego starczy na sznureczek abo i na ten kamień do szyi...

- Ludzie, a to czas do domu, mroczeje.
- Czas, czas! Słońce już zaszło.

Pozbierali prędko motyczki, koszyki, to dwojaki od obiadów i szli wolno gęsiego miedzą, pogadując coś niecoś,a tylko stara Jagustynka wykrzykiwała wciąż namiętnie na dzieci własne, a potem już i na wszystkich pomstowała.

A równo z nimi jakaś dziewczyna gnała maciorę z prosiętami i śpiewała cienkim głosikiem:

Aj, nie chodź kiele woza,

Aj, nie trzymaj się osi,

Aj, nie daj chłopu gęby,-

- Cie, głupia, wrzeszczy, kiejby ją kto ze skóry obdzierał

ROZDZIAŁ 2

Na Borynowym podworcu, obstawionym z trzech stron budowlami gospodarskimi, a z czwartej sadem, który go oddzielał od drogi, już się zebrało dość narodu; kilka kobiet radziło i wydziwiało nad ogromną czerwono-białą krową, leżącą przed oborą na kupie nawozu.

Stary pies, kulawy nieco i z oblazłą na bokach sierścią, oganiał graniastą, obwąchiwał ją, szczekał, to wypadał w opłotki i gnał dzieci na drogę, co się były wieszały na płotach i zazierały ciekawie w obejście, albo docierał do maciory, co legła pod chałupą i rozwalona jęczała cicho, bo ssały ją białe, młode prosięta.

Hanka nadbiegła właśnie zziajana, przypadła do krowy i jęła ją głaskać po gębuli i łbie.

- Granula, biedoto, granula! - wołała łzawo, aż buchnęła płaczem i lamentem serdecznym.

A kobiety radziły raz w raz nowe ratowanie chorej; to sól rozpuszczoną wlewali jej w gardło, to topiony z poświęcanej gromnicy wosk z mlekiem; radził ktosik mydła z serwatką - insza znowu wołała, żeby krew puścić-ale krowie nic nie pomagało, wyciągała się coraz dłużej, niekiedy podnosiła łeb i porykiwała długo, jakby o ratunek, boleśnie, aż jej piękne oczy o białkach różowych mętniały mgłą i ciężki, rogaty łeb opadał z wysilenia, że ino wysuwała ozór i polizywała ręce Hanki.

- A może by Ambroży co poradził? - zaproponowała któraś.
- Prawda, na chorobach on jest znający - zawtórowali.

Bieżyj no, Józia! Na Anioł Pański dzwonili, to musi jeszcze być przy kościele Laboga, a jak ociec nadjadą będzie to pomstowanie, będzie. - A przeciech my niczego niewinowate! -narzekała płaczliwie.

A potem siadła na progu obory, wsadziła chłopakowi w usta, bo popłakiwał, białą, pełną pierś i z trwogą niezmierną spoglądała na krowę rzężącą, to przez opłotki na drogę i nasłuchiwała.

W pacierz abo i dwa wpadła Józia z krzykiem, że Jambroży już idą.

Jakoż i przyszedł zaraz dziad może stuletni, prosty jak świeca, twarz miał suchą, pomarszczoną jak kartofel na zwiesnę i szarą takąż, wygoloną i pociętą szramami, włosy białe jak mleko kosmykami opadały mu na czoło i kark, bo był z gołą głową.

Poszedł prosto do krowy i dokumentnie ją obejrzał.

- Oho, widzę, że świeże mięso jedli będzieta.

- A dyć jej pomóżcie co, wylekujcie, a toć krowa ze trzysta złotych warta - i dopiero po cielęciu, a dyć pomóżcie! O mój Jezu, mój Jezu! - zawołała Józia.

Ambroży wyjął z kieszeni puszczadło, powecował je po cholewie, przyjrzał się pod zorzę ostrzu i przeciął granuli arterie pod brzuchem - ale krew nie trysnęła, a ciekła wolno czarna, spieniona.

Stali wszyscy dokoła pochyleni i patrzyli bez oddechu.

- Za późno! Oho, bydlątko ostatnią parę puszcza - rzekł uroczyście Ambroży. - Nic to, ino paskudnik albo i co innego... trza było zaraz, kiej zachorzała... ale te baby to ino juchy do płakania są mądre, a jak trza radzić, to w bek kiej owce. - Splunął pogardliwie, obszedł krowę, zajrzał jej w oczy, przyjrzał się ozorowi, obtarł zakrwawione ręce o jej miękką, lśniącą skórę i zabierał się do odejścia.

- Na ten pochowek dzwonił nie będę; zadzwonita w garki sami.

- Ociec z Antkiem! - krzyknęła Józka i wybiegł na drogę naprzeciw, bo głuchy, ciężki turkot rozległ się z drugiej strony stawu, gdzie z rozczerwienionej zorzam zachodu kurzawie czerniał długi wóz i konie.

- Tatulu, a to... graniasta już zdycha - wołała, dobiegając do ojca, który skręcał właśnie na tę stronę stawu. Antek szedł w końcu i podtrzymywał, bo wieźli długą sosnę.

- Nie pleć byle czego po próżnicy - mruknął podcinając konie.

- Jambroży puszczali krew i nic... i wosk topiony lali jej w gardziel i nic... i sól... i nic... pewnie paskudnik...Witek pedał, co borowy wygnał ich z zagajów i co granula zara się pokładała i stękała, jaże ją i przygnał...

- Graniasta, najlepsza krowa, ażeby was, ścierwy, pokręciło, kiej tak pilnujecie! - rzucił lejce synowi i z batem w garści pobiegł przodem.

Baby się rozstąpiły, a Witek, który cały czas coś najspokojniej majstrował pod chałupą, skoczył w ogród i przepadł ze strachu, nawet Hanka podniosła się na progu i stała bezradna, strwożona.

- Zmarnowali mi bydlę!... - wykrzyknął wreszcie stary, obejrzawszy krowę. - Trzysta złotych jak w błoto! Do miski to ścierwów aż gęsto, a przypilnować nie ma kto. Taka krowa, taka krowa! A to człowiek ruszyć się z domu nie może, bo zaraz szkoda i upadek...

- Dyć ja od południa samego byłam przy kopaniu- tłumaczyła się cicho Hanka.

- A bo ty co kiej widzisz! - krzyknął z wściekłością.- A bo ty stoisz o moje!... Taka krowa, taki haman, że i drugiej nie w każdym dworze by znalazł!

Wyrzekał coraz żałośniej i obchodził ją, próbował podnieść, ciągał za ogon, zaglądał w zęby, ale krowa dyszała chrapliwie i coraz ciężej, krew przestała płynąć, tylko krzepła w czarne, spieczone żużle - wyraźnie już zdychała
- Nie ma co, ino ją trza dorznąć, choć tyla się wróci! - rzekł w końcu, przyniósł kosę ze stodoły, poostrzył ją nieco na taczalniku, co stał pod okapem obory, rozdział się ze spencerka, zawinął rękawy koszuli i zabrał się do zarzynania...
Hanka z Józią buchnęły płaczem, bo granula, jakby czując śmierć, uniosła z trudem łeb, zaryczała głucho i... padła z przerzniętym gardłem, grzebiąc ino nogami... Pies zlizywał krzepnącą na powietrzu krew, a potem skoczył na doły od kartofli i szczekał na konie stojące z wozem w opłotkach, bo tam je zostawił Antek, a sam spokojnie przyglądał się jatce.
- Nie bucz, głupia! Ojcowa krowa to nie nasza strata powiedział ze złością do żony i zabrał się do wyprzęgania i rozbierania koni, które już Witek ciągnął za grzywy do stajni.
- Ziemniaków w polu dużo? - zagadnął Boryna, myjąc pod studnią ręce.
- A bogać tam mało, będzie ze dwadzieścia worków[1].
- Trzeba dzisiaj zwieźć.
- Hale, zwoźcie se sami, ja już kulasów nie czuję ni krzyża... a i licowy kuleje na przednią.
- Józka, zwołaj no Kubę od kopania, niech źróbkę założy za licowego i trza dzisiaj zwieźć. - Deszcz ano być może.
Ale wrzał złością i zmartwieniem, bo coraz to przystawał przed krową i klął siarczyście, a potem łaził po podwórzu i zaglądał to do obory, to do stodoły, to pod szopę i sam nie wiedział, czego szuka, żarła go ano taka strata.
- Witek! Witek! - jął wołać i odpinał szeroki rzemień z bioder, ale chłopak się nie pokazał.
Ludzie się porozchodzili, bo rozumieli, że taka szkoda i taka markotność musi się skończyć bitką, jako że do niej Boryna był skory zazwyczaj, ale stary klął tylko dzisiaj i poszedł do izby.
- Hanka, a daj no jeść! - krzyknął na synową w otwarte okno i poszedł na swoją stronę.
Dom był zwykły, kmiecy - przedzielony na przestrzał sienią ogromną; szczytem wychodził na podwórze, a frontem czterookiennym na sad i na drogę.
Jedną połowę od ogrodu zajmował Boryna z Józią, a na drugiej siedzieli Antkowie. Parobek ż pastuchem sypiali przy koniach.
W izbie było już czarniawo, bo przez małe okienka, przysłonięte okapem i zagajone drzewami, mało przeciskało się światła, a i mroczało już na świecie, że tylko połyskiwały szkła obrazów świętych, co rzędem czerniły się na bielonych ścianach; izba była duża, ale przygnieciona czarnym pułapem i ogromnymi belkami pod nim, i tak zastawiona różnym sprzętem, że tylko koło wielkiego komina z okapem, co stał przy siennej

ścianie, było niecoś swobodnego miejsca.

Boryna się rozzuł i poszedł do ciemnego alkierza, zamykając drzwi za sobą, odsunął ż małej szybki deskę, że zachodnie światło krwawym brzaskiem zalało alkierz.

Izdebka pełna była różnych rupieci i statków gospodarskich, na drążkach, w poprzek przewieszonych, wisiały kożuchy, czerwone pasiaste wełniaki, białe sukmany, to całe pęki motków szarej przędzy i zwinięte w kłęby brudne runa owiec i worki z pierzem. Wyciągnął białą sukmanę i pas czerwony, a potem długo czegoś szukał w beczkach napełnionych zbożem, to w kącie pod stosem starych rzemieni i żelastwa, aż usłyszawszy Hankę w pierwsze izbie, zaciągnął deskę na okienko i znowu coś długo grzebał w zbożu.

A na ławie pod oknem już się dymiło jadło; od ogromnego tygla z kapustą rozchodził się zapach słoniny, jak od jajecznicy, której niezgorsza miseczka stała obok.

- Gdzie Witek pasł krowy? - zapytał, krając potężny glon chleba z bochna jak przetak wielkiego.

- Na dworskich zagajach i borowy go stamtąd wygonił.

- Ścierwy, zmarnowali mi bydlę.

- Przecięch, tylo krowa, to się złachała w tym gonieniu, że się w niej cosik zapaliło.

- Dziadaki, psiekrwie. Paśniki są nasze, w tabeli stoi kiej wół a one cięgiem wyganiają i pedają, co ich.

- Drugich też powyganiali, a chłopaka Walkowego tak zbił, tak zbił...

- Ha! do sądu trza abo i do komisarza. Trzysta złotych warta, jak nic.

- Pewnie, pewnie - przytakiwała rada niezmiernie, że ociec się udobruchali.

- Powiedzcie Antkowi, że skoro ziemniaki zwiezą, to niech się wezmą do krowy, trza ją obłupić i poćwiertować. Przyndę od wójta, to wama pomogę. W sąsieku u belki ją powiesić - będzie przespiecznie ode psów lebo jenszej gadziny...

Skończył wrychle jeść i wstał, bych się nieco przyogarnąć, ale takie ociążenie poczuł w sobie, takie ciągotki w kościach, taką senność, że jak stał, rzucił się na łóżko by się z pacierz przedrzymać.

Hanka poszła na swoją stronę i krzątała się po izbie, i coraz to wychylała się przez okno spojrzeć na Antka, który pożywiał się na ganku, przed domem; odsadził się od miski obyczajnie i z wolna ciągnął łyżkę za łyżką, skrzybiąc mocno o wręby i spozierając czasami przed się na staw - bo zachód już był i na wodzie czyniły się złotopurpurowe tęcze i płomienne koliska, przez które niby białe chmurki przepływały z gęgotem gęsi, rozlewając dziobami sznury krwawych pereł.

Wieś zaczynała się mrowić i wrzeć ruchem; na drodze z obu stron stawu, ciągle podnosiły się kurzawy i turkoty wozów, i porykiwania krów, które wchodziły do stawu po kolana, piły wolno i podnosiły ciężkie łby, aż

cienkie strugi wody, niby bicze opali, opadały im z szerokich gębul.
  Gdzieś, od drugiego końca stawu, słychać było trzask kijanek bab
piorących i głuchy, monotonny łopot cepów w jakiejś stodole.
  - Antek, urąb no pieńków, bo sama nie poradzę-prosiła nieśmiało i z
obawą, bo nic to nie było u niego skląć abo i zbić z leda powodu.
  Nie odrzekł nawet, jakby nie słyszał, że ona nie śmiała powtórzyć i już
sama poszła udziabywać trzaski z pni - i milczał zły, zmęczony całodzienną
pracą srodze, i patrzył teraz na staw, na drugą stronę, w duży dom,
świecący białymi ścianami i szybami okien, bo zachód bił w niego. Pęki
czerwonych georginii wychylały się zza kamiennego płotu i paliły jaskrawo
na tle ścian, a przed chałupą, w sadzie, to między opłotkami uwijała się
wysoka postać, ale twarzy rozeznać nie można było, bo co chwila ginęła w
sieni, to pod drzewami.
  - Śpią se kiej dziedzic, a ty, parobku, rób - mruknął ze złością, bo ojcowe
chrapanie rozlegało się aż na ganku.
  Poszedł na podwórze i raz jeszcze przyjrzał się krowie.
  - Juścik, ojcowa krowa ale i nasza strata - rzekł do żony, która, że to Kuba
przywiózł ziemniaki z pola, rzuciła łupanie drzewa i szła do woza.
  - Doły jeszcze nie wyporządzone, to trza zesuć na klepisko.
  - Kiej ociec mówili, żebyś na klepisku krowę z Kubą obdarł i wyporządził.
  - Zmieści się i krowa, zmieszczą się i ziemniaki-szeptał Kuba, otwierając
wierzeje stodoły na roścież.
  - Ja ta nie jestem drzyk, cobym krowę obłupiał ze skóry - rzucił Antek.
  I już nie mówili, słychać było tylko gruchot zsypywanych na klepisko
ziemniaków.
  Słońce zgasło, wieczór się robił, świeciły jeszcze zorze łunami zakrzepłej
krwi i ostygłego złota i posypywały, na staw jakby pyłem miedzianym, że
wody ciche drgały rdzawą łuską i szmerem sennym.
  Wieś zapadała w mrokach i w głęboką, martwą ciszę jesiennego wieczora.
Chałupy malały, jakby się przypłaszczały do ziemi, jakby się tuliły do
drzew sennie pochylonych, do płotów szarych.
  Antek z Kubą zwozili ziemniaki, a Hanka z Józią uwijały się koło
gospodarstwa, bo gęsi trza było zagnać na noc, to świnie nakarmić, bo z
kwikiem cisnęły się do sieni i wsadzały żarłoczne ryje do cebratek, gdzie
stało picie dla bydląt, to krowy wydoić, bo właśnie Witek przygnał resztę z
pastwiska i zakładał im za drabiny po garści siana, żeby spokojniej stały
przy dojeniu.
  Jakoż Józia zabrała się doić pierwszą z brzegu, gdy Witek wylazł od
żłobów i spytał cicho, trwożnie:
  - Józia, a gospodarz źli?...
  - O Jezu, spierą cię, chudziaku, spierą... tak pomstowali - odpowiedziała,
wytykając ku światłu głowę i osłaniając ręką twarz, bo krowa chlastała
ogonem, oganiając się od much.
  - Ale... bom to winowaty... ale... borowy mię wygnał i jeszcze chciał kijem

sprać, inom uciekł... a granula zarno się jęła pokładać, a porykiwać, a stękać, żem do chałupy przygnał.

Zamilkł, ale słychać było ciche, bolesne chlipanie i siurkanie nosem.

- Juści, że nie pierwszyzna, ale zawdy tak się bojam...bo nijakiej wytrzymałości na bicie nie mam...

- Głupiś, parobek tyli, a boja się... już ja przełożę tatusiowi...

- Przełożysz, Józia? - zawołał radośnie - bo to borowy mię wygnał z krowami, bo...

- Przełożę, Witek, ino się już nie bojaj!

- Kiej tak... to naści tego ptaka! - szepnął z radością i wyjął z zanadrza drewniane cudło. - Obacz ino, jak się sam rucha.

Postawił go na progu obory, nakręcił, i ptak zaczął się kiwać, podnosić nogi długie i spacerować...

- Bociek, Jezu, a dyć się rucha kiej żywy! - zawołała zdumiona, odstawiła szkopek, przykucnęła przed progiem i z najżywszą radością i zdumieniem patrzyła.

- Jezu! to z ciebie mechanik! I to się sam tak rucha, co?

- A sam, Józia, ino go kołeczkiem nakręcę, to już se spaceruje kiej dziedzic po obiedzie - o... - odwrócił go i ptak poważnie a śmiesznie zarazem podnosił długą szyję podnosił nogi i szedł.

Zaczęli się śmiać serdecznie i bawić jego ruchami tylko Józia czasami podnosiła oczy na chłopaka - podziw w nich był a zdumienie.

- Józia! - rozległ się głos Boryny sprzed chałupy.

- A czegój? - odkrzyknęła.

- Chodzi ino.

- Kiej dojem krowy.

- Pilnuj tu, bo idę do wójta -powiedział, wsadzając głowę do ciemnej obory - nie ma tutaj tego znajdka co?

- Witka?... ni, pojechał po ziemniaki z Antkiem, bo Kuba miał urznąć sieczki dla koni... - odpowiedziała prędko i trochę niespokojnie, bo Witek przycupnął za nią ze strachu.

- Ścierwa ten chłopak, to ino pasy drzeć, żeby zmarnować taką krowę - mruczał powracając do izby, gdzie się odział w nową kapotę białą, wyszywaną na wszystkich szwach czarnymi tasiemkami, nadział wysoki czarny kapelusz, okręcił się czerwonym pasem i poszedł drogą nad stawem ku młynowi.

- Roboty jeszcze tyla... zwózka drzewa... siew nie skończony... kapusta w polu... ściółka nie wygrabiona... podorać by trza na kartofle... dobrze by i pod owsy... a tu jedź na sądy... Laboga, że to człek nigdy obrobić się nie obrobi, ino cięgiem jak ten wół w jarzmie... że i wyspać się nie ma czasu ni odpocząć... - rozmyślał. - A tu i ten sąd... Tłumok ścierwa, hale, ja z nią sypiałem... żebyś ozór straciła... lakudro jakaś... suka... - splunął ze złością, nabił fajeczkę machorką i długo pocierał zwilgotniałe zapałki o portki, nim zapalił.

Pykał od czasu do czasu i wlókł się wolno; bolały go wszystkie kości i żale za krową raz w raz go markociły i rozbierały.

A tu ani odbić się na kim, ani wyżalić, nic... sam jak ten kołek; sam o wszystkim myśl, sam deliberuj łbem, sam kiele wszystkiego obiegaj kiej ten pies... a do nikogój słowa przemówić i rady znikąd ni pomocy - a ino strata i upadek... a wszystkie to kiej te wilki za owcą... a ino skubią, a patrzą, kiedy ozerwą w kawały...

Ciemnawo już było we wsi, przez przywierane drzwi i okna, że to wieczór był ciepły, buchały smugi ognisk i zapach gotowanych ziemniaków i żuru ze skwarkami; gdzieniegdzie jedli w sieniach albo i zgoła przed domami, że ino skrzybot łyżek słychać było a pogadywania.

Boryna szedł coraz wolniej, bo ociężało go rozdrażnienie, a potem przypomnienie nieboszczki, co ją na zwiesnę był pochował, ułapiło go za grdykę.

Ho! ho!... przy niej, co ją wspominam wieczorem w dobry sposób, nie przygodziłoby się tak granuli... gospodyni to była, gospodyni!... Juści, że i mamrot, i przeklętnica też, że i dobrego słowa nikomu dać nie dała i cięgiem się z babami za łby wodziła... ale zawżdy żona i gospodyni! - Tu westchnął pobożnie na jej intencję, i żal go jeszcze większy dusił, bo przypominał, jak to bywało...

Przyszedł z roboty, spracowany - to i jeść tłusto dała, i często gęsto kiełbasy podtykała kryjomo przed dzieciskami... A jak się wszystko darzyło!... i cielaki, i gąski, i prosiaki... że co jarmarek było z czem jeździć do miasta, i grosz był zawsze gotowy, na zakład z samego przychówku... A już co kapusty z grochem, to już jensza zgoła tak nie potrafi...

A teraz co?...

Antek ino na swoją stronę ciągnie, kowal też wypatruje, aby co chycić, a Józka? Skrzat głupi, któremu plewy jeszcze we łbie, co i nie dziwota, bo dzieusze mało co na dziesiąty rok idzie... Hanka kiej ta ćma łazi, a choru je jeno, i tyle zrobi, co ten pies zapłacze...

Toć i marnieje wszystko... granule trza było dorznąć... we żniwa wieprzak zdechł... wrony gąski tak przebrały, że z połowa ostała!... Tyle marnacji, tyle upadku!... Przez sito wszyćko leci, przez sito...

- Ale nie dam! - wykrzyknął prawie głośno - póki rucham tymi kulasami, to ani jednej morgi nie odpiszę i do waju na wycug nie pójdę...

Ino Grzela z wojska do dom powróci, to niechta se Antek na żoniną gospodarkę wróci... nie dam...

- Niech będzie pochwalony! - zabrzmiał jakiś głos.

- Na wieki!... - odrzucił machinalnie i skręcił z drogi w szerokie i długie opłotki, bo wójtowa osada leżała trochę w głębi.

W oknach się świeciło i pieski ujadać poczęły.

Wszedł prosto do świetlicy.

- Wójt doma? - zapytał tłustej kobiety, klęczącej przy kołysce i karmiącej dziecko.

- Zarno wrócą, pojechał po ziemniaki. Siadajcie, Macieju, a dyć i ci też czekają na niego - wskazała ruchem
brody na dziada siedzącego przy kominie; był to ten stary ślepiec, wodzony przez psa; czerwonawe światło szczap ostro opływało jego ogromną, wygoloną twarz, łysą czaszkę i szeroko otwarte oczy, zasnute bielmem, nieruchomo tkwiące pod siwymi, krzaczastymi brwiami...

- Skąd to Pan Bóg prowadzi? - zapytał Boryna, siadając po drugiej stronie ognia.

- Ze świata, a skądże by, gospodarzu? - odpowiadał wolno rozlazłym, jęczącym, iście proszalnym głosem i nadstawiał pilnie uszów, a wyciągnął tabakierkę.

- Zażyjcie, gospodarzu.
Maciej zażył rzetelnie i kichnął raz po raz trzy razy, aż mu łzy w oczach stanęły.

- Tęga jucha! - i rękawem tarł załzawione oczy.

- Niech wam będzie na zdrowie. Peterburka, dobrze ano robi na oczy.

- Wstąpcie jutro do mnie, krowem dorznął, to się tam jaka sztuczka la was znajść znajdzie.

- Bóg zapłać... Boryna, widzi mi się, co?...

- A juści, żeście to rozeznali?... no, no.

- Po głosie ino, po gadaniu.

- Cóż ta we świecie słychać? Wędrujecie cięgiem?

- Moiściewy, a cóż by! - A to źle, a to i dobrze, a to i różnie, jak we świecie. A wszyscy piszczą, a narzekają, jak przyjdzie dziadowi co dać abo i drugiemu, ale na gorzałę mają.

- Prawdę rzekliście, bo ano tak i jest.

- Ho, ho! tyle roków się człek telepie po tej świętej ziemi, to się i wie różnie.

- A gdzieście to podzieli tego znajdę, co was prowadzał łoni? - zapytała wójtowa.

- Poszedł se ścierwa, poszedł, wyłuskał on mi dobrze torbeczki... Miałem coś grosza od ludzi ochfiarnych, com go niósł na wotywy do Częstochowskiej Panienki, to mi jucha podebrał i poszedł we świat! Cichoj, Burek! bo to pewnikiem wójt! - pociągnął sznurkiem i pies warczeć przestał.
Zgadł, bo wójt wszedł, bat rzucił w kąt i od progu wołał:

- Żono, jeść, bom głodny kiej wilk - jak się macie, Macieju; a wy czego, dziadu?...

- Ja do was, Pietrze, wedle tej mojej sprawy, co ma być jutro.

- Ja zaś se poczekam, panie wójcie. Każecie w sieniach - dobrze i tam będzie, a ostawicie przy ogniu, że to stary jestem, ostanę, a dacie tę miseczkę ziemniaków abo i chleba skibkę, to pacierz za was zmówię jeden abo i drugi... jakbyście dali gotowy grosz abo i dziesiątkę...

- Siedźcie se, dostaniecie i kolację, a chcecie, to zanocujcie...

I wójt siadł do miski, okrytej parą świeżo utłuczonych ziemniaków i polanych obficie skwarkarni, w drugiej donicy stało zsiadłe mleko.

- Siadajcie, Macieju, z nami, zjecie, co jest - zapraszała wójtowa, kładąc trzecią łyżkę.

- Bóg zapłać. Przyjechałem z boru, tom se już dobrze podjadł...

- Bierzcie się ano za łyżkę, nie zaszkodzi wam, teraz już wieczory długie...

- Długi pacierz i duża miska, jeszcze bez to niktoj nie pomarł - rzucił dziad.

Boryna wzdragał się, ale w końcu, że słonina mocno raziła mu nozdrza, przysiadł się do ławki i pojadał z wolna, delikatnie, jak obyczaj kazał.

A wójtowa raz w raz wstawała i dokładała kartofli, to mleka przylewała. Dziadowski pies się kręcił i skamlał zdziebko do jadła.

- Cicho, Burek, gospodarze ano jedzą... i ty dostaniesz, nie bój się... uspokajał go dziad i wciągał nozdrzami smakowitą woń, a przygrzewał ręce przy ogniu.

- To Jewka was podobno zaskarżyła - zaczął wójt, podjadłszy nieco.

- A ona ci! Żem to jej zasług nie wypłacił! Zapłaciłem, jak Bóg w niebie, i jeszczem ponadto z dobrego serca księdzu za chrzciny dał worek owsa...

- Ona powieda, że ten dzieciak to...

- W imię Ojca i Syna! Wściekła się czy co?

- Ho, ho, stary z was, a jeszcze majster! - Wójtowie poczęli się śmiać.

- Staremu prędzej się przytrafi, bo praktyk ci jest i znający! - szeptał dziad.

-Cygani jak ten pies, anim ją tknął.Jeszcze by ,taki tłumok....taka pode płotem zdychała a skamlała, coby ją za samą warzę a kąt do spania wziąć, bo na zimę szło. Nie chciałem, ale nieboszka peda: "Weźmiem, przyda się w domu, co mamy przynajmować? będzie swoja pod ręką..." Nie chciałem ja, jako że zimą roboty nijakiej, a jedna gęba więcej do miski. Ale nieboszka pedo: "Nie turbuj się, umie pono wełniaki i płótno tkać, zasadzę ją i niechta se ścibie, zawżdy coś uścibie". No i ostała, odpasła się ino i zarno się postarała o przychówek... A kto w spółce, to już różnie gadali...

- Ona skarży na was.

- Zakatrupię ścierwę, cygana pieskiego!

- Ale do sądu trza wam iść.

- Pójdę. Bóg zapłać, żeście mi powiedzieli, bo wiedziałem ino, że o zasługi - ale zapłaciłem, na co świadków mam. A pyskacz zapowietrzony, a dzidówka! Laboga tyle umartwienia, że jaż chyba udzierżyć nie udzierżę a to mi i krowa padła, że dorznąć musiałem, roboty nie pokończone, a tu człowiek sam kiej ten palec.

- U wdowca to kiej między wilkami owca - powiedział znowu dziad. .

- O krowiem słyszał, mówili mi już na polu...

- To dworska sprawa, bó pono borowy wygnał z zagajów. Najlepsza krowa! Ze trzysta złotych wartała, żegnała się, bo ciężka była, zapaliły się w niej wątpia, żem dorznąć musiał... Ale dworowi tego nie daruję... Podam do sądu.

Ale wójt zaczął mu tłumaczyć i przekładać, żeby się wstrzymał, jako w pierwszej złości zawsze się źle radzi, bo stał za dworem, a w końcu, żeby zwrócić rozmowę w inną stronę, mrugnął na żonę i powiedział:

- Bobyście się, Macieju, ożenili i miałby kto gospodarstwa pilnować.

- Kpicie czy co?... A dyć na Zielną skończyłem pięćdziesiąt i osiem roków. Co wama też w głowie, jeszcze tamta dobrze nie ostygła...

- Weźcie kobitę do swego wieku, a zaraz się wam zgoi wszystko - dodała wójtowa i jęła sprzątać ze stołu.

- Dobra żona głowy mężowej korona - dorzucił dziad, obmacując miski, które przed nim postawiła wójtowa.

Żachnął się Boryna, ale zamedytował głęboko, że mu to samemu do głowy nie przyszło. Boć jaka się tam kobieta nadarzy, a zawżdy ż nią lepiej niźli samemu biedować...

- Która i głupia jest, i niemrawa, która znów kłótnica, która do chłopskich kołtunów sięgająca, która paparuch a latawiec po muzykach i karczmach, a zawżdy chłopu z nią lepiej i wygoda - ciągnął dziad, pojadając.

- Dopiero by na wsi wydziwiali - powiedział Boryna

- Hale - ludzie warna zwrócą krowę abo i co poradzą. abo i kiele gospodarstwa chodzić będą, abo się nad wami użalą - zagadała gorąco wójtowa.

- Abo i ciepłą pierzynę narządzą - zaśmiał się wójt. A we wsi tyle jest dziewuch, że jak się idzie między chałupami, to bucha kiej z pieca.

- Ale, widzisz go, rozpustnik... czego mu się zachciewa...

- A Zośka Grzegorzowa na ten przykład, śmigła, piękna i wiano niezgorsze.

- A cóż to Maciejowi potrza wiana, nie gospodarz to pierwszy we wsi?

- Kto by ta miał dobra a i grontu dosyć - zaoponował dziad.

- Ni, Grzegorzowa nie la nich - podjął wójt - za mdła i młódka to jeszcze.

- A Jędrkowa Kasia? - wyliczała dalej wójtowa.

- Zmówiona. Wczoraj Rochów Adam posyłał z wódką

- Jest ci jeszcze Stachowa Weronka.

- Mamrot, latawiec i jedno biedro ma grubsze.

- A wdowa po Tomku, jakże to jej?... całkiem jeszcze do żeniaczki...

- Troje dzieci, cztery morgi, dwa krowie ogony i stary kożuch po nieboszczyku

- A Ulisia tego Wojtka, co to za kościołem siedzi?...

- I... to la kawalera... z przychowkiem, chłopak mógłby już być do pasionki, ale Maciejowi tego nie potrza, ma już pastucha swojego.

- Jest ci jeszcze, jest tego nasienia panowego, ale ino wybieram takie, co by pasowały la Macieja.

- A zabaczyłaś o jednej, co by była la nich w sam raz.

- Którna?....

- A Jagna Dominikowa?

- Prawda, całkiem o niej przepomniałam.

- Sielna dziewucha, a rosła, że bez płot nie przejdzie, bo żerdki pod nią pękają... a piękna, biała na gębie, a urodna kiej jałowica.

- Jagna - powtórzył Boryna słuchający w milczeniu wyliczania - a to powiedają o niej, że łasa na chłopaków.

- Ale, był to kto przy tym, to wie! Pleciuchy plotą, byle pleść, a wszystko ino przez zazdrość - broniła mocno wójtowa

- Ja też nie powiedam sam z siebie, ino tak pogadują. Ale trza mi iść - poprawił pasa, wraził węgielek we fajkę i pyknął parę razy.

- Na którą to w sądzie? - zapytał spokojnie.

- Na dziewiątą napisane w powiestce. Musicie do dnia wstać, jeśli na piechty.

- I... źróbką se wolno pojadę. Ostańcie z Bogiem, dziękuję wama za pożywienie i somsiedzką radę.

- Idźcie z Bogiem, a pomyślcie, cośwa wama raili... Powiecie, to z wódką pójdę do pani matki i jeszcze przed Godami sprawim wesele...

Boryna nie odrzekł nic, łypnął ino oczami i wyszedł.

- Jak stary młódkę bierze, diabeł się cieszy, bo profit z tego miał będzie - rzekł dziad poważnie, skrobiąc głośno po dnie miski.

Boryna wolno wracał i żuł w sobie rozważnie, co mu raili. Nie dał poznać po sobie tam u wójtów, że mu się ta myśl strasznie udała, bo jakże, gospodarz był, a nie żaden chłopak, co to ma jeszcze mleko pod nosem, a na wspominek o żeniaczce aże kwiczy i z nogi na nogę przydeptuje

Noc już ogarnęła ziemię, gwiazdy srebrną rosą pobłyskiwały z ciemnych, głuchych głębin, cicho było we wsi, psy tylko niekiedy poszczekiwały, a tu i ówdzie spoza drzew mżyły się słabe światełka... czasem wilgotny podmuch zawiał z łąk, że drzewa poczęły się lekko chybotać.

Boryna nie wrócił drogą, jaką był przyszedł, a tylko puścił się w dół, przeszedł most, pod którym woda z bełkotem przelewała się do rzeki i waliła głucho na młyn, i nawrócił na drugą stronę stawu - wody leżały ciche i lśniły się czarniawo, pobrzeżne drzewa rzucały na taflę czarne cienie i jakby ramą obejmowały brzegi, a w pośrodku stawu, gdzie jaśniej było, odbijały się gwiazdy niby w zwierciadle stalowym.

Maciej sam nie wiedział, dlaczego nie poszedł prosto do domu, a wybrał dłuższą drogę, może aby przejść koło domu Jagny? a może aby zebrać nieco myśli i pomedytować.

- Juści, że byłoby niezgorzej! juści! A co tam o niej mówią, to taka prawda. - Splunął. - Sielna kobieta!- Dreszcz nim wstrząsnął, bo i chłód wilgotny szedł od stawów, a u wójtów gorąc był silny.

- A bez kobiety trza zmarnieć abo dzieciom gospodarkę odpisać - myślał - a duża jucha i kiej malowana. - A krowa najlepsza padła, a kto wie jutra?... Może to i trza poszukać żony? Tyle obleczenia po nieboszce jest - przygodziłoby się. Ale stara Dominikowa to pies... a cóż, mają chałupę i gront, toby na swojem ostała. Troje ich, a mają piętnaście morgów, to niby na Jagnę pięć i spłata za chałupę i lewentarz! Pięć morgów to rychtyk te pola za mojem kartofliskiem, żyto, widzi mi się, posiały latoś, tak... Pięć morgów do moich to... trzydzieści pieć bez mała! Karwas pola!...

Zatarł ręce i poprawił pasa. - To ino młynarz ma więcej... złodziej, krzywdą ludzką a procentami, a oszukaństwem tyla nabrał... A na bezrok podwiózłbym gnoju, a uprawił i pszenicy posiał na całym kawale; konia by trzeba przykupić, a i po granuli krowinę jaką... Prawda, krowę by dostać dostała...

I tak rozmyślał, liczył, rozmarzał się gospodarsko, aż czasem i przystawał z ciężkiej deliberacji. A że mądry chłop był, to wszystko zasię zbierał w sobie i głęboko w głowę patrzył, coby czego nie prześlepić i nie przepomnieć.

- Wrzeszczałyby juchy, wrzeszczały! - pomyślał o dzieciach, ale wnet fala mocy i pewności zalała mu serce i skrzepiła głuche jeszcze, wahające postanowienia.

Gront mój, wara komu drugiemu do niego. A nie chceta, to... - nie skończył, bo stanął przed chałupą Jagny.

Świeciło się u nich jeszcze i przez otwarte okno padała szeroka smuga światła i szła przez kierz georginiowy i niskie drzewa śliwkowe aż na płot i drogę.

Boryna stanął w cieniu i zapuścił wzrok w izbę.

Lampka tliła się nad okapem, ale w kominie musiał się buzować tęgi ogień, bo słychać było trzask świerczyny i czerwonawe światło zapełniało ogromną, mroczną po kątach izbę; stara, skulona przed kominem, czytała cosik głośno, a Jagna przeciw niej twarzą do okna siedziała; w koszuli była tylko i z podwiniętymi do ramion rękawami -- podskubywała gęś.

- Urodna jucha, to urodna! - myślał.

Podnosiła czasem głowę, nasłuchiwała matki, wzdychała ciężko, to znowu brała się skubać pióra, aż gęś zagęgała boleśnie i rwać się poczęła z krzykiem z jej rąk, i bić skrzydłami, że puch się rozwiał po izbie białym tumanem. Uspokoiła ją rychło i mocno ściskała kolanami, że gęś jeno pogęgiwała z cicha a boleśnie, i odpowiadały jej inne gdzieś z sieni czy z podwórza.

- Piękna kobieta - pomyślał i odszedł śpiesznie, bo mu uderzyło do głowy, aż się podrapał, zapiął pętlę i pasa przyciągnął.

Już był w swoich wrotach i wchodził w opłotki, gdy się obejrzał na jej dom, bo rychtyk stał naprzeciw, tylo że po tamtej stronie wody. Ktoś akuratnie wychodził, bo przez drzwi uchylone lunęła struga światła i jak błyska wica zamigotała i padła aż na staw, potem czyjeś mocne stąpania zadudniły, i rozległ się chlupot wody nabieranej, a w końcu wskroś ciemni i mgieł, co się były zwlekały z łąk, śpiew się ozwał przyciszony:

Ja za wodą, ty za wodą,
Jakże ja ci buzi podom?...
Podam ci ją na listeczku,
A naści-że, kochaneczku...

Słuchał długo, ale głos rychło przepadł i światła wkrótce pogasły.

Na niebo wtaczał się zza lasów księżyc w pełni i rozsrebrzał czuby drzew, i siał przez gałęzie światło na staw, i zaglądał w okna chat, co mu były naprzeciw. Psi nawet pomilkli, cichość niezgłębiona objęła wieś całą i stworzenie wszelkie.

Boryna obszedł podwórze, zajrzał do koni, parskały i gryzły obroki; wsadził głowę do obory, bo drzwi dla gorąca stały otworem. Krowy leżały przeżuwając a postękując, jako to jest zwyczajnie u bydlątek. Przywarł wrota do stodoły.

Zdjąwszy kapelusz, szedł do izby i mówił półgłosem pacierz.

A że spali już wszyscy, rozzuł się po cichu i zaraz legł spać.

Ale zasnąć nie mógł, to pierzyna go parzyła, że nogi spod niej wysuwał, to mu po głowie chodziły sprawy różne, a turbacje, a pomyślenia... to mu brzuch ano ciężył srodze, że postękiwał i mruczał.

- Zawżdy mówię, że zsiadłe mleko ino rozpiera brzucho, coby na noc nie dawać...

A potem jął myśleć o Jagnie; jak by to dobrze było, bo i urodna, i gospodarna, i tyle pola... To znowu przypominał sobie dzieci, to te gadania na Jagnę, że mąciło się w nim wszelakie rozeznanie, i już nie wiedział, co począć, że uniósł się nieco, i jak to było zwyczajnie, chciało mu się du drugiego łóżka zawołać i poradzić:

- Maryś ! Żenić się czy to się nie żenić z Jagną?...

Ale w czas sobie przypomniał, że Maryś już od zwiesny na cmentarzu, a tam se śpi Józka i chrapie, a on jest sierotą, która poradzić się nikogo nie ma; to ino westchnął ciężko, przeżegnał się i jął mówić zdrowaśki za nieboszczkę i wszystkie dusze w czyśćcu ostające.

ROZDZIAŁ 3

Już świt ubielił dachy i zgrzebną, szarą płachtą przysłonił noc i gwiazdy pobladłe, gdy ruch się uczynił w Borynowym obejściu.

Kuba zwlókł się z wyrka i wyjrzał przed stajnię -szron leżał na ziemi i szaro było jeszcze, ale już zorze rozpalały się na wschodniej stronie i czerwieniły czuby drzew oszroniałych - przeciągnął się z lubością, ziewnął parę razy i poszedł do obory, aby krzyknąć na Witka, że czas wstawać, ale chłopak uniósł nieco senną głowę i szepnął:

- Zaraz, Kuba, zaraz! - i przytulał się do legowiska.

- Pośpij se zdziebko, biedoto, pośpij! - Przyokrył go kożuchem i pokusztykał, bo że nogę miał kiedyś przestrzeloną w kolanie, kulał srodze i ciągnął ją za sobą; umył się pod studnią, przygładził dłonią rzadkie, wyleniałe włosy, co mu się były pozwijały w kołtuny, i klęknął na progu stajni odmawiać pacierze.

Gospodarz spali jeszcze, w oknach chałupy zapalały się krwawe brzaski zórz, a gęste, białe mgły zwlekały się z wolna ze stawów, kołysały ciężko i posuwały w górę podartymi szmatami.

Kuba przesuwał w palcach koronkę i modlił się długo a biegał oczami po podwórzu, po oknach chałupy, po sadzie omroczonym jeszcze na dole, po jabłonkach, obwieszonych jabłkami niby pięście; rzucił czymściś do budy, koło drzwi, w biały łeb Łapy, aż pies zawarczał, zwinął się i spał dalej.

- Ale, do samego słońca spał będziesz, jucho! - i rzucił w niego raz, drugi, że pies wylazł, przeciągał się, ziewał, machał ogonem, przysiadł wpodle i jął się drapać i czynić zębami w gęstych kudłach porządek.

- I ochfiaruję ten pacierz Tobie i wszystkim świętym. Amen! - Bił się długo w piersi, a powstając, rzekł do Łapy:

- Hale! aligant jucha, wybiera se pchły kiej baba na wesele !

A że robotny był, to się zajął obrządkiem - wóz wytoczył ze stodoły i nasmarował, napoił konie i przyłożyl im siana, aż parskać zaczęły i bić kopytami, a potem przyniósł z sąsieka nieco zgonin, dobrze okraszonych owsem, i wsypał to klaczy do żłobu, bo stała w gródce, osobno:

- Żrej, stara, żrej; źróbka mieć będziesz, to ci mocy trza, żrej! - Pogładził ją po nozdrzach, aż klacz położyła mu łeb na ramieniu i pieszczotliwie chwytała wargami za kołtuny.

-...Ziemniaki do połednia zwieziemy, a pod wieczór do lasu, po ściółkę - nie bój się, ściółka letka, nie zgonię cię...

- A ty, wałkoniu, batem dostaniesz, widzisz go, owies mu pachnie, próżniakowi - mówił do wałacha, co stał obok i łeb wtykał między deski przegrody, do żłobu klaczy - grzmotnął go pięścią w zad, aż koń uskoczył w bok i zarżał.

- Hale, parobku żydowski! Żreć to byś choć i czysty owies żarł, a do roboty cię nie ma, bez bata, jucho, z miejsca nie ruszysz, co?

Wyminął go i zajrzał do źróbki, co stała przy ścianie samej i już z daleka wyciągała do niego kasztanowaty łeb ze strzałką białą na czole i rżała cicho.

- Cichoj, mała, cichoj! Podjedz se ano, bo pojedziesz z gospodarzem do miasta! - Uwił kłak siana i wyczyścił jej bok zawalany. - Tyla klacz, że już do ogiera czas, a świniaś. Utylesz się zawdy kiej maciora - pogadywał wciąż i poszedł do chlewów wypuścić świnie, bo kwiczały, a Łapa chodził za nim i zaglądał mu w oczy.

- Zjadłbyś i ty, co? To naści-że chlebaszka, naści! Wyjął zza pazuchy kawałek i rzucił, pies pochwycił i schował się do budy, bo świnie ano leciały mu wydrzeć.

- Hale, te swynie to kiej człowiek niektóry, aby ino chycić cudze i zechlać... Zajrzał do stodoły i długo patrzył na wiszącą u belki krowę

- Głupie to jeno bydle, a i temu na koniec przyszło. Widzi mi się, co jutro zgotują mięsa... Tyle i z ciebie, biedoto, że człek se podje w niedzielę... Westchnął do tego jadła i powlókł się budzić Witka...

- Słońce ino, ino - zarno się pokaże... Krowy trza wypędzać.

Witek mamrotał coś, bronił się, przykładał do kożucha, ale w końcu wstać wstał i łaził ociężały i senny po podwórzu.

Gospodarz zaspali dzisiaj, bo słońce już weszło i rozczerwieniło szrony, i zapaliło łuny w wodach i szybach a z chałupy nikt się nie pokazywał...

Witek siedział na progu obory i podrapywał się zajadle, i przeziewał, a że wróble poczęły zlatywać z dachów do studni i trzepać się w korycie, to przyniósł drabkę i wlazł pod okap zajrzeć do gniazd jaskółczych, bo cicho tam jakoś było.

- Pomarzły czy co?

I jął wyciągać delikatnie pomorzone ptaszki i kłaść je za pazuchę.

- Kuba, wiecie, nie żyją, o! - Pobiegł do parobka i pokazywał sztywne, pogasłe jaskółki. Ale Kuba wziął ino w rękę, przyłożył do ucha, dmuchnął w oczy i rzekł:

- Zdrętwiały, bo przymrozek galanty. Ale że to głupie nie poszły jeszcze do ciepłych krajów, no no... - I poszedł do swojej roboty.

A Witek siadł pod chałupą, w szczycie, bo słońce już tam dochodziło i oblewało bielone ściany, po których i muchy łazić poczynały; wyciągał zza koszuli te, które już ogrzane nieco jego ciałem, gmerały się trochę, churchał na nie, rozdziawiał im dziobki, poił z ust własnych, aż ożywiały się, otwierały oczy i poczynały wydzierać się do ucieczki; wtedy prawą ręką czaił się po ścianie i raz w raz zagarnął jaką muchę, nakarmiał nią i puszczał.

- Lećta se do matuli, lećta -szeptał, patrząc jak jaskółki siadały na kaletnicy obory, czesały się dziobkam i szczebiotały jakby dziękczynienia

A Łapa siedział przed nim na zadzie i skomlał uciesznie, a co który ptaszek wyfruwał, rzucał się za nim, biegł kilka kroków i zawracał z powrotem stróżować.

- Ale, złap wiater w polu - mruczał Witek i tak się zatopił w rozgrzewaniu jaskółek, że ani widział, kiedy Boryna wyszedł zza węgła i stanął przed nim.

- Ptaszkami się, ścierwo, zabawiasz, co?

Porwał się, by uciekać, ale już gospodarz chycił go krótko za kark i drugą ręką szybko odpasywał szeroki, twardy pas rzemienny.

- A dyć nie bijcie, a dyć! zdążył krzyknąć jeno.

- Takiś to pastuch, co? Tak to pilnujesz, co? Najlepsza krowa się zmarnowała, co?... Ty znajdku, ty pokrako warsiaska! Ty! - I bił zapamiętale, gdzie popadło, aż rzemień świszczał, a chłopak wił się kiej piskorz i wrzeszczał:

- Nie bijta! Loboga! Zabije mię! Gospodarzu!... O Jezu ratujta...

Aż Hanka wyjrzała z chałupy, co się dzieje, a Kuba splunął i schował się do stajni.

A Boryna łoił go rzetelnie, wybijał mu na skórze swvoją stratę tak zajadle, że Witek miał już gębę posinioną i z nosa puściła mu się krew, krzyczał wniebogłosy i cudem jakimś się wyrwał, chwycił się obu' rękami z tyłu za portki i gnał w opłotki.

- Jezu, zabili mę, zabili mę! - ryczał i tak pędził, aż mu reszta jaskółek wylatywała zza pazuchy i rozsypywała się po drodze.

26

Boryna pogroził jeszcze za nim, opasał się i wrócił do chałupy, i zajrzał na Antkową stronę.

- Słońce już na dwa chłopa, a ty się jeszcze wylegujesz! - krzyknął do syna.

- Zmogłem się wczoraj kiej bydlę, to muszę się wywczasować.

- Do sądu pojadę... Zwieź ziemniaki, a jak ludzie skończą kopanie, to zagnać je do grabienia ściółki, a ty mógłbyś kołki pozabijać do ogacenia.

- Ogaćcie se sami chałupę, nama tutaj nie wieje.

- Rzekłeś... to swoją stronę ogacę, a ty marznij, kiejś wałkoń.

Trzasnął drzwiami i poszedł na swoją stronę.

Józka już rozpaliła ogień i szła doić krowy.

- Rychło daj jeść, bo trza mi jechać...

- Przecięch się nie ozedrę, dwóch robót razem nie poradzę - i poszła.

- Spokojnego oczymgnienia nie ma, ino kłyźnij się ze wszystkimi! - myślał i wziął się do oblecznia, ale zły był i zgryziony. Jakże, ciągła wojna z synem, słowa nie można rzec, bo zaraz do oczów z pazurami skacze albo rzeknie coś, co jaże we wątpiach poczujesz. Na nikogo się spuścić, ino haruj i haruj!

Złość w nim zbierała, aż poklinał z cicha i rzucał szmatami po izbie a butami.

- Słuchać się powinny, a nie słuchają! Czemu to?- myślał.

- Widzi mi się, co bez kijaszka z nimi obyć się nie obędzie, bez twardego! Dawno się im to należało, zaraz po śmierci nieboszczki, kiej kłyźnić się zaczęły o gronta, ale się jeszcze wagował, żeby zgorszenia we wsi nie czy nić. Gospodarz był przeciech nie leda jaki, na trzydziestu morgach, i z rodu nie bele chto - Boryna, wiadomo. Ale dobrością z nimi się nie skończy, nie!... - Tu przyszedł mu na myśl zięć, kowal, któren wszystkich po cichu burzył, a i sam wciąż nastawał, żeby mu sześć morgów odpisać i morgę lasu, a już na resztę chciał poczekać...

- To niby kiej zamrę! Poczekaj, jucho, poczekaj-myślał ze złością. - Póki się ino rucham, nie powąchasz ty ani zagona! Widzisz go, mądrala!

Kartofle już mocno perkotały w kominie, gdy Józka przyszła od udoju i wnetki narządziła śniadanie

- Józka! A mięso sama przedawaj. Jutro niedziela, ludzie się już zwiedziały, to się ich tu naleci; ino nie borguj nikomu. Pośladek ostaw la nas; zawoła się Jambroża to zasoli i przyprawi...

- A dyć i kowal umieją...

- Ale, podzieliłby, się kiej wilk z owcą.

- Magdzie będzie markotno, że to nasza krowa, a ona nawet nie obaczy.

- To la Magdy wytnij jaką sztuczkę i zanieś, ale kowala nie wołaj.

-- Dobryście, tatulu, dobry.

- Hale, córuchno, hale! Pilnuj tutaj, a już ci bułeczkę przywiezę abo i co.

Podjadł se niezgorzej, opasał się pasem, przygładził poślinioną dłonią zwichrzone i rzadkie włosy, ujął bat i jeszcze się rozglądał po izbie...

- Bym czego nie przepomniał. - Chciało mu się zajrzeć do komory, ale się powstrzymał, bo Józka patrzała, więc się przeżegnał i ruszył.

A już z wasąga, zbierając w garść parciane lejce, rzekł Józce na ganek:
- Skończą ziemniaki, to zaraz iść grabić ściółkę, kwitek jest za obrazem. A niechta zetną jakiego grabka albo i chojkę - przyda się.

Wóz ruszył i już był w opłotkach, gdy Witek mignął pod jabłoniami.
- Zabaczyłem... prru... Witek! Prru! Witek, puść krowy na łąki, a pilnuj, bo cię, jucho, spierę, że popamiętasz!
- Ale, pocałujta mę gdzieś... - odkrzyknął hardo znikając za stodołą.
- Będziesz tu pyskował, jak zlezę, to obaczysz...

Skręcił z opłotków na lewo, na drogę wiodącą ku kościołowi; podciął batem źróbkę, że podyrdała truchcikiem po wyboistej, pełnej kamieni drodze.

Słońce było już chyla tyla nad chałupami i świeciło coraz cieplej, bo z oszroniałych strzech podnosiły się oparyn i woda skapywała, tylko w cieniach - pod płotami w sadach, po rowach, leżał jeszcze siwy mróz; po stawie wlekły się ostatnie zrzedłe mgły i woda poczynała spod bielm wrzeć brzaskami i odbłyskiwać słońce.

We wsi poczynał się już zwykły ruch: poranek był jasny i chłodny, a że zaś przymrozek orzeźwił powietrze, to i raźniej się poruszali, i zgiełkliwiej; wychodzili gromadnie na pola, którzy do kopania szli z motyczkami a koszykami na ręku, dojadając śniadań; którzy z pługiem ciągnęli na ścierniska; którzy. na wozach brony wieźli a worki pełne ziarna siewnego; którzy znów zasię wykręcali ku lasom z grabiami na ramionach, ściółkę grabić - że ino dudniło po obu stronach stawu i krzyk się wzmagał, bo drogi były zatłoczone bydłem ciągnącym na paszę, szczekaniem psów, pokrzykami, co wybuchały raz w raz z niskiej, ciężkiej kurzawy, jaka się była wznosiła z orosiałych dróg.

Boryna wymijał trzody ostrożnie, czasem śmignął po wełnie jakie jagniątko głupie, co się nie usuwało przed źrebicą, to cielę jakie, aż i wyminął wszystkich i koło kościoła, który stał osłonięty potężnym wałem lip żółknących i klonów wjechał na szeroki gościniec, obsadzony z obu stron ogromnymi topolami.

A że w kościele była msza święta, bo sygnaturka przedzwoniła ofiarę i huczały przyciszonym głosem organy, zdjął kapelusz i westchnął pobożnie.

Droga była pusta i zasłana opadłym liściem tak obficie, że wyboje i głęboko powyrzynane koleiny pokryły się rdzawo-złocistym kobiercem pociętym gęstymi pręgami cieniów, jakie rzucały pnie tnpoli, bo słońce z boku świeciło.

- Wio, maluśka wio! - Świsnął batem i źrebica przez kilka stajań poszła raźniej, ale potem opadła i wlekła się wolno bo drga, choć nieznacznie, szła pod wzgórza, na których czerniały lasy.

Boryna, że go ta cisza mroczyła sennością, to poglądał przez kolumnadę topoli na pola, pławiące się w różowym, porankowym świetle, albo myśleć usiłował o sprawie z Jewką, to u granuli - ale nie mógł sobie dać rady, tak go śpik rnorzył...

Ptaszki ćwierkały w gałęziach, to czasem wiatr przegarnął leciuchnymi palcarni po czubach drzew, że ino jaki taki listeczek, kieby motyl złoty, odrywał się od maci ,spadał kolisto na drogę abo i na zakurzone osty, co zaognionymi oczami kwiatów hardo patrzyły w słońce a topole zagwarzyły, poszemrały z cicha gałązkami i pomilkły kiej te kumy, co na Podniesienie oczy podniesą, ręce rozłożą i westchną modlitewnie, a padną wnetki w proch przed Majestatem, ukrytym w tej złotej monstrancji, zawisłej nad ziemią świętą, nad rodzoną...

Dopiero pod lasem przecknął na dobre i wstrzymał konia.

- Wschodzi niezgorzej - szepnął, przyjrzawszy się pod światło szarym zagonom, ordzawionym krótką szczotką wschodzącego żyta.

- Kawał pola, a przyległo do mojego, kieby kto z umysłu narządził! Żyto, widzi mi się, wczoraj posiały. - Ogarnął pożądliwym spojrzeniem zbronowane zagony, westchnął i wjechał w las.

Poganiał często konia, bo droga szła po równym i twardsza była, tylko gęsto przerośnięta korzeniami, na których wóz podskakiwał i turkotał.

Ale już nie drzemał, owiany surowym i chłodnym dechem lasu.

Bór był ogromny, stary - stał zbitą gęstwą w majestacie wieku i siły, drzewo przy drzewie sama sosna prawie, a często dąb rosochaty i siwy ze starości, a czasem brzozy w białych koszulach, z rozplecionymi warkoczami żółtymi, że to jesień już była. Podlejsze krze, jako leszczyna, to karłowata grabina, to osiczyna drżąca tulił się do czerwonych, potężnych pni tak zwartych korona mi i poplątanych gałęziami, że ino gdzieniegdzie przedzierało się słońce i pełzało niby złote pająki po mchach zielonych i paprociach zrudziałych.

- Zawżdy mojego tu są cztery morgi! - myślał i pożerał oczami las, i już na oko wybierał co najlepszy. Przeciech Pan Jezus nie da nas ukrzywdzić - abo i same się nie damy, nie... Dworowi widzi się dużo, a nam mało. Zarno... moje ze cztery, a Jagusine z morga... cztery i jed na... Wio! głupia, sroków się będzie bojała! - Trzepnął ją batem, bo na suszce, co dźwigała Bożą Mękę, kłóciły się sroki tak zajadle, aż źrebica strzygła uszami i przystawała.

- Srokowe wesele - deszczu będzie wiele. - Przypiął parę batów źrebicy i jechał kłusem.

Dobrze było już po ósmej, bo ludzie na polach siadali do śniadaniowych dwojaków, gdy wjeżdżał do Tymowa, na puste uliczki, obstawione pozapadanymi domostwami, co przysiadły niby stare przekupki nad rynsztokami, pełnymi śmieci, kur, Żydziąt obdartych i nierogacizny.

Zaraz na wjeździe obstąpili go Żydzi i Żydówki i nuż zaglądać do wasągu, macać pod grochowinami, pod siedzeniem, czy nie wiezie czego na sprzedanie.

- Poszły, parchy! - mruknął, wjeżdżając na rynek, pod cień starych, poobdzieranych kasztanów, konających na środku placu, gdzie już stało kilkanaście wozów z wyprzęgniętymi końmi.

I swój wasąg tam umieścił, źrebicę wyłożył łbem do półkoszka, nasuł jej do kobiałki obroku, bat schował na dno, pod siedzenie, otrzepał się ze słomy i ruszył prosto do Mordki, tam gdzie błyszczały trzy mosiężne talerze, aby się nieco przyogolić - wyszedł wkrótce czysto ostrugany i tylko z jednym zacięciem na brodzie, zalepionym papierem, przez który sączyła się krew.
Sądy nie były jeszcze zaczęte.

Ale przed domem sądowym, co stał zaraz w rynku, naprzeciw ogromnego poklasztornego kościoła, czekało już sporo narodu. Siedzieli na wydeptanych stopniach, to kupili się pod oknami i raz w raz zaglądali do środka, kobiety zaś przykucnęły pod bielonymi ścianami, opuściły czerwone zapaski z głów na ramiona i rajcowały.

Boryna, że dojrzał Jewkę z dzieckiem na ręku, stojąca w gromadzie swoich świadków, to się zeźlił zarno, jako że skory był do złości, splunął i wszedł do sieni drugiej, biegnącej na przestrzał sądowego domostwa.

Po lewej stronie był sąd, a po prawej mieszkał sekretarz, bo jakoż właśnie Jacek wyniósł samowar przed sam próg i tak go rozdmuchiwał cholewą zawzięcie, że dymił niby komin fabryczny, a co chwila ostry, gniewny głos krzyczał z głębi zadymionej sieni:

- Jacek! buciki panienkom!
- Zaraz, zaraz!

Samowar już niby wulkan huczał i buchał płomieniami.

- Jacek ! wodę panu do mycia.
- Dyć zara, zrobi się wszyćko, zrobi! - I spocony, nieprzytomny, ganiał po sieni, aż dudniło, powracał, dmuchał i znowu leciał, bo pani krzyczała:

- Jacek! kulfonie jeden, gdzie moje pończochy?!..
- Ale! ścierwa, nie samowar!

Trwało to wszystko dobrych parę pacierzy, abo i z koronkę, aż wreszcie drzwi sądowe się otwarły i naród począł napełniać dużą, wybieloną izbę.

Jacek, już teraz jako woźny, boso, w modrych portkach i takimże lejbiku z mosiężnymi guzikami, z czerwoną, spoconą twarzą, którą raz w raz obcierał rękawem, uwijał się za czarnymi kratami, dzielącymi izbę na dwie połowy, i rzucał łbem niby koń, kiej go giez ukąsi, bo płowe włosy spadały mu grzywą na oczy, to zaglądał ostrożnie do sąsiedniej stancji i potem siadał na chwilę pod zielonym piecem.

A narodu się nawaliło, że ani palca wetknąć, i parli się coraz krzepciej na kraty, aż trzeszczały; gwar zrazu cichy podnosił się z wolna, szemrał, przewalał po izbie, huczał czasami, przechodził miejscami -w kłótnię, że jakie takie mocne słowo padało coraz gęściej.

Żydzi szwargotali pod oknami, a jakieś baby na głos opowiadały swoje krzywdy i jeszcze głośniej popłakiwały, ale nie można było rozeznać, kto i gdzie, bo ciasnota była i głowa przy głowie, jako ten zagon pełen maków czerwonych i kłosów żytnich, co go ten wiater żenie, a on się zakolebie i gwarzy, i szumi, a potem staje równo kłos przy kłosie. To znowuj Jewka, dojrzawszy Borynę wspartego o kraty, jęła dogadywać i wykrzykiwać na niego, że zeźlony odrzekł ostro:

- Zamilknij, suko, bo ci gnatki porachuję, że rodzona nie pozna.

A na to Jewka rozsrożona nuż pazury wyciągać i drzeć się do niego przez gęstwę ludzką, aż jej chustka spadła z głowy i dzieciak się rozkrzyczał, że nie wiada, na czyrn by się skończyło, gdy naraz Jacek się zerwał, otworzył drzwi i krzyknął:

- Cichojta, ścierwy, bo ano sąd idzie!...

Jakoż i sąd wszedł; najpierw gruby, wysoki dziedzic z Raciborowic, a za nim dwóch ławników i sekretarz, który usiadł przy bocznym stoliku pod oknem i rozkładał papiery a patrzył na sędziów, jak stanęli przy wielkim stole, okrytym czerwonym suknem, i nałożyli złote łańcuchy na grube karki....

Cicho się zrobiło, że słychać było tych, co na ulicy pod oknami gwarzyli.

Dziedzic rozłożył papiery, chrząknął, spojrzał na sekretarza i grubym, donośnym głosem oznajmił, że sądy się rozpoczynają.

Potem sekretarz przeczytał sprawy na dzień dzisiejszy, coś szepnął pierwszemu ławnikowi, ten oddał to sędziemu, który kiwnął głową potakująco.

Sądy się rozpoczęły.

Pierwsza szła sprawa ze skargi strażnika na jakiegoś łyczka o nieporządki w podwórzu.

Skazany zaocznie.

Potem o pobicie chłopaka za wypasanie końmi koniczyny.

Pogodzili się - matka dostała pięć rubli, a chłopak nowe portki i lejbik.

Sprawa o woranie się.

Odłożona z braku dowodów.

Sprawa o kradzież leśną w borze sędziego; stawał rządca - oskarżeni chłopi z Rokicin.

Skazani na kary pieniężne lub odsiedzenie w areszcie po dwa tygodnie.

Nie przyjęli wyroku, pójdą do apelacji.

I tak głośno zaczęli wykrzykiwać na niesprawiedliwość bo las był wspólny, serwitutowy, aż sędzia skinął na Jacka, i ten zagrzmiał:

- Cichojta, cichojta, bo tu sąd, nie karczma.

I tak szła sprawa za sprawą, kieby skiba za skibą, równo i dość spokojnie, czasem tylko podnosiły się skargi abo chlipanie, abo i przekleństwo, ale te Jacek wnet przyciszał.

Z izby ubyło nieco ludzi, ale w ich miejsce przybyło tyle nowych, że stali zbici kieby w snop, że nikto poruszyć się nie mógł i zrobił się taki gorąc, iż ani odetchnąć aż sędzia polecił otworzyć okna.

Teraz szła sprawa Bartka Kozła z Lipiec o kradzież świni u Marcjanny Antonówny Pacześ. Świadkowie: taż Marcjanna, syn jej Szymon, Barbara Piesek itd.

- Świadkowie czy są? . zapytał ławnik.

- Jesteśmy! - zawołali chórem.

Boryna, który dotąd samotnie a cierpliwie stał przy kracie, przysunął się nieco do Paczesiowej przywitać, boć to była Dominikowa, matka Jagny.

- Oskarżony, Bartek Kozioł, bliżej, za kratę.

Niski chłop przepychał się ze środka tak gwałtownie, aż kląć poczęli, że depcze po kulasach i przyodziewek ozdziera.

- Cichojta, ścierwy, bo prześwietny sąd mówi! - krzyknął Jacek, wpuszczając go.

- Wy Bartłomiej Kozioł?

Chłop drapał się frasobliwie po gęstych, równo obciętych włosach; głupowaty uśmiech skrzywiał mu suchą, wygoloną twarz, a małe rudawe oczki chytrze skakały po sędziach niby wiewiórki.

- Wy Bartłomiej Kozioł? - zapytał znowu sędzia, bo chłop milczał.

- Dyć juści, on ci Bartłomiej Kozioł, dopraszam się łaski prześwietnego sądu! - piszczała ogromna kobieta, wpychając się siłą za kraty.

- A wy czego?

- Dopraszam się łaski, a dyć ja żona tego chudziaka, Bartka Kozła - i kłaniała się ręką ziemi, aż wyrurkowanym czepcem zawadzała o stół sędziowski.

- Świadkujecie?

- Niby to za świadka? ni, jeno dopraszam się...

- Woźny; wyrzuć ją za kratę.

- Wychodźta, kobieto, bo nie la was tu miejsce...-

Chwycił ją za ramiona i pchał zadem.

- Dopraszam się prześwietnego sądu, kiej mój ano nie dosłyszy na ten przykład... - krzyczała.

- Wychodźta, póki po dobremu - i aż jęknęła, tak ją ciepnął na kratę, bo ani kroku po dobroci ustąpić nie chciała.

- Wyjdźcie, będziemy głośno mówili, to choć on Kozioł, a usłyszy!

Zaczęło się wreszcie badanie.

- Jak się nazywacie?

- Hę?... a, przezywam?... Przeciech wołali mę, to niby wiedzieć wiedzą...

- Głupiś. Jak się nazywacie? - indagował nieubłaganie sędzia.

- Bartek Kozioł, prześwietny sądzie - rzuciła żona.

- Ile lat?

- Hę?... a, lat?... bo ja to pomnę! Matka, wiele to ja mam roków?...

- Pięćdziesiąt i dwa, widzi mi się, będzie na zwiesnę.

- Gospodarz?...

- I... trzy morgi piachu i ten jeden krowi ogon... sielny gospodarz.

- Był już karany?

- Hę?... karany?

- Czy siedzieliście w kozie?

- To niby w kreminale?... karany?... Matka, byłem to w kreminale, hę?...

- A byłeś, Bartku, byłeś, a to cię te ścierwy dworskie o to zdechłe jagniątko...

- Juści, juści... na paśniku znalazłem zdechłe jagnię... wzionem, co miały psy rozwłócyć... poskarżyły, przysięgły, com ukradł, sąd przysądził... wsadziły mę i siedziałem... Niesprawiedliwość jest ino, niesprawiedliwość... - mówił głucho i obzierał się znacznie na żonę.

- Oskarżeni jesteście o kradzież maciory Marcjannie Pacześ! Wzięliście ją z pola, zagnali do domu, zarznęli i zjedli! Co macie na swoją obronę?

- Hę? Zjadłem! Żebym tak Boga przy skonaniu nie oglądał, że nie zjadłem!... o świecie rodzony, ja zjadłem! - wołał żałośnie.

- Cóż macie na swoją obronę?

- Obronę... miałem to co rzec, matka?... Juści, baczę; niewinowatym, świni nie zjadłem a Marcjanna Dominikowa, na ten przykład, szczeka bele co, kiej ten pies, że ino chycić za ten paskudny pysk a sprać... a...

- O ludzie, ludzie!... - jęknęła Dominikowa.

- To już sobie później zrobicie, ateraz mówcie, jakim sposobem świnia Paczesiowej znalazła się u was?...

- Świnia Paczesiowa.. u mnie?... Matka, co to wielmożny dziedzic rzekli?...

- A dyć, Bartku, to o tym prosiaku, co to za tobą przylazł do chałupy...

- Baczę, juści, że baczę, bo prosiak to był, a nie świnia żadna; dopraszam się łaski wielmożnego sądu, niech słyszą, com ano rzekł, i przywtórzę; prosiak to był, a nie świnia; białny prosiak, a kiele ogona abo i zdziebko poniżej czarno łaciaty.

- Dobrze, ale skąd się wziął u was?

- Niby u mnie?... Zarno wszyćko dokumentnie rzeknę, z czego się pokaże la prześwietnego sądu i la zgromadzonego narodu, co jestem niewinowaty, a Dominikowa cygan jest baba, pleciuch i ozornica zapowietrzona!

- Ja cyganię! A dyć tej Najświętszej Panienki uproszę, żeby was pierun bez świętej spowiedzi nie trzasnął! - rzekła cicho, z westchnieniem ciężkim do obrazu Matki Boskiej, wiszącego w rogu izby, Dominikowa, a potem, że to już ścierpieć nie mogła, wyciągnęła zwiniętą, chudą pięść do niego i syknęła:

- Ty złodzieju świński! ty zbóju! ty!... - i rozczapierzyła palce, jakby go chycić chciała.

Ale Bartkowa rzuciła się do niej z krzykiem.

- Co! biłabyś go, suko jedna, biłabyś, czarownico, kacie synowski, ty!

- Uciszyć się! - zawołał sędzia.

- Stulta pyski, kiej sąd mówi, bo waju wyciepnę na osobność! - poparł Jacek, podciągając parcianki, bo mu się był obertelek oberwał.

Uciszyło się zaraz, a baby, że to blisko było do chwycenia się za łby, stały już cicho, ino się oczami jadły a wzdychały ze złości...

- Mówcie, Bartłomieju, mówcie wszystko a prawdę.

- Prawdę?... Samą czystą kiej szkło prawdę rzeknę, rzetelnie powiem, kiej na spowiedzi, kiej gospodarz do gospodarzy, kiej swój do swojaków, bom gospodarz z dziada pradziada, a nie komornik, nie prefesjant jaki abo i jenszy miescki zdzier. To tak było.

- Patrz dobrze w głowę, byś czegój nie przepomniał -radziła.

- Nie przepomnę, Magduś, nie. To było tak. Szedłem se... a baczę, że to rychtyk zwiesna była... i za Wilczym Dołem, wedle Borynowej koniczyny... idę se i mówię pacierz, bo na ten przykład przedzwonili już na Anioł Pański... nocka też szła... idę se... jaż tu słyszę: głos nie głos? Loboga, myślę se: chrząka albo i nie chrząka?... Oglądnąłem za się niczego nie widno, cicho całkiem. Złe mę kusi czy co?... Ide dalej i że mę zdziebko mrówki oblazły ze strachu, mówię se Pozdrowienie Anielskie. Chrząka znowu! Cie! myślę sobie, nic, jeno swynia to abo i zasie prosiak. Zlazłem zdziebko w bok, w koniczynę i obejrzałem się... juści, że cosik lizie za mną, przystanąłem ja przystanęło i to, a białne, niskie i długie... a ślepie świeciły kiej u źbika abo zgoła u złego... Przeżegnałem się, a że i skóra mi ścierpła, tom ruszył lepszym krokiem jakże, abo to wiadomo, co się po nocach tłucze?... A wszyscy w Lipcach wiedzą, co na Wilczych Dołach straszy.

- Juści, że prawda, bo łoni, kiej Sikora przechodził tam nocą, to go ułapiło za grdykę i rzuciło o ziemię, i tak zbiło, że chłop chorzał dwie niedziele - objaśniała żona.

- Cichoj, Magduś, cichoj! Idę, idę... idę... a to fort lezie za mną i chrząka! A że to był rychtyk miesiączek wylazł se na niebo, to patrzę, a to ino prosiak, nie złe. Ozgniewałem się, bo co se ten głupi myśli - straszyć, tom rzucił nań patykiem i idę ku domowi Szedłem se miedzą, między Michałowymi burakami a pszenicą Borynowa, a potem między jarką Tomka a owsem tego Jaśka, co go łoni do wojska wzieni, a którego to kobieta akuratnie wczoraj zległa... Prosiak fort za mną kiej pies, to se idzi obok, to wlazł w kartofle Dominikowej i tu pysknie, i tam pysknie, i chrząknie, i kwiknie, a nie ostaje, ino za mną...

Skręciłem na ścieżkę, co bieży na przełaj - ona za mną. Gorąco mi się zrobiło, bo laboga, taka świnia, co może nie świnia! Skręciłem na drogę wedle figury, prosiak za mną... Widziałem, biały był, a kiele ogona, poniżej ździebko, czarno łaciaty! Ja bez rów - ona za mną, ja na te mogiłki, co za figurą są - ona za mną, ja na kamionki, a ona kiej mi się nie rzuci pod kulasy - rymnąłem kiej długi. Opętana czy co?... Ledwiem się pozbierał, a ona kiej nie zadrze ogona i w skok przede mną! A lećże se, zapowietrzona, pomyślałem. Ale nie uciekła, ino wciąż przede mną leciała - aż do samej chałupy - do samej chałupy, prześwietny sądzie, aż w ogrodzenie weszła, aż do sieni wlazła, a że drzwi do izby były wywarte, to i do izby poszła... Tak mi Panie Boże dopomóż Amen !

- A potem zarznęliście i zjedli, prawda? - rzekł. sędzia rozbawiony.

- Hę! Zarznęli i zjedli?... A cośwa zrobić mieli? Przeszedł dzień - prosiak nie odchodzi; przeszedł tydzień jest, ani jej wygonić, bo z kwikiem wraca!... Moja podtykała jej, co mogła, bo jakże głodem morzyć, Boże stworzenie też... Prześwietny sąd jest mądry, to sprawiedliwie se wymiarkuje, że com z nią biedny sierota miał zrobić? Niktoj po nią nie przychodził, a w domu bieda - a żarła, że i dwie drugie tyle nie zechlają..: Jeszcze z miesiąc, to by

34

nas zeżarła i z bebechami... Co było radzić? Miała ona nas - tośwa my ją zjadły, a i to niecałą, bo na wsi się zwiedziały, a Dominikowa poskarżyła, że to jej, przyszła ze sołtysem i zabrała wszyćko...

- Wszystko?... a cały zad to gdzie?... - syknęła złowrogo Dominikowa.

- Gdzie? Spytajta się Kruczka i drugich piesków. Wynieśliśmy na noc do stodółki. Psy, że to czujne psie pary, a wrota były dziurawe, wyciągnęły i bal se sprawiły moją krwawicą, że chodziły obżarte kiej te dziedzice.

- Hale, świnia sama poszła za nim, głupi uwierzy, ale nie sąd. Złodziej jucha, a barana młynarzowi, a gęś dobrodziejowi to kto pokradł, co?...

- Widziałaś, co? Widziałaś! - wrzasnęła Kozłowa, przyskakując z pazurami.

- A kartofle z organistowego dołu to kto?... A cięgiem cosik komuś we wsi ginie, to gąska, to kury, to sprzęt jaki - ciągnęła nieubłaganie.

- Ty ścierwo! Coś ty robiła za młodu, a i co twoja Jagna teraz wyprawia z parobkami; to ci tego nikt nie wypomina, a ty kiej ten pies...

- Wara ci od Jagny! Wara, bo ci ten pysk tak spierę, że... Wara!... - ryknęła wielkim głosem, ugodzona jak w żywe mięso.

- Cichojta, pyskacze, bo za drzwi wyciepnę! - uciszal Jacek, podciągając parcianek.

Zaczęło się przesłuchiwanie świadków.

Najpierw świadczyła poszkodowana, Dominikowa a zeznawała cichym, nabożnym głosem i przysięgała co chwila przed tą Częstochowską, jako świnia jej, i żegnała się, i biła w piersi, że prawda jest, jako ją ukradł z pastwiska Kozioł, i nie żądała od prześwietnego sądu kary na niego, niech mu już tam Jezusiczek czyśća za to nie pożałuje - ale domagała się wielkim głosem sądu i karyza to, że tak spostponował ją i Jagnę wobec całego na-rodu.

Świadczył potem Szymek, syn Dominikowej; czapkę powiesił na rękach złożonych jak do pacierza, oczów nie spuścił z sędziego i jękliwym, nieprzytomnym głosem zeznawał, że świnia była matczyna, że białna była cała, ino kiele ogona czarną łatę miała, a ucho rozerwane, bo ją był Łapa Borynowy chycił na zwiesnę, a tak kwiczała, że chociaż w stodółce był - usłyszał...

Potem zawezwano Barbarę Piesek i innych.

Świadczyli po kolei i przysięgali, a Szymek wciąż stał z czapką na rękach, wpatrzony pobożnie w sędziego, a Kozłowa darła się za kratę z krzykiem zaprzeczań i złorzeczeń, a Dominikowa ino wzdychała do obrazu, a pogląda ła na Kozła, który skakał oczami, nasłuchiwał, a obzierał się na swoją Magdusię.

Naród słuchał uważnie i raz w raz szmer, to uwagi złośliwe albo śmiech się rozległ głuchy pod powałą, aż Jacek musiał przyciszać groźbą.

Sprawa ciągnęła się długo, aż do przerwy, w której sąd poszedł do sąsiedniej izby na naradę, a naród wysypał się do sieni i przed dom odetchnąć nieco: kto pojeść zdziebko, kto ze swoimi świadkami się zmówić, kto wywodzić krzywdy swoje, a jenszy znowuj wyrzekać na niesprawiedliwość a pomstować, jak to zwyczajnie bywa na rokach.

Po przerwie i odczytaniu wyroków przyszła na stół sprawa Boryny.

Jewka stanęła przed sądem i pohuśtując dziecko, obwinięte w zapaskę, jęła płaczliwie wywodzić krzywdy swoje i żale; jako służyła u Boryny i pracowała, jaże jej kulasy ustawały, a nigdy dobrego słowa nie usłyszała, kąta nie miała na spanie ani jadła dość, że się u sąsiadów pożywiać musiała, a potem zasług nie zapłacił i z jego własnym dzieckiem wygnał ją w cały świat... buchnęła w końcu ogromnym płaczem i rzuciła się na kolana przed sędziami z krzykiem :

- Krzywda to moja, krzywda! a dzieciak jego, prześwietny sądzie!
- Cygani jak ten pies - mruknął Boryna ze zgrozą.
- Ja cyganię?! A dyć wszystkie, a dyć całe Lipce wiedzą, że... żeś suka i latawiec...
- Wielmożny sądzie, a pródzi to mi ino mówili: Jewka, Jewuś, i jeszcze słodziej, a to mi paciorki przywieźli a to często gęsto bułkę z miasta i mówili: "Naści, Jewuś, naści, boś mi najmilejsza..." - a teraz, o mój Jezu, mój Jezu!... - poczęła ryczeć.
- Cygan, jucha, możem cię jeszcze pierzyną przyodział i mówił: "Śpij se, Jewuś, śpij!..."

Izba zatrzęsła się śmiechem.

- Abo nie, co? Abośta nie skamłali, jako ten pies przed drzwiami, abośta mało obiecowali, co?
- Loboga, ludzie, że to pierun nie zabije taką pokrakę? - zakrzyknął zdumiony.
- Wielmożny sądzie, cały świat wiedział, jak to było, całe Lipce mogą przyświadczyć, co prawdę mówię. Służyłam u nich, to mi cięgiem spokoju nie dawał. O biedna ja sierota, biedna!... O dola moja nieszczęśliwa!... Abo tom się mogła obronić przed tylim chłopem?... Krzyczałam, to mę sprał i zrobił, co chciał... A gdzież ja się podzieję z tym dzieciąteczkiem, gdzie?... Świadki powiedzą i przyświadczą! - wołała wśród płaczu i krzyków.

Ale świadkowie w rzeczywistości nic nie zeznali prócz plotek i domysłów, więc znowu jęła dowodzić i przekonywać, aż w końcu jako ostatni dowód rozpowiła dziecko i położyła je przed sędziami; dziecko wierzgało nagimi nóżkami i krzyczało wniebogłosy.

- Wielmożny sąd sam obaczy, czyje ono; o, ten ci sarn nos kiej kartofel, te same bure ślepie i kaprawe... Kropla w kroplę nikt jenszy, jeno Boryna!... - wołała.

Ale już i sąd nie mógł powstrzymać się od śmiechu, a naród aż huczał z uciechy, przyglądali się dziecku, to Borynie i raz w raz ktoś powiedział:

- To ci pannica, kiej ten pies odarty ze skóry!
- Boryna wdowiec, ożeniłby się z nią, a chłopak zdałby się do pasionki...
- Lenieje ci ona kiej krowa na zwiesnę.
- A urodna! jeno grochowinami przytrząść i w proso wsadzić - wszystkie

gapy ucieknę...

- Już i tak psy uciekają, kiej Jewusia bez wieś idzie!...
- A gębusię ci ma kiej pomyjami wymalowaną...
- Bo gospodarna, raz w rok się myje, coby na mydło nie wydawać...
- Żydom w piecach pali, czasu nie ma, to i nie dziwota!

Dogadywali coraz złośliwiej i okrutniej, a ona zmilkła i nieprzytomnymi oczami psa zgonionego patrzyła po ludziach i ważyła coś w sobie...

- Cichojta! To grzych tak się naśmiewać nad biedotą! - krzyknęła Dominikowa tak mocno, aż pomilkli, i jaki taki drapał się po łbie ze wstydu.

Sprawa skończyła się na niczym.

Boryna poczuł niezmierną ulgę, bo chociaż nie był winien, ale zawżdy bojał się ludzkiego obmówiska, no i tego że przysądzić mogą, by płacił - bo prawo juści jest ci takie, że nikiej nie wiada, kogo za łeb chyci, winowatego czy sprawiedliwego. Bywało już tak nie raz, nie dwa, nie dziesięć... bywało.

Wyszedł zaraz ze sądu i czekając na Dominikową, jął .medytować i rozważać w sobie całą tę sprawę. Nie mógt zrozumieć, po co i dlaczego skarżyła.

- Ni, to nie jej rozum i głowa, to jenszy, ktoś drugi przez nią sięga, ale kto?:..

Poszli z Dominikową i z Szymkiem do karczmy napić się i przegryźć coś niecoś, bo było już dobrze po południu, i chociaż mu Dominikowa napomykała z lekka, że cała ta Jewczyna sprawa to musi być robota kowala, zięcia jego, nie mógł uwierzyć.

- Co by mu z tego przyszło?
- Tyla, żeby was pokłyźnić a podać na pośmiewisko i umartwienie. Drugi człowiek jest taki, że z jenszego la samej uciechy pasy by darł.
- Dziwno mi tej zawziętości Jewczynej! Bom nie ukrzywdził w niczym, a jeszczem za chrzest tego jej bękarta dał dobrodziejowi worek owsa...
- Służy ona u młynarza, a ten w kompanii z kowalem chodzi..: miarkujecie?!...
- Miarkuję, ino że nic rozeznać nie mogę! Napijwa się jeszcze!
- Bóg zapłać, pijcie próździ, Macieju!

Napili się raz i drugi, zjedli drugi funt kiełbasy z półbochenkiem chleba, stary kupił rządek bułek dla Józi i zabierali się do powrotu.

- Siadajcie, Dominikowa, ze mną, ckno samemu, pogwarzym...
- A dobrze, ino skoczę jeszcze do klasztoru zmówic pacierz.

Poszła, ale w dobre dwa pacierze już była z powrotem, i zaraz pojechali.

Szymek wlókł się za nimi wolno, bo w jedną szkapę i piachy były srogie, ale rozebrało go nieco, że to nie był zwyczajny picia i oszołomiony sądem, to się ino kiwał sennie w półkoszkach i raz w raz przecykając zdzierał czapkę ze łba, żegnał się nabożnie i wpatrzony nieprzytomnie w ogon szkapy, jakoby w dziedzicową twarz na sądzie, mamrotał: "...Świnia matczyna, biała cała, a ino kiele ogona czarną łatę miała..."

Słońce się już było przetaczało ku zachodowi, gdy wjechali w las.

Mało wiele pogadywali, choć siedzieli w podle siebie na przednim siedzeniu.

Czasem któreś zagadnęło jakimś słowem, że to nieobycznie siedzieć jak te mruki, ale ino tyla tego było, żeby śpik nie morzył i język nie zasechł...

Boryna poganiał źróbkę, bo wolniła, że to już do pół boków spotniała z umęczenia i gorąca, czasem pogwizdał a milczał, i coś żuł, coś ważył w sobie, coś kalkulował i często a niewidnie poglądał na starą, na jej suchą kieby z blichowanego wosku twarz, całą w podłużnych bruzdach zastygłą - poruszała bezzębnymi wargami, jakby się modliła po cichu; czasem pociągała czerwoną zapaskę barzej na czoło, bo słońce świeciło prosto w oczy, i siedziała nieruchomo, ino jej bure oczy gorzały.

- Wykopaliście ta już, co? - zagadnął wreszcie.

- A juści. Obrodziły latoś niezgorzej.

- Przychować będzie wama łacniej.

- Wsadziłam też wieprzka do karmika, bo w zapusty może się zdać...

- Pewnie, pewnie... mówiły, że Walek Rafałów przysyłał z wódką?...

- Nie on jeden, nie... ale po próżnicy ino grosz tracą...nie la takich Jaguś moja, nie.

Podniosła głowę i jastrzębimi oczami wpiła się w niego, ale Boryna, że człek był w latach, nie wicher żaden, to twarz pokazał zimną i spokojną nie do rozeznania: Długo nie rzekli ni słowa, jakby się tą niemotą mocując ze sobą.

Borynie nijako było zaczynać pierwszemu, bo jakże, w latach już był i gospodarz na całe Lipce pierwszy; no i mógł to zasię tak prosto rzec, co mu się Jaguś udała?...Honor przeciech swój miał i pomyślenie - ale że krwie gorącej był z przyrodzenia, to aże go złość porywała, że musi tak baczyć na siebie, tak kołować a zabiegać.

Dominikowa przezierała go coś niecoś i miarkowała zasię, co go tak markoci i rozbiera, ale ni słówkiem nie pomogła, ino raz w raz poglądała nań, to w ten świat i te dalekości niebieskie, aż i rzekła niechcący:

- Gorąc ci taki, kieby we żniwa.

- Rzekliście.

Jakoż i tak było, bo drogę otaczały potężne ściany boru, że żaden wiater ni przewiew nijaki nie przedzierał się z pól, a słońce wisiało prosto nad głowami i tak dogrzewało, że rozprażone drzewa stały bez ruchu i omdłałe czuby pochylały nad drogą, i tylko raz w raz puszczały bursztynowe igliwo, co kołujący spływało na drogę. Grzybny zapach bajorów i liścia dębowego aż wiercił w nozdrzach.

- Wiecie, dziwno to mnie, a i drugim, że taki gospodarz, co to i pomyślenie nie bele jakie ma, i grontu tela, posłuch u narodu - kiej wy na ten przykład, a do urzędu ambitu nie macie...

- Utrafiliście, że ambitu nijakiego nie mam. Co mi po tym? Sołtysem byłem bez trzy roki, tom dopłacił gotowym groszem. A com namarnował siebie i konisków! com się nakłyźnił i nabiegał, że i teń pies polowy nie więcej. A upadek w gospodarstwie był i marnacja, że jaże mi moja nie dała dobrego słowa...

- Miała i ona swój rozum. Urzędnikiem być zawżdy to i honor jest, i profit.
- Bóg zapłać. Strażnikowi się kłaniaj, pisarza obłapiaj za nogi i bele ciaracha, co z urzędu - też... Wielgi mi honor! Nie płacą podatków, most się popsowa, wścieknie się pies, który weźmie kłonicą po łbie - kto winowaty?...Sołtys winowaty, do štrafu sołtysa ciągają! Hale, jest profit. Dosyć ja pisarzowi i do powiatu nanosił i kur, i jajków, i gąskę niektórą...
- Prawdę mówicie, ale Pietrkowi wójtostwo do grdyki nie wraca, nie; grontu już dokupił i stodółkę dostawił, i konie ma kiej te hamany!...
- Juści, ino nie wiada, co mu z tego ostanie, kiej się urząd skończy...
- Myślicie...
- Oczy swoje mam i miarkuję se ździebko...
- Dufny ci on w siebie i z dobrodziejem koty drze.
- Aże mu się darzy, to ino bez kobietę; on se wójtuje, a ona wv garści wszyćko dzierży.

Milczeli znowu z pacierz dobry.

- A wy to nie poślecie z wódką do której?... - zapytała ostrożnie.
- I... nie biorą mę już ciągotki do kobiet, za starym...
- Nie powiadajcie po próżnicy! Ino ten stary, co się ruchać nie może, łyżki sam do gęby nie doniesie i na przypiecku se dochodzi... Widziałam, kiejście worek żyta nieśli.
- Juści, żem w sobie krzepki jeszcze, ale która by ta poszła za mnie?..
- Któren nie probant, co wie? Obaczycie!
- Starym, dzieci dorastają... a pierwszej z brzegu nie wezmę...
- Zróbcie ino zapis, a i co najpierwsze się wama nie sprzeciwią...
- La zapisu! Kiej te świnie! Za tę morgę to i młódka najczystsza a pójdzie choćby za dziada spod kościoła...
- A chłopy to za wianem nie patrzą, co?

Nie odrzekł już, jeno skropił batem źrebicę, że ruszyła z miejsca galopem.
Milczeli długo.

Dopiero gdy wyjechali z lasu na pola, między przydrożne topole, Boryna, który cały ten czas burzył się w sobie i przegryzał, wybuchnął:

- Na psy takie urządzenie we świecie! Za wszystko płać, choćby i za to dobre słowo! Źle jest, że i gorzej byc nie było. Już nawet dzieci na ojców nastają, posłuchu nie ma nijakiego, a wszystkie się żrą ze sobą kiej psy.
- Bo głupie, nie baczą, że wszystkich jednako ta święta ziemia pokryje.
- Leda jeden abo drugi od ziemi odrósł, a już do ojców z pyskiem, coby mu jego część dawali. Ze starszych się ino prześmiewają! Ścierwy, we wsi im ciasno, porządki stare im złe, ubieru nawet wstydzą się niektórzy!
- To wszystko bez to, że Boga się nie boją...
- Bez to i nie bez to, a źle jest.
- Nie idzie na lepsze, nie.

- Ma iść, kto ich ta zniewoli?

- Kara boska! Bo przyjdzie ta godzina sądu Panajezusowego, przyjdzie.

- Ale co się przódzi narodu namarnuje, tego nikt nie odbierze.

- Czasy takie, że lepiej, coby mór przyszedł.

- Czasy! Juści, ale i ludzie są winne. A kowal to co? A wójt? Z dobrodziejem się drą, ludzi buntują a tumanią, a głupie wierzą.

- Ten kowal to moja trucizna, chociaż i zięć też...

I tak se już społecznie wyrzekali na ten świat, poglądając na wieś, co była już coraz bliżej widna, przez topole.

Pod smętarzem czerwienił się już z dala rząd kobiet pochylonych i zasnutych delikatną mgłą dymów, a wkrótce i głuchy, monotonny trzepot miądlił jął raz w raz dopływać z powiewem, co się był podnosił z nizinnych łąk.

- Dobry czas na miądlenie. Zlezę przy nich, bo jest tam i Jaguś moja.

- Nic mi z drogi, to was podwiezę...

- Dobrzyście, Macieju, że jaże mi dziwno... - uśmiechnęła się chytrze.

Skręcił z topolowej na polną dróżkę, co biegła do smętarnich wrótni, i podwiózł pod smętarz, gdzie pod kamiennym szarym płotem, w cieniu brzóz, klonów i tych krzyżów, co się z mogiłek pochylały ku polom, kilkanaście kobiet miądliło zawzięcie suchy len, aż mgła pyłów wisiała nad nimi i długie włókna czepiały się żółtych listków brzóz i wisiały u czarnych ramion krzyżów; w podle, na prętach rozpiętych, nad dołami, w których paliły się ognie, przesuszano len mokrawy jeszcze.

Miądlice ostro klapały, aż cały rząd kobiet pochylał się ciągle w krótkich a prędkich drganiach, i tylko coraz któraś się prostowała, roztrzepywała przygarść lnu z ostatnich paździerzy, zwijała ją w kukłę libo w chochoła i rzucała na rozpostartą płachtę przed siebie.

Słońce, że się już było przetoczyło nad lasy, świeciło im prosto w twarze, ale nic to - robota, śmiechy, wesołe słowa nie ustawały ani na to oczymgnienie.

- Szczęść Boże na robotę! - zawołał Boryna do Jagny, która miądliła z kraja zarno; w koszuli była ino a w czerwonym wełniaku i w chustce na głowie od kurzu.

- Bóg zapłać! - odrzuciła wesoło i modre, ogromne oczy podniosła na niego, i uśmiech przeleciał przez jej urodną, opaloną twarz.

- Suchy, córuchno, co? - pytała stara, obmacując obmiądlone garście.

- Suchy kiej pieprz, jaże się łamie... - Znowu spojrzała na starego z uśmiechem, aż ciarki przeszły po nim, że świsnął batem i odjechał, ale raz w raz się obracał za nią, choć już widna nie była, bo mu jak żywa stała w oczach...

- Dzieucha kiej łania... W sam raz - rozmyślał.

ROZDZIAŁ 4

Była niedziela - cichy, opajęczony i przesłoneczniony dzień wrześniowy.
Na ściernisku, tuż za stodołami, pasł się dzisiaj cały inwentarz Borynowy a
pod brogiem wysokim i pękatym, okrążonym zieloną szczotką żyta,
wykruszonego przy układaniu, leżał Kuba, dawał baczenie na inwentarz i
uczył pacierza Witka - często pokrzykiwał na niego albo i zasie szturchał
biczyskiem, bo chłopak mylił się i latał oczami po sadach.

- Bacz, coć rzekłem, bo to pacierz - upominał poważnie

- Dyć baczę, Kuba, baczę.

- To czegój ślepiasz po sadach?

- Widzi mi się, co są jeszcze jabłka u Kłębów...

- Zjadłbyś! A sadziłeś je to, co? Powtórz "Wierzę".

- Wyście też nie wywiedli kuropatwów, a wzieniście całe stado.

- Głupiś! Jabłka są Kłębowe, a ptaszki Panajezusowe, rozumiesz!

- Aleście je wzieni z dziedzicowego pola...

- I pole jest Panajezusowe. Hale, jaki mądrala, powtórz "Wierzę".

Powtarzał prędko, bo go już kolana bolały od klęczenia, ale nie ścierpiał...

- Widzi mi się, co źróbka idzie w Michałową koniczynę! - krzyknął gotowy
do biegnięcia.

- Nie bój się o źróbkę, a patrz pacierza...

Kończył wreszcie, ale już nie mógł wytrzymać, przysiadał na piętach,
wykręcał się na wszystkie strony, a zoczywszy bandę wróbli na śliwkach,
śmignął w nie grudką ziemi i śpiesznie bił się w piersi.

- A ochfiarowanie to zjadłeś kiej ulęgałkę, co?

Powiedział ochfiarowanie i z wielką ulgą wziął się do śpiącego Łapy i jął z
nim baraszkować.

- Ale, gził się cięgiem będzie, kiej ten cielak głupi. - Poniesiecie
dobrodziejowi ptaszki?

- Poniesę...

- Spieklibym w polu.

- Spiecz se ziemniaków. Co mu się zachciewa!

- Idą już do kościoła! - zawołał Witek, spostrzegając przez płoty i drzewa
migające czerwone zapaski na drodze.

Słońce przygrzewało niezgorzej, że wszystkie okna i drzwi chałup
powywierano na przestrzał; gdzieniegdzie, pod przyzbami, myto się
jeszcze, gdzie znowu czesano i zapletano warkocze, gdzie wytrzepywano
świąteczne szmaty, zmięte całotygodniowym leżeniem w skrzyniach, gdzie
już wychodzono na drogę, że raz w raz niby maki czerwone, niby georginie
żółte, co dokwitały pod ścianami, libo te nagietki i nasturcje - tak szły
kobiety strojne, szły dziewczyny, szli parobcy, szły dzieci, szli gospodarze
w białych kapotach, podobni do ogromnych żytnich snopów, a wszyscy
dążyli wolno ku kościołowi drogami nad stawem, który niby misa złota
odbijał w sobie słońce, aż oczy raziło.

A dzwony wciąż biły radosnym głosem niedzieli, odpocznienia, modlitwy.
Kuba czekał, aż przedzwonią, ale że nie mógł się doczekać, schował pęk
ptaków pod kapotę i rzekł:
- Witek, jak wydzwonią, spędź bydło do obór i przychodź do kościoła.
Ruszył, ile mógł, rychło, bo kulał srodze, dróżką biegnącą pod ogrodami, a
tak zasłaną żółtym liściem topoli, że szedł kieby po szafranowym kilimie.
Plebania stała na prost kościoła, przedzielona tylko odeń drogą, w głębi
wielkiego ogrodu, pełnego jeszcze gruszek zielonych i jabłek rumianych.
Przed gankiem, obrośniętym w poczerwieniałe wino, Kuba się zatrzymał
bezradnie, spozierając nieśmiało w okna i w sień, powywierane na oścież; a
że wejść nie śmiał, cofnął się pod wielki klomb, pełen róż, lewkonii i
astrów, od których bił słodki, upajający zapach; stado białych gołębi łaziło
po zielonym, omszonym dachu i sfruwało na ganek.
Ksiądz chodził po ogrodzie z brewiarzerm w ręku, ale raz wraz potrząsał
gruszą, to jabłonką, że słychać był ciężkie pacanie owoców o ziemię,
pozbierał je w połę sutanny i niósł do domu.
Kuba zastąpił mu drogę i pokornie podjął za kolana.
- Cóż to powiecie? Aha... Kuba Borynowy.
- Juści... dyć parę kuropatków dobrodziejowi przyniosłem.
- Bóg ci zapłać. Chodź ze mną.
Kuba wszedł ino do sieni i ostał przy progu, bo nijak nie śmiał wejść na
pokoje, poglądał tyla co przez drzwi otwarte na obrazy wiszące po
ścianach i przeżegnał się pobożnie, i westchnął, a tak się czuł olśniony tymi
ślicznościami, że aże łzy miał w oczach i koniecznie chciało mu się zmówić
pacierz, jeno że się bojał klęknąć na błyszczącej, śliskiej posadzce, żeby jej
nie powalać.
Ale i ksiądz zaraz wyszedł z pokojów, dał mu złotówkę i rzekł:
- Bóg ci zapłać, Kuba, dobry z ciebie człowiek i pobożny, bo co niedziela
chodzisz do kościoła.
Kuba podjął go za nogi, ale był tak ogłuszony radością, że ani wiedział,
kiedy znalazł się na drodze...
- Cie, za te parę ptaszków, a tylachna pieniędzy! Dobrodziej kochany! -
szeptał, przyglądając się pieniądzowi. Nieraz ci on nosił dobrodziejowi
różne ptaszki, to zajączka, to grzybków, ale nigdy jeszcze tyla nie dostał; co
najwyżej to dziesiątkę abo i to dobre słowo... A dzisiaj Jezu mój kochany!
Całą złotówkę, i na pokoje go wołał, i tyla dobrości mu powiedział... Jezus!
Aże za grdykę go coś ułapiło i łzy same leciały mu z oczów, a w sercu
poczuł taką gorącość, jakby mu kto zarzewia nasuł za pazuchę...
- Ino jeden ksiądz uszanuje człowieka, ino on jeden'...Niech ci Bóg da
zdrowie i ta Panienka Częstochowska...Dobry z ciebie pan, dobry!... Boć
cała wieś: i parobki, i gospodarze, i wszystkie, to ino go kulasem
przezywali, a niezgułą, a darmozjadem, a nikto dobrego słowa nigdy nie
dał, nikto nie pożałował - chyba ino te koniska abo i te pieski... a przecież
rodowy był... gospodarski syn... nie znajda żaden... nie obieżyświat, a

chrześcijan prawy, katolik...

Podnosił głowę coraz wyżej i coraz hardziej, prostował się, jak mógł, i z góry, wyzywająco prawie patrzył na świat, na ludzi wchodzących na smętarz i na te konie, co stały pod murem przy wozach; nadział czapę na skołtunioną głowę i wolno, godnie ruszył do kościoła, jak gospodarz jaki, zatykając ręce za pas i tak zamiatając krzywą nogą, że kurzawa za nim wstawała.

Nie, nie ostał dzisiaj w kruchcie jak zawdy, jak przystało la niego, jeno się mocno jął przepychać przez ciżbę i parł prosto aż przed wielki ołtarz - aż tam, gdzie stawały same gospodarze, gdzie stojał Boryna i wójt sam; kaj stawały te, co nosiły baldach nad dobrodziejem, abo i te, co ze świecami kiej kłonice trzymali straż przy ołtarzu w czas Podniesienia.

Patrzyli na niego ze zdumieniem i zgrozą, a z często gęsto usłyszał przykre słowo i odebrał takie spojrzenie, jako ten pies, który się tam ciśnie, gdzie go nie wołają. Ale Kuba nic sobie z tego dzisiaj nie robił; ściskał w garści pieniądz, a duszę miał pełną słodkości i dobroci, jakoby po spowiedzi się czuł abo zasie i lepiej.

Zaczęło się nabożeństwo.

Uklęknął przy samej kracie i śpiewał z innymi, zapatrzony pobożnie w ołtarz, gdzie u góry był Bóg Ociec, siwy Pan i srogi, rychtyk podobny do dziedzica z Drzazgowej Woli, a w pośrodku sama Częstochowska w złocistym obleczeniu patrzyła na niego... a wszędy lśniła się pozłota, jarzyły się świece i stały bukiety papierowych czerwonych kwiatów... a ze ścian i z okien kolorowych wychylały się złote obręcze i święte, surowe twarze, i smugi złota, purpury, fioletu niby tęcza padały na jego twarz i głowę, całkiem jakby się unurzał w stawie przed zachodem, kiedy .słońce bije w wodę. I poczuł się jakoby w niebie w tych ślicznościach, że ruchać się nie śmiał, ino klęczał wpatrzony w czarniawą, słodką, matczyną twarz .Częstochowskiej, ino mówił pacierz za pacierzem spieczonymi wargami, a potem ino śpiewał tak żarliwie, tak ze wszystkich sił duszy wierzącej, tak sercem pełnym ekstazy, że jego zaschły, skrzypiący głos rozlegał się najdonośniej.

- Beczycie, Kuba, kiej ta koza żydowska! - szepnął mu ktoś z boku.

- La Pana Jezusa i tej Panienki... - mruknął, przerywając, bo się kościół uciszył. Ksiądz wszedł na ambonę, i wszyscy zadarli głowy i wpatrywali się w dobrodzieja, który w białej komży pochylił się nad narodem i czytał Ewangelię - a światła i farby biły na niego z okien, że widział się wszystkim jako ten anioł płynący na tęczy... Ksiądz mówił długo i tak mocno, że jaki taki westchnął skruszonym sercem, niejednemu łzy pociekły, a który znów zasie spuszczał oczy i kajał się w sumieniu - i obiecywał poprawę... A Kuba patrzył w dobrodzieja, jak w obraz święty, i aż mu dziwno było, że to ten sam dobry pan, co mówił do niego i dał mu złotówkę bo teraz wyglądał jak archanioł na ognistym wozie brzasków, twarz mu pobladła, oczy ciskały błyskawice, gdy zaczął podnosić głos i wypominać narodowi grzechy wszelkie, a skąpstwo, a pijaństwo, a rozpustę, a czynienie szkód, nieszanowanie starszych, bezbożność! I wołał wielkim głosem o upamiętanie się, błagał, zaklinał, prosił - aż Kuba nie wytrzymał i jął się trząść w sobie z winy tych wszystkich grzechów, z żalów, ze skruchy i ryknął głośnym płaczem, a za nim naród cały: kobiety, gospodarze nawet, że płacz się uczynił w kościele, chlipanie, wycieranie nosów, a gdy ksiądz z pokutną modlitwą zwrócił się do ołtarza i padł na kolana - jęk przeleciał kościół, i naród, jak las przygięty wichurą, runął twarzami na podłogę, aż kurz się podniósł i niby obłokiem osłonił te serca skruszone i łzami, westchnieniami, krzykiem wołające do Pana o zmiłowanie.

A potem cichość zapadła, cichość rozmodlenia i serdecznej rozmowy z Panem, bo zaczęła się suma - organy huczały zgłuszonym, pokornym a głębokim głosem aż dusza Kuby zamierała z lubości i szczęścia nieopowiedzianego...

A potem głos księdza podnosił się z nagła od ołtarza i płynął nad pochylonymi głowami strugą brzmień przenikających i świętych; to dzwonki krótką salwą dźwięczały, to dymy kadzideł biły pachnącymi słupami i niby obłokiem pokrywały klęczących i rozmodlonych - a Kubę napełniały taką rozkoszą, aż wzdychał ino, rozkładał ręce, bił się w piersi i zamierał z tej słodkiej niemocy, a szmery modlitw, westchnienia, nagłe wykrzyki i jęki gdzieniegdzie, gorące oddechy, światła, dymy, głos organów zatapiały go jakoby w świętym śnie, jakoby w zapamiętaniu.

- Jezus! Jezus mój kochany! - szeptał olśniony i nieprzytomny, a złotówkę mocno dzierżył w garści, bo gdy po Podniesieniu Jambroży zaczął obchodzić z tacką i pobrzękiwać, by słyszeli, że zbiera na światło, Kuba powstał, rzucił mocno pieniądz i długo, jako że tak czynili gospodarze, wybierał sobie reszty dwadzieścia i sześć groszy.

- Bóg zapłać - usłyszał z lubością.

I kiedy roznosili świece, bo nabożeństwo było z wystawieniem i procesją, Kuba wyciągnął śmiało rękę, i chociaż okrutnie chciało mu się wziąć całą - wzion jednako najmniejszą, ogarek prawie, bo spotkał się z surowym, karcącym wzrokiem Dominikowej, co stała w podle niego z Jagusią - zapalił ją wnet, bo już i ksiądz ujął monstrancję, obrócił się z nią do ludu, że padli na twarz. Zaintonował pieśń i schodził wolno po stopniach ołtarza w ulicę z nagła uczynioną z głów rozśpiewanych, świateł płonących, barw ostrych i głosów jękliwych; procesja ruszyła, organy huknęły potężnie, dzwonki poczęły rytmicznie dzwonić, lud pochwycił wtór i śpiewał jednym ogromnym głosem wiary; a przodem ciżby, w skrętach rozchwianych świateł, migotał srebrny krzyż, kołysały się niesione feretrony, całe w tiulach a kwiatach i koronach szychowych, a już we drzwiach wielkich, którymi przez obłoki dymów kadzielnych buchało słońce, rozwijały się na wietrze pochylone chorągwie i niby ptaki purpurowe i zielone łopotały skrzydłami.

Procesja obchodziła kościół.

Kuba osłaniał dłonią świecę i trzymał się uparcie tuż przy księdzu, nad którym Boryna i kowal, i wójt, i Tomek Kłąb nieśli czerwony baldachim, a spod niego promieniała monstrancja złota i tak była cała w ogniach słońca, że przez środek szklany widać było bladą, przeźroczystą Hostię świętą...
Tak był nieprzytomny, że raz w raz się potykał i nadeptywał drugim na nogi.
- Uważaj, niedojdo!
- Pokraka, kulas jeden! - rzucali mu, poszturchując nierzadko.
Nie słyszał nic z tego; śpiew ludu brzmiał potężnym głosem, podnosił się jak słup, jak fala, zda się, płynął i bił w słońce blade; dzwony huczały nieustannie spiżowymi ustami, aż trzęsły się lipy i klony, i raz w raz jakiś czerwony liść odrywał się i niby ptak spłoszony spadał na głowy, a wysoko, wysoko nad procesją, nad czubami drzew pochylonych, nad wieżą kościoła krążyło stado gołębi zestraszonych...

....

A po nabożeństwie naród wysypał się na smętarz przykościelny; wyszedł i z innymi Kuba, ale się dzisiaj nie śpieszył do domu, chociaż wiedział, że będzie na obiad mięso z tej dorzniętej krowy - nie, postawał, pogadywał ze znajomkami, a przysuwał się do swoich gospodarzy, bo i Antek z żoną stojali w kupie z drugimi i poredzali, jak to w niedzielę po sumie zwyczajnie.
A w drugiej gromadzie, co się już była skupiła za wrotniami na drodze, rej wodził kowal, duży chłop, ubrany już całkiem z miejska, bo w czarnej kapocie, pokapanej woskiem na plecach, i w granatowym kaszkiecie, spodnie miał na buty i srebrną dewizkę na kamizelce; twarz miał czerwoną i rude wąsy, i włosy pokręcone; rajcował donośnie a pośmiewał się, że aż rechotał, bo wykpis to był na całą wieś, że niech Bóg broni dostać mu się na jęzór. Boryna ino strzygł oczami ku niemu a nadsłuchiwał, bo się bojał jego gadania, że to nawet rodzonemu kowal nie przepuścił, a cóż dopiero teści, z którym był w wojnie o wiano żonine - ale nic nie wymiarkował, bo mu się nawinęły pod oczy Dominikowa z Jagną, wychodzące z kościoła - szły wolno, jako że i gęsto było narodu na smętarzu, i że się witały to z tym, to z owym i pogadywały słowem niektórym, bo chociaż wszystkie były sobie znajome a pokumane i powinowate i z wsie jednej, że często ino bez płot libo o miedzę siedzieli - a zawżdy pogwarzyć przed kościołem miło jest i potrzeba... Dominikowa rozwodziła się cichym, nabożnym głosem o dobrodzieju, a Jagna rozglądała się po ludziach, jako że wzrostem równa była i chłopom najroślejszym, a strojna dzisiaj była, że aż oczy rwała parobków, co się w kupę zbili przed wrótniami, na drodze, kurzyli papierosy i szczerzyli do niej zęby. Bo i urodna była, i strojna, i takiej postury, że i drugiej dziedzicównie z nią się nie mierzyć.
Dziewuchy ano i kobiety żeniate, przechodzące mimo spozierały na nią z zazdrością abo i zgoła przystawały w podle, abych nasycić oczy tym jej

wełniakiem pasiastym i sutym, co jak tęczą mazurską mienił się na niej, to na jej czarne trzewiki wysokie, zasznurowane aż po białą pończochę czerwonymi sznurowadłami, to na gorset z zielonego aksamitu, tak wyszyty złotem, że aż się w oczach mieniło, to na sznury bursztynów i korali, co otaczały jej, białą, pełną szyję - pęk różnobarwnych wstążek zwieszał się od nich na plecach i gdy szła, wił się za nią niby tęcza.

Ale Jagna nie widziała zazdrosnych spojrzeń, błądziła modrymi oczami po głowach i natknąwszy się na wlepione w siebie oczy Antka, oblała się rumieńcem i pociągnąwszy matkę za rękaw, ruszyła przodem, nie czekając.
.
- Jagna, poczekaj! - krzyknęła za nią matka witając się z Boryną.

Zatrzymała się na drodze, bo i parobcy hurmem ją otoczyli i poczęli witać a przymawiać złośliwie Kubie, któren szedł za nią, wpatrzon kieby w obraz.

Splunął jeno i powlókł się do domu, bo i gospodarze już ciągnęli, i trza było zajrzeć do koni.

- Całkiem kiej na tym obrazie! - zawołał bezwiednie, siedząc już w ganku.

- Kto, Kuba? - pytała Józia, szykująca obiad.

Spuścił oczy, bo wstyd mu się zrobiło i strach, żeby nie poznali.

Ale że obiad był syty a długi, to i wrychle zapomniał; bo mięso było, była i kapusta z grochem, był i rosół z ziemniakami, a na amen postawili niezgorszą miseczkę kaszy jęczmiennej, uprażonej ze słoniną.

Jedli wolno, poważnie i w milczeniu, dopiero kiej zasycili pierwszy głód, jęli pogadywać i smakować w jadle...

Józia, że to ona dzisiaj była za gospodynią, to ino przysiadała czasami na kraju ławki, pojadała spiesznie, a pilnie baczyła, czy warza nie schodzi, by przynieść z izby garnki i dołożyć, by nie powiedzieli, że w misce dnieje.

A obiadowali na ganku, że to czas był cichy i ciepły.

Łapa kręcił się i skamlał, to obcierał się o nogi jedzących, zazierał do misek, aż mu raz w raz ktoś rzucił kostkę jaką, z którą uciekał pod przyzbę, abo zasie ucieszon obecnością gospodarzy i że wspominano jego imię, szczekał radośnie i gonił za wróblami, co się były wieszały po płotach, oczekując na okruszyny.

A drogą często ktoś przechodził i pozdrawiał jedzących, że hurmem odpowiadali.

- Pono ptaszki nosiłeś dobrodziejowi? - zagadnął Boryna.

- Nosiłem, nosiłem! - Położył z nagła łyżkę i jął opowiadać, jaku go to ksiądz wezwał na pokoje, jaku tam piękne, że tyla księgów.

- Kiedy tu un wszystkie przeczyta? - ozwała się Józia

- Kiedy? A wieczorami! Chodzi se po pokojach, popija arbatę i cięgiem czyta.

- Musi być... nabożne wszyćkie - wtrącił Kuba

- Przeciech nie lementarze.

- A gazety to co dnia stójka przynosi - dorzuciła Hanka.

- Bo w gazetach piszą, co się dzieje we świecie... ozwał się Antek.

- I kowal z młynarzem trzymają gazetę.

- I... to i taka kowalowa gazeta! - rzekł urągliwie Boryna.

- Takutka sama kiej księża - powiedział ostro Antek.

- Czytałeś? Wiesz?

- Czytałem i wiem, a bo raz!

- I nie zmądrzałeś nic z tego, że się zadajesz z kowalem.

- La ojca to ino ten mądry, co chocia z półwłóczek ma abo i ogonów krowich z mendel.

- Zawrzyj gębę, pókim dobry! A to ino okazji szuka, żeby się kłyźnić! Chleb cię to rozpiera, widzę... mój chleb...

- Ością on mi już stoi we grdyce, ością...

- Szukaj se lepszego, na Hanczynych trzech morgach będziesz jadł bułki.

- Będę żarł ziemniaki, ale mi ich niktój nie wymówi.

- Nie wymawiam ci i ja...

- Ino kto drugi?... Haruj jak ten wół, jeszcze ci słowa dobrego nie dadzą...

- We świecie jest lekciej, nie trza robić, a dadzą wszystko...

- Pewnie, że jest lepiej.

- To se idź i posmakuj.

- Z gołymi rękami nie pójdę.

- Kijek ci dam, cobyś się miał czym od piesków oganiać.

- Ociec! - wrzasnął Antek zrywając się z ławki, ale padł zaraz, bo Hanka ujęła go wpół, a stary popatrzył groźnie, przeżegnał się, jako że już było po obiedzie, i odchodząc do izby rzekł twardo:

- Na wycug do ciebie nie pójdę, nie!

Porozchodzili się zaraz ,ino Antek ostał i medytował, Kuba wyprowadził konie na koniczysko za stodoły, uwalił się pod brogiem, aby się przespać, ale spać nie mógł, ciężyło mu w żywocie jedzenie, a i ta myśl, że gdyby miał jaką strzelbę, toby mógł tyle ustrzelać ptaszków i zajączka niektórego, że co niedzielę nosiłby dobrodziejowi.

Kowal by strzelbę zrobił, jako to i borowemu zmajstrował taką, że jak strzeli w lesie, to aż we wsi się rozlega?

- Mechanik jucha! Ale pięć rubli trza mu za taką zapłacić! - rozmyślał. - Hale skąd wziąć?... na zimę idzie, kożuch trza kupić, buty też dłużej jak do Godów nie wydzierżą... Juści, winne mi są jeszcze dziesięć rubli i dwoje szmat, portki i koszulę... Kożuch choćby i z pięć...krótki będzie... buciska ze trzy... a to i czapka by się zdała...a rubla trza zanieść dobrodziejowi na wotywę za ojców...Ścierwa... że i nic nie ostanie!... - Splunął i zaczął z kieszeni w lejbiku wybierać okruchy tytoniowe i natrafił na ten pieniądz, o którym był zapomniał w czasie obiadu... - - - Jest ci gotowy grosz, jest! - Odechciało mu się spać nagle; od karczmy rozległ się daleki, przecedzony głos muzyki i jakby echa pokrzyków.

- Tańcują se juchy i gorzałę piją, i papierosy kurzą! - westchnął i legł znowu na brzuchu, i patrzył na spętane konie, że zbiły się w kupę i gryzły po karkach, a rozmyślał, że wieczorem musi i on zajść do karczmy i kupić sobie tytoniu, i chociaż popatrzeć na balujących. Raz w raz oglądał pieniądz i spoglądał na słońce, wysoko było jeszcze i szło dzisiaj tak wolno ku zachodowi, jakby se też krzynkę odpoczywało niedzielnie... A rwało go tak do karczmy, że wydzierżeć nie mógł, przekładał się ino z boku na bok i postękiwał z tęskności, ale nie poszedł zaraz, bo akuratnie zza stodoły wyszedł Antek z Hanką i szli miedzą w pola.

Antek szedł przodem, a Hanka z chłopakiem na ręku za nim, czasem coś rzekli i szli wolno, a coraz to Antek pochylał się nad rolą i dotykał ręką wschodzących ździebeł.

- Idzie... gęste kiej szczotka... - mruknął i obejmował oczami te morgi, które obsiewał za odrobek ojcu.

- Gęste, ale ojcowe lepsze, idzie kiej bór! - mówiła
Hanka patrząc na sąsiednie zagony.

- Bo rola lepiej doprawiona.

- Mieć ze trzy krowy, toby i ziemia się pożywiła.

- I konia swojego.

- I przychować co na sprzedaż. A tak, co? Każdą plewę, każdą obierzynę ociec rachują i mają za wielgie rzeczy.

- I wszystko wypomina!..
Zamilkli nagle ,bo uczucie krzywdy zalało im serca żalem, gniewem i głuchym, szarpiącym buntem.

- Ino osiem morgów by wypadło - wykrzyknął bezwiednie.

- Juści, że nie więcej. Przecież to i Józka i kowalowa, i Grzela, i my - wyliczała.

- Kowalowe by spłacić i ostać przy chałupie i półwłóczku...

- A masz to czym? .jęknęła aże w tym uczuciu bezsilności tak silnym, że łzy jej pociekły po twarzy, gdy ogarnęła oczami te pola ojcowe, tę ziemię jak złoto czyste, gdzie i pszenica, i żyto, i jęczmień, i buraki od skiby do skiby siać było można... Tyle dobra, a to wszystko cudze... nie ich...

- Nie bucz, głupia, zawżdy z tego osiem morgów nasze...

- Żeby chociaż z połowa z chałupą i z tym kapuśniskiem! - wskazała na lewo, w łąki, gdzie modrzały długie zagony kapusty; skręcili ku nim.

Siedli na kraju łąk pod krzami, Hanka pokarmiała dziecko, bo płakać poczęło, a Antek skręcił papierosa, zapalił i ponuro patrzył przed się...

Nie mówił on żonie, co go żarło we wątpiach, ni co mu leżało na sercu niby węgiel rozżarzony, bo aniby mógł wypowiedzieć, niby zrozumiała go dobrze...

Zwyczajnie, jak kobieta, co ni pomyślenia nie ma, ni niczego nie wymiarkuje sama, ino żyje se jako ten cień padający od człowieka...

- A gospodarstwo, a dzieci, a kumy - to i cały świat la niej. Każda kobieta taka, każda... - rozmyślał gorzko i aż go ścisnęło za serce... - Ten ptak, co polatuje nad łęgami, ma lepiej niźli człowiek drugi... Co mu tam za kłopoty! Polatuje se, pośpiewuje, a Pan Jezus obsiewa la niego pola, że ino mu zbierać a pożywiać się...

- A bo to i gotowych pieniędzy ociec mieć nie ma? zaczęła Hanka.

- Przeciech!...

- A Józce to kupił korale takie, że i krowę by kupił za nie, a Grzeli to cięgiem do wojska śle pieniądze.

- Słać śle... - odpowiadał myśląc o czym innym.

- A przeciech to ukrzywdzenie wszystkich! A szmaty po matce to dusi w skrzyni i nawet na oczy nie pokaże... A wełniaki takie, a chusty, a czepki, a paciorki... - jęła długo wyliczać dobro wszelkie i krzywdy, i żale, i nadzieje, a Antek milczał zawzięcie, aż zniecierpliwiona szturchnęła go w ramię.

- Śpisz to?...

- Słucham, gadaj se, gadaj, to ci ulży! A jak skończysz, to mi powiedz...

Hanka, że to płaksiwa była, a i zebrało się jej dużo w duszy, buchnęła płaczem i jęła mu wyrzucać, że mówi do niej jak do dziewki jakiej, że nie dba o nią ani o dzieci.

Aż Antek zerwał się na równe nogi i zawołał urągliwie :

- Wykrzykuj sobie, te gapy ano cię usłyszą i pożalą się nad tobą! - Wskazał oczami na wrony lecące mimo nad łąkami, nacisnął czapkę i wielkimi krokami poszedł ku wsi.

- Antek, Antek! - wołała za nim żałośnie, ale ani się odwrócił.

Obwinęła chłopaka i popłakując szła miedzami z powrotem do domu; ciężko jej było na sercu - ani pogadać ani wyżalić się przed kim na dolę swoją. A to człowiek żyje cięgiem jak ten samson, że nawet do sąsiadów pójść nie pójdzie i pogadaniem serca nie ucieszy. Dałby jej Antek kumy! Nic, ino siedź w chałupie a haruj, a zabiegaj, a jeszcze słowa dobrego nie usłyszysz! Inne do karczmów chodzą a na wesela... a ten Antek... bo to mu dogodzić można?... Czasem taki, że i do rany przyłóż... to znowu całe tygodnie ledwie bąknie jakie słowo i ani spojrzy... nic, jeno medytuje a medytuje... Prawda, że ma i o czym! Bo i ten ociec nie mógłby to już gront im odpisać, nie czas to staremu iść na wycug? A dyć dogadzałaby mu, że i rodzonemu nie byłoby u niej lepiej...

Chciała przysiąść do Kuby, ale przypiął się plecami do brogu i udawał, że śpi, choć mu słońce świeciło prosto w oczy, dopiero gdy zniknęła za węgłem stodoły, podniósł się, otrzepał ze słomy i wolno jął się przebierać pod sadami ku karczmie... paliła go ano ta złotówka...

A karczma stała na końcu wsi, za plebanią, na początku topolowej drogi.

Ludzi było mało co; muzyka czasem pobrzękiwała, ale nikt nie tańcował jeszcze, za rano było, i młodzi woleli gzić się w sadzie albo wystawać na podjeździe i pod ścianami, gdzie na świeżych, żółtych jeszcze belkach siedziało sporo dziewczyn i kobiet, a w wielgiej izbie z czarnym, okopconym pułapem pusto prawie było, małe przepalone szybki przesiewały czerwone przedzachodnie światło tak słabo, że ino smuga leżała na powybijanej podłodze, a w kątach mrok zalegał. Jakieś ludzie siedzieli za stołami pod ścianą, ale rozeznać nie rozeznał, kto taki?

Jeden Jambroży z brackim od światła stojał pod oknem z buteleczką w garści - przepijali gęsto do siebie i pogadywali...

Basy buczały jako ten bąk, kiej się wedrze do izby ze dworu i lecący huczy... a czasem skrzypka z nagła zapiskała cienko jakoby ptaszek wabiący abo i bębenek zahurkotał i pobrzękiwał... ale wnet cichość zalegała.

Kuba poszedł prosto do szynkwasu, za którym siedział Jankiel w jarmułce i w koszuli tylko, bo ciepło było, pogłaskiwał siwą brodę, kiwał się i wyczytywał w książce, przykładając oczy prawie do samych kart.

Kuba się namyślał, przestępował z nogi na nogę, przeliczał pieniądze, podrapywał się po kołtunach i stał tak długo, aż Jankiel spozierał na niego i nie przestając się kiwać i modlić, brzęknął raz i drugi kieliszkami...

- Półkwaterek, ino krzepkiej! - zarządził wreszcie.

Jankiel w milczeniu nalewał i lewą rękę wyciągał po pieniądze...

- W szkło? - zapytał, zgarnąwszy do opałki zaśniedziałe miedziaki.

- Juści, że nie w but!...

Usunął się na sam koniec szynkwasu, wypił pierwszy kieliszek, splunął i jął poglądać po karczmie; wypił drugi, przyjrzał się buteleczce pod światło, stuknął nią mocno.

- Dajcie no drugi i machorki! - rzekł śmielej, bo błoga ciepłość go przejęła po gorzałce i dziwna moc rozlała mu się po kościach.

- Zasługi dzisiaj Kuba odebrał?

- Gdzieby... Nowy Rok to?

- Może dolać araku?

- Ale... nie chwaci... - Przeliczył pieniądze i żałośnie spojrzał na flaszkę araku.

- Poborguję, albo ja to Kuby nie znam!...

- Nie trzeba... chto borguje, ten się z butów zzuje...-powiedział ostro.

Mimo to Jankiel postawił przed nim flaszeczkę araku.

Opierał się, już nawet brał się wyjść, ale jucha harak tak zapachniał, że jaże w nosie wierciło, więc się i nie zmagał dłużej, jeno wypił nie medytując.

- Zarobiliście w lesie?... - pytał Jankiel cierpliwie.

- Nie w lesie... ptaszków, com je w sidła chycił, zaniesłem dobrodziejowi sześć i dali mi złotówkę...

- Złotówkę za sześć! Ja bym za każdego dał Kubie dziesiątkę.

- Jakże, przeciech kuropatwy to koszerne?... - zdumiał się.

Niech Kubę głowa o to nie boli... niech tylko przyniesie dużo, a za każdą dostanie zaraz do ręki po dziesiątce. Asencję postawię na zgodę, co?

- I po całym dziesiątku Jankiel zapłaci?...

- Moje słowo nie ten wiatr. A za te sześć... to Kuba miałby nie dwa półkwaterki czystej, a cztery z arakiem i śledzia, i bułkę, i paczkę machorki... rozumie Kuba?...

- Juści... cztery półkwaterki z arakiem i śledzia... i...juści, nie bydlem przeciech, to miarkuję... rychtyk prawda! Cztery półkwaterki z harakiem... i machorka, i bułków... i całego śledzia... - Mroczyła go już wódka i nieco rozbierała.

- Przyniesie Kuba?...
- Cztery półkwaterki... i śledź... i... Przyniesę... Cie, żebym to miał strzelbę... - ozwał się przytomniej i jął znowu obliczać - kożuch na ten przykład z pięć rubli... buty by się zdały... ze trzy ruble... ni; nie chwaci... a kowal by chcieli z pięć rubli za fuzję... tyla co od Rafała... ni... myślał głośno.

Jankiel zrobił szybkie obliczenie kredą i szepnął mu cicho do ucha:
- Zastrzeliłby Kuba sarnę?..
- Ale, z pięści nie zastrzeli, a z fuzji tobym juchę ustrzelił...
- Kuba umie strzelić?...
- Jankiel jest Żyd, to i nie wie, a we wsi wiedzą wszystkie, że chodziłem z dziedzicami do boru, że mi ten kulas przestrzelili... to umieć umiem...
- Ja dam strzelbę, dam proch, dam, co potrzeba... a Kuba, co ustrzeli, przyniesie do mnie! Za sarnę dam całego rubla... słyszy?... Całego rubla! Za proch Kuba zapłaci piętnaście kopiejek od sztuki, odtrącę... A za to, co się fuzja będzie psuć, to Kuba przyniesie ćwiartkę owsa...
- Rubla za sarnę... a niby ja za proch piętnaście... całego rubla!... niby jak to?...

Jankiel znowu wyliczał mu szczegółowo....
- Owsa?... Przeciech koniom od pyska nie odejmę...to jedno zrozumiał.
- Po co brać koniom ! U Boryny jest i gdzie indziej...
- To niby... - wytrzeszczał oczy i kalkulował.
- Wszystkie tak robią! A Kuba myślał, skąd parobcy mają pieniądze?... Każdemu trzeba machorki, a kieliszka wódki, a potańcować w niedzielę!... To skąd wziąć?...

Jakże... złodziej to jestem, parchu jeden, czy co?.. zagrzmiał nagle bijąc pięścią w stół, aż kieliszki podskoczyły.
- Co się Kuba rzuci! Niech Kuba płaci i idzie sobie do diabła !...

Ale Kuba nie zapłacił i nie poszedł, nie miał już pieniędzy i winien był Żydowi... to się ino sparł ciężko o szynkwas i jął sennie obliczać, a Jankiel udobruchał się i nic już nie mówił...

Tymczasem do karczmy napływało coraz więcej ludzi, bo już mrok gęstniał, zapalili światło, muzyka raźniej się ozwała i gwar się podnosił; naród kupił się przy szynkwasie, pod ścianami albo i zgoła w pośrodku izby i rail, pogadywał, użalał się, a kto niekto i przepijał do drugiego, ale z rzadka, bo nie na pijaństwo przyszli, jeno tak sobie po sąsiedzku postać, pogwarzyć, skrzypic posłuchać abo i basów, coś niecoś posłyszeć nowego; niedziela przeciech to odpocząć ni folgę dać ciekawości nie grzech, a choćby i ten kieliszek wypić z kumami... byle przystojnie i bez obrazy boskiej się obyć obyło, to i sam dobrodziej nie bronił... Jakże, i bydlę na ten przykład po pracy odpocząć rade i musi. A zaś przy stole zasiedli gospodarze starsi i kobiety niektóre, przyodziane w czerwone wełniaki i chusty, że widziały się jako te malwy rozkwitłe, a że razem wszyscy mówili, to ino szum szedł po karczmie, kiejby boru, i tupot nóg, jakoby bicie cepami w klepisko, i głos tych skrzypic, co cięgiem śpiewały figlujący.

- A chto będzie za mną gonił?... za mną gonił..."
- "Oto ja.:. oto ja... oto ja..." - odbąkiwały stękając basy, a bębenek trząsł się ino, a chichotał, a baraszkowal i wrzawę czynił brzękadłami.

Niewiela ludzi tańcowało, ale tak ostro przytupywali, aże dyle podłogi skrzypiały i stół dygotał, że raz w raz flaszki pobrzękiwały i wywracały się kieliszki...

Ale ochoty wielgiej nie było, bo i okazji, jako to przy weselach bywa abo i zrękowinach, nie było. Tańcowali ot tak sobie, la uciechy jednej abo dla wyprostowania nóg i grzbietów; tylko chłopaki, co mieli późną jesienią do wojska stawać, zabawiali się mocniej i pili na frasunek, co i nie dziwota, bo mieli ich w tyli świat pognać, do obcych.

A wójtów brat najgłośniej wykrzykiwał, a po nim Marcin Białek, Tomek Sikora i Paweł Boryna, stryjeczny Antka, któren i sam przyszedł do karczmy o zmroku, tylko że nie tańcował dzisiaj, a siedział w alkierzu, z kowalem i z drugimi, i Franek młynarczyk, niski, krępy i kędzierzawy, ten ci gadatywus był największy i zbereźnik, i kpiarz, i na dzieuchy tak łakomy, że często gęsto pysk miał zbity i podrapany. Ale że dzisiaj ochlał się zaraz miejsca, jak to nieboskie stworzenie, to ino tał przy szynkwasie z grubą Magdą od organisty, która była już w szóstym miesiącu.

Dobrodziej już to wypominał na ambonie i naganiał go do ożenku, ale Franek słuchać nie chciał, że to do wojska stawać miał jesienią, to co mu ta po babie...

Magdusia właśnie ciągnęła go w kąt, do nalepy, i cosik mu mówiła płaczącym głosem, a on jej na to raz w raz powiadał:

- Głupiaś! Nie latałem za tobą . Chrzciny zapłacę i z rubla rzucę, jak mi się spodoba!... - Nieprzytomny był i pchnął ją, aż przysiadła na nalepie komina w podle Kuby, który już spał w popiele, a z nogami na izbie - chlipała tam sobie cicho, a Franek poszedł znowu pić i brać dziewczyny do tańca - gospodarskie nie chciały bo młynarczyk, cóż to? Parobek prawie. A proste dziewki też, bo pijany był i w tańcu zbereżeństwa czynił, to ino spluną i wziął się z Jambrożym całować i z gospodarzami, którzy że mieli w młynie zboże, stawiali swoje...

- Wypijcie, Franek, a zmielcie rychlej, bo już mi baba głowę kołacze, że na kluski nie ma i ździebka mąki.
- A moja o kaszę cięgiem mi turkocze...
- Że to i ospa la karmika potrzebna... -. mówił trzeci.

Franek pił, obiecywał i przechwalał się głośno, że we młynie wszystko idzie jego głową, że młynarz słuchać go musi, bo jakby nie... to on zna takie sztuki, że robaki zalęgną się w skrzyniach... woda wyschnie... ryby wyzdychają, skoro jeno chuchnie na staw... mąka się tak zwarzy, że i placka z niej nie upiecze...

- Oskubałabym ci ten łeb barani, żebyś mnie tak zrobił! - wykrzyknęła Jagustynka, która zawsze bywała tam, gdzie i wszyscy, bo chociaż nie pijała, że to mało kiedy był ten grosz gotowy, ale zdarzyć się mogło ,co kum postawił półkwaterkę jaką albo powinowaty drugą bo się jej ostrego języka bali. Toć i Franek ,choć był pijany a zlękł się jej i zamilknął ,bo wiedziała o nim różne różności ,jak to we młynie gospodarzy ,a ona ,że to już była podpita nieco ,ujęła się pod boki przytupywała w takt i nuż wykrzykiwać

- Tańcują kiej muchy w smole! Jewka, a ruchajże się. Ganiała gdziesik po nocy, a teraz śpi w tańcu. Tomek! A prędzej! A to ci tak cięży ta ćwiartka, coś ją Janklowi sprzedał, co?... Nie bój się, ociec jeszcze nie wiedzą. Marysia! Zadawaj się z rekrutami, zadawaj, a proś mę z miejsca na kumę...

I tak dalej dogryzała po kolei tacznikom; niepomiarkowana była i zła na wszystkich, że to dzieci ją skrzywdziły, a ona na starość na wyrobek chodzić musiała, ale że nikto nie odpowiadał, wykrzyczała się i poszła do alkierza, gdzie siedział kowal z Antkiem i kilku młodszych gospodarzy.

Lampa wisiała u czarnego pułapu i mdłym żółtawym światłem rozjaśniała jasne, powichrzone głowy - siedzieli dokoła stołu, wsparli się mocno na rękach wszyscy oczy utkwili w kowala, który pochylony nad stołem, czerwony, rozkładał szeroko ręce, czasem bił pięścią i gadał z cicha:

- Prawdę mówię, bo tak stoi w gazecie wypisane, wyraźnie jak wół... Nie tak ludzie żyją we świecie jak u nas, nie:

- Co jest? Dziedzic ci panuje, ksiądz ci panuje, urzędnik ci panuje - a ty ino rób a z głodu zdychaj i każdemu się nisko kłaniaj, żebyś po łbie nie oberwał...

A grontu mało, że niedługo to i po zagonie na człowieka nie starczy!

- A dziedzic ma sam więcej niż dwie wsie razem...

- Powiadali wczoraj na sądach, że nadawać będą nowe grunta.

- Jakie?

- Czyjeż by - a dworskie!-

- Ale! Daliśta dziedzicom, to odbierać będzieta! Ale cudzym już się rządzą - krzyknęła Jagustynka nachylając się do nich ze śmiechem.

-...I sami się rządzą - ciągnął dalej kowal nie zważając na babie powiedzenie nic - a wszyscy we szkołach się uczą, we dworach mieszkają i panami są...

- Gdzie to tak? - zapytała Antka, który zaraz z kraju siedział.

- W ciepłych krajach! - odrzucił.

- To kiej tak dobrze, czemuż to kowal tam nie pojechał, co?... Smoluch jucha, łże jak ten pies i tumani, a wy głupie wierzyta! - zawołała namiętnie.

- Mówię po dobremu: idźcie sobie, Jagustynko, skądżeście przyszli...

- A nie pójdę! Karczma la wszystkich, a ja taka dobra za swoje trzy grosze jak i ty! Ale, nauczyciel jaki, Żydom się wysługuje, z urzędnikami trzyma, o staję czapkę przed dziedzicem zdejmuje, a te mu wierzą!... Pyskacz jeden!...Wiem ja... - ale już nie skończyła, bo ją kowal krzepko ujął pod żebra, nogą otworzył drzwi i wyrzucił do wielkiej izby, że padła jak długa w pośrodku.

Nie pomstowała nawet, tylko powstawszy rzekła wesoło:

- Krzepki jucha kiej koń, zdałby mi się taki na chłopa...

Naród gruchnął śmiechem, a ona wyszła zaraz pomstując z cicha.

Ale już i karczma pustoszała, muzyka zmilkła, ludzie się rozchodzili do domów, to stawali kupkami przed karczmą, bo to i wieczór był ciepły i jasny, księżyc świecił, tylko rekruci jeszcze ostali i pili na umór i wykrzykiwali, a Jambroży, spity jako bydlę, wylazł na środek drogi i wyśpiewywał, taczając się ze strony na stronę.

A i ci z alkierza, z kowalem na czele, wyszli.

Potem, kiedy już Jankiel począł. gasić światła, rekruci się wytoczyli, ujęli się mocno pod ręce i szli całą drogą śpiewający z gardła wszystkiego, aże psy ujadały i jaki taki z chałupy wyjrzał...

Kuba tylko spał wciąż w popiele tak krzepko, aż go Jankiel budzić musiał, ale parobek wstać nie chciał, kopał, to grzmocił w powietrze i mruczał:

- Pódzi, Żydzie. Jak chcę, tak spał będę... gospodarz jestem, to wolę swoją mam, a tyś żółtek i parch!...

Wiadro wody pomogło, że wstał i wytrzeźwiał nieco, jeno ze strachem a zdumieniem słuchał, jako całego rubla przepił - którego winien jest...

- Jakże?... dwa półkwaterki z harakiem... całego śledzia... machorki... i jeszcze dwa półkwaterki... to już cały rubel?... Jakże?... dwa... - majaczyło mu się.

Jankiel przekonał go w końcu i porozumieli się co do strzelby, którą Żyd miał mu przywieźć z jarmarku, a na zgodę postawił esencji ze spirytusem...

Tylko owsa stanowczo Kuba przynosić nie obiecywał.

- Ociec Kubów złodziej nie był, to i syn jego złodziej nie jest.

- Idźcie już sobie, czas spać... a ja mam jeszcze pacierze odmawiać...

- Ci!... spekulant jaki! Do złodziejstwa namawia, a pacierze mówił będzie...
- mruczał idąc ku domowi i jął sobie przypominać i kalkulować, bo nijak nie chciało mu się w głowie pomieścić, że całego rubla przepił... ale że jeszcze nie wytrzeźwiał i powietrze go rozebrało, to potaczał się ździebko, a i raz w raz właził na płoty, to na budulec leżący gdzieniegdzie przed chałupami i klął...

- Żeby was, juchy, pokręciło!... Łajdusy jedne... żeby tak drogę pozastawiać!... nic, jeno się pochlały... zbereźniki... a dobrodziej na darmo wypomina... a dobrodziej...-tu się zastanowił długo i miarkował, aż i wreszcie chyciło się go rozeznanie i żałość taka, aż przystanął, oglądał się dookoła, pochylał szukając czego by twardego do ręki... ale zapomniał wnet i chwycił się za kudły, i jął się prać po pysku kułakiem i wykrzykiwać:

- Pijanica jesteś i świnia zapowietrzona! Do dobrodzieja cię zawlekę, niech cię wypomni przed całym narodem, żeś pies i pijanica... żeś dwa po dwa półkwaterki... żeś całego rubla przepił... żeś jako to bydlę abo i gorszy!...

żeś. .

I żałość z nagła go objęła nad sobą, że przysiadł na drodze i buchnął
płaczem.

Jasny, ogromny księżyc płynął w przestrzeniach ciemnych, a
gdzieniegdzie, z rzadka kieby srebrne gwoździe, gwiazdy błyskały; mgły
szarą, nikłą przędzą motały się nad wsią i przesłoną powlekały nad
wodami. Niezgłębiona cichość nocy jesiennej przejmowała świat, tylko
gdzieniegdzie wyrywały się śpiewy wracających z karczmy albo ujadania
psów.

A na drodze przed karczmą Jambroży taczał się ze strony na stronę i
śpiewał wciąż, nieustannie, aż do wytrzeźwienia:

Da Maryś moja, Maryś!
Da komu piwo warzysz?
Da komu piwo warzysz?..
Da Maryś moja, Maryś!...

ROZDZIAŁ 5

Jesień szła coraz głębsza.

Blade dnie wlekły się przez puste, ogłuchłe pola i przymierały w lasach
coraz cichsze, coraz bladsze - niby te święte Hostie w dogasających
brzaskach gromnic.

A co świtanie - dzień wstawał leniwiej, stężały od chłodu i cały w
szronach, i w bolesnej cichości ziemi zamierającej; słońce blade i ciężkie
wykwitało z głębin w wieńcach wron i kawek, co się zrywały gdzieś znad
zórz, leciały nisko nad polami i krakały głucho, długo, żałośnie... a za nimi
biegł ostry, zimny wiatr, mącił wody stężałe, warzył resztki zieleni i rwał
ostatnie liście topolom pochylonym nad drogami, że spływały cicho niby
łza - krwawe łzy umarłego lata, i padały ciężko na ziemię.

- A co świtanie - wsie budziły się później: leniwiej bydło szło na paszę,
ciszej skrzypiały wierzeje i ciszej brzmiały głosy przytłumione martwotą i
pustką pól, i ciszej, trwożniej tętniło życie samo - a niekiedy przed
chałupami albo i w polach widni byli ludzie, jak przystawali nagle i
patrzyli długo w dal omroczoną, siną... albo i te rogate, potężne łby
podnosiły się od traw pożółkłych i przeżuwając z wolna, zatapiały ślepia w
przestrzeń daleką... daleką...i kiedy niekiedy głuchy, żałosny ryk tłukł się
po pustych polach.

A co świtanie - mroczniej było i zimniej, i niżej dymy rozsnuwały się po
nagich sadach, i więcej ptaków zlatywało do wsi i szukało schronienia po
stodołach i brogach, a wrony siadały na kalenicach, to wieszały się na
nagich drzewach lub krążyły nad ziemią kracząc głucho - jakoby pieśń
zimy śpiewając żałosną.

Południa były słoneczne, ale tak martwe i nieme, że poszumy lasów
dochodziły głuchym szmerem i bełkot rzeki rozlegał się jak łkanie bolesne,

a szczątki babiego lata rwały się nie wiadomo skąd i przepadały w ostrych, zimnych cieniach chałup.

A smętek konania był w tych południach cichych, na pustych drogach leżało milczenie, a w odartych z liści sadach czaiła się głęboka melancholia żałości i trwogi zarazem.

I często, coraz częściej niebo powlekało się burymi chmurami, że już o letnim podwieczorku musiano schodzić z pól, bo mrok ogarniał świat...

Doorywano podorówki, że niektóry kładł skibę ostatnią już o gęstym mroku, a wracając do dom obzierał się jeszcze za się za rolę i żegnał ją westchnieniem do wiosny.

A na przedwieczerzę często spadały deszcze, krótkie były jeszcze, ale zimne i coraz częściej przeciągały się do zmroku - do długiego jesiennego zmroku, w którym jak kwiaty złote płonęły okna chat i szkliły się kałużami puste drogi - a mokra zimna noc tłukła się o ściany i pojękiwała w sadach.

Nawet ten bociek z przetrąconym skrzydłem, co się był ostał i którego widywano samotnie brodzącym po łąkach, przychodzić jął pod bróg Boryny abo i zasię na samo podwórze, gdzie mu Witek skwapliwie podrzucał na przynętę jadło.

A i dziady różne coraz częściej nawiedzały wieś; i te zwyczajne, proszalne, co z torbą głęboką i z pacierzem długim szły od drzwi do drzwi, przeprowadzane ujadaniem piesków - a były i drugie, insze, takie, co od miejsc świętych ciągnęły i znały Ostrą Bramę, Częstochowę i Kalwarię, a rade opowiadały długimi wieczorami, co się gdzie we świecie dzieje i jakie cuda się gdzie stały, a trafiał się niekiedy i taki, który po cichu powiadał się aż z Ziemi Świętej i takie cudeńka prawił, takie kraje znał, przez takie wielgachne morza jechał, tyla przygód doznał, że aż dziw ogarniał słuchających pobożnie, a niejednemu i uwierzyć było trudno w to wszystko... Ale chciwie słuchał, jako że każden rad się czegoś nowego dowiedział, a i wieczory były długie, i do świtu wyspać się jeszcze można było choćby i na oba boki.

Hej! Jesień to była, późna jesień!

I ani przyśpiewków, ni pokrzyków wesołych, ni tego ptaszków piukania, ni nawoływań nie słychać było we wsi - nic, jeno ten wiatr, pojękujący w strzechach, jeno te dżdże, sypiące jakoby szkliwem po szybach, i to głuche, wzmagające się co dnia bicie cepów po stodołach.

Lipce martwiały równo, jako te pola ókólne, co wyczerpane, szare, odarte w odpocznieniu leżały i cichości tężenia; jako te drzewiny nagie, poskręcane, żałobne, drętwiejące z wolna na długą, długą zimę...

Jesień to była, rodzona matka zimy.

Ino się tym pokrzepiano, że nie ma jeszcze pluchy, że drogi nie bardzo rozmiękły i może wytrzyma pogoda do jarmarku, na którén całe Lipce się wybierały, jakby na odpust jaki.

Bo jarmark miał być na świętą Kordulę, walny i ostatni już przed Godami, więc się nań wszyscy szykowali należycie.

Już na parę dni przedtem deliberowano po wsi, co by się sprzedać dało, czy z inwentarza, czy z ziarna abo też z drobnego przychówku. A że na zimę szło, to i kupować trza było niemało i z przyodziewku, i ze sprzętów, i z różnych różności gospodarskich, z czego i różne turbacje poszły, i swary, i kłótnie po chałupach, boć wiadomo przeciech, że u nikogój się nie przelewa a o grosz gotowy coraz to trudniej.

A tu i rychtyk w ten czas i płacić przychodziło podatki, to gminne składki i spłaty różne między sobą, a często i przednówkowe pożyczki, a jak niejeden to i zasługi służbie - tyla tego razem, że niektóren, choćby i z półwłókowych, ciężko wzdychał i kalkulował, a nic nie wychodziło bez wyprowadzenia na jarmark konia abo i krowy, a już o biedniejszych to i nie ma co rzec.

Więc też i jaki taki wyprowadzał krowinę przed oborę, wycierał jej ognojone boki wiechetkiem i na noc przyrzucał koniczyny, to gotowanego jęczmienia z kartoflami. byle jeno wypęczniała ździebko; który znów przysposabiał stare, poślepłe całkiem wywłoki, żeby chyla tyla do koni były podobne na ten przykład. Insze znowu młóciły zawzięcie dnie całe, żeby zdążyć na jarmark.

I u Borynów sposobiono się raźnie; stary z Kubą domłócał pszenicy, a Józka z Hanką, co im ino czasu ostawało, to podpasały maciorę i te gąski wybrane z ostawianych na chowanie, Antek zaś z Witkiem, że to leda dzień spodziewano się deszczów; jeździli do boru po susz na ogień i po ściółkę, z której co poszło do obory, a resztę zwalali pod chałupę do ogacenia ścian.

I tak ta przyspieszona robota trwała aż do późna w noc ostatnią przed jarmarkiem; dopiero gdy pszenica już we worach leżała na wozie wtoczonym do stodoły i wszystko było przyrządzone na jutro - siedli wszyscy razem do wieczerzy w Borynowej izbie.

Na kominie buzował się wesoły ogień ze świerczyny, potrzaskujący cięgiem, a oni jedli wolno i w milczeniu, ze to po spracowaniu nikomu się odzywać nie chciało, aż dopiero kiedy skończyli i gdy już kobiety posprzątały miski i garnki z ławy, Boryna rzekł, coś niecoś przysuwając się do komina:

- Przed świtaniem trza ruszyć!

- Juści, że nie później - odrzekł Antek i zabrał się do smarowania uprzęży, Kuba strugał bijak do cepów, a Witek obierał kartofle na rano i raz w raz poszturchiwał Łapę, który leżał obok i wybierał sobie pchły zębami.

Cichość się uczyniła, że ino ogień trzaskał i świerszcze za kominem poskrzypiwały niekiedy, a z drugiej strony domu dochodził plusk wody i szczękanie mytych garnków.

- Kuba, ostaniesz to w służbie dłużej, co?

Kuba spuścił ośnik, którym strugał, i zapatrzył się w ogień tak długo, aż Boryna mu przypomniał.

- Słyszałeś, com ci rzekł?

- Słyszeć słyszałem, ino tak w głowę zachodzę, że po prawdzie to krzywdy mi nijakiej u was nie było... Juści, ale ino... - urwał zakłopotany.

- Józia, daj no gorzałki i co przegryźć, co mamy na sucho radzić, kiej Żydy jakie - zarządził stary i przysunął przed komin ławkę, na której Józia wnet postawiła butelkę, wianek kiełbasy i chleb.

- Napij się, Kuba, i rzeknij swoje słowo.

- Bóg zapłać, gospodarzu... Ostać, tobym się ostał, ino...ino...

- Postąpię ci coś niecoś!...

- Przydać by się przydało, bo to i kożuch zlatuje ze mnie., i buciska też, a i kapot jaki kupiłbym... już jak ten dziadak jaki jest człowiek, że nawet do kościoła iść, to ino do kruchty... bo jakże mi przed ołtarz w takim obleczeniu...

- A w niedzielę nie baczyłeś na to, inoś się pchał tam, gdzie najpierwsze... - rzekł surowo Boryna.

- Juści... Hale... Prawda... - bąkał srodze zawstydzony i ciemny rumieniec oblał mu twarz.

- A to i dobrodziej naucza, żeby szanować starszych. Napij no się, Kuba, na zgodę i słuchaj, coć rzeknę, a sam się pomiarkujesz, że co parobek, to nie gospodarz... Kużden ma swoje miejsce i la każdego co innego Pan Jezus wyznaczył. Wyznaczył ci Pan Jezus twoje, to go się pilnuj i nie przestępuj, na pierwsze miejsce się nie pchaj i nie wynoś się nad drugie - bo zgrzeszysz ciężko. I sam dobrodziej ci powtórzy to samo, że tak być musi, bych porządek na świecie był. Miarkujesz se, Kuba?

- Nie bydlem przeciech i swoje pomyślenie mam.

- To baczże, byś się nad drugie nie wynosił.

- I... inom bliżej ołtarza chciał być...

- Pan Jezus z każdego kąta słyszy, nie bój się. I po co się pchać między najpierwsze, kiej wszyscy wiedzą, ktoś jest?

- Juści, juści... gospodarzem byłbym, to i baldach nosić bym nosił, a i dobrodzieja pod pachę wiódł, i w ławkach siadał, i z książki głośno śpiewał... a żem ino parobek, chocia i syn gospodarski, to mi w kruchcie stać abo przed drzwiami, jako te pieski... - powiedział smutno.

- Takie już na świecie urządzenie jest i nie twoja głowa zmieni.

- Pewnie, że nie moja, pewnie.

- Napij się jeszcze, Kuba, i rzeknij, co ci mam zasług dodać.

Kuba wypił, ale że go już nieco zamroczyła gorzałka, to uwidziało mu się, że w karczmie siedzi z Michałem od organisty abo i z drugim kamratem i rajcują se swobodnie, wesoło, jak równy z równym. Rościebnął ździebko kapotę, wyciągnął nogi, buchnął pięścią w ławkę i zakrzyknął:

- Cztery papierki i rubla zadatku dołoży - to ostanę.

- Widzi mi się, żeś pijany abo ci się w głowie popsuło - zawołał. Boryna, ale Kuba szedł już za myślą swoją i dawnym marzeniem, a zresztą nie słyszał gospodarskiego głosu, więc rozprostowywał skurczoną duszę, rósł w ambit i taką pewność siebie, jakoby samym gospodarzem się poczuł.

- Cztery papierki i jeszcze jeden zadatku dołoży, to u niego ostanę, a nie, to psiachmać na jarmark pójdę i służbę se znajdę, choćby i na furmana do cugowych we dworze... Znają mię, iżem robotny i na wszystkim w polu czy kiele domu się znający, że niejednemu gospodarzowi bydło paść u mnie -a uczyć się... A nie, to ptaszki strzelał będę i dobrodziejowi nosił abo i Janklowi... a nie...

- Cie... Kuternoga jeden, jak bryka. Kuba! - krzyknął ostro stary.

Kuba zamilkł, wytrzeźwiał z rozmarzenia, ale hardości nie stracił, bo jął się nieustępliwym czynić, że Boryna rad nierad dorzucał mu po półrublu, to po złotówce, aż i stanęło, że obiecał mu na przyszły rok dołożyć trzy ruble i dwie koszule miasto zadatku.

- Ho, ho, ptaszek z ciebie - wołał stary przepijając do niego na zgodę, choć zły był, że tyla pieniędzy wywalić musi, ale wagować się nie było co, bo Kuba wartał i więcej, robotny parob, choćby i za dwóch, gospodarskiego nie ruszył i o inwentarz dbał więcej niźli o siebie, choć i kulawy był, i mocy wielkiej nie miał, ale na gospodarstwie się znał - można się całkiem spuścić na niego, że wszystko, jak przynależało, zrobi i jeszcze najemnika przypilnuje.

Poradzili jeszcze o tym i o owym, i gdy się rozchodzili, Kuba już ode drzwi nieśmiało całkiem się ozwał:

- Zgoda na trzy ruble i dwie koszule, ino... ino... nie przedawajcie źrebicy... przy mnie się ulęgła... kożuchem swoim przyodziewałem, żeby nie przemarzła... tobym nie ścierpiał, żeby ją Żyd jaki bijał libo i łachmytek z miasta... Nie sprzedawajcie... złoto, nie źrebica... kiej ten dzieciak posłuszna... koń taki, że i drugi człowiek - prosty pies przy niej. Nie sprzedawajcie...

- Ani mi to w głowie nie postało.

- Bo w karczmie powiedali i... bojałem się...

- Opiekuny, psiekrwie, zawżdy najlepiej wiedzą!

Kuba byłby go za nogi ułapił z radości, ino śmieć nie śmiał, to nadział czapę i poszedł rychło, jako że i czas było spać bacząc na jarmark jutrzejszy.

....

Jakoż i nazajutrz, jeszcze przed świtaniem, że nieledwie po drugich kurach, a już na wszystkich drogach i ścieżkach do Tymowa ruszali się ludzie.

Kto jeno żył, to z całej okolicy walił na jarmark.

Nad ranem upadł mocny deszcz, ale po wschodzie przetarło się nieco, ino niebo było zasnute burymi chmurzyskami, a nad nizinnymi ziemiami wsiały mgły szare, kieby zgrzebne płótna, do cna przemiękłe, i po drogach szkliły się kałuże, a gdzieniegdzie po dołkach błoto chlupało pod nogami.

I z Lipiec wychodzono od wczesnego rana.

Na topolowej drodze za kościołem i hen, aż do lasów, widny był łańcuch wozów, toczących się wolno, krok za krokiem, taka ciżba była, a bokami, po obu stronach, ino się mieniło od czerwonych wełniaków i białych kapot chłopskich.

Tyla narodu szło, jakby wieś cała wychodziła.

Szli gospodarze co biedniejsi, szły kobiety, szły parobki i dziewczyny, i komornicy też szli, a i biedota sama -najemnicy takoż ciągnęli, bo jarmark to był ten, na którym godzono się do robót i zmieniano służby.

Kto co kupić, kto sprzedać, a jensi byle jarmaku użyć.

Którén wiódł na postronku krowinę albo i ciołaka, kto zaś gnał przed sobą maciorę z prosiętami, co ino pokwikiwały i rwały się tak, że trza je było cięgiem oganiać i stróżować, bych pod wozy nie wpadły; jenszy człapał się na szkapie; drugie oganiały wystrzyżone barany, gdzieniegdzie zaś bieliło się stadko gęsi z podwiązanymi skrzydłami, to grzebieniaste koguty wyzierały spod zapasek kobiecych... A i wozy niezgorzej jechały wyładowane, raz w raz z jakiegoś półkoszka spod słomy wyzierał ryj karmnika i kwiczał, aż gęsi gęgały zestrachane i psy, co szły zarówno z ludźmi, doszczekiwać poczynały przy wozach I szli tak całą drogą, że choć szeroka była, a pomieścić się trudno wszystkim było, że jaki taki schodził na pole w bruzdy.

O dużym już dniu, kiej się tak przetarło na niebie, że ino, ino słońca było patrzeć, wyszedł i Boryna z chałupy; próćdzi już, bo o świtaniu, Hanka z Józką pognały maciorę i podpasionego wieprzka, a Antek powióżł dziesięć worków pszenicy i pół korczyka czerwonej koniczyny. W domu ostawał tylko Kuba z Witkiem i Jagustynka, przywołana, żeby jeść uwarzyła i krów dojrzała.

Witek beczał w głos pod oborą, bo chciało mu się na jarmark.

- Czego się to głupiemu zachciewa! - mruknął Boryna, przeżegnał się i poszedł pieszo, bo liczył, że się po drodze przysiędzie do kogo; jakoż i zaraz tak się stało, bo tuż za karczmą dopędził go organista, jadący bryczką w parę tęgich koni.

- Cóż to, na piechty, Macieju?

- La zdrowia... Niech będzie pochwalony.

- Na wieki. Siadajcie z nami, zmieścimy się! - proponowała organiścina.

- Bóg zapłać. Doszedłbym, ale jak powiadają, zawżdy milej duszy, kiej ją wóz ruszy - odrzekł sadowiąc się na przednim siedzeniu, plecami do koni.

Podali sobie przyjaźnie ręce z organistami i konie ruszyły.

- A pan Jaś skąd się wziął, to już nie w klasach? - zapytał chłopca, siedzącego z parobkiem i powożącego.

- Przyjechałem tylko na jarmark! - zawołał wesoło organiściuch.

- Zażyjcie, francuska... - proponował organista pstrzykając w tabakierkę. Zażyli i pokichali solennie.

- Cóż tam u was? Sprzedajecie co dzisiaj?

- Bogać ta nie, powieźli do dnia pszenicę, a kobiety pognały świnię.

- Aż tyle! - wykrzyknęła organiścina. - Jasiu, weź szalik, bo chłodno! - zawołała do syna.

- Ciepło mi, zupełnie ciepło - zapewniał, lecz mimo to okręciła mu czerwonym szalem szyję.

- Abo to wychody małe? Już nie wiada, skąci brać na wszystko...
- Nie narzekajcie, Macieju, chwalić Boga, macie dosyć...
- Przeciech tej ziemi nie ugryzę, a gotowego grosza w zapasie nie ma.
- Bo rozpożyczacie... mało to macie po ludziach?... Wiedzą sąsiedzi, jak kto siedzi!...

Ale Boryna, nierad tym wypominkom przy parobku, pochylił się szybko i cicho zapytał:

- A pan Jaś długo będzie jeszcze w klasach?
- Do świąt jeno.
- Wróci do dom czy też do urzędu pójdzie?
- Moiściewy, a cóż by w domu robił na tych piętnastu morgach. A mało to jeszcze drobiazgu!... A czasy ciężkie, jak z kamienia... - westchnęła.
- Bo i prawda, chrztów to ta jeszcze jest dosyć, ale co z tego za profit!
- Pochówków nie brakuje przeciech - dorzucił ironicznie Boryna.
- I... co za pochowki, sama biedota mrze, a ledwie parę razy w rok zdarzy się jakiś gospodarski pogrzeb, z którego coś kapnie.
- A i wotyw coraz mniej, a i targują się jak te Żydy! - dorzuciła.
- Z biedy to wszystko idzie i ze złych czasów .- usprawiedliwiał Boryna.
- Ale i z tego, że ludzie o zbawienie swoje ani tych w czyśćcu ostających nie zabiegają. Proboszcz nieraz o tym mówił do mojego.
- I dworów coraz mniej. Dawniej, kiedy się jeździło po snopkach czy z opłatkami, czy po kolędzie, czy też po spisie - to jak w dym do dworu - nie żałowali i zboża, i pieniędzy, i leguminy. A teraz, Boże zmiłuj się, każdy gospodarz się kurczy i jak ci da snopczynę żyta, to pewnie zjedzoną przez myszy, a jak tę ćwiartczynę owsa dostaniesz, to pewnie plew w nim więcej niźli ziarna. Niech żona powie, jakie mi to jajka dawali latoś za spis wielkanocny - więcej niż połowa była zbuków. Żeby człowiek nie miał tej trochy gruntu, toby jak dziad żebrać musiał - zakończył podsuwając Borynie tabakierkę.
- Juści, juści... - potakiwał Boryna, ale nie jego tumanić, wiedział ci on dobrze, że organista pieniądze ma i na procenta albo i na odrobek komornikom rozpożycza, to ino uśmiechał się na te wyrzekania i znowu spytał o Jasia...
- I cóż, do urzędu pójdzie?...
- Co? Mój Jaś do urzędu, na pisarka? Nie po tom sobie od gęby odejmowała, żeby skończył szkoły, nie. Do seminarium pójdzie na księdza...
- Na księdza!
- A bo mu to źle będzie? A bo to który ksiądz ma źle?...
- Pewnie, pewnie... a i honor jest, i to, jak powiadają, że kto ma księdza w rodzie, temu bieda nie dobodzie... powiedział wolno i z szacunkiem poglądał przez ramię na chłopaka, pogwizdującego koniom, że to przystanęły nieco dla potrzeby swojej...

- Mówili, że i młynarzów Stacho księdzem miał być a teraz jest pono we wielgich szkołach i na dochtora praktykuje...
- Ale, księdzem by być takiemu łajdusowi, przecież moja Magda jest już w szóstym miesiącu, i to od niego...
- Powiedali, że to od młynarczyka.
- Ale, prawda była, młynarzowa tak gada, żeby swojego zasłonić. Rozpustnik to, że niech ręka boska broni, prawie mu iść na doktora.
- Juści, że księdzem być lepiej, bo to i Panu Jezusowi chwała, i ludziom na pociechę - pogłaskał ją chytrze Boryna, bo co się tam miał spierać z kobietą, i całkiem uważnie słuchał jej wywodów, a organista raz po raz uchylał czapki i głośnym: "Na wieki!" odpowiadał na pozdrowienia wymijanych ludzi. Jechali truchtem i Jasio chwacko wymijał wozy, to ludzi, to inwentarz prowadzony, aż dopadł lasu, gdzie już luźniej było i droga szersza.

Zaraz na skraju dopędzili Dominikową, jechała z Jagną i Szymkiem, a krowa uwiązana za rogi szła za wozem, z którego wyglądały białe szyje gąsiorów, cięgiem syczących, jako te żmije.

Pochwalili Boga, a Boryna aż się wychylił przy mijaniu i zawołał:
- Spóźnita się!
- Zdążym na czas! - odkrzyknęła Jagna ze śmiechem.

Przejechali, ale organiściuch parę razy obracał się za nią, aż w końcu spytał:
- To Jagusia Dominikowa?
- Ona ci sama, ona - powiedział Boryna patrząc z oddalenia na nią.
- Nie poznałem, bo dobrze już ze dwa lata jej nie widziałem.
- Młódka to jest jeszcze, a wtedy bydło pasała. Rozbuchała się ino, kiej jałowica na koniczynie - i aż się wychylił, żeby spojrzeć na nią.
- Bardzo ładna - rzucił chłopak.
- Jak wszystkie dziewki - powiedziała organiścina pogardliwie.
- Juści, że gładka. Udała się dzieucha, toteż nie ma tygodnia, żeby kto do niej z wódką nie posyłał.
- Przebierna! Stara myśli, że co najmniej to już jaki rządca zjedzie po nią, i parobków odgania... - szepnęła zjadliwie.
- Bo mógłby ją wziąć i taki, co siedzi choćby i na włóce... warta tego...
- To tylko wam posłać swatów, Macieju, kiedy ją tak chwalicie! - zaczęła się śmiać; a Boryna już się nie ozwał ni słowem.
- Hale, taki tam łachmytek miescki, wielga mi osoba, co ino gospodarskim kurom pod ogon uważa, czy la niej jajków nie niosą, abo i ludziom w garście, będzie się ta przekpiwała z rodowych gospodarzy! Wara ci od Jagusi!- myślał, zeźlony silnie, i ino poglądał przed się, na czerwieniejący zapaskami wóz Dominikowej, który ostawał coraz dalej, bo Jasio tęgo prażył konie, że rwały z kopyta, aż się błoto otwierało.

Próżno organiścina pogadywała o tym i owym, kiwał głową, cosik tam mamrotał pod nosem i tak się zawziął, że ozwać się nie chciał ni słowem jednym.

I skoro tylko wjechali na wyboisty bruk miasteczka, zesiadł z bryczki i jął dziękować za podwiezienie.

- Pod wieczór wracamy, chcecie, to się przysiądźcie do nas - proponowała.

- Bóg zapłać, mam przeciech swoje konie. Powiedziały by, że się do kalikowania godzę, na pomocnika organiście.... a ja ta nuty nijakiej nie wyciągnę i świeców gasić nienauczny...

Pojechali w boczną uliczkę, a on się z wolna przedzierał przez główną, do rynku, bo jarmark był sielny i choć to jeszcze dość rano, a narodu już się gęstwiło niezgorzej; wszystkie ulice, place, zaułki i podwórza zawalone były ludźmi, wozami i towarem różnym - nic, jeno ta wielka woda, do której cięgiem jeszcze ze wszystkich stron dopływały nowe rzeki ludzkie i cieśniły się, kolebały, toczyły po ciasnych uliczkach, aże domy się trząść zdały i rozlewały po wielkim placu klasztornym. Niewielkie jeszcze po drodze błoto, tutaj bite i rozrabiane tysiącami nóg, było już po kostki i tryskało spod-kół na wszystkie strony.

Gwar już był znaczny, a wzmagał się z każdą chwilą; głucha wrzawa huczała niby bór, kiej morze się kolebała, biła o ściany domów i przewalała z końca w koniec, że tylko niekiedy słychać było ryki krów, to granie katarynki przy karuzeli, to płaczliwe lamentacje dziadów albo ostre, przenikające piszczałki koszykarzy.

Jarmark był wielki, co się zowie, narodu skupiło się tyla, że i przejść było niełatwo, a już w rynku pod klasztorem to Boryna przez siłę pchać się musiał, taki gąszcz się czynił między kramami.

Było też tego, że ani przeliczyć, ni objąć - gdzieby zaś tam kto poradził.

A najpierwej te płócienne, wysokie budy, co stały wzdłuż klasztoru we dwa rzędy, zapchane całkiem towarem kobiecym - a płótnami, a chustkami, co wisiały na żerdkach i jako te maki były czerwone, że aż się w oczach ćmiło, a drugie zasię całkiem żółte się widziały, a insze buraczkowe... i kto je tam wszystkie spamięta! A dzieuch i kobiet pełno tu przed nimi, że i kija nie było gdzie wrazić - która targowała i wybierała sobie, a drugie aby ino popatrzeć i oczy se ucieszyć ślicznościami.

A potem znów szły kramy, co się aż lśniły od paciorków, lusterek, szychów, a wstążek, a kryzków onych na szyję, a kwiatuszków zielonych, złotych i różnych... a czepków i Bóg ta wie czego jeszcze.

Gdzie znowu święte obrazy przedawali w pozłocistych ramach i za szkłem, że choć stały pod ścianami albo i zgoła na ziemi leżały, a szedł od nich blask, że jaki taki do czapki sięgał i znak krzyża czynił świętego.

Boryna kupił jedwabną chustkę na głowę dla Józki, którą był jeszcze na zwiesnę obiecał dziewczynie za pasionkę, wsadził za pazuchę i jął się przepychać do targowiska świńskiego, co było za klasztorem.

Ale szedł wolno, że to ciżba była sroga i że się popatrzeć było na co.

Gdzie czapnicy pod domami porozwieszali szerokie drabiny, zawieszone od góry do dołu czapkami.

Gdzie znów szewcy tworzyli całą ulicę wysokich kozłów drewnianych, na których, sczepione za uszy, wisiały szeregi butów, i takich zwyczajnych, żółtych do smarowania przetopionym sadłem, żeby wody nie puściły; i takich już pod glanc przyszykowanych, i ciżem kobiecych z czerwonymi sznurowadłami a na wysokich obcasach.

A za nimi ciągnęły się rymarze z chomątami na kołkach i uprzężą rozwieszoną.

A potem powroźnicy i ci, co sieci sprzedawali.

I ci, co z sitami po świecie jeździli.

I ci, co z kaszą po jarmarkach się wodzili.

A kołodzieje, a garbarze.

Gdzie znowu krawce i kożuszarze rozwiesili swoje towary, od których bił taki zapach aże w nozdrzach wierciło; te miały odbyt niezgorszy, że to na zimę szło.

A potem całe rzędy stołów, nakrytych płóciennymi daszkami, a na nich zwoje kiełbas czerwonych i grubych kiej liny, wały żółtego sadła, boczki wędzone, połcie słoniny, szynki -. spiętrzały się na kupach, a gdzie znów na hakach wisiały całe wieprzki wypaproszone i broczące jeszcze posoką, że trza było odganiać piesków, co się cisnęły.

A w podle rzeźników, jako te braty rodzone, stali piekarze i na podesłanej grubo słomie, na wozach, na stołach, w koszach i gdzie się dało, leżały góry bochnów wielkich jak koła, placków żółtych, bułek, kukiełek...

Gdzie zaś i kto przeliczy, i spamięta te wszystkie kramy i to, co w nich sprzedawali?...

Były z zabawkami i takie z piernikami, gdzie z ciasta lepione były zwierze różne, a serca, a żołnierze i cudaki takie, że i nie rozeznać bele komu; były takie, gdzie kalendarze, gdzie książki nabożne, gdzie historie o zbójach i srogich Magielonach przedawali i lementarze też; były i takie, gdzie piszczałki, organki i gliniane kuraski, i jensze muzyckie rzeczy, w które juchy żółtki la zachęty grali, że taki jazgot się czynił, że i wytrzymać trudno było bo ci tu kurasek piszczy, tam trąbka potrębuje, gdzie z piszczałek przebieraną nutę wyciągają, tam ci znowu skrzypki piskają, a ówdzie bęben pobekuje stękający - jaże we łbie łupało od wrzasku.

Zaś w pośrodku rynku dookoła drzew rozciągali się bednarze, blacharze i garncarze, porozstawiali tyle misek i garnków, że ledwie przejść można było, a za nimi stolarze; łóżka i skrzynie malowane, i szafy, i półki, i stoły aże grały tymi farbami, że oczy trza było mrużyć...

A wszędy, na wozach, pod ścianami, wzdłuż rynsztoków, gdzie ino miejsca było, rozsiadły się kobiety sprzedające; która cebule we wiankach albo i we workach;

która z płótnami swojej roboty i wełniakami; która z jajkami a serkami, a grzybami, a masłem w osełkach, poobwijanych w szmatki; inna znów zasię ziemniaki, to gąsków parę, to wypierzoną kurę, to len pięknie wyczesany, albo i motki przędzy miała; a każda siedziała przy swoim i poredzały se godnie, jak to zwyczajnie na jarmarkach bywa, a trafił się kupiec, to sprzedawały wolno, spokojnie, bez gorącości, po gospodarsku, nie tak, jako te Żydy, co wykrzykują, handryczą i ciskają się kiej głupie.

Gdzieniegdzie zaś pomiędzy wozami i kramami kurzyło się z blaszanych kominków - tam sprzedawali gorącą herbatę - a insze jadło, jako to: kiełbasę prażoną, kapustę, barszcz z ziemniakami też mieli.

I dziadów zlazło się ze wszystkich stron co niemiara: ślepych, kulawych, niemych i zgoła bez rąk i nóg, tyla jak na odpuście jakim. Wygrywali na skrzypicach pieśni pobożne, drugie śpiewali pobrzękując w miseczki, a wszystkie spod wozów, spod ścian i prosto z błocka żebrali lękliwie i wypraszali sobie ten grosik jakiś abo jensze wspomożenie.

Przejrzał to wszystko Boryna, podziwował się nad niejednym, pogwarzył coś niecoś ze znajomkami i dopchał się wreszcie na targowisko świńskie, za klasztor, na ogromny piaszczysty plac, z rzadka ino obsadzony domami, gdzie pod samym murem klasztoru, zza którego wychylały się ogromne dęby, pełne jeszcze żółtych liści, kupiło się dosyć ludzi, wozów i leżały całe zagony świń spędzonych na sprzedaż.

Rychło odnalazł Hankę z Józką, bo zaraz z kraja były.

- Sprzedajeta, co?
- Hale, już tu targowali rzeźnicy maciorę, ale mało dają...
- Świnie drogie?
- Bogać tam drogie, spędzili tyla, że nie wiada, kto ci to rozkupi.
- Są ludzie z Lipiec?
- O, hań tam mają prosięta Kłęby, a i Szymek Dominików stoi przy wieprzku.
- Uwińta się rychło, to se ździebko popatrzycie na jarmark.
- Już też i ckno tak siedzieć.
- Wiele dają za maciorę?
- Trzydzieści papierków, powiadają, że niedopasiona, bo ino w gnatach gruba, a nie w słoninie.
- Ocyganiają, jak ino mogą... ale, ma ci słoninę na jakie cztery palce... - rzekł, omacawszy maciorze grzbiet i boki. - Wieprzak chudy na bokach, ale portki ma niezgorsze na szynki - dodał spędziwszy go z mokrego piasku, w którym do pół boków leżał zanurzony.
- Za trzydzieści pięć sprzedajcie, zajrzę do Antka ino i zaraz do was przylece. Jeść wam się nie chce?...
- Pojadłyśmy już chleba.
- Kupię wam i kiełbasy, ino sprzedajcie, a dobrze. Tatulu, a nie zabaczcie o chustce, coście to jeszcze na zwiesne obiecali...

Boryna sięgnął za pazuchę, ale się wstrzymał, jakby go coś tknęło, bo tylko machnął ręką i rzekł odchodząc:

- Kupię ci, Józia, kupię... - i aż w dyrdy ruszył, bo dojrzał twarz Jagny między wozami, ale nim doszedł, sczezła gdzieś do cna, jakby się w ziemię zapadła; jął więc odszukiwać Antka; niełacno to było, bo w tej uliczce, prowadzącej z targowiska na rynek, stał wóz przy wozie, i to w rzędów parę, że środkiem i z trudem niemałym a baczeniem można było przejechać, ale wnet się na niego natknął. Antek siedział na workach i smagał batem żydowskie kury, co się stadami uwijały koło kobiałek, z których jadły konie, a półgębkiem odpowiadał kupcom:

- Powiedziałem siedem, to powiedziałem.

- Sześć i pół daję, więcej nie można, pszenica ze śniedzią.

- Jak ci, parchu, lunę przez ten pysk paskudny, to ci wnet ześniedzieje... Ale, pszenica czysta jak złoto.

- Może być, ale wilgotna... Kupię na miarę i po sześć rubli i pięć złotych.

- Kupisz na wagę i po siedem, rzekłem!

- Co się gospodarz gniewa! Kupię nie kupię, a potargować można.

- A targuj się, kiej ci pyska nie szkoda. - I nie zwracał już uwagi na Żydów, którzy rozwiązywali worki po kolei i oglądali pszenicę.

- Antek, pójde ino do pisarza i w to oczymgnienie przyjde do cie...

- Co? Na dwór skargę podajecie?

- A bez kogo to padła moja graniasta?

- Dużo to wskóracie!

- Swojego darować nie daruję.

- I... borowego przyprzeć gdzie w boru do chojaka, sprać czym twardym, żeby mu aż żebra zapiszczały- zaraz byłaby sprawiedliwość.

- Borowy? Juści, że mu się to należy, ale dworowi też - rzekł twardo.

- Dajcie mi złotówkę.

- Na co ci?

- Gorzałki bym się napił i przegryzł co...

- Nie masz to swoich?... Cięgiem ino w ojcową garść uważasz.

Antek odwrócił się gwałtownie i jął pogwizdywać ze złości, a stary, chociaż z żalem i markotnością, wysupłał złotówkę i dał.

- Żyw wszystkich swoją krwawicą... - myślał i spiesznie się przeciskał do ogromnego, narożnego szynku, gdzie było już sporo ludzi pożywiających się; w alkierzu od podwórza mieszkał pisarz.

Właśnie siedział pod oknem przy stole z cygarem w zębach, w koszuli był tylko, nie umyty i rozczochrany; jakaś kobieta spała na sienniku w kącie, przykryta paltem. - Siadajcie, panie gospodarzu! - zrzucił ze stołka obłocone ubranie i podsunął Borynie, któren zaraz opowiedział dokumentnie całą sprawę.

- Wasza wygrana, jak amen w pacierzu. Jeszcze by! Krowa zdechła i chłopak choruje z przestrachu. Dobra nasza! - zatarł ręce i szukał papieru na stole.

- Hale... kiej zdrowy chłopak.

- Nic nie szkodzi, mógł zachorować. Bił go przecież...

- Nie, bił ino chłopaka sąsiadów.

- Szkoda, to by było jeszcze lepsze. Ale to się jakoś zesztukuje, tak że będzie i choroba z pobicia, i zdechła krowa. Niech dwór płaci.

- Juści, o nic nie idzie, ino o sprawiedliwość.

- Zaraz się napisze skargę. Frania, a rusz no się, wałkoniu! - krzyknął i tak mocno kopnął leżącą, że podniosła rozczochraną głowę. - Przynieś no gorzałki i co zjeść...

- Ani dydka nie mam, a wiesz, Guciu, że nie zborgują.... - mruczała i podniósłszy się z barłogu, jęła ziewać i przeciągać się; wielka była jak piec, twarz miała ogromną, obrzękłą, posiniaczoną i przepitą, a głos cienki, jakby dzieciątka.

Pisarz pracował, aż pióro skrzypiało, pociągał cygara, puszczał dym na Borynę, który przypatrywał się pisaniu, zacierał chude, piegowate ręce i raz w raz odwracał wynędzniałą, okroszczoną twarz na Frankę; zęby przednie miał przyłamane, usta sine i wielkie czarne wąsy.

Napisał skargę, wziął za nią rubla, wziął na marki drugiego i ugodził się na trzy za stawanie w sądzie, jak sprawa przyjdzie na stół.

Boryna się na wszystko zgodził skwapliwie, choć mu ta pieniędzy było żal, bo miarkował, że dwór mu wszystko zapłaci, i z nawiązką.

- Sprawiedliwość musi być na świecie, to sprawa wygrana! - rzekł na odchodnym.

- Nie wygramy w gminnym, to pójdziemy do zjazdu, zjazd nie poradzi, pójdziemy do okręgowego, do izby sądowej - a nie darujemy.

- Zaśbym tam darował swoje! - zawołał z zawziętością Boryna. - I komu jeszcze, dworowi, co ma tyle lasów i ziemi!... - rozmyślał wychodząc na rynek i zaraz jakoś przy czapnikach natknął się na Jagnę.

Stała w czapce granatowej na głowie, a drugą jeszcze targowała.

- Obaczcie no, Macieju, bo ten żółtek powiada, że dobra, a pewnikiem cygani...

- Galanta, la Jędrzycha? - Juści, Szymkowi już kupiłam.

- Nie za mała to będzie?

- Takusińką ma ci głowę kiej moja...

- Piękny z ciebie byłby parobeczek...

- Abo i nie! - zawołała zuchowato, bakierując nieco czapkę...

- Wnetki by cię tu godziły do siebie...

- Hale... inom za droga do służby. - Zaczęła się śmiać.

- Jak komu... mnie byś ta za droga nie była...

- I w pólu robić bym nie robiła...

- Robiłbym ja za ciebie, Jaguś, robił... - szepnął ciszej i tak spojrzał na nią namiętnie, aż dziewczyna cofnęła się zakłopotana i już bez targu zapłaciła za czapkę.

- Sprzedaliście krowę? - zapytał po chwili opamiętawszy się nieco i wytchnąwszy z owej luboсi, co mu jak gorzałka buchnęła do głowy.

- Kupili ją la księdza do Jerzowa. Matka poszła z organistami, bo chcą zgodzić parobka.

- A to my sobie choćby na ten kieliszek słodkiej wstąpimy!...

- Jakże to?

- Zziębłaś, Jaguś, to się ździebko ogrzejesz...
- Gdziebym zaś z wami szła na wódkę!...
- A to przyniese i tutaj się napijem, Jaguś...
- Bóg zapłać za dobre słowo, ale mi matki trza poszukać.
- Pomogę ci, Jaguś... - szepnął cichym głosem i poszedł przodem, a tak robił łokciami, że Jagna swobodnie szła za nim wskroś ciżby, ale gdy weszli między płócienne kramy, dziewczyna zwolniła, przystawała i aż jej oczy
To ci śliczności, mój Jezus kochany! - szeptała przystając przed wstążkami, które uwieszone w górze, kołysały się na wietrze niby tęcza paląca.
- Która ci się widzi, Jaguś, to se wybierz... - rzekł po namyśle przezwyciężając skąpstwo.
- Hale, ta żółta w kwiaty, z rubla kosztuje abo i dziesięć złotych!
- Nie twoja w tym głowa, weź ino...
Ale Jaguś przez siłę i z żalem oderwała ręce od wstążki i poszła dalej do drugiego kramu, Boryna ino pozostał na chwilę.
A w tym znowu chustki były i materie na staniki i kaftany.
- Jezus mój, jakie śliczności, Jezus! - szeptała oczarowana i raz w raz zanurzała ręce drżące w zielone atłasy, to w czerwone aksamity i aż się jej ćmiło w oczach i serce dygotało z rozkoszy. A te chustki na głowę! Pąsowe jedwabne z zielonymi kwiatami przy obrębku; złociste całe kiej ta święta monstrancja; a modre jako to niebo po deszczu; a białe; a już najśliczniejsze te mieniące, co się lśkniły kiej woda pod zachodzącym słońcem, a lekkie, kieby z pajęczyny! Nie, nie ścierpiała i jęła przymierzać na głowę a przeglądać się w lusterku, które przytrzymywała Żydówka.
Ślicznie jej było, jakoby zorze namotała na swoich lnianych włosach; a one modre oczy tak rozgorzały z radości, aż fiołkowy cień padał od nich na twarz pokraśniałą; uśmiechała się do siebie, aż ludzie poglądali na nią, taka była urodna i taka młodość i zdrowie biło od niej.
- Dziedzicówna jaka przebrana czy co? - szeptali.
Przyglądała się sobie długo i z ciężkim westchnieniem zdjęła chustkę, ale wzięła się targować, bo choć kupić nie miała, a ino tak sobie, żeby oczy dłużej nacieszyć.
Ostygła wnetki, bo kupcowa powiedziała pięć rubli, że i sam Boryna jął ją zaraz odwodzić.
Przystanęli jeszcze przed paciorkami - a było ich tam niemało, jakby kto cały kram posuł tymi kamuszczkami drogimi, że się lśniły a połyskały ino, aże oczów oderwać było trudno: bursztyny żółte, jakoby z żywicy pachnącej uczynione; korale, kieby z tych kropel krwi nanizane, a perły białe, wielkie jak orzechy laskowe, a drugie ze srebra i złota...
Przymierzała Jaguś niejedne i przebierała między nimi, a. już się jej widział najśliczniejszym sznur korali, obwinęła nim białą szyję we cztery rzędy i zwróciła się do starego
- Uważacie, co?
- Pięknie ci, Jaguś! Mnie ta nie dziwota korale, bo i ano leży we skrzyni coś

z osiem biczów po nieboszce, a wielkich jak dobry groch polny!... - rzekł z
rozmysłem, od niechcenia niby.

- Co mi ta z tego, kiej nie moje! - rzuciła ostro paciorki i spiesznie już szła,
zachmurzona i smutna.

- Jaguś, a to przysiądźmy se ździebko.

- Ale, do matki mi czas.

- Nie bój się, nie odjedzie cie.

Przysiedli na jakimś dyszlu wystającym

- Sielny jarmarek - rzekł po chwili Boryna rozglądając się po rynku

Przeciech nie mały - poglądała jeszcze ku kramom z żałością i często sobie
westchnęła ale już ją odchodziła smutność, bo powiedziała:

- Tym dziedzicom to dobrze... Widziałam dziedziczkę z Woli z
panienkami, to tyla sobie kupowali ,że aże lokaj za nimi nosił ! I tak co
jarmark!

- Kto cięgiem jarmarczy - temu długo nie starczy.

- Im tam wystarczy.

- Póki Żydy dają - rzucił złośliwie, aż Jaguś obejrzała się na niego i nie
wiedziała, co rzec na to, a stary, nie patrząc na nią, zagadnął cicho:

- Byli to od Michała Wojtkowego z wódką u ciebie, Jaguś, co?...

- A byli i poszli!... Niezguła jeden, jemu też swatów, posyłać... - zaśmiała
się.

Boryna powstał prędko, wyjął z zanadrza chustkę i coś jeszcze w papier
owinięte.

- Potrzymaj no to, Jaguś, bo mnie trzeba zajrzeć do Antka.

- Jest to na jarmarku? - oczy jej pojaśniały.

- Ostał przy zbożu, tam ano w ulicy. Weź sobie, Jaguś, to la ciebie - dodał
widząc, że Jagna zdumionymi oczami wodziła po chustce.

- Dajecie?... Naprawdę la mnie? Jezus, jakie śliczności! - wykrzyknęła
rozwijając wstążkę tę samą, co się jej tak podobała. - Hale, ino tak
przekpiwacie se ze mnie, za cóż by mnie?... Kosztuje tyla pieniędzy... a
chustka czysto jedwabna....

- Weź, Jaguś, weź, la ciebie kupiłem, a jak ta który parobek będzie
przepijał do ciebie, nie odpijaj, na co się spieszyć... mnie już czas iść.

- Moje to, prawdę mówicie?

- Zaśbym tam ocyganiał cię!

- I uwierzyć trudno. - I rozkładała ciągle chustkę to wstążkę.

- Ostaj z Bogiem, Jaguś.

- Bóg wam zapłać, Macieju.

Boryna odszedł, a Jagna raz jeszcze rozwinęła i przepatrywała, naraz
zawinęła wszystko razem i chciała bieżyć za nim i oddać... bo jakże jej brać
od obcego, nie krewny żaden ni pociotek nawet... ale już starego nie było.

Pociągnęła wolno szukać matki i z lubością, ostrożnie dotykała chustki.
wsadzonej za pazuchę. Taka była uradowana, że ino jej białe zęby
połyskiwały w uśmiechu a twarz gorzała rumieńcem.

- Jagusia!... Do wspomożenia... biedna sierota... ludzie kochane... krześcijany prawdziwe... Zdrowaś Maria za te duszyczki... Jagusia!...

Jagna oprzytomniała i jęła oczami szukać, kto ją wołał i skąd, i wnet dojrzała Agatę siedzącą pod murem klasztoru na garści słomy, że to błocko w tym miejscu było po kostki.

Przystanęła, żeby jakiego grosza poszukać, a Agata uradowana z obaczenia swojaczki, nuż wypytywać się, co tam w Lipcach się dzieje...

- Wykopaliśta już?

- Do cna !

- Nie wiecie, co u Kłębów?

- Wygnali was w tyli świat, na żebry, a ciekawiście ich?

- Wygnali, nie wygnali, samam poszła, bo trza było... jakże, darmo to mi dadzą ten kąt abo jeść, kiej sie u nich nie przelewa... A ciekawam, boć krewniaki...

- A co z wami?

- A co, chodzę od kościoła do kościoła, od wsi do wsi ,od jarmarku na jarmarek i tą modlitwą upraszam se u dobrych ludzi gdzie kąt, gdzie warzy łyżkę, gdzie grosik jaki! Dobre są ludzie, ubogiemu nie dadzą umrzeć z głodu, nie... Nie wiecie, zdrowi tam wszyscy u Kłębów? - zapytała nieśmiało.

- Zdrowi, a wy nie chorujecie?

- I... gdzie zaś, w piersiach mę cięgiem poboliwa, a jak się naziębię, to i żywą krwią pluję... Niedługo mi już ,niedługo... Choć ino do zwiesny dociągnąć, wrócić do wsi i tam se między swojemi zamrzeć - o to ino Jezusiczka proszę, o to jedynie... - rozłożyła ręce, okręcone różańcami, wzniesła zapłakaną twarz i jęła się modlić tak gorąco, aż łzy jej pociekły z zaczerwienionych oczów.

- Zmówcie pacierz za tatula - szepnęła Jagna wtykając jej pieniądz.

- To będzie za tych w czyścu ostających, a za swoich to już ja i tak się cięgiem modlę i Boga proszę, za żywych i umarłych, Jaguś, a nie przysyłali to z wódką?

- Przychodzili.

- I żaden ci się nie uwidział?....

- Żaden. Ostajcie z Bogiem, a na zwiesnę do nas zajrzyjcie... - powiedziała prędko i poszła do matki, którą ujrzała z dala z organistami.

Boryna zaś powracał do Antka wolno, raz, że ciżba była, a drugie, że mu Jaguś cięgiem w myśli stała, ale nim doszedł, spotkał się z kowalem.

Przywitali się i szli w podle siebie milcząc.

- Skończycie to ze mną, hę? - zaczął ostro kowal.

- Niby z czym? Mogłeś mi to samo i w Lipcach powiedzieć. - Zły już był.

- Przecież już cztery roki czekam.

- Przybaczyłeś se dzisiaj! To se jeszcze poczekaj ze czterdzieści, kiej zamrę.

- Już i ludzie mi redzą, żeby do sądu podać... ale...

- Podaj. Powiem ci, gdzie skargi piszą, i na pisarza dam rubla...

- Ale se myślę, że po dobremu się zgodzimy... - skręcił chytrze.

- Prawda, z kim nie wojną - z tym zgodą.

- Sami to miarkujecie niezgorzej.

- Mnie ta z tobą ni zgody, ni wojny nie potrzeba.

- Zawżdy to pierwszy żonie powiadam, że ociec jest za sprawiedliwością.

- Każden jest za sprawiedliwością, komu ją w kumy prosić potrza - mnie nie potrza. bom ci nic niewinowaty - powiedział twardo, aż kowal zmiękł, że to z tej strony go napocząć nie napocznie, i jakby nigdy nic, najspokojniej i prosząco rzekł:

- Napiłbym się czego, postawicie?..

- Postawie. Jakże. najlepszy zięć prosi, to choćby i całą kwartę - przekpiwał zdziebko wchodząc do narożnego szynku; był już tam i Jambroży, ale nie pił, siedział w kącie markotny jakiś i smutny.

- Po gnatach mę łupie, to pewnie na pluchę - wyrzekał.

Wypili raz i drugi, ale w milczeniu, bo obaj dość złości mieli do się na wątpiach.

- Kiej na pogrzebie pijeta! - ozwał się Jambroży, zły juści, że go to nie poprosili, bo od rana jakby nic w gębie nie miał.

- Jakże gadać? Ociec tyla dzisiaj sprzedaje, to muszą uważać, komu pieniądze na procenta dać...

- Macieju! Mówię wam, Macieju, że Pan Jezus..

- Komu Maciej, to Maciej, a tobie wara! Widzisz go, juchę. Za pan brat świnia z pastuchą. - Ozeźlił się srodze.

A kowal, że to już po dwóch mocnych, nabrał rezonu i rzekł cicho:

- Ociec, powiedzcie to słowo: dacie czy nie?

- Powiedziałem: do grobu ze sobą nie zabierę, a przódzi ni morga nie popuszczę. Na wycug do waju nie pójdę... jeszcze mi miły ten rok abo i dwa na świecie

- To spłatę dajcie.

- Rzekłem, słyszałeś?

- Za trzecią kobietą się oglądają, to co im ta znaczą dzieci - szepnął Jambroży.

- A bo i pewnie.

- Spodoba mi się, to się i ożenię. Zabronisz?

- Zabronić nie zabronię, ale...

- Jak mi się spodoba, to z wódką poślę choćby jutro.

- Ślijcie, a bo ja to wam przeciwny! Dajcie mi chociaż tego ciołka, co wam ostał po graniastej, to i sam pomogę. Rozum wy swój macie, to miarkujecie, z czym wam najlepiej. Nie raz i nie dwa przekładałem żonie, co wam ano kobiety potrzeba, żeby upadku w gospodarstwie nie było...

- Mówiłeś to tak, Michał?..

- Żebym tak spowiedzi świętej nie doczekał. Mówiłem.

Całej wsi przecież redzę, jak komu potrzeba, a nie wiedziałbym, co wam potrzeba!

- Cyganisz ty, jucho, aż się kurzy, ale jutro przyjdź, ciołka dostaniesz, bo jak prosisz - dam; a prawować się zechcesz ze mną - to ten patyk złamany weźmiesz albo i co gorsza.

Napili się jeszcze, kowal już postawił i przyzwał jeszcze do kompanii Jambroża, który ochotnie się przysiadł i jął gadki ucieszne opowiadać, a przekpiwać się, że raz w raz śmiechem wybuchali.

Niedługo cieszyli się ze sobą bo każdemu pilno było iść do swoich, a i do spraw różnych; rozeszli się w zgodzie, ale jeden drugiemu nie uwierzył ani tyla, co za paznokciem - znali się dobrze jak te łyse konie i przezierali na wskroś, kieby przez szyby.

Jambroży tylko ostał, poczekiwał na kumów abo i znajomków, żeby mu kto postawił jeszcze jaką półkwaterkę,

bo dobra i psu mucha, póki kto całego gnata nie rzuci, a napić się lubiał niezgorzej i samemu stawiać sobie było trudno, a nie dziwota, kościelnym był ino.

I jarmark dobiegał już końca.

W samo południe zaświeciło słońce, ale tylko tyla, coby kto lustrem mignął po świecie, i zaraz się schowało za chmury; a już przed wieczorem sposępniało na świecie, chmurzyska wlekły się nisko, że prawie na dachach leżały, i drobny deszcz jął siać kiej przez gęste sito. To i rozjeżdżali się prędzej, każdy spieszył do domu, żeby się dostać przed nocą i większą pluchą.

I handlerze rychlej zdejmowali kramy i pakowali się na wozy, że to deszcz zacinał coraz gęstszy i zimniejszy.

Mrok zapadał prędko ciężki i mokry.

Miasteczko pustoszało i milkło.

Tylko dziady jeszcze gdzieniegdzie pojękiwali spod ścian i w karczmach podnosiły się wrzaski pijaków i kłótnie.

Jakoś już o samym wieczorze wyjechali z miasta Borynowie; sprzedali wszystko, co mieli, nakupowali różności i użyli jarmarku, co się zowie. Antek podcinał koni i jechał, aż się błoto otwierało, bo i ziąb był, i podpili sobie wszyscy niezgorzej, stary, choć skąpy był i aż piszczał za groszem, a tak ich dzisiaj ugaszczał i m i napitkiem ,i tym dobrym słowem, że aż dziwno było.

Noc się zrobiła zupełna, gdy dojechali do lasu.

Ciemno było, że choć oko wykol; deszcz padał coraz grubszy i gdzieniegdzie po drodze rozlegały się turkoty wozów i ochrypłe śpiewy pijaków, albo i ktosik człapał się wolno po błocie.

A środkiem topolowej drogi, co ino szumiała głucho i pojękiwała jakby z zimna, szedł Jambroży pijany już całkiem, taczał się z boku na bok, czasem utknął na drzewo abo i w błoto, ale się rychło podnosił i cięgiem podśpiewywał na całe gardło, jak to miał we zwyczaju.

Plucha szła taka i ciemność, że koniom ogonów nie rozeznał, a i światła wsi widziały się ledwie jako to wilczych ślepiów migotanie.

ROZDZIAŁ 6

Deszcze się rozpadały na dobre.

Już od samego jarmarku świat z wolna zatapiał się w szarych, mętnych szkliwach deszczów, że tylko obrysy borów i wsi majaczyły blade, niby z przemiękłej przędzy utkane.

Szły nieskończone, zimne, przenikające szarugi jesienne.

Siwe, lodowate bicze deszczów siekły bezustannie ziemię i przemiękały do głębi, aż drzewo każde, źdźbło każde dygotało w bezmiernym bólu.

A spod ciężkich chmur, skłębionych nad ziemią, spod zielonawych szarug wychylały się chwilami szmaty pól poczerniałych, przemiękłych, rozpłaszczonych - to wybłyskiwały strugi spienionej wody, płynącej bruzdami, albo czerniały drzewa samotne na miedzach - jak przygięte, nabrzmiałe wilgocią, trzęsły ostatnimi łachmanami liści i szamotały się rozpacznie, niby psy na uwięzi.

Drogi opustoszałe rozlały się w błotniste, gnijące kałuże.

Krótkie; smutne, bezsłoneczne dnie wlekły się ciężko przegniłymi smugami światła, a noce zapadały czarne, głuche, rozpaczliwe bezustannym, monotonnym chlupotem...

Przerażająca cichość ogarnęła ziemię.

Umilkły pola, przycichły wsie, ogłuchły bory.

Wsie poczerniały i jakby silniej przywarły do ziemi, do płotów, do tych sadów nagich, poskręcanych i jęczących z cicha.

Szara kurzawa deszczów przysłoniła świat, wypiła barwy, zgasiła światła i zatopiła w mrokach ziemię, że wszystko wydało się jakby sennym majaczeniem, a smutek wstawał z pól przegniłych, z borów zdrętwiałych, z pustek obumarłych i wlókł się ciężkim tumanem; przystawał na głuchych rozstajach, pod krzyżami, co wyciągały rozpacznie ramiona, na pustych drogach, gdzie nagie drzewa trzęsły się z zimna i łkały w męce - do opuszczonych gniazd zaglądał pustymi oczami, do rozwalonych chałup - na umarłych cmentarzach tłukł się wśród mogił zapomnianych i krzyży pognitych i płynął światem całym; przez nagie, odarte, splugawione pola, przez wsie zapadłe i zaglądał do chat, do obór, do sadów, aż bydło ryczało z trwogi, drzewa się przyginały z głuchym jękiem, a ludzie wzdychali żałośnie w strasznej tęsknocie - w nieutulonej tęsknocie za słońcem.

....

Deszcz mżył bezustannie, jakoby kto drobnym szkliwem przysłaniał świat, że Lipce całe tonęły w gęstych tumanach szarugi, spod której tylko gdzieniegdzie czerniały dachy, to obmoknięte płoty kamienne lub te brudne kołtuny dymów, co się wiły nad kominami i wlekły po sadach.

Cicho było we wsi, tylko gdzieniegdzie młócono po stodołach, ale z rzadka, bo wieś cała była na kapuśniskach.

Pustka leżała na błotnistej, rozmiękłej drodze i pusto było w obejściach i przed domami, czasami tylko ktoś zamajaczył we mgle i ginął wnetki, że tylko człapanie trepów po błocie było słychać, albo wóz naładowany kapustą wlókł się wolno od torfowisk i rozganiał gęsi, brodzące za liściami spadłymi z wozów.

Staw szamotał się w ciasnych brzegach i przybierał ciągle, bo aż się przelewał w niższych miejscach na drogę po Borynowwej stronie, sięgał płotów i bryzgał pianą na ściany chałup.

Cała wieś była zajęta wycinaniem i zwożeniem kapusty; pełno jej było po klepiskach, sieniach i izbach, a jak u niektórych i pod okapami siniały kupy główek.

Przed domami, wystawione na deszcz, mokły ogromne beczki.

Spieszono się na gwałt, bo deszcz prawie nie ustawał, a drogi robiły się grząskie, nie do przebycia.

I u Dominikowej dzisiaj wycinano.

Już od rana pojechała na kapuśnisko Jagna z Szymkiem, bo Jędrzych ostał i łatał ano dach, że to przeciekał w paru miejscach.

Pod wieczór to już było i jakby się ździebko mroczeć zaczynało, to stara raz w raz wychodziła przed dom i patrzała w mgły, ku młynowi, i nasłuchiwała, czy nie jadą jeszcze?..

A na kapuśniskach, leżących nisko za młynem, w torfowiskach, wrzała jeszcze na dobre robota.

Czarniawe mokre mgły leżały na łąkach, że tylko gdzieniegdzie błyskały szerokie rowy pełne siwej wody i wysokie zagony kapusty, siniejącej bladą zielenią albo rdzawej niby pasy blachy żelaznej, a tu i ówdzie majaczyły we mgle czerwone wełniaki kobiet i kupy wyciętych główek.

W dali przemglonej, nad rzeką, co płynęła z szumem wskroś gęstych zarośli, siniejących niby chmura, czerniały stogi torfu i wozy, do których donoszono kapustę w płachtach, bo z powodu rozmiękłego gruntu dojechać nie było można do kapuśnisków.

Docinali już niektórzy i zabierali się do domu, więc i głosy coraz mocniejsze rozlegały się we mgle i leciały, z zagonu na zagon.

Jagna skończyła dopiero co swój zagon, zmęczona była srodze, głodna i przemoczona do skóry, bo nawet i trepy zapadały się w rudy, torfiasty grunt po kostki, że raz w raz je zzuwała, żeby wylać wodę.

- Szymek, a dyć się ruchaj prędzej, bo już kulasów nie czuję !- wołała żałośnie, a widząc, że chłopak nie może sobie zadać, wyrwała mu niecierpliwie ogromny toboł, zarzuciła go na plecy i poniosła na wóz.

- Parobek z ciebie tyli, miętki jesteś w grzbiecie kiej kobieta po rodach - szepnęła pogardliwie, wsypując kapustę do półkoszków wysłanych słomą.

Szymek przywstydzony mamrotał coś pod nosem, skrobał się po kołtunach i zaprzęgał konia.

- Spiesz się, Szymek, bo noc! - naganiała go znosząc co chwila kapustę na wóz.

Jakoż i noc nadchodziła, mrok gęstniał i czerniał, a deszcz się wzmagał, że tylko pluskało po rozmiękłej ziemi i rowach, jakby kto ziarnem sypał.

- Józia ! skończycie to dzisiaj? - zawołała do Borynianki, która z Hanką i Kubą wycinała w podle.

- Skończymy bo i czas do domu, taka plucha, że mnie już do koszuli przejęło. Jedziecie to już?

- Juści. Noc zaruteńko i taka ćma, że się drogi nie rozezna. Jutro się zwiezie resztę. Sielną macie kapustę!- dodała pochylając się ku nim i patrząc na majaczące w mgle kupy.

- I wasza niezgorsza, a już co korpiele, to macie największe...

- Z nowego nasienia była rozsada, dobrodziej przywieźli z Warszawy.

- Jagna! - ozwał się znowu z mgieł głos Józi - wiecie, a to jutro Walek Józefów śle z wódką do Marysi pociotkowej...

- Taki skrzat! A ma to ona już lata? Widzi mi się, że jeszcze łoni krowy pasała!...

- La chłopa to już lata ma, ale i morgów ma tyla, że się parobki śpieszą.

- Będą się i do ciebie śpieszyły, Józia, będą...

- Jak się tatuś z trzecią nie ożenią! - zakrzyczała Jagustynka gdzieś z trzeciego zagona.

- Co wam też w głowie, a toć dopiero na zwiesnę matkę pochowali - powiedziała przetrwożonym głosem Hanka.

- Co ta chłopu szkodzi. Kużden chłop to jak ten wieprzak, żeby nie wiem jak był nachlany, to do nowego koryta ryj wrazi... Ho, ho, jedna jeszcze nie dojdzie... nie ostygnie całkiem, a już za drugą się ogląda... pieski to naród... A jak to zrobił Sikora? W trzy tygodnie po pochowku pierwszej z drugą się ożenił.

- Prawda, ale i drobiazgu po nieboszczce ostało pięcioro...

- Rzekliście! Ale ino głupie uwierzą, że la dzieci się pożenił... la siebie, bo mu markotno było samemu pod pierzyną '...

- My byśwa ojcu nie dali, oho!... - zawołała energicznie Józia.

- Młódka ty jeszcze, to i głupia... ojcowy grunt, to i ojcowa wola!

- Dzieci też coś znaczą i prawo swoje mają - zaczęła Hanka.

- Z cudzego woza to złaź choć i w pół morza - mruknęła głucho Jagustynka i zamilkła, bo Józka rozgniewana zaczęła nawoływać Witka, co się był wałęsał gdzieś nad rzeką, a Jagna się nie wtrącała do tej rozmowy - uśmiechała się ino niekiedy, że się to jej jarmark przypomniał, i nosiła kapustę, a skoro wóz był już pełen, Szymek jął wyjeżdżać ku drodze.

- Ostajcie z Bogiem - rzuciła do sąsiadek.

- Jedźta z Bogiem, my też zaraz... Jaguś, a przyjdziesz do nas obierać, co?

- Powiedz ino, kiedy potrza, a przyjdę, Józia, przyjdę...

- A w niedzielę chłopaki wyprawiają muzykę u Kłębów, wiecie to?

- Wiem, Józia, wiem.

- Spotkacie Antka, to powiedzcie, że czekamy, niech się pośpieszy - prosiła Hanka.

- Dobrze, dobrze...

Pobiegła prędzej, żeby dognać wóz, bo Szymek odjechał był już ze staję, że ino go słychać było, jak klął na konia; wóz grzęznął i zarzynał się aż po osie w rozmiękłym, torfiastym gruncie, że na dołkach i w gorszych miejscach oboje musieli pomagać koniowi, żeby wyciągnął z trzęsawiska.

Milczeli oboje, Szymek wiódł konia i zważał, żeby nie wywrócić, bo dołów wszędzie było pełno, a Jagna szła z drugiej strony, podpierała ramieniem wóz i rozmyślała, jak się to trzeba wystroić na to obieranie do Borynów.

Mrok zapadał prędko, że ledwie konia widać było, deszcz jakby przestał, tylko mokra, ciężka mgła wisiała, że oddychać było ciężko, a górą szumiał głucho wiatr i bił w drzewa na grobli, do której dojeżdżali właśnie.

Podjazd na groblę był ciężki, bo stromy i śliski, koń utykał i co krok przystawał odpoczywać, że ledwie zdzierżeli wóz, żeby nie uciekł.

- Nie trza było tyle kłaść na jednego konia! - ozwał się jakiś głos z grobli.
- To wy, Antoni?...
- Juści.
- A pośpieszajcie, bo już tam Hanka was wypatruje...Pomóżcie nam...
- Poczekajcie, niech ino zejdę, to pomogę. Pomroka taka, że nic nie widać.

Wjechali zaraz na groblę, bo tak potężnie podparł, aż koń ruszył z kopyta i zatrzymał się dopiero na wierzchu.

- Bóg wam zapłać, ale też mocni jesteście, że laboga!- wyciągnęła do niego rękę.

Zamilkli nagle, wóz ruszył, a oni szli koło siebie nie wiedząc, co mówić, zmieszani dziwnie oboje.

- Wracacie to? - szepnęła cicho.
- Ino cię do młyna odprowadzę, Jaguś, bo tam w drodze woda wyrwę zrobiła.
- To dopiero ciemnica, co? - wykrzyknęła.
- Boisz się, Jaguś? - szepnął przysuwając się bliżej.
- Hale, bałabym się ta...

Znowu zamilkli i szli tak przy sobie, że biodro w biodro, ramię w ramię...

- A oczy to się wam świcą jak temu wilkowi... aże dziwno...
- Będziesz w niedzielę na muzyce u Kłębów?
- A bo to matka mi dadzą...
- Przyjdź, Jaguś, przyjdź... - prosił cichym, przyduszonym głosem.
- Chcecie to? - zapytała miękko, zaglądając mu w oczy.
- Laboga, a dyć ino la ciebie zgodziłem skrzypka z Woli i la ciebie namówiłem Kłęba, żeby dał chałupy, la ciebie, Jaguś szeptał i tak przysuwał twarz do jej twarzy, i dyszał, aż się cofnęła nieco i zadygotała ze wzruszenia.

- Idźcie już... czekają na was... jeszcze kto nas obaczy... idźcie...
- A przyjdziesz?
- Przyjdę... przyjdę... - powtórzyła obzierając się za nim, ale już zniknął w mgle, tylko odgłos jego kroków słychać było po błocie.

Dreszcz nią wstrząsnął gwałtowny i coś jak płomień wichrem przeleciał przez serce i głowę; aż się zatoczyła. Ani wiedziała, co się jej stało, oczy ją paliły, jakby zasypane zarzewiem, tchu złapać nie mogła ni przyciszyć serca namiętnie bijącego; rozkładała ręce bezwiednie, jak do obejmowania, rozprężała się w sobie, bo ją brały takie szalone ciągotki, że omal nie krzyczała... dopędziła wozu, chwyciła się luśni i choć nie potrza było, tak potężnie pchała, aż wóz skrzypiał, chwiał się i główki spadały w błoto... a przed oczami cięgiem widziała jego twarz i oczy roziskrzone, pożądliwe... palące...

- Smok, nie chłop... chyba takiego drugiego we świecie nie ma... - myślała bezładnie.

Oprzytomniał ją turkot młyna, obok którego przejeżdżali, i szum wody płynącej na koła i spod stawideł otwartych, bo przybór był ogromny. Rzeka z rykiem głuchym spadała na dół i rozbita na białą miazgę, kłębiła się i jaśniała w rzece rozlewającej się szeroko.

W domu młynarza, stojącym zaraz przy drodze; już się świeciło i przez szyby przysłonięte firankami widać było lampę stojącą na stole.

- Mają lampę kiej u dobrodzieja albo i we dworze jakim

-Bo to nie bogacze?... Grontu to ma więcej od Boryny i na procenta pieniądze daje, i na mieleniu to nie okpiwa, co: - ciągnął Szymek.

- Żyją kiej dziedzice... Takim to dobrze... Po pokoju chodzą... na kanapach się wylegują... w cieple siedzą... słodko jadają, a ludzie na nich robią... - myślała, ale bez zazdrości, nie słuchając Szymka, któren o ile mrukliwy był o tyle kiej się rozgadał, to już bez nijakiego końca.

Dowlekli się wreszcie do chałupy.

W izbie widno było i ciepło, ogień buzował się wesoło na trzonie; Jędrzych obierał ziemniaki, a stara nastawiała kolację.

Jakiś stary, siwy człowiek grzał się przy kominie.

- Skończyliście, Jaguś?

A ino, telo że ta ździebko, może ze trzy płachty, ostało na zagonie.

Poszła do komory się przebrać i wkrótce już się zwijała po izbie i narządzała jedzenie pilnie poglądając i ciekawie na starego, który siedział w głębokim milczeniu, patrzał w ogień, przebierał ziarna różańca i poruszał ustami. A gdy siadali do kolacji, stara położyła łyżkę dla niego i zapraszała.

- Ostajcie z Bogiem... zajrzę tu jeszcze, bo może i w Lipcach ostanę na dłużej...

Uklęknął na środku izby, pochylił się przed obrazami, przeżegnał i wyszedł.

- Kto to? - zapytała Jagna zdziwiona.

- Wędrownik ci to święty, od grobu Jezusowego idzie. Dawno go znam, już tu nieraz bywał i przynosił świętości różne... Jakoś ze trzy roki temu...

Nie skończyła, bo wszedł Jambroży, pochwalił Boga i usiadł przed kominem.

- Ziąb taki i plucha, że aże mi moja drewniana noga skostniała

- Wam też po nocy i takim błocku łazić... nie siedzielibyście to w chałupie i pacierze se przepowiadali...mruczała Dominikowa.

- Cniło mi się samemu, tom do dzieuch wyszedł i do ciebie, Jaguś, pierwszej wstąpiłem...

- Kostucha waszej dziewusze na imię...

- Z młodszymi hula, a o mnie całkiem zabaczyła!...

- Ale?... - zagadnęła Dominikowa pytająco.

- Prawdę mówię. Dobrodziej był z Panem Jezusem u Bartka za wodą...

- Cie... na jarmarku widziałam go zdrowym...

- Zięciaszek ci go tak sprał kołkiem, że aż mu wątpia odbił.

- O cóż, kiedy?...

- A o cóż ba, jak nie o gront. Wadzili się już z pół roku, aż się i dzisiaj w połednie porachowali.

- Że to kary boskiej nie ma na tych zabijaków- ozwała się Jagna.

- Przyjdzie, nie bój się, Jagno, przyjdzie - rzekła twardo stara wznosząc oczy na obrazy święte.

- A kto już pomarł, nie wstanie - szepnął Jambroży cicho.

- Siadajcie do miski, zjecie, co jest.

- Nie od tegom, nie. Miseczce jednej, bele dużej, poradzę jeszcze - podkpiwał.

- Wam to ino przekpiwania w głowie i zabawa.

- Tyla i mojego, tyla, na cóż mi turbacje, hę?

Obsiedli ławkę, na której stały miski, i jedli wolno i w milczeniu. Jędrzych pilnował, żeby dokładać i dolewać, tylko Jambroży raz po raz powiadał jakie słowo ucieszne i sam się śmiał najbardziej, bo chłopaki, chociaż rade były się pośmiać, bali się srogiego wzroku matki.

- Dobrodziej w domu? - zagadnęła pod koniec.

- A gdzie by na takie błoto? Tak Żyd w książkach siedzi.

- Mądry ci on, mądry...

- I dobry, że nie znaleźć lepszego... - dodała Jagna.

- Juści... pewnie... na brzuch se nie pluje ani drugiemu na brodę, a co mu kto da, weźmie...

- Nie pletlibyście bele czego.

Powstali od kolacji. Jagna ze starą siadły do kądzieli przed kominem, a synowie jak zwykle zajęli się sprzątaniem, myciem naczyń i obrządkiem. Tak już zawdy u Dominikowej było, że synów swoich dzierżyła żelazną ręką i rychtowała ich na dziewki, żeby ino Jagusia rączków se nie pomazała Jambroży zapalił fajkę ,pykał w komin, to poprawiał głownie i dorzucał gałęzi i raz w raz spoglądał na kobiety, ważył cosik w głowie i układał.

- Były pono u was swaty?

- Abo to jedne.

- Nie dziwota, Jagna kiej malowana. Dobrodziej powiedział, że i w mieście nie spotkać piękniejszej:

Jagna poczerwieniała z ucieszności.

- Tak powiedział! Niech mu Bóg da zdrowie! Dawno się już zbierałam zanieść na wotywę, dawno, ale jutro zaraz zaniesę.

- Przysłałby tu jeszcze ktoś z wódką, ino się boją ździebko... - zaczął po cichu.

- Parobek?... - zapytała stara nawijając na furkoczące po podłodze wrzeciono.

- Gospodarz na całą wieś, rodowy... ale wdowiec.

- Dziecków cudzych kolebała nie będę...

- Odchowane, nie bój się, Jaguś, odchowane.

Co jej tam po starym... ma jeszcze lata... poczeka się i na młodego, jak się jej uda jaki.

- Takiego nie braknie, a bo to młodych brak? Jak świece chłopaki, papierosy palą, w karczmie tańcują, gorzałkę piją i ino patrzą za dzieuchami, która jakie morgi ma i trochę gotowego grosza, żeby balować było za co... Gospodarze juchy, do południa śpią, a po południu taczkami gnój wożą i motyczkami orzą pole...

- Na poniewierkę takiemu Jagny nie dam.

- Nie próżno mówią, żeście we wsi najmądrzejsza...

- Ale i za starym też uciechy nijakiej dla młódki...

- A bo to do uciechy nie ma młodych?

- Staryście kiej świat, a pstro wam jeszcze we łbie powiedziała surowo.

- I... gada się, byle ozór nie skiełczał.

Zamilkli na długo.

- Stary uszanuje i na cudzy grosz niełasy - podjął znowu Jambroży.

- Nie, nie, ino obraza boska z tego bywa.

- Mógłby zapis zrobić - rzekł serio wytrząsając fajkę na trzon.

- Jagna ma dosyć swojego - odpowiedziała po chwili, wahająca już i niepewna.

- Więcej by on dał, niźli wziął, więcej.

- Rzekliście!

- Co wiadomo; nie z wiatru wziąłem ani z pomyślunku nie od siebie przyszedłem...

Milczeli znowu. Stara ogładzała długo rozwichrzoną kądziel, potem pośliniła palec i jęła wyciągać lniane włókna lewą ręką, a prawą puszczała w wir wrzeciono, że z warczeniem, kieby bąk, kręciło się po podłodze i furkotało.

- Jakże? Ma to przysłać?

- Któren?

- Nie wiecie to? A dyć tamten ! - wskazał przez okno na światła, ledwie migoczące przez staw, u Boryny.

- Dorosłe dzieci, dobrego słowa nie dadzą i prawa do swoich części mają...

- Ale może zapisać to, co jego... jakże?... A chłop dobry i gospodarz nie bele jaki, i pobożny, i krzepki jeszcze, sam widziałem, jak se korzec żyta zadawał na plecy. Już tam by Jagnie nic nie brakowało, chyba tego ptasiego mleka... a że wasz Jędrzych na bezrok do wojska staje... to Boryna z urzędnikami się zna, wie, do kogo trafić, mógłby pomóc. ..

- Jak ci się widzi, Jaguś?...

- Mnie ta wszystko jedno, każecie, to pójdę. . wasza w tym głowa nie moja... - mówiła cicho, wsparła czoło na kądzieli i zapatrzyła się w ogień bezmyślnie. i słuchała wesołego trzaskania gałązek. Ten czy tamten, wszystko było jej zarówno - wstrząsnęła się tylko nieco na przypomnienie Antka.

- Jakże? - pytał Jambroży powstając z ławki.

- Niech przysyłają... zrękowiny nie ślub jeszcze odrzekła wolno.

Jambroży pożegnał się i poszedł prosto do Boryny.

Jagna wciąż siedziała nieruchoma i milcząca.

- Jaguś... córuchno... co?...

- A nic... wszyćko mi zarówno... każecie, to pójde za Borynę... a nie, to ostanę przy was... bo mi to źle z wami?..

Stara przędła dalej i mówiła cicho:

- Najlepiej chcę la ciebie, najlepiej... Juści, że stary on jest, ale krzepki jeszcze, i ludzki, nie tak jak drugie chłopy, uszanuje cię... Panią se będziesz u niego, gospodynią... A jak zapis zrobi, to już go tak narychtuję, żeby gront wypadł wpodle naszego, koło żyta pod górką... a choćby i ze sześć morgów zapisał... Słuchasz to ? Ze sześć morgów! A trza ci iść za chłopa... trza... po co mają wygadywać na ciebie i na ozorach obnosić po wsi ?... Wieprzka by się zabiło... a może i nie... może... - umilkła i już w głowie układała sobie resztę ,bo Jaguś jakby nie słyszała jej słów, przędła machinalnie ,i jakby jej nie obchodził los własny, własny, tak nie myślała o tym zamężciu.

A bo to jej źle było przy matce? Robiła, co chciała, i nikt jej marnego słowa nie powiedział. Co ją tam obchodziły gronta, a zapisy, a majątki - tyle co nic, abo i mąż? Mało to chłopaków latało za nią? - niechby tylko chciała, to choćby wszystkie na jedną noc się zlecą... i my1 jej leniwie się snuła jak nić lniana z kądzieli i jak ta nić okręcała się ciągle jednako na tym, że jak matka każą, to pójdzie za Borynę... Juści, że go nawet woli od innych, bo kupił jej wstążkę i chustkę... juści... ale i Antek by kupił to samo... a i inne może... żeby tylko miały Borynowe pieniądze... każden dobry... i wszystkie razem... a bo ona ma głowę, żeby wybierać! Matki w tym głowa, żeby zrobić, jak potrza...

Zapatrzyła się znowu w okno, bo poczerniałe, zwiędłe georginie, kołysane przez wiatr, zaglądały w szyby, ale wnet zapomniała o nich, zapomniała o wszystkim, nawet o sobie samej, zapadła w takie prześwięte bezczucie, jak ta ziemia rodzona w jesienne martwe noce - bo jako ta ziemia święta była Jagusina dusza - jako ta ziemia. Leżała w jakichś głębokościach nie rozeznanych przez nikogo w bezładzie marzeń sennych - ogromna a nieświadoma siebie - potężna a bez woli, bez chcenia, bez pragnień martwa a nieśmiertelna, i jako tę ziemię brał wicher każdy, obtulał sobą i kołysał, i niósł tam, gdzie chciał... i jako tę ziemię o wiośnie budziło ciepłe słońce, zapładniało życiem, wstrząsało dreszczem ognia, pożądania, miłości a ona rodzi, bo musi; żyje, śpiewa, panuje, tworzy i unicestwia, bo musi; jest, bo musi... bo jako ta ziemia święta, taką była Jagusina dusza - jako ta ziemia!...

I długo tak siedziała w milczeniu, ino te oczy gwiezdne świeciły się kiej spokojne wody w wiośniane południe, aż ocknęła z nagła, bo ktosik otwierał drzwi do sieni.

Wbiegła Józka zadyszana, przypadła do komina, wylewała z trepów wodę i rzekła:

- Jaguś, jutro u nas obieranie, przyjdziesz?
- Przyjdę.
- W izbie będziemy obierali. Jambroży tam siedzą u tatula, tom się chyłkiem wyrwała na wieś, żeby ci powiedzieć. Będzie Ulisia i Marysia, i Wikta, i pociotkowe, i drugie... I chłopaki przyjdą... Pietrek obiecał się ze skrzypicą...
- Któren to?
- A Michałów, co za wójtem siedzą, co to w kopanie przyszedł z wojska... i tak mówi pokracznie, że go i wymiarkować trudno...

Natrzepała, co ino mogła, i poleciała do dom.

Cisza znowu objęła izbę.

Czasami deszcz uderzał w szyby, jakby kto przygarścią piasku rzucił, to wiatr szumiał i baraszkował w sadzie albo dmuchał w komin, że głownie się rozsypywały po trzonie, i dym buchał na izbę... a cięgiem warczały wrzeciona po podłodze.

Wieczór ciągnął się wolno i długo, aż stara cichym, drżącym głosem zaśpiewała:

Wszystkie nasze dzienne dzienne sprawy...

A chłopaki z Jagną wtórowali z cicha, a tak przenikliwie aż kury w sieni na grzędach krzekorzyć zaczęły i pogdakiwać.

ROZDZIAŁ 7

Nazajutrz dzień był tak samo zadeszczony i posępny.

Co chwila ktoś wychodził z jakiejś chałupy i długo a frasobliwie poglądał w omglony świat, czy się gdzie nie przejaśnia - ale nic, kromię burych chmur, płynących tak nisko, że darły się o drzewa, widać nie było; deszcz mżył bezustannie, tyle że jakoś zaraz z południa przeszedł w ulewę, jakoby kto upusty niebieskie otworzył, że ino dudniło po dachach.

Ludzie się kwasili po chałupach; jaki taki lazł po tym błocie i deszczu do sąsiadów na wyrzekanie, że to czas taki, co i psa na dwór wygonić trudno, a tu niejeden ściółkę miał jeszcze w lesie, kto znów drew nie zwiózł, a insze, bez mała wszystkie prawie, nie docięli w polu kapusty, po którą i nie wyjechać dzisiaj, bo ano staw tak przybrał w nocy, że musieli do dnia wywrzeć stawidła i puścić wodę do rzeki, która i przez to rozlała się szeroko, aż łąki stanęły pod wodą, a kapuśniska jako te wyspy czerniały się grzbietami zagonów spośród siwej, spienionej topieli.

U Dominikowej też nie zwieźli tej reszty, jaka w polu ostała.

Jagna już od rana nie mogła dać sobie rady, chodziła ino z kąta w kąt, to patrzyła przez okna na krzę georginii, powaloną przez falę, w ten świat zadeszczony i wzdychała żałośnie.

- Cni mi się, że laboga! - szeptała, z niecierpliwością oczekując zmroku i pójścia do Borynów na to obieranie kapusty, a tu dzień wlókł się tak wolno, kiej ten dziadek po błocie, tak nudnie i tak jakoś smutnie, że już wydzierżyć było nie sposób. Rozdrażniona też była, że cięgiem krzyczała na chłopaków i potrącała, co się jej tylko pod ręce nawinęło, a do tego głowa ją poboliwała, aż se owsem rozprażonym i octem skropionym obłożyła ciemię - dopiero przeszło. Mimo to miejsca sobie znaleźć nie mogła i robota leciała z rąk, a ona zapatrzała się w staw rozchlustany, któren niby ptak jaki rozwijał ciężkie skrzydła, bił nimi, podrywał się z szumem, aż woda wypryskiwała na drogi, a ulecieć nie mógł, jakby nogami wrośnięty w ziemię. A za wodą stał dom Boryny, dobrze było widać zielony ze starości dach i ganek świeżo pokryty gontami, bo się jeszcze żółciły, i zabudowania za sadem, ale całkiem nie wiedziała, na co patrzy...

Dominikowej nie było od samego rana, bo ją wezwali do rodzącej kobiety na drugi koniec wsi, jako że lekująca była i znająca się na różnych chorobach.

A Jagnę aż podrywało, żeby gdzie bieżyć we świat, do ludzi, ale co się przyodziała na głowę w zapaskę i wyjrzała za próg na błoto i pluchę - to się jej odechciewało wszystkiego... że w końcu aż się jej płakać chciało z tej jakiejś dziwnej tęskności... to nie mogąc sobie poradzić, otworzyła swoją skrzynkę i jęła z niej wyjmować a rozkładać po łóżkach przyodziewek świąteczny... aż poczerwieniało w izbie od wełniaków pasiastych... zapasek... kaftanów... ale nie cieszyło ją tu dzisiaj, nie... patrzyła obojętnym, znudzonym wzrokiem na dobro swoje, tylko wyciągnęła spod spodu chustkę Borynową i wstążkę, ustroiła się w nią i długo przeglądała się w lusterku.

- Niezgorzej... trza się na wieczór w to przyodziać...pomyślała i zdjęła zaraz, bo ktoś szedł opłotkami do chałupy.

Wszedł Mateusz... Jagna aż krzyknęła ze zdziwienia, bo ten ci to był, o którego najwięcej pomawiano ją, że z nim w sadzie nocami się schodzi, a często i gdzie indziej puszcza... Parobek był starszy, bo mu już dobrze było po trzydziestce, kawaler jeszcze, ale żenić się nie chciał, że to siostry miał nie powydawane, a jak Jagustynka plotkowała, że mu to dzieuchy abo i cudze żony lepiej smakowały... Chłop był rozrosły jak dąb, mocny, dufający w siebie i przez to tak harny i nieustępliwy, że mało kto się go nie bojał. A sposobna jucha była do wszystkiego; na fleciku grywał, że aż do duszy szło, wóz zrobić zrobił, chałupy stawiał, piece wylepiał, wszystko robił tak sprawnie, że ino mu się robota w garściach paliła; grosz go się ino nie trzymał całkiem, choć zarabiał sporo bo wszystko zaraz przepił i przefundował albo i rozpożyczył... Gołąb było mu za przezwisko, choć i do jastrzębia prędzej był podobien z twarzy i z onej zapalczywości...

- Niech będzie pochwalony!
- Na wieki... Mateusz!
- Jam ci, Jaguś, ja...
Ścisnął ją za rękę i tak gorąco patrzył w oczy, aż się dziewczyna zarumieniła i niespokojnie na drzwi poglądała.
- A to z pół roku byłeś we świecie... - szepnęła zmieszana.
- Całe pół roku i dwadzieścia i trzy dni... dobrzem liczył:... - a rąk jej nie puszczał.
- Zapalę światło! - zawołała, że to się już mroczyło na dobre i żeby mu się wyrwać.
- Przywitajże mnie, Jaguś - prosił cicho i chciał ją objąć, ale wysunęła się prędko i szła do komina zapalić światło, bojała się, żeby ich tak po ciemku matka nie zeszła abo i kto drugi, ale nie zdążyła, bo Mateusz chycił ją wpół, przycisnął mocno do siebie i jął zapamiętale całować...
Zatrzepotała się kiej ptak, ale nie jej moc wyrwać się takiemu głodnemu smokowi, któren ściskał, aż żebra trzeszczały , i tak całował, że całkiem zesłabła, oczy jej zaszły mgłą, tchu złapać nie mogła, że ino ostatkiem skamlała:
- Puść... Mateusz... Matula...
- Jeszcze ździebko, Jaguś, jeszcze raz, bo się całkiem wścieknę... - I tak całował, że mu dziewczyna całkiem zmiękła i leciała przez ręce kiej woda, ale puścił ją, bo posłyszał w sieniach kroki, sam zapalił nad okapem lampkę i skręcał papierosa, a roziskrzonymi uciechą oczami spoglądał na Jaguś, że to jeszcze przyjść do siebie nie przyszła, bo się mocno dzierżyła ściany i dyszała ciężko.
Jędrzych wszedł i ogień na trzonie rozdmuchiwał, nastawiał garnki z wodą i cięgiem się po izbie kręcił, że już mało wiele ze sobą mówili, a ino poglądali na się iskrzącymi, głodnymi oczami, jakoby się zjeść chcieli...
Wnetki, bo jakoś w pacierzy parę, nadeszła Dominikowa, musi być zła była, bo już w sieniach wywarła gębę na Szymka, a ujrzawszy Mateusza popatrzyła nań srogo, na przywitanie nie zważała i poszła do komory przeoblec się.
- Idź se, bo cię matka zeklną jeszcze... - prosiła cicho.
- Wyjdziesz to do mnie, Jaguś, co? - prosił.
- Wróciłeś to już ze świata? - rzekła stara, jakby go dopiero spostrzegając.
- Wróciłem, matko... - mówił łagodnie i chciał ją w rękę pocałować.
- Ale, suka ci była matką, nie ja! - warknęła wyrywając rękę ze złością. - Po coś tu przyszedł? Mówiłam ci już, że tutaj nic po tobie...
- Do Jagusi przyszedłem, nie do was - hardo zawołał, bo go już złość brała

- Wara ci od Jagusi, słyszysz! Wara ci, żeby ją potem bez ciebie na ozorach obnosili po wsi, jak tę jaka ostatnią... ani mi się pokazuj na oczy!... - wrzasnęła.

- Krzyczycie kiej wrona, że wieś cała usłyszy!...

- Niech usłyszą, niech się zlecą, niech wiedzą, żeś się Jagny przyczepił kiej rzep psiego ogona, że i ożogiem trudno cię odegnać...

- Żebyście nie kobieta, to bym wama ździebko żebra zmacał za powiedanie takie...

- Spróbuj, zbóju jeden, spróbuj, psie!... - pochwyciła za żelazny pogrzebacz.

Ale i na tym skończyła, bo Mateusz splunął, trzasnął drzwiami i wyszedł prędko, bo jakże, z babą się to miał bić i pośmiewisko z siebie dla wsi czynić?

A stara, że to już jego nie stało, wsiadła na Jagnę i hajże jazgotać, a wypominać wszystko, co miała na wątpiach...Jaguś siedziała cicho, aż zmartwiała ze strachu, ale kiedy słowa matki dojęły ją do żywego... przecknęła, schowała głowę w pierzynę i buchnęła płaczem i wyrzekaniami...rozżalona była srodze... bo przecież nic temu niewinna...nie zwoływała go do chałupy... sam przyszedł... a na zwiesnę, co matka wypominają... to... spotkał ją przy przełazie...mogła się to wyrwać takiemu smokowi?... kiej ją tak ozebrało, że... a potem mogła się to ognać przed nim?... Zawsze się z nią tak dzieje, że niech kto a ostro spojrzy na nią albo i ściśnie mocno... to się w niej wszystko trzęsie, moc ją odchodzi i tak mdli w dołku, że już o niczym nie wie... co ona winowata?

Skarżyła się cicho przez łzy, aż stara się udobruchała i jęła troskliwie obcierać jej twarz i oczy, a głaskać po głowinie, a uspokajać...

- Cichoj, Jaguś, nie płacz... nie... a to oczy ci się zaczerwienią kiej królikowi i jak to pójdziesz do Borynów?

- Czas to już? - spytała po chwili, spokojniejsza nieco.

-Juści, że pora, a przybierz się pięknie, ludzie tam będą, a i sam Boryna uważa...

Podniosła się zaraz Jaguś i zaczęła się ubierać.

- Nie uwarzyć ci to mleka?

- Nie chce mi się całkiem jeść, matulu.

- Szymek, wygrzewasz się pokrako, a tam krowy o pusty żłób zębami dzwonią! - krzyknęła resztą złości, aż Szymek uciekł, żeby czego nie oberwać.

- Widzi mi się - mówiła ciszej, pomagając Jagnie się przyodziać - że kowal jest w zgodzie z Boryną. Spotkałam go, wiódł od starego sielnego ciołka... Szkoda... dobrze wart z piętnaście papierków... ale może to i dobrze, że są w zgodzie, bo kowal pyskacz i na prawie się zna... - odstąpiła parę kroków i z lubością przyglądała się córce. Ale, tego złodzieja Kozła pono już wypuścili, trzeba znowu zamykać wszystko a pilnować...

- Pójdę już!

- Idź, a siedź do północka i gzij się tam z parobkami! - wybuchnęła resztą złości.

Jagna wyszła, ale jeszcze z drogi słyszała starą, jak krzyczała na Jędrka, że świnie nie wegnane do chlewów, a kury nocują po drzewach.

U Boryny już było sporo ludzi.

Ogień buzował się na kominie i rozświetlał ogromną izbę, aż lśniły się szkła od obrazów i kołysały się te światy, czynione z kolorowych opłatków i na nitkach wiszące u czarnych, okopconych belek; na środku izby leżała kupa czerwonej kapusty, a w półkole, szeroko zatoczone, twarzami do ognia, siedziały rzędem dziewczyny i kilka kobiet starszych - obierały z liści kapustę, a główki rzucały na rozesłaną pod oknem płachtę.

Jaguś ogrzała ręce przy kominie, ostawiła trepy pod oknem i siadła zaraz z kraju przy starej Jagustynce, i jęła się roboty.

Gwar się też w miarę podnosił, bo przybywało jeszcze kobiet i parobków, którzy wraz z Kubą znosili kapustę ze stodoły, ale częściej kurzyli papierosy i szczerzyli zęby do dziewczyn, a prześmiewali się społecznie.

Józka, choć to i skrzat był jeszcze, a rej wodziła i w robocie, i w śmiechach, bo starego nie było, a Hanka, jak to zwyczajnie, kiej ta ćma łaziła abo mruk.

- Czerwono w izbie, jakby od makowych kwiatów! --zawołał Antek, bo był wtoczył do sieni beczki, a teraz ustawiał przed kominem, z boku nieco, szatkownicę.

- Ba, zestroiły się kiej na wesele! - ozwała się któraś starsza

- Jaguś to kiejby ją kto w mleku wymył - zaczęła złośliwie Jagustynka.

- Poniechajcie - szepnęła czerwieniąc się.

- Cieszta się dziewczyny, bo już Mateusz przywędrował ze świata, zaraz się tu zaczną muzyki a tańce, a wystawanie po sadach... - ciągnęła stara.

- Całe lato go nie było.

- Jakże, dwór stawiał we Woli.

- Majster jucha, bańki nosem puszcza - rzekł któryś z parobków.

- A do dzieuch tak sposobny, że i trzech kwartałów czekać nie potrza...

- Jagustynka to nikomu dobrego słowa nie dadzą- zaczęła jakaś dziewczyna.

- Pilnuj się, bym o tobie nie chciała co rzec...

- Wiecie, pono ten stary wędrownik już przyszedł .

- Będzie dzisiaj u nas! - zawołała Józia.

- Bez całe trzy roki bywał we świecie.

- We świecie?... Był ci u grobu Jezusowego!

- Hale! Widział go tam kto? Cygani jucha, a głupie wierzą; tak samo i kowal opowiada o zamorskich krajach, co ino w gazetach wyczyta...

- Nie gadajcie, Jagustynko, sam dobrodziej przytwierdzał do mojej matki.

- Prawda, że to Dominikowa jakby drugą chałupę ma na plebani i zawżdy wiedzą, czy księdza brzuch boli lekująca przeciech...

Jagna zmilkła, ale poczuła dziwną ochotę choćby tym nożem ją żgnąć, bo cała izba parsknęła śmiechem, tylko Misia Grzegorzowa nachyliła się do Kłębowej i spytała:

- Skąd on jest?

- Skąd? Ze świata szerokiego, abo to kto wie? - Nachyliła się nieco, wzięła główkę na dłoń, obcinała liście i mówiła szybko, coraz głośniej, żeby i drugie słyszały: - Co trzecią zimę przychodzi do Lipiec i u Boryny zakłada kwaterę... Rochem kazał się przezywać, choć mu ta pewnie i nie Roch... Dziad jest i nie dziad, kto go tam wie... ale pobożny człowiek i dobry... ino mu tej obrączki nad głowę, a byłby rychtyk kiej te świątki na obrazach. Różańce mają na szyi obcierane o grób Jezusowy... obrazki dzieciom daje święte, a jak niektórym, to i takie z królami, co to z naszego narodu przódzi wychodziły... i książki pobożne ma takie, w których stoi wszystko, i historie różne o świecie... czytał je przecież mojemu Walkowi, to i ja, i mój słuchalim, inom przepomniała, bo i wymiarkować ciężko... A nabożny taki, że z pół dnia przeklęczy, drugi raz pod krzyżem albo i gdzie w polu, a do kościoła ino na mszę chodzi. Dobrodziej zapraszał go do siebie, na plebanię, to mu rzekł:

- Z narodem mi ostać, nie na pokojach moje miejsce...

- Miarkują też wszyscy, że nie musi być z chłopskiego stanu, choć mówi jak wszystkie i nauczny jest; jakże, z Żydem gadał po niemiecku, a we dworze w Drzazgowej - to z panienką, co była la zdrowia w ciepłych krajach, też rozmówił się po zagranicznemu... a od nikogo nic nie weźmie, tyle co kapkę mleka i kromkę chleba, a i za to jeszcze dzieci uczy... powiadają... - ale Kłębowa urwała z nagła, bo dziewczyny buchnęły śmiechem i aż się pokładały.

Śmieli się z Kuby, któren niósł w płachcie kapustę i pchnięty przez kogoś, przewrócił się na środku jak długi, aż się kapusta rozleciała po izbie, a on wstawał z trudem i co się już zebrał na czworaki, to padał znowu, bo go popychali.

Józia go obroniła i pomogła wstać, ale też pomstował, pomstował...

I z wolna rozmowa przeszła na co innego.

Wszystkie mówiły z cicha, a gwar się czynił jakoby w ulu przed wyrojem, a śmiechy szły, a przekpiwania a robota szła chybcikiem, ino trzaskały noże o głąby, a główki jako te kule raz wraz padały na płachtę i stożyły się w coraz większą kupę. Antek zaś szatkował nad wielkim cebrem przy kominie; rozdziany był, że ostał ino w koszuli i w portkach pasiastych z wełniakowego sukna, rozczerwienił się, łeb mu się rozwichrzył i pot gęsto pokrył mu czoło; tęgo robił, ale śmiał się cięgiem i przekpiwał, a taki był urodny, że Jagna jak w obraz poglądała, a i nie ona jedna tylko... a on przystawał, żeby odetchnąć, i wesołym wzrokiem tak patrzał na nią, aż spuszczała oczy i czerwieniła się. Ale nikt tego nie widział prócz Jagustynki, a i ta udawała, że nie patrzy, jeno sobie w głowie układała, jak to opowiedzieć na wsi.

- Marcycha pono zległa, wiecie to? - zaczęła Kłębowa.

- Nie nowina to jej, co roku se to robi.

- Baba jak tur, to jej dzieciak krew odciąga od głowy - mruknęła

Jagustynka i chciała dalej coś o tym rzec, ale ją zgromiły drugie, że to o takich rzeczach mówi przy dzieuchach.

- Wiedzą one i o lepszych, nie bójta się. Teraz nastał czas taki, że już i gęsiarce nie mówią o bocianie, ino się w oczy roześmieje... nie tak to prżódzi bywało, nie..

- No , wyście ta już wszystko wiedzieli jeszcze za bydłem... - rzekła poważnie stara Wawrzonowa - a bo to nie baczę, coście wyprawiali na pastwiskach...

- Kiedy baczycie, to i ostawcie la siebie! - zakrzyknęła ostro Jagustynka.

- Byłam już za chłopem... za Mateuszem, widzi mi się... nie, za Michałem, tak, bo juści Wawrzon był trzeci... mruczała nie mogąc utrafić.

- Ale, siedzita i nie wiecie, co się stało! - zawołała wpadając zadyszana Nastusia Gołębianka, Mateusza siostra.

Podniosły się ciekawe zapytania ze wszystkich stron i wszystkie oczy spoczęły na niej. ,

- A to młynarzowi ukradli konie!

- Kiedy?

- Ze trzy pacierze temu. Dopiero co Jankiel umówił Mateuszowi.

- Jankiel ta wie wszystko zaraz, a może i nieco prżódzi...

- Takie konie, kiej te hamany!

- Ze stajni wyprowadziły. Parobek poszedł do młyna po obrok, wraca, a tu już ni koni, ni uprzęży nie ma a pies w budzie struty, no!

- Na zimę idzie, to się już różności zaczynają.

- A bo kary na złodziejów nie ma żadnej... Hale, dużo mu zrobią, wsadzą do kryminału, dadzą jeść, w cieple się wysiedzi, z kolegami wypraktykuje, że kiej go puszczą to jeszcze lepszy jest złodziej, bo nauczny.

- Gdyby tak mnie konia wyprowadzili, a złapałbym tobym ubił na miejscu jak psa wściekłego! - wykrzyknął jeden z parobków.

- A bo ino tego by wartał taki człowiek, bo ino głupie szukają sprawiedliwości we świecie. Kużden ma prawo dochodzić swojej krzywdy.

- Złapać takiego i całą kupą choćby zabić, to i kary, nie ma, bo wszystkich to by karali?

- Baczę... zrobili tak u nas... zaraz, za drugim chłopem już byłam... nie, widzi mi się, że jeszcze za Mateuszem...

Ale te wywody przerwał Boryna wchodząc do izby.

- Tak se na ucho gadacie, aże po drugiej stronie stawu słychać! - zawołał wesoło, czapkę zdjął i witał się ze wszystkimi po kolei. Musiał mieć już w głowie, bo czerwony był jak ćwik, kapotę rozpuścił i głośno a dużo gadał, czego zwyczajny nie był. Chciało mu się przysiąść do Jagusi, ale się wagował, że to tak na oczach wszystkich nijako, póki zmówiona z nim nie jest, to ino wesoło pogadywał i rad na nią patrzył, taka piękna dzisiaj była i wystrojona w chustkę od niego.

Zaraz też Witek z Kubą przynieśli długą ławę przed komin, Józia okryła ją czystym płótnem i zaczęła ustawiać miski i łyżki do jedzenia.

A Boryna wyniósł z komory pękatą, dobrze półgarncową butlę okowitki i jął z nią obchodzić wszystkich po kolei i przepijać.

Dziewczyny się nieco wzdragały, aż któryś z parobków powiedział:

- Łakome na okowitkę, kiej kot na mleko, ino się prosić dają.

- Sam pijanica zatracony, cięgiem siedzi u Jankla, to myśli, że wszyscy!

I piły, odwracały się, przysłaniały twarz ręką, resztę chlustały na ziemię, krzywiły się, mówiły "mocna" i oddawały kieliszek Borynie.

Tylko Jagna uparła się i nie piła, mimo próśb i namawiań.

- Nawet i smaku gorzałki nie znam i nie ciekawam powiedziała.

- No, siadajcie, ludzie kochane, co jest, to zjemy! - zapraszał stary.

Obsiedli po ceregielach różnych, jak to obyczaj każe, ławę i z wolna jedli, a raz w raz pogadywali.

Z misek dymiło parą, że przysłoniła wszystkich jak chmurą, z której tylko skrzybot łyżek, mlaskanie i to słowo niektóre słychać było.

Jadło zwarzyli wybrane, aż się dziwił niejeden, bo i ziemniaki z rosołem były, i mięso gotowane z prażoną jęczmienną kaszą, i kapusta z grochem - rzetelnie ugościli, po gospodarsku, a do tego Boryna cięgiem zapraszał a przymuszał, a Józia ze swej strony i Hanka pilnowały by zasię dolać i dołożyć...

Witek dorzucał suchych karpów na ogień, że ino trzaskał wesoło, a Kuba przez ten czas, co jedli, znosił kapustę i zsypywał na kupę, a łakomie wciągał w siebie zapachy, oblizywał się i wzdychał.

- Pół wołu bym zjadł z jedną albo z dwoma miseczkami kaszy... a juchy tak żrą jak te konice wygłodzone, jeszcze gotowe człowiekowi nie zostawić ni kosteczek myślał z markotnością i przyciągał pasa, tak mu w kiszkach burczało z głodu.

Ale rychło skończyli i podnieśli się z "Bóg zapłać" gospodarstwu.

- Niech wam pójdzie na zdrowie.

Rumor się uczynił, kto wychodził przewietrzyć się i kości przeciągnąć, kto zaś spojrzeć w niebo, czy się nie przejaśnia, a jak parobki, to żeby na ganku pogzić się z dziewczynami.

A Kuba siadł na progu z miską na kolanach i jadł, aż mu się uszy trzęsły, nie zważając na Łapę, który przypominał się różnie, a widząc, że nic nie wskóra, wysunął się na ganek do psów, co z ludźmi pościągały i gryzły się o kości wyrzucone przez Józię.

Wzięli się akuratnie z powrotem do roboty, kiedy Roch stanął we drzwiach z pochwaleniem.

- Na wieki! - odrzekli chórem.

- Spiesz się, flisie, póki jest na misie... Spóźniliście się, ale jeszcze dla was będzie... - zawołał Boryna, przysuwając mu stołek do komina.

- Mleka i chleba daj mi, Józia, a wystarczy.

- Jest jeszcze i ździebko mięsa... - ozwała się nieśmiało Hanka.

- Nie, Bóg zapłać, mięsa nie jadam.

Przymilkli z początku i przypatrywali mu się ; z życzliwą ciekawością, ale gdy przysiadł do jadła, rozmowy i śmiechy podniosły się na nowo.

Tylko Jagna milczała, poglądała często na wędrownika ze zdumieniem, że to taki człowiek jak wszystkie, a u grobu Jezusowego był, pół świata zeszedł i cudów tyla widział... Jak to tam może być w tym świecie? - myślała: - Gdzie to iść, żeby tam zajść?... Naokół przeciech ino wsie a pola, a bory, a za nimi też wsie i pola, i lasy.... Ze sto mil trza iść abo i z tysiąc - myślała i miała dziwną ochotę się spytać, ale gdzie by to zaś mogła, wyśmiałby ją jeszcze....

Chłopak Rafałów, co to był z wojska powrócił, przyniósł skrzypce, nastroił i zaczął przegrywać pieśnie różne.

Cichość się uczyniła, deszcz tylko zacinał w szyby i psy jazgotały przed domem. A on grał wciąż i coraz to coś nowego, przebierał ino palcami i smykiem tak ciął po strunach, że nuta jakby sama wychodziła... pobożne pieśnie grał jakby la tego wędrownika; który oczów z nich nie spuszczał, a potem znowu inne, światowe całkiem tę o Jasiu, jadącym na wojenkę, co ją to często dziewczyny zawodziły po polach... a tak żałośliwie wyciągał nutę z owych drewulek, aż mróz szedł, po kościach wszystkich, a Jagusi, że to czujna była na muzykę jak mało kto, łzy ciurkiem pociekły po twarzy.

- A przestań, bo Jagusia płacze!... - zawoła Nastka

- Nie... to ino tak... ozbiera mnie zawdy granie... nie...szeptała zawstydzona kryjąc twarz w zapasce.

Nie pomogło to nic, bo choć nie chciała, a łzy same kapały z tej onej tęskliwości dziwnej, co jej była wstała w sercu nie wiadomo za czym...

Ale chłopak grać nie przestał, tyla że teraz rznął od ucha siarczyste mazury a obertasy takie, aż dziewczyny usiedzieć nie mogły, ino ściskały dygocząc z uciechy kolana a rzucały ramionami , parobki przytupywali raz w raz i podśpiewywali wesoło - izba napełniła się wrzawą a tupotem i śmiechami , aż się szyby trzęsły.

Naraz pies jął skowyczeć w sieni i tak przeraźliwie zawył, że umilkli wszyscy.

- Co się stało?

Roch rzucił się do sieni tak prędko, że o mało się nie przewrócił o szatkownicę.

- I, nic... chłopak któryś przyciął psu ogon drzwiami i bez to tak wył! - zawołał Antek, wyjrzawszy do sieni.

- Pewnie to Witka robota - zauważy ł Boryna.

- Ale, Witek by ta psa krzywdził, którèn zbiera po wsi wywłóki różne i lekuje... - broniła gorąco Józia.

Roch powrócił mocno wzburzony, oswobodzić musiał psa, bo skowyt było słychać już gdzieś w opłotkach.

- I pies stworzenie boskie, i czuje krzywdę jako i człowiek... Pan Jezus miał też swojego pieska i nie dał nikomu krzywdzić... - powiedział porywczo.

- Pan Jezus by tam miał pieska, jak wszyscy ludzie?... - wątpiła Jagustynka.

- A żebyście wiedzieli, to miał i Burkiem go przezywał...

- Hale... No! Cie... - odzywały się ciekawe głosy.

Roch milczał chwilę, a potem podniósł siwą głowę, okoloną długimi, równo nad czołem uciętymi włosami, utkwił blade, jakby wypłakane oczy w ogniu i ozwał się cicho, przebierając palcami ziarna różańca...

W owy czas daleki...

Kiej Pan Jezus jeszcze po ziemi chadzał i rządy nad narodem sam sprawował, stało się to, coć wam rzeknę...

Szedł se Pan Jezus na odpust do Mstowa, a drogi nikaj nie było, ino piachy srogie a parzące, bo słońce przypiekało i gorąc był taki, jak kieby przed burzą... A cienia nikaj ni osłony.

Pan Jezus szedł z cierpliwością wielką, bo do lasu było jeszcze kawał drogi, ale że już tych świętych nóżków nie czuł z utrudzenia i pić mu się okrutnie chciało, to se raz w raz przysiadał na wydmach, chocia tam i barzej przygrzewało, i rosły same ino koziebródki, a cienia było tyla, co od tych poschniętych badyli dziewann, że i ptaszek by się nie schronił....

Ale co przysiadł, to i nie odzipnął nawet rzetelnie, bo zaraz Zły, jako ten jastrząb paskudny, co bije z góry w ustałego ptaszka, tak ci on zapowietrzony bił racicami w piach a tarzał się jako to bydlę, że taka kurzawa, taka ćma się podnosiła, co i świata widać nie było...

Pan Jezus, choć mu piersi zapierało i ledwie się już ruchał, to wstawał i szedł, a ino się pośmiewał z głupiego, bo przeciech wiedział, że Zły chciał mu zmylić drogę, coby nie szedł na odpust na zbawienie grzesznego narodu...

I szedł Pan Jezus... szedł... aż i przyszedł do lasu...

Odpoczął se w cieniu niezgorzej, ochłodził wodą i coś niecoś z torby przegryz, potem wyłamał niezgorszy kijaszek, przeżegnał się i wlazł w bór.

A bór był stary i gęsty, a błota nieprzebyte, a chrapy i oparzeliska takie, że musi sam Zły tam domował, a gąszcze, że i niektóremu ptakowi łacno przemknąć się nie było. Jeno Pan Jezus wszedł, a tu kiej Zły borem nie zatrzęsie, kiej nie zacznie wyć, kiej nie pocznie łamać chojarów a wiater, jako że to jeno parob piekielny, pomagał w te pędy i rwał suszki, rwał dęby, rwał gałęzie i huczał, i hurkotał po borze jako ten głupi.

Ciemność się stała, że chocia oko wykol - a tu szum, a tu trzask... a tu zawierucha... a tu jakieś zwierzaki, pomioty diabelskie wyskakują i szczerzą kły... i warczą...i straszą... i świecą ślepiami, i... ino... ino chycić pazurami.

ale juści, że nie śmiały, bo jakże by... Pan ci Jezus był w swojej świętej osobie...

Ale i Panu Jezusowi dość było tego głupiego strachania, i że pilno na odpust, to przeżegnał bór i zaraz wszystkie Złe i ze swoimi kumami przepadli w oparzeliskach.

Ostał się ino taki dziki pies, bo w ony czas pieski nie były jeszcze z ludźmi pobratane.

Ten ci to pies ostał i leciał za Panem Jezusem, szczekał, to docierał do świętych nóżek Jego, to udarł zębami za porteczki, to kapot Mu ozdarł i za torby chytał, i sielnie się dobierał do mięsa... ale Pan Jezus, jako że był litościwy i krzywdy nijakiemu stworzeniu zrobić by nie zrobił, a mógł go kijaszkiem przetrącić abo i zasie samym pomyśleniem zabić, to ino powieda:

- Naści, głupi, chlebaszka, kiejś głodny - i rzucił mu z torby.

Ale pies się rozeźlił i zapamiętał, że nic, ino kły szczerzy, warczy, ujada, a dociera i całkiem już psuje Jezusowe porteczki.

- Chlebam ci dał, nie ukrzywdził, a obleczenie mi rwiesz i szczekasz po próżnicy. Głupiś, mój, piesku, boś Pana swego nie poznał. Jeszcze ty za to człowiekowi odsłużysz i żyć bez niego nie poradzisz... - powiedział Pan Jezus mocno, aż pies siadł na zadzie, potem zawrócił, ogon wtulił między nogi, zawył i kiej ogłupiały pognał w cały świat.

A Pan Jezus przyszedł na odpust.

Na odpuście narodu jak drzew w boru abo tej trawy na łąkach - aż gęsto.

Ale w kościele było pusto, bo w karczmie grali, a przed kruchtą cały jarmark i pijaństwo, i rozpusta, i obraza boska, jako i w te czasy bywa.

Wychodzi Pan Jezus po sumie i patrzy, aż tu naród kiej to zboże pod wiatrem, to w tę, to w oną stronę się kolebie i ucieka, a niektóry z biczem bieży, kto żerdkę z płotu wyciąga, kto znów po kłonice sięga, a inszy zasię i kamienia szuka, a baby w krzyk i na płoty się drą, to na wozy, a dzieci w bek, a wszyscy krzyczą:

- Wściekły pies, wściekły pies!

A pies środkiem ludzi, kieby z nagła rozstąpioną ulicą, gna z wywieszonym ozorem i wprost na Pana Jezusa. Nie uląkł ci się Pan nasz, nie... poznał, że to ten sam piesek z boru, to ino rozpostarł tę swoją świętą kapotę i powieda do zwierza, któren z nagła przystanął:

- Pójdź tu, Burek, przespieczniejszyś ty przy mnie niźli w borze. Okrył go kapotą, ospostarł nad nim ręce i powiada:

- Nie zabijajcie go, ludzie, bo to też stworzenie boskie, a biedne jest, głodne, zgonione i bezpańskie.

Ale chłopi jeli krzyczeć, jeli wydziwiać; a mamrotać trzaskać kłonicami o ziemię: że to zwierz dziki i wściekły, że im już tyla gąsków i owieczek porwał, że cięgiem szkody czyni, a i człowieka uszanować nie uszanuje, ino zaraz kłami... że nikt bez kija na pole nie wyjdzie, bo bez tego piekielnika przespieczności nijakiej nie ma... że zabić go trza koniecznie...

I chcieli przez moc psa spod Panajezusowej kapoty wziąć a zakatować. Aż się Pan Jezus ozgniewał i krzyknął:

- Nie ruchaj, jeden drugi! To się, łajdusy i pijanice, psa boita, a Pana Boga to się nie boita, co?..

Odstąpili, bo mocno rzekł, a Pan Jezus im dalej powieda - że są łajdusy... że przyszli na odpust, a piją ino po karczmach, a Boga obrażają, a pokuty nie czynią i przeklętniki są, a katy jedne la drugich, złodzieje, bezbożniki i kara boska ich nie minie.

Skończył Pan Jezus, podniósł kijaszek i chciał odejść...

Ale już Go naród poznał i kiej nie rymnie przed Nim na kolana, kiej nie rykną płaczem i kiej nie zaczną skomleć...

- Ostań z nami, Panie! Ostań, Panie Jezu Chryste!

Ostań! A to Ci wierne będziemy, kiej ten pies... pijanice my, bezbożniki my, złe my ludzie, ale ostań!... Ukarz, bij, ale ostań!... Sieroty my opuszczone, ludzie bezpańskie..-, i tak płakali, tak żebrali, tak całowali Go po rękach i po tych nogach świętych, że zmiękło serce Pańskie, ostał z nimi przez parę pacierzów, nauczał, rozgrzeszał i błogosławił wszystkiemu.

A potem, kiedy już odchodził, to powiada:

- Krzywdę wam czynił pies? Odtąd wam odsługiwać będzie. I gąsków popilnuje, i owieczki oganiał będzie, i jak się jeden albo drugi schlasz - chudoby i dobra stróżem będzie a przyjacielem. Ino go szanujta i krzywdy mu nie czyńcie.

I odszedł Pan Jezus we świat tyli.

A obejrzy się - Burek siedzi tam, gdzie go obronił.

- Burek, a pódzi ze mną, cóż to, sam, głupi, ostaniesz?.,

I pies poszedł, i już szedł wszędy za Panem i taki cichy, taki czujny, taki wierny, kiej parobek najlepszy.

I poszli już wszędzie razem.

I bez bory szli, i bez wody - całym światem.

A że nieraz i głód był, to piesek ptaszka jakiego wytropił, to gąskę abo baranka przyniósł i tak se społecznie żyli.

A często gęsto, kiedy Jezusiczek strudzony spoczywał, to Burek odganiał złych ludzi abo i zwierza dzikiego i nie dał Pana naszego, nie...

Kiej przyszedł czas, że Żydy paskudne i one faryzeje srogie wiedły Pana na umęczenie - to Burek rzucił się na wszystkich i jął gryźć, i bronić, jak tylko umiała biedota kochana.

A Jezus mu rzekł spod drzewa, które dźwigał na mękę swoją świętą:

- Sumienie barzej ich gryźć będzie... a ty nie uredzisz...

I kiej umęczonego powiesili na krzyzie, to Burek siadł i wył...

...drugiego dnia, kiej wszystkie ludzie poodchodzili, że już ani Panienki Najświętszej, ni apostołów świętych nie było... to ostał ino Burek...

...lizał raz w raz te święte, przebite goździamń, konające nóżki Panajezusowe i wył... wył... wył...

...a kiej już trzeci dzień nadszedł... przecknął Pan Jezus i patrzy, a tu nikogo w podle krzyża... ino jeden Burek skamli żałośliwie i tuli się do jego nogów...

...to Pan nasz Jezus Chrystus Przenajświętszy pojrzał miłościwie na niego w tej godzinie i rzekł ostatnim tchem:

- Pójdź, Burek, ze mną!

....

I piesek w to oczymgnienie puścił ostatnią parę i poszedł za Panem...

Amen.

- Tak było, jakom rzekł, ludzie kochane! - powiedział łagodnie, skończywszy przeżegnał się i poszedł na drugą stronę, gdzie mu już Hanka spanie narządziła, że to wielce był utrudzon.

Głuche milczenie zaległo izbę. Rozważali se wszyscy tę dziwną historię, a dziewczyny niektóre, jak Jagusia, Józka i Nastka, to obcierały ukradkiem oczy, bo tak je rzewnością przejęła dola Pańska i ta Burkowa przygoda; a samo już to, że się taki pies znalazł we świecie, co lepszy był od ludzi i wierniejszy Panu, zastanowiło wszystkich niemało... i poczęli z wolna, po cichu jeszcze czynić uwagi różne i dziwować się nad tym zrządzeniem boskim, aż Jagustynka, która była pilnie słuchała, podniosła głowę, zaśmiała się urągliwie i powiada:

- Baj baju, chłop śliwy rwie, a ino ich dwie! Ja waju lepszą powiem przypowiastkę, o tym, skąd się wół wziął człowiekowi:

Pan Bóg stworzył byka.

I byk był.

A chłop wziął kozika,

Urznął mu u dołu

I stworzył wołu-

...i wół jest!

- Taka dobra moja prawda jako i Rochowa! - poczęła się śmiać.

Izba też cała gruchnęła śmiechem i wnet posypały się żarty, to gadki, to przypowiastki różne.

- Jagustynka to wszystko wiedzą...

- Jakże, wdowa po trzech chłopach, to i nauczna.

- Juści, jeden ją uczył rano biczyskiem... drugi w połednie rzemieniem, a trzeci na odwieczerz często gęsto kłonicą poganiał... - wołał Rafałów.

- Poszłabym i za czwartego, ale nie za ciebie, boś za głupi i chodzisz usmarkany kiej Żydziak.

- Jak temu psu Jezusowemu było przez Pana, tak kobieta obyć się nie obędzie bez bicia... to i Jagustynce markotno... - rzucił któryś z parobków.

- Głupiś... bacz ino, kiej niesiesz ojcowe ćwiartki do Jankla, by cię nikt nie widział, a wdowieństwu daj spokój, to nie na twój rozum - warknęła ostro, aż przymilkli, bo bali się, że w złości wszystko głośno wypowie, co tylko wie, a mogła wiedzieć sporo. Przekorna baba była, nieustępliwa i o wszystkim mająca swoje powiedzenie, nieraz takie, że aż ludziom skóra cierpła i włosy wstawały na głowie, bo nic nie uszanowała, nawet księdza i kościoła, że już nieraz ją dobrodziej napominał i do opamiętania przynaglał, nie pomogło, a potem ino po wsi mówiła :

- I bez księdza każden do Pana Boga trafi, niech jeno będzie poczciwy; gospodyni lepiej mu pilnować, bo z trzecim chodzi i znowu gdzie zgubi...

Taka była Jagustynka...

Rozchodzić się już mieli, kiedy wszedł wójt z sołtysem, obchodzili chałupy, żeby jutro podług rozkładu wychodzili na szarwark, na drogę za młyn, rozmytą przez deszcze...

Ale wójt przódzi, skoro jeno wszedł, rozłożył ręce i wykrzyknął:

- Same najpierwsze dziewczyny jucha stary se zwołał!.

Jakoż prawdę rzekł, bo były same gospodarskie córki rodowe - i z wianem.

Boryna gospodarz był przecież pierwszy na całą wieś, to jakże, dziewki służebne, komornice albo biedotę taką, co to w dziesięcioro wisi u krowiego ogona - zwoływałby do siebie i zapraszał!

Wójt pogadał ze starym na osobności, ale tak cicho, że nikt nie usłyszał, pośmiał się z dziewczynami i poszedł rychło, bo jeszcze całe pół wsi zwoływać miał na jutro. Wkrótce też i zaczęli się rozchodzić wszyscy, że to późno było, a i kapusty prawie już zbrakło do obierania. Boryna dziękował wszystkim a każdemu z osobna, i co starszym kobietom otwierał drzwi i wyprowadzał...

Jagustynka na odchodnym rzekła w głos:

- Bóg zapłać za ugoszczenie, ale dobrze całkiem nie było.

- Hale! No...

- Gospodyni brak wam, Macieju, a bez to nijakiego porządku nie może być...

- Co robić, moiściewy?... Co robić?... Zrządzenie już takie boskie, że pomarła...

- Mało to dziewczyn! A dyć w każden czwartek ino wypatrują po wsi, czy swaty od was nie idą do której...-mówiła chytrze ciągając go za język, ale Boryna, choć i miał już odpowiedź. podrapał się tylko po głowie i uśmiechał, a szukał bezwiednie oczami Jagusi, która zabierała się do wyjścia...

Na to i czekał Antek, przyodział się nieznacznie i wyszedł naprzód. Jaguś sama szła do domu, bo inne mieszkały w drugiej stronie, ku młynowi.

- Jaguś! - szepnął wychylając się z ciemności spod płota jakiegoś.

Przystanęła, poznała głos jego i poczęła ździebko dygotać.

- Odprowadzę cię, Jaguś! - Obejrzał się - noc była ciemna, bez gwiazd, wiatr huczał górą i miotał drzewami.

Objął ją wpół mocno i tak przytuleni do siebie zginęli w ciemnościach.

ROZDZIAŁ 8

Nazajutrz gruchnęła po Lipcach wieść o Borynowych z Jagną zmówinach.

Wójt był dziewosłębem - więc wójtowa, że mąż srogo przykazywał pary z gęby nie puszczać przódzi, nim powróci, dopiero na odwieczerzu pobiegła do sąsiadki, rzekomo soli pożyczyć, i już na odchodnym nie wytrzymała, ino wzięła kumę na bok i szepnęła:

- Wiecie to, Boryna posłał z wódką do Jagny! Ino nie mówcie, bo mój tak przykazywał.

- Nie może być! Gdziebym ta z ozorem po wsi latała! Pleciuch to jestem czy co?... Taki dziad i za trzecią kobietę się bierze! Co to dzieci na to powiedzą! O świecie, świecie! - jęknęła ze zgrozą.

A skoro wójtowa wyszła, przyodziała się w zapaskę i chyłkiem przez sad wpadła do Kłębów, co w podle siedzieli, pożyczyć szczotki paczesnej, że jej była się gdziesik zapodziała.

- Słyszeliście? Boryna żeni się z Jagną Dominikówną! Dopiero co szły do niej z wódką.

- Nie ! - cudeńka prawicie ! Jakże by to, dzieci dorosłe i sam już w latach!

- Juści że niemłody, ale mu nie odmówią... nie, gospodarz taki, bogacz!

- Albo i ta Jagna! Widzieliście, moi ludzie! To się łachała z tym i owym... a teraz gospodynią pierwszą będzie! Jest to na świecie sprawiedliwość? Co?... A tyla dzieuch siedzi... choćby i te siostrzyne...

- A moje po bracie! A Koprzywianki! A Nastusia! A drugie! To nie gospodarskie? Nie świarne? Nie poczciwe? Co?...

- Będzie się ona dopiero nadymała! I tak kiej ten paw chodzi a głowy zadziera.

- Bez obrazy boskiej się też obyć nie obędzie - kowal ni drugie dzieci nie darują swojego macosze, nie!

- Hale, poredzą to co? Gront starego, to i wola jego.

- Juści, że po prawie jego, ale po sprawiedliwości i dzieciński też.

- Moiściewy, sprawiedliwość ma zawżdy ten, kogo stać na nią...

Nawyrzekały, nażaliły się na świat i jego sprawy i rozeszły się, a z nimi rozlała się ta wieść po wsi całej.

Że roboty było niewiela i niepilne, a ludzie siedzieli po chałupach, bo drogi były do cna rozmiękły, to pogwarzano o tych zmówinach po chałupach wszystkich. Wieś całą ogarnęła ciekawość, na czym się to skończy; spodziewali się z góry, że nastąpią bitki a procesowanie, a historie różne. Jakże, znali Borynową gwałtowność, że jak się zaweźmie, to i dobrodziejowi nie ustąpi, a i Antkową hardość też znali.

Nawet ludzie spędzeni do szarwarku, na rozerwaną groblę za młynem, poprzystawali i jęli o tym zdarzeniu poredzać.

Przerzekł coś niecoś jeden, przerzekł i drugi, aż w końcu stary Kłąb, że to mądry chłop był i poważany, powiedział surowo:

- Z tego padnie złe na wieś całą, baczcie ino.

- Antek nie ustąpi, jakże? Nowa gęba do miski- rzekł któryś.

- Głupiś, u Boryny starczyłoby i la pięciu - o działy pójdzie.

- Bez zapisu się tam nie obejdzie.

- Dominikowa nie głupia, już ona wszystkich wyrychtuje.

- Matką jest, to jej psie prawo o dziecko stoić - rzucił Kłąb.

- W kościele przesiaduje, a chytra na grosz kiej ten Żyd.

- Nie powiedaj leda co na ludzi, żeby ci ozór nie odjęło.

I tak całe popołudnie zajmowała się wieś zmówinami, co i nie dziw, bo Borynowie byli rodowi, starzy gospodarze, a Maciej, chociaż urzędu nijakiego nie sprawował, a gromadzie przewodził. Jakże, na odwiecznych kmiecych rolach siedział, z dziada pradziada we wsi był, rozum miał, bogactwo miał - że chcąc nie chcąc, a słuchali i uważali go wszyscy.

Jeno nikt z dzieci, ni kowal nawet, o zmówinach nie wiedział, bali się do nich z nowiną bieżyć, bych w pierwszej złości czego nie oberwać.

Więc też w chałupie Borynów cicho było jeszcze, ciszej dzisiaj niźli zazwyczaj - deszcz był przestał padać i od rana przecierało się na niebie, to zaraz po śniadaniu Antek z Kubą i z kobietami pojechali do lasu zbierać susz na opał i probować, czyby się nie dało kolek ugrabić.

Stary pozostał w domu.

A już od samego rana był dziwnie przykry, dziwnie zeźlony, że ino szukał okazji, na kogo by wywrzeć niepokój i złość, jakie go roztrzęsały; Witka sprał, bo pod krowy słomy nie przyrzucił i leżały do pół boków w gnoju, z Antkiem się pokłócił; Hankę wykrzyczał za chłopaka, któren wybałykował przed dom i utytlał się w błocie; nawet na Józkę powstał, że się długo guzdrała... a konie czekały na nią.

A gdy wreszcie pozostał sam, z Jagustynką ino, która była ostała z wczoraj, żeby doglądnąć inwentarza, to już całkiem nie wiedział, co robić ze sobą. Przypominał sobie cięgiem, co mu Jambroż prawił o przyjęciu przez Dominikową, co rzekła Jagna, a mimo to dufności w siebie nie miał i dziadowi wierzyć nie bardzo wierzył, że to mógł za ten kieliszek ocyganić ino. To łaził po izbie, oknem na pustą drogę wyglądał abo zgoła i z ganku na Jagusiną chałupę niespokojnie spozierał - a zmierzchu wyczekiwał kiej zmiłowania...

Sto razy chciało mu się bieżyć do wójta i pognać, by poszli prędzej - ale ostał w domu, bo go powstrzymywały oczy Jagustynki, co za nim chodziły cięgiem; oczy zmrużone, a świecące urągliwością i naśmiechliwe...

- Czarownica jucha, wierci ślepiami kiej świderkiem - myślał.

A Jagustynka łaziła po chałupie i obejściu z prząślicą pod pachą i naglądała - przędła, aż wrzeciono turkotało w powietrzu, nawijała nić i szła dalej, do gęsi, do świń, do obory, a Łapa włóczył się za nią senny i ociężały- nie odzywała się do starego, choć dobrze wiedziała, co go tak rozbiera i markoci, co nim tak rzuca, że aż wziął się do zabijania kołów pod ścianą do ogacenia.

Przystawała ino przy nim raz w raz, aż w końcu rzekła:

- Nie idzie wama dzisiaj robota.

- A nie idzie, psiachmać, nie idzie.

- Sodoma tutaj będzie, mój Jezu! Sodoma! - myślała odchodząc. - Dobrze stary robi, że się żeni, dobrze! A to by mu dały taki wycug dzieci jak mnie! Całe dziesięć morgów pola jak złoto dałam, i co?... - splunęła ze złością. - Na wyrobki chodzę, na komornicę zeszłam!...

A stary, że to już wydzierżeć nie mógł, gruchnął siekierę o ziemię i krzyknął:

- Na psa taka robota!

- Gryzie was coś na wnątrzu.

- A gryzie, gryzie.:.

Jagustynka przysiadła na przyzbie, wyciągnęła długą nić, zwinęła na wrzeciono i cicho, trochę z obawą rzekła:

- Przeciech nie macie się z czego markocić ni turbować.

- Wiecie to?

- Nie bójcie się, Dominikowra mądra, a Jagna też po myślenie ma.

- Rzekliście! - zawołał radośnie i przysiadł w podle.

- Jakże, mam oczy.

Milczeli długo przetrzymując się wzajemnie.

- Na wesele mnie zaproście, to wam takiego "Chmiela" zaśpiewam, że rychtyk w dziewięć miesięcy chrzciny wyprawicie... - zaczęła ironicznie, ale widząc, że stary się schmurzył, dorzuciła innym tonem:

- Dobrze robicie, Macieju, dobrze. Jak mój pomarł żebym była sobie poszukała chłopa, to nie komornicą bym dzisiaj była, nie...Głupia byłam, zawierzyłam dzieciom .... na wycug poszłam, gront odpisałam, i co?...

- Ja ta nie odpiszę ni zagona! - rzekł twardo.

- Macie wy rozum, że tak mówicie, macie! Po sądach się włóczyłam, to ino te parę złotych, com miała - poszły, a sprawiedliwości nie kupiłam... i na starość na poniewierkę, na wyrobek! Żebyśta, ścierwy, pode płotem wyzdychały za moje ukrzywdzenie! Poszłam do nich w niedzielę, żeby chocia popatrzeć na chałupę, na ten sad, com go ano sama szczepiła, to synowa wywarła na mnie pysk , że na prześpiegi przychodzę! Mój ty Jezu kochany! Ja na prześpiegi, na swój rodzony gront przychodzę! Myślałam że trupem padnę, tak mnie żałość ścisnęła! Poszłam do dobrodzieja, żeby ich chociaż za to skarcił z ambony, to mi rzekł, że za te krzywdy Pan Jezus mnie wynagrodzi!...Juści, juści... jak kto nic nie ma, dobra mu i Jezusowa łaska, dobra... ale zawdy wolałabym ja pogospodarzyć tu na groncie, w ciepłej izbie pod pierzyną się przespać tłusto se podjeść i uciechy zażyć...

I jęła z taką gorącością wygadywać na wszystko, że Boryna powstał i poszedł na wieś do wójta, jako że i mroczeć poczynało.

- Rychło idzieta, co?

- W te minuty, zarno Szymon przyjdą.

Jakoż i przyszedł, i poszli już razem do karczmy, aby się napić jaki kieliszek i wziąć araku na poczęstunek. Jambroży już tam był i wnet przystał do nich, ale niedługo pili, bo Maciej ich popędzał.

- Poczekam na was tutaj; odpiją, to zabierzcie kobiety i przychodźcie duchem - zawołał za nimi.

Szli mocno środkiem drogi, aż błoto się otwierało; mrok gęstniał i pokrywał świat szarym, smutnym przędziwem, w którym wieś cała zapadała, tylko gdzieniegdzie poczęły z mroków wybłyskiwać światła chat i psy naszczekiwały w opłotkach, jak zwyczajnie przed kolacją.

- Kumotrze? - ozwał się po chwili wójt.

- He?

- Widzi mi się, że Boryna wyprawi sielne weselisko.

- Wyprawi abo i nie wyprawi! - odrzekł zgryźliwie, że to mruk był.

- Wyprawi! Wójt wama to mówi, to wierzcie. Ja już w tym. Wyrychtujemy taką z nich parę, że jaż ha!
- Ino klacz poniesie, bo ogier, widzi mi się, ma konopie w ogonie!
- Nie nasza to rzecz.
- Hale... dzieci nas wyklinać będą...
- Będzie galanto, ja, wójt, to wama mówie.
Weszli zaraz do chałupy Dominikowej.
W izbie było widno, zamieciono, czysto - spodziewali się ich przecie.
Dziewosłęby pochwalili Boga, przywitali się kolejno ze wszystkimi bo i chłopaki siedzieli w izbie, usiedli na przysuniętych do komina stołkach i jęli pogadywać to o tym, to o owym.
- A to ziąb, jakby już na mróz szło - zaczął wójt, ogrzewając ręce.
- Przeciech nie na zwiesnę idzie, to i nie dziwota!
- Zwieźliście już kapustę, co?
- I.. ostało tam na kapuśnisku ździebko, ale teraz nie dojedzie - odpowiadała stara spokojnie i chodziła oczami za Jagną, która pod oknem motała na motowidło przędzę w parniki, a była dzisiaj tak urodna, że wójt, chłop młody jeszcze, spoglądał na nią łakomymi oczami - ale w końcu zaczął:
- Że to plucha, błocko i ćma, tośwa z Szymonem wstąpili do was po drodze; przyjęliście nas godnie, ugościli dobrym słowem, to cheba co stargujemy u was, matko...
- I we świecie coś niecoś stargować można, ino poszukać trza...
- Prawdęście rzekli, matko, jeno nic nam po szukaniu, bo u was widzi się nam najlepiej.
- Targujcie - zawołała wesoło.
- Jałowicę byśmy na ten przykład zatargowali.
- Ho, ho! Drogo stoi; nie na byle jakim postronku ją powiedzie !
- Ze śrebła poświęcanego mamy powrózek, a z takiego to choćby i smok, a nie zerwie się... No, wiela, matko?- i jął wyciągać butelkę z kieszeni...
- Wiela? Niełacno to rzec! Młódka, a na dziewiętnastą zwiesnę jej idzie, dobra i robotna, że mogłaby jeszcze roków parę postać u matki...
- Płone to stanie - bo bez przychowku, płone...
- La drugiej to i przy matce o to nietrudno! - szepnął Szymon.
Wójt się roześmiał głośno, a stara błysnęła ino oczami i rzekła prędko:
- Szukajcie drugiej, moja może poczekać.
- Juści, że może, ale my nie znajdziemy urodniejszej i u lepszej maci!
- Rzekliście!;..
- Ja, wójt, to wama mówię, to wierzcie... - Wyciągnął kieliszek, wytarł go połą kapoty, nalał w niego araku i rzekł poważnie: - Słuchajcie, Dominikowa, pilnie, co wama powiem; urzędnik jestem i moje słowo to nie ten ptaszek, co se piśknie, fiuknie i tylaś go już widział! Szymon, też wiadomo, kto jest - nie obieżyświat żaden, ino gospodarz, ociec dzieciom i sołtys!... Miarkujcie se ino, jakie figury do was przyszły i z czym,

miarkujcie!

- Dyć wiem, Pietrze, i uważam.

- Mądraście kobieta, to i to wiecie, że prędzej czy później, a Jaguś z domu iść musi na swoje, tak już Pan Jezus postanowił, że ojce dzieci chowają la świata, nie la siebie.

- Oj, prawda, prawda, ty matko
Cackaj, czesz, strzeż
I jeszcze dopłać komu-
Żeby wziął z domu...

- Tak już na świecie jest, to i nie zmieni. Chyba kapkę przepijemy, matko?

- A bo ja wiem?... Niewolić jej nie będę, cóż, Jaguś, odpijesz?...

- I... ja ta wiem... - pisknęła odwracając do okna zaczerwienioną twarz.

- Posłuszna! Pokorne cielę dwie matki ssie... - dorzucił Szymon poważnie.

- W wasze ręce, matko!

- Pijcie z Bogiem, aleście jeszcze nie rzekli, kto taki?- powiedziała, że to nieobyczajnie wiedzieć naprzód, nie od dziewosłębów.

- Kto? A sam ci Boryna! - wykrzyknął przechylając kieliszek.

- Stary! Wdowiec! - wykrzyknęła niby z zawodem.

- Stary! Nie obrażajcie Pana Boga! Stary, a sąd miał jeszcze niedawno o dziecko!

- Prawda, ino że to nie jego było.

- Jakże, gospodarz taki i zadawałby się z pierwszą lepszą! Pijcie, matko...

- Wypić bym wypiła, ino że to wdowiec, a staremu prędzej z brzega do Abramka na piwo, to potem co?...Dzieci macochę wyżęną i...

- Mówili Maciej, coby bez zapisu nie było... - mruknął Szymon.

- Przed ślubem chyba!

Dziewosłęby zmilkli, dopiero po chwili wójt nalał nowy kieliszek i zwrócił się z nim do Jagny.

- Napij się, Jaguś, napij! Chłopa ci raimy kiej dąb, panią se będziesz i gospodynią na wieś całą, no, w twoje ręce, Jaguś, nie wstydaj się...

Wahała się, czerwieniła, odwracała do ściany, ale w końcu, przysłoniwszy twarz zapaską, upiła ździebko i wylała resztę na podłogę...

Wtedy kieliszek obszedł wszystkich po kolei. Stara podała chleb, sól, a w końcu i wędzonej, suchej kiełbasy na przegryzkę.

Przepili parę razy z rzędu, aż oczy pojaśniały wszystkim i języki się rozwiązały. Jagna ino uciekła do komory, bo nie wiada czemu chycił ją płacz, że aż przez ścianę słychać było chlipanie.

Stara chciała do niej bieżeć, ale ją wójt zatrzymał.

- I cielę beczy, kiej je od maci odsadzają... zwykła to rzecz. Nie we świat idzie, nie na drugą wieś, to się z nią jeszcze cieszyć będziecie... Nie będzie jej nijaka krzywda, to ja, wójt, wama mówię - wierzcie

- Juści... inom se myślała zawdy, wnuczków się doczekam na pociechę...

- Nie turbujcie się, jeszcze się żniwa nie zaczną, a już pierwszy będzie...

- Pan Jezus to tylko wie prządzi, nie my, grzeszni! Zapiliśmy, prawda... a mnie tak jakoś żałośliwie na sercu , kiej na pochowku...

- I nie dziwota, jedynaczka z domu, to waju się już za nią cni... Jeszcze ździebko, na frasunek! Wiecie, pójdziem wszystkie do karczmy, bo mi już ano wódki zbrakło, a i tam pan młody kiej na wąglikach wyczekuje.

- W karczmie to zrękowiny będziemy odprawiać?

- Po staremu, jak ojce nasi robili, ja, wójt, wama to rzekłem - wierzcie.

Kobiety się ździebko przyodziały świąteczniej i wnet wychodzili.

- A chłopaki to ostaną? Siostrzyne zmówiny, to i la nich uciecha - zauważył wójt, że to parobki żałosne miny mieli i poglądali na mać niespokojnie.

- Trudno dom na boskiej Opatrzności ostawić.

- Przyzwijcie ano Agatę od Kłębów, to przypilnuje.

- Agata już na żebry poszła. Zawoła się kogo po drodze. Chodźta, Jędrzych, i ty, Szymek, a kapoty weźta; cóż to jak te dziadaki iść chceta?... A niech się ino który spije... to popamięta. Krowy jeszcze nie obrządzone, świni trza kartofli utłuc - baczcie o tym.

- Baczym, matulu, baczym! - szeptali trwożnie, choć chłopy były pod powałę i rozrosłe jako te grusze na miedzach, ale słuchali się matki kiej wyrostki, bo ich żelazną ręką za łby trzymała, a jak było potrza, to choćby i po stołku, a do kudłów sięgła i po pyskach sprała, a posłuch musiał być i uważanie.

Poszli do karczmy.

Noc już była ciemna, że choć oko wykol, zwyczajnie w pluchy jesienne. Wiatr szedł górą i bił w czuby drzew, że ino się kolebały i aż kładły na płoty z szumem; staw huczał i tak się ciepał, że bryzgi rozbite w pianę padały na środek drogi i nierzadko chlustały na twarze idących.

W karczmie też widno nie było, a wiater przez wygniecioną szybkę zawiewał, aż ta lampka na sznurku za szynkwasem kolebała się kiej kwiat złoty.

Boryna się do nich rzucił witać, a całować, a obłapiać z gorącością, że to zmiarkował, iż Jaguś jakby już jego.

- A Pan Jezus rzekł: weź se, robaku, niewiastę, żeby ci się, chudziaku, nie cniło samemu. Amen! - bełkotał

Jambroży, ale że, więcej godziny popijał, to juści, że w języku ni w nogach mocny już nie był.

Zaraz też na szynkwasie Żyd postawił arak i słodką, i asencję, a do tego śledzie, placek z szafranem i jakieś wymyślne kukiełki z makiem.

- Jedzta, pijta, ludzie kochane, braty rodzone, krześcijany wierne! - zapraszał Jambroży. - Miałem i ja kobietę, ino już całkiem nie pomnę gdzie?... Widzi mi się, że we Francji... nie, w Italii to było, nie... alem teraz ostał sierotą... Powiedam wam, że co starszy krzyknął: Szlusuj!

- Pijcie no, ludzie! Pietrze, zaczynajcie - przerwał mu Boryna, przyniósł za całą złotówkę karmelków i wtykał je Jagusi w garście. - Naści, Jaguś, słodziusieńkie są, naści.

- Hale... szkodujecie się... - wzdragała się.

- Nie bój się... stać mnie na to, obaczysz sama... naści...a już by la ciebie i ptasiego mleka nalazł... już ci ta u mnie krzywdy nijakiej nie będzie... - i zaczął ją wpół brać a niewolić do picia i jadła. Jagna spokojnie wszystko przyjmowała, zimno i obojętnie, jakby to nie jej zmówiny były dzisiaj. Jeno tylko jedno pomyślała, czy stary te korale, o których na jarmarku wspominał, da przed ślubem.

 Gęsto pić poczęli, jeden po drugim i na przekładankę arak ze słodką, i wszyscy wraz mówić zaczęli, nawet Dominikowa podpiła se niezgorzej i nuż wywodzić różności, nuż prawić, aż się wójt dziwował, że taka mądra kobieta jest.

 Synowie się też popili, bo Jambroży, to wójt przepijali do nich gęsto i zachęcali.

- Pijta, chłopaki, zmówiny to Jagny, pijta...
- Baczym to, baczym - razem odpowiadali i chcieli Jambroża w rękę całować, aż w końcu Dominikowa odciągnęła Borynę pod okno i zaraz do niego, prosto z mostu:
- Wasza Jagusia, Macieju, wasza.
- Bóg wam zapłać, matko, za córkę. - Ułapił ją za szyję i całował.
- Obiecaliście zapis zrobić, co?
- Zapis! A co po zapisie, co moje, to i jej...
- Hale, żeby to śmiałe oko miała przed pasierbami, żeby nie wyklinali!
- Wara im od mojego! Wszystko moje - to i Jagusine wszystko.
- Bóg wam zapłać, ale miarkujcie ino, że to starsi ździebko jesteście, a przecież i tak kużden śmiertelny, bo to
 Śmierć nie wybiera,
Dziś człowieka - jutro jagnię
Równo jej popadnie...
- Jeszczem krzepki, ze dwadzieścia roków strzymam - nie bójcie się!
- I nieboja wilcy zjedli.
- Takim rad, że mówcie, czego chcecie. Chcecie, bym zapisał te trzy morgi koło Łukaszowych?
- Dobra i psu mucha, kiej głodny - my ta niegłodne. Na Jagusię po ojcu wypadnie pięć i z morga lasu... zapiszcie i wy sześć. Te sześć morgów przy drodze, gdzieście to latoś mieli kartofle.
- Najlepsze pole moje!
- Niby Jagusia to wybierek, a nie najlepsza we wsi!
- Przeciech że tak, bez to i swatów posłałem, ale bójcie się Boga, sześć morgów to karwas pola, całe gospodarstwo. Co by dzieci powiedziały! - Jął się drapać po głowie, bo go żałość ułapiła za serce; jakże, tyle pola dać, najlepszej ziemi!
- Moiściewy, mądrzyście i wy, że szukać, miarkujecie sami, że zapis to ino przespieczność la dziewczyny. Przeciech tego grontu, póki żyjecie, nikt wama nie odmierzy i nie weźmie - a co jest Jagusine, co jej się po sprawiedliwości należy po ojcu, to zaraz na zwiesnę omętrę się sprowadzi i

już wasze, możecie se obsiewać... Miarkujecie , że to nie krzywda wasza, i te sześć morgów zapiszecie.

- Juści, la Jagusi zapiszę...

- Kiedy?

- A choćby i jutro! Nie, w sobotę na zapowiedzi damy i zaraz pojedziemy do miasta. Co tam, raz kozie śmierć!

- Jaguś, chodź ino, córuchno, chodź! - zawołała na dziewczynę, której wójt tak coś prawił a przypierał do szynkwasu, że śmiała się w głos.

- A to ci, Jaguś, Maciej zapisują te sześć morgów przy, drodze - powiedziała.

- Bóg wam zapłać - szepnęła wyciągając doń rękę.

- Napijcie się do Jagny tej słodziuśkiej...

Napili się, Maciej ujął ją wpół i wiódł do gromady, ale mu się wymknęła i podeszła do braci, z którymi rajcował a popijał Jambroży.

W karczmie gwar się podnosił coraz większy i ludzi przybywało, bo jaki taki, zasłyszawszy głosy, wstępował zajrzeć, a któren znów, by się przy tej okazji napić za darmo; nawet dziad ślepy, wodzony przez psa, znalazł się i siedział na widnym miejscu, nasłuchiwał i raz w raz pacierz mówił w głos, aż posłyszeli i sama Dominikowa dała mu wódki, przegryźć i parę dwojaków w garść.

Tęgo sobie podpili, że już wszyscy razem gadali, a brali się w bary, a obłapiali, a całowali i każden drugiemu był bratem i przyjacielem, zwyczajnie, jak przy gęstym kieliszku.

Ino Żyd uwijał się cicho i stawiał coraz nowe kwarty i butelki z piwem, a zapisywał kredą na drzwiach, co kto stawiał.

A Boryna był jakby oczadziały z uciechy, pił, częstował, zapraszał, gadał, jak mało kto go kiedy słyszał, i cięgiem do Jagusi ciągnął i słodkości jej prawił, po gębusi głaskał, że to nieobyczajnie było tak przy wszystkich ułapić ją za szyję i całować, choć go i ciągotki sielne brały, że zdzierżyć nie mógł, to ino wpół ją chwytał a w ciemny kąt ciągnął.

Dominikowa wrychle się opatrzyła, że czas już do domu iść, i jęła synków wołać, żeby się zbierali.

Ale Szymek już był spity, to ino na matczyne gadanie pasa poprawił, pięścią grzmotnął w stół i krzyknął:

- Gospodarz jestem, psiachmać!... Komu wola, niech idzie... Chcę pić, to pił będę... Żydzie, gorzałki!

- Cichoj, Szymek, cichoj, bo cię spierą! - jęczał łzawo Jędrzych, też już mocno pijany, i odciągał za kapotę brata.

- Do domu, chłopaki, do domu! - syknęła Dominikowa groźnie.

- Gospodarz jestem! Chcę ostać, to ostanę i gorzałkę pił będę... dosyć już matczynego panowania... a nie... wygonię... psiachmać...

Ale stara grzmotnęła go ino w piersi, aż się potoczył i opamiętał wnet, a Jędrzych nadział mu czapkę i wyprowadził na drogę, ale Szymka widać rozebrało powietrze , bo ino uszedł parę kroków, zatoczył się, chwycił płotka i jął krzyczeć i mamrotać:

- Gospodarz jestem, psiachmać... gront mój... moja wola robić... gorzałkę
pił będę... Żydzie, araku!... a nie... wygonię...

- Szymek! Loboga, Szymek, chodzi do domu, matula idą! - jęczał Jędrzych i
płakał rzewnymi łzami.

Wkrótce nadeszła stara z Jagną i zabrała synów spod płota, bo się tam już
byli ździebko za łby brali i tarzali po błocie.

A w karczmie po wyjściu kobiet przycichło nieco, ludzie się porozchodzili
z wolna, że ostał ino Boryna ze swatami, Jambroży i dziad zarówno że
wszystkimi już pijący.

Jambroży był nieprzytomny, stał na środku, podśpiewywał, to opowiadał
w głos:

- Czarny był,.. jak ten sagan był czarny... - zmierzył do mnie... ale trafisz
mę gdzieś... wraziłem mu bagnet w kałdun... zakręciłem, że ino
chrupnęło... pierwszy!... Stoimy... stoimy... a tu naczelnik wali... Jezu
Chryste! Sam naczelnik!... Chłopaki... powiada... Narodzie... powiada...
Szlusuj... szlusuj... - krzyknął ogromnym głosem, wyprostował się jak
struna i cofał się wolno, aż mu drewniana noga stukała. - Pijcie do mnie,
Pietrze, pijcie... sierotam jest...- bełkotał niewyraźnie spod ściany, ale się nie
doczekał, bo naraz się porwał i wyszedł z karczmy, tylko z drogi dolatywał
jego głos chrapliwy, śpiewający...

A do karczmy wszedł młynarz, ogromny chłop, ubrany , z miejska, z
czerwoną twarzą, siwy i z małymi, bystrymi oczkami. j

- Pijecie se, gospodarze! Ho, ho i wójt, i sołtys, i Boryna! Wesele czy co!

- Nie co insze. Napijcie się z nami, panie młynarzu, napijcie - proponował
Boryna.

Przepili znów kolejką.

- Kiejście tacy, powiem wam nowinę, że wytrzeźwiejeta!

Wytrzeszczyli na niego nieprzytomne oczy:

- A to nie ma godziny, jak dziedzic sprzedał porębę na Wilczych Dołach !

- A hycel, psie krótki! Sprzedał, naszą porębę sprzedał! - krzyknął Boryna i
w zapamiętałości grzmotnął butelką o ziemię.

- Sprzedał! Prawo jest i na dziedzica, i na kużdego, prawo jest... - bełkotał
pijany Szymon.

- Nieprawda! Ja, wójt, wama mówię, że nieprawda, to wierzcie!

- Sprzedał, ino że wziąć nie damy, jak Bóg na niebie, nie damy! - wołał
Boryna i bił pięścią w stół...

Młynarz poszedł, a oni jeszcze długo w noc radzili i odgrażali się
dworowi.

ROZDZIAŁ 9

Zbiegło dni parę od zmówin Jagusinych.

Deszcze ustały, drogi ociekły i stężały nieco, wody spłynęły, że ino po bruzdach, a gdzieniegdzie i po nizinach a łęgach siwiały się mętne kałuże kiej te oczy zapłakane...

Nadszedł Dzień Zaduszny, szary, bezsłoneczny i martwy, że nawet wiatr nie przegarniał zeschłymi badylami ni chwiał drzewami, co stały ciężko pochylone nad ziemią...

Bolesna, głucha cisza przygnietła świat.

A w Lipcach już od rana dzwony biły wolno a bezustannie - i żałosne, rozbolałe dźwięki pojękiwały po omglonych, pustych polach; ponurym głosem żałoby wołały w ten dzień smętny, w ten dzień, co wstał blady, spowity w mgły aż do tych dal zapadłych, aż do tych bezkresów ziemi i nieba, siny, do niezgłębionej topieli podobny.

Od zórz wschodnich, co się jeszcze żarzyły blado, kieby ta miedź stygnąca, spod sinych chmur zaczęły płynąć stada wron i kawek...

Szły wysoko, wysoko, że ledwie okiem rozeznał i ledwie uchem pochwycił tę dziką, żałosną wrzawę krakań, podobną do jęków nocy jesiennych...

A dzwony biły wciąż.

Ponury hymn rozlewał się ciężko w martwyrn , ogłuchłym powietrzu, opadał na pola jękami, huczał po wsiach i lasach żałością, płynął światem całym, że ludzie i pola, i wsie zdały się już być jednym wielkim sercem, bijącym skargą żałosną...

Ptactwo płynęło wciąż, aż dziw i lęk ogarniał, bo szły coraz niżej i coraz większymi stadami, że niebo pokryło się jakby sadzą rozwianą, a głuchy szum skrzydeł i krakań wzmagał się, potężniał i huczał niby burza nadciągająca... Zataczały kręgi nad wsią i jak kupa liści porwana przez wichurę kołowały nad polami, opadały na lasy, wieszały się na nagich topolach, obsiadły lipy przy kościele, drzewa na cmentarzu, sady, kalenice chałup, płoty nawet...aż zestraszone bezustannym biciem dzwonów zerwały się i czarną chmurą leciały ku borom... a ostry, przenikliwy szum płynął za nimi.

- Ciężka zima będzie! - mówili ludzie.

- Do lasów ciągną, ani chybi, śniegi wnet spadną.

I wychodzili przed chałupy coraz liczniej, bo nigdy jeszcze nie widziano tyle ptactwa razem - patrzano długo, ze smutkiem dziwnym, aż zniknęły w borach. Patrzano, wzdychano ciężko, jaki taki znak krzyża położył na czole w obronie przed złem, i jęli się przyodziewać do kościoła i wychodzić, bo dzwony wciąż jęczały głucho, a z drugich wsi już szli ludzie drogami, majaczyli wskroś mgieł po ścieżkach i dróżkach.

Smutek przejmujący padł na wszystkie dusze; jakaś dziwnie bolesna cichość omotała serca - cichość rozpamiętywań żałośliwych i wspominek o tych, co już byli odeszli tam, pod te brzozy zwieszone, pod te czarne, pochylone krzyże...

- Mój ty Jezu kochany! Mój Jezu! - wzdychali i podnosili szare, jak ta ziemia, twarze i topili oczy beztrwożne w tajemnicy, i szli spokojnie składać ofiary i pacierze za zmarłych.

Wieś była jakby zatopiona w ciężkiej, żałośliwej ciszy jeno jękliwe, proszalne śpiewania dziadów spod kościoła dochodziły czasami.

I u Borynów ciszej było niźli zazwyczaj, chociaż tam, we środku, siedziało piekło przytajone, gotowe za lada czym wybuchnąć...

Jakże, dzieci wiedziały już o wszystkim.

A wczoraj, w niedzielę, wyszły pierwsze zapowiedzi starego z Jagusią...

W sobotę to jeździli do miasta, gdzie u rejenta zapisał Boryna sześć morgów Jagusi... Wrócił późno i z twarzą podrapaną, bo że był ździebko napity, to już na wozie chciał był Jagnę brać, ale tyla wziął, co pięścią a pazurami mu dały.

A w domu z nikim nie mówił, choć i Antek cięgiem nasuwał mu się na oczy, ino zaraz legł spać, jak stał, w butach i kożuchu... aż rano Józia zaczęła mamrotać na niego, że pierzynę błotem pomazał.

- Cichoj, Józia, cichoj! Zdarzy się to i niektóremu, co nigdy gorzałki nie pije... - powiedział wesoło i zaraz od rana poszedł do Jagny i już tam do późna przesiedział, że próżno z obiadem i wieczerzą nań czekali.

I dzisiaj wstał późno, już dobrze po wschodzie, w najlepszą kapotę się przyodział, buty świąteczne kazał se Witkowi sadłem wysmarować i nowe wiechetki ze słomy przyciąć - Kuba go wygolił, a on się pasem okręcił, kapelusz nadział i niecierpliwie wyglądał przez okno na ganek, bo tam Hanka iskała chłopaka, a nie chciał się z nią widzieć, aż i dopatrzył, że weszła na chwilę do izby, to się chyłkiem wysunął w opłotki - i tyla go już dnia tego widzieli...

Józka cały dzień popłakiwała i tłukła się po izbie, jak ten ptak zamknięty! Antek zaś gorzał w mękach coraz boleśniejszych i sroższych - ani jadł, ni spał, ni mógł się zająć czymkolwiek; był ogłuszony jeszcze, nieprzytomny zgoła i nie wiedzący, co się z nim dzieje. Twarz mu poczerniała, że tylko oczy uczyniły się jeszcze większe i płonęły szklisto, jakby łzami skamieniałymi - zęby zacinał, żeby nie krzyczeć w głos i nie wyklinać, a chodził wciąż po izbie, to po obejściu, to w opłotki szedł lub na drogę i powracał, padał w ganku na ławę i siedział godzinami, zapatrzony przed się i utopiony w bolu, co w nim rósł jeszcze i potężniał.

Dom ogłuchł, ino płakania w nim się rozlegały, jęki a westchnienia, kieby po pogrzebie czyim. Drzwi stały wywarte na rozcież do obór i chlewów, że inwentarz łaził po sadzie i zaglądał w okna, a nie miał go kto nagnać z powrotem, tyle co stary Łapa naszczekiwał i zaganiał, ale na darmo, bo nie uradził.

W stajni na werku Kuba czyścił strzelbę, a Witek z podziwem nabożnym przyglądał się temu i wyzierał okienkiem, żeby ich kto nie zeszedł.

- Huknęło, że Jezus! Myślałem, że to dziedzic abo borowy strzelają...

- Hale... juści... dawnom nie strzelał, tęgom nabił i gruchnęło kiej z harmaty...

- Tościе zaraz z wieczora poszli?...

- Tak, poszedłem na dworskie, pod las, bo tam na oziminę lubią kozy wychodzić... Ćma była, tom siedział długo... aż tu na świtaniu rogacz idzie... Przyczaiłem się tak, że ino z pięć kroków był ode mnie... nie strzeliłem, bo okrutny był, kiej wół... to myślę... nie uredzę... Puściłem go... a w jaki pacierz abo dwa... łanie wyszły... Wybrałem se najlepszą... inom przyłożył, jak nie huknie! Tęgom nabił, ba, aże mi ramię spuchnęło, tak dostałem przykładem... ale się zwaliła... ino kopała nogami... jeszcze by nie...z pół garści siekańca dostała w bok... a beczała jucha...ażem się bojał, by nie posłyszał borowy, i dorznąć musiałem...

- W lesie ostała, co? - pytał chłopak rozgorączkowany opowieścią.
- Gdzie ostała, to ostała, nic ci do tego, a powiedz komu choć słowo, to obaczysz, co ci zrobię...
- Kiej przykazujecie, to i nie powiem, a Józi to można?
- Hale, cała wieś by zaraz wiedziała. Naści dziesiątkę, kup se co...
- Nie powiem i tak, ino mnie weźcie kiedy ze sobą, moi złoci, moi...
- Śniadanie! - krzyczała sprzed domu Józka.
- Ino cicho być, wezmę cię, wezmę!
- I dacie mi choć ten raziczek strzelnąć, dacie? Co? - błagał.
- Ale.. proch to myśli, głupi, że darmo dają...
- Mam pieniądze, Kuba, mam, jeszcze w jarmarek dali mi gospodarz dwa złote, co je chowam na wypominki, to...
- Dobrze, dobrze, nauczę cię - szepnął i pogładził chłopaka po głowie... bo go tak ujął za serce tym skamleniem.

A w parę pacierzy po śniadaniu już obaj szli do kościoła. Kuba kusztykał raźno, a Witek ostawał się nieco, bo mu markotno było, że to nie miał butów, ino boso szedł.

- A czy to można do zakrystii boso, co? - pytał cicho.
- Głupiś! Pan Jezus ci na buty czyje zważa, a nie na pacierze...
- Pewnie że tak, ino w butach to zawżdy przystojniej... - szeptał smutniej.
- Kupisz ty sobie jeszcze buty, kupisz...
- A kupię, Kuba, kupię. Niech ino podrosnę na parobka, to zaraz pojadę do Warszawy i zgodzę się do koni...a w mieście to już wszystkie chodzą w butach, prawda, Kuba?
- Prawda, prawda! - baczysz to jeszcze?
- I jak! Pięć roków miałem, kiej mę Kozłowa przywieźli, to i baczę dobrze... juści... ziąb był... piechtyśmy szli do maszyny... baczę... a tu tyla jarzącego światła... że jeszcze mę w oczach ćmi... baczę... a dom kiele domu i takie wielgachne niczym kościół...
- Bajesz! - rzucił wzgardliwie.
- Baczę dobrze, Kuba... przeciem i dachów nie dojrzał... a tyla powozów... okna do samej ziemi... juści... całe ściany widzi mi się ze szyb... i takie cięgiem dzwonienie...
- Kościołów tyla, to i nie dziwota!
- Pewnie, bo skądże by dzwonienia były?
Zmilkli, bo już weszli na cmentarz i jęli się przepychać przez gęsty tłum,

co był zaległ dookoła kościoła, że to we środku pomieścić się nie mogli.

Dziady uczyniły ulicę od głównych drzwi aż hen na drogę, a każden na swój sposób się wydzierał, a krzyczał, a modlił w głos i dopraszał wspomożenia, a jak niektórzy to i na skrzypkach pogrywali, i pieśni wyciągali jękliwymi głosami, a drugie na piszczałkach libo i harmonikach, że wrzask się rozlegał, aż w uszach wierciło...

W zakrystii też było narodu gęsto, aż żebra trzeszczały przy stole, gdzie organista przyjmował na wypominki, a przy drugim syn jego, Jaś, ten, co to był we szkołach.

Kuba docisnął się pródzi i niemałą litanię imion podał organiście, któren zapisywał i brał za każdą duszę po sześć groszy albo i po trzy jajka, jeśli kto nie miał gotowych pieniędzy.

Witek ostał nieco w tyle, że go to po bosych nogach srodze deptali, ale się pchał, jak mógł, choć ta i niejeden burknął, że to się to pod łokcie ciśnie a starszym zastąpia, pieniądze w garści ściskał - dopiero kiej go dopchnęli do stołu, wprost organisty, zapomniał języka w gębie... Jakże, gospodarze sami; a gospodynie ino, cała wieś prawie, bo i młynarzowa w kapeluszu kiej dziedziczka, i kowalowie, i wójt ze swoją... a wszyscy patrzą w niego... to nasłuchują... przypominają sobie w głos dusze różne... i po dziesięć... i po dwadzieścia imion podają... za całą familię... za ojców, dziadów i pradziadów... A on co?... Wie to, kto jego mać? Kto ojciec?... Wie?... Ma to dać za kogo?... Jezu mój! Jezusiczku... to ino gębę szeroko otworzył i te oczy modre i stojał nieruchawy jako ten głupi i serce mu się skurczyło z bolenia, że ledwie zipał, ledwie mógł złapać tego dechu... i tak mu się ckno zrobiło w dołku, jakby już miał ostatnią parę puścić... ale nie dostojał tak, bo go odepchnęli w kąt, pod kropielnicę, to się ino wsparł głowiną o oną misę cynową, żeby nie paść, a łzy to mu jak te paciorki suły się z oczów... jak te różańce żałosne... i próżno je chciał powstrzymać... daremnie... i tak się trząsł w sobie, tak dygotał każdą kosteczką, że ani zębów zewrzeć nie mógł, ani ustoić prosto; przysiadł w kącie na podłodze, od oczów ludzkich, i płakał rzewnymi, sierocymi łzami..:

- Matulu! Matulu! - skamlało w nim cosik i oździerało mu duszę do dna. A pomiarkować nie mógł ni rozeznać, czemu to wszyscy ojców mają, matki mają, a on jeden sierota, on jeden tylko, on jeden...

- Jezu mój, Jezu!... - chlipał i zanosił się jako ten ptaszek duszony w sidłach, dopiero Kuba go odnalazł i zawołał:

- Witek, dałeś to już na wypominki?

- Nie - odrzekł, porwał się z nagła, wytarł oczy i z mocą jął iść do stołu... tak i on poda imiona... co ta mają wiedzieć, że nie ma nikogo... po co... sierota, to la siebie...a znajda , to znajda... Zadzierżysto powiódł oczami i pewnym głosem podał imiona: Józefy, Marianny i Antoniego, te, co mu pierwsze przyszły na pamięć...

Zapłacił, wziął resztę i poszedł z Kubą na kościół pomodlić się i wysłuchać, jak ksiądz wypomni jego dusze...

Na środku kościoła stał katafalk z trumną na wierzchu obstawioną jarzącymi światłami, a ksiądz z ambony wypominał nieskończone litanie imion - a co przerwał, odpowiadał mu głośny pacierz, mówiony przez wszystkich za te zmarłe w czyśću ostające.

Witek przyklęknął przy Kubie, któren wyciągnął z zanadrza koronkę i jął odmawiać wszystkie Zdrowaś i Wierzę, jakie ksiądz nakazywał; zmówił i on pacierz jeden i drugi, ale zmorzyły go w końcu monotonne głosy modlitw, ciepło i wyczerpanie płaczem, to się ździebko wsparł o biedro Kuby i zasnął...

....

Po południu, na nieszpory, jakie się odprawiały raz w rok w cmentarnej kaplicy, pociągnęli wszyscy od Boryny.

Szli Antkowie z dziećmi, szli kowalowie, szła Józka z Jagustynką, a na końcu kusztykał Kuba z Witkiem - bych już tych świątków zażyć do cna.

Dzień już przywierał szare, zmęczone powieki. gasnął i zapadał z wolna w przerażające, smutne topiele zmroków; wiatr się poruszył i przeciągał po polach z jękiem, tłukł się między drzewinami a wionął surowym, przegniłym tchem jesieni.

Cicho było, tą dziwnie posępną cichością Zaduszek; tłumy szły drogą w surowym milczeniu, ino tupot nóg się rozlegał głucho, ino te drzewa przydrożne chwiały się niespokojnie i cichy a bolesny szum gałęzi drżał nad głowami, ino te grania i śpiewy proszalne dziadów łkały w powietrzu i opadały bez echa...

Przed wrótniami, a nawet i wśród mogił, pod murem, stały rzędy beczek solówek, a obok nich rozkładały się gromady dziadów.

A naród płynął całą drogą pod topolami ku cmentarzowi; w mroku, co był już przytrząsł świat jakby popiołem szarym, błyskały światła świeczek, jakie mieli niektórzy, i chwiały się żółte płomyki lampek maślanych, a każdy, nim wszedł na cmentarz, wyciągał z tobołka chleb, to ser, to ździebko słoniny albo kiełbasy, to motek przędzy lub tę przygarść lnu wyczesanego, to grzybów wianek, i składali to wszystko pobożnie w beczki - a były one księże, były organistowe i Jambrożego, a reszta dziadowskie, a któren w nie nie kładł, to grosz jaki wciskał w wyciągnięte ręce dziadowskie... i szeptał imiona zmarłych, za które prosił o pacierz...

Chór modłów, śpiewów, imion wypominanych jękliwym rytmem wznosił się wciąż nad wrótniami, a ludzie przechodzili - szli dalej, rozpraszali się wśród mogił, iż wnet, niby robaczki świętojańskie, jęły jaśnieć i migotać światełka wskróś mroków i gąszczów drzew, i traw zeschniętych.

Głuchy, przyciszony trwożnie szept pacierzy drgał w przyziemnej ciszy; czasem szloch bolesny zerwał się z mogił; czasem lament żałosny wił się w rozdzierających skrętach wśród krzyżów; to jakiś nagły, krótki, nabrzmiały rozpaczą krzyk, jak piorun, rozdzierał powietrze albo ciche płacze dziecięce - sieroce płacze kwiliły w omroczonych gąszczach niby pisklęta...

108

A chwilami opadało na cmentarz głuche i ciężkie milczenie, że ino drzewa szumiały posępnie, a echa płakań ludzkich, skarg, krzyków bolesnych żałości biły ku niebu, w świat cały szły...

Ludzie snuli się wśród mogił cicho, szeptali lękliwie i trwożnie poglądali w dal omroczoną, niezgłębioną...

- Każdy umiera! - wzdychali ciężko z kamienną rezygnacją i wlekli się dalej , przysiadali przy grobach ojców , mówili pacierze, to siedzieli cisi, zadumani, głusi na życie, głusi na śmierć, głusi na ból - jak te drzewa, i jak te drzewa kolebały się im dusze w sennym poczuciu trwogi...

- Jezus mój! Panie miłosierny, Mario! - rwało się im z dusz umęczonych zamętem i podnosili twarze zakrzepłe i wyczerpane jak ta ziemia święta, a oczy szare niby te kałuże, co się jeszcze siwiły w mrokach, wieszali u krzyżów i ruchami tych drzew rozchwianych sennie osuwali się na kolana; do stóp Chrystusa rzucali serca strwożone i wybuchali świętym płaczem oddania się i rezygnacji.

Kuba z Witkiem chodzili razem z drugimi, a gdy już do cna pociemniało, Kuba powlókł się w głąb, na stary cmentarz.

A tam na zapadniętych grobach cicho było, pusto i mroczno - tam leżeli zapomniani, o których i pamięć umarła dawno - jako i te dnie ich, i czasy, i wszystko; tam jeno ptaki jakieś krzyczały złowrogo i smutnie szeleściła gęstwa, a gdzieniegdzie sterczał krzyż spróchniały - tam leżały pokotem rody całe, wsie całe, pokolenia całe- tam się już nikt nie modlił, nie płakał, lampek nie palił...wiatr jeno huczał w gałęziach a rwał liście ostatnie i rzucał je w noc na zatracenie ostatnie... tam jeno głosy jakieś, co nie były głosami, cienie, co nie były cieniami, tłukły się o nagie drzewa kiej te ptaki oślepłe i jakby skamlały

o zmiłowanie...

Kuba wyjął z zanadrza parę oszczędzonych skibek chleba, rwał je w glonki, przyklękał i rozrzucał po mogiłach.

- Pożyw się, duszo krześcijańska, co cię wypominam w wieczornym czasie, pożyw się, pokutnico człowiecza, pożyw się! - szeptał z przejęciem.

- Wezną to? - pytał cicho Witek zatrwożonym głosem.

- Przeciech! Ksiądz żywić nie da!... w beczki drugie kładą, ale tym biedotom nic z tego.,. Księdzowe albo i dziadoskie świnie mają wyżerkę... a dusze pokutujące głód cierpią...

- Przyjdą to?...

- Nie bój się...wszytkie te, co czyścowe męki cierpią... wszystkie. Pan Jezus odpuszcza je na ten dzień na ziemię, żeby swoich nawiedziły...

- Żeby swoich nawiedziły! - powtórzył z drżeniem Witek.

- Nie bojaj się, głupi, zły dzisiaj nie ma przystępu, wypominki ano odganiają go, i te pacierze, i te światła...A i Pan Jezus sam chodzi se dzisiaj po świecie i liczy; gospodarz kochany, co mu ta jeszcze dusz ostało, aż se wybierze wszystkie, wybierze... Dobrze baczę, jak matula mówili, a i stare ludzie przytwierdzają...

- Pan Jezus se chodzi dzisiaj po świecie! - szeptał Witek i oglądał się
bacznie...
- Ale, zobaczysz ta... to ino święte widzą abo i zasie pokrzywdzone
najbarzej...
- Patrzcie no, a tam się świeci i ludzie jakieś są- zawołał Witek ze strachem
wskazując na szereg mogił pod samym płotem.
- To leżą ci, co ich to w boru pobili... juści... i moje pany tam leżą... i matka
moja... juści...
Przedarli się przez gąszcz i przyklęknęli u mogił zapadłych i tak
rozwianych, że ledwie ślad ino został; ani krzyże ich znaczyły, ni drzewa
jakie ocieniały, nic, jeno ten piach szczery, parę zeschłych badyli
dziewanny i cisza, zapomnienie, śmierć. . .
Jambroży z Jagustynką i Kłąb stary klęczeli przy tych grobach umarłych;
dwie lampki tliły się wciśnięte w piasek, wiatr zawiewał i kołysał
światłami, i rwał słowa pacierzy, i niósł je w noc czarną...
- Juści... matula moja tam leżą... baczę... - szeptał Kuba cicho, więcej do
siebie niźli do Witka, który przykucnął przy nim, bo ziąb go przejmował
na wskroś.
- A zwali ją Magdaleną... Ociec gront swój mieli, ale służyli we dworze za
furmana... w ogiery ino jeździli ze starszym panem... a potem pomarli...
gront stryje wzieni...a ja pańskie prosiaki pasałem... Juści, Magdalena było
matce, a ojcu Pieter i na przewisko Socha, jako i mnie jest.- A potem
dziedzic do koni mnie wziął, bym w ogiery po ojcu jeździł... to ino na
polowania we świat, do drugich panów jeździlim cięgiem... strzylałem i ja
niezgorzej... że młodszy dziedzic strzelbę mi dali... a matka ino ze starszą
panią siedziała we dworze... Dobrze baczę... i kiej wszystkie szły... wzieni i
mnie... Bez cały rok byłem... a co kazali, robiłem... juści, nie jednego burka
zakatrupiłem... nie dwóch... a młodszy dziedzic dostał we flaki... wątpia
mu wypłynęły... Pan mój przecie... dobry człowiek... na bary wziąłem i
wyniesłem... a potem do ciepłych krajów pojechał, i mnie kazał starszemu
panu listy nieść... poszedłem... juści, że sterany byłem kiej ten pies... kulas
mi przestrzelili, zagoić się nie chciał, że to cięgiem ino na dworze, pod
gołym niebem... a śniegi były po pas i mrozy siarczyste...baczę... juści...
przywlekłem się nocą... szukam... Jezus, Mario! Jakby mnie kto kłonicą
przez ciemię zdzielił!... Dworu nie ma, gumien nie ma:.. płotów nawet nie
ostało... do cna wszystko spalone... a stary pan i pani starsza, i matula
moja... i ta Józefka, co za pokojówkę była... pobite leżą na śmierć w
ogrodzie!... Jezu! Jezu! baczę wszystko... juści... Mario! - jęczał cicho i łzy jak
groch sypały mu się tak gęsto po twarzy, że i już nie obcierał... pojękiwał
ino z żałości i utęsknienia, bo jak żywe tak mu to wszystko stanęło przed
oczami, a Witek spał se, bo strudzona była biedota płakaniem...
Noc była coraz głębsza, wiatr mocniej targał drzewami, że długie
warkocze brzóz zamiatały po mogiłach, a białe ich pnie, niby w gzła
śmiertelne przyodziane, majaczyły w mrokach... Ludzie się rozchodzili...

światła gasły... śpiewy dziadów umilkły... milczenie uroczyste a pełne dziwnych szelestów i głosów przejmujących zapanowało wśród mogił... Cmentarz jakby się napełniał cieniami... tłumem widm... gąszczem mrocznych zarysów... gędźbą rozjęczonych a cichych głosów... oceanem dziwnych drgań, ruchem ciemności... błyskami trwogi, niemym łkaniem... tajemnicą pełną przerażenia i zamętu - aż stado wron zerwało się z kaplicy i z krzykiem uciekały na pola, a psy w całych Lipcach poczęły wyć długo, rozpaczliwie, żałośnie...

Wieś była cicha mimo święta, drogi były puste, karczma zamknięta, a gdzieniegdzie tylko przez małe zapocone szybki błyskały światełka i płynęły ciche śpiewy pobożnych i głośne modlitwy odmawiane za zmarłych...

Z trwogą wysuwano się przed domy, z trwogą nasłuchiwano szumów drzew, z trwogą patrzano w okna, czy nie stoją, nie jawią się ci, co w dniu tym błądzą, przygnani tęsknotą i wolą Bożą... czy nie jęczą pokutniczo na rozstajach... czy nie zaglądają przez szyby żałośnie?..

A gdzieniegdzie, starym zwyczajem świętym, gospodynie wystawiały na przyzby resztki wieczerzy, żegnały się pobożnie i szeptały:..

- Naści, pożyw się, duszo krześcijańska, w czyścu ostająca...

Wśród ciszy, smętku, rozpamiętywań, lęku płynął ten wieczór Zaduszek...

W izbie u Antków siedział Roch, ten ci wędrownik z Ziemi Świętej, i czytał a powiadał pobożne i święte historie. Ludzi było dość, bo i Jambroży z Jagustynką i Kłębem przyszli, i Kuba z Witkiem, i Józia z Nastusią; nie było tylko starego Boryny, który do późna w noc siedział u Jagusi.

Cicho było w izbie, że ino ten świerszcz za kominem skrzypiał, a trzaskały suche karpy na ogniu.

Siedzieli wszyscy na ławach przed kominem, ino Antek pod oknem.

A Roch przegarniał raz w raz kijaszkiem wągielki i cichym głosem mówił:

...Nie straszno umierać, nie, bo -

"Jako ci ptaszkowie, co pod zimę do ciepłych krajów ciągną, tak ci duszyczka strudzona do Jezusa podąża...

Jako te drzewiny, w nagości stojące o zwieśnie, Pan przyodziewa w listki zielone a kwiatuszki pachnące, tak ci, duszo człowiecza, do Jezusa iść po radość, po wesele, po zwiesnę i ono przyobleczenie wieczne...

Jako tę ziemię rodzącą a strudzoną ogarnia słońce- tak ci Pan przyhołubi duszyczkę każdą, że nic jej zimy nic jej bolenie, nic jej śmierć sama...

Hej! Bo ino płakanie jest na tej ziemice, jeno żałość a turbacja!

I złość jako te osty się pleni, i w bory urasta!

A wszystko próżne jest i daremne - jako to próchno, jako te pępuszki, co je na wodzie wiater wydyma, a drugi je zasię precz żenie."

ROZDZIAŁ 10

Na ambonie i każdemu z osobna to mówię, ale wy jak te psy tylko

nastajecie jeden na drugiego, tylko... - wiatr resztę słów wepchnął mu do
gardła, że ksiądz się srodze zakasłał, a Antek nic nie rzekł, szedł w podle i
wypatrywał w mrokach, pomiędzy drzewami.

Wiatr się podnosił coraz mocniejszy, przewalał się po drodze i tak bił w
topole, i miotał nimi, aż się przyginały z jękiem i szumiały rozsrożone.

- A mówiłem jusze - zaczął znowu ksiądz - żeby sam kobyłę zaprowadził
do stawu, to ją naprzód wypuścił no, i zapodziała się... Ślepa przecież,
zalezie gdzie między płoty i jeszcze nogi połamie! - Biadał i bardzo
troskliwie szukał, zaglądał za drzewo każde, wypatrywał po polach.

- Przeciech zawżdy sama chodziła...- Zna dobrze drogę do stawu...
przecież, nalał kto bądź wody do beczki, wykręcił tylko, a ona już sama
trafiła na plebanię... - Ale w dzień ją zaprzęgali... a dzisiaj Magda czy
Walek puścili ją już o zmierzchu... Walek! - krzyknął głośno, bo cień jakiś
zamajaczył wśród topoli...

- Walka widziałem po naszej stronie, ale jeszcze przed zmrokiem.

- Polazł ją szukać, rychło w czas. Klacz ma ze dwadzieścia roków, przy
mnie się ulęgła... wysłużyła sobie łaskawy chleb... a przywiązana jak
człowiek... Mój Boże, żeby się jej co złego nie stało!

- Co jej ta będzie! - mruknął Antek ze złością, bo jakże, poszedł do
dobrodzieja po radę, po użalenie się, to go ino skrzyczał i jeszcze zabrał,
żeby kobyły szukać! Juści, i kobyły szkoda, choć ta i ślepa, i stara, ale
zawżdy człowiekowi powinna być pierwszyzna!

- A ty się opamiętaj i nie pomstuj, boć to ojciec rodzony ! Słyszysz !

- Dobrze pamiętam! - odparł ze złością.

- Grzech śmiertelny i obraza boska. A nic ten dobrego nie zwojuje sobie,
któren w zapamiętałości rękę podnosi na ojców i przeciwi się
przykazaniom Bożym. Masz rozum, toś o tym wiedzieć powinien.

- Sprawiedliwości chcę ino.

- A pomsty szukasz, co?

Antek nie wiedział, co rzec na to.

- A i to ci jeszcze powiem, że pokorne cielę dwie matki ssie.

- Wszyscy mi to powiedają... juści, ino tej pokorności mam już po grdykę,
że więcej nie ścierpię! Choćby i zbój, choćby i ukrzywdziciel, ale że ojciec
rodzony, to już mu wolno wszystko, a dzieciom nie wolno dochodzić
swojej krzywdy! Laboga, takie urządzenie na świecie, że ino plunąć a iść,
gdzie oczy poniosą...

- A idź, któż cię trzyma? - rzucił porywczo ksiądz.

- Może i pójdę, bo co mi tutaj robić, co? - szeptał ciszej, łzawo jakoś.

- Bajesz i tyle. Drudzy i jednego zagona nie mają, a siedzą, pracują i jeszcze
Panu Bogu dziękują. Wziąłbyś się do roboty, a nie wyrzekał jak baba.
Zdrowy jesteś, mocny, masz o co ręce zaczepić...

- Przeciech, całe trzy morgi! - rzucił urągliwie.

- Żonę i dzieci masz, toś o tym pamiętać powinien.

- Baczę ja dobrze, baczę... - mruknął przez zęby.

Wyszli przed karczmę, świeciło się w oknach i jakieś głosy wydzierały się aż na drogę.

- Co to, znowu pijatyka, co?

- Rekruty, te, co ich do wojska latoś wzieni, piją se la uciechy... W niedzielę ich pognają w tylachny świat, to się cieszą.:.

- Karczma prawie pełna! - szepnął ksiądz przystając przy topoli, skąd było dobrze widać przez okno całe wnętrze zapchane ludźmi:

- Bo się zejść miały dzisiaj i uredzić... względem tego lasu, co go dziedzic sprzedał Żydom na porębę...

- Przecież niecały sprzedał, jeszcze tyle zostało!

- Póki z nami się nie ugodzi, to ani chojaka ruszyć nie damy ! .

- Jak to?... - zapytał wystraszonym nieco głosem.

- A nie damy i tyla! Ociec chce się prawować, ale Kłąb i te, co z nim trzymają, powiedają, że sądu nie chcą, a rąbać nie pozwolą i choćby całą wsią iść przyszło, to pójdą, a i z siekierami, i z widłami, jak wypadnie, a swojego nie dadzą...

- Jezus Maria! To by się bez bitki i jakiego nieszczęścia nie obyło !

- Pewnie! Jak się parę łbów dworskich siekierami rozwali, to zaraz będzie sprawiedliwość!

- Antek! Rozum ci się ze złości pomieszał czy co? Głupstwa pleciesz, mój drogi!

Ale Antek już nie słuchał, rzucił się nieco w bok i zginął w ciemnościach, a ksiądz poszedł spiesznie ku plebani, bo usłyszał turkot kół i ciche, żałosne rżenie kobyły...

Antek zaś poszedł w dół wsi, ku młynowi, a drugą stroną stawu, żeby nie przechodzić koło chałupy Jagny.

Jak zadra tkwiła mu ona pod sercem, jak zła zadra, że jej nie wyciągnąć ni uciec od niej.

A bystre światło biło z jej chałupy, jasne i wesołe jakieś... przystanął, aby spojrzeć ino ten jeden razik, aby choć zakląć ze złości - ale go wnet cosik poderwało z miejsca, że pognał jako ten wicher, ni się obejrzał za się.

- Ojcowa ona już, ojcowa!

Do szwagra bieżał, do kowala - rady i on nijakiej nie da, ale między ludźmi nieco posiedzi, a nie tam, w chałupie ojcowej...Albo i ten ksiądz! Do roboty go będzie zaganiał! Hale, sam nic nie robi, frasunku nijakiego ni turbacji żadnej nie ma, to łatwo mu drugich poganiać. Kobietę mu wypomniał i dzieci... baczy on ją dobrze, baczy! Już mu dość obmierzły jej płakania i ta jej pokorność, i te jej psie, skamlące oczy... i gdyby nie ona!... Żeby to byt sam! Jezus mój! - jęknął ciężko i porwał go dziki, szalony gniew, że chciało mu się chycić kogo za gardziel, dusić, rozdzierać i bić aż do śmierci!...

Ale kogo?... Nie, nie wiedział, i złość ustąpiła nagle, jak była przyszła, a on patrzył pustym wzrokiem w noc i nasłuchiwał szamotań wichury, co się przewalała po sadach i tak ciepała drzewami, aż kładły się na płoty i chlastały go gałęziami po twarzy... i włókł się wolno, ociężale, że ledwie się mógł poruszać, bo na duszę jęły mu się zwalać zmory smutku, umęczenia, niemocy, iż rychło zapomniał, gdzie idzie i z czym?..

- Ojcowa jest Jagna, ojcowa! - przerzekał raz po raz a coraz ciszej - jako ten pacierz, bych go nie zapomnąć.

W kuźni czerwono było od ogniska, chłopak dymał miechem zapamiętale, aż rozżarzone węgle warczały i buchały krwawym płomieniem; kowal stał przy kowadle, czapkę miał na tyle głowy, ręce nagie, skórzany fartuch, twarz usmoloną tak, że mu ino oczy świeciły się jako te wągliki, a kuł żelazo czerwone mocno, aż huczało, i deszcz iskier rozpryskiwał się spod młota i z sykiem topił się w błotnistej ziemi.

- A co? - zapytał po chwili.

- I... cóż by zaś! - odparł cicho Antek, wsparł się o wasąg, których kilka stało do okucia, i zapatrzył się w ogień.

Kowal pracował tęgo, nagrzewał żelazo raz po raz i kuł, dzwonił do taktu młotem, to pomagał chłopakowi dymać miechem, gdy mocniejszego ognia było potrzeba, a ukradkiem poglądał na Antka i uśmiech złośliwy wił mu się pod rudymi wąsami.

- Byłeś pono u dobrodzieja? No i co?

- A cóż by, nic! W kościele bym to samo usłyszał.

- A chciałeś co innego? - zaśmiał się ironicznie.

- Ksiądz przecie, uczony... - mówił usprawiedliwiająco Antek.

- Uczony, jak wziąć trzeba, ale nie, kiej co dać komu...

Ale Antkowi już się odechciało sprzeciwiać.

- Pójdę do izby - rzekł po chwili:

- Idź, wójt wstąpi do mnie, to tam przyjdziemy! A machorka jest na szafce, zapal se...

Nie słyszał nawet, tylko wszedł do mieszkania, co po drugiej stronie drogi było.

Siostra rozpalała ogień, a najstarszy chłopak uczył się na elementarzu przy stole... Przywitali się w milczeniu.

- Uczy się to? - zauważył, bo chłopak sylabizował głośno i wodził zastruganym patykiem po literach.

- Już od kopania panienka z młyna mu pokazują, bo mój czasu nie ma.

- Roch też uczy już od wczoraj w ojcowej izbie.

- Chciałam i ja tam słać Jaśka, ale mój nie da, że to u ojca i że panienka więcej uczona, bo w szkołach była we Warszawie...

- Pewnie, pewnie... - powiedział, byle coś rzec.

- A Jasiek taki zmyślny do lementarza, aż się panienka dziwuje.

- Jakże... kowalowe nasienie przecież... syn takiego mądrali...

- Przekpiwasz się, a on najlepiej powiada, że póki ociec żyją, to zawżdy zapis mogą odebrać...

- Juści, wyrwij wilkowi z gardła, wyrwij! Sześć morgów grontu! To my u niego z kobietą za parobków prawie służym, a on obcej zapisuje, leda komu...

- Kłócił się będziesz a pomstował, a rady u ludzi szukał, a prawował - to cię jeszcze z chałupy wygoni...mówiła cicho oglądając się na drzwi.

- Kto to powiedział? - zawołał głośno zrywając się ze stołka.

- Cichoj ino... tak ludzie mówią, cichoj!... - szeptała lękliwie.

- Nie ustąpię, niech mę przez moc wyciepnie, do sądu pójdę, prawował się będę, a nie ustąpię! - krzyczał prawie.

- I głową muru nie przebijesz, choćbyś i trykał jak ten baran! - powiedział kowal wchodząc do izby.

- To co zrobić? Mądre rady masz la ludzi, to poradź...

- Złością ze starym nie wygra!

Zapalił fajkę i jął mu przekładać, tłumaczyć, łagodzić i tak kręcić, aż się Antek poznał i krzyknął:

- Ty z nim trzymasz!,

- Za sprawiedliwością jestem.

- Dobrze ci za nią zapłacił?

- Jeśli zapłacił, to nie z twojej kieszeni.

- A z mojej, psiachmać, z mojej! Dobrodziej jucha z cudzego. Dosyć już wziąłeś, to ci nie pilno.

- Tylem wziął, co i ty!

- Hale, tyle... a statki, a szmaty, a krowę, a ileś wycyganił od ojca? Bacze dobrze i te gąski, te prosiaki i kto tam zliczy! A ciołek, co ci go dał niedawno, to nic?

- Mogłeś i ty brać.

- Złodziej nie jestem ni ten cygan!

- A ja złodziejem jestem, ja?...

Przyskoczyli do siebie, gotowi się chycić za orzydla, ale opadli wnet, bo Antek rzekł ciszej:

- Nie mówię tego do ciebie... Ale swojego nie dam, choćbym miał skapieć...

- I... nie tyla ci tam o ten grunt idzie, widzi mi się...rzucił drwiąco kowal.

- Ino o co?

- Latałeś za Jagną, to ci teraz i markotno.

- Widziałeś?... - krzyknął ugodzony jakby w samo serce.

- Są takie we wsi, co i widziały, a nie raz...

- Żeby im pomroka padła na ślepie! - szepnął ciszej, bo właśnie wójt wchodził do izby i witał się ze wszystkimi; snadź wiedział, o co się kłócą, bo również jął bronić starego i usprawiedliwiać.

- Dobrze was poił i wypasał kiełbasami, to i nie dziwota, że go bronicie...

- Bele czego nie powiadaj, kiej wójt do cię mówi! krzyknął wyniośle.

- Wasze wójtostwo stoi u mnie tyle, co ten patyk złamany...

- Coś rzekł, co?

- Słyszeliście! A nie, to rzeknę jeszcze takie słowo, aż wam w pięty pójdzie...

- Rzeknij to słowo, rzeknij!

- A rzeknę - oto pijanica jesteście i judasz, i przeniewierca! A rzeknę, że za gromadzkie pieniądze balujecie i dobrzeście za to wzięli od dworu, że dziedzic sprzedał nasz las!... A chcecie, to wam jeszcze co dołożę, ino że już tym kijaszkiem... - wołał zapalczywie porywając za kij.

- Urzędnik jestem, miarkuj się, Antek, byś nie żałował.

- A w mojej chałupie ludzi nie następuj, bo tu nie karczma! - krzyczał kowal zasłaniając sobą wójta, ale Antek już na nic nie zważał, bo obu zwymyślał jak psów, trzasnął drzwiami i wyszedł...

Ulżyło mu rzetelnie; spokojniejszy wrócił do domu, ino tym jednym markotny, że niepotrzebnie pokłócił się ze szwagrem.

- Teraz już wszyscy będą przeciwko mnie! - myślał nazajutrz rano przy śniadaniu i ze zdumieniem zobaczył kowala wchodzącego do izby.

Przywitali się, jakby nigdy nic nie zaszło pomiędzy nimi

A że Antek szedł do stodoły urznąć sieczki, kowal poszedł za nim, przysiadł się na snopkach zrzuconych ze sąsieka do omłotu i jął cicho mówić:

- Na psa wszystkie kłótnie i o co jeszcze? O to głupie słowo! Tom pierwszy przyszedł do ciebie i pierwszy wyciągam rękę do zgody...

Antek podał mu rękę, spojrzał podejrzliwie i mruknął:

- Juści, że ino to słowo, bom złości do was nie miał Wójt mnie zeźlił, bo co się będzie ujmował, nie jego sprawa, to mu wara!

- To samo mu rzekłem, bo chciał bieżyć za tobą...

- Bić mnie... dałbym ja mu bitkę, jak jego pociotkowi, co jeszcze od żniw żebra se lekuje... - wykrzyknął i jął nakładać słomę do lady.

- I tom mu przypomniał... - rzucił skromnie kowal i uśmiechnął się chytrze.

- Jeszcze ja się z nim porachuję, popamięta mnie... figura jucha, urzędnik!...

- Ryfa jest i tyla, poniechaj go. Umyśliłem cosik i z tym do ciebie przychodzę... Trza zrobić tak... Po południu przyjdzie tu moja, to razem z nią idźcie do starego rozmówić się dokumentnie... Na nic tam złości i żalenia się po kątach, trza w oczy stanąć i prosto powiedzieć, co się ma... Będzie dobrze abo i nie będzie, ale trza wszystko wyłożyć !...

- Co tu wykładać, kiej zapis zrobił!

- I złością z nim nie poredzi! Juści, że zapis zrobił, ale póki żyje, to zawdy go może odebrać - bacz to sobie i la tego nie potrza mu się przeciwić. Niech się żeni, niech ma swoją uciechę.

Antek przybladł na to przypomnienie i drżeć począł w sobie, aż rznąć przestał.

- Przeciw temu nie powstawaj w oczy, a przychwalaj i mów, że dobrze robi, i zapis, miał wolę, to zrobił... niech ino resztę nam przyobieca - tobie i mojej, a przy świadkach! - dodał chytrze.

- A Józka i Grzela? - zapytał z niechęcią.

- Spłaci się ich! Bo to Grzela mało wybrał? Ady prawie mu co miesiąc posyła do wojska. Mnie ino słuchaj, zrób, jak ci redzę, a nie stracisz. Moja w tym głowa, że już tak pokieruję, co wszystko będzie nasze...

- Jeszcze baran żyje; a już kuśnierz kożuch na nim szyje...

- Mnie słuchaj... Niech ino przyobieca przy świadkach, żeby ino było za co chycić pazurami... sąd jeszcze jest i sprawiedliwość, nie bój się. A jest już jedna zaczepka, boć został gront po twojej matce...

- Wielka parada, cztery morgi - na mnie i na twoją...

- Ale go nie dał tobie ni mojej! A tyle roków sieje i zbiera! Zapłaci wam dobrze za to i z procentami... Przywtórzę raz jeszcze, staremu się w niczym nie przeciw,

 przychwalaj, przygaduj, na wesele idź, dobrego słowa nie żałuj, a obaczysz, że go narychtujemy... A nie da się dobrocią, to sądy radę mu dadzą... Z Jagusią znacie się dobrze... to i ona mogłaby ci pomóc coś niecoś... jeno jej rzeknij o tym... ona jeszcze lepiej mogłaby starego na naszą stronę przechylić... no, zgoda?... Bo czas mi już iść...

- Zgoda! Ino prędko idź, bym ci w pysk nie dał i za wrota nie wyciepnął! - szepnął przez zęby.

- Co ty, Antek? Co ty? - bełkotał przestraszony, bo Antek puścił kosę i szedł ku niemu blady, ze strasznymi oczami.

- Judasz ścierwa, złodziej! - wychlustywał ze siebie spienioną nienawiścią słowa, aż kowal porwał się i uciekł co tchu.

- Rozum mu się psuje czy co? - myślał już na drodze. - Jakże, dobrą radę dałem... a ten?... Kiej taki głupi, to niech idzie na wyrobek, niech go stary wygoni, pomogę jeszcze do tego... a tak czy owak grontu nie popuszczę...

 Takiś to ty! W pysk chciałeś mi dać, za wrota wyciepnąć, żem się chciał z tobą podzielić... że kiej do brata przyszedłem z dobrym słowem! Takiś to ty! Aha, sam byś chciał wszystko brać! Niedoczekanie twoje! Wyciągnąłeś ty ze mnie moje zamysły, to już cię, jucho, przyrychtuję, jaż cię frybra angielska potrzęsie! - Rozsrażał się coraz bardziej, bo go wściekłość porywała, że Antek przejrzał jego zamysły i gotów jeszcze wydać przed starym. Tego się najwięcej obawiał.

- Trza temu zapobiec! - zdecydował natychmiast i mimo obawy przed Antkiem zawrócił z powrotem do Borynów.

- Jest gospodarz? - zapytał Witka, który wprost domu smagał kamieniami na gęsi, pływające po stawie.

- Hale, jest tam! Poszli przecie do młynarzów zapraszać na wesele...

- Wyjdę naprzeciw, niby to się spotkamy! - pomyślał i poszedł ku młynarzowi, ale po drodze wstąpił jeszcze do domu i przykazał żonie pięknie się przyodziać, dzieci zabrać i zaraz, jak przedzwonią południe, iść do Antków.

- Już on ci powie, co robić!... Nic sama nie rób i nie miarkuj, boś głupia, a ino jak będzie potrza, to beknij, ojcowe nogi obłap i proś... a słuchaj dobrze, co ojciec powiedzą i co Antek próździ mówił będzie...

 Z dobry pacierz ją nauczał, a przez okno patrzył, czy ich na moście nie widać.

- Zajrzę do młyna, czy jaglę zrobili. - Dłużyło mu się w domu czekać.

 Ale szedł wolno, przystawał a medytował... - Juści, kto go ta wie, co zrobi?

Sklął mnie, a gotów zrobić, com redził... to i lepiej, że kobieta przy tym będzie... a nie zrobi, pokłócą się... stary go wypędzi... Tak abo i nie, a zawsze się cosik udrze la siebie... - zaśmiał się radośnie, zatarł ręce, nacisnął kaszkiet i zapiął kapotę, bo wietrzno było i ziąb przejmujący szedł od stawu.

- Przymrozek będzie albo i pluchy nowe - szepnął przystając na moście i spoglądając po niebie... Chmury gnały nisko, bure, ciężkie, jakby obłocone, niby stada niemytych baranów. Staw pomrukiwał głucho, a czasami chlustał wodą o brzegi, na których gdzieniegdzie wśród czarnych, pochylonych olch i wierzb rosochatych czerwieniły się kobiety pierące szmaty - kijanki trzaskały zajadle po obu brzegach. Na drogach pusto było, gęsi tylko całymi stadami babrały w stężałym błocie i po rowach, zarzuconych opadłymi liśćmi i śmieciami, i dzieci krzyczały przed domami. Koguty zaczęły piać po płotach, jakby na zmianę.

- We młynie prędzej się ich doczekam! - szepnął i poszedł na dół.

Antek zaś po odejściu kowala jął rznąć tak zajadle sieczkę, że całkiem się zatracił w tej robocie i do południa narznął tyle, aż Kuba, który przyjechał z lasu, wykrzyknął

- Na cały tydzień będzie tego, no - dziwował się talk głośno, aż Antek oprzytomniał, ladę rzucił, przeciągnął się i poszedł do chałupy.

- Co będzie, to będzie, a trza mi się z ojcem rozmówić dzisiaj! - postanawiał... - Cygan on jest i judasz, ale może i dobrze redzi... Juści, musi on w tym co mieć...-Myślał o kowalu i zajrzał na drugą stronę, ojcową, i wnet się cofnął, bo tam siedziało ze dwadzieścioro dzieci i wszystkie razem a w głos sylabizowały... Roch je nauczał i pilnie baczył, by psich figlów nie stroiły... Chodził se dookoła nich z różańcem w ręku, nasłuchiwał, czasem które poprawił, czasem pociągnął za ucho, czasem pogłaskał, a często gęsto przysiadł i cierpliwie wykładał, jako tam stoi, i pytał, a dzieciska hurmem jedno przez drugie rwały się odpowiadać, jako te indory, kiej je kto podrażni... a tak głośno, że i po drugiej stronie słychać było...

Hanka gotowała obiad i pogadywała z ojcem swoim, starym Bylicą, który rzadko zachodził, że to schorowany był i ledwie się już ruchał.

Siedział pod oknem, wsparty na Hankę spozierał... siwy był całkiem, wargi mu się trzęsły i głos miał słaby, jakby ptaszęcy, a w piersiach mu cięgiem rzęziało...

- Jedliście śniadanie, co? - pytała cicho.

- I... po prawdzie to Weronka zabaczyła mi dać... i nie upominałem się, nie...

- Weronka psy nawet głodzi, bo tu nieraz do mnie podjeść przychodzą! - zawołała, bo i przy tym gniewała się ze starszą siostrą jeszcze od zeszłej zimy, że to tamta po śmierci matki pobrała wszystko, co pozostało, i oddać nie chciała, to się i prawie nie widywały.

- Bo się u nich nie przelewa, nie... - bronił cicho... Stach młóci u organisty, to i tam poje i jeszcze czterdzieści groszy za dzień bierze... a w chałupie tyla gąb... że i tych ziemniaków nie starczy... Prawda... że dwie krowy mają i mleko jest... że masło i sery do miasta nosi i ten grosz jaki zbierze...ale zabaczy często dać jeść nie dziwota ... dzieci tyla... a to i wełniaki ludziom tka... i przędzie, i haruje jak ten wół... a bo to dużo mi trza?... Żeby ino w porę... i co dnia... to...

- A to się do nas przenieście na zwiesnę, kiej wam u tej suki tak źle...
- Dyć się nie skarżę, nie narzekam, ino... ino... - głos mu się załamał nagle...
- Popaślibyście gęsi, to dzieci przypilnowali...
- Wszystko bym robił, Hanuś, wszystko - szeptał cichutko.
- W izbie jest miejsce, to się łóżko wstawi, byście ciepło mieli...
- A dyć i w oborze, i przy koniach spałbym, byle u ciebie, Hanuś. byle już nie wracać! Byle... - zachłysnął się aż tą prośbą błagalną i łzy jęły mu kapać z zapadłych, poczerwieniałych oczów... - Zabrała mi pierzynę, bo powiada, że dzieci nie mają pod czym spać... juści... marzły, żem sam je brał do siebie.:. ale kożuszysko się wytarło i nic mę nie grzeje... i łóżko mi wziena... a po mojej stronie zimno... ani tej szczapy drzewa nie pozwoli... i każdą łyżkę strawy wypomina... na żebry wygania... a kiej mocy nie mam, do ciebiem się ledwie zwlókł...

- Laboga! A czemuście to nam nic nigdy nie rzekli, że wam tak źle...
- Jakże... córka... on dobry człowiek, ale cięgiem na wyrobku... jakże...
- Piekielnica jedna! Wzięła pół grontu i pół chałupy, i wszystko, i taki wam daje wycug! Do sądu trza iść! Jeść mieli wam dawać i opał, i to, co wam do ubieru potrzeba, a my te dwanaście rubli w rok... bośmy przeciech i dług spłacili... co, nie tak?...
- Prawda! Rzetelni jesteście, prawda... ale i te parę złotych, co od was, a com je chował sobie na pochowek, wycyganiła ode mnie... a potem i dać było potrza... Jakże dziecko... - Umilkł i siedział cichy, skulony, podobny do kupy starych wiórów prędzej niźli do człowieka.

A po obiedzie, skoro jeno kowalowa weszła z dziećmi i jęła się witać, zabrał węzełek, jaki mu Hanka narządziła po kryjomu, i wyniósł się po cichu.

Boryna na obiad nie przyszedł.

Kowalowa postanowiła zatem czekać choćby i do nocy; Hanka narządziła pod oknem warsztat i przeciągała paceśny wątek przez płochy i tylko niekiedy, choć i z nieśmiałością, rzuciła jakie słowo w rozmowę, jaką wiódł Antek z siostrą; wywodził swoje żale, w czym mu już i przywtarzała, ale niedługo to trwało, bo wpadła Jagustynka i jakby od niechcenia mówiła:

- Od organistów lecę, do prania mnie zawołały... Dopiero co był tam Maciej z Jagną prosić na wesele. Pójdą! Juści, swój do swego, bogacz do bogacza ciągnie... i księdza też prosili...
- I dobrodzieja prosili?... - wykrzyknęła Hanka.
- A cóż to, święty czy co? Prosili, powiedział; że może przyjdzie... laczego nie?... Bo to młoducha nie urodna, a bo to jadła dobrego i napitku nie naszykują? Młynarze się też obiecali i z córką. Ho, ho, takiego wesela, jak

Lipce Lipcami, jeszcze nie było! Wiem dobrze, bo z Jewką od młynarzów kucharować będziemy. Wieprza już im Jambroży sprawił, kiełbasy robią... - przerwała nagle, bo nikt nie mówił i nie pytał, siedzieli chmurni, więc przyjrzała się wszystkim uważnie i wykrzyknęła:

- Zanosi się u was na coś!

- Zanosi czy nie zanosi, a wam nic do tego! - powiedziała tak ostro kowalowa, aż Jagustynka się obraziła i poszła na drugą stronę, do Józi, która ustawiała ławki i stołki, bo dzieci się już porozchodziły, a Roch polazł na wieś.

- Pewnie, że ojciec nie będzie sobie żałował niczego- szepnęła kowalowa rozżalonym głosem.

- Nie ma to na to? - powiedziała Hanka i zmilkła zastrachana, bo Antek spojrzał na nią groźnie. Siedzieli więc prawie w milczeniu i czekali; czasem które niecoś rzekło i znowu zapadało głuche, ciężkie, niepokojące milczenie...

Przed chałupą i na ganku Witek z dziećmi wyprawiał takie brewerie, aż Łapa szczekał i chałupa się trzęsła.

- Gotowych pieniędzy musi mieć też dosyć, ciągle coś sprzedaje; a wyda na co?...

Antek machnął ręką na to siostrzyne słowo i wyszedł z izby na powietrze, cknił mu się w chałupie i niepokój w nim rósł i strach, sam nie wiedział czego... czekał na ojca i niecierpliwił się, a rad był w duszy, że tamtego tak długo nie widać. - "Nie o gront tobie idzie, a o Jagusie przypomniał sobie, co mu kowal wczoraj powiedział... - Łże jak ten pies! - wykrzyknął zapamiętale. Wziął się do ogacania ściany od podwórza, Witek nosił mu ściółkę z kupy, a on ubijał i zakładał żerdkami, ale mu ręce drżały i raz w raz zaprzestawał roboty. Wspierał się o ścianę i przez nagie, bezlistne drzewa patrzył za staw, hań, na Jagusiną chałupę... Nie, nie miłowanie w nim wzrastało, ino złość i tysiące uczuć nienawistnych, aż się zdziwił temu! Suka, ścierwa, rzucili jej gnat, to i poszła! - myślał.

Ale przyszły nań wspomnienia, wypełzły skądściś, z tych pól nagich, z dróg, z sadów sczerniałych i pokurczonych i obsiadły mu serce, czepiały się myśli, majaczyły przed oczami... aż pot pokrył mu czoło, oczy rozbłysły i dreszcz go przechodził mocny, ognisty!... Hej, a tam w sadzie...a wtedy w lesie... a kiedy razem powracali z miasta...

Jezus! Aż się zatoczył, bo z nagła ujrzał tuż przed sobą jej twarz rozpłomienioną, dyszącą namiętnie, jej modre oczy i te usta pełne i tak czerwone, a tak bliskie, że ich tchnienie czuł, buchnęły na niego żarem... i ten głos cichy, urywany, nabrzmiały miłością i ogniem....- Jantoś!... Jantoś! - przechylała się do niego blisko, że czuł ją całą przy sobie, jej piersi, jej ramiona, jej nogi - aż oczy przecierał i odpędzał precz od się te mary mamiące, i cała jego złość zawzięta skapywała mu z serca niby te lody ze strzech, gdy je wiośniane słońce przygrzeje, a budziło się znowu kochanie i wznosiła swój łeb kolczasty tęskność bolesna, taka straszna tęskność, że choćby głową tłuc o ścianę i ryczeć wniebogłosy!

- A żeby to siarczyste zatrzasnęły! - wykrzyknął przytomniejąc i bystro spojrzał na Witka, czy ten nie domyśla się czego... Od trzech tygodni był w gorączce, w oczekiwaniu jakiegoś cudu, a nic nie mógł poredzić, niczemu się przeciwić! A bo to raz przychodziły mu szalone myśli i postanowienia, że biegł, aby się z nią zobaczyć, bo to jedną noc na deszczu i chłodzie warował jak ten pies przed jej chałupą! Nie wyszła, unikała go, na drodze już z dala omijała!...

Nie, to nie! I coraz bardziej zawzinał się przeciwko niej i przeciw wszystkiemu! Ojcowa ona, to i obca, to i ta przybłęda, ten pies bezpański, ten złodziej, co gront, dobro najwyższe im kradnie - a to kijem go choćby i na śmierć zakatrupię !

A bo to raz chciało mu się ojcu do oczów stanąć i rzec: nie możecie się z Jagną żenić, bo ona moja! Ale strach podnosił mu włosy na głowie, co powie stary, co ludzie , co wieś?... '

A przecież Jaguś będzie jego macochą, matką jakby- jakże to może być, jakże?... Toć grzech musi być, grzech! Aż bał się myśleć o tym, bo mu serce zamierało ze zgrozy niewytłumaczonej, z obawy przed jakąś straszną karą j boską... I nie rzec o tym nikomu, ino to nosić w sobie jako zarzewie, jako ten ogień żywy, któren aż do kości przepala... nie na ludzką to moc, nie.

A tu już za tydzień ślub...

- Gospodarz idą! - zawołał Witek prędko, aż Antek drgnął ze strachu. Mroczało już na świecie.

Zmierzch sypał się na wieś, jako ten popiół niewystudzony i od ukrytego zarzewia rudawy jeszcze - zorze dogasały, bladły od tych chmur burych, które wiatr gnał i zwalał na zachód, i stożył w góry przeogromne. Zimno się robiło, ziemia tężała, powietrze czyniło się ostre, rzeźwe jak przed przymrozkiem i takie słuchliwe, że tupot i ryki pędzonego do wodopoju inwentarza szły głośniej, a skrzypy wrótni i studziennych żurawi, rozmowy, krzyki dzieci, szczekania leciały wyraźniej przez staw; gdzieniegdzie błyskały już okna i padały na wodę długie, porwane, drgające odbicia świetliste... a spoza lasów wychylał się z wolna ogromny, czerwony księżyc w pełni, aż łuny biły nad nim, jakby pożar buchał gdzieś w głębi lasów.

Boryna przyodział się w zwyczajne szmaty i poszedł w podwórze do gospodarstwa, zajrzał do koni, do krów, do stodoły, a nawet i do prosiaków, skrzyczał Kubę za coś i Witka również, że cielęta wylazły z gródki i łaziły pomiędzy krowami, a gdy wrócił do izby swojej, już tam czekali nań wszyscy... Milczeli, ino wszystkie oczy podniosły się na niego i opadły wnet, bo przystanął na środku, obejrzał się po nich i zapytał drwiąco:

- Wszystkie! Jak na sąd jaki!

- Nie na sąd, ino do was przyślim z proszeniem - rzekła nieśmiało kowalowa.

- A czemuż to i twój nie przyszedł?...
- Robotę ma pilną, to ostał w domu...
- Juści... robotę... juści... - uśmiechnął się domyślnie, zrzucił kapotę i jął zzuwać buty, a oni milczeli, nie wiedząc, od czego zacząć. Kowalowa chrząkała i przyciszała dzieci, bo się brały do baraszkowania, Hanka siedziała na progu i karmiła chłopaka, a latała niespokojnymi oczami po twarzy Antka, który siedział pod oknem i układał sobie w głowie, co ma rzec, a drżał cały ze wzruszenia i niecierpliwości. Jedna Józia spokojnie obierała ziemniaki pod kominem, przyrzucała drewek na ogień i ciekawie poglądała po wszystkich, bo nic wymiarkować nie mogła .
- Czego chcecie, mówcie! - zawołał ostro, zniecierpliwiony milczeniem.
- A to... mów, Antek... a to przyślim wedle tego zapisu... - jąkała kowalowa.
- Zapis zrobiłem, a ślub w niedzielę... to wam rzeknę
- To wiemy, ale nie o to przyślim -
- A czego?
Zapisaliście całe sześć morgów!
- Bom tak chciał, a zechcę, to w ten mig zapiszę wszystko...
- Jak wszystko będzie wasze, to zapiszecie! - powiedział Antek.
- Dziecińskie, nasze.
- Głupiś jak ten baran! Grunt jest mój i zrobię z nim , co mi się spodoba!
- Zrobicie abo i nie zrobicie...
- Ty mi wzbronisz, ty!
- A ja, a my wszystkie, a nie, to sądy wam wzbronią! - krzyknął, bo już nie mógł ścierpieć i buchnął zapamiętałością.
- Sądami mi wygrażasz, co? Sądami! Zamknij ty gębę, pókim dobry, bo pożałujesz! - krzyczał przyskakując do niego z pięściami.
- A ukrzywdzić się nie damy! - wrzasnęła Hanka podnosząc się na nogi.
- A ty czego? Trzy morgi piachu wniesła i starą płachtę, a będzie tu pysk wywierała?
- Wyście i tyla Antkowi nie dali, nawet tych jego morgów matczynych, a robimy wam za parobków, jak te woły.
- Sprzątacie za to z trzech morgów.
- A odrabiamy wam za dwadzieścia abo i więcej!
- Jak wam krzywda, idźcie se poszukać lepiej!
- Nie pójdziem szukać, bo tu jest nasze! Nasze po dziadach pradziadach! - zawołał mocno Antek.
Stary uderzył go oczami i nic nie odrzekł, przysiadł przed komin i pogrzebaczem tak dziabał w głownie, aż iskry się sypały - zły był, ognie chodziły mu po twarzy i włosy mu cięgiem spadały na oczy, jarzące jak u żbika...ale się jeszcze hamował, choć ledwie i zdzierżał....
Długie milczenie zaległo izbę, że ino te przysapki a dychania prędkie słychać było. Hanka szlochała z cicha i pohuśtywała dziecko, bo skamleć poczęło.

- My nie przeciwni ożenkowi, chcecie, to się żeńcie...
- A przeciwcie się, dużo o to stoję!...
- Ino zapis odbierzcie - dorzuciła przez łzy Hanka.
- Zmilkniesz ty, a to, psiachmać, jazgocze cięgiem jak ta suka! - rzucił z taką mocą pogrzebacz w ogień, aż się głownie potoczyły na izbę.
- A wy się miarkujcie, bo to nie dziewka wasza, żebyście gębe wywierali na nią!
- To czemu pyskuje!
- Ma prawo, bo się o swoje upomina! - wrzeszczał coraz mocniej Antek.
- Chcecie, to i zapiszcie, ale to, co ostało, odpiszcie na nas - zaczęła cicho kowalowa.
- Głupiaś! Widzisz ją, mojem się tu będzie dzieliła! Nie bój się, na wycug do waju nie pójdę... - rzekłem!
- A my nie ustąpim. Sprawiedliwości chcemy.
- Jak wezmę kija, to wama dam sprawiedliwość.
- Spróbujcie ino tknąć, a pewnikiem wesela nie doczekacie...
I jęli się już kłócić, przyskakiwać do się, grozić, bić pięściami w stół, wykrzykiwać a wypominać wszystkie swoje żale i krzywdy. Antek tak się zapamiętał i tak rozsrożył, że wściekłość buchała z niego i raz w raz już starego chwytał to za ramię, to za orzydle i gotów był bić... ale stary jeszcze się hamował, nie chciał bijatyki, odpychał Antka, na obelgi z rzadka odpowiadał, bych ino dziwowiska la sąsiadów i wsi całej nie czynić. W izbie podniósł się taki krzyk i zamęt, i płacz, bo obie kobiety płakały i wołały na przemian, a dzieci też wrzeszczały, że Kuba z Witkiem przylecieli z podwórza pod okna... ale nic rozeznać się nie rozeznali, bo wszyscy razem krzyczeli, aż w końcu, kiedy im już zabrakło głosu, chrzypieli ino samymi przekleństwami a pogróźbami. Hanka ryknęła nowym, ogromnym płaczem, wsparła się o okap i jęła zalewanym przez łzy, nieprzytomnym głosem krzyczeć:
- Na żebrę ino nam iść, we świat... o mój Jezus, mój Jezus!... A jak te woły harowalim i dnie... i noce... za parobków... a teraz co?... A Pan Bóg was pokarze za krzywdę naszą!... Pokarze... Całe sześć morgów zapisali... a te szmaty po matce... te, paciorki... to wszystko... i la kogo to? La kogo?... La takiej świni! A żebyś pode płotem zdechła za krzywdę naszą, a żeby cię robaki roztoczyły, ty wywłoko, ty lakudro jedna, ty!...
- Coś powiedziała?... - zaryczał stary przyskakując do niej...
- Że lakudra i włók ten, to i cała wieś wie o tym...cały świat!... cały!...
- Wara ci od niej, bo ci ten pysk o ścianę rozbiję, wara... - i jął nią trząść, ale już Antek przyskoczył i osłonił, i również krzyczeć począł:
- I ja przywtórzę, że lakudra jest, włók, ja! A spał z nią, kto chciał, ja!... - wołał nieprzytomnie i gadał, co mu ślina na język przyniosła, nie skończył, bo stary, rozwścieklony już teraz do ostatka, trzasnął go tak w pysk, aż rymnął łbem na oszkloną szafkę i z nią razem zwalił się na ziemię... Porwał się rychło okrwawiony i runął na ojca.

Rzucili się na siebie jak dwa psy wściekłe, chycili się za piersi i wodzili po izbie, miotali, bili sobą o łóżka, o skrzynie, o ściany, aż łby trzaskały. Krzyk się podniósł nieopisany, kobiety chciały ich rozerwać, ale przewalili się na ziemię i tak zwarci całą nienawiścią i krzywdami tarzali się, gnietli, dusili...

Całe szczęście, że rychło rozerwali ich sąsiedzi i odgrodzili od siebie...

Antka przenieśli na drugą stronę i zlewali wodą, tak osłabł z umęczenia i upływu krwi, bo twarz miał porozcinaną o szyby.

Staremu nic się nie stało; spencer miał nieco podarty i twarz podrapaną i aż siną z wściekłości... Sklął i powyganiał ludzi, co się byli zlecieli, drzwi od sieni zamknął i siadł przed kominem...

Ale uspokoić się nie mógł, bo mu cięgiem wracało przypomnienie tego, co na Jagnę wypowiedzieli, a żgało go w serce jakby nożem...

- Nie daruję ja ci tego, psie jeden , nie daruję!- przysięgał sobie w duszy. - Jakże, na Jagusię... - Ale wnet przychodziło mu do głowy i to, co nieraz już słyszał o niej, co dawniej pogadywali, a na co nie zwracał uwagi! Gorąco mu się robiło i dziwnie duszno, i dziwnie markotno... - Nieprawda, pleciuchy i zazdrośniki, wiadomo! - wykrzyknął w głos, ale coraz więcej mu się przypominało gadań ludzkich. - Jakże, rodzony syn powieda, to nie mają szczekać! Ścierwa! - ale żarły go te wspominki jak ogień...

A gdy Józia posprzątała ślady bitwy, a w końcu, choć i późno, podała kolację, spróbował ziemniaków i położył łyżkę, nie mógł przełknąć.

- Zasypałeś obroki koniom? - zapytał Kuby.

- Przeciech...

- Gdzie Witek?

- Po Jambroża poleciał, by Antkowi głowę opatrzył; gęba mu spuchła kiej garnek - dodał i wyniósł się zaraz, bo księżyc świecił, a on się dzisiaj wybierał pod las na polowanie... - Juchy, chleb ich rozpiera, to się biją mruczał.

Stary też poszedł na wieś, nie wstąpił jednak do Jagny, choć się w oknach świeciło, zawrócił spod samych drzwi i polazł drogą ku młynowi.

Noc była chłodna, wyiskrzona, przymrozek ścinał ziemię, księżyc wisiał wysoko i tak jasno świecił, że cały staw roziskrzył się jakby żywym srebrem, drzewa rzucały długie, chwiejne cienie na drogi puste. Późno już było, światła w domach gasły, ino bielone ściany występowały mocniej ze sadów nagich, cisza i noc ogarniała wieś całą, jeden młyn turkotał i woda bełkotała monotonnie... Maciej chodził to tą, to drugą stroną stawu i nie wiedział, co z sobą począć, nie uspokoił się, gdzie tam, jeszcze barzej rozbierała go złość i nienawiść; aż i do karczmy poszedł, posłał po wójta i prawie do północka pił, ale robaka nie zalał... jeno jedno postanowienie powziął.

Rano nazajutrz, skoro wstał, zajrzał na drugą stronę. Antek leżał jeszcze, twarz miał obwiązaną w okrwawioną szmatę, ale się uniósł nieco.

- Wynośta mi się w ten mig z chałupy, żeby ni śladu po was nie ostało! - krzyknął.- Chcesz wojny, chcesz sądu, idź do sądu, skarż mnie, dochodź swojego. Coś swoje posiał - latem zbierzesz, a teraz wynoś się! Niech moje oczy was nie widzą! Słyszysz! - ryknął, bo Antek podniósł się, ale nic nie odpowiadał... i zaczął się wolno ubierać...

- Żeby mi do polednia już was nie było! - zawołał jeszcze z sieni.

Antek i na to nie odrzekł, jakby nic nie słyszał...

- Józka, zawołaj Kubę, niech założy kobyłę do wozu i wywiezie ich, gdzie chcą!

- Hale, kiej Kubie cosik jest, leży na werku i jęczy ino, a powiada, że całkiem wstać nie może, tak go ten kulas krzywy boli...

- Hale, noga go boli! Wałkoń jeden, odpoczywać se chce i sam zajął się rannym obrządkiem gospodarskim.

Ale Kuba rozchorzał naprawdę, nie powiadał, co mu jest, choć go się Boryna pytał, ino że chory, a tak jęczał, tak stękał, aż konie rżały, przychodziły do wyrka i obwąchiwały mu twarz, i lizały, a Witek coraz to nosił mu wodę wiaderkiem i ukradkiem prał w potoku jakieś szmaty skrwawione...

Stary nie spostrzegł tego, bo przypilnowywał, by się Antkowie wynosili. I wynosili się.

Bez krzyków już, bez kłótni, bez sprzeciwiań pakowali się, wynosili statki, wiązali toboły; Hanka aż mdlała z żałości, Antek ją wodą trzeźwił i poganiał, byle już rychlej zejść z ojcowskich oczów, byle prędzej...

Pożyczył konia od Kłęba, ojcowego nie chciał, i przewoził rzeczy do Hanczynego ojca, na koniec wsi, za karczmę jeszcze...

Ze wsi przyszło paru gospodarzy z Rochem na czele i chcieli zgodę czynić między nimi, ale ni syn, ni ojciec mówić sobie o tym nie dali...

- Pobróbuje, jak to wolność smakuje i swój chleb odpowiedział stary.

Antek nic nie odrzekł na namowy, ino podniósł pięść i tak zaklął strasznie, tak pogroził, aż Roch zbladł i cofnął się do kobiet, których się dość zebrało w opłotkach i w ganku, żeby to Hance pomóc, a głównie, by się w głos użalać i pyskować a uredzać!...

Gdy zabeczana Józia podawała obiad ojcu i Rochowi, już tamci z ostatnimi rzeczami i dziećmi wyjeżdżali z opłotków na drogę... Antek ni się obejrzał na chałupę, przeżegnał się ino, westchnął ciężko, smagał konia, podpierał wóz, bo kopiasto był nałożony, i szedł jak martwy, a blady jak ten papier, oczy mu gorzały zaciętością i zęby szczękały kiej we febrze... ale ni jednego słowa nie rzekł, Hanka zaś wlekła się za wozem, starszy chłopak czepiał się matczynego wełniaka i krzyczał wniebogłosy, młodszego tuliła do piersi i zaganiała przed sobą krowy, stadko gęsi i dwa chude prosiaki, a tak ryczała, tak wyklinała, tak zawodziła, że ludzie wychodzili z domów i jakby procesją ich odprowadzali.

A u starego obiad jedli w ponurym milczeniu.

Stary Łapa szczekał na ganku, biegł za wozem, powracał znowu i wył... Witek go nawoływał, ale pies nie słuchał, biegał po sadzie, obwąchiwał podwórze, wpadał do izby Antków, obleciał ją parę razy, wypadł do sieni, szczekał, skomlił... połasił się do Józi i znowu latał jak oszalały, to przysiadał na zadzie i ogłupiałym wzrokiem patrzył, aż wreszcie zerwał się, wtulił ogon pod się i poleciał za Antkami...

- A to i Łapa poszedł za niemi...
- Wróci, wygłodzi się, to wróci, nie bój się, Józia - mówił miękko stary. - Nie bucz, głupia! Wyporządź tamtą stronę, Roch będą mieli mieszkanie. Zawołaj Jagustynki, to ci pomoże... i zajmij się gospodarstwem, gospodynią teraz jesteś, na twojej głowie wszystko... no nie bucz, nie... ujął jej głowę i głaskał a przyciskał do piersi, a hołubił...
- Pojadę do miasta, to ci trzewiki kupię.
- Kupicie, tatulu? Naprawdę kupicie?...
- Kupię ci, kupię ci i co więcej, ino dobrą córką bądź, o gospodarstwie pamiętaj!
- To i na kaftan mi kupcie, taki jak ma Nastusia Gołębianka.
- Kupię ci, córko, kupię...
- I wstążek, ino długich, bobym nie miała na wasze wesele.
- Co ci ino potrza, mów, a wszystko miała będziesz , wszystko.

ROZDZIAŁ 11

- Śpisz to, Jaguś?...
- A bo to mogę. Ocknęłam na rozświcie i cięgiem mi w głowie stoi że już dzisiaj wesele... aż wierzyć trudno:
- Markotno ci, córko, co? - spytała ciszej... z lękliwą nadzieją w sercu...
- Co by zaś markotno miało być! Ino, że od was trzeba mi iść, na swoje...
Stara nie odrzekła, stłumiła w sobie żal, jaki nagle ją przewiercił, i wstała z pościeli, przyodziała się byle jak i poszła do stajni budzić chłopaków. Zaspali nieco po wczorajszych rozplecinach, bo dzień już był duży, świt zatopił ziemię w srebrzystej, połyskliwej szronami topieli, zorze się rozpalały na wschodzie - jakoby kto niebo posypał zarzewiem.
Dominikowa umyła się w sieni i cicho chodziła po izbie, ale raz w raz poglądała na Jagnę, której ledwie głowę można było rozeznać na pościeli wśród mroków, jakie jeszcze zalegały izbę...
- Leż se, córko, leż... Ostatni to raz u matki, ostatni.- myślała z czułością i z tym bolesnym żalem, co wciąż powracał. Nie chciało się jej wierzyć, że to naprawdę już dzisiaj, aż sobie przypominać musiała wszystko... Tak, sama chciała tego, a teraz, a teraz... jakby strach nią owładnął i tak zatrząsł, aż skurczyła się z bólu i przysiadła na łóżku... Boryna dobry człowiek, uszanuje i krzywdy jej nie zrobi... a Jaguś poprowadzi go, gdzie ino zechce, bo stary świata Bożego poza nią nie widzi...
Nie, nie o to się bojała, nie o to... pasierby! Juści... po co było Antków wyganiać? Teraz dopiero będą zapiekać a pomsty szukać!... A nie wyganiać, to Antek byłby pod bokiem i obraza boska abo i co gorsze wyszłoby z tego!... Jezus mój! A rady już nie ma... Zapowiedzi wyszły...

wieprzek zabity, weselni sproszeni... tyla już zrobione... zapis w skrzynce...
- Nie, nie! Co będzie, to będzie, a krzywdy nijakiej, póki żyje, zrobić jej nie
dam!... - pomyślała stanowczo i poszła znowu do chłopaków krzyczeć,
czemu nie wstają.

 Za powrotem chciała ostro wołać na Jagnę, ale Jaguś usnęła, równy, cichy
oddech szedł od łóżka, a ją znowu chwyciły wątpliwości różne i żale, i jak
te jastrzębie czepiały się pazurami serca, darły i krzyczały strachem a
troską! Uklękła pod oknem, wpiła zaczerwienione, rozpalone oczy w świt i
modliła się długo i gorąco. Wstała mocna i na wszystko gotowa.
- Jaguś! Wstań, córko, czas już! Ewka zaraz przyleci do gotowania, a tyla
jeszcze roboty!
- Pogoda to? - pytała podnosząc ociężałą głowę.
- I jaka, aż się lśni na świecie od przymrozku! Słońce zaraz wzejdzie...
 Jagna ubierała się szybko. Stara jej pomogła i długo o czymś rozmyślała,
bo w końcu rzekła:
- A przywtórzę ci jeszcze, com już nieraz mówiła...Borynę trza uważać...
dobry on człowiek... z bele kim się nie zadawać... bych cię znowu na ozory
nie wzięli... ludzie to jak te psy... ino gryźć! Słuchasz to, córko?...
- Słucham, słucham, ale tak mówicie, jakbym swojego rozumu nie miała...
- Rady dobrej nikomu nie za wiele... Bacz i to, by z Boryną nie huru-buru, a
miętko, a dobrocią. Starszy wżdy uważniejszy jest na to niźli młodziak... a
kto wie, może ci z grontu przypisać abo gotowy grosz za pazuchę wrazić !
- Nie stoję tam o to - burknęła zniecierpliwiona.
- Boś młoda i głupia... A obejrzyj się ino po wsi, po ludziach, to obaczysz, o
co się kłócą, o co prawują, o co zabiegają! O grunt jeno, o dobro! Dobrze by
ci to było bez tego zagona, bez tej świętej ziemi, co? Nie do wyrobku i
biedowania Pan Jezus cię stworzył, nie! A po com całe życie zabiegała? - La
ciebie ino, Jaguś! A teraz ostanę kiej ten palec sama jedna!...
- A bo to chłopaki idą w świat? Ostają...
- Tyla mi z nich pociechy, co z wczorajszego dnia!- krzyknęła i rozpłakała
się - a z pasierbami zgodę powinnaś trzymać! - dodała obcierając oczy.
- Józka dobra dziewczyna, Grzela jeszcze nierychło wróci z wojska... a...
- Kowali trza się strzec.
- Przecież oni się z Maciejem sielnie obserwują..
- Ma w tym kowal jakieś wyrachowanie, ma! Ale pilnowała go będę... Z
Antkami najgorzej, bo się pogodzić nie chcą... i dobrodziej wczoraj zgodę
chciał zrobić... nie przystali...
- A bo Maciej jest jak ten zły pies, żeby ich z chałupy wygnać! -
wykrzyknęła namiętnie.
- Co ty, Jaguś, co ty? A dyć Antek najbarzej wygadywał na ciebie i grunt
chciał odebrać, i pomstował a zarzekał przeciw tobie, że powtórzyć trudno.
- Antek przeciw mnie? Ocyganili was, ażeby im ozory paskudne
poschnęły!...
- A czemuż to jego stronę trzymasz, co?... - zapytała groźnie.

- A bo wszystkie na niego! Ja nie jestem jak ten pies dziadowski, co za każdym idzie, byle mu ino chleba podrzucił! Dobrze widzę, że mu się krzywda dzieje...

- To może byś mu i zapis oddała... co?...

Ale Jagna już nie zdążyła rzec, bo łzy ciurkiem polały się z jej oczów, to ino buchnęła do komory, przywarła drzwi za sobą i długo buczała...

Nie przeszkadzała w tym Dominikowa, ino nowe strapienie wśliznęło się do jej serca... ale nie czas było medytować, Ewka przyszła, chłopaki przeciągali się przed sienią, trzeba było wziąć się do porządków i przygotowań ostatnich...

Słońce wstało i dzień raźno potoczył się naprzód.

Przymrozek w nocy był niezgorszy, że kałuże po drogach i brzegi stawu ścięły się lodem, a na grudzi i co lżejsze bydlę utrzymać się nie mogło.

Ciepło się czyniło, pod płotami i w cieniach siwiało jeszcze, ale ze strzech skapywał zamróz lśniącymi paciorkami, a na mokradłach kurzyły opary kieby dymy. Powietrze było tak przejrzyste, że ókólne pola widziały się jak na dłoni, a lasy się przysunęły, że i poniektóre drzewa mógł rozeznać...

Na niebie modrym i niskim ani jednej chmurki nie było.

Ale na pogodę nie szło, bo wrony tłukły się koło domów i piały koguty.

Niedzielny to był dzień i chociaż dzwony jeszcze nie przedzwaniały do kościoła,. a już we wsi wrzało kieby w ulu. Z pół wsi szykowało się na wesele Borynowe z Jagną.

Między chałupami, przez oszroniałe sady biegały dziewczyny z pękami wstążek, a wełniakami i stroikami różnymi...

W chałupach był niemały rwetes przygotowań, przymierzań a przystrajań, że z gęsto powywieranych okien i drzwi buchały radosne głosy abo już te piosenki weselne.

A i w chałupie Dominikowej uczynił się gwałt i zamieszanie, jak to zwyczajnie w dzień taki!

Dom był świeżo obielony, choć nieco oblazł z wapna na wilgoci, a widniał już z daleka, bo i umajony był jak na Świątki. Chłopaki jeszcze wczoraj nawtykali świerczyny w strzechę, to w szpary ścian, gdzie się ino dało, a całe opłotki od drogi do sieni wysypali jedliną - pachniało jak w borze na zwiesnę.

A i wewnątrz wyporządzone było galanto.

Po drugiej stronie, gdzie był skład rupieci, buzował się tęgi ogień i kucharowała Ewka od młynarza przy pomocy sąsiadek i Jagustynki.

Z pierwszej zaś izby wynieśli wszelki sprzęt zbytni do komory, że ostały ino obrazy, a chłopaki ustawiali pod ścianami ławy mocne, a długie stoły. Izba też była wybielona z nowa, wymyta, a komin przysłonięty modrą płachtą, cały zaś pułap i belki, poczerniałe ze starości, Jagusia suto przystroiła wycinankami. Maciej był przywiózł z miasta kolorowych papierów, a ona wystrzygnęła z nich kółek strzępiastych, to kwiatuszków, to cudaków różnych, jako: kiedy psy gonią owce, a pasterz z kijem za nimi

128

leci, abo zaś i procesję całą, z księdzem, z chorągwiami, z obrazami i inne różności, że spamiętać trudno, a tak wszystko utrafione i foremne kieby żywe, aż się ludzie wczoraj na rozplecinach dziwowali. Umiała ona i nie takie, a wszystko, co ino zamyśliła abo na co spojrzała... że nie było w Lipcach chałupy bez tych jej strzyżek...

Ogarnęła się nieco w komorze i wyszła nalepiać resztę wzdłuż ścian, pod obrazami, bo już gdzie indziej miejsca nie było.

- Jaguś! A dałabyś spokój tym cudakom, druhen ino patrzeć... ludzie się wnet schodzić poczną, muzyka już po wsi chodzi... a ona się zabawia...

- Zdążę jeszcze, zdążę... - odpowiadała krótko i dała wnet spokój nalepianiom - brakło jej cierpliwości... Wysypała podłogę kolkami jedlinowymi , to stoły pokryła cienkim płótnem , to porządkowała w komorze albo się przemawiała z braćmi , lub wychodziła przed dom i patrzyła długo w świat. A żadnej radości w sobie nie czuła , żadnej . Żeby jej wszystko nie przypominało , że to wesele dzisiaj , nie baczyłaby o tym . Boryna wczoraj na rozplecinach , dał jej osiem sznurków korali , wszystkie jakie mu zostały po nieboszczkach... Nie stała o nie, nie stała dzisiaj o nic... Leciałaby tylko gdzieś przed się, choćby w cały świat... ale gdzie? Abo to wiedziała! Mierziło się jej wszystko, do głowy wciąż wracało powiedzenie matczyne o Antku... - Jakże, on by wygadywał, on?... Nie mogła wierzyć, nie chciała... bo aż się jej na płacz zbierało!... A może?... Wczoraj, kiedy prała w stawie, przeszedł i ani się nie spojrzał! A jak szli rano do spowiedzi z Boryną, spotkali go przed kościołem... z miejsca zawrócił jak przed złym psem... A może?... Niech szczeka, kiej taki, niech szczeka!...

Zaczęła się buntować przeciw niemu, ale z nagła wspomnienia tego wieczora, kiedy wracali z obierania kapusty od Boryny, buchnęły jej do mózgu i zatopiły ją całą w ogniu, i obwinęły jej duszę z taką mocą, a tak wyraziście w niej odżyły, że rady sobie dać nie mogła... aż ni stąd ni zowąd ozwała się do matki:

- Wiecie, a to po ślubie włosów mi nie obcinajcie!

- Hale, co mądrego umyśliła? Słyszano to, żeby dziewce włosów nie ucięto po ślubie!

- A po dworach i miastach nie obcinają!

- Pewnie, juści, bo im tak trzeba do rozpusty, żeby ludzi mogły ocyganiać i za co inszego się wydawać. Ale, będzie tu nowe porządki zakładała! Dworskie pannice niechta z siebie cudaki robią i pośmiewisko, niechta z kudłami jak Żydowice jakie chodzą - wolno im, kiej głupie, a tyś gospodarska córka z dziada pradziada, nie żadne miejskie pomietło, toś robić, winna jak pan Bóg przykazał , jak zawżdy w naszym gospodarskim stanie się robiło... Znam ja te miejskie wymysły, znam... jeszcze nikomu one na zdrowie nie wyszły! Poszła w służbę do miasta Pakulanka i co?...Mówił wójt, jaki papier przyszedł do kancelarii , że dzieciaka udusiła i w kryminale siedzi... albo i ten Wojtek, Borynów krewniak po siostrze, dorobił się w mieście sielnie, że teraz po wsiach po proszonyrn chlebie chodzi... a prźódzi na Wólce gospodarstwo miał, konie miał i chleba po grdykę... zachciało mu się bułek, a ma kij i torbę na starość...

Ale Jagna mądrych przykładów nie słuchała, a o obcięciu i gadać sobie nie dała. Namawiała ją Ewka, a ta znająca była, niejedną wieś znała i rok w rok do Częstochowy z kompaniami chodziła, przekładała i Jagustynka , ale jak to ona, zawżdy z przekpinami i naśmieszliwie, bo w końcu rzekła:

- Ostaw warkocz, ostaw, zda się Borynie, okręci se nim rękę, ostrzej przytrzyma i mocniej cię kijem zleje...sama go obetniesz potem... Znałam taką niejedną ... - nie mówiła więcej, bo Witek ją wołał, gdyż od wypędzenia Antków przeniesła się do Boryny, bo Józia poradzić sobie nie mogła z gospodarstwem. Pomagała warzyć Ewce, a co trochę zaglądała do dom, stary dzisiaj do niczego głowy nie miał, Józia już od rana przystrajała się u kowalów, a Kuba leżał wciąż chory.

- Chodźcie prędzej, bo Kuba was pilno potrzebuje- przynaglał chłopak.
- Gorzej mu to?
- A juści, tak stęka i jęczy, aże na drodze słychać!
- Idę w te pędy. Moiściewy, obaczę ino, co się z nim dzieje, i zaraz wrócę...
- Jaguś, i tobie trza się spieszyć, druhen ino patrzyć- naganiała matka.

Ale Jaguś nie pośpieszała, chodziła jak senna, przysiadała po ławkach, to wet się zrywała i zaczynała sprzątać, ale robota leciała jej z rąk, a ona stała długo, bezmyślnie zapatrzona w okno. Kolebała się w niej dusza jak woda i raz w raz biła, jakby o kamień jaki, o przypomnienia...

A w domu gwar się czynił coraz większy, bo wciąż wpadały kumy różne, to krewniaczki, to gospodynie, i dawnym obyczajem znosiły kury, to bochen białego chleba, placek, soli, mąki, słoniny albo i srebrnego rubla w papierku - wszystko to w podzięce za prosiny weselne, żeby gospodyni zbytnio się nie szkodowała.

Przepijały ze starą po kieliszeczku słodkiej, pogwarzyły, nadziwowały i rozbiegały się spiesznie.

A Dominikowa tęgo się zwijała - pilnowała warzy, uprzątała, raiła i na wszystko oko miała i sposób, a często naganiała chłopaków, bo się ociągali, a co któren ino mógł, to się z chałupy wyrywał na wieś, do wójta, bo już tam byli muzykanci i zbierali się drużbowie...

Na sumę mało kto poszedł, gniewał się o to dobrodziej, że la wesela zapominają o służbie Bożej - co było i prawdą, ale naród to sobie rozumiał, że i wesela takie nie co niedziela się odprawiają.

A zaraz po obiedzie jęli się zjeżdżać ze wsi pobliskich, kto był zaproszon.

Słońce się już przetoczyło z południa i prószyło bladym, jesiennym światłem, że ziemia błyszczała jakby oroszona, okna buchały płomieniami, staw liśnił się i migotał, przydrożne rowy pobłyskiwały wodą jakby szybami - wszystek świat był przesycony światłem dogasającej jesieni i ciepłem ostatnim.

Ogłuchła, niema cisza obtulała rozzłoconą ziemię.

Dzień się dopalał jaskrawo i z wolna przygasał.

Ale w Lipcach huczało jakby na jarmarku.

Jak tylko przedzwonili na nieszpory, muzyka wywaliła się od wójta na drogę.

Najpierwsze szły skrzypki w parze z fletem, a za nimi warczał bębenek z brzękadłami i basy, przystrojne we wstęgi, wesoło podrygiwały.

Za muzyką szły oba dziewosłęby i drużbowie - sześciu ich było.

A wszystko chłopaki młode, dorodne, kiej sosny śmigłe, w pasie cienkie, w barach rozrosłe, taneczniki zapamiętałe , pyskacze harde, zabijaki sielne, z drogi nieustępliwe - same rodowe, gospodarskie syny.

Walili środkiem drogi, kupą całą, ramię przy ramieniu, aż ziemia dudniła pod nogami, a tak radośni, weselni i przystrojeni pięknie, że ino w słońcu grały pasiaste portki, czerwone spencerki, pęki wstęg u kapeluszów i rozpuszczone na wiatr, kiej skrzydła, kapoty białe...

Krzykali ostro, podśpiewywali wesoło, przytupywali siarczyście i szli tak szumno, jakby się młody bór zerwał i z wichurą leciał...

Muzyka grała polskiego, bo zaś ciągnęli od domu do domu zapraszać weselników - gdzie im wynosili gorzałki, gdzie zapraszali do wnętrza, gdzie zaś śpiewaniem odpowiedzieli - a wszędy wychodzili przystrojeni ludzie, przystawali do nich i szli dalej społem, i już wszyscy w jeden głos śpiewali pod oknami druhen:

Wychodź, druhenko, wychodź, Kasieńko,

Na wesele czas-

Będą tam grały, będą śpiewały

Skrzypice i bas-

A kto się nie naje, kto się nie napije...

Pójdzie do dom wczas!

Oj ta dana, dana, oj ta dana, da!...

Hukali społem i z mocą taką, aż się po wsi rozlegało, aż na pola szły weselne głosy, pod borami śpiewały, we świat leciały szeroki.

Ludzie wychodzili przed domy, do sadów, na płoty, a jaki taki, choć nie weselny, przystawał do nich, by się aby napatrzeć i nasłuchać, że nim doszli, już się prawie cała wieś stłoczyła i okrążała weselników ciżbą, iż coraz wolniej szli, a dzieci chmarą nieprzeliczoną i z wrzaskiem a przyśpiewywaniem przodem biegły.

Doprowadzili gości do weselnego domu, przegrali im na godne wejście i zawrócili do pana młodego.

A Witek, którén ze wstęgami u spencerka hardo był spólnie z drużbami chodził, skoczył teraz naprzód.

- Gospodarzu, a to muzyka z drużbami wali! - krzyknął w okna i poleciał do Kuby.

Rzęsisto zagrali na ganku, a Boryna w ten mig wyszedł, drzwi na rozcież wywarł, witał się a do środka zapraszał, ale wójt z Szymonem ujęli go pod boki i już prosto do Jagny powiedli, bo czas było do kościoła.

Szedł ostro i aż dziw, tak młodo wyglądał; wystrzyżony, do czysta wygolony, przystrojony weselnie - urodny był, jak mało który, a przez to, że mocno w sobie podufały i rozrosły, to i posturę już miał z dala widną, i powagę w twarzy niemałą; pośmiewał się wesoło z parobkami, pogadywał, a najczęściej z kowalem, bo mu się wciąż na oczy nawijał.

Godnie go wprowadzili do Dominikowej; naród się rozstąpił, a oni go wiedli do izby szumno, z graniem i przyśpiewkami.

Ale Jagusi nie było, przystrajały ją jeszcze kobiety w komorze mocno zawartej i pilnie strzeżonej, bo parobcy drzwi pchali, to w deskach szparutki czynili i przekomarzali się z druhnami, że ino pisk, śmiechy i babie wrzaski odpowiadały.

A matka z synami przyjmowała gości, częstowała gorzałką , usadzała co starsze na ławach i na wszystko oko miała, bo narodu się zwaliło, że i trudno przejść przez izbę, po sieniach stali, w opłotkach nawet. Nie bele jakie to goście, nie! Gospodarze sami, rodowi i co bogatsze, a wszystko krewniacy, powinowaci i kumy Borynów i Paczesi, a drudzy zasie znajomkowie to i z dalszych wsiów zjechali.

Juści, że ni Kłęba, ni Winciorków, ni tych morgowych biedot nie było, ni tego drobiazgu, co po wyrobkach chodził i zawżdy ze starym Kłębem trzymał... Nie dla psa kiełbasa, nie dla prosiąt miód!

Dopiero w jakie dwa pacierze otwarli drzwi komory i organiścina z młynarzową wywiedły Jaguś na izbę, a druhny otoczyły ją wiankiem, a tak strojne i urodne wszystkie, że kwiaty to były, nie kwiaty, a ona między nimi najśmiglejsza i kieby ta róża najśliczniejsza stojała w pośrodku, a cała w białościach, w aksamitacln, w piórach, we wstęgach, w srebrze a złocie - że się widziała niby ten obraz, co go naszają na procesjach, aż przycichło z nagła, tak oniemieli i dziwowali się ludzie.

Hej ! Jak Mazury Mazurami, nie było śliczniejszej !

Wnet drużbowie zrobili rumor i gruchnęli z całych piersi:

Rozgłaszaj, skrzypku, rozgłaszaj!

A ty, Jaguś, ojca, matkę przepraszaj -

Rozgłaszaj, flecie, rozgłaszaj!

A ty, Jaguś, siostry, braci przepraszaj!...

Boryna wystąpił, ujął ją za rękę i przyklęknęli, a matka obrazem ich przeżegnała i jęła błogosławić, i wodą święconą kropić, aż Jaguś z płaczem padła do nóg macierzy, a potem i drugich podejmowała, przepraszała i żegnała się ze wszystkimi. Brały ją kobiety w ramiona, obejmowały i podawały sobie, aż się popłakali społem, a Józia najrzewliwiej zawodziła, bo się jej matula nieboszczka przypomniała.

Wysypali się przed dom, ustawili w porządku należytym i ruszyli pieszo, bo do kościoła było ze staje.

Muzyka szła przodem i rznęła ze wszystkich sił.

A potem Jagnę wiedli drużbowie - szła bujno, uśmiechnięta przez łzy, co jej jeszcze u rzęs wisiały, weselna niby ten kierz kwietny i kiej słońce ciągnąca wszystkich oczy; włosy miała zaplecione nad czołem, w nich koronę wysoką, ze złotych szychów, z pawich oczek i gałązek rozmarynu, a od niej na plecy spływały długie wstążki we wszystkich kolorach i leciały za nią, i furkotały kieby ta tęcza; spódnica biała rzęsisto zebrana w pasie, gorset z błękitnego jak niebo aksamitu wyszyty srebrem, koszula o bufiastych rękawach, a pod szyją bujne krezy obdziergane modrą nicią, a na szyi całe sznury korali i bursztynów aż do pół piersi opadały.

Za nią druhny prowadziły Macieja.

Jako ten dąb rozrosły w boru po śmigłej sośnie, tak on następował po Jagusi, w biedrach się ino kołysał, a po bokach drogi rozglądał, bo mu się zdało, że Antka w ciżbie uwidział.

A za nimi dopiero szła Dominikowa ze swatami, kowalowie, Józia, młynarzowie, organiścina i co przedniejsi.

Na ostatek zaś całą drogą waliła wieś cała.

Słońce już zachodziło, wisiało nad lasami czerwone, ogromne i zalewało całą drogę, staw i domy krwawym brzaskiem, a oni szli w tych łunach wolno, że aż się w oczach mieniło od tych wstążek, piór pawich, kwiatów, czerwonych portek, pomarańczowych wełniaków, chustek, kapot białych - jakoby ten zagon, rozkwitłymi kwiatami pokryty; szedł i pod wiatr z wolna się kołysał a pośpiewywał, bo druhny raz w raz zawodziły cieniuśkimi głosami:

A jadą, jadą, wozy kołaczą -
A moja Jaguś, po tobie płaczą...
Hej!
A da śpiewają, śpiewają sobie -
A da na smutek, Jagusiuu, tobie...
Hej!

Dominikowa całą drogę popłakiwała i jak w obraz wpatrywała się w córkę, że nic nie słyszała, co do niej zagadywali.

W kościele już Jambroży zapalał świece na ołtarzu.

Ogarnęli się ino w kruchcie, uporządkowali w pary i ruszyli przed ołtarz, bo i ksiądz już z zakrystii wychodził.

Prędko się odbył ślub, bo ksiądz się do chorego spieszył. A gdy wychodzili z kościoła, organista jął na organach wycinać mazury a obertasy i kujawiaki takie, aż same nogi drygały, a niektóren tylko co nie huknął piosenką, dobrze, iż się w czas pomiarkował!

Wracali już bez nijakiego porządku, całą drogą, jak komu było do upodoby, a rozgłośnie, bo drużbowie z druhenkami zawodzili, jakoby ich kto ze skóry obłupiał.

Dominikowa rychlej pobiegła, a gdy nadciągnęli - już ona państwa młodych na progu witała obrazem i tym świętym chlebem i solą, a potem nuż się ze wszystkimi z nowa witać, a obłapiać i do izby zapraszać!

Muzyka rznęła w sieniach, więc co który próg przestąpił, chwytał wpół pierwszą z brzega kobietę i puszczał się posuwistym krokiem "chodzonego" - a już tam, niby ten wąż farbami migotliwy, toczyły się dokoła izby pary, gięły się, okrążały, zawracały z powagą, przytupywały godnie, kołysały się przystojnie i szły, płynęły, wiły się, a para za parą, głowa przy głowie - niby ten rozkołysany zagon dostałego żyta, gęsto przekwiecony bławatem a makami... - a na przedzie w pierwszą parę Jagusia z Boryną!

Aż światła ustawione na okapie dygotały, dom się chwiał, zdało się, że ściany się rozpękną od tej ciżby i mocy, jaka biła od taneczników!...

Pochodzili z dobry pacierz, nim skończyli.

Muzyka teraz zaczęła przegrywać pierwszy taniec, dla młodej, jak to we zwyczaju z dawien dawna było.

Naród zbił się gęstwą pod ścianami i zaległ wszystkie kąty, a parobcy uczynili wielkie koło, w którym zaczęła tańcować! Krew w niej zagrała, aż się jej modre oczy lśniły i białe zęby połyskiwały w zarumienionej twarzy; tańcowała niezmęczenie, coraz zmieniając taneczników, bo choć raz wokoło z każdym przetańcować musiała.

Muzykanci grali ostro, aż im ręce mdlały, ale Jaguś jakby zaczęła dopiero, mocniej tylko poczerwieniała i wywijała tak zapamiętale, aż te jej wstęgi z furkotem za nią latały chlastając po twarzach, a rozdęte taneczną wichurą spódnice zapełniały izbę.

A parobcy z uciechy pięściami walili w stoły i pokrzykiwali siarczyście.

Dopiero na ostatek wybrała młodego - szykował się na to Boryna, bo skoczył kieby ryś do niej, ujął ją wpół i wichrem zakręcił w miejscu, a muzykantom rzucił:

- Z mazurska, chłopcy, a krzepko!

Krzyknęli w instrumenty z całej mocy, aż w izbie się zakotłowało.

Boryna zaś ino mocniej Jagnę ujął, poły na rękę zarzucił, poprawił kapelusza, trzasnął obcasami i z miejsca jak wicher się potoczył!

Hej! Tańcował też, tańcował! A okręcał w miejscu, a zawracał, a hołubce bił, aż wióry leciały z podłogi, a pokrzykiwał, a Jagusią miotał i zawijał, że się w jeden kłąb zwarli i jak to pełne wrzeciono po izbie wili - że ino wicher szedł od nich i moc.

Muzyka rznęła siarczyście, zapamiętale, z mazowiecka...

Zbili się wszyscy we drzwiach, to po kątach, przycichli i ze zdumieniem poglądali, a on niezmordowanie hulał i coraz siarczyściej; już się niejedni wstrzymać nie mogli, bo same nogi niosły, więc ino do taktu przytupywali, a co gorętszy dziewczynę brał i puszczał się w tany, na nic już nie bacząc !

Jagusia, choć mocna była, ale rychło zmiękła i jęła mu przez ręce lecieć, wtedy dopiero przestał i odprowadził ją do komory.

- Kiedyś taki chwat, bratem mi jesteś i przy pierwszych chrzcinach w kumotry mnie proś! - wołał młynarz biorąc go w ramiona.

Wnet się pobratali gorąco, bo muzyka zaraz zmilkła i zaczął się poczęstunek.

Dominikowa, synowie, kowal, Jagustynka uwijali się raźno z pełnymi butelkami i kieliszkami w garściach, a do każdego z osobna przepijali. Józia i kumy roznosiły na przetakach chleb pokrajany i placki.

Wrzawa podnosiła się coraz większa, bo każden swoje głośno powiadał, a wszyscy chętnie się do kieliszków brali, bych wesela rzetelnie zażyć.

Na ławach pod oknem przysiadł młynarz z Boryną, wójt, organista i co pierwsi gospodarze. Już tam niezgorsza butelka araku krążyła z rąk do rąk, a niejedną kolejką; jeszcze im i piwa donosili - gęsto przepijali, bo się już brać poczynali w ramiona i sielnie kumać!

I na izbie dosyć stało narodu, pozbijali się w kupy, jak komu i z kim było do upodoby, poredzali głośno i zabawiali się niezgorzej kieliszkami.

A w komorze, oświetlonej lampą pożyczoną od organistów, zebrały się gospodynie z organiściną i młynarzową na czele, po skrzyniach, to ławach przyrzuconych wełniakami godnie się rozsiadły, miód przez zęby cedziły i słodki placek delikatnie palcami poskubywały, a z rzadka jeśli która rzuciła to słowo jakie: słuchały uważnie, co młynarzowa rozpowiadała o dzieciach swoich.

Nawet w sieniach była ciżba i jeszcze na drugą stronę się cisnęli, aż Ewka wyganiała, bo szykowali pilnie do wieczerzy, od której już po całym domu zapachy szły smakowite, że niejednemu w nozdrzach wierciło.

Młodzież wysypała się przed dom w opłotki i na przyzby; noc była zimna, cicha a oroszona gwiazdami, to się przechadzali i bawili wesoło, aż się trzęsło od śmiechów, wrzasków i biegań, bo niejedni po sadzie się uganiali za sobą, że starsi krzykali im z okien:

- Kwiatuszków szukacie? Byście, dziewczyny, czego innego nie pogubiły po nocy!

Słuchał to ich kto?

Zaś po pierwszej izbie Jagusia i Nastka Gołębianka chodziły, trzymały się wpół i cięgiem buchały śmiechem , i coś sobie na ucho opowiadały - naglądał za nimi Szymek, starszy Dominikowej, z Nastki oczów nie spuszczał, a co trochę z wódką do niej podchodził, zęby szczerzył i zagadywał.

Kowal wystrojony odświętnie, w czarnej kapocie i w portkach na cholewy wyłożonych, uwijał się najraźniej, wszędzie był, ze wszystkimi pił, zapraszał, częstował, rajcował i zwijał się, że coraz to w innej stronie widniał jego rudy łeb i piegowata twarz.

Młodzi przetańcowali parę razy, ale krótko i bez wielkiej ochoty, bo się za wieczerzą oglądali.

Starsi zaś poradzali, wójt, że był już napity, coraz głośniej mówił, wypuczał się, pięścią w stół walił i nakazywał:

- Wójt wama to mówi, to wierzcie. Urzędnik jestem, papier do mnie przyszedł z nakazem, by gromadę zwołać i z morgi grosz jaki na szkołę uchwalić...

- Wy sobie, Pietrze, uchwalcie i po dziesiątku z morgi, a my i tego grosza nie damy!

- Nie damy! - huknął któryś.

- Cicho, trzeba, kiej urzędowa osoba powiada...
- Szkoły nam takiej nie potrzeba! - powiedział Boryna
- A nie potrzeba! - powtórzyli inni chórem.
- Cie... w Woli szkoła jest, bez trzy zimy moje dzieci chodziły i co?... To nawet na książce tego pacierza rozebrać nie potrafią... na psa taka nauka!
- Matki niechaj pacierza uczą, szkoła nie od tego, ja, wójt, wama mówię.
- A niby od czego? - wrzasnął ten z Woli podrywając się z ławy.
- Ja, wójt, wama rzeknę, ino pilnie słuchajcie... zaraz, po pierwsze... - ale nie wywiódł do końca, bo Szymon na cały stół wykrzykiwał, że już ten las sprzedany Żydy ocechowały i rąbać wnet będą, czekają jeno mrozów i sanny.
- Niech cechują, na wycięcie poczekają... - wtrącił Boryna.
- Do komisarza ze skargą pójdziemy.
- Nie to, komisarz zawsze z dziedzicem trzyma, a gromadą iść, rębaczów rozpędzić.
- Ani jednego chojaka ściąć nie pozwolić!
- Skargę do sądu podać!
- Pijcie do mnie, Macieju, nie pora teraz uradzać! Po pijanemu łacno wygrażać choćby i Panu Bogu! - zawołał młynarz nalewając. Nie w smak mu szły te rozmowy i odgrażania, bo się z Żydami był ugodził i miał im drzewo na swoim tartaku przy młynie rznąć.
Przepili i z miejsc się podnieśli, bo już zaczęli szykować do wieczerzy i wszelki sprzęt potrzebny znosić na stoły i ustawiać.
Ale gospodarze nie zaniechali lasu, jakże, bolączka to była piekąca, więc się stłoczyli w kupę i przyciszywszy głosy przed młynarzem radzili i umawiali się, by do Boryny się zejść i coś postanowić... ale nie skończyli, bo wszedł Jambroży i prosto do nich przystał. Spóźnił się, z dobrodziejem do chorego jeździł aż na trzecią wieś, do Krosnowy, to teraz ostro wziął się do picia, aby dogonić...nie zdążył jednak, bo już starsze kobiety zaśpiewały chórem:
A dokoła, drużbeczkowie, dokoła;
Zapraszajcie dobrych ludzi do stoła!
A na to, rumor czyniąc ławami, odkrzykli drużbowie:
A dyć my już poprosili - już siedzą.
Dajcie ino co dobrego - to zjedzą!
I z wolna zaczęli za stoły iść, a usadzać się na ławach.
Juści, że na pierwszym miejscu państwo młodzi, a w podle nich ze stron obu co najpierwsi, po uważaniu, po majątku, po starszeństwie aż do druhen i dzieci - a ledwie się pomieścili, choć stoły ustawili wzdłuż trzech ścian.
Tylko drużbowie nie siedli, by posługi czynić, i muzykanci.
Gwar przycichł, organista stojący odmawiał w głos modlitwę - jeno kowal powtarzał za nim, bo pono na łacinie się rozumiał, a potem przepijali po tym kieliszeczku na zdrowie i dobry smak.

Kucharki wraz z drużbami wnosić poczęły dymiące ogromne donice z jadłem i przyśpiewywały:
Niesiem rosół z ryżem-
A w nim kurę z pierzem!
A przy drugiej potrawie:
Opieprzone słone flaki,
Jedzże, siaki taki!
Muzyka zaś zasiadła pod kominem i przygrywała z cicha piosneczki różne, bych się smaczniej jadło.
Pojadali też przystojnie, wolno, w milczeniu prawie, bo mało kto rzucił jakie słowo, że ino mlaskanie a skrzybot łyżek zapełniały izbę, a gdy sobie już nieco podjedli i głód pierwszy zasycili, kowal znowu flaszkę puścił w kolejkę, przy czym już i poczynali prawić z cicha, i przemawiać do się przez stoły.
Jagusia jedna jakby nic nie jadła, próżno ją Boryna niewolił, wpół brał i jak to dzieciątko prosił, cóż, kiedy nawet mięsa przełknąć nie mogła, utrudzona była wielce i rozgrzana - tyle że to piwo zimne popijała, a oczami wodziła po izbie i coś niecoś nasłuchiwała Borynowych szeptów.
- Jaguś, kuntentna jesteś, co? Śliczności ty moje! Jaguś, nie bój się, dobrze ci u mnie będzie, jak i u matuli nie było lepiej... Panią se będziesz, Jaguś, panią... dziewkę ci przynajmę, byś się zbytnio nie utrudzała... obaczysz!...
pogadywał z cicha, a w oczy miłośnie patrzył, na ludzi już nie bacząc, aż się w głos przekpiwali z niego.
- Jak ten kot do sperki się dobiera.
- A bo też spaśna, kiej ta lepa!
Stary kręci się i nogami przebiera, niczym ten kogut !
- Użyje se jucha stary, użyje! - wołał wójt.
- Jak ten pies na mrozie - mruknął zgryźliwie stary Szymon.
Gruchnęli śmiechem, a młynarz aż się pokładał na stole i pięścią grzmocił z uciechy.
Kucharki znowu zaśpiewały:
Niesiem miski tłustej jagły,
By se chudzielce podjadły!
- Jagno, przychyl no się, to ci coś rzeknę! - mówił wójt, przechylił się za Boryną, bo tuż przy nim siedział, i uskubnął ją w bok - a to mę na chrzestnego proś!- zawołał ze śmiechem i łakomymi oczami po niej wodził, bo mu się strasznie udała.
Poczerwieniała mocno, a kobiety na to buchnęły śmiechem i dalejże przekpiwać, dowcipy trefne sadzić i poredzać, jak się ma z chłopem obchodzić! -
- A pierzynę co wieczór przed kominem nagrzewaj.
- Głównie tłusto jeść dawać, a krzepę miał będzie...
- I przypodchlibiaj, za szyję często ułapiaj.
- A miętko dzierż, to i nie pozna; gdzie go zawiedziesz! - jedna po drugiej

prawiły, jak to zwyczajnie kobiety, kiedy sobie podpiją i ozorom wolność dadzą.

Izba aż się trzęsła od śmiechu, a one tak rozpuszczały gęby, aż młynarzowa zaczęła im przekładać, by wzgląd miały na dziewuchy i na dzieci, a organista też dowodził, że to wielki grzech siać zgorszenie i zły przykład dawać.

- Bo - prawił - Pan Jezus nam rzekł i święci apostołowie, co wszystko w niewiniątka zgorszysz, to jakby mnie samego; tak stoi w Piśmie Świętym - bo niepomiarkowanie w piciu, w jadle jak i w uczynkach srogo karanym będzie, to wam, ludzie kochane, mówię - bełkotał niewyraźnie, bo nie po jednym już był ni po dwóch...

- Kalikant jucha, zabawy będzie ludziom bronił.

- O księdza się obciera, to myśli, że święty!

- Niechaj se uszy kapotą zatka! - leciały nieprzychylne głosy, bo nie lubiano go we wsi.

- Wesele dzisiaj, to nie grzech się zabawić, pośmiać z czego wesołego i ucieszyć, to już ja, wójt, to wama mówię, moi ludzie.

- A na ten przykład i Jezus po weselach bywał i wino pijał... - dorzucił poważnie Jambroży, ale cicho, bo już pijany był, a że w końcu przy drzwiach siedział, nikt go nie słyszał - i mówić wszyscy zaczęli, śmiać się, trącać kieliszkami, a coraz wolniej pojadać, aby się do syta najeść; niejeden już i pasa popuszczał, przeciągał się, by więcej zmieścić...

Kucharki znowu z miskami nowymi szły i śpiewały:

Chrząkała, kwiczała, w ogródeczku ryła,
Będzie teraz gospodarzom za szkodę płaciła!

- Wysadzili się, no, no! - dziwili się ludzie.

- Jakże, z tysiąc złotych kosztuje wesele..:

- Opłaciło się niezgorzej, bo to nie zapisał sześciu morgów!

- Za tę dziecińską krzywdę se balują.

- A Jagna siedzi jak ten mruk.

- Maciej za to ślepiami świeci kiej żbik!

- Kiej to próchno, moiściewy, kiej próchno!

- Będzie on jeszcze płakał.

- Nie jest on z tych, co płaczą, do kija prędzej się weźmie...

- To samom mówiła wójtowy, jak o zmówinach powiedziała.

- Czemu to ona dzisiaj nie przyszła?

- Jakże, leda dzień zlegnie...

- Rękę bym sobie dała uciąć, że niedługo, niech ino muzyki zaczną w karczmie, to Jagna ganiać będzie za parobkami.

- Mateusz ino czeka tego!

- Hale, hale?

- Przeciech! Wawrzonowa słyszała, co wygadywał w karczmie.

- Że go to nie prosili do muzyki?

- Stary chciał, ino Dominikowa się przeciwiła, wszyscy wiedzą, co było, to jakże?...

- Przykłada każdy, a widział kto?
- To niby po próżnicy pogadują!
- A Bartek Kozieł wypatrzył ich na zwiesnę w boru...
- Kozieł jest złodziej i cygan, miał z Paczesiową sprawę o świnię i bez złość wygaduje...
- I inni mają oczy widzące, mają...
- I źle się to skończy, obaczycie... juści, mnie to nic do tego, ale tak myślę, że się Antkom krzywda stała i dzieciom, to i kara przyjść przyjdzie za to.
- Pewnie, Pan Jezus nie rychliwy, ale sprawiedliwy...
- O Antku tyż coś niecoś napomykali, że tu i ówdzie widywali ich razem, jak się zmawiali... - przyciszyły głosy i rajcowały coraz złośliwiej, i nicowały nieubłaganie całą rodzinę, nie darowując i starej, a litując się nad chłopakami najbardziej.
- A bo to nie grzech! Parobki pod wąsem, Szymek ma już dobrze na trzydzieści i żenić mu się nie da, z domu nie popuści i o bele co piekłuje.
- Przecie to i wstyd, chłopy tyle, a wszystkie kobiece roboty robią. . .
- By sobie ino Jagusia rączków nie powalała!
- A po pięć morgów mają i żenić by się już mogli!
- Tyle dziewczyn jest we wsi...
- A wasza Marcycha najdawniej czeka i grunt przyległy do Paczesiowego!
- Baczcie na swoją Frankę lepiej, by się czego z Adamem nie doczekała!
- Stara jest piekielnica, to wiadomo, ale chłopaki też niezguły i ciamajdy!
- Tyle paroby, a matczynej kiecki boją się puścić!
- Puszczą się... już dzisiaj Szymek cięgiem chodzi za Nastką Gołębianką.
- Ociec ich był taki sam, dobrze baczę, a stara za młodu nie lepsza od Jagusi!...
- Jaki korzeń, taka nać! - taka córka, jaka mać!

Muzyka przycichła, grajkowie jeść poszli na drugą stronę, bo wieczerza się skończyła.

Cicho się nagle uczyniło niby w kościele podczas Podniesienia - po chwili jednak gwar buchnął jeszcze mocniejszy, aż się zakotłowało, wszyscy naraz mówili, krzyczeli a dowodzili sobie przez stoły, że już jeden drugiego nie słyszał.

Podali na ostatku, dla wybranych, krupnik, miodem i korzeniami zaprawiony, a reszcie szczodrze stawiali tęgą okowitę i piwo.

Mało kto zważał, co pije, bo już się ze łbów kurzyło niezgorzej i kontentność rozbierała. Siadali, jak było poręczniej, kapoty rozpinali z gorąca, pokładali się na stołach. Walili pięściami, aż miski podskakiwały, chwytali się wpół, to za orzydla, to ułapiali za szyję a raili, wyżalali się jak brat przed bratem, kiej ten krześcijan prawy przed krześcijanem i somsiadem.

- Źle jest na świecie! Juści! Marnacja człowiekowi a to biedowanie jeno...
- Poszły, psiekrwie... - Pod stołami psy gryzły się o kości.

...A pociecha ino w tym, kiej somsiad z somsiadem się zejdzie i przy tym kieliszku poredzą, wyżalą się i odpuszczą sobie, co tam jeden drugiemu winowaty - juści, nie to wypasione zboże ni przeoranie granicy, bo to już sądy wiedzą i świadkowie przytwierdzą, komu krzywda i komu sprawiedliwość, ale to, co tam po sąsiedzku przytrafić się przytrafi - czy kiej gadzina spyszcze w sadzie, czy baby się poswarzą abo dzieciaki się pobiją, jak to różnie się zdarzy... Dyć wesele od tego, bych zawziętość stajała i braterstwo a zgoda rosły między ludźmi!

- Choćby jeno na ten czas weselny, na dzień jeden!
- A jutro samo przyjdzie! Hej! Nie uciekniesz przed dolą, chyba pod tę świętą ziemię; przyjdzie, za łeb ułapi, jarzmo na kark włoży, biedą popędzi i ciągnij, narodzie, a potem i krwią się oblewaj, swego bacz, z garści nie popuszczaj ni na to oczymgnienie, byś się pod koła nie zaplątał!
-Na braci Pan Jezus stworzył ludzi, a wilkami są la siebie!
- Nie wilkami, nie, to jeno bieda podjudza, kłyźni i jednych na drugich rzuca, że gryzą się jak te psy o gnat objedzony!
- Nie sama bieda, nie, zły to ćmę na naród rzuca, że nie rozeznają, co dobre, a złe!
- Prawda, prawda, i dmucha w duszę kiej w to zarzewie przygasłe, aż chciwość i złość, i wszystkie grzechy rozdmucha!
- Juści, któren głuchy jest na przykazania, ten ochotniej słucha piekielnej muzyki!
- Drzewiej nie tak bywało! Posłuch był, poszanowanie starszych i zgoda!
- I grontu każden miał, co ino mógł obrobić, a pastwisk, a łąk, a boru.
- A o podatkach kto kiedy słyszał?
- Abo drzewo kupował kto?... Jechał do boru i brał, ile komu było potrza, a choćby i tę najlepszą sosnę czy dęba!... Co było dziedzicowe, było i chłopskie.
- A teraz ni dziedzicowe, ni chłopskie - żydoskie jest abo i kogo gorszego.
-Ścierwy! Piłem do was, pijcie do mnie! Usadziły się jakby na swojem - pijcie no, dobre twoje, dobre i moje, bych sprawiedliwość we wszystkim była...
- Dziedzice parszywe! W wasze ręce! Gorzałka nie grzech, byle jeno przy godnym sposobie i z bratami, to na zdrowie idzie, krew czyści i choróbska odciąga!
- Jak pić, to już całą kwartą, jak się weselić, to już całą niedzielę. A masz, człowieku, robotę? - pilno rób, kulasów nie żałuj i szczerze się przykładaj! A zdarzy się na ten przykład okazja - wesele, chrzciny albo i zamrze się komu - pofolguj sobie, odpoczywaj, obserwuj i uciechę miej! - A źle wypadnie - kobieta się zmarnuje, bydle ci zdechnie, pogorzel przyjdzie - wola boska, nie przeciw się, bo i cóż, chudziaku, poredzisz krzykaniem a płaczem? - nic; spokojności się ino zbędziesz, że nawet to jadło pokrzywą ci się w gębie wyda! - Cierp przeto i dufaj w Panajezusowe miłosierdzie... Przyjdzie gorsze, kostucha ułapi cię za grdykę i w ślepie zajrzy - nie probuj

się wypsnąć, nie twoja moc - bo wszystko jest w boskim ręku...

- Juści, kto tam wymiarkuje, kiej Jezus rzeknie: "Do tela twoje - od tela moje, człowieku."

- Tak to, tak! Górą, kiej to błyskanie, lecą boskie przykazy, a nikt, żeby ksiądz, żeby najmądrzejszy, ich nie przejrzy przódzi, aż padną na naród ziarnem dojrzałym!

- A ty, człowieku, masz tylko jedno wiedzieć - byś swoje robił i żył, jak przykazania święte nakazują, a przed się nie wyglądał... Pan Jezus wszystkim zasługi szykuje i wypłaci rzetelnie, co ino komu przypadnie...

- Tym ci polski naród stojał - to i tak ma być aż po wiek wieków. Amen!

- A cierpliwością i bramy piekielne przemoże.

Tak sobie pogwarzali, gęsto przepijając, a każdy wypowiadał, co miał na sercu i co mu dawno ością stało w grdyce! A najwięcej i najgłośniej gadał Jambroży, juści, że go niewiela słuchali, bo kużden mówił i swojego chciał dowieść, mało bacząc na drugich... W izbie wrzało już i kotłowało się coraz bardziej, gdy Ewka z Jagustynką weszły, niosąc przed sobą z wielką paradą przystrojoną warząchew. Muzykant, który szedł za nimi, przygrywał na skrzypkach, a one śpiewały:

Da powoli , powoli -
Da od stołów wstawajcie!
Po trzy grosze za potrawę,
Po dziesiątku za przyprawę-
Da kuchareczkom dajcie!

Naród był syty, podochocony i zmiękły dobrym jadłem i napitkiem częstym, to niektórzy i srebrne pieniądze rzucali na warząchew.

Wraz też dźwigać się jęli zza stołów i z wolna rozchodzili - którzy na powietrze wytchnąć, którzy w sieniach albo i na izbie przystawali i dalej dyskursa ciągnęli, insi zaś obłapiali się z przyjacielstwa, a niejeden już się potaczał i po ścianach łbem orał albo drugich jako ten baran trykał - co i nie dziwota, bo wieczerza była rzęsisto gorzałką przeplatana.

Za stołem pozostał ino wójt z młynarzem, kłócili się i z gorącością niepomierną skakali do siebie jak jastrzębie, aż Jambroży chciał ich wódką godzić.

- Kruchty pilnuj, dziadu, a do gospodarzy ci zasie - warknął wójt.

Odszedł markotny, butelkę do piersi cisnął, kusztykał głośno i szukał, z kim by się mógł po przyjacielsku napić i nagadać.

Młódź zaś wysypała się w opłotki, to trzymając się wpół na drogę wylegali gwarzyć i gzić się - aże dudniało od przegonów i wrzawy - noc była jasna, księżyc wisiał nad stawem tak mocno błyszczącym, że i najsłabsze kręgi, co się roztaczały jakby od uderzeń światła, widne były niby węże półkolisto sunące w cichości; przymrozek brał niezgorszy, gruda się łamała pod nogami i szron pobielił dachy, i już przytrząsał sędzieliznę ziemię.

Późno już było, bo pierwsze kury odzywały się po wsi.

A w izbie tymczasem czyniono porządek i szykowano do tańców.

I skoro muzykanci podjedli i nieco wypoczęli, jęli z cicha przegrywać, by się weselnicy pościągali do kupy.

Ale nie potrza ich było długo naganiać, hurmą się sypnęli do izby, bo skrzypki tak niewoliły do tańca, że już same nogi niesły - na darmo jednak, parobcy czuli się jeszcze przyciężko po wieczerzy, pokręcił się ździebko jeden i drugi i wnet uciekali do sieni zakurzyć papierosa abo i te ściany mocne podpierać.

Jagnę wprowadziły kobiety do komory, Boryna na przyzbie z Dominikową siedział, a co starsi zalegli ławy i kąty i poredzali, że ino na izbie dziewczyny ostały i prześmiewały się między sobą, ale że im się to zmierziło rychło,   zarządziły zabawę w gry różne, bych prędzej chłopaków rozruchać.

Najpierw zabawiali się w "Chodzi lis koło drogi; nie ma ręki ani nogi".

Na lisa przebrali w kożuch do góry wełną Jaśka, z przezwiska Przewrotny - gap to był, niedojda i prześmiewisko całej wsi. Parob już wyrosły, a z otwartą gębą chodził, z dziećmi się zabawiał, do wszystkich dziewczyn się zalecał, a mocno głupawy, ale że to jedynak na dziesięciu morgach, to go wszędy prosili - zajączkiem zaś była Józia Borynianka.

Śmieli się też, śmieli, mój Jezus!

Co krok, to Jasiek się rozczapierzał i bęc jak ta kłoda na ziemię, że mu to i nogi podstawiali, a Józia tak utrafnie kicała, stawała słupka i wargami ruchała, niczym żywy zając.

A potem w "Przepiórkę".

Nastka Gołębianka prowadziła, a tak się zwijała, tak raźno śmigała po izbie, że nijak jej chycić nie mogli, aż sama im właziła w ręce, bych ino obtańcowywać koło.

I w "Świnkę" się zabawiali.

A na ostatek któryś z drużbów, widzi mi się, Tomek Wachnik, bociana pokazywał; w płachtę na głowę się przyokrył, a spod niej za dziób długi kij wypuścił i klekotał tak zmyślnie, kiej bociek prawdziwy, aż Józia, Witek i co młodsze zaczęły za nim gonić i krzyczeć:

Kle, kle, kle,

Twoja matka w piekle!

Co ona tam robi?

Dzieciom kluski drobi.

Co złego zrobiła?

Dzieci pomorzyła.

I rozbiegały się z wrzaskiem, i kryły po kątach jak kuropatki, bo gonił, dziobał i bił skrzydłami.

Izba aż się trzęsła od tych śmiechów, krzykań i przegonów.

Z dobrą godzinę trwała zabawa, gdy starszy drużba dał znak, by przycichli.

Kobiety wyprowadzały z komory Jagusię nakrytą białą płachtą i usadziły ją w pośrodku na dzieży pokrytej pierzyną - druhny porwały się niby to ją odbić, ale starsze i chłopi bronili, więc się zbiły naprzeciw i smutno, jakby z płakaniem w głosach zaśpiewały:

A już ci to, już!
Po wianeczku tuż -
Kornet wity. czepiec szyty,
To la ciebie przyzwoity,
To na główkę włóż!...
Odsłonili ją wtedy.

Czepiec już miała na zwiniętych, grubych warkoczach, ale jeszcze się urodniejsza wydała w tym przybraniu, bo i roześmiana była, wesoła i jarzącymi oczami wodziła po wszystkich.

Muzyka zagrała wolno i cały naród zebrany, starzy i młodzi, dzieci nawet, zaśpiewali "Chmiela" jednym ogromnym głosem radości. A po prześpiewaniu same ino gospodynie brały ją do tańca.

Jagustynka, że sobie już podpiła, ujęła się pod boki i nuż do niej przyśpiewkami rzucać:

Da żebym ja wiedziała,
Da że pójdziesz za wdowca,
Da uzwiłabym ci wieniec,
Da z samego jałowca!

A insze jeszcze barzej przytykliwe i kolące.

Ale nikt na to nie baczył, bo już muzykanci rznęli ze wszystkiej mocy i naród w tany szedł; zadudniało z nagła, jakby sto cepów biło w boisko, i nierozplątana gęstwa zaroiła się w izbie, bo jedni za drugimi szli, para za parą, głowa przy głowie, a pędu nabierali - więc kapoty puścili na wiatr, kołysali się szeroko, przybijali obcasami, kapeluszami potrząchali, a czasem któryś piesneczką huknął, to dzieuchy zawiedły "da dana" i wili się coraz prędzej , kolebali do taktu i szli w taki tan szybki , zadzierżysty , kołujący, zapamiętały, że już i nie rozeznał nikogo w ciżbie; a co skrzypki huknęły nutą drygliwą, to sto hołubców biło w podłogę, sto głosów krzykało z mocą i sto narodu zawracało w miejscu, jak kieby wicher zakręcił - że ino furkot szedł od kapot, wełniaków, chustek, wiewających po izbie, niby te ptaki barwiste.

Przeszedł pacierz, dwa i trzy, a oni cięgiem tańcowali bez wytchnienia, bez przestanku, podłoga dudniła, ściany się trzęsły i izba wrzała hukiem, a ochota jeszcze rosła, jak te wody po ulewie - to ino kotłowało się i przewalało po izbie.

A gdy skończyli, odprawować poczęli obrządki różne, jak to jest zwyczajnie przy oczepinach.

Najpierw Jagusia musiała wkupywać się do gospodyń!

A potem jednym ciągiem odprawiali drugie ceremonie; aż parobcy uczynili długie powrósło z nieomłóconej pszenicy i opasali nim wielgachne koło, które druhny pilnie trzymały i strzegły, a Jagusia stojała w pośrodku: chciał z nią któren tańcować, podchodzić musiał, wyrywać przez moc i hulać w kole, nie bacząc, że go ta i prażyły drugimi powrósłami po słabiźnie.

Zaś na dokończenie młynarzowa i Wachnikowa zaczęły zbierać na czepiec. Pierwszy wójt rzucił złoty pieniądz na talerz, a za nim, kiej ten grad brzękliwy, posypały się srebrne ruble i jako te listeczki na jesieni, papierki leciały.

Więcej niźli trzysta złotych zebrali!

Sielny karwas grosza, ale mucha to la Dominikowej, nie stojała ona o darmochy, bo swojego miała dosyć, jeno że la Jagusi tak się ochotnie szkodowali, to ją całkiem rozebrało, że rzewliwego płakania wstrzymać nie mogła; krzyknęła na chłopaków, by podawali gorzałkę, i sama jęła częstować, przepijać i przez te łzy, co jej ciekły, kumy i kumów całowała.

- Pijcie, sąsiedzi!... pijta, ludzie kochane, braty rodzone!... Jakobym zwiesnę w sercu miała... za Jagusine zdrowie... jeszcze ten kieliszek... jeszcze... - a za nią kowal przepijał z drugimi i chłopaki z osobna - boć narodu była gęstwa niemała; Jaguś znowu dziękowała od siebie za dobroć i co starszych podejmowała za kolana!...

Zawrzało w izbie, bo i kieliszki gęsto szły z rąk do rąk, i gorącość buchała ze wszystkich, i uciecha! Twarze się rumieniły, oczy połyskiwały i serca się rwały do serc, po bratersku, po sąsiedzku. Hej! Raz kozie śmierć, tyle człowiekowego, co użyje z bratami, co się poweseli i zabaczy o świecie całym! Ino kostucha bierze każdego z osobna, a na wesela trza chodzić kupą i radować się kompanią całą. Kupami też zalegali izbę, przepijali i raili wesoło, a każden swoje głośno przekładał, że już i jeden drugiego nie słyszał, ale nic to, bo i tak jedno czuli, i jedna radość ich sprzęgała do kupy i wskroś przenikała!

A któren masz smutki, na jutro je ostaw, dzisiaj się zabawiaj, przyjacielstwa używaj, duszę ciesz! Jako tej świętej ziemi Pan Jezus daje odpoczywanie po letnim rodzeniu, tak i człowiekowi godzi się wypocząć jesienią, kiej w polu obrobił. A kiej masz, człowieku, brogi pełne i stodoły pełne ważnego jako to złoto zboża, co ino na cepy czeka, to se używaj za letnie trudy, za harowanie, za mitręgi !

Tak sobie poredzali jedni, a inni znowu różne swoje żale i sprawy wywodzili przed sobą; drudzy zasie, co to nie tylko krowi ogon widzieli abo te babie wszy, koło starego Szymona się kupili i pogadywali o czasach dawnych, świeżych krzywdach, podatkach i sprawach gromady całej, a z cicha mówili, ile że i o wójtowych sprawkach.

Boryna ino do żadnej kupy nie przystawał, chodził od jednych do drugich, a cięgiem oczyma za Jagną wodził i sielnie się puszył, że to urodna taka, a raz w raz muzykantom złotówki rzucał, bych smyczków nie żałowali, bo grali z cicha, odpoczywający.

To i z nagła huknęli w instrumenty obertasa, że mróz przeszedł kości, a Boryna do Jagny skoczył, przygarnął ją krzepko i z miejsca rymnął takiego oberka, aż dyle zaskowyczały, a on wiał po izbie, zawracał, podkówkami

trzaskał, a przyklękaniem z nagła zawijał, to trząchający po izbie się nosił
szeroko, od ściany do ściany, to przed muzyką piosneczki śpiewał, że mu
po muzycku odkrzykali, i dalej hulał siarczyście i tan wiódł zapamiętale, bo
za nim drugie pary jęły się z kup wyrywać i przytupywać, śpiewać,
tańcować i co ten największy pęd brać, że jakby sto wrzecion, pełnych
różnobarwnej wełny, wiło się po izbie z turkotem i okręcało tak szybko, że
już żadne oko nie rozeznało, gdzie chłop, gdzie kobieta; nic, ino jakby kto
tęczę rozsypał i bił w nią wichurą, że grała kolorami, mieniła się i wiła
coraz prędzej, wścieklej, zapamiętalej, aż światła chwilami gasły od pędu,
noc ogarniała taneczników, a tylko oknami lała się miesięczna poświata
rozpierzchłą, świetlistą smugą, iskrzyła się wrzącym srebrem wskróś
ciemności i wskróś wirującej gęstwy ludzkiej, co nadpływała spienioną
rozśpiewaną falą, migotała i kłębiła się w tych brzaskach jako w sennym
widzeniu i przepadała w ćmie nieprzeniknionej, by się znowu wynurzyć i
zamajaczyć na mgnienie przed drugą ścianą, na której tknięte światłem
szkła obrazów pryskały i mżyły ogniami, i przewalić się, i stoczyć w noc, że
tylko ciężkie dychanie, tupoty, krzyki rwały się, plątały i huczały głucho w
oślepłej izbie.
 A ciągnęły się już te tany łańcuchem jednym, bez przerwy ni przestanku...
bo co muzyka zaczynała rznąć nowego, naród się podnosił z nagła,
prostował jak bór i szedł z miejsca pędem takiej mocy jak huragan; trzask
hołubców rozlegał się jak bicie piorunów, krzyk ochotny trząsł całym
domem i rzucali się w tan z zapamiętaniem, z szaleństwem, jakoby w burzę
i bój, na śmierć i życie.
 I tańcowali!
...Owe krakowiaki, drygliwe, baraszkujące, ucinaną, brzękliwą nutą i
skokliwymi przyśpiewkami sadzone, jako te pasy nabijane, a pełne
śmiechów i swawoli; pełne weselnej gędźby i bujnej, mocnej, zuchowatej
młodości i wraz pełne figlów uciesznych, przegonów i waru krwi młodej
kochania pragnącej. Hej!
...Owe mazury, długie kiej miedze, rozłożyste jako te grusze Maćkowe,
huczne a szerokie niby te równie nieobjęte, przyciężkie a strzeliste, tęskliwe
a zuchwałe, posuwiste a groźne, godne a zabijackie i nieustępliwe, jako te
chłopy, co zwarci w kupę niby w ten bór wyniosły, runęli w tan z
pokrzykami i mocą taką, że choćby w stu na tysiące iść, że choćby świat
cały porwać, sprać, stratować, w drzazgi rozbić i na obcasach roznieść, i
samym przepaść, a jeszcze tam i po śmierci tańcować, hołubce bić i ostro,
po mazursku pokrzykiwać: "da dana!"
...Owe obertasy, krótkie, rwane, zawrotne, wściekłe, oszalałe, zawadiackie
a rzewliwe, siarczyste a zadumane i żalną nutą przeplecione, warem krwie
ognistej tętniące a dobrości pełne i kochania, jako chmura gradowa z nagła
spadające, a pełne głosów serdecznych, pełne modrych patrzań,
wiośnianych tchnień, woniejących poszumów, okwietnych sadów; jako te
pola o wiośnie rozśpiewane, że i łza przez śmiechy płynie, i serce śpiewa

radością, i dusza tęskliwie rwie się za te rozłogi szerokie, za te lasy dalekie, we świat wszystek idzie marząca i "oj da dana!" przyśpiewuje.

Takie to tany nieopowiedziane szły za tanami.

Bo tak ano chłopski naród się weseli w przygodny czas.

Takoż się zabawiali na weselu Jagusinym z Boryną!

Godziny biegły za godzinami i przepadały niepamiętliwie we wrzawie, w krzykach, w radości szumnej, w tanecznym zapamiętaniu, że ani się spostrzegli, jako się już przecierało na wschodzie i przedświtowe brzaski ściekały z wolna i rozbielały noc. Gwiazdy pobladły, księżyc zaszedł i wiatr wstawał od lasów i przeciągał, jakby rozdmuchując rzednące ciemności; oknami naglądały kudłate,

poskręcane drzewa i coraz niżej chyliły oszroniałe i senne łby, a dom wciąż śpiewał i tańcował!

Jakoby łąki i żniwne pola, i sady rozkwitłe zeszły się na gody i porwane wichurą poszły społem w długi, zawrotny, ognisty korowód !

Wywarli drzwi na rozcież, wywarli okna, a dom buchał wrzawą, światłami, dygotał, trząsł się, trzeszczał, pojękiwał i coraz mocniej hulał, że się już zdawało, jako te drzewa i ludzie, ziemia i gwiazdy, i te płoty, i ten dom stary, i wszystko ujęło się w bary, zwiło w kłąb, splątało, i pijane, oślepłe, na nic niepomne, oszalałe, taczało się od ściany do ściany, z izby do sieni, z sieni na drogę płynęło, z drogi na pola ogromne, na bory, we świat cały wirem tanecznym szło, toczyło się, kołowało i nieprzerwanym, migotliwym łańcuchem w brzaskach zórz wschodzących przepadało.

Muzyka to ich wiedła, to granie, te piosneczki...

...Basy pohukiwały do taktu i buczały drygający niby bąki, a flet wiódł wtór i pogwizdywał wesoło, świergotał, figle czynił jakby na sprzeciw bębenkowi, który ucieszny wyskakiwał, brzękadłami wrzaskliwość niecił, baraszkował i trząsł się jako ta żydowska broda na wietrze, a skrzypice wiedły, szły na przedzie, niby ta najlepsza tanecznica, śpiewały zrazu mocno a górnie, jakby głosu probowały, a potem jęły zawodzić szeroko, przenikliwie, smutnie, kieby rozstajami płacze sieroce kwiliły, aż zakręciły w miejscu i spadły z nagła, nutą krótką, migotliwą, ostrą, jakby sto par trzasnęło hołubcami i sto chłopa zakrzykało z pełnej piersi, aż dech zapierało i dreszcz szedł po skórze, i wnet jęły kołować, pośpiewywać, zawracać, drobić, przeskakiwać a śmiać się i weselić, że ciepło do serca szło i ochota do łbów biła kiej gorzałka... to znowu śpiewały tą nutą ciągliwą, żałosną i płakaniem kiej rosą osnutą; tą nutą naszą, kochaną, serdeczną, pijaną mocą wielką i kochaniem, i wiedły w tan ostry, zapamiętały, mazowiecki.

Świt już się stawał coraz jaśniejszy, że światła bladły i izbę zalewał brudny, zmącony mrok, a jeszcze się zabawiali ze wszystkiego serca, a komu mało było poczęstunku, do karczmy po gorzałkę słał, kornpanił się i na umor pił.

Kto odszedł, to odszedł, kto się zmęczył, odpoczywał, a który się opił, na przyźbie spał abo i w sieniach; drudzy zasie, barzej z nóg ścięci, to i pod

płotami legali, i gdzie tam padło, a reszta tańcowała do upadłego...
 Aż już co trzeźwiejsi zbili się w kupę przy drzwiach, do taktu bili w podłogę i jęli śpiewać:
 Zbierajcie się, weselnicy, już nam czas!
Daleka droga,
Głęboka woda,
Ciemny las!
 Zbierajcie się, weselnicy, już nam czas!
Znów się zabawimy,
Jutro powrócimy
Na popas!
 Ale nikt ich nie słuchał!

ROZDZIAŁ 12

 Już na samym świtaniu Witek, umęczony zabawą i wyganiany przez Jagustynkę, pobiegł do chałupy.
 Wieś spała jeszcze na dnie mroków, co słały się nisko nad ziemią grubym, rzednącym zwałem, staw leżał martwy, przygnieciony mroczną gęstwą drzew obrzeźnych i tak utopiony w ciemnicy, że ledwie ku środkowi wyleniał się w nocy i majaczył brzaskami niby to oko zasnute bielmem.
 Przymrozek brał mocny, przeciągał zimny wiatr, że skrzepłe powietrze raziło nozdrza i dech zapierało, ziemia dzwoniła pod nogami i zmarzłe kałuże siniały na drodze niby szkła potrzaskane i oślepłe, a świat się z wolna rozbielał świtaniem, wychylał z mroków oszroniały i ogłuchły przemarzłą cichością, psy ino kajś niekaj naszczekiwały sennie, młyn hurkotał w oddali, a weselna wrzawa buchała z chałupy i rozkrążała się szeroko, na dobre śmignięcie kamieniem.
 W Borynowej izbie tliło się jeszcze światełko maleńkie jako ten robaczek świętojański, aż Witek zajrzał przez okno; stary Roch siedział przy stole i z książki pośpiewywał pobożne pieśni.
 Chłopak cicho przesunął się do obory i jął macać skobla, gdy naraz z wrzaskiem odskoczył, bo pies jakiś rzucił mu się na piersi ze skowytem.
 - Łapa! Łapa! Wróciłeś to, piesku, wróciłeś, biedoto!- wykrzykiwał rozeznawszy psa i aż przysiadł na progu z radości. - Głodnyś, chudziaku, co?
 Znalazł za pazuchą zaoszczędzoną na weselu kiełbasę i wtykał mu do pyska, ale Łapa nie rwał się do jadła, jeno szczekał, rzucał mu się na piersi i skamlał z radości.
 - Głodziły cię, biedoto, i wygnały we świat! - szeptał otwierając drzwi do obory i zaraz, jak stał, rzucił się na wyrko. - Już ja cię teraz bronił będę i starunek o tobie miał... - mruczał zakopując się w słomę, a pies legł w podle, warkał i polizywał go po twarzy.
 Rychło obaj zasnęli.

A ze stajni obok położonej wołał Kuba słabym, schorzałym głosem, wołał długo, ale Witek spał jak kamień, dopiero Łapa, poznawszy głos, jął zajadle szczekać i targać kapotę, aż przecknął.

- Czego? - mamrotał przez sen.
- Wody! Tak me rozbiera gorącość... wody!

Choć markotny był i śpik go morzył, zaniósł mu pełne wiadro i podstawił do picia.

- Takim chory, że ledwie zipię... co to warczy?
- A Łapa ! Wróciło psisko od Antków !
- Łapa! - szepnął macając w ciemności za psim łbem, a Łapa wyskakiwał, szczekał i darł się na wyrko.
- Witek, załóż koniom siana, bo dzwonią zębami o pusty żłób, a ja się poruszyć nie mogę. Tańcują jeszcze?- pytał po chwili, gdy chłopak stoczył ze stropu siano i zakładał je za drabiny.
- Cheba na połednie skończą, a tak się niektóre popiły, że na drodze leżą.
- Używają se gospodarze, używają - westchnął ciężko. - Młynarze byli?
- Byli, ino rychlej poszli.
- Narodu dużo?
- Kto by ta porachował?... Aż się przelewało w chałupie.
- Przyjmowali suto?
- Kiej we dworze jakim. Mięso całymi michami roznosili, a co gorzałki wychlali, a co piwa, co miodu ! Samych kiełbas były trzy niecki czubate.
- Przenosiny kiedy?
- A dzisiaj na odwieczerzy.
- Użyją se jeszcze, naciesza się... Mój Jezu, myślałech, że jaką kosteczkę ogryzę i podjem se choć raz do sytu, a tu leż, zdychaj i nasłuchuj, jak się drugie zabawiają.

Witek poszedł spać.

- Żeby choć te oczy napaść.. żeby...

Zamilkł znużony, żuł w sobie żałość, a jakieś ciche, nieśmiałe skargi jako te ptaszki ustałe, tłukły mu się po piersiach i boleśnie piukały.

- Niech im ta pójdzie na zdrowie, niech choć oni żyją... - myślał pogładzając psi łeb.

Gorączka mroczyła go coraz bardziej, więc jakby na odegnanie zaczął szeptać pacierz i Panujezusowemu miłosierdziu oddawał się gorąco na wolę i niewolę, ale zapominał słów, sen nań spadał raz po raz, a ciąg szeptów, nabrzmiałych prośbą i łzami, rwał się i rozsypywał niby czerwone paciorki, że chciał je zgarniać, tak widno toczyły się po kożuchu; zapominał jednak o wszystkim, zasypiał...

Budził się czasami, wodził pustym wzrokiem i nic nie rozeznawszy zapadał znowu, leciał w martwą, trupią ćmę.

To znowu jęczał i tak krzyczał przez sen, aż konie z chrapaniem rwały się na łańcuchach, trzeźwiał nieco i unosił głowy.

- Jezus, żeby choć dnia doczekać! - jęczał trwożnie i wybiegał oczyma przez okienko, we świat, za dniem; słońca szukał po niebie szarym, ostygłym i poprzebijanym blednącymi gwiazdami...

Ale dzień był jeszcze daleko.

Stajnia tonęła w mętnej kurzawie brzasków, że już kontury koni jęły się wycinać, a drabiny pod okienkami, niby żebra, prześwitywały pod światło...

Już nie zasypiał, bo bóle nań przyszły nowe, wślizgiwały się w nogę niby sękate kije i tak rozpierały, tak wierciły, tak piekły, jakby kto żywym ogniem rany przysypywał, że zerwał się nagle i zaczął ze wszystkich sił krzyczeć, aż Witek się obudził i przybiegł.

- Zamrę już! Zamrę! Tak mnie boli, tak we mnie choroba rośnie i dusi... Witek, bieżyj po Jambroża... o Jezus, albo Jagustynki zawołaj... może co poredzą, bo już nie wydzierżę... już ta ostatnia godzina na mnie idzie... ten czas ostatni... - buchnął strasznym płaczem, zarył twarz w słomę i łkał żałością a strachem.

A Witek mimo rozespania pobiegł na wesele.

Tańcowali jeszcze w najlepsze, ale Jambroży był spity już swoim zwyczajem, stał na drodze na wprost domu, potaczał się od stawu do płotów i wyśpiewywał.

Darmo go Witek prosił i za rękaw ciągał, dziad jakby nie słyszał i nie wiedział, co się z nim dzieje, potaczał się ino a śpiewał zapamiętale ciągle tę samą śpiewkę.

Pobiegł do Jagustynki, że to i ona znająca była na chorobach, ale stara z kumami siedziała w komorze i tak se przepijały krupnikiem, tak se dogadzały piwem, a tak wraz gadały i jazgotały śpiewaniem, że ani jej było co czym mówić. Raz i drugi skamlał, by szła do Kuby, to go w końcu wyciepnęła za drzwi i coś niecoś pięścią przyłożyła na drogę; z płaczem poleciał do stajni, tyle ano wskórawszy.

A że Kuba był zasnął znowu na tę chwilę, więc zakopał się w słomę, przyokrył łachami na głowę i spał.

Dobrze po śniadaniu obudziło go porykiwanie krów głodnych i nie wydojonych i piekłowanie Jagustynki, która zaspawszy jak i drudzy, krzykiem nadrabiała przy obrządzaniu gospodarstwa.

Dopiero kiej coś niecoś zepchnęła roboty, zajrzała do Kuby.

- Dopomóżcie, poredźcie - prosił cicho.

- A to się ożeń z młódką, a wnet się wylekujesz!- zaczęła wesoło, ale skoro się przyjrzała jego twarzy sinej i obrzękłej, spoważniała prędko. - Księdza ci więcej potrzeba niźli dochtora! Cóż ja ci poredzę? Co? Zamówiłabym, okadziła, a bo to pomoże?... Widzi mi się, żeś ty już chory na śmierć, na czystą śmierć...

- Zamrę?

- W boskiej to mocy, ale widzi mi się, że Kostusi z pazurów się nie wypsniesz.

- Zamrę, powiadacie?...

- Po dobrodzieja by ano posłać, co?

- Dobrodzieja! - wykrzyknął zdumiony. - Dobrodzieja przywieść tutaj, do stajni, do mnie?... Co wama po głowie chodzi?

- A cóż to? Z cukru jest i rozpuści się w tym łajnie końskim? Ksiądz jest od tego, by gdzie go do chorego proszą, szedł.

- Jezus! A miałbym to śmiałość, w ten gnój, do mnie?..

- Głupiś jak ten baran! - cisnęła ramionami i poszła.

- Sama głupia, ani wie, co powiada... - mruknął oburzony srodze, opadł ciężko na barłóg i długo jeszcze rozmyślał. - Zachciało się babie... hale, dobrodziej kochany po pokojach se chodzi...z książek poczytuje... z Panem Bogiem rozmawia... i do mnie by go wołać?... Te kobiety to ino aby ozorem mleć... głupia...

I tak już pozostał sam, bo jakby o nim zapomnieli.

Witek czasami naglądał, aby koniom przysypać obroku, napoić, to i jemu podawał wody, i wnet znikał, leciał na wesele, które znowu zaczęło się zbierać u Dominikowej na przenosiny, a czasami Józka wpadała z krzykiem, wtykała mu kawałek placka, nagadała, natrzepała, nawiała stajnię wrzaskiem, aż kury gdakały z przestrachu na płotach, i uciekała śpieszno.

Juści, miała po co, bo tam się już zabawiali niezgorzej, muzyka huczała przez ściany i krzyki szły wesołe a śpiewania.

A Kuba leżał cicho, bo jakoś z rzadka chwytały go bolenia, więc ino nasłuchiwał i rozeznawał, jak się tam zabawiają, a pogadywał z Łapą, któren nie opuścił go ani na chwilę, i pojadali se społecznie Józin placek; albo cmokał na konie i przemawiał do nich. Rżały radośnie i odwracały od żłobów łby, a nawet źróbka urwała się z uździenicy i przychodziła do wyrka baraszkować i tulić wilgotne a ciepłe chrapy do jego twarzy.

- Schudłaś, biedoto, schudłaś! - Głaskał ją czule i całował po rozdętych nozdrzach. - Nie bój się, wyzdrowieję rychło, to wnet ci boki podkrzepię, choćby i czystym owsem...

Milknął wnet i patrzył bezmyślnie w poczerniałe sęki, z których sączyły się na ściany żywiczne strugi, niby łzy krwawe i zastygłe...

Słoneczny a przybladły dzień zaglądał przez szpary cichymi oczyma, drzwiami zaś wywartymi buchał szeroki potok jasności skrzącej, migotliwej, jako złote pajęczyny po ścierniskach, w których trzepały się muchy z sennym, omdlałym brzękiem.

Godziny przechodziły za godzinami i wlekły się wolno, jak te dziady ślepe i kulawe, po srogich piaskach idące z utrudzeniem a w cichości, albo jako ten kamień, co pada w topiel i leci, przepada, ginie, a nawet go oczy człowiecze nie chycą.

Ino czasem wróble rozświergotane wrzaskliwą bandą wpadały do stajni i zuchwale rzucały się na żłoby...

- Jakie to zmyślne juchy! - szeptał. - Takiemu ptaszkowi, a Pan Jezus rozum daje,. że wie, gdzie pożywienie znaleźć. Cicho, Łapa, niech się pożywią i wspomogą biedoty, bo i na nich zima przyjdzie. - Przyciszał, bo pies skoczył wypędzać rabusiów.

Świnie zaczęły kwiczeć w podwórzu i cochać się o węgły, aż stajnia drgała, a potem jęły wtykać w drzwi długie, obłocone ryje i pokwikiwać.

- Wypędź, Łapa! Dziadaki jedne, wszystkiego im zawżdy mało!

Po nich kury zakrzekorzyły przed progiem, a wielki, czerwony kogut ostrożnie zaglądał, cofał się, bił skrzydłami i krzykał, aż zuchwale wskoczył za próg, do kobiałki pełnej obroku, a za nim reszta, ale nie zdążyły się jeszcze najeść, bo wnet nadciągnęły rozgęganą gromadą gęsi, z sykiem migotały w progu czerwone dzioby i chwiały się białe, powyciągane szyje.

- Wygoń, piesku, wygoń! Swarzą się juchy kiej te baby !

Juści, że wnet się rozległ wrzask, pisk, łomotanie skrzydeł i pióra poleciały kieby z rozprutej pierzyny, bo Łapa nie żałował sobie uciechy; powrócił zziajany, z wywieszonym ozorem i skomlał radośnie.

- Cicho no !

Od domu rozlatywały się gniewne głosy Jagustynki, bieganina i trzaski sprzętów, przewlekanych z izby do izby.

- Gotują się do przenosin!

Drogą ktoś niektoś przejeżdżał, ale z rzadka, a teraz zasie człapał się z piskiem wóz jakiś; Kuba rozeznawał pilnie.

- Kłębów wóz, w jednego konia i drabinami, pewnie po ściółkę do lasu. Juści, oś w przodku wytarta i bez to się piast przeciera i skrzypi.

Po drogach wciąż snuły się odgłosy kroków, rozmowy, głosy leciały i drgały ledwie dosłyszane, ledwie odczute brzmienia, ale je chwytał w lot i rozpoznawał.

- Stary Pietras. do karczmy idzie - mruczał. - Walentowa wykrzykuje... pewnie gąski czyje przeszły na jej stronę... Piekielnica nie baba! Kozłowa widzi mi się... juści... bieży i krzyczy... juści ona!... Pietrek Rafałów... rajcuje jucha, jakby miał kluski w gębie... księża kobyła po wodę jedzie, tak... postaje... zawadza kołami... jeszcze se kiedy kulasy połamie...

I tak se z wolna rozpoznawał wszystko i myślami, i tym widzeniem czującym po wsi chodził, kłopotał się, zabiegał, turbował i żył życiem wsi całej, że ledwie spostrzegł, jak dzień przechodził z wolna; ściany przygasły, drzwi zbladły i stajnia mroczeć poczęła.

Już pod sam wieczór przyszedł Jambroży nie wytrzeźwiony do cna, bo się jeszcze potaczał i mówił tak prędko, że trudno było rozebrać.

- Nogeś pono wykręcił?

- A obaczcie i poredźcie.

W milczeniu odwijał szmaty przekrwione, zeschłe i tak przywarte do nogi, że Kuba zaczął krzyczeć wniebogłosy.

- I panna przy rodach tak nie kwiczy! - mruknął urągliwie.

- Kiej boli!... A dyć nie szarpcie! Jezus! - wył prawie.

- A to cię uszlachtowali! Pies ci łydkę wyżarł czy co? wykrzyknął zdumiony, bo łydka była poszarpana, zaropiała, noga spuchła jak konew.

- To... ino nie powiedajcie nikomu... borowy me postrzelił... ino...
- Prawda... śruciny siedzą pod skórą kiej mak... z daleka do cię wygarnął?
Ho, ho! Kulas widzi mi się na nic już... kosteczki chroboczą ano... Czemuś
to zaraz mnie nie wołał?
- Bojałem się... jakby się dowiedziały, na zajączka wyszedłem...
ustrzeliłem... i już na polu byłem... a ten kiej nie rypnie do mnie...
- Powiadał kiedyś w karczmie borowy, że ktoś im szkody czyni...
- Hale... szkody... niby to zające należą do kogo... ścierwa... zasadził się na
mnie... już na polu byłem, a ten z obu luf strzelił... żeby cię, piekielniku...
ino nic nie mówcie...do sądu by pozwały... strażniki... i zarno by i fuzję
wzieny... a to nie moja... Myślałech, że samo przejdzie... pomóżcie, bo tak
rwie, tak boli...
- Takiś to majster! Taki se ścichapęk, lelum polelum, a z dziedzicem
zajączkami się dzieli... Cie!... Ale kulasem za tę spółkę zapłacisz...
Obejrzał raz jeszcze i srodze się strapił.
- Za późno, o wiela za późno!
- Poredźcie, poredźcie - jęczał wystraszony.
Już nic nie odrzekł, ino rękawy zakasał, wydobył ostry kozik, nogę ujął
krzepko i jął wydłubywać śruciny i ropę wyciskać.
Kuba zrazu ryczał jak zwierz dorzynany, aż mu zatkał gębę kożuchem,
ścichł, bo zemdlał z bólu. Oporządził mu nogę, obłożył jakąś maścią,
obwinął w nowe szmaty, dopiero go otrzeźwił.
- Do szpitala musisz iść... - mruknął cicho.
- Do szpitala?... - Nieprzytomny był jeszcze.
- Urznęliby ci nogę, to byś może i wyzdrowiał.
- Nogę?..
- Juści, już na nic, zepsuta, czernieje cała.
- Urznęliby? - pytał nie mogąc pojąć.
- W kolanie. Nie bój się, mnie kula urwała przy samym zadzie, a żyję.
- To ino urznąć bolejące miejsce i byłbym zdrowym?...
- Jakby kto ręką odjął... ale do szpitala trza ci zaraz iść...
- Nie, bojam się, nie... do szpitala...
- Głupiś!...
- Tam żywcem krają... tam... Oberznijcie wy... co ino zechcecie, zapłacę,
oberznijcie... do szpitala nie chcę, wolę już tutaj zdychać...
- To i zdechniesz... doktór ino może ci oberznąć. Pójdę zaraz do wójta,
żeby ci na jutro dali podwodę i odwieźli do miasta.
- Próżno pójdziecie, bo do szpitala nie pójdę... - powiedział twardo.
- Hale, będą ci się pytali, głupi!
- Urznąć i zaraz wyzdrowieje... - powtarzał Kuba po jego wyjściu.
Noga przestała go boleć po opatrunku zdrętwiała tylko aż po pachwiny, a
po całym boku czuł, jakby mrówki łaziły, nie zważał na to, bo się głęboko
zamedytował

- Wyzdrowiałbym! Musi być, że i tak jest, przecież Jambroży kulasa całego nie ma... na kuli chodzi... Powieda, że jakby ręką odjął... Ale Boryna by mnie wygnał...juści, parobek bez kulasa... ni do pługa, ni do żadnej roboty. Cóż ja bym począł? Bydło mi ino pasać albo na żebry iść... we świat, pod kościół gdzie... abo jak ten stary trep na śmiecie... zdychać pode płotem. Jezus miłosierny! Jezus!

Zrozumiał nagle jasno i aż się podniósł z oślepiającej trwogi.

- Jezus! Jezus! - powtarzał gorączkowo, bezprzytomnie dygocząc cały.

Zaniósł się głębokim, żalnym płaczem, krzykiem niemocy, staczającej się w przepaść bez ratunku.

Długo wył i szamotał się w męce, ale przez te łzy i rozpacze jęły mu się wić postanowienia jakieś, medytacje, przycichał z wolna, uspokajał się i tak zagłębiał w siebie, nic nie słyszał; jak przez sen majaczyło mu się granie jakieś, śpiewy, wrzaski bliskie.

W ten sam czas wesele się ano przenosiło do Boryny.

Robili przenosiny Jagusi do męża.

Nieco przódzi przeprowadzili tęgą krowę i przewieźli skrzynkę, pierzyny i statki różne, jakie w wianie dostawała.

Teraz zaś, może w pacierz po zachodzie, kiej zmroczało i świat się zaciągał mgłami, bo na odmianę szło, wywalili się od Dominikowej.

Muzyka szła na przedzie i raźno przegrywała, a za nią Jagusię, wystrojoną jeszcze po weselnemu, matka wiedła z braćmi i kumami, a dopiero wpodle, gdzie kto wziął miejsce, walili hurmą weselnicy.

Szli z wolna wzdłuż stawu, któren poczerniał i gasł przyduszony mrokiem, wskroś mgieł coraz gęstszych, w ciszy ciemnicy ogłuchłej i ślepej jeszcze, że tupoty i grania rozlegały się krótko i dudniały jakby spod wody.

Młódź podśpiewywała czasami, to kuma jaka zawiedła, chłop który wrzasnął: "da dana", ale wnet cichli, ochoty jeszcze nie było i ziąb wilgotny przejmował do żywego.

Dopiero kiej nawrócili w Borynowe opłotki, druhny zaśpiewały:

A płakała dziewczyna,
Jak jej ślub dawali;
Cztery świece zapalili,
W organy zagrali.
Myślałaś, dziewczyno,
Że ci zawsze będą grać?...
Wczoraj trochę, dzisiaj trochę...
A na całe życie płacz...
Da dana! A na całe życie płacz!

Na ganku przed progiem czekał już Boryna, kowalowie i Józka.

Dominikowa wniosła przodem w węzełku skibkę chleba, soli szczyptę, węgiel, wosk z gromnicy i pęk kłosów poświęconych na Zielną, a gdy i Jaguś próg przestąpiła, kumy ciskały za nią nitki wyprute i paździerze, by zły nie miał przystępu i wiodło się jej wszystko.

Wraz też witali się, całowali a życzyli młodym szczęścia, zdrowia i co tam Pan Bóg da, a do izby szli, że wnet zawalili ławy wszystkie i kąty.

Grajkowie, narządzając instrumenty, pobrzękiwali z cicha, aby nie mącić poczęstunku, z jakim wystąpił Boryna.

Chodził ano z pełną blachą od kuma do kuma, częstował, niewolił, w ramiona brał i przepijał do każdego; kowal mu pomagał w drugiej stronie, a Magda z Józką roznosiły na talerzach placek, miodem i serem nadziewany, który umyślnie upiekła na przenosiny, bych się ojcu przypochlebić.

Ale zabawa szła nietęgo, juści, że nikt za kołnierz nie wylewał i od kieliszków nie stronił, przepijali nawet ze smakiem, ino że jakoś nie nabierali weselnego ducha i nie wiedli się do wrzątka, ledwie parkotali, jak ta woda na słabym ogniu; siedzieli osowiale, ruchali się ciężko, nieswojo, mało pogadywali i z cicha, a jaki taki ze starszych ziewał ukradkiem, przeciągał się, a tęskliwie myślał, by się co rychlej gdzie na słomę dostać.

Kobiety zaś, choć to nasienie najbardziej wrzaski i zabawę czyniące, rozwalały się ino po ławach, w kąty się kryły i mało wiele między sobą rajcowały.

Jagusia w mężowej komorze wnet się przestroiła w szmaty zwyczajne, tyla że świąteczne, i wyszła ugaszczać a przyjmować, ale matka do niczego się jej tknąć nie dała.

- Wesela se zażyj, córuchno! Narobisz się jeszcze, natrudzisz! - szeptała i raz w raz ją przygarniała do piersi, i z płaczem tuliła, aż to dziwno było niejednemu, boć nie we świat szła za chłopa, nie na drugą wieś i na biedę.

Pośmiewali się z takiej tkliwości matczynej, a zęby ostrzyli przekpinkami, ile że teraz właśnie na przenosinach, kiej Jaguś już gospodynią weszła w mężowski dom, w tyle grontu i dobra wszelkiego, otwierały się im oczy, a niejednej matce dostałych córek zazdrość szła do gardła, dzieuchom też było jakoś nieswojo i markotno.

Na drugą stronę szły, po Antkach, gdzie Ewka z Jagustynką wieczerzę narządzały, aż huczało w kominie, że Witek ledwie nadążył drwa znosić i przykładać pod ogromne gary.

I po całym domu się rozłaziły, a w każdą szparę wrażały zazdrosne oczy. Nie zazdrościć to losu takiego?..

Już sam dom najlepszy we wsi, duży, widny, wysoki, stancje kieby w jakim dworze, wybielone, z podłogami, czyste! A co sprzętów, co statków różnych, obrazów samych ze dwadzieścia i wszystkie ze szkłami! A tu jeszcze obory, stajnie, stodoła, szopa! A mało to lewentarza? Pięcioro samych krowich ogonów, nie licząc byka, który profit daje niezgorszy? Trzy konie! A gdzie jeszcze grunt? Gdzie gęsi, świnie?...

Wzdychały żałośnie i raz po raz któraś z cicha rzekła:

- Mój Boże, że to Pan Jezus daje takim, co i nie zasłużyły !

- Umiały sobie pomagać, umiały!

- Juści, zawżdy ten dostanie, który naprzeciw wyjdzie.

- Czemuż to wasza Ulisia nie wyszła?

- Bo się Boga boja i w poczciwości żyje.

- I drugie też bez to samo.

- A inszej to naród nie przepuści, niech choć ten razik spotkają ją po nocy z jakim chłopakiem, a już we świat na ozorach poniesą.

- Taka to ma szczęście...

- Bo wstydu nie ma.

- A dyć chodźcie - wołał Jędrzych. - Muzyka gra, a w izbie ani jednej kiecki, że nie ma z kim tańcować!

- Jaki ochotny, a pozwoli ci to matka?

- Ino porteczek nie zgub i lustra nie pokaż, kiej się tak bystro rwiesz.

- A kulasami po ludziach nie rzucaj! ,

- Z Walentową idź w parę, będą dwie pokraki!

Jędrzych zaklął ino, chycił pierwszą z brzega i powiódł, nie słuchając, co za nim brzęczało.

W izbie już tańcowali, z wolna jeszcze i jakby od niechcenia; jedna Nastka Gołębianka hulała ostro z Szymkiem Paczesiem. Umówili się prźódzi, więc skoro muzyka zagrała, zwarli się mocno i tańcowali rzetelnie a długo; to na odpocznienie brali się wpół i nosili po izbie, aże ich ciągotki brały do siebie, to pogadywali wesoło, śmiali się w głos i biedro w biedro chodzili, aż Dominikowa z niepokojem naglądała do syna.

Ale dopiero gdy nadszedł wójt - spóźnił się, bo musiał rekrutów odstawić do powiatu - rozruchalic się ludzie, bo skoro wszedł, skoro przepił raz i drugi, wziął rozprawiać z gospodarzami i przekpiwać się z "młodych".

- Pan młody kiej ściana, a młoducha niby to sukno czerwone.

- Jutro powiecie...

- Probant z was, Macieju, tościе dnia nie zmarnowali.

- Nie gesior przeciech, to nijak mu na oczach wszystkich !

- I półkwaterka bym nie trzymał za tym! Rzuć ino kamuszkiem w krzaki, a zawżdy ptaszek jaki wyfrunie, wójt to wama mówi!

Gruchnęli śmiechem, bo Jagna uciekła na drugą stronę.

Kobiety też dogadywały, co im ślina przyniesła na język.

Wnet się wrzawa wzmogła i wesołość ogarniała duszę, wójt pomógł rzetelnie, ale i gorzałka zrobiła swoje. Boryna nie żałował i flachę puszczał częstą kolejką; tańce też szły raźniejsze i gęstsze, śpiewać już poczynali, przytupywać i coraz większym kołem taczać po izbie.

A na to już zjawił się Jambroży, przysiadł zaraz, nieledwie przy progu, a łakomymi oczyma wodził za flachą.

- Wam ino tam głowę wykręca, gdzie kieliszki dzwonią! - rzucił wójt.

- Brzękliwe są; a którеn spragnionego napoi, zasługę ma! - odparł poważnie.

- Naści wody, worku skórzany.

- Co smakuje bydlęciu, szkodzi człowiekowi! Powiedają: "Kogo woda zbawi, to zbawi, a gorzałka każdego na nogi postawi."

- To pijże okowitkę, kiejś taki kalkulant.

- Przepijcie, wójcie! Powiedają i to: "Chrzest przyjmuj wodą, ślub polewaj wódką, a śmierć płakaniem."

- Dobrze, powiadają, pijcie drugi...

- Nie uciekne i przed trzecim! Zawdy pijam jeden za pierwszą żonę, a dwa za drugą, - Czemuż to?

- Że wczas pomarła, bym se poszukał trzeciej.

- O kobiecie mu się śni, a już na odwieczerzu pomroka mu ślipie gasi...

- Jeszcze bym i po ciemku zmacał kijaszkiem, gdzie babia słabizna! Izba gruchnęła śmiechem.

- Z Jagustynką was zmówimy! - wołały kobiety. .

- Gorzałkę lubi i pyskata tak samo - dodawały drugie.

- Powiedają: "Chłop robotny i żona pyskata, to wezmą choćby i pół świata."

Wójt przysiadł obok niego, a drugie w podle, gdzie kto mógł ławy zachwycić, a zbrakło miejsca, przystawali i cisnęli się do kupy, pół izby zajęli bez mała, nie bacząc na tańcujących.

Wnet zasię poczęły iść przekpinki, wymysły różne, gadki, wesołe powiedania, przypowiastki, aż się izba trzęsła od śmiechów, a najbarzej Jambroży dowodził, zmyślał jucha i cyganił w żywe oczy, ino tak sprawnie i uciesznie, że się pokładali od śmiechu; a z kobiet Wachnikowa nie dała się nikomu przegadać i w pierwszą gębę grała, wójt też basował, ile mu ino baczenie na urząd pozwalało.

Muzyka rżnęła od ucha, siarczyście, młódź hulała raźno, krzykała i obcasami ostro biła, a oni się tak zabawiali, społecznie i wesoło, że o Bożym świecie zapominali, aż któryś dojrzał w sieni Jankla. Wciągnęli go wnet do izby.

Żyd czapkę zdjął, kłaniał się ze wszystkimi przyjaźnie, witał nie bacząc, że mu przezwiska jak kamienie latają koło uszów.

- Żółtek ! Niechrzczony ! Kobyli syn !

- Cichojta! Przyjąć go czym, gorzałki mu dać! - wołał wójt.

- Przechodziłem drogą, to chciałem zobaczyć, jak się gospodarze zabawiają. Bóg zapłać, panie wójcie, napiję się wódki... dlaczego nie mam się napić za zdrowie państwa młodych!

Boryna wyniósł flaszkę i częstował. Jankiel kieliszek wytarł kapotą, głowę nakrył i wypił, a drugim poprawił.

- Zostańcie, Jankiel, nie streficie się! Hej! Muzykanty, zagrajcie "żydowskiego"! Niech Jankiel potańcuje!- wołali ze śmiechem.

- Mogę potańcować, to nie grzech!

Ale nim grajkowie zrozumieli wołania, Jankiel wysunął się cicho do sieni i zniknął w podwórzu, poszedł do Kuby odbierać strzelbę.

Nie spostrzegli nawet jego wyjścia, bo Jambroży nie przerywał cyganienia, a Wachnikowa wtórowała niby na basetli, tak im zeszło do samej wieczerzy; już muzyka przycichła, stoły poustawiali i grzechotano miskami, a oni wciąż się pośmiewali.

Darmo Boryna zapraszał do jadła, nikt nawet nie słyszał. Potem Jaguś raz po raz przywtarzała, by szli, to ją wójt wciągnął do kupy, usadził przy sobie i za rękę trzymał.

Dopiero Jasiek, z przezwiska Przewrotny, krzyknął w głos:

- Do misek chodźta, ludzie, bo stygnie!

- Cichoj, głupi, znajdzie się i la ciebie miska do wylizania !

- Jambroży ino cyganią, aż się kurzy, i myślą, że mu kto wierzy...

- Jasiek, coć dadzą w pysk, bierz, bo twoje, ale mnie nie ruchaj, nie uredzisz.

- A spróbujmy się! - odkrzyknął parob, że to głupawy był i słowa nie wyrozumiał.

- Wół tak samo poredzi albo i lepiej.

- Jambroży po księdzu wynoszą, to myślą, że ino sami mądrzy !

- Wpuść cielę do kościoła, a też ino ogon wyniesie! Głupia! - mruknął zeźlony.

Bo to matka Jaśkowa chciała bronić syna. Ruszył też pierwszy do stołów, a za nim insi jęli zajmować miejsca, a śpiesznie, bo już kucharki wnosiły dymiące miski i smaki wiały po izbie.

Usadzili się po starszeństwie i jak przystało na przenosinach, z Dominikową i jej chłopakami w pośrodku; druhny i drużbowie zasiedli razem, przy sobie, a Boryna z Jagusią ostali na izbie, by posługiwać i mieć baczenie na wszystko.

Cicho się zrobiło, tyla że za oknami dzieci wrzeszczały i tuzowały się między sobą, a Łapa z ujadaniem obiegał dom i darł się do sieni, naród zaś w cichości a z powagą porał się z jadłem i ochotnie bódł miski czubate, ino łyżki skrzybotały o wręby i szkło brząkało w kolejkach.

Jagusia zaś cięgiem zapraszała i prawie każdemu z osobna podtykała czy mięso, czy czego innego zarówno, a niewoliła, bych sobie nie żałowali; składnie jej to szło, i tak utrafnie każdemu to słowo przypochlebne powiadała, i taką urodnością się wszystkim miliła, że niejeden z parobków chodził za nią tęskliwymi oczyma, a matka aże rosła z kuntentności, odkładała łyżkę, by się no patrzeć na nią i cieszyć.

I Boryna to widział, bo gdy szła do kucharek, leciał za nią, dopędzał w sieniach, ogarniał mocno i sielnie całował.

- Gospodyni moja kochana! A dyć, kiej ta dworska pani, tak se godnie poczynasz i radzisz!

- A bom to nie gospodyni! Idźcie no do izby, Gulbas z Szymonem czegoś odęci siedzą i mało co pojadają. Przepijcie do nich!...

Juści, że jej słuchał i robił, co chciała! A Jagusi było dziwnie wesoło na duszy i ochotnie. Gospodynią się poczuła i nie byle jaką, panią prawie, to i rządy same jej jakoś w ręce szły, a z nimi i powaga w niej rosła, i harność pełna mocy a spokojności! Nosiła się po izbach swobodnie, doglądała wszystkiego bystro i tak mądrze kierowała, jakby już nie wiada od kiela na swoim gospodarzyła.

- Jaka jest, wnet stary rozpozna i jego to rzecz, ale widzi mi się, że gospodyni będzie z niej sielna - szepnęła Ewka do Jagustynki.

- Mądra i Kaśka, jak pełna faska! - odparła przekąśliwie. - Będzie tak, póki jej stary nie obmierznie, od kiela nie zacznie ganiać za parobkami...

- Tego nie zrobi, ino że Mateusz jest w odwodzie, nie poniecha jej przecież.

- I... poniecha! Zmusi go do tego ktoś drugi, zmusi...

- Boryna?

- Hale, Boryna! Jest ktoś mocniejszy od obu... jest...niech no ten czas nadejdzie, a zobaczycie sami uśmiechnęła się chytrze. - Witek, odegnajno psa, bo szczeka i szczeka, aż uszy bolą, i rozpędź tych chłopaczyskóuw, szyby jeszcze powygniatają i ogacenie rozniesą.

Witek skoczył z batem, pies umilkł, ale rozległy się piski i tętent uciekającej wrzaskliwie gromady; odegnał ich aż na drogę i powracał chyłkiem, bo posypał się za nim grad błota i kamieni.

- Witek! Poczekaj no! - wołał Roch, stojący przy węgle od podwórza, w cieniu. - - Wywołaj Jambrożego, powiedz, że pilna sprawa, poczekam na ganku.

Dopiero w jakiś pacierz nadszedł Jambroży, srodze zły, że mu przerwali jadło w najlepszym miejscu, bo przy prosięcinie z grochem.

- Kościół się pali czy co?

- Nie krzyczcie! Chodźcie do Kuby, bo zdaje mi się, że umiera.

- Niech zdycha, a nie przeszkadza ludziom jeść! Byłem na odwieczerzy u niego i mówiłem jusze, aby się do szpitala szykował, nogę by mu urznęli i wnet by wyzdrowiał!...

- Powiedzieliście mu o tym! Teraz rozumiem, zdaje mi się, że sam sobie obciął nogę...

- Jezus, Maria! Jak to, sam sobie obciął?

- Chodźcie prędzej, zobaczycie. Szedłem spać do obory i ledwiem wlazł na podwórze, Łapa skoczył do mnie, szczekał, skamlał, za kapotę mnie zębami darł i ciągał, nie mogłem pojąć, czego chce... a. on wybiegał naprzód, siadał w progu stajni i skowyczał. Podszedłem, patrzę, Kuba leży przewieszony przez próg, z głową w stajni! Myślałem zrazu, że chciał wyjść na powietrze i omdlał! Przeniosłem go na wyrko i zapaliłem latarkę, żeby wody poszukać, a on cały we krwi, blady jak ściana i z nogi krew bucha. Prędzej, żeby nie puścił ostatniej pary...

Weszli do stajni, Jambroży zabrał się ostro do trzeźwienia; Kuba leżał bezwładny, dychał coś niecoś i rzęził przez zwarte zęby, że trzeba było je nożem podważać by mu nieco wody wlać do gardła.

Nogę miał przerąbaną w kolanie, ledwie się trzymała na skórze i obficie krwawiła.

Na progu czerwieniły się plamy krwi i leżała okrwawiona siekiera, a taczalnik do naostrzania, którem zawsze stał pod okapem stajni, walał się teraz pod progiem.

- Juści, sam sobie obciął. Bał się szpitala, myślał głupi, że sobie pomoże, ale twardy chłop, ale zawzięty! Jezus, żeby sobie samemu obcinać kulasa! Prosto nie do wiary! Krew go mocno odeszła.

Kuba otworzył naraz oczy i wodził nimi dosyć przytomnie.

- Odleciała? Dziobnąłem dwa razy, ale mnie zamroczyło... - szeptał.

- Boli cię to?

- Nic a nic. Sił się ino wyzbyłenn do cna, ale zdrowszym!

Leżał spokojnie i ani krzyknął, gdy mu Jambroży, nogę składał, mył i krępował w zmoczone szmaty.

Roch na klęczkach przyświecał latarnią i modlił się tak gorąco, aż mu łzy ciekły po twarzy, a Kuba ino się uśmiechał radośnie, tkliwo jakoś i rzewnie, jak to dzieciątko w polu porzucone, które nim pozna, że bez matki, raduje się do traw, co nad nim szumią, za słońcem patrzy, do przelatujących ptaszków rączki wyciąga i po swojemu gada ze wszystkim, i cieszy się, tak ci i on czuł się teraz; dobrze mu było, spokojnie i nieboleśnie, a tak na duszy lekko i wesoło, że za nic sobie miał chorobę, ino się z cicha przechwalał... jako siekierę dobrze wyostrzył... nogę ułożył na progu... i dziabnął w samo jabłko... zabolało, ale noga od jednego razu nie puściła... więc drugi raz dziabnął ze wszystkiej mocy... i oto nic go teraz nie boli, pomogło widać... że niechby tylko miał więcej mocy, to nie gniłby dłużej na wyrku, a na wesele szedł...do tańca się brał... i podjadłby nieco, bo jeść mu się chce...

- Leż spokojnie i nic się nie ruchaj, jadła dostaniesz rychło, powiem Józi.

Roch go pogłaskał po twarzy i wyszli z Jambrożym na podwórze.

- Do rana wykipi, uśnie cicho jak ptaszek, bo krew go całkiem odeszła.

- Księdza mu trzeba przywieźć, póki przytomny!

- Kiej ksiądz pojechał na wieczór do Woli, do dziedziców.

- Pójdę po niego, zwlekać nie można!

- Do Woli jest mila, po nocy i przez las nie traficie. Stoją tu gotowe konie ludzi, co mają po wieczerzy odjeżdżać, bierzcie je i jedźcie.

Wyprowadzili konie na drogę i Roch siadł.

- A nie zapominajcie o Kubie, trzeba go przypilnować! - zawołał ruszając.

- Nie ostawię go samego, nie zapomnę..

Wnet jednak zapomniał; tyle baczył, że Józi powiedział o jadle, a sam wrócił za stół, do butelki mocno się przypiął i tak serdecznie, że rychło o Bożym świecie nie wiedział

Józka zaś, że to poczciwe było dziewczątko, co tylko mogła, nazbierała na miseczkę, wódki w półkwarcie nalała sporo i zaniosła ochotnie.

- Kuba, przejedzcie ździebko, użyjcie i wy wesela!

- Bóg ci zapłać! Kiełbasa widzi mi się czujna, wieje od niej.

- Dyć umyślnie przypróżałam, byście posmakowali.- Wraziła mu miskę w ręce, bo ciemno było w stajni.- Wypijcie pródzi wódkę.

Wszystko wypił do dna.

- Posiedź ździebko, tak mi się samemu ckni...

Począł glamać, pogryzać, żuć, ale nie mógł nic przełknąć.

- Weselą się, co?

- Takie wesele, tyla narodu, żem w życiu nie widziała większego.

- Borynowe przeciech, to nie dziwota! - szepnął z dum - Juści, a ociec się tak weselą i cięgiem za Jaguusia chodzą, cięgiem.

- Jakże... urodna, piękna na gębie, kieby jaka pani dworska!

- Wiecie, a Szymek Dominikowej to się ma do Nastki Gołębianki.

- Stara nie pozwoli, u Nastki z dziesięć gęb siedzi na trzech morgach.

- Toteż ich rozgania, gdzie dopadnie, i srodze pilnuje.

- Wójt jest?

- Zabawia drugich i najbardziej pyskuje, a Jambroży także.

- Jeszcze by nie, kiej na takim weselu są, u takiego gospodarza! Nie wiesz, co u Antków? - zapytał cicho.

- Jakże, skoczyłam do nich na zmroku, dzieciom poniesłam mięsa, placków, to chleba... Z chałupy me wypędził i ciepnął za mną, com przyniesła... Zawziął się silnie i taki zły, taki zły... a bieda u nich w chałupie i ten płacz... Hanka ino się kłóci z siostrą, że się już pono i do kudłów brały.

Nie odrzekł na to, nos ostro wycierał, a prędzej dychał jakoś.

- Józia - rzekł po chwili - klacz postękuje jakoś i pokłada się już od wieczora, pewnie jest na oźrebieniu...trza by przypilnować. Picie jakie narządzić. Jak to se stęka! Biedota kochana, a ja nic nie potrafię pomóc...okrutniem słaby... bez mocy całkiem...

Zmęczył się i zamilkł, i jakby zasypiał.

Józka odeszła spiesznie.

- Cesiu! Ceś, Ceś... - zawołał przytomniejąc.

Klacz zarżała przeciągle i rzuciła się na uwięzi, aż łańcuch zabrzęczał.

- Podjem se choć raz do syta! Dostaniesz, piesku, swoje, dostaniesz, nie skomlij ino...

Wziął się ostro do kiełbasy, ale nie mógł, nie chciało mu się zupełnie, rosło mu w ustach.

- Mój Jezus, tyle kiełbasy, tyle mięsa... a nie mogę...całkiem nie mogę.

Darmo probował, oblizywał, wąchał. nie mógł, ręka mu opadła bezsilnie, chował więc pod słomę, nie puszczając z garści.

- Mój Boże, tyla tego, że nigdy w życiu nie miałem, a nie mogę.

Żałość ścisnęła mu duszę i łzy pociekły po twarzy, płakał rzewnie, aż sięzanosił, jak to dzieciątko ukrzywdzone.

- Potem se zjem, odpocznę nieco i bal se sprawię - pomyślał.

Ale i potem nie mógł, zapadał w sen, nie popuszczając kiełbasy z garści, nie czując jednak, że Łapa mu ją po cichu obgryzał...

Otrzeźwiał nagle, bo po wieczerzy muzyka gruchnęła w chałupie z taką mocą, aż ściany stajni drygały i przestraszone kury gdakały z chlewów.

Wrzaski buchnęły we świat i pryskały od domu niby te ognie czerwone w noc ciemną, niby grzmoty buchały po stajni.

Hulanka tam już szła siarczysta, śmiechy, wesołość, zabawa, a raz w raz ziemia dudniała od przegonów i pisk dzieuszyn rozdzierał powietrze.

Kuba nasłuchiwał zrazu, ale rychło zapomniał o wszystkim, sen go brał i niósł w ćmę jakąś wrzawliwą, jakby pod wody szumiące... na dno rozwytych wichurą borów.

A gdy wesele ostrzej lunęło wrzawą i trzaski hołubców, bitych zapamiętale, dom zda się roznosiły, budził się nieco, wychylał duszę z ciemnicy, podnosił z niepamięci, wracał z dalekości przerażających i słuchał.

A czasem jeść probował albo szeptał cicho, serdecznie:

- Ceśka, Ceś, Ceś!

Ale już dusza wychodziła z niego powoli i niesła się we światy, jako ten ptaszek Jezusowy, kołowała jeszcze błędnie, oderwać się nie mogła jeszcze, że przywierała czasami do ziemie świętej, by odpocząć z utrudzenia, utulić swój płacz sierocy we wrzawie ludzkiej; między kochane zachodziła, wśród żywe szła, do bratów wołała żałośnie i u serc prosiła pomocy, aż mocą Jezusową skrzepiona i miłosierdziem, niesła się na jakieś pola wiośniane, na te Boże ugory ogromne, nieobjęte, wieczną światłością oprzędzone i weselem wiecznym.

I wyżej leciała, dalej, dalej, aż tam...

...Aż tam zaś, gdzie już nie dosłyszy człowieczego płakania ni żałosnego skrzybotu duszy wszelkiej...

...Tam zaś, gdzie ino pachnące lilie wioną, gdzie kwietne pola miodną słodkością szumią, gdzie ciekną rzeki gwiezdne po dnach barwionych rzęsiście, gdzie wieczny dzień.

...Tam zaś, gdzie ino ciche modlenie płynie i dymy pachnące wleką się cięgiem, jako te mgły, dzwonki brzęczą i organy cicho grają, i święta ofiara odprawuje się ciągle, i naród już bezgrzeszny, i aniołowie, i święci pośpiewują spólnie chwałę Pańską, w ten kościół święty, nieśmiertelny, Boży! Gdzie ino duszy człowiekowej modlić się a wzdychać, a płakać z radości i weselić się z Panem w wiek wieków.

Tam się ano rwała dusza umęczona i odpocznienia tęskliwa, Kubowa dusza.

....

Dom zaś tańcował wciąż i weselił się całym sercem, ochotniej nawet niźli wczoraj, bo poczęstunek był sutszy i barzej niewolili gospodarze. Wodzili się też w tanach do upadłego.

Wrzeli już niby ten ukrop na mocnym ogniu, a co przysłabli zdziebko, muzyka grzmiała z nową siłą, że jako łan, uderzony wichurą, ino się przyginali, brali rozmach, niecili rum nogami i z krzykiem szli w nowy tan, ze śpiewami, a huczno, tłumno i ogniście.

Że już im dusze całkiem stajały od gorącości, krew kipiała warem, rozum odchodził, serca się zapamiętały w hulance, a każdy nerw dygotał do taktu, każdy ruch był tańcem, każdy krzyk śpiewem, a każde oczy weselem się jarzyły i radością.

I tak szło przez całą noc, do samego świtania!

A dzień podnosił się ciężko i cicho, porankowe brzaski siały na świat posępne, nieprzeniknione zwały chmur, a już przed samym wschodem słońca zamroczyło się z nagła i pociemniało, zaczął padać śnieg. Polatywał zrazu z rzadka i kołujący, jak to igliwo w dzień wietrzny, aż się i potem rozśnieżyło na dobre.

Śnieg sypał jakby przez gęste sito, padał prosto, równo, jednostajnie, bez szelestu i pokrywał dachy, drzewa, płoty i ziemię całą jakby podbielonym, szarawym przędziwem albo tym pierzem niedartym.

Rychtyk i wesele się skończyło, mieli się jeszcze wieczorem zebrać w karczmie na poprawiny, ale teraz już poczęli rozchodzić się do domów.

Tylko drużbowie z druhnami i muzyką na czele zebrali się kupą przed gankiem i zaśpiewali wraz jednym głosem ostatnią piosneczkę:

Dobranoc państwu młodym,

Dobranoc !

Dobrą nockę oddajemy,

Sami służką ostajemy,

Dobranoc!

....

A Kuba w ten sam czas składał duszę swoją pod święte Panajezusowe nóżki.

TOM DRUGI: ZIMA

ROZDZIAŁ 1

Nadchodziła zima...

- jeszcze się barowała z jesienią i porykujący tłukła po sinych dalach jako ten zwierz srogi i głodny, że nie wiada było, kiej przeprze a skoczy i lutymi kłami weźre się we świat...

- jeszcze czasami prószył śnieg nikły, płowy - jesienny śnieg...

- jeszcze przychodziły dnie osłupiałe, chorością sine, ckne, stękliwe, oropiałe i zgoła lamentem przejęte, a lodowym światłem mżące - dnie trupie, że ptactwo z krzykiem uciekało do borów, trwożniej bełkotały wody i toczyły się leniwo, jakby strachem stężałe, ziemia dygotała, a wszelaki stwór podnosił czujące, lękliwe oczy na północ - w niezgłębioną topiel chmur...

- jeszcze noce były jesienne; oślepłe, głuche, zamętne, a pełne strzępów mgieł i brzasków gwiazd pomarłych rozgniłe noce dygotliwego milczenia, przeniknętego zduszonym krzykiem trwogi; pełne wzdychów bolesnych, szamotań, nagłych cichości, wycia psów, targań marznących drzewin, żałosnych głosów ptactwa szukającego schronisk, strasznych wołań pustek i rozstajów zgubionych w ciemnicy, łopotów jakichś lotów, cieniów zaczajonych pod ścianami zdrętwiałych chat, pełzających hukań; zjaw przerażających, nawoływań nierozeznanych, mlaskań okropnych, przeszywających jęków...

- jeszcze czasami, o zachodzie, z posępnych pól ołowianego nieba wyłupywało się czerwone, ogromne słońce i spadało ciężko, niby kadź roztopionego żelaza, z której buchały krwawe wrzątki i biły dymy smoliste, czarne, popręgowane gorejącymi żagwiami, że świat cały stawał w łunach i w pożodze.

I długo, długo w noc dogasały i stygły na niebie krwawe zarzewia, aż ludzie mówili:

- Zima rośnie i na złych wichrach przyjedzie.

I rosła zima, rosła co dzień, co godzina, co to oczymgnienie.

Aż przyszła.

A najrychlej przyleciały zapowiednie wici.

Jakoś wnet po świętej Barbarze, patronce dobrej śmierci, o cichym, omdlałym zaraniu, spadły pierwsze krótkie, trzepotliwe wiatry; obleciały ziemię ze skowytem jako te psy węszące tropu, gryzły zagony, warczały w krzach, poszarpały śniegi, potarmosiły sady, poomiatały ogonami drogi, wytarzały się po wodach i milczkiem urwały kajś niekajś co starszych strzech i ogrodzeń i jęły się zwijać a ze skomleniem uciekać na bory - a po nich, zaraz na odwieczerzu, zaczęły się wysuwać z mroków długie, świszczące i jakoby kolczaste języory wichrów.

Wiały noc całą, a tak zasię skowyczały w polach kiej to stado zgłodniałych wilków; a hulały rzetelnie, bo ano rankiem ziemia już dropiała spod stratowanych i wyżartych śniegów, gdzieniegdzie ino po dołkach i bruzdach bieliły się poszarpane płaty, a zagony świeciły łysicami, drogi leżały skostniałe i przemarzłe, mróz zaś wżerał się ostrymi kłami w ziemię, że dzwoniła jak żelazo - ale skoro dzień nastał, uciekły poszczekując, pokryły się w lasach i w przyczajeniu dygotały skokiem napiętym, złym.

A niebo poczęło się zaciągać coraz mroczniej; chmury wypełzały ze wszystkich jam, podnosiły potworne łby, przeciągały zgniecione kadłuby, rozwichrzały sine grzywy, zielonawymi kłami błyskały i szły całym stadem - groźną, ponurą i milczącą ciżbą waliły się na niebo; szły od północy czarne, olbrzymie góry, postrzępione, podarte, spiętrzono, rosochate, niby kupy borów podruzgotanych, przerwanych głębokimi przepaściami, zasypanych zielonymi ławicami lodów, a parły się naprzód z dziką mocą, z głuchym poszumem; od zachodu, zza borów czarnych, nieruchomych wysuwały się z wolna sine, obrzękłe zwały, prześwitujące gdzieniegdzie jakby ogniem, a szły jedna za drugą, rzędem nieskończonym, ciągiem coraz większym, jakoby te klucze ptaków wielgachnych; zaś od wschodu wywlekały się chmury płaskie, zrudziałe, przekrwione, przeropiałe, zgoła paskudne, kieby te ścierwa przegniłe i ociekające posoką; i od południa szły, ino że zwietrzałe, czerwonawe, podobne do bajorów i trzęsawisk torfowych, a pełne pręg i gruzłów sinych, pełne plam i rojowisk strasznych - jakby pełne tego gmerzącego robactwa; a jeszcze i z góry, jakby z wygasłego słońca, spadały kłakami rudnymi, to sypały się barwione jako te żużle stygnące - a wszystkie szły na siebie, stożyły się w góry przeogromne i zalały niebo czarnym, strasznym kipiątkiem błota i rumowisk...

Świat z nagła poczerniał, cisza się uczyniła głucha, przygasły światłości, sine oczy wód pomdlały, wszystko jakby zdrętwiało i stanęło w zdumieniu z przytajonym tchem, lęk wionął po ziemi, mróz przenikał kości, strach chycił za gardziele, dusze padły w proch ,lute przerażenie załopotało nad wszelkim stworzeniem - widać było, jak zając gnał przez wieś z rozwianą szerścią, to wrony z krzykiem przejmującym wpadały do stodół albo i zgoła do sieni, psy wyły po przyzbach jak oszalałe, ludzie chyłkiem uciekali do chałup, a nad stawem biegała ślepa kobyła z resztką wozu, tłukła się o płoty, o drzewa i z dzikim kwikiem szukała stajni.

Ciemnica się rozlewała mętna, dusząca: chmury opadały coraz niżej, zwalały się z lasów rozkotłowaną gęstwą tumanów i toczyły się po zagonach jak te wody wzburzone, rozhukane, straszne - uderzyły na wieś i zalały wszystko lodowatą, brudną mgłą; naraz niebo się przedarło na środku i zajaśniało modrawo niby lustro studzienne, świst ostry przeszył ciemności, mgły się skłębiły z nagła, a z pękniętej czeluści lunął pierwszy wicher, a za nim już leciał drugi, dziesiąty, setny!

Wyły już stadami, lały się z tej gardzieli niby rzeki niczym nie powstrzymane, rwały się jakby z łańcuchów i rozskowyczoną, wściekłą zgrają biły w chmury, rzucały się na ciemnice i rozwalały je do dna, przeżerały na wskróś i rozmiatały niby tę słomę strupieszałą.

Wrzask poszedł po świecie, zamęt, szumy, świsty, kurzawa.

Chmury, stratowane ostrymi kopytami wichrów, uciekały jakby chyłkiem na bory i lasy, niebo się przecierało, dzień znowu zaświecił ołowianymi oczami, stwór wszelki odetchnął z ulgą.

Ale wichry wiały wciąż, bez mała całą niedzielę, a bez folgi żadnej ni przestanku. Dnie to tam jeszcze jako tako człowiek strzymać wstrzymał, że to ino ci się wiedli na świat, kogo potrzeba gnała, drugie zaś po chałupach siedzieli i końca wyglądali, ale noce były nie do wytrzymania, a przyszły akuratnie jasne, rozgwiażdżone i w górze ciche, ino na ziemi wichura odprawiała diabelskie gody, jakby się naraz ze sto chłopa obwiesiło, że i zasnąć nie było można, jakże, kiej szły takie ryki, trzaski, łomoty i hurkotania, jakby tysiące pustych wozów a w pędzie największym przejeżdżało po grudzie, a te tętenty, od których ziemia drżała, a te hukania Bóg wie czyje, te wrzaski, te wycia!

Chałupy trzeszczały, bo raz w raz wichura parła barami ściany, tłukła się o węgły, podważała okapy, za przyciesie się brała, w drzwi tłukła jakby łbem, że niejedne puściły, szyby gniotła, aż trza było wśród nocy wstawać i przytykać poduszkami, bo darła się do wnętrza z kwikiem kiej ta świnia uprzykrzona, a tak prażyła ziąbem, iż ludzie pod pierzynami, a kostnieli!

Co się naród nacierpiał przez te dnie i noce, to i nie wypowiedzieć!

A co szkód narobiła, to i nie zliczyć: poobalała płoty, powydzierała poszycia, u wójta prawie nową szopę przewróciła, Bartkowi Kozłowi wzięła dach ze stodoły i poniosła w pola o dobre pół stajania, Winciorkom komin zwaliła, we młynie udarła kawał dranicowego dachu, a co strat pomniejszych! Co drzew wyłamała w sadach i borach! Na wielkiej drodze wyrwała cosik ze dwadzieścia topoli, że padły w poprzek kiej te trupy srodze pomordowane i obdarte.

W te wiejne i wrzaskliwe dni Lipce były jakby wymarłe; wichura hulała po drogach z taką mocą, że kto się ino wychylił z chałupy, wnet go przycapiała za łeb i waliła, gdzie popadło - w rowy, o drzewa, na płoty ciepała, a nawet Jaśka Przewrotnego zwiała z mostu do stawu, że ledwie się chłopak wygramolił, a dęła wciąż, sypała piaskiem i niosła gałęzie, wióry, snopki z dachów, czasem i wierzchół pomniejszy, że leciały w kurzawie niby te ptaszyska rozgonione i tłukły się o ściany, we świat gnały!

Najstarsi ludzie nie baczyli tak swarliwych i uprzykrzonych wiatrów.

Gnietli się też po zadymionych chałupach i swarzyli z ckności niemało, bo ciężko było nosa pokazać za węgieł , tyla że niecierpliwsze kobiety przebierały się raz w raz chyłkiem pod płotami, niby to z kądzielą szły do kum a głównie, bych pomleć ozorami a nawyrzekać; chłopy zaś młóciły zawzięcie, spoza przywartych wrótni stodół biły cepy od rana do późnego wieczora, mróz owarzył zboże. to łacniej się łuszczyło, a ino na odwieczerzu, kiej wichura nieco folgowała, niejeden z parobków przemykał się z ćwiartką jaką do karczmy.

A wichry wciąż jednako wiały i gryzły mrozem coraz krzepciej, że już od tej wiejby pozamarzały rzeczki i strugi, bagna stężały, staw nawet pokrył się przejrzystym, modrym prawie lodem, tyle że ino przy moście, gdzie głębiej było, woda się jeszcze burzyła i nie dawała, ale brzegi leżały już skute na moc, że trzeba było przyręble ciąć dla wodopojów.

Dopiero przed samą świętą Łucją przyszła odmiana.

Mróz sfolżał i ocipiło się zdziebko, wichry jakby zdychały, bo ino od czasu do czasu przedmuchnęły świat, ale już miętsze i nie tak swarliwe, niebo zaś się wyrównało kieby to pole zbronowane, a pokryte wielgachną siwą, zgrzebną płachtą, a tak nisko się opuściło, iż jakby się na przydrożnych topolach wsparło. Ale posępnie było, szaro i głucho.

A skoro jeno przedzwonili na południe, zmroczało się nieco i jął padać śnieg dużymi płatami, a sypał gęsty, bo wnet opierzył wszystkie drzewa i wyniosłości.

Noc się rychlej zrobiła, ale śnieg nie przestawał, sypał coraz gęściej, suchszy nieco a sypki, i tak już przez całą noc padał.

Na świtaniu było już śniegu na dobre trzy piędzie, do cna przyokrył kożuchem ziemię i przesłonił świat cały modrawą białnością, a leciał wciąż, bez przestanku.

Taka cichość padła na ziemię, że ani jeden powiew nie zadrgał, ani jeden dźwięk się nie przedzierał wskroś tych spływających puchów, nic, zamilkło wszystko, ogłuchło, jakby przed cudem stanęło i przychylone nieco zasłuchało się uroczyście w tym ledwie wyczutym szeleście, w tym locie cichym, w tej białości martwej, rozdrganej i opadającej nieustannie.

Biaława ćma się czyniła, rosła, stawała; biały, migotliwy, niepokalany brzask sypał się by ta wełna najbielsza, najmiększa, najśliczniejsza; suły się gęstwą nieprzeliczoną by ta zamarzła poświata, jakoby wszystkie gwiezdne światłości, zakrzepły w szron i starte lotem podniebnym na proch, świat zasypywały, przysłoniły się rychło bory, przepadły pola, że ani okiem uchwycił, zginęły drogi, roztopiła się wieś cała i wsiąknęła w tę białość cudną, w ten oślepiający tuman, a w końcu nie było już dla oczów nic widne, prócz tych strug śnieżystego pyłu, spływającego tak cicho, tak równo, tak słodko, kiej te wiśniowe okwiaty w noc miesięczną.

Na trzy kroki nie dostrzegł chałupy ni drzewa, ni płotu ni czyjej postawy, ino głosy ludzkie latały w tej bieli kiej osłable motyle, a mylnie, bo nie wiada skąd płynące, dokąd - a coraz słabiej się trzepotały, coraz ciszej...

I tak sypało dwa dni i dwie noce, że w końcu zasypało chałupy, iż się wznosiły jako te śniegowe kopice, buchające brudnymi kołtunami dymów, drogi się wyrównały z polami, sady były pełne po wręby płotów, staw całkiem zginął pod nawałą, biała równia, nieobjęta, chłodna, nieprzenikniona, puszysta i cudna pokryła ziemię, a śnieg wciąż padał, tylko że już coraz suchszy i rzedszy, to nocami przedzierały się gwiezdne migoty, a w dzień modrzało niebo gdzieniegdzie wskróś tych polatujących paździerzy białych i powietrze stawało się słuchliwsze, głosy darły się ostro przez gęstwę, raźno, hukliwie. Wieś jakby się przebudziła, ruch powstał, kto niekto wyjeżdżał saniami, ale zawracał rychło, bo drogi były nie do przebycia; gdzieniegdzie przekopywali ścieżki między chałupami, odwalali śniegi sprzed drzwi, wywierali na ścieżaj obory, radość przejmowała wszystkich, a już dzieci to szalały z uciechy, psy naszczekiwały wszędzie, polizywały śniegi i ganiały wspólnie z chłopakami. Zaroiło się na drogach, wrzaski się podniesły w opłotkach, krzyczeli a bili się śniegułkami, a tarzali w miękkim, puszystym śniegu, a bałwany okrutne czynili, a saneczkami się ciągali, że te ich piski ucieszne i przegony zapełniły wieś całą, aż Rocho zaprzestał nauczania w ten dzień, bo nie mógł nikogój utrzymać przy lementarzu.

Coś trzeciego dnia, o samym zmierzchu, śnieg przestał padać, prószyło jeszcze niekiedy, ale tak jakby kto worek z mąki wytrzepywał nad światem, że i znać nie było, ale niebo spochmurniało, wrony tłukły się koło domów i przysiadały na drogach, a noc się zaciągnęła bezgwiezdna, ołowiana, tymi śniegami omroczonymi rozbielona, a taka cicha, zakrzepła i martwa, jakby już całkiem z wszelkiej mocy wyzuta.

- Choćby i ten najlekciejszy wiaterek, a zakurki będą - szepnął rankiem, na drugi dzień, stary Bylica wyzierając przez okienko.

- Niech ta będą, zarówno mi jedno! - burknął Antek dźwigając się z pościeli.

Hanka zażegała ogień w kominie i wyjrzała przed sień. Wcześnie było, koguty piały po wsi, mrok leżał gruby jeszcze, jakby kto wapno zmieszał na poły z sadzą i przytrząsnął świat, że nie rozeznał ni drzew, ni chałup, ni dalekości, ino na wschodzie tliły się brzaski niby te spopielałe zarzewia, a na ziemi leżała głęboka cichość i chłód surowy wionął.

W izbie też był ziąb przenikający, wilgotny, a tak chwytliwy, że Hanka wzuła trepy na bose nogi, w kominie ledwie się tliło, bo jałowcowa świeżyzna ino trzeszczała i dymiła, aż Hanka uścibnęła drzazeg z jakiejś deski, to słomy podtykała, że wreszcie gałęzie się zajęły płomieniem i rozświetliły nieco.

- Naleciało go tyla, że i na całą zimę starczy - zagadał znów stary wychuchując szybkę, obrośniętą zielonawym, grubym lodem, bych w świat popatrzeć.

Starszy chłopak, któremu już było na czwarty rok, zaczął chlipać w łóżku, a z drugiej strony domu, z mieszkania Stachów, rozbrzmiewały ostre głosy kłótni, wyrzekań i piski dziecińskie, i trzaskanie drzwiami.

- Weronka swoim pacierzem dzień zaczyna! - szepnął urągliwie Antek okręcając nogi nagrzanymi przed kominem onuczkami.

- Przyuczyła się trajkotać, to i trajkocze, chocia nie potrza, ale to nie bez złość, nie... - jąkał cicho stary.

- A juści - dzieciska też tłucze nie bez złość?... Abo Stachowi nie da dobrego słowa, ino cięgiem huruburu, jak na tego psa, to pewnie z dobrości? - mówiła Hanka przyklękając do kołyski, by dać piersi młodszemu, który też popłakiwał a kulasami grzebał.

- Ile? - trzy niedziele, jak u waju siedzimy w chałupie, a to i dzień jeden obyć się nie obył bez wrzasków a bijatyki, a tego kłyźnienia! Pies to, nie kobieta! A Stacho ciamajda i pozwala sobie kołki ciesać na łbie, robi jak wół, a gorzej ma od psa.

Stary spojrzał lękliwie, chciał nawet coś rzec w obronie, gdy właśnie drzwi się otwarły od sieni i Stacho wraził głowę wraz z cepami, co je niósł na ramieniu.

- Antek, chcesz iść do młocki? Organista powiedział, bym sobie dobrał kogo do jęczmienia, a suchy i dobrze, letko się otrzaskuje... - napierał mi się Filip, ale jeżeli chcesz... to juści, zarób sobie...

- Bóg zapłać, weście Filipa, ja ta u organisty wyrabiał nie będę.

- Twoja wola! Panu Bogu oddaję.

Hanka aż się zerwała na odpowiedź Antkową, wnet jednak przychyliła się i wtuliła głowę w kolebkę, by łez nie pokazać i tego strapienia!

- Jakże, taka zima, taka skrzytwa, taka bieda, że żyją jeno ziemniakami ze solą, grosza jednego nie ma, a on robić nie chce! Całe dnie przesiaduje w chałupie, papierosy kurzy i duma! albo znów gania po świecie, jak ten głupi, za wiatrem chyba! Mój Boże, mój Boże! - jękała boleśnie. - Już nawet Jankiel nie chce borgować, krowę przyjdzie sprzedać, cóż?.. Uparł się to i sprzeda, a do roboty się nie weźmie... Juści, prawda, że mu to i nijako na wyrobek iść, markotno, ale co począć, co? Żeby to ona chłopem była, mój Boże, nie żałowałaby pazurów, a to choćby kulasy po łokcie urobić, bych ino krowy nie sprzedać, bych ino zwiesny doczekać, zimę przetrzymać... Ale co ja uradzę, biedna, co?... - Rozskrzypiała się jej tak dusza, że rady dać sobie nie mogła.

Wzięła się do zwykłych, codziennych obrządków a ukradkiem spozierała na męża, który siedział przed kominem, okręcił w połę kożucha starszego chłopaka i ocieplał mu nożęta dłonią nagrzewaną, patrzył ponuro w ogień i wzdychał; stary pod oknem obierał ziemniaki.

Milczenie przykre, niepokojące, przesycone tajonymi żalami, wezbrane dławiącym uczuciem nędzy, motało się między nimi. Nie spoglądali sobie w oczy, nie przemawiali, słowa więzły w strapieniach, uśmiechy zgasły, w oczach błyskały tłumione wyrzuty, a w bladych, wynędzniałych twarzach widniała gorycz, żale się snuły, a zarazem harda , żelazna nieustępliwość. Przeszło już trzy tygodnie od wypędzenia z ojcowej chałupy i tyle dni długich, tyle nocy , a nie przepomnieli oboje jeszcze niczego, nie przeboli krzywdy ni opamiętali się w zawziętości - tak mocno czuli, jakby się to stało w tym oczymgnieniu.

Ogień trzaskał wesoło, ciepło się rozlewało po izbie, aż lód na szybach topniał i te smugi śniegu, nawianego szparami, tajały pod przyciesiami, a gliniany tok pocił się i opływał rosą.

- Przyjdą te Żydy? - spytała wreszcie.

- Powiedziały, że przyjdą.

I znowu ani słowa więcej. „Jakże, któreż miało rzec pierwsze i co? - Hanka?... Kiej się bojała gęby ozewrzeć, bych te żale nabrane w serce nie lunęły z niej choćby i poniewoli! - Nie, taiła wszystko w sobie i powstrzymywała, jak mogła. Antek? Cóż miał powiedać? że mu źle? I bez tego wiadomo, a do przyjacielstwa nie był nigdy skory i do ugwarzania się, choćby i z kobietą swoją, ochoty nie miał! Jakże tu i mówić , kiej duszę przeżerała nienawiść, kiej za każdym wspominkiem serce mu się kurczyło z bolenia, a pazury się rozczapierzały taką złością, że choćby na całą wieś, a gotów się był rzucić!...

Już nie nosił słodkich wspominków o Jagnie, jakby jej nigdy nie miłował, jakby nie brał w te same ręce, którymi teraz gotów był ją rozdzierać. Ale żalu do niej nie miał.

- Kobieta niektóra jest jako ten pies zwleczony, pójdzie za każdym, kto ino większą skibką przynęci abo i kijem postraszy. - Myślał o niej, nieczęsto jednak, bo mu ginęła w pamięci pod nawałą krwawiących, żywych i bolesnych uraz do ojca. Stary był winowaty, ociec to był tym krzywdzicielem, tym osękiem, któren się wbił w samo serce i bolał coraz ostrzej, przez niego to wszystko, przez niego!

I zbierał, zgarniał w siebie wszystko zło, wszystkie krzywdy, jakich doznał, i przepowiadał że jako ten pacierz niezapomniany! Różaniec ci to był bolesny i jątrzący, ale go sobie przewłóczył przez serce, bych jeszcze lepiej zapamiętać!

O swoją biedę nie stał, chłop zdrowy, to byle miał dach nad głową, więcej mu nie potrza, o dzieciskach niech kobieta zabiega, ale sama czysta krzywda go piekła kiej ogień i rosła wciąż, rozrastała się w nim niby ta parząca pokrzywa! Bo i jakże, trzy niedziele dopiero, a już się cała wieś odwróciła od niego, jakby go nie znali, jakby przybłęda był ze świata, omijali go kiej zapowietrzonego, nikt nie zagadał, do chałupy nie zajrzał, nie pożałował, dobrego słowa nie dał - a jak na tego zbója spoglądali.

Nie to nie, napraszał się nie będzie, ale i po kątach kryć nie będzie ni ustępywał nikomu z drogi! Kiej na udry, to na udry! Ale dlaczego to wszystko? Że się z ojcem pobił?... Pierwszy raz to we wsi czy co! Czy to Józek Wachnik nie bije się co dni parę?... Czy to Stach Płoszka nie przetrącił kulasa swojemu? A nikt im marnego słowa nie powiedział, ino jego postponują, bo na kogo Pan Bóg,

to i wszyscy święci. Starego to robota, starego ale zapłacone mieć będzie za wszystko, zapłacone.

Jeno dychał odemstą i myśleniem o niej, a cały ten czas żył w gorączce i niepamięci; do roboty się nie brał, o biedzie nie myślał, w jutro nie patrzył, ino się po tych mękach ciężkich tułał i darł w sobie. Nieraz nocami zrywał się z pościeli i leciał na wieś, błąkał się po drogach, w ciemnicach się krył i marzył zemstę srogą, poprzysięgał, iż nie daruje swojego.

Śniadanie zjedli w cichości, a on wciąż siedział osowiały i przeżuwał te wspominki kiej oset kolący a gorzki.

Dzień się już duży zrobił, ogień przygasł, a przez odmrożone nieco szybki biło białawe, zimne światło śniegów; lodowe, smutne brzaski roztrzęsły się po kątach i obnażyły izbę, że stanęła w całej nędzy.

Mój Boże, Borynowa chałupa dworem się widziała przy tej ruderze; co chałupa, nawet obora ojcowa sposobniejszą była la ludzi. Chlew to przegniły, nie dom; kupa zmurszałych bali, nawozu i śmiecia zgniłego. Ni jednej deski na ziemi, gliniany tok pełen wybojów, błota przymarzłego i śmieci wdeptanych, że niech ino odgrzało od komina, to smród bił gorszy niźli z gnojówki, a z tego trzęsawiska dźwigały się ściany spaczone, struchlałe, przegniłe, że wilgoć lała się po nich, a w kątach mróz trząsł siwą brodą; ściany pełne dziur, pozapychanych gliną, a miejscami słomą z. nawozem! A niski pułap wisiał kiej to stare sito podarte, że słomy opajęczonej więcej w nim było niźli desek. Jedne sprzęty i statki, co coś niecoś przykrywały tę nędzę, a te parę świętych obrazów na ścianach, zaś drąg z ubierem rozwieszonym i skrzynia przysłaniały przegrodę chruścianą, za którą mieściły się krowy.

Hanka, chocia powoli, a rychło obrządziła gospodarstwo; juści, niewiela tego było; krowa, jałowica, prosiak, gąsków parę i kurków, to i cała parada, i bogactwo całe. Ubrała chłopaków, że wnet się przetoczyli do sieni zabawiać z Weronczynymi dziećmi, wrychle też jazgoty a wrzaski szły stamtąd, a sama przygarniała się nieco, jako że kupcy przyjść mieli i na wieś trza było iść.

Właśnie chciała się z mężem naredzić i coś niecoś pogadać przódzi o tej sprzedaży, ale nie śmiała zacząć, bo Antek wciąż siedział przed wygasłym kominem, zapatrzony gdziesik, ponury, aż strach ją obleciał.

- Co mu jest? - Zezuła trepy, bych go ino nie jątrzyć hałasem, ale coraz częściej spozierała na niego z trwożliwą czułością i niepokojem.

- Ciężej mu, bo nie taki kiej drugie, ciężej - myślała i okrutna chęć ją wzięła zagadać, popytać, użalić się nad nim, już przystanęła z boku, już miała to dobre słowo w sercu wzruszonym - nie śmiała jednak. Jak tu i rzec było, kiej na nią nie zważa, jakby całkiem nie widział nic koło siebie! Westchnęła boleśnie; nieletko jej było na duszy, nie - nie drujkość czuła ano w sercu miodową, a ten gorzki piołun! Mój Jezu, inaczej mają drugie, choćby i te komornice, a lepiej. - A tu na jej głowie wszystko leży, turbuj się, zabiegaj, starunek o wszystkim miej, kłopocz się, ani zagadać do kogo, ni się przed kim wyżalić! Niechby ją skrzyczał, niechby nawet i zbił, wiedziałaby, że w chałupie jest chłop czujny, nie drewno. A ten nic, czasem burknie kiej pies zły abo i spojrzy, że jakby kto mrozem oblał duszę - ani przemówić do niego, ni przystąpić z tym szczerym sercem, jak to zwyczajnie bywa w małżeńskim stanie abo i w przyjacielstwie. Hale, powiesz co, użalisz się, juści! Co mu ta kobieta, co żona tyla, bych chałupy pilnowała, jeść uwarzyła i dziecisków strzegła. Abo to dba o co?... Bo to kiej przyhołubi, popieści, dobrością zniewoli, przygarnie mocno, ugwarzy się! Nie stoi on o to wszystko, nie! Ino się cięgiem myśleniem górno nosi, jak obcy zachowuje, że i nie wie, co się wedle niego dzieje! A ty, człowieku, sama bierz wszystko na swoją głowę, sama cierp, wydzieraj się, turbuj, a jeszcze ci i tym dobrym słowem nie odpłaca!...

Nie mogła już powstrzymać bolesnego zalewu żałości ni łez, uciekła do krów, za przegrodę, wsparła się na żłobie i cicho chlipała, a gdy krasula poczęła sapać i lizać ją po głowie i plecach, buchnęła głośną skargą...

- I ciebie zbraknie, bydlątko, i ciebie... przyjdą tu wnet... stargują... postronek ci za rogi założą... poprowadzą... we świat cię powiedą, żywicielko nasza... w cały świat!... - szeptała obejmując ją za szyję i tuląc rozbolałą duszę do tego stworzenia czującego. Nie powstrzymywała jęków ni płaczu, bo wstawał w niej nagły, mocny bunt. Nie, tak być nie może dłużej, krowę sprzedadzą, jeść nie ma co, a on siedzi, roboty nie szuka, do młócki, choć proszą, nie idzie, a choćby i ten złoty groszy dwadzieścia zarobił na dzień, na sól by było, na okrasę, kiej już i tej kapki mleka zbraknie!

Wróciła do izby.

- Antek! - powiedziała ostro, śmiele, gotowa wszystko wypowiedzieć.

Podniósł na nią ciche, zaczerwienione oczy i tak spojrzał smutnie a żałośnie, że jej dusza struchlała, opadł ją gniew, a serce zatłukło się litością...

- Mówiłeś, by przyszli po krowę? - rzekła cicho i dziwnie miękko.

- Pewnie już idą, bo tam na drodze coś pieski jazgoczą...

- Ni, w Sikorowym obejściu naszczekują - powiedziała wyjrzawszy.

- Przed połedniem się obiecali, to ino ich patrzeć.

- Musimy to przedać, co?

- Jakże, grosza potrzeba, paszy też la dwóch nie starczy... musimy, Hanuś, cóż poredzić... szkoda krowy... juści... ale kto nie ma grosza, nie umacza i nosa... - mówił cicho i z taką dobrocią, że Hance stajała dusza, a serce zaczęło się trzepotać radością i nadzieją; patrzyła mu w oczy jak ten pies wierny i słuchliwy, że już w tym oczymgnieniu nie żałowała krowy ni niczego. Spoglądała ino pilnie, bez udręki w tę twarz umiłowaną, a słuchała tego głosu, co jak ogień szedł przez serce i rozgrzewał ją dobrocią i rozczuleniem.

- Juści, że trzeba... Jałowica ostanie, ocieli się jakoś w półpoście, to się jeszcze tej kapki mleka doczekamy przywtórzyła, byle ino on mówił dalej.

- A jakby zbrakło paszy, to się dokupi.

- Owsianki cheba, bo żytniej starczy do zwiesny. Ociec, odwalcie kopczyk, trza zajrzeć, czy ziemniaki nie przewiane.

- Siedźcie, za ciężka la was robota, ja odkopię.

Podniósł się, zdjął kożuch, zabrał łopatę i wyszedł przed dom. '

Śniegu było prawie równo z dachem, bo dom stał na wydmuchu, za wsią prawie, o dobre staje od drogi, a nie osłonięty ni płotem, ni sadem, kilka dzikich, pokręconych trześni rosło przed oknami, ale tak były zasypane, że ino gałęzie wysuwały się ze śniegu, kiej te palce chorością poskręcane. Sprzed okien to tam stary jeszcze do dnia śnieg przekopał, zaś kopczyk z ziemniakami tak zawiało, że ani go było rozeznać spod śniegów.

Antek wziął się ostro za robotę, bo śniegu było na chłopa, a chociaż świeży, uleżał się już i stężał nieco, że trza go było krajać w cegły; zapocił się też niezgorzej, nim odwalił, ochotnie jednak robił i był dobrej myśli, bo raz w raz rzucał pecyną na dzieci, baraszkujące przed progiem, ino chwilami, gdy mu się przypominały udręki dawne, mdlały mu ręce, zaprzestawał roboty, wspierał się grzbietem o ścianę i niósł oczami po świecie. Wzdychał i znowu się błąkał duszą jak ta owca zgubiona w noc ciemną.

A dzień był chmurnawy, szarawy, a przebielone niebo wisiało nisko, śniegi rozścielały się grubym, puszystym kożuchem i leżały, jak okiem sięgnąć, modrawą i ogłuchłą, martwą równią; mgliste i przejęte stężałymi szronami powietrze przesłaniało świat wszystek niby przędzą; że to chałupa Bylicowa była jakby na wzgórku, to wieś widniała kieby na dłoni; rzędy kopic abo i tych kretowisk śnieżnych siedziały w podle siebie i wiodły się dokoła zasypanego stawu , ani dojrzał gdzie chałupy całej, wszystkie zniknęły pod śniegiem, kajś niekajś ino czerniały ściany stodół, kłębiły się rude torfowe dymy, to szarzały drzewiny pod śniegowymi czapami, ino głosy raźno się rozlegały w tych białościach, leciały z końca w koniec wsi, a monotonne capanie cepów dudniało głucho jak gdyby spod ziemi. Drogi leżały puste i zasypane, a na zaśnieżonycłn polach ni żywa dusza nie majaczyła, nic ino ta przeogromna pustka biała i martwa, zastygła w śniegach. Przemglone dale tak się stapiały, że ani rozeznać było nieba od ziemi; jedne lasy modrzały niecoś z bielm, jakby tam chmura wisiała.

Ale Antek niedługo się błąkał po śnieżnym pustkowiu, nawrócił znowu oczy na wieś, za ojcową chałupą gonił, nie zdążył zaś i pomyśleć, bo Hanka ano wlazła do dołu i stamtąd skrzeczała.

- Nie przemarzły! Wachnikom tak wiatry przeziębiły, że z pół dołu musieli świniami spaść, a nasze zdrowe.

- A dobrze. Wyjdź no, widzi mi się, że idą Żydy! Trza krowę wywieść przed dom!

- Juści, że Żydy, a nie kto drugi, juści, że te zapowietrzone! - zawołała ze złością.

Jakoż od karczmy, przez dróżkę, do cna zasypaną i ledwie co poznaczoną Stachowymi trepiskami, kopało się dwóch Żydów, juści, że pieski prawie z pół wsi goniły za nimi z wielgą uciechą i szczekaniem, a tak zajadle dobierały się do nich, aż Antek wyszedł naprzeciw i obronił

- Jak się macie, no? Spóźnilim się, bo takie śniegi, takie śniegi! Ani przejść, ani przejechać, wiecie? A w boru to już szarwarkiem przekopują drogę!

Nic się nie ozwał na ich gadanie, ino do izby poprowadził, by się nieco rozgrzali.

Hanka zaś wytarła krowie ognojone boki, oddoiła mleko, co się jej tam od rana uzbierało, i przewiedła przez izbę na dwór. Krowa się opierała, szła niechętnie, a przestąpiwszy próg wyciągała gębulę, wąchała, to śnieg jęła zlizywać, aż ni stąd, ni zowąd zaryczała przeciągle, cicho a żałośnie, i tak się rwała z postronka, że ledwie ją stary udzierżał.

Hanka już nie mogła tego przenieść, żal ją przejął szrogi i tak świdrujący, aż buchnęła płaczem, a za nią i dzieci czepiając się matczynego wełniaka uderzyły w krzyk i lament! Antkowi też nie było wesoło, nie, ino zęby zasiekł, wsparł się o ścianę i patrzył na wrony, co się zleciały na rozgrzebany z dołu śnieg, a handlarze zaś szwargotali między sobą i wzięli krowę macać a oglądać ze wszystkich stron.

Juści, że Antkom zrobiło się w sercach kiej na pogrzebie, aże się odwracali od bydlątka, co próżno się targało na uwięzi, darmo wykręcało do gospodarzy wybałuszone i zestrachane oczy, darmo porykiwało głucho.

- Jezu!... Na tom cię, krówko, pasła, na tom zabiegała, na tom starunek o tobie miała... by cię na rzeź powiedli...na zatracenie... - lamentowała Hanka tłukąc głową o ścianę, a dzieci też w płaczliwy wtór biły. Ale po próżnicy lamenty a płacze, na darmo, bo musu, człowiecze, nie przeprzesz, doli nie przemożesz ni tego, co być ma...

- Co chcecie? - spytał wreszcie starszy, siwy Żyd.
- Trzysta złotych.
- Trzysta złotych za tę chabaninę! Wy, Antoni, chory jesteście czy co?
- Ty mi od chabanin na nią nie pyskuj, byś czego nie oberwał! Widzisz go, krowa młoda, na piąty rok ledwo idzie, spaśna - wrzeszczała Hanka.
- Sza... sza... w handlu gniewu nie ma o to słowo... bierzecie trzydzieści rubli?
- Powiedziałem swoje!
- I ja mówię swoje, trzydzieści jeden... no, trzydzieści jeden i pół... no, trzydzieści dwa - dajcie rękę... no, trzydzieści dwa i pół... zgoda?
- Rzekłem.
- Ostatnie słowo, trzydzieści i trzy! Nie, to nie!- powiedział flegmatycznie i oglądał się za swoim, kijem, a starszy zapinał chałat.
- Za telachną krowę!... A dyć bójcie się Boga, ludzie...krowa kiej obora, sama skóra warta z dziesięć rubli... za telachną krowę... oszukańce... Chrystobije... - jąkał stary oklepując krowę, jeno że nikto nie zważał na niego.

Żydzi rozpoczęli zajadłe targi, Antek też stał twardo przy swoim, opuścił coś niecoś, ale niewiela, bo po prawdzie krowa była dużo warta, i żeby tak na zwiesnę i gospodarzowi sprzedać, dostałby pięćdziesiąt rubli jak nic. Ale gdzie mus pogania, tam bieda za orczyki ciągnie - Żydy dobrze o tym wiedziały i chocia wrzeszczeli coraz głośniej i coraz zapalczywiej bili w Antkową dłoń na zgodę, przyrzucali mało wiele, najwyżej po pół rubla...

Już było tak, że odchodzili zagniewani, już Hanka krowę ciągała z powrotem do zagrody, i nawet Antek się rozsierdził i gotów był sprzedaży poniechać, ale kupcy wrócili i jak zaczęli krzyczeć, handryczyć a przysięgać, że więcej dać nie mogą, a w ręce przebijać i krowę znowu penetrować, tak i stanęła zgoda na czterdziestu rublach i dwóch złotych postronkowego la Bylicy.

Wypłacili zaraz na rękę; stary powiódł za nimi krowę do sań, które czekały przed karczmą, Hanka zaś z dziećmi odprowadzała krasulę aż do drogi, a co trochę to ją gładziła po gębuli, to pokładała się na niej, a oderwać się nie mogła od bydlątka ni przyciszyć frasunku i żałości...

Jeszcze na drodze przystanęła za nią i pomstować z całej duszy na tych żółtków niechrzczonych!

Tylą krowę stracić, to i nie dziwota, że kobiecie zagrała wątroba pomstą.

- Jakby kogo z chałupy na mogiłki wywieźli, tak pusto - rzekła z nawrotem i co trochę zaglądała do pustej zagródki, to przez okno patrzała na ścieżkę zdeptaną, poznaczoną łajnem i śladami kopyt, a raz w raz wybuchała płaczem i wyrzekaniem:

- Przestałabyś, a to jak to ciele buczy i buczy!- krzyknął Antek siedząc przed rozłożonymi na stole pieniędzmi.

- Kogo nie boli, temu wszystko powoli. Nie bolała cię bieda, kiejś krowę zmarnował i Żydom na rzeź wydał!

- Hale, ozedrę się pewnie i z lelit ci pieniądze wypuszczę, co?

- Jak te ostatnie komorniki ostalim, jak te dziadaki, ani tej kapki mleka, ani pociechy żadnej! Tylem się dorobiła na swojem, tyle! Mój Jezu! Mój Jezu! Drugie zabiegają, jak te woły orzą i jeszcze coś do domu przykupują, a ten ostatnią krowę, com od ojców dostała, sprzedaje...Już chyba ostatnia marnacja przyjdzie, ostatnia! - zawodziła nieprzytomnie.

- Rycz, to ci ano ode łba odciągnie, jakeś głupia i wyrozumienia nie masz! Naści pieniądze, popłać, gdzieś winna, kup, coć potrza, a resztę schowaj! - podsunął kupkę pieniędzy, a pięć rubli papierowe schował do pularesu.

- Na co ci tyla pieniędzy?

- Na co? z kijem tylko nie pójdę.

- Gdzie się to wybierasz?

- We świat, roboty poszukam, gnił tutaj nie będę!

- We świat! Wszędzie psi boso chodzą, wszędzie biednemu wiater w kłęby wieje! Sama to ostanę, co? - podnosiła głos bezwiednie i groźnie się przysuwała do niego, nie zważał na to, przyodział się w kożuch, pasem opasał i za czapką oglądał.

- U chłopów robił nie będę, żebym miał skapieć, nie będę! - powiedział.

- Organista potrzebuje do młocki!...

- Hale, ciarach jeden, ciołek taki, co ino na chórze bekuje a gospodarzom w garście patrzy i żyje tym, co uprosi lebo co wycygani, do takiego na wyrobek nie pójdę...

- Kto nie ma chęci, teń wie, jak wykręci!

- Nie dogaduj! - wrzasnął ze złością.

- Mówię ci co kiedy, naprzykrzam się, a dyć robisz, co chcesz!

- Do dworów pójdę - mówił znów spokojnie - o służbie się jakiej przewiem, może od Godów dostanę, choćby na rataja, a pójdę, byle tutaj nie śmierdzieć i krzywdy na oczach nie mieć cięgiem, bo nie zdzierżę... Dość mi tego, dość mi tego ludzkiego politunku i tego patrzenia kiej na parszywego psa!... We świat iść, gdzie oczy poniesą, byle ino z dala... byle ino prędko!... - zaczął krzyczeć i unosić się.

Hanka zamarła w przerażeniu i stała bez ruchu; jeszcze go takim nie znała.

- Ostaj z Bogiem, za parę dni wrócę.

- Antek! - krzyknęła rozpaczliwie.

- Czego? - Już z sieni nawrócił.

- A to nawet tego słowa dobrego żałujesz... nawet tego...

- Cóż to, ceckał się z tobą będę, może jamorował... Nie to mi w głowie! - zatrzasnął drzwi i poszedł.

Poświstywał przez zęby, wspierał się kijem i szedł raźno, aż śnieg skrzypiał pod nogami, obejrzał się na chałupę. Hanka stała pod ścianą i zanosiła się od płaczu, a przez drugie okno wyglądała Weronka.

- Ścierwa, buczy i buczy! Do tego to rozum ma!... We świat! We świat! - szeptał i rozglądał się dookoła, leciał oczami wskróś przeszroniałych bielizn śnieżnych. Rwała go tęsknota jakaś, parła, rzucała przed się, że z radością myślał o innych wsiach, o ludziach nowych i życiu innym. Niespodzianie mu to przyszło, samo z siebie nań spadło i tak porwało z nagła, jak kiedy wezbrana woda kierz słaby bierze, że ani oprzeć się temu, ni nawrócić. Dola go rzuciła we świat.

Jeszcze godzinę temu ani myślał, że pójdzie, ani wiedział! Samo przyszło, ze świata, z wiatrem pewnie nawiała ta chęć i rozżarzyła mu serce niepowstrzymanym pragnieniem ucieczki. Wyrobek, nie wyrobek, byle ino stąd iść... Hej! Uleciałby jako ten ptak, we wszystek świat niósłby się, na bory, na te nieobjęte ziemice... Juści, co mu tu kapieć, czego doczekiwać? Już go te wspominki przeżarły, że dusza na wiór wyschła, a co mu z tego?... Ksiądz jest prawy, dobrze mu wyłożył, że w sądzie z ojcem nie wygra; a jeszcze sporo grosza dołoży. A z pomstą poczeka w sposobniejszy czas, w sposobniejszy; jeszcze takiego nie ma, któremu by darował krzywdy... A teraz ino iść przed się, gdzie bądź, byle z daleka od Lipiec...

- Gdzie by najpierwej?..

Stanął na skręcie w topolową drogę i nieco wahająco rozglądał się po zgubionych w omgleniu polach, zimno go przejęło, że zęby mu szczękały i trząsł się we środku.

- Przez wieś i drogą za młynem pójdę... - zdecydował prędko i skręcił do wsi; nie uszedł jeszcze i pół staja, gdy usunąć się musiał w bok pod topole - środkiem drogi, wprost na niego waliły jakieś sanie w kłębach kurzawy, a ostro i z dzwonieniem.

Jechał Boryna z Jagusią, sam powoził, konie rwały z kopyta podrywając sankowe pudełko kiej piórkiem, a stary jeszcze podcinał batem, przynaglał i coś ze śmiechem powiadał. Jaguś też w głos mówiła, urwała naraz spostrzegłszy Antka, wpili się oczami w siebie na mgnienie, na ten jeden błysk i roznieśli w dwie strony, sanki przesunęły się wnet i utonęły w kurzawie, ale Antek z miejsca się nie ruszył, skamieniał zgoła, jeno patrzył za nimi... wychylali się czasem ze śnieżycy, to zaczerwieniły się Jagusine wełniaki, to dzwonki mocniej zajęczały, i ginęli, przepadali, jakby wskróś tej bielizny pędzili...pod dachem oszroniałych gałęzi, co splątane jakby sklepienie czyniły, jakoby ducht przebity w śniegach, a podstemplowany czarniawymi pniami topoli, które stały z obu stron drogi i, pochylone, przyginały się niby w ciężkim, utrudzającym chodzie pod wzgórze... Patrzył wciąż w jej oczy, stały przed nim, skrzyły się w śniegach kiej te lnowe kwiatki, na drodze wyrastały wszędzie, a patrzyły zestrachane i żałosne, zdumione a radosne zarazem, przejmujące i żywym ogniem rozbłysłe.

Przygasła mu dusza, omgliła się, jakby te szrony przysypały go doć dna i na wskroś przejęły, że ino te modre oczy same jedne w nim jaśniały. Zwiesił głowę i powlókł się wolno, odwracał się raz i drugi, ale już nic nie było widać pod topolami, czasem jeno dzwonek zajęknął w oddali i kurzawa zamajaczyła.

Zapomniał o wszystkim, jakby z nagła duszę zgubił, pamięć go odeszła, oglądał się bezradnie, nie wiedzący, co począć... gdzie iść... co się stało? - jakby w sen na jawie się pogrążył i ocknąć nie mógł.

Prawie nie wiedzący nawrócił do karczmy wymijając parę sań zapełnionych ludźmi, ale choć pilnie patrzył, nie rozeznał nikogo.

- Gdzie taką hurmą walą? - spytał Jankla stojącego na progu.

- Do sądu. Sprawa z dworem o krowy, o pobicie pastuchów, wiecie! Ze świadkami jadą, a Boryna pojechał przodem.

- Wygrają to?

- Po co mają przegrać! Dziedzica z Woli skarżą, sądzi dziedzic z Rudki, to i dlaczego ma dziedzic przegrać? A ludzie się przejadą, drogi przetrą, zabawią się - w mieście też potrzebują nasi utargować. Wszyscy po trochu wygrają, wszyscy.

Antek nie słuchał przekpiwań, kazał dać okowitki, wsparł się o szynkwas i stał tak zapatrzony przed się, nieprzytomny prawie, z dobrą godzinę, nie tknąwszy nawet kieliszka.

- Wam coś jest?

- I... co by zaś miało być... - puśćcie do alkierza.

- Nie można, tam siedzą kupcy, wielkie kupcy, oni drugą porębę kupili od dziedzica, tę na Wilczych Dołach, to potrzebują spokojności, może nawet i śpią.

- A to parchów za brody powyciągam i na śnieg wyciepnę! - krzyknął i rzucił się zapamiętale ku alkierzowi, ale od drzwi zawrócił, zabrał butelkę i wcisnął się za stół, w najciemniejszy kąt.

Pusto było w karczmie i cicho, tyla co tam Żydy coś zakrzyczały po swojemu, że Jankiel biegł do nich, albo ktoś wszedł na kieliszek, wypił i wynosił się.

Dzień się już przetaczał na drugą stronę, a i mróz brać musiał, bo skrzypiały płozy sań na śniegu i chłód wiał po karczmie, Antek zaś siedział, popijał z wolna, niby to medytował, a zgoła nie wiedział, co się działo w nim i dookoła.

Pił kwaterkę po kwaterce, a te oczy wciąż modrzały przed nim, tak blisko były, tak blisko, że je powiekami prawie dotykał; wypił trzecią... jaśniały wciąż, jeno się jęły kołować, chwiać i po karczmie nosić jako te światła. Mróz go przeszedł ze strachu, zerwał się na nogi, trzasnął butelką o stół, że w kawałki się rozprysnęła, i szedł ku drzwiom.

- Zapłaćcie! - krzyczał Jankiel zabiegając mu drogę - zapłaćcie, ja wam borgować nie będę...

- Z drogi, psiakrew, Żydzie, bo cię zakatrupię! - wrzasnął z taką mocą, że Żyd zbladł i spiesznie się usunął.

Antek ino gruchnął w drzwi i wybiegł.

ROZDZIAŁ 2

Jakoś o samym południu dzień się nieco rozjaśnił, ale ino tyla, coby kto łuczywem przeciągnął po świecie, bo wnet zgasło i omroczało, jakby śnieg narastał i sposobił się znowu.

W izbie Antków też było dziwnie mroczno, chłodno i smutnie; dzieci bawiły się na łóżku i z cicha do się krzekorzyły, kiej te kurczątka zestraszone, a Hankę tak podrzucała niespokojność, że rady sobie dać nie mogła. Chodziła z kąta w kąt, wyglądała przez okno, to przed domem stała i rozpalonymi oczami wodziła po śniegach. Hale, ani żywej duszy nie ujrzał na drogach ni na polach - parę sań przewlekło się od karczmy i zginęło pod topolami, jakby się zapadły w tej śniegowej topieli, że ni znaku, ni głosu nie ostało po nich. Nic, jeno ta cichość zmartwiała i pustka nieprzejrzana!

- Żeby choć ten dziad jaki zajrzał, żeby choć z kim zagadać! - westchnęła.

- Kucusie! Kucu, kucu, ku-cu! - zaczęła gonić po śniegach kury, bo się rozłaziły i szukały miejsc na trześniach. Pozanosiła je na grzędy, a z powrotem wywarła gębę na Weronkę, bo jakże, tamta wystawiła do sieni cebratkę z pomyjami dla gadziny, a te zapowietrzone świntuchy rozlały na ziemię, że kałuża stanęła pod drzwiami.

-...To świń pilnuj, kiej się za gospodynię masz, dzieciom przykaż... ja bez ciebie nie będę się taplała w błocie! - wykrzykiwała przez drzwi.

-...Sprzedała krowę, to głos tu będzie zabierać, ale, błoto już jej przeszkadza, wielka pani, a sama kiej w chlewie siedzi. ..

- Tobie wara, gdzie siedzę, i wara ci do mojej krowy!

- To i do moich prosiaków ci wara, słyszysz!

Hanka ino trzasnęła drzwiami, bo co miała odpowiadać takiej piekielnicy? - rzec jej to jakie słowo, to ona i na półkopku nie poprzestanie, a jeszcze i do bicia gotowa.- Przywarła drzwi na haczyk, wydobyła pieniądze i wzięła się biedzić nad rozliczaniem. Niemało się utrudziła nad tylachnem pieniędzy, a i myliło się jej wciąż; zgniewana jeszcze była na Weronkę i niespokojna o Antka, to znowu widziało się jej często, że krasula czegoś postękuje... albo ją zalewały przypominki ojcowego domu.

-...Juści, że jakby w chlewie siedzimy, juści! - szeptała rozglądając się po izbie - a tam i podłoga, okna jak się patrzy, ściany bielone; i ciepło, i czysto, i wszystkiego po grdykę... Co oni tam robią?... Józka zmywa statki po biedzie, a Jagna przędzie i przez czyste, niezamarzłe szyby na świat spogląda... brak jej to czego!... Wszystkie korale dostała po nieboszczce, a tyle wełniaków, tyle szmat, tyle chust!... Nie narobi się, nie umartwi niczym, tłusto zje... Stacho powiedał przecie, że Jagustynka za nią robi, a ona do białego dnia się wyleguje pod pierzyną i herbatę popija... ziemniaki jej nie służą... a stary się ino przymila i kiej koło dzieciątka zabiega....
Gniew ją przejął nagły, aż się porwała od skrzynki i pogroziła pięścią.

- Złodziej, ścierwa, złodziej, lakudra jedna, tłuk!- wykrzyknęła w głos, aż stary, co był na przypiecku drzemał, zerwał się przestraszony.

- Ociec, przytkajcie ziemniaki ocipką i dół obwalcie śniegiem, bo na mróz się ma - szepnęła spokojniej zbierając się znowu do liczenia.
Staremu coś niesporo szła robota, śniegu była kupa, a sił wiele nie miał, a i te dwa złote postronkowego nie dały mu spokoju, na stole świeciły się dwie złotówki, prawie nowe, dobrze pamiętał...

- Może i dadzą... - myślał - komuż to się przynależą?... aż mu kulas stergł od postronka, tak się krasula wydzierała... wstrzymał przeciech... a kupcom to nie zachwalał? słyszeli... cheba dadzą... Zaraz by starszemu, Pietrusiowi, na pierwszym odpuście kupił organki... młodszemu by też trza... Weronczynym dzieciom też... zbóje są i uprzykrzone, ale trza... a sobie tabaki... krzepkiej ino,
jażby we wątpiach zawierciło, bo Stachowa słaba... ani człek nie kichnie od niej... - Rozliczał, a tak żwawo robił, że gdy w godzinę jaką Hanka wyjrzała, to ledwie słoma była pokryta śniegiem.

- Za chłopa to zjecie, ale i za dziecko nie zrobicie...

- A dyć się spieszę, Hanuś, inom się zadychał zdziebko, tom tego powietrza łapał... pierunem będzie... pierunem... - jąkał przestraszony.

- Wieczór już pod lasem, mróz bierze, a cały dół rozwalony, jakby go świnie spyskały .Idźcie do chałupy dzieci pilnować .
ci pilnować:
Sama się zabrała do śniegu i tak ostro, że w jakie dwa pacierze dół był przywalony i galanto oklepany.
Ale mroczeć już poczynało, gdy skończyła, w izbie chłód się podnosił przejmujący, gliniany, mokry tok tężał i dudnił pod trepami kiej klepisko, mróz brał z miejsca i znowu a wzorzysto pokrywał szybki, dzieci

skwierczały z cicha, jakby przygłodne nieco, nie przyciszała ich, bo czasu nie było. A to sieczki musiała urznąć dla jałowicy, prosiaka nakarmić, bo pokwikiwał i cisnął się do drzwi, gąski napoić, a to jeszcze raz przepowiedziała sobie, ile i komu miała zapłacić, aż obrządziwszy wszystko zabrała się do wyjścia.

- Ociec, napalcie ogień a miejcie baczenie na dzieci, za parę pacierzy przyjdę, a jakby Antek wrócił, to kapusta jest w rynce na blasze...

- Dobrze, Hanuś, napalę, przypilnuję, a kapusta jest w rynce, baczę, Hanuś, baczę...

- A te postronkowe wzięłam, nie potrza wam przecież, jeść macie, szmaty macie, czegóż wam więcej?...

- Juści... wszystko mam, Hanuś, wszystko... - szeptał cichutko, odwrócił się szybko do dzieci, bo łzy posypały mu się z oczów.

Mróz ją obwionął na powietrzu, że mocniej zaciągnęła zapaskę na głowę, śnieg skrzypiał pod nogami, na ziemię sypał się mrok modrawy, suchy i dziwnie przejrzysty, niebo było jasne, kieby szklane, odsłonięte w dalach i już kajś niekajś w wysokościach trzęsła się gwiazda jedna i druga.

Hanka raz w raz macała za pazuchą, czy ma pieniądze, a rozmyślała, że przepyta się tu i ówdzie, a może znajdzie, może uprosi robotę jaką dla Antka, a we świat mu iść nie da! Teraz dopiero przyszło jej do głowy, co był wygadywał, i aż ją zamroczyło to przypomnienie. Nie, póki życia, na drugą wieś się nie przeniesie, pomiędzy obcych nie pójdzie, ady by uschnęła z tęsknicy!

Ogarnęła oczami drogę, zasypane domy, sady ledwie widne spod śniegów i te szarzejące nieskończone pola. Wieczór cichy i mroźny opadał coraz prędzej, gwiazd przybywało, jakby je kto rozsiewał pełną garścią, a na ziemi przygasłej wskróś śnieżnych bielizn wybłyskiwały światełka chałup, dymy czuć było w powietrzu, ludzie snuli się po drodze, głosy jakieś leciały nisko nad śniegami.

- Z tegom wyrosła i jako ten wiatr nie będę się tłukła po świecie, nie! - szeptała z mocą, zwolniła nieco bo zapadała miejscami w chrupiący śnieg aż po kolana, że trepy trzeba było wyciągać!

- Tu mnie Pan Jezus dał na świat, to już tutaj do śmierci ostanę. Aby ino do zwiesny przetrzymać, to już łacniej będzie, lekciej. A nie zechce Antek robić, to i tak po proszonym nie pójdę, do przędzenia się wezmę, do tkania, do czego bądź, byle ino pazury zaczepić i biedzie się nie dać... prawda, dyć Weronka a tkaniem zarabia tyle, że jeszcze i ten grosz zapaśny mają... - rozważała skręcając do karczmy. Pochwaliła Boga, Jankiel odrzekł: "Na wieki!" i kiwał się zwyczajnie nad książką nie bacząc na nią, dopiero gdy położyła przed nim pieniądze, uśmiechnął się przyjaźnie, rozjaśnił więcej światło w lampie wiszącej, pomógł jej liczyć i nawet wódką poczęstował. O Antkowym zaś długu ni o nim samym nie rzekł ni słowa; zmyślna jucha była, bo co ta kobiecie wiedzieć o chłopskich jenteresach, w głowę dobrze nie weźmie, nie wyrozumie, jak potrza, a ino z pyskiem wyjechać gotowa.

Dopiero kiej się zabierała do wyjścia powiedział:

- A wasz co robi?

- Antek?... A poszedł szukać roboty!

- Bo to we wsi brak? We młynie tartak robią, ja też potrzebuję kogo sprawnego do zwózki drzewa.

- Hale, w karczmie mój robił nie będzie! - wykrzyknęła.

- Niech sobie śpi, niech wypoczywa, kiedy taki pan! Wy macie gęsi, podpaście trochę, kupię na święta.

- Zaśbym tam sprzedawała, ostawiłam ino tyla, co na chowanie !

- Kupicie na wiosnę młode, mnie potrzeba podpasionych. Chcecie, to możecie brać na bórg wszystko, a zapłacicie gęsiami, policzymy się...

- Nie, gąsków nie przedam.

- Sprzedacie, jak krasulę zjecie, to nawet tanio sprzedacie.

- Niedoczekanie twoje, parchu jeden! - szepnęła wychodząc.

Mróz brał, aż w nozdrzach wierciło, niebo iskrzyło się już gwiazdami, a od borów pociągał mroźny, szczypiący wiatr. Szła jednak wolno środkiem drogi i ciekawie się rozpatrywała po chałupach: świeciło się u Wachników, którzy siedzieli ostatni przed kościołem; z obejścia Płoszków buchała wrzawa głosów i kwiki świń; w plebani gorzały wszystkie okna i jakieś konie biły niecierpliwie kopytami przed gankiem; u Kłębów zaś, co w podle księdza siedzieli, też jaśniało światło i ktosik chodził koło obór, bo słychać było skrzypienie śniegu pod trepami, a dalej, sprzed kościoła, skąd wieś się rozchodziła kieby w te dwie ręce obejmujące staw, mało co było widać wskróś nocy, ino gdzieniegdzie z mrocznej bielizny mżyła światełko jakieś abo pies naszczekiwał.

Hanka popatrzyła ku ojcowej chałupie, westchnęła i zawróciła sprzed kościoła w długie opłotki, wiodące między Kłębowym sadem a księżym ogrodem do organistów. Dróżka była zasypana, ledwie co przetarta, wąska, a tak przysłonięta krzami obwisłymi pod śniegiem, że co chwila sypał się na nią z trąconych gałęzi.

Dom stał w głębi, w księżym podwórzu, a ino wyjazd miał osobny, krzyki jakieś odeń szły i płacze, a przed sienią czerniała skrzynka, to leżały na śniegu porozrzucane szmaty, pierzyna, rupiecie jakieś... Magda, dziewka organistów, zanosiła się płaczem i krzyczała wniebogłosy pod ścianą.

- Wygnali me! Wypędzili me! Jak tego psa na mróz, w cały świat! A gdzie ja się sierota podzieję teraz?...Gdzie?

- Nie krzycz mi tu, świnio jedna! - wrzasnął głos z sieni wywartej. - Wezmę kija, to wnet zmilkniesz! A wynoś mi się w te pędy, do Franka idź, łajdusie jeden!

Jak się macie, Borynowa! Moiściewy, a to już od jesieni wiadomo było... a mówiłam, prosiłam, zaklinałam, strzegłam - a bo to łajdusa ustrzeże! Wszyscy spać, a ona w świat, wyspacerowała teraz sobie bękarta. A bo to raz mówiłam: Magda, zastanów się, pomiarkuj, on się z tobą nie ożeni:... to mi się w żywe oczy zapierała wszystkiego! Juści, zobaczyłam, że dziewka grubieje i rośnie jak na drożdżach, to jej jak komu dobremu powiadam: Idź, skryj się gdzie na drugą wieś, póki czas, póki ludzie nie wiedzą jeszcze... A bo to usłuchała!... Aż ją dzisiaj wzięły boleści w oborze przy dojeniu... cały skopek mleka wylała...a moja Frania przylata zestraszona i krzyczy, że Magdzie się coś stało! Jezus Maria, w moim domu taki wstyd, a co by to i ksiądz proboszcz na to powiedział! A wynoś mi się sprzed domu, bo cię na drogę wyrzucić każę! - wrzasnęła raz jeszcze wyskakując przed dom.

Magda porwała się spod ściany i z płaczem a wyrzekaniem zaczęła zbierać szmaty i wiązać w toboły.

- Chodźcie do mieszkania, bo zimno. Żeby mi tu i znaku po tobie nie zostało! - krzyknęła na odchodnym.

Powiedła Hankę przez długą sień.

Ogromną, niską izbę rozświetlał ogień, płonący na trzonie komina. Organista rozdziany, w koszuli tylko i z podwiniętymi rękami, czerwony jak rak, siedział przed ogniem i piekł opłatki... co chwila czerpał łyżką z michy rozrobione, płynne ciasto, rozlewał je na żelazną formę, ściskał, aż syczało, i kładł nad ogniem wspierając na cegle sztorcem ustawionej, przewracał formę, wyjmował opłatek i rzucał na niski stołek, przed którym siedział mały chłopak i obcinał nożyczkami do równa.

Hanka pozdrowiła wszystkich, a organiścinę pocałowała w rękę.

- Siadajcie, rozgrzejcie się, cóż tam u was słychać?..

Juści, tak zaraz nie mogła się zebrać na to jakie słowo, nie śmiała, rozglądając się po stancji i zazierając ukradkiem do drugiego pokoju, gdzie wprost drzwi, na długim stole pod ścianą, bieliły się stosy opłatków, przyciśnięte deską, a dwie dziewczyny składały je w paczki okręcając papierowymi paskami, zaś w głębi już niedojrzanej brzęczał monotonnie głos klawikordu - muzyka snuła się jak pajęczyna, raz wyżej brała, górniej kieby w śpiewie, to znowu cichła, że ino to brzękliwe przebieranie było słychać, abo zasię cosik się rwało nagle i piskało przenikliwie, aż dreszcz Hankę przenikał, a organista wykrzykiwał:

- Te, trąba, zjadłeś fis jak skwarek! - powtórz od Laudamus pueri.:.

- Na Gody to już? - spytała, że to nieobyczajnie było siedzieć jako ten mruk.

- Tak, parafia wielka, porozrzucana; a wszystkim przecież trzeba opłatki roznieść przed świętami, to i wczas zaczynać muszę.

- Z pszenicy to?

- Spróbujcie.

Podał jej jeszcze gorący opłatek.

- Zaśbym tam śmiała jeść!

Wzięła go przez zapaskę i przeglądała pod światło ze czcią i trwogą jakąś.

- Jak to na nim wyciśnięte historie różne, Jezus!

- Na prawo, w pierwszym kółku, to Matka Boska, święty Jan, Pan Jezus, a w drugim kółku... widzicie...żłób, drabinę, bydlątka... Dzieciątko Jezus na sianie, święty Józef, Matka Boska, a tu klęczą trzej królowie...- objaśniała organiścina.

- Rychtyk prawda, jak to zmyślnie wszystko udane, prawda !...

Obwinęła w chustkę opłatek i schowała za pazuchę, bo chłop jakiś wszedł i coś powiedział, że organista krzyknął.

- Michał! Do chrztu przyjechali, weź klucze i idź do kościoła, bo Jambroży posługuje na plebani , ksiądz już wie...

Muzyka umilkła i przez izbę przeszedł wysoki, blady chłopak.

- Po bracie mojego sierota, na organistę praktykuje, z łaski jeno mój go uczy, cóż robić?... Trza się i nadszarpnąć, a krewniakowi pomóc...

Hanka się rozgadała, pomału, jękliwie, a dała upust żalom swoim i turbacjom. Od trzech tygodni pierwszy raz mogła się wygadać do syta.

Słuchali jej. Powiadali swoje, a choć się strzegli, aby o Borynie nie powiedzieć słowa, użalali się nad nią tak poczciwie, aż się pobeczała, a organiścina, że to mądra kobieta, wnet zmiarkowała i pierwsza rzekła:

- Czasu może wam co zbędzie, to byście oprzędli mi wełnę. Pakulinie miałam dać, ale weźcie wy; tylko na kółku oprzędźcie, bo na prześlicy nić wyjdzie nierówna.

- Bóg zapłać, a dyć mi trza roboty, inom prosić nie śmiała...

- No, no, nie dziękujcie; człowiek powinien pomagać drugiemu. Wełna już gręplowana, a będzie jej ze sto funtów.

- Uprzędę, umiem dobrze, przecież u ojca samam dla wszystkich i przędła, i tkała, i farbowała, nie kupowali na przyodziewek, nie.

- Obaczcie, sucha i miętka.

- Musi być z dworskich owiec, śliczna wełna,..

- A jakby wam było potrzeba mąki, kaszy, grochu, to powiedzcie, dam wam, policzymy się w robocie.

Wprowadziła ją do komory, gdzie pełno było worów i beczek ze zbożem; połcie słoniny wisiały na ścianie; przędza całymi pękami zwieszała się od belek, a płótno grubachnymi wałami leżało na kupie, a co grzybów suszonych, serów, słojów różnych, a na półkach cały rząd bochnów kiej koła, a inszego dobra toby i nie zliczył.

- Równiuśko oprzędę, na kółku, Bóg zapłać pani za wspomożenie, ale widzi mi się, co nie udźwignę sama wełny.

- Odeślę wam przez parobka.

- Dobrze, bo to i na wieś jeszcze mi potrza.

Jeszcze raz podziękowała, ale ciszej jakoś i chłodniej - zazdrość ją ugryzła w serce.

- Naród wszystkiego da, naniesie, przysposobi, to mają pełne komory; albo to i precentami nie zdziera! Kto ma owce, ten ma, co chce! Niechby tak sami wyrabiali! Hale!... - rozmyślała wychodząc w opłotki.

Po Magdzie nie było już śladu, tyla ino, że jakieś stare trepisko czerniało na śniegu, przyspieszyła kroku, bo późno już było, zasiedziała się nieco u organistów.

- Gdzie by to, u kogo przepytać się o robotę la Antka?

Jak gospodynią była, to i przyjacielstwo z nią trzymali wszyscy, cięgiem ktoś do chałupy zaglądał, czegoś potrzebował i w oczy dobroć świadczył.... a teraz stoi oto w pośrodku drogi i biedzi się, gdzie iść, do kogo?... Nie, napraszała się nie będzie nikomu, rada by ino z kobietami pogwarzyć po dawnemu.

Postała przed Kłębami, postała przed Szymonową chałupą, ale wejść nie weszła, nie śmiała i przypomniało się jej, że Antek przykazywał nie zadawać się z ludźmi.

- Nie poradzą, nie wspomogą, a użalać się będą nad tobą jak nad zdechłym psem! - mówił.

- Oj prawda, święta prawda! - szepnęła przypominając organistów.

Hej, żeby to ona chłopem była, zaraz by się jęła roboty i zaradziła wszystkiemu. Nie skamlałaby i ludziom przed oczy nie świeciłaby swoją biedą.

Poczuła w sobie taki wilczy głód pracy, takie rozpieranie sił, aż się przeciągnęła i mocniej stąpała, raźniej. Ciągnęło ją też, ciągnęło, by przejść obok ojcowej chałupy, by zajrzeć choćby ino w opłotki, by choć oczy nacieszyć, ale zawróciła sprzed kościoła na ścieżynkę utorowaną środkiem zamarzłego stawu i biegnącą ku młynowi i szła prędko nie rozglądając się na boki, tym ino zajęta, by się na ślebie uchwytnie, głos wszelaki zamarł, że tylko coś, jakby szelest
ślieskim lodzie nie pośliznąć i by prędzej przejść, i nie widzieć, nie rozkrwawiać sobie duszy przypomnieniem, ale nie zdzierżyła, bo tak jakoś na wprost Borynów przystanęła nagle i nie miała mocy oderwać oczów od świateł mżących w oknach:

- A przecież to nasze, nasze... jakże to iść we świat...Kowal by wnet zabrał... nie, nie ruszę się stąd... jak pies warowała będę, czy Antek chce, czy nie... Ociec nie wieczny, a może się co jeszcze przemieni... dziecisków na poniewierkę nie dam ni sama nie pójdę... toć to ich... nasze marzyła wpatrzona w ośnieżony sad, z którego występowały zarysy budynków, białe rozsrebrzone dachy, czerniały ściany, występował w głębi za szopą ostry szczyt brogu. Jakby jej wrosły nogi w lód, że ruszyć się nie mogła ni oderwać oczów, ni serca rozkołatanego.

Noc cicha, mroźna, granatowa, osypana gwiazdami, jakoby tym piaskiem srebrnym, obtulała zaśnieżoną ziemię, drzewa stały bez ruchu, pochylone pod ciężarem śniegów, uśpione, niepojęte w tej cichości, jaka się rozlewała nad światem, niby białe cienie widm, niby stężałe opary, śniegi skrzyły się ledwie uchwytnie, głos wszelaki zamarł, że tylko coś, jakby szelest drgających gwiazd, jakby tętna ziemi przemarzłej, jakby senne dychanie drzew zmartwiałych - drżało w mroźnym powietrzu.

A Hanka stała wciąż, niepomna na czas biegnący ni na szczypiące, ostre zimno. Przywarła oczami do domu, piła go, obejmowała sercem i brała w siebie z całą mocą głodu i marzenia.

Zbudził ją dopiero skrzyp śniegu, ktoś zeszedł z drogi na staw i kierował się ku niej, a po chwili spotkała się oko w oko z Nastką Gołębianką.

- Hanka! - wykrzyknęła zdumiona.

- Dziwujesz się, jakbym już stergła i po śmierci straszyła!

- Co wam też do głowy przychodzi, dawnom waju nie widziała, tom się zdziwiła. W którą stronę idziecie?

- A do młyna.

- To i mnie droga, bo Mateuszowi niosę kolację.

- We młynie teraz robi, na młynarczyka praktykuje?...

- Gdzieby tam zaś na młynarczyka się sposobił! Na tartaku, co go to postawili przy młynie, a pilno mają, że już i wieczorami robią.

Szły obok siebie, Hanka mało które słowo rzekła, a ino Nastka trzepała wciąż, ale się strzegła, by o Borynie nic nie powiedzieć, juści, że o to Hanka nie spytała, nijako było, choć rada by posłuchała.

- Dobrze młynarz płaci?

- Po pięć złotych i groszy piętnaście bierze Mateusz...

- Aż tyla! Pięć złotych...

- Przecież jego to głową wszystko idzie, to i nie dziwota.

Hanka milczała, ale przechodząc wprost kuźni, z której przez wybite szyby buchały czerwone światła i krwawiły śniegi, szepnęła:

- Ten judasz zawsze ma co robić.

- Czeladnika se przybrał, a sam cięgiem jeździ, pono z Żydami spółkę trzyma w lesie i razem ludzi oszukują.

- Tną to już poręby?

- W lesie to siedzicie czy co, że wam nie wiadomo?

- Nie w lesie, ale za nowinami nie biegam po wsi.

- A to żebyście wiedzieli, rąbią, ale na przykupnym.

- Juści, naszego przecież nie pozwolą tknąć...

- Ino nie wiada, kto zabroni, wójt trzyma ze dworem, sołtys też i wszyscy, co bogatsi.

- Prawda, kto ta bogaczów zmoże, kto ich przeprze...A zajrzyj, Nastuś, do nas.

- Idźcie z Bogiem, przylecę którego dnia z kądzielą.

Rozstały się przed młynarzowym domem. Nastka poszła do młyna, na dół nieco, a Hanka przez podwórze do kuchni; ledwie się tam dostała, bo pieski się zleciały i zaczęły doszczekiwać i przypierać ją do ściany, aż Jewka obroniła i powiedła, ale nim się rozgadały, weszła młynarzowa i zaraz prosto z rnostu rzekła:

- Do męża macie interes? Jest we młynie.

Nie czekała, ino poszła, ale spotkała się z nim w pół drogi; poprowadził ją do pokoju, zaraz też zapłaciła mu, co była winna za kaszę i mąkę.

- Krowę zjadacie! - powiedział zgarniając pieniądze do szuflady.

- Cóż poradzić, kamieni przeciech nie ugryzie.

Zła była.

- Wałkoń jest wasz chłop, to wam powiem.

- Jest wałkoń abo i nie jest! Cóż to będzie robił? Gdzie? U kogo?

- Nie ma to młocki we wsi?

- Parobkiem ni wyrobnikiem nie był, to i nie dziwota, że się do tego nie rwie.

- Przyzwyczai się jeszcze, przyzwyczai! Szkoda mi chłopa, choć wilkiem patrzy i nieustępliwy, rodzonego nie uszanował, ale szkoda człowieka...

- A dyć mówili... że jest robota u pana nnłynarza...dopraszam się... może by pan Antka wziął do roboty...dopraszam się. . - buchnęła płaczem, obłapiała go za nogi, całowała po rękach, a prosiła gorąco.

- Niech przyjdzie, prosił go nie będę, robota jest, ale ciężka, przy obróbce drzewa pod piły...

- Dyć poradzi, sposobny do wszystkiego, jak mało któren we wsi...

- Wiem, dlatego mówię, żeby przyszedł do roboty, ale swoją drogą źle wy swojego pilnujecie - źle.

Stanęła wystraszona nic nie rozumiejąc.

- Chłop ma dzieci i żonę, a za drugimi się ugania.

Zbladła i poczęła się trząść w sobie.

- Prawdę mówię, wałęsa się po wsi nocami, widzieli go ludzie nie raz jeden...

Odetchnęła z ulgą ogromną, wiedziała przecież o tym i dobrze rozumiała, że go tak pamięć krzywdy rzuca po nocach i spać nie daje... a ludzie zaraz to sobie farbują na swoje.

- Mógł się już wziąć do roboty, zaraz by mu wywietrzały z głowy kochania.

- Gospodarski syn to...

- Dziedzic jucha, w robocie będzie przebierał , jak ta świnia w pełnym korycie. Kiedy taki przebierny, to trzeba było żyć w zgodzie z ojcem, a za Jagusią nie latać...boć to i grzech niemały, i wstyd...

- Co też panu w głowie powstało? co? - zawołała prędko.

- Mówię wam, jak jest, cała wieś o tym wie, spytajcie się! - zawołał głośno i prędko, że to popędliwy był wielce i zawsze rad prawdę rznął prosto z mostu.

- Czy to ma przyjść? - zapytała cicho.

- Niech przyjdzie, choćby jutro. Co to wam. czego beczycie?...

- Nie, nie, to ino z mrozu...

Wolno powracała, ciężko, jakby ją przygniatało do ziemi, że ledwo nogi podnosiła. Ściemniał świat i śniegi tak poszarzały, że jakoś trafić nie mogła na ścieżkę, próżno przecierała oczy z łez marznących u rzęs, próżno... Nie odszukała, nie widziała nic i szła już w tej ciemnicy nagłej a bolącej; Jezus! jak bolącej.

- Za Jagusią lata, za Jagusią...

Tchu nie mogła złapać, a serce się jej tłukło jako ten ptak przetrącony, a w głowie kołowało, kołowało, aż wsparła się o jakieś drzewo nad stawem i cisnęła się doń mocno, do bólu.

- Może i nieprawda, może ino cyganił...

Uczepiła się tego ze strachem i oburącz trzymała.

- Mój Jezus! Nie dość biedy, nie dość poniewierki, a tu jeszcze i to się zwala na moją biedną głowę, i to... - jęknęła rzewnie i aby stłumić ból, zaczęła biec prędko, aż do utraty tchu i przytomności; jakby ją wilki goniły, wpadła do izby zadyszana, ledwie żywa.

Antka jeszcze nie było.

Dzieci siedziały przed kominem na dziadkowym kożuchu, a stary strugał im wiatrak i zabawiał.

- Przywieźli wełnę, Hanuś, we trzech workach przywieźli...

Rozwiązała wory i w jednym z nich na wierzchu znalazła bochen chleba, kawał słoniny i z dobre pół garnca kaszy.

- Niech ci Pan Jezus odpłaci za dobroć - szepnęła rozrzewniona i zaraz też narządziła sutą kolację, i rychło dzieci spać położyła.

Uciszyło się wnet w całym domu, bo u Weroniki już spali, a stary też wkrótce przyległ na przypiecku i zasnął, Hanka zaś wyporządziła kółko, siadła przed kominem i przędła.

Długo w noc siedziała, do pierwszych kurów, a wciąż, jak ta nić, wiło się przez nią młynarzowe powiedzenie: "Za Jagną lata, za Jagną."

Kółko warczało z cicha, jednostajnie, niestrudzenie, noc zaglądała w okno miesięczną, mroźną twarzą i jakby pobrzękiwała w szybki, i wzdychający tuliła się do ścian, a chłód wypełzał z kątów, za nogi chwytał i siwą pleśnią rozrastał się po glinianym toku; świerszcz strzykał za kominem, ino czasem przerwał, gdy które dziecko zakrzyczało przez sen lub rzuciło się na łóżku - i znowu sta wała głęboka, przemarznięta cichość! Mróz był coraz tęższy i kieby żelaznymi pazurami ściskał, bo raz w raz trzaskały deski w szczycie, to pogięte stare ściany łupnęły, jakby kto strzelił, to belka niektóra pęczniała od mrozu potrzaskując z cicha, to snadź ziąb przejął na wskróś przyciesie, że zadygotały z nagła boleśnie, i cały dom kurczył się, przywierał do ziemi a drgał z zimnicy.

- Że mnie też do głowy nie przyszło! Juści, taka urodna, taka spaśna, taka przypochlebna, a ja co?... Chuchro takie, skóra i gnaty, cóż ja? Czy to umiem go zniewolić do się? czy to śmiem? A choćbym i żyłę każdą wypruła la niego, nic to, kiej serca la mnie nie ma. Cóż ja! Cóż?...

Niemoc ją ogarnęła, niemoc ogromna, cicha i bolesna, tak strasznie bolesna, że nawet płakać nie mogła, nie miała sił, trzęsła się ino w sobie jak ta drzewina drętwiejąca z zimna, co ani ucieczę od męki, ni poratunku uprosi, ni bronić się poradzi - jako ta drzewina skrzytwiała Hanczyna dusza. Wsparła głowę na kółku, opuściła ręce i zapatrzyła się przed się, w swoją dolę nieszczęsną, w gorzką bezmoc swoją, i długo, długo tak trwała, ino kiedy niekiedy spod sinych powiek wysuła łza jaka pałąca i padała na wełnę, i zamarzała tam w krwawy różaniec boleści.

Ale nazajutrz wstała spokojniejsza nieco, bo i jakże, miała to czas na turbowanie jak jaka dziedziczka! Może tak jest, jak młynarz powiadał, a może i nie jest! Opuści to ręce, płakać będzie i wyrzekać, kiej wszystko na jej głowie, i dzieci, i gospodarstwo, i bieda cała! Kto temu zaradzi jak nie ona? Tylko pomodliła się gorąco przed Matką Bolesną i żeby Pan Jezus odmienił, to się ochfiarowała iść na zwiesnę do Częstochowy, na trzy msze dać i kiedyś, jak się zapomoże, zanieść cały kamień wosku do kościoła, na światło przed wielki ołtarz.

Ulżyło jej bardzo, jakby się wyspowiadała i ten Sakrament święty wzięła, że ostro zabrała się do przędzenia, tylko dzień, chociaż był słoneczny i jasny, dłużył się jej niepomiernie i rozbierała ją troska o Antka.

Przyszedł dopiero wieczorem, na samą kolację, ale był taki zbiedzony, zmarnowany i cichy, a tak się witał poczciwie, dzieciom bułek przyniósł, że prawie zapomniała o podejrzeniach, a gdy jeszcze urznął sieczki i pomagał jej przy obrządku, jak mógł, rozczuliła się tak głęboko, że i wypowiedzieć trudno.

Nie mówił tylko, gdzie był i co robił, juścić nie śmiała o to pytać.

Po kolacji przyszedł Stach, jak był często zaglądał, choć mu Weronka broniła, a w jakiś czas po nim najniespodzewaniej zjawił się stary Kłąb.

Niemało się zdziwili, bo pierwszy to był człowiek ze wsi od czasu ich wygnania, i tak rozumieli, że z jakimś interesem przychodzi.

- Że to nikt ani się pokaże, tom umyślił waju odwiedzić - rzekł prosto. Dziękowali mu też ze szczerą i głęboką wdzięcznością.

Siedli se rzędem na ławie, blisko komina, i pogadywali wolno, poważnie, a stary dorzucał gałązek na ogień.

- Mróz niezgorszy, co?

- Że i młócić bez kożucha i rękawic trudno - powiedział Stacho.

- A co gorsza, że i wilki się pokazują.

Ze zdumieniem spojrzeli na Kłęba.

- Prawdę mówię, dzisiejszej nocy podkopywały pod wójtów chlew, musiało je coś spłoszyć, że prosiaka nie wzięły, a wygrzebały jamę, aż pod przycieś, sam chodziłem w połednie oglądać, piąciu ich musiało być najmniej!

- To ani chybi, na ciężką zimę znak.

- Przeciech mrozy dopiero co wzięły i tu już wilki wychodzą...

- Widziałem pod Wolą, na tej drodze za młynem, wiecie, gęsty ślad, jakby całe stado szło na ukos drogi, przy-
glądałem się, alem myślał, że to pańskie psy polowe, a to wilki musiały być... - powiedział żywo Antek.

- Byliście to i w porębie? - zagadnął Kłąb.

- Nie, powiadali ino ludzie, że tną ten przykupny las, przy Wilczych Dołach.

- Powiedział i mnie borowy, że dziedzic nikogo z Lipiec wołać nie będzie do roboty, pono przez złość, że się o swoje upominają.

- Któż mu to las wytnie, jak nie Lipczaki? - wtrąciła Hanka.

- Moiściewy, tyla wszędy narodu próżno siedzi po chałupach i czeka roboty kiej zmiłowania. Mało tu w samej Woli, mało to tych kołtunów w Rudce albo i tamtych smoluchów w Dębicy! Niech ino dziedzic krzyknie, to w jeden dzień stanie parę sto najzdatniejszego chłopa. Póki na przykupnym rąbią, niech sobie rąbią, niech się wspomogą, niewiele tam tego, a i dla naszych za daleko.

- A jak nasz bór zaczną?... - zapytał Stacho.
- Nie damy! - rzucił krótko i mocno Kłąb. - Pobarujemy się! niech dziedzic zobaczy, kto mocniejszy, on czy cały naród? niech zobaczy!

Nie mówili już o tym, zbyt to leżało wszystkim na wątrobie i piekło, ino jeszcze Bylica powiedział jąkająco i nieśmiało:

- Znam ja to plemię dziedzicowe z Woli, znam, figla on wam wystroi...
- Niechaj stroi, nie dziecim, to nas nie zwiedzie- zakończył Kłąb.

Pogadali jeszcze o wypędzeniu Magdy przez organistów, o czym Kłąb rzekł swoje:

- Juści, po ludzku to nie jest, ale i szpitala trudno im było w chałupie zakładać, że to im przecież Magda ni swat, ni brat:

Pogadali o tym i owym i rozeszli dosyć późno, a na odchodnym Kłąb po swojemu prosto i krótko powiedział, żeby do niego zachodzili, a jak im czego potrza, niech ino rzekną - to czy z leguminy, czy paszy dla jałówki, a choćby i te parę złotych - znajdzie się po somsiedzku...

Antkowie ostali sami.

Hanka po długim wahaniu, po wielu nieśmiałych wzdychach spytała wreszcie:

- Znalazłeś jaką robotę?
- Nie, byłem we dworze jednym i drugim, przewiadywałem się i u ludzi, a nie nalazłem... - odpowiedział cicho nie podnosząc oczów, bo choć prawda, że był tu i owdzie, ale o robotę się nie starał, a ino cały ten czas przewałęsał.

Położyli się, dzieci już spały, ułożone w nogach łóżka dla ciepła; ciemność ogarnęła izbę, tylko księżycowe światło lało się przez zamarznięte, roziskrzone szybki i przenikało wskroś izby świetlistym pasem, nie zasnęli jednak; Hanka przewracała się z boku na bok i medytowała: teraz powiedzieć o tartaku czy też dopiero jutro rano?

- Szukałem, ale choćbym i dostał; nie pójdę ze wsi, nie będę się tłukł po świecie, jak ten pies bezpański - szepnął po długim milczeniu.
- To samo umyśliłam, tak samo! - zawołała radośnie - po co szukać chleba po świecie?... i we wsi trafia się niezgorszy zarobek, a to młynarz mi powiedział, że ma robotę la ciebie przy tartaku choćby i od jutra, a płaci dwa złote i groszy piętnaście.
- Chodziłaś pytać? - krzyknął.
- Nie, płaciłam, com mu była winna, a on sam powiedział, że miał przysłać po ciebie; nawet i nie wspomniałam - tłumaczyła się zestraszona.

Nic już nie odrzekł, a i ona milczała; leżeli koło siebie nieruchomie, bez słowa, sen ich odleciał zupełnie, roili coś w utajeniu głębokim, czasem wzdychali, to roztapiali duszę w tej głuchej, martwej ciszy - psy jakieś naszczekiwały we wsi, daleko, daleko i słabo, koguty biły skrzydłami i piały już z północka, a szum cichy jakby wiatru zahuczał nad chałupą.

- Śpisz to? - przysunęła się nieco bliżej.

- Kiej śpik mię odszedł.

Leżał wznak, z rękami pod głową, tak blisko przy niej, a tak daleko sercem, daleko myślami - leżał nieruchomy, bez oddechu prawie, bez pamięci, bo Jagusine oczy znowu wyjrzały z ciemności i modrzyły się w księżycowej poświacie...

A Hanka przysunęła się bliżej jeszcze, przywarła gorącą twarzą do jego ramienia, przywarła sercem całym - Nie, już w niej nie było podejrzeń żadnych ni żalów, ni goryczy, a ino tym miłowaniem serdecznym, tą lubością duszną, pełną dufności i oddania się, cisnęła się do jego serca.

- Jantoś, pódziesz to jutro do roboty? - śpytała drżąco, byle ino co rzec, byłe ino usłyszeć głos jego i zgwarzyć się z jego duszą.

- Może i pójdę, juści, trzeba ich, trzeba... - odpowiadał nie myśląc o tym.

- Idź, Jantoś, idź... - prosiła miętko i zarzuciła mu rękę na szyję i szukała gorącymi ustami jego ust ledwie dyszących.

Ale on nie drgnął nawet, nie odpowiedział, nie poczuł jej uścisku, nie wiedział o niej, szeroko otwartymi oczami patrzył w tamtej oczy, w Jagusine modre oczy.

ROZDZIAŁ 3

Na dobrym już dniu, po śniadaniu, młynarz przywiódł Antka na robotę; ostawił go na zajeździe wśród kloców zwalonych na wielkie kupy, a sam poszedł do Mateusza, które akuratnie przyrychtowywał drzewo na tartaku i puszczał piły, pogadał z nim cosik i zawołał:

- Róbcie tu sobie, a we wszystkim słuchajcie Mateusza, on tu za mnie rządzi - i poszedł zaraz, bo przykry, przejmujący ziąb ciągnął od rzeki.

- Pewnie topora nie macie? - zagadnął Mateusz schodząc na dół i witając się z nim przyjaźnie.

- Z siekierą przyszedłem, bom nie wiedział.

- To jakbyście się z zębami wybrali, drzewo przemarzło i kruszy się kiej szkło, nic byście siekierą nie zrobili, nie chyci albo tyla co zębem. Pożyczę wam na dzisiaj topora, trza go ino przyostrzyć, a na płask więcej... widzicie... Bartek, weźcie no się do pary z Boryną i tego dąbka rychło wyrychtujcie, bo tam z pił zejdzie niedługo.

Zza olbrzymiego kloca, leżącego w śniegu, wyprostował się suchy, wysoki a przygarbiony chłop z fajką w zębach, w baranicy siwej na głowie, w żółtym kożuszku, w trepach i czerwonych pasiastych portkach, wsparł się na błyszczącym toporze, strzyknął przez zęby i rzekł wesoło:

- Do mnie to się przyżenicie, nie bójcie się, zrobimy taką parę, co to w zgodzie żyje, bez wrzasków i bijatyk.

- Sielny las! Drzewa kiej świece!

- Ale sękate juchy, że niech Bóg broni, jakby krzemieniem nabijane, rzadki ten dzień, w którym topór się nie wyszczerbi. Ino swojego nie ostrzcie do sucha i gładka, trzeba z włosem ciągnąć po kamieniu, w jedną stronę, to ostrze mocniejsze, z żelazem to jak i z drugim człowiekiem, utrafisz, w co lubi, a powiedziesz kiej tego pieska na postroneczku, gdzie ino ci się uwidzi; taczalnik stoi w młynicy pod jaglakiem...

Może w jakiś pacierz Antek już stanął do roboty naprzeciw Bartka i jął odwalać szczapy a ociesywać drzewo wzdłuż, do ostrego kantu, wedle Bartkowego nasmolenia, nie odzywał się jeno, bo go mocno dotknęło, że taki Mateusz, a przewodzi jemu, Borynie - ale kiej brzuch błądzi - koszula nie rządzi, to jeno spluwał w garście i przypinał się ze złością do topora.

- Niezgorzej wam idzie, niezgorzej! - zauważył Bartek.

Juści, że poradzić poradził, niedziwna mu była obróbka drzewa, a i pomyślenie też miał niezgorsze, tylko że robota była ciężka dla niewłożonego, to się rychło zziajał i zapocił, aż kożuch sciepnął z siebie.

A mróz był tęgi, nie folgował, a że to wciąż trza było stać i grzebać się w śniegu, to ręce grabiały i przywierały do steliska i czas się tak dłużył, że ledwie się doczekał południa.

Ale w obiad przegryzł ino suchego chleba, popił wodą prosto z rzeki i nawet pod dach, do młynicy nie poszedł z drugimi, bał się tam natknąć na znajomków, co byli przywieźli do młyna i czekali swojej kolei. Jeszcze by wydziwiali nad nim, a cieszyli się między sobą z jego poniżenia i biedy, niedoczekanie ich!... Ostał na mrozie, przysiadł pod młynicą, gryzł chleb i wodził oczami po tartaku, któren stał nad samą rzeką, węgłem ino przywarty do szczytu młyna, że woda z czterech kół waliła pod niego grubym zielonym wałem i poruszała piły.

Ale i nie wytchnął jeszcze całkiem ni odpoczął jak się patrzy, a już Mateusz, wracając od młynarza z obiadu, z daleka krzyczał:

- Wychodź ! Wychodź !

To chcąc nie chcąc, postękując na krótkie przypołudnie, a trza się było dźwigać i do roboty stawać z drugimi.

A ruchali się żwawo, bo mróz prażył i poganiał galanto.

Młyn turkotał wciąż, a woda spod kół, obrośniętych w lody, kieby w te kłaki zielone i zwite w długie kołtuny, waliła z krzykiem pod tartak, piły trzeszczały bezustannie, jednako, jakoby kto szkło gryzł, i pluły żółtymi trocinami. Mateusz zaś uwijał się niestrudzenie, rychtował kloce, zastawiał wodę, puszczał, przybijał drzewo klamrami do burt, rozmierzał, a wciąż hukał i poganiał ludzi, i wszędzie go było pełno, zwijał się jako ten szczygieł przy konopiach, ino migał jego czerwony w zielone pasy spencerek i siwa baranica po podjeździe, na podeptanych, zawiórzonych śniegach, gdzie obrabiali drzewo, to do młyna biegł, to do ludzi zagadywał, rozrządzał, naganiał, śmiał się, przekpinki powiadał i pogwizdywał, a siarczyście robił, ale najczęściej widny był na pomoście przy piłach, ile że tartak bokowych ścian nie miał i świecił na przestrzał, a wznosił się nad rzeką dość wysoko na czterech tęgich słupach, o które tak biła woda, że trzcinowy dach, wsparty ino na szczytach, drygał niekiedy, niby ta wiecha na wietrze.

- Sprawny jucha! - szepnął Antek z uznaniem, ale nie bez złości.
- Mało to bierze? - odmruknął Bartek.

Zabili ręce o ramiona, bo skrzytwa była coraz tęższa, i robili w milczeniu.

Narodu było dość przy robocie, ino że na pogwarę czasu nie było - dwóch warowało przy piłach, zwalało porznięte kloce na ziem, a wciągało nowe, dwóch zaś drugich rozcinało niedorznięte końce i układało tarcice w szychty wielgachne albo co cieńsze i mokrzejsze chronili przed mrozem pod szopami, a jeszcze dwóch obłupywało ze skóry dęby, jodły i świerki, że często gęsto Bartek krzykał do nich przekpiwając:

- Te, drzyki zapowietrzone, kiej się wyzwolita na hyclów !

Źli byli na to, boć nie psów łupili ze skóry, ale swarzyć się o przezwisko nie było czasu. Mateusz tak popędzał, że ledwie niekiedy ukradkiem ino leciał któren do młynicy, by rozgrzać zgrabiałe ręce, a z nawrotem nieledwie w dyrdy pospieszał, bo i sama robota poganiała.

O dobrym już zmroku Antek powlókł się do domu, a tak był przemarznięty, utrudzony i wyzbyty z sił, tak go bolały wszystkie kości, że zaraz po kolacji poszedł pod pierzynę i zasnął kamieniem.

Hanka nie miała serca wypytywać go o nic, ale dogadzała mu, jak mogła, przyciszała wciąż dzieci , starego nagnała, by buciarami nie hałasował, sama boso chodziła po izbie, by go ino nie przebudzić, a na świtaniu, kiedy się zabierał do roboty, uwarzyła mu garnuszek mleka do ziemniaków, by se podjadł i rozgrzał się lepiej.

- Psiakrótka, tak mię gnaty bolą, że ruchać się nic mogę! - wyrzekał.
- To ino tak zrazu, boście niezwyczajni, niewłożeni...tłumaczył stary.
- Przejść przejdzie, wiem. Przyniesiesz to, Hanuś, obiad?
- Przyniosę, a gdziebyś to latał taki karwas drogi, przyniosę...

Poszedł zaraz, bo trzeba było równo z dniem stawać na robocie.

I tak mu się zaczęły dnie ciężkiej, znojnej pracy.

I czy mróz choćby i największą skrzytwą prażył, czy zawierucha dęła i biła wichurą i śniegiem, że oczów nie było można ozewrzeć, czy odwilż przychodziła, że trzeba było stać dnie całe w rozmiękłym śniegu, a przykry, wilgotny ziąb w kości właził, czy śniegi sypały, że topora własnego mało co widział - trzeba było zrywać się do dnia, bieżyć i dnie długie pracować, aż gnaty trzeszczały i każda żyła z osobna pruła się z utrudzenia, a śpieszyć się do tego, bo cztery piły tak zeżerały drzewo, że ledwie mogli nastarczyć i Mateusz poganiał.

Ale nie to mu się mierziło, nie ciężka praca, nie wichry złe, skrzytwy, pluchy czy śniegi srogie, wzwyczajał się był do tego po trochu - bo jak się człek przyłoży, to mu i w piekle niezgorzej - powiadają mądre ludzie, jeno czego znieść nie mógł, to tego Mateuszowego przodownictwa i tych jego ciągłych doskwierań.

Inni już na to nie baczyli, a on za każdą razą kiej posłyszał, wrzał złością, a nieraz tak odwarknął, że tamten ino ślepiami błyskał, a znowu; jakby z rozmysłem, do wszystkiego się czepiał, niby nie prosto w oczy, ale tak zawżdy utrafił w słabiznę, aż skóra cierpła na Antku i pięście mu się zwierały, hamował się jednak jeszcze, jak mógł, przyciszał, a tylko te przygryzki w pamięć zgarniał, czuł dobrze, że Mateusz na okazję czekał, by go z roboty wygonić...

Antkowi zaś tak o robotę nie chodziło wiele, a ino o to, by się nie dać przeprzeć i zmóc bele komu, takiemu łachmytkowi jak Mateusz.

Dość, że się zawzinali na się coraz srożej, bo na samym dnie złości, jak zadra boląca, tkwiła Jagusia. Obaj oni, a już z dawna, jeszcze od wiosny, a może i od zapust, chodzili za nią na przyprzążkę i przepierali jeden drugiego kryjomo, dobrze jednak wiedząc o sobie. Jeno Mateusz robił to prawie na oczach wszystkich i w głos powiadał o swoim miłowaniu, a Antek kryć się z tym musiał, to i głucha, paląca zazdrość parzyła mu serce.

Nigdy oni nie trzymali ze sobą przyjacielstwa, a zawdy się boczyli na siebie i odgrażali przed ludźmi, że to i każdy z nich miał się za najmocniejszego chłopa we wsi, ale teraz z dnia na dzień rosła w nich złość do siebie i zawziętość, iż po jakimś tygodniu to się już nie witali, a przechodzili mimo, krzesząc ślepiami jako te dwa wilki rozsrożone.

Mateusz nie był zły ni nieużyty, a nasprzeciw, serce miał wspomogliwe i szeroką rękę, jeno zbyt dufał w siebie, zbyt się wynosił nad drugie i za nic je sobie ważył, a i tę miał jeszcze wadę, że za takiego się miał kawalera, któremu żadna dziewucha się nie oparła, lubił się tym puszyć, rozpowiadać, byle ino przodować we wszystkim. Więc i teraz w smak mu to szło i rad gadał, że Antek robi u niego i słucha się we wszystkim, a w oczy pokornie patrzy jak ta trusia, byle go ino z roboty nie wygonił.

Dziwno to było znającym Antka, ale tak miarkowali, że się chłop upokorzył i przygiął, byle ino roboty nie stracić, a drugie zasię dowodzili, że z tego wyjdą jeszcze historie, bo Antek nie daruje i nie dziś, to jutro odbije swoje, i gotowi byli nawet o zakład iść, że Mateusza spierze na kwaśne jabłko.

Juści, że Antek o tych gadkach nie wiedział, bo do chałup nie zaglądał, znajomków wymijał bez słowa, a z roboty wprost do domu szedł i na odwrót, ale dobrze czuł, że tak być musi, bo niezgorzej przezierał Mateusza.

- Przyrychtuję ja cię, ścierwo, na taką kapustę, że cię psi nie zjedzą, zmięknie ci rura, nie będziesz się puszył i wynosił - wyrwało mu się jednego razu na robocie, aż Bartek posłyszał i rzekł:

- Poniechajcie go, płacą mu za to, by poganiał! - Nie rozumiał stary.

- Nawet pies mnie mierzi, kiej po próżnicy szczeka.

- Za bardzo bierzecie do serca, jeszcze się wama zapiecze wątroba, a uważam, że i do roboty gorącujecie się...

- Bo mi zimno - rzucił byle co.

- Z wolna trza wszystko, po porządku, z wolna, a i Pan Jezus mógł świat stawić w jeden dzień, a wolał go robić bez cały tydzień, odpoczywający... robota nie ptak, nie pofrunie, a narywać się la młynarza czy tam innego, jaka wam wola i mus... a Mateusz jest od tego, kiej ten piesek, co strzeże chudoby, będziecie się to nań źlili za szczekanie?...

- Powiedziałem, jak to uważam. Gdzieście to latową porą bywali, żem was we wsi nie ujrzał? - zapytał, aby zmienić rozmowę.

- Niecoś się robiło, niecoś świat Boży oglądało, oczy pasło i duszy rosnąć pomagało... - powiadał wolno obciosując drzewo z drugiej strony, prostował się czasem, rozciągał, aż mu stawy trzaskały, a fajki z zębów nie puszczał i rad prawił.

- Robiłem z Mateuszem przy nowym dworze, ale że poganiał i zwiesna była na świecie, pachniało słonko, tom go rzucił, a szli natenczas ludzie do Kalwarii - poszedłem z nimi, by odpustu dostąpić i świata coś niecoś przejrzeć.

- Daleko to do onej Kalwarii?

- Dwa tygodnie szlim, aż za Krakowem, alem nie doszedł. W jednej wsi, gdzieśmy połedniowali, stawiał gospodarz chałupę, a tyle się na tym rozumiał, co koza na pieprzu, zeźliłem się, skląłem juchę, bo drzewa namarnował, i ostałem u niego, że to i prosił. Bez dwa miesiące wyrychtowałem mu dom, że na dwór patrzył, aż mnie za to chciał swatać ze swoją siostrą, wdową, co wpodle na pięciu morgach siedziała.

- Pewnikiem stara.

- Bogać ta młoda, ale niczego jeszcze, a jakże, tyla że ino łysawa zdziebko, koślawa i świdrem patrzała, ale na gębie gładka, kiej bochen, którego myszy bez parę niedziel obgryzały, galanta kobieta, dobra, wyżerkę miałem sielną - a to jajecznica z kiełbasą, a to gorzałka z tłustością, a to inne smaki były, a tak się znarowiła do mnie, że dzień w dzień pod pierzynę była puszczać gotowa... ażem w nocy się wyniósł we świat...

- Nie było się to przyżenić, zawżdy pięć morgów...

- I zawszony kożuch po nieboszczyku. A mnie co po kobiecie! Z dawna mi już obmierzło to babie nasienie, z dawna! A to nic jeno krzyczy, wrzeszczy, lata, jako te sroki na płocie, wy słowo, a ona dwudziestu kiej grochowinami trzęsie... wy macie rozum, a ona ino ozorem zamiata. Mówisz kiej do człowieka, a ta ni wyrozumie, ni rozważy, jeno bele co klepie. Powiadają, że Pan Jezus dał kobiecie ino pół duszy i musi być to prawda... a drugą połówkę diabeł miał narządzić...

- Są i mądre pono, są... - rzekł melancholijnie.

- To i białe wrony pono są, ino że nikto ich nie widział !

- Nie mieliście to swojej kobiety, co?

- Miałem, miałem!... - urwał nagle, wyprostował się i zapatrzył siwymi oczami w dale, stary już był, zeschły na wiór, żylasty, prosty - ino się jakoś przygarbił teraz i fajka mu latała w zębach, a łypał powiekami prędko, prędko.

- Schodzi, wciągać! - wrzeszczał chłop od pił.

- Prędzej tam, Bartek, nie stójcie, bo i piły staną - wrzeszczał Mateusz.

- Hale, głupi, rychlej nie można, niźli poradzi. Wlazła gapa na kościół, kracze i myśli, że jest księdzem na ambonie - mruknął ze złością, ale musiało mu się cosik zrobić na wnątrzu, bo częściej odpoczywał, wzdychał i za południem się oglądał.

Dobrze, że zaraz przyszło, bo jakoś i kobiety się już pokazały z dwojakami, a Hanka wychodziła za węgla młyna. Tartak stanął, poszli wszyscy jeść do młynicy. Antek zaś, że dobrze znał się z młynarczykiem, bo niejedną flachę wypili ze sobą, wpakował się do jego izdebki, nie uciekał już od ludzi ni stronił od nich, ino im takie oczy pokazywał, że sami go omijali.

W gorącu takim, że ledwie można było dychać, siedziało paru chłopów w kożuchach i pogadywało wesoło, byli to ludzie z dalszych wsi, co do młyna przywieźli i czekali na zmielenie, dokładali torfu do czerwonego już piecyka, kurzyli papierosy, że cała izdebka tonęła w dymie, i rajcowali.

Antek usiadł na jakichś workach pod okienkiem, dwojaki wziął pomiędzy kolana i łakomie pojadał kapustę z grochem, a potem kluski ziemniaczane z mlekiem, a Hanka ukucnęła mimo i z rozczuleniem wpatrywała się w niego. Wysechł był od pracy, poczerniał, a od tego robienia na mrozie twarz mu miejscami łuszczyła się ze skóry, ale mimo to urodny się jej widział jak nikt drugi na świecie. Juści, że tak było, wysoki, prosty, śmigły; w pasie cienki, w barach rozrosły, gibki; a twarz miał długawą, suchą, nos kiej ten dziób jastrzębi, jeno nie tak garbaty, oczy wielkie, siwozielone, a te brwie, to jakby krychę pociągnął przez całe czoło, od skroni prawie szły do skroni, że kiedy je w gniewie ściągnął, to aż straszno było patrzeć, a czoło miał wyniosłe, ino na pół przysłonięte równo obciętymi, ciemnymi, prawie czarnymi włosami i wąsy golił do cna jak wszyscy, że mu ino te białe zęby grały w czerwonych wargach jako sznur paciorków... rodny był całkiem, że nigdy dość napatrzeć się nie mogła na niego.

- Nie mógł to ociec przynieść, będziesz to co dnia tyle drogi biegała!

- Gnoju mieli urzucić spod jałówki, a samam wolała ci przynieść!

Zawsze tak kierowała, by samej obiad przynosić i chociaż popatrzeć na niego. ,

- Cóż tam? - spytał dojadając.

- A cóż by! - oprzędłam już worek wełny i odniesłam organiścinej pięć proników. Kuntentna była wielce... Pietruś ino jakiś rozpalony, jeść nie je i matyjasi cięgiem...

- Obżarł się i tyla.

- Pewnie, że tak, pewnie... A i Jankiel zachodził po gęsi...

- Sprzedasz to?

- Hale, a na zwiesnę to kupowała będę!

- Jak uważasz, tak zrób, twoja w tym głowa.

- I u Wachników znowu się pobiły, aż po księdza chodzili, żeby rozbroił... a u Paczesiów cielę pono się udławiło marchwią.

- Co mi ta po tym - mruknął niecierpliwie.

- Organista jeździł po snopkach - powiedziała po chwili, ale już nieśmiało.

- Cóżeś dała?

- Dwie przygarście lnu oczesanego i cztery jajka... Powiedział, że jak nam będzie potrzeba, to da wóz owsianki i poczeka na pieniądze do lata albo i na odrobek da. Nie wzięłam, po cóż nam brać od niego... przecież... należy nam się jeszcze paszy od ojca, wzielim ino dwa wozy, a z tylu morgów...

- Nie pójdę się upominać i tobie zakazuję. Weź od organisty na odrobek, a nie, to się ostatnie bydlę sprzeda, a pókim żyw, ojca o nic prosił nie będę, rozumiesz...

- Rozumiem, od organisty wziąć...

- A może i zarobię tyla, że starczy, nie bucz ino przy ludziach!

- Dyć nie płaczę, nie... ale weź od młynarza z pół korczyka jęczmienia na kaszę, to taniej wyjdzie niźli gotową kupować.

- Dobrze, powiem dzisiaj i zostanę na który wieczór, to się zmiele.

Hanka wyszła, a on pozostał jeszcze kurząc papierosa, nie wtrącając się do rozmów, jakie chłopi wiedli, a mówili właśnie o bracie dziedzicowym z Wólki.

- Jacek mu było, znałem go dobrze! - zawołał Bartek wchodząc na ten czas do izdebki.

- To wiecie pewnie, że powrócił z dalekich krajów.

- Nie, myślałem nawet, że już dawno pomarł!

- Żywie, bo coś ze dwie niedziele temu, jak przyjechał.

- Wrócił, ale powiadali, że coś niespełna rozumu. We dworze nie chce mieszkać i przeniósł się do lasu do borowego, sam se wszystko narządza, czy jadło, czy też ubiór, aż to dziwno wszystkim, a wieczorami na skrzypkach wygrywa, często gęsto to i po drogach go spotykają, po tych mogiłkach różnych, na których przygrywa...

- Mówili mi, że po wsiach chodzi i wszystkich się wypytuje o jakiegoś Kubę.

- O Kubę! Nie jednemu psu Łysek.

- Przezwiska nie powiada, Kubę jakiegoś szuka, który go miał pono z wojny wynieść i od śmierci uchronić!

- Był ci i u nas Kuba, któren do boru z panami poszedł, ale ten pomarł! - rzucił Antek i podniósł się, bo już Mateusz wrzeszczał za ścianą:

- Wychodźta, co to, do podwieczorku będzieta południowali!

Antka porwała złość, -że wybiegł i zawołał:

- Nie drzyj się po próżnicy, słyszymy wszyscy.

- Obżarł się mięsem, to krzykaniem ulgę sprawia kałdunowi - powiedział Bartek.

- I... krzyczy, by się przed młynarzem zasłużyć - dorzucił któryś.

- Przy jadle się wylegają, poradzają, gospodarzy juchy udają, a całych portek nie pokażą mamrotał wciąż Mateusz. '

- Do was pije, Antoni, do was!

- Zawrzyj pysk i weź ozór za zęby, bym ci go nie przyciął, a od gospodarzy ci wara! - wrzasnął Antek, gotowy już na wszystko.

Ale Mateusz zamilkł, ino jak ten zbój spoglądał, a już cały dzień słowa nie przemówił do nikogo, ale za robotą Antkową pilnie baczył i stróżował go na każdym kroku, ino przyczepić się nie mógł, bo tamten tak robił rzetelnie, że sam młynarz, któren parę razy dziennie przychodził na robotę, to spostrzegł i przy pierwszej wypłacie tygodniowej postąpił mu na całe trzy złote.

Mateusz się wściekał potem, młynarzowi do oczów skakał, ale ten rzekł:

- Dobryś mi ty, dobry mi i on, dobry mi każdy, któren rzetelnie pracuje.

- To ino mnie przez złość pan jemu postąpił.

- Wart jest tyle co Bartek, a może i więcej, tom postąpił. Sprawiedliwy człowiek jestem, niech każdy o tym wie.

- A bo cisnę wszystko do stu diabłów i niech se pan sam staje do roboty - groził.

- A ciśnij, poszukaj bułek,. kiedy ci chleb nie smakuje, idź, tartak poprowadzi Boryna, i do tego za cztery złote na dzień ! powiedział młynarz ze śmiechem, bo ano tak z rozmysłem wszystko rychtował, by mieć taniej robotnika.

Pomiarkował się wnet Mateusz, że młynarz nie ustąpi i nie da się nastraszyć, to nie nastawał więcej, schował złość do Antka głęboko za pazuchę że go tam żywym ogniem piekła, ale dla ludzi zrobił się jakby miększym i wyrozumialszym, spostrzegli to w lot, a Bartek splunął na to i rzekł do drugich:

- Głupi jako ten psiak, co nie mógł ugryźć buta, dostał w zęby, to się teraz do niego łasi. Myślał, że łaskę posiadł, a tak samo go przegonią, niech się tylko lepszy trafi... zawżdy tak z bogaczami bywa...

Antkowi zaś zarówno wszystko było, ani rad był z podwyżki, ani cieszyło go zbytnio, że Mateuszowi zmiękła rura i że wieś z niego przekpiwała, o czym powiadali na robocie, tyle go to obchodziło razem, co ten łoński rok albo i mniej. Nie dla płacy robił, to ino Hankę cieszyło, robił, bo mu się tak podobało, a gdyby zechciał brzuchem do góry wylegiwać - wylegiwałby się, choćby się tam nie wiem co stało. A że upodobał sobie w robocie, to się w niej prosto zapamiętał i chodził jak ten koń w kieracie, co i nie popędzany, a w kółko biega, póki go nie zatrzymają.

I tak szedł dzień za dniem, tydzień za tygodniem aż do samych Godów w ciężkiej i bezustannej pracy, aż mu z wolna przycichła dusza i jakby skrzepła na lód, że zgoła niepodobny był do dawnego. Dziwowali się temu ludzie i różnie o tym mówili. Ale to było jeno z wierzchu, dla ludzkich oczów, bo na wnątrzu całkiem było różnie - jako w tej wodzie bystrej i głębokiej, którą mróz w lody okuje i śniegi przysypią - a bełkoce cięgiem, szumi, huka, że ani człek się spodzieje, kiej pęknie powłoka i wody luną... Tak ci było i w nim; robił, harował, pieniądze co do grosza oddawał żonie, w domu przesiadywał wieczorami, a dobry był jak nigdy, cichy, spokojny, dzieci zabawiał, pomagał w gospodarstwie, marnego słowa nie rzekł nikomu, nie wyrzekał i jakby o wszystkich krzywdach zapomniał ale nie zwiódł tym wszystkim Hanczynego serca, nie; juści, że radowała się tej przemianie i dziękowała za nią Bogu gorąco, a zabiegała koło niego, jak mogła, w oczy mu cięgiem patrzyła, by odgadnąć, czego potrzebuje, służką mu była najwierniejszą i najpamiętliwszą, ale i często łapała oczami jego smutne spojrzenia, często nasłuchiwała strwożona jego wzdychów cichych, często opadały jej ręce i z zamarłym sercem oglądała się dokoła, chcąc przewidzieć, skąd przyjdzie nieszczęście, bo dobrze czuła, że w nim waży się cosik strasznego, cosik, co ino przez moc zdzierża, co ino przywarło, przytaiło się, a ssie mu duszę, ssie...

On zaś ani słowa nie rzekł, źle mu jest czy dobrze, z roboty wracał prosto do domu, o świtaniu się zrywał, kiedy przedzwaniali na roraty, że co dnia przechodził koło oświetlonego kościoła, co dnia zatrzymywał się wprost kruchty posłuchać grania organów, tych muzyckich głosów, tych brzmień rozdzwonionych, cichych; przejmujących, co jakby z mrozów dźwięczały, jakby z tej przedświtowej szarości się rodziły, jakby z tych zórz miedzianych pobrzękiwały z lodowych przysłon i z ziemi przemarzłej niosły się tęsknym, łamiącym marzeniem długiego snu, ciężkiego snu zimy, i co dnia przyspieszał kroku, by go nie ujrzeli zasłuchanego, i biegł drugą stroną stawu, dłuższą, byle ino nie przechodzić koło ojcowego domu nie spotkać nikogo.

Nikogo!

Dlatego też i w niedziele przesiadywał kamieniem w domu, mimo próśb Hanki, by szedł z nią do kościoła. Nie i nie. Bał się spotkania z Jagną, dobrze wiedział, że nie zdzierży, nie wytrzyma!

A przy tym wiedział od Bartka, z którym się niezgorzej stowarzyszył, i sam czuł, że wieś wciąż się nim zajmuje

że go pilnują i śledzą na każdym kroku jak złodzieja, jakby się zmówili na niego - nieraz bowiem spostrzegał przyczajone za węgłami oczy, nieraz czuł, jak się oglądają za nim, jak lecą ciekawe, chwytne spojrzenia, co rade by do dna duszy sięgnąć i wypatroszyć ją z każdego zamysłu, i przejrzeć na wskróś. Bolały go te oczy, bo jakby świdrem szły przez duszę, srodze bolały.

- Nie przegryziecie, ścierwy, nie przegryziecie - szeptał nienawistnie, zacinając się w coraz sroższym gniewie na wszystkich, że jeszcze bardziej unikał ludzi.

- Nie potrzeba mi nikogo. Tyle mam ze sobą przyjacielstwa, że ledwie temu poradzę - powiedział Kłębowi, któren mu wyrzucał, że nigdy do niego nie zajrzy.

I prawdę rzekł, że ledwie ze sobą poradził, prawdę; wziął się był mocno w garść, skiełznał duszę niby w ten kantar żelazny i trzymał krzepko, nie popuszczał z uwięzi - ale już mu coraz częściej mdlała dusza z utrudzenia i coraz częściej chciało mu się ciepnąć wszystko zdać się na dolę .Zła będzie

197

czy dobra - zarówno mu było, bo życie mu mierzło i przeżerał go smutek - głęboki smutek, co jak ten jastrząb wrzepił się w serce pazurami i darł, i ozdzierał.

Ciężko mu było w tym jarzmie, ckno, ciasno i duszno, jak temu spętanemu koniowi w zagrodzie, jak temu psu na łańcuchu, jak... że i nie wypowiedzieć!

Czuł się jako to drzewo rodne, obłamane przez wicher i na zagładę skazane , a schnące powoli w samym środku kwitnącego, zdrowego sadu.

Boć wokoło żyli ludzie, była wieś, życie wrzało zwykłym głębokim bełkotem, pluskało jako ta woda bieżąca, rozlewało się wciąż jednakim, bujnym, rzeźwym strumieniem. Lipce żyły zwykłym, codziennym życiem: a to chrzciny wyprawiali u Wachników; zrękowiny odbywały się u Kłębów, choć i bez muzyki, ale zabawiali się, jak na adwent przystało; to znowu zmarło się komuś, bodaj że temu Bartkowi, którego to po kopaniach zięciaszek tak pobił, że chyrlał, kwękał, aż się i przeniósł do Abramka na piwo; to Jagustynka zapozwała znowu dzieci do sądów o wycugi; to insze jeszcze sprawy szły, drugie, a w każdej niemal cha-łupie coś nowego; że naród miał o czym radzić, z czego się śmiać albo i markocić; a zaś po różnych chałupach w długie wieczory zimowe zbierały się kobiety z kądzielą na oprzęd - co tam śmiechu było, mój Jezus, co zabawy, co gadek, co krzykań, że aż po drogach szły te gzy wesołe ! A wszędy co swarów, przyjacielstw, zmawiań, zalecanek wystawań przed chałupami, krętaniny, bijatyk, przemawia uciesznych - jakoby w tym mrówczym albo pszczelnym rojowisku - że ino huczało w chałupach.

A każden żył po swojemu, jak mu się widziało, jak mu sposobniej było, a społecznie z drugimi, jak Pan Bóg przykazał.

Kto biedował, zabiegał, kłopotał się, kto się zabawiał i rad w kieliszki przedzwaniał z przyjacioły, kto się puszył i wynosił nad drugie, kto za dzieuchami się uganiał kto chyrlał i na księżą oborę poglądał, kto na ciepłym przypiecku legiwał, komu radość była, komu smutek, komu zaś ni jedno, ni tamto - a wszyscy żyli gwarno, z całej mocy, duszą całą.

Ino on jeden był jakby poza wsią, poza ludźmi i czuł się jako ten ptak obcy, strachliwy a głodny - że choć się tłucze koło jarzących okien, choć wzdycha do pełnych brogów, choć rad by duszą całą do ludzi - a nie wleci; kołuje ino, zagląda, nasłuchuje, męką się żywi, tęsknicę pije , a nie wleci.

Chyba, żeby Pan Jezus co przemienił... a na dobre.

Ale bał się jeszcze myśleć o takiej przemianie.

Jakoś na dni parę przed Godami spotkał się rano z kowalem, chciał go wyminąć, ale tamten zastąpił mu drogę pierwszy wyciągnął rękę i rzekł miętko, jakby z żalem:

- Czekałem, że przyjdziesz jak do rodzonego... poradziłbym, pomógł, chociaż i u mnie się nie przelewa...

- Mogłeś przyjść i pomóc!

- Jakże... pierwszy to miałem się napraszać, żebyś mnie wygonił jak Józkę...

- Juści, kogo nie boli, temu zawsze powoli. - Nie boli! Jednaka nas krzywda spotkała, to i bolenie jednakie.

- Nie cygań w żywe oczy, hale, myśli, że z głupim ma sprawę...

- Jak tego Pana Boga kocham, tak czystą prawdę rzekłem.

- Lis jucha; leci, wywąchuje, kręta się, a ogonem ślad zaciera, żeby nawet wiatru za nim nie złapać i szkody nie pomścić.

- Że na weselu byłem, o toś, widzę, krzyw na mnie ! Prawda, byłem, nie wypieram się, musiałem ano pójść, sam ksiądz namawiał i niewolił, żeby obrazy boskiej z tego nie wyszło, że dzieci osobno, a ociec osobno.

- Z namowy księdza poszedłeś, powiedz to drugiemu, uwierzy, ale nie ja. Drzesz ty starego za to przyjacielstwo, jak się ino da, z próżnymi rękami nie odchodzisz...

- Ino głupie nie bierą, jak im dają, ale przeciw tobie nie nastaję, nie, niech cała wieś powie, spytaj się Jagustynki, ona cięgiem przesiaduje u starego, już nawet mówiłem ojcu o zgodzie z tobą... zrobi się to... uładzi... wyrychtuje na glanc...

- Psów se gódź, nie mnie, słyszysz! Nie prosiłem cię o wojnę, to mie i ze zgodą nie żeń, widzisz go, jaki mi przyjaciel! Zrobiłbyś zgodę, byś ino mógł mi zwlec z grzbietu choćby ten kożuch ostatni... Mówię ci raz jeszcze, całkiem mnie poniechaj i z drogi mi schodź, bo jak mnie kiedy złość rozbierze, to ci tych wiewiórczych kudłów nadrę i żeber pomacam, nie obronią cię i strażniki,

choć z nimi trzymasz. Zapamiętaj to sobie!

Odwrócił się i poszedł nie obejrzawszy się nawet na tamtego, którén z rozdziawioną gębą na środku drogi ostał.

- Cygan ścierwa, ze starym trzyma i do mnie z przyjacielstwem występuje, a obu by nas z torbami puścił, by ino mógł.

Nie uspokoił się rychło po tym spotkaniu, bo do tego nie wiodło mu się jakoś dzisiaj od samego rana; ledwie był wziął się do czesania, wyszczerbił się topór na sęku, a potem zaś, zaraz z przypołudnia, drzewo przygniotło mu nogę, cud prawdziwy, że nie pękła, ale musiał but zezuwać i okładać lodem, bo napuchła i srodze bolała... A do tego i Mateusz dzisiaj był rozżarty jak ten pies, kłócił się ze wszystkimi, wciąż mu było źle, wciąż mało, krzyczał, poganiał, a z nim to jakby wyraźnie zwady szukał, że ino, ino do czego gorszego nie przyszło.

Tak się już dziwnie składało, bo nawet tej kaszy, którą miał Franek zrobić na dzisiaj, a o którą Hanka mu co dnia głowę suszyła, nie zrobił i zastawiał się brakiem czasu.

W chałupie też było niezwyczajnie, Hanka chodziła strapiona i zapłakana, bo Pietruś leżał w gorączce jakoby w ogniu, że musiała wołać Jagustynki, aby chłopca okadziła i przemierzyła, bo obsunąć się musiał.

Właśnie przyszła podczas kolacji, przysiadła przed kominem, rozglądała się kryjomo po izbie i dziwną ochotę miała gadać, ino że mało wiele odpowiadali oboje, to zaraz wzięła się oglądać chłopca i lekować...

- Pójdę do młyna, przypilnuję, bo inaczej nie zrobią!- powiedział biorąc za czapkę.

- Ociec nie mogliby to iść zasypywać?...

- Sam pójdę, to pewniej kasza będzie! - I poszedł spiesznie, zły był, wzburzony i tak na wnątrzu rozciepany jako to drzewo samotne na wichurze , a przy tym drażniło go wszystko w chałupie, niecierpliwiło, a najbarzej te obmacujące, złodziejskie oczy Jagustynki.

Wieczór był cichy, niemroźny, bo jakoś od rana sfolżało mocno, gwiazd było niewiele, ino gdzieniegdzie, jak przesłony, drgała jaka w dalekościach, wiatr pociągał od lasów, a z nim szedł daleki szum, głuchy, jękliwy przed odmianą, psy gęsto naszczekiwały po wsi, a co trochę suły się kurzawą śniegi, otrząsane z drzew... dymy tłukły się po drodze - a powietrze było wilgotnawe, przejmujące.

We młynie, że to przed świętami, sporo było ludzi ; tych , których zboże się mełło, warowali przy gankach, reszta siedziała w izdebce młynarczyka, a w pośrodku Mateusz snadź coś ciekawego powiadał, bo co chwila wybuchali śmiechem.

Antek cofnął się prawie z progu izdebki i poszedł na młyn szukać Franka.

- Rozprawia się na grobli z Magdą, wiecie, tą wypędzoną od organistów! Młynarz chciał go wygonić, jeśli dziewkę raz jeszcze spotka w młynie, a przesiadywała tu całe noce, bo i gdzież się podzieje biedota! - objaśnił go chłop jeden.

- Kto na zwiesnę za czym bryka, od tego zimą umyka! - dorzucił ze śmiechem inny.

Antek przysiadł pod cylindrem, gdzie się najprzedniejszą mąkę robiło, a tak jakoś wprost wywartych drzwi izdebki, że widział Mateuszowe plecy i głowy innych, pochylonych ku niemu i zasłuchanych, mógł był słyszeć nawet, co mówili, bo niedaleko było, ino turkot młyna nie pozwalał, a i sam słuchać nie chciał.

Uwalił się prawie na workach i jakby drzemał nieco ze znużenia.

Młyn turkotał bez przerwy, trząsł się cały, dygotał i pracował wszystkimi gankami, koła trzepały się tak mocno jakby sto kobiet prało kijankami a bez przerwy, woda z bełkotliwym krzykiem waliła się przez nie, rozbijała wnet piany wrzące, w śnieżyste drzazgi i waliła z rykiem do rzeki.

Antek czekał może z godzinę na Franka, ale podniósł się wreszcie, by iść go poszukać na dworze, a zarazem by się orzeźwić nieco, bo śpik go morzył. Drzwi wychodne prowadziły tuż przy izdebce, przeszedł i biorąc już za klamkę przystanął nagle, posłyszał prawienie Mateusza.

-...a stary sam warzy mleko, to herbatę i do pierzyny jej nosi.. - mówili, że nawet sam koło krów chodzi i z Jagustynką wszystko obrządza, byle ino ona se rączków nie powalała... pono kupił w mieście porcenelę, by się nie przeziębiła za stodołę wychodzić...

Gruchnęli śmiechem ogromnym i dowcipy jak grad się posypały. Antek, sam nie wiedząc dlaczego, cofnął się na dawne miejsce, padł na worki i bezmyślnie patrzył w długą, czerwona smugę światła, bijącą przez wywarte drzwi izdebki. Nie słyszał nic, turkot przygłuszał rozmowy, młyn dygotał bezustannie, szary tuman pyłów mącznych przysłaniał młynice, lampki wiszące u sufitu gdzieniegdzie migotały z kurzawy białej, żółciły się jak te kocie oczy zaczajone i drygały raz po raz na sznurach. Ale nie mógł wysiedzieć, podniósł się znowu i cicho, na palcach podsunął się pod same drzwi i słuchał.

-...wszystko mu wytłumaczyła - mówił Mateusz- bez płot pono się spieszyła i bez to - Dominikowa przytwierdziła, jako się to często przytrafia dzieuchom, że i ją to samo spotkało w panieństwie... Każda teraz może zganiać na przełaz ostry... a stary baran uwierzył. Taki mądrala, a uwierzył...

Śmiali się tak, aż ten rechot po młynicy się rozlegał, aż się pokładali.

Antek przysunął się bliżej, prawie w progu stanął, a blady jak trup z zaciśniętymi pięściami, skurczony w sobie, gotowy do skoku.

- A to, co o Antku powiadali - podjął znowu Mateusz, gdy się wyśmiali - że się tam z Jagusią dobrze znali, nieprawda, wiem najlepiej. Sam słyszałem, jak skamlał u drzwi komory niby ten pies, aż go miotłą musiała odganiać. Przyczepił się do niej jak rzep do psiego ogona, ale go przeganiała...

- Widzieliście to?... inaczej na wsi mówili... - zapytał któryś.

- Jakże, raz to byłem u niej w komorze? raz mi się to żaliła na niego?

- Łżesz jak ten pies! - krzyknął Antek przestępując próg.

Mateusz się porwał w ten mig do niego, ale nim mógł zmiarkować co bądź, już Antek skoczył jak ten wilk wściekły, chycił go jedną ręką za orzydle, przydusił, aż tamten dech i głos stracił, drugą ujął za pas, wyrwał z miejsca jak kierz, nogą drzwi wywalił na dwór i poniósł go prędko za tartak, do rzeki ogrodzonej płotem, i cisnął z całej mocy, aż cztery żerdki trzasły kiej słomki, a Mateusz niby kloc ciężki padł we wodę.

Rejwach się uczynił i krzyk wielki, bo rzeka w tym miejscu bystra była i głęboka, rzucili się ludzie na ratunek i wyciągnęli go rychło, ale był nieprzytomny, ledwie się go docucili. Przyleciał wnet młynarz, przywiedli w parę pacierzy Jambroża, naszło się ludzi ze wsi, aż go przenieśli do młynarzowego domu, bo cięgiem mdlał i rzygał krwią. Po księdza nawet posłali, tak się źle z nim widziało, myśleli, że i ranka nie doczeka.

Antek zaś, kiedy Mateusza wynieśli, siadł spokojnie na jego miejscu przed kominem i grzał sobie ręce, i pogadywał z Frankiem, który się znalazł - a skoro ludzie popowracali i uspokoiło się nieco, rzekł tak głośno, by wszyscy słyszeli, a mocno, by sobie każdy zapamiętał:

- Kto ino będzie mnie szarpał i nastawał na mnie, każdemu tak zrobię albo jeszcze lepiej!

Nikt się nie odezwał, patrzeli na niego z głębokim podziwem, z szacunkiem, bo jakże, żeby takiego chłopa jak Mateusz wziąć tak letko niby ten snopek słomy, ponieść i rzucić do wody! Jeszcze nikt o takim mocarzu nie słyszał!... No, bo żeby się pobili, zmagali i jeden drugiego przemógł, poprzetrącał mu kości, zabił nawet - rzecz zwyczajna! Ale nie, ino wziąć kiej tego szczeniaka za uszy i ciepnąć do wody! Że mu ta żebra popękały od żerdek, nic to, wylekuje się, ale taki wstyd, taki wstyd, tego chyba Mateusz nie przeniesie!... Tak owstydzić człowieka na całe życie!...

- No, no wiecie, mościewy, tego jeszcze nie było szeptali między sobą.

Ale Antek na nich nie zważał, zmełł kaszę i koło północka poszedł do domu; świeciło się jeszcze u młynarza w tej izbie, gdzie złożyli Mateusza.

- Nie będziesz się, ścierwo, przechwalał więcej, żeś u Jagny w komorze bywał! - szepnął nienawistnie i splunął.

W domu nic nie powiedział, choć Hanka jeszcze nie spała zajęta przędzeniem, ale rano nie poszedł do roboty, był pewny, że go odprawią, zaraz jednak po śniadaniu przyleciał sam młynarz.

- Chodźcież do roboty, co macie z Mateuszem, to wasza sprawa, nic mi do tego, a tartak stać nie może, dopóki nie ozdrowieje; prowadźcie robotę, cztery złote i obiad będę wam płacił.

- Nie pójdę, da pan tyle, co Mateuszowi, stanę i nie gorzej poprowadzę.

Młynarz się wściekał, targował, ale przystać musiał, bo nie było rady, zaraz go też zabrał i poszli.

Hanka nic z tego jeszcze nie pojęła, bo o niczym nie wiedziała.

ROZDZIAŁ 4

W Wigilię przed godnymi świętami już od samego świtania wrzał przyspieszony, gorączkowy ruch w całych Lipcach.

W nocy czy też dopiero na odedniu mróz był znowu krzepko chycił, a że przyszedł po paru dniach miętkich i wilgnych mgieł, to obwalił drzewa sadzią jakby tymi szklanymi strużynami albo zasie puchem co najbielszym; słońce się nawet całkiem wyłupało i świeciło na modrym, jakby oprzędzonym w cieniuśkie, przejrzyste mgły niebie, jeno że blade było, ostygłe kiej ta Hostia w monstrancji utajona, nic nie grzejące, a naprzeciw, bo mróz brał na dzień, podnosił się jeszcze i przejmował taką skrzytwą, że dech zapierało i stworzenie wszelkie chodziło w parach oddechów, niby w kłębach mgieł, ale świat się cały rozsłonecznił i stanął w takich migotliwych, jarzących blaskach, w takich ostrych skrzeniach, jak żeby kto diamentową rosą przyokrył śniegi, aż oczy bolały patrzeć.

Okólne pola, przywalone śniegiem, leżały białe, roziskrzone, a głuche i martwe, ino czasami ptak jakiś łopotał wskroś bielizn mieniących, że ino cień jego czarny migotał po zagonach albo to stadko kuropatw skrzykiwało się pod zasypanymi krzami i płochliwie, czujnie ciągnęło chyłkiem ku ludzkim siedzibom, pod brogi pełne; gdzie znów, ale nieczęsto, zajączek jaki zaczerniał, kicał po śniegach, stawał słupka i drapał stwardniałą skorupę dobierając się do zboża, ale spłoszony szczekaniem psów, uciekał z nawrotem do borów oszroniałych, zawalonych śniegiem, zmartwiałych z zimna! - Pusto i głucho się czyniło na tych nie objętych okiem równiach śnieżnych, a tylko gdzieś, w dalekościach modrawych, majaczyły wsie, siwiały sady, mroczały gąszcze, połyskiwały zamarzłe strumienie.

Chłód przejmujący i od tych mroźnych brzasków świetlisty wionął światem całym i przenikał na wskróś zlodowaciałą ciszą.

Żaden krzyk nie rozdarł zakrzepłego milczenia pól, żaden głos żywy nie zadrgał ni nawet poświst wiatru nie zaszeleścił w suchych, roziskrzonych śniegach - ledwie niekiedy, czasami, od dróg zgubionych w zapach, tłukł się jękliwy głos dzwonka i skrzyp sani, ale tak słabo i odległe, że jeszcze nie chycił całkiem, nie rozeznał skąd i gdzie, a już przebrzmiał i zgoła przepadło w cichościach.

Ale po lipeckich drogach, z obu stron stawu, rojno było od ludzi i wrzaskliwie; radosny nastrój święta drgał w powietrzu, przenikał ludzi, nawet w bydlątkach się odzywał; krzyki dźwięczały w słuchliwym, mroźnym powietrzu kieby muzyka, śmiechy rozgłośne, wesołe leciały z końca w koniec wsi, radość buchała z serc; psy jak oszalałe tarzały się po śniegach, szczekały z uciechy i ganiały za wronami, tłukącymi się około domów, po stajniach rżały konie, z obór wyrywały się przeciągłe, tęskne ryki, a nawet ten śnieg jakby radośniej skrzypiał pod nogami, płozy sań piskały na twardych wyszlichtanych drogach, dymy biły modrymi słupami a prościuteńko, jakby strzelił, okna zaś chałup grały tak w słońcu, aż raziło - a wszędzie pełno było wrzawy dzieci, rwetesu, gęgliwych głosów gęsich, co się trzepały po przyrębłach, nawoływań; pełno było po drogach ludzi, przed domami, w opłotkach, a wskroś ośnieżonych sadów raz po raz czerwieniły się wełniaki kobiet, przebiegających z chałupy do chałupy, że raz po raz trącane w biegu drzewiny i krze sypały strugami okiści niby tą srebrną kurzawą.

Młyn nawet dzisiaj nie turkotał, stanął na święta całe, a tylko zimne szkliwo wody przejrzystej, puszczonej na upust, dzwoniło bełkotliwie, a gdzieś za nim, w błotach i w oparzeliskach, z oparów kurzących się mgłami wydzierały się krzyki dzikich kaczek i całe ich stada kołowały.

A w każdej chałupie, u Szymonów, u Maćków, u wójtów, u Kłębów, i kto ich tam zliczy a wypowie wszystkich, przewietrzano izby, myto, szorowano, posypywano izby, sienie, a nawet i śnieg przed progami świeżym igliwiem, a gdzieniegdzie to i bielono poczerniałe kominy; a wszędzie na gwałt pieczono chleby i one strucle świąteczne, oprawiano śledzie, wiercono w niepolewanych donicach mak do klusek.

Boć to Gody szły, Pańskiego Dzieciątka święto, radosny dzień cudu i zmiłowania Jezusowego nad światem, błogosławiona przerwa w długich, pracowitych dniach, to i w ludziskach budziła się dusza z zimowego odrętwienia, otrząsała się z szarzyzny, podnosiła się i szła radosna, czująca mocno na spotkanie narodzin Pańskich!

I u Borynów był taki sam rwetes, krętanina i przygotowania.

Stary jeszcze był do dnia pojechał do miasta po zakupy z Pietrkiem, którego przyjął do koni na Kubowe miejsce.

A w chałupie uwijano się żwawo, Józka przyśpiewywała cichuśko i strzygła z papierów kolorowych one cudackie strzyżki, które czy na belkę, czy też na ramy obrazów nalepić, to widzą się kieby pomalowane w żywe kolory, od których aż gra w oczach! A Jagna, z zakasanymi po ramiona rękawami, miesiła w dzieży ciasto i przy matczynej pomocy piekła strucle tak długachne, że widziały się jako te lechy w sadzie, na których pietruszkę zasiewają, to chleby bielsze nieco z pytlowej mąki - a zwijała się żywo, bo ciasto już kipiało i trza było wyrabiać bochenki, to poglądała za Józiną robotą, to zaglądała do placka z serem i miodem, któren wygrzewał się już pod pierzyną i czekał na piec, to latała na drugą stronę do szabaśnika, w którym buzował się tęgi ogień.

Witek miał przykazane, aby pilnował ognia i dokładał polan, ale tyle go ino widzieli co przy śniadaniu, bo zaraz się gdziesik zapodział. Próżno Józka, to Dominikowa szukały go po obejściu i nawoływały, ani się odezwał jucha;

siedział ano za brogiem w szczerym polu pod krzami i zakładał sidła na kuropatki, a gęsto je przysypywał plewami dla niepoznaki i przynęty. Łapa z nim był i ten bociek, którego to był w jesieni chorego przygarnął, wykurował, ochraniał, żywił, sztuk różnych wyuczył i tak się z nim pokumał, że niech ino zagwizdał nań po swojemu, to ptak chodził za nim niezgorzej od Łapy, z którym był w wielkiej zgodzie, bo razem wyprawiali się na szczury w stajni.

Rocho zaś, którego na całe święta Boryna do chałupy przyjął, siedział już od rana w kościele i tam do spółki z Jambrożym przystrajali ołtarze i ściany jedliną, jakiej nawióz ł księży parobek.

Południe już dochodziło, gdy Jagna skończyła z chlebem, ułożyła bochenki na desce i jeszcze oklepywała i smarowała je białkiem, by zbytnio w ogniu nie popękały, gdy Witek wraził głowę w drzwi i krzyknął:

- Kolędę niesą!

Jakoż już od rana starszy organiściak, Jasio, ten, co był w szkołach, roznosił opłatki do spółki z młodszym bratem.

Dojrzała ich Jagna już przed gankiem, że czasu nie było nawet coś uprzątnąć, gdy do izby weszli z Pochwalonym.

Zafrasowała się wielce, że to w izbie rozgardiasz był taki, to ino schowała pod zapaskę gołe ręce i zapraszała, by siedli odpocząć, bo kosze mieli wielkie, a młodszy dźwigał niezgorsze torbeczki i niepróżne.

- Jeszcze mamy pół wsi obejść, a czasu niewiele!... - wzbraniał się.

- Niech pan Jasio choć się ogrzeje, zamróz taki!

- A może zdziebko gorącego mleka, to uwarzę - proponowała Dominikowa. Wymawiali się, ale przysiedli pod oknem na skrzyni, Jasio zaś tak się wpatrzył w Jagnę, aż poczerwieniała i jęła spiesznie ściągać na ręce rękawy, że i on pokraśniał jak burak i wziął w koszu szukać opłatków, a wyjął lepszą i grubszą paczkę, bo w złoty pasek okręconą i poprzekładaną kolorowymi opłatkami. Jaguś wzięła ją przez zapaskę i położyła na talerzu pod Pasyjką, a potem wyniosła z dobry garniec siemienia lnianego i sześć jajek.

- Pan Jaś dawno przyjechał?
- Dopiero w niedzielę, trzy dni temu.
- Pewnikiem ckni się im w tych szkołach? - zapytała matka.
- Nie bardzo, ale to już niedługo, bo tylko do wiosny!
- A mówiła pani organiścina jeszcze w moje wesele, że pan Jasio na księdza idzie...
- Tak, od Wielkiej Nocy, tak! - rzekł ciszej i spuścił oczy.
- Mój Boże, to dopiero pociecha się ojcom ściele! To dopiero radość, że oni księdzem ostaną, a może da Bóg, to i w naszej parafii!
- Cóż tu u was słychać? - zapytał, aby przerwać pytania niemiłe.
- A cóż by, dał Bóg, że nic złego. Pomaluśku wszystko, pomaluśku, a dookoła, kieby w tym kieracie, jak zwyczajnie w chłopskim stanie.
- Chciałem przyjechać na wasze, Jaguś, wesele, ale mnie nie puścili.
- A taka zabawa była, że bez całe trzy dni tańcowali!- wykrzyknęła Józka.
- Kuba podobno w tym czasie umarł!
- A zmarło mu się, zmarło chudziaczkowi, krew go uszła i nawet bez świętej spowiedzi skończł. Mówią po wsi, że pokutuje, że widzieli, jak się cosik nocami po drogach tłucze, na rozstajach jęczy, to pod krzyżami wystaje i zmiłowania boskiego czeka!... Kubowa dusza to być musi, nie druga !
- Co wy też mówicie!
- Juści, prawdę mówię, nie widziałam sama, to i nie przysięgnę na to, ale może być, może są takie sprawy na świecie, że człowiekowy rozum, choćby i największy, a nie wyrozumie, nie przejrzy - boskie to ano są urządzenia nie ludzkie, nie, bo co my, chudziaki, możemy, to możemy, a resztę Bóg może!
- Szkoda Kuby, sam ksiądz, jak mi opowiadał o jego śmierci, to aż płakał z żalu.
- Bo poczciwości to był parob, że i drugiego nie znaleźć a cichy, pobożny, pracowity, cudzego nie ruszył, a z biednym to gotów się był kapotą ostatnią podzielić.
- Tak się zmienia ciągle w Lipcach, że co przyjadę, poznać się nie mogę. Byłem dzisiaj u Antków, dziecko im chore, bieda u nich aż skrzypi, a on sam tak się zmienił, tak wychudł, że ledwiem go poznał!

Nie odezwały się na to ani słowem, jeno Jagna odwróciła szybko twarz i zaczęła nakładać chleb na łopatę, a stara łypnęła oczami, że zaraz pomiarkował, jako w tym jest dla nich coś przykrego, chciał naprawić, myślał, o czym by dalej mówić, gdy Józka przystąpiła zapłoniona i jęła prosić, aby dał parę kolorowych opłatków.

- Na światy mi potrzebne, były z łońskiego roku, ale się we wesele do cna pomarnowały.

Juści, że dał jej kilkanaście i coś aż w piąciu kolorach.

- Aż tyle! Mój Jezus, a dyć to starczy i na świąty, i na księżyce, i na gwiazdy! - wołała ucieszona, poszeptały z Jagną i zesromana, przysłaniając twarz zapaską, wyniesła mu za nie coś sześć jajek.

Boryna na ten czas powrócił z miasta i wchodził do izby, a za nim wciskał się Łapa z boćkiem, bo Witek też się zjawił równo z gospodarzem.

- Zawierajcie prędko drzwi, bo się ciasto oziębi - krzyczała stara.

- Jak kobiety zabierają się do porządków, to chłopom trza komornego szukać choćby w karczmie, by przy pieczeniu nie zwalili na nas zakalca! - śmiał się Boryna rozgrzewając skostniałe ręce. - Droga jak po szkle i sanna sielna, ale i taki mróz, że trudno w saniach wysiedzieć! Daj, Jaguś, Pietrkowi choćby chleba, bo przemarzł na kość w tym sołdackim szynelu. Jasio na długo do domu?

- Aż do Trzech Króli.

- Ojciec ma z Jasia niezgorszą wyrękę, bo to i przy organach, i w kancelarii! Juści, staremu żal puścić pierzyny na taki mróz.

- Nie dlatego, a tylko że krowa się dzisiaj ocieliła, to został w domu i pilnuje.

- W dobry czas, będzie mleko na całą zimę.

- Hale, Witek, dałeś pić źrebięciu?

- Samam nosiła, ale nawet i po palcu pić nie chciał, baraszkuje ino, a do klaczy się tak wydziera, że przeprowadziłam do większej gródki.

Chłopcy wyszli, ale Jasio jeszcze z opłotków się odwracał za Jagną, bo też jakby jeszcze urodniejszą była niźli na jesieni przed weselem.

Nie dziwota też, iż starego całkiem zawojowała, iż świata za nią nie widział. Dobrze na wsi powiadali, że całkiem zgłupiał z tego kochania, bo choć kwardy był i nieustępliwy la wszystkich po dawnemu, ale Jagusia mogła z nim robić, co ino zechciała, słuchał się jej ze wszystkim, jej oczami patrzał, jej się radził, a i Dominikowej też, że do cna go opanowały! Dobrze mu z tym było, gospodarstwo szło, wszystko było w porządku, wygodę swoją miał, a użalić się przed kim i poradzić, że już o niczym nie myślał i o nic nie stojał, co ino nie było Jagusią, w którą jak w ten obrazek święty patrzał!

Nawet teraz oto wygrzewał się przed kominem, a cięgiem chodził za nią rozmiłowanymi oczami i kieby przed weselem, słodkie słówka wciąż prawił, a jeno o tym myślał, czym by się jej jeszcze więcej przypodchlebić.

Ale Jagna tyle dbała o jego kochanie, co o ten śnieg z łońskiego roku, jakaś mroczna była, zniecierpliwiona jego amorami, zła, wszystko ją drażniło, że jak ten luty wicher nosiła się po izbie - robotę spychała na matkę, to na Józkę, a często i starego do niej zaganiała cierpkimi słowy, a sama szła niby to zajrzeć na drugą stronę do pieca albo do źrebaka w stajni, a głównie po to, by ostać samej i zamyślać się o Antku.

Jasio go jej przypomniał, że jak żywy stanął przed nią, jak żywy...

Prawie trzy miesiące go nie widziała, bo jeszcze na długo przed ślubem, tyla ino, co wtedy przejazdem na drodze pod topolami... juści, czas płynął jak ta woda; a to ślub, przenosiny, kłopoty różne, gospodarstwo, że i kiej to miała o nim pomyśleć! Nie widywała go, to i na myśl nie przychodził, a ludzie też wagowali się mówić o nim przed nią... A teraz, nie wiada dlaczego, tak z nagła stanął przed oczami i patrzył z taką żałością, z takim wyrzutem, aż się jej dusza zatrzęsła ze zgryzoty...

- Nicem ci nie winowata, nie, to czemu stajesz przede mną jak ta dusza pokutująca, czemu straszysz? - myślała żałośnie broniąc się przed wspominkami... ale dziwno jej było, czemu się tak mocno przypomniał, czemuż to ani Mateusz, ani Stacho Płoszka, ni inni?... Nikto drugi, tylko on jeden! Zadać jej cosik musiał, że się biedzi teraz i wydziera z siebie, i w męce się pławi, bo taka tęskność ją rozpierała, aż ją w dołku gnietło, a tak cosik we świat duszę niesło, że poszłaby, gdzie ino oczy poniesą, na bory i lasy.

- Co on tam, chudziak, porabia, co se myśli? I ani sposobu, by z nim pomówić, ani sposobu i... nie wolno! Prawda, nie wolno, Jezus kochany, a dyć by to był śmiertelny grzech, śmiertelny! - mówił to ksiądz na spowiedzi, mówił... - ino by z nim pomówiła raz jeden, choćby przy świadkach, choćby... a to już ani dziś, ani jutro, ani nigdy! Borynowa jest na wiek wieków amen...

- Jagusia, a chodźże, chleb trzeba przesadzić! - wołała stara.

Pobiegła do domu, zwijała się, jak mogła, ale myśli o nim nie zatraciła, wciąż jej wracał na oczy i wszędzie przypominały się jego niebieskie ślepie i te brwie czarne, i te wargi czerwone, słodkie, łakome! Próżno zapamiętale wzięła się do roboty, paliło się jej w rękach, uprzątała izbę, wzięła się pod wieczór do obrządku krów, czego prawie nigdy nie robiła, nic to jednak nie pomogło, bo ciągle stał przed nią i tęsknica rosła w niej, i rozdzierała duszę, co ją tak strasznie rozdrażniło, że przysiadła na skrzyni przy Józce, czyniącej pospiesznie światy, i buchnęła płaczem.

Uspokajała ją matka, uspokajał mąż wystraszony, chodzili koło niej jak koło tego dzieciątka rozgrymaszonego, głaskali, patrzyli w oczy, nic nie pomogło, wypłakała się do woli i wnet się w niej cosik przemieniło z nagła, bo się podniosła ze skrzyni prawie wesoła, pogadywała ze śmiechem, śpiewać nawet była gotowa, gdyby to był nie adwent !

Popatrzył zdziwiony Boryna, popatrzała matka, a potem na siebie długo i ważnie spoglądali, wywiedli się do sieni, coś tam poszeptali i wrócili rozradowani, weseli, roześmiani i nuż ją brać w ramiona, całować, a tacy byli dobrzy, że stara zakrzyknęła gorąco:

- Nie dźwigaj dzieży, Maciej wyniosą!

- Abo to mi nowina brać i cięższą!

Nic nie rozumiała.

Ale stary nie pozwolił, sam wyniósł, a potem przy sposobności przyparł ją gdzieś w komorze, srodze całował, a radośnie coś szeptał ,by Józka nie usłyszała.

- Wam z matką we łbach się poprzewracało, nieprawda, co powiadacie, nie!...

- Oboje z matką znamy się na tym, juž ja ci mówię, że tak jest. Zaraz, co to mamy? Gody... to by dopiero na lipca wypadło, w same żniwa... Czas nierychtowny, goràc, roboty, ale cóż poradzi, trza i za to Panu Bogu podziękować... - I znowu chciał ją całować, wyrwała mu się ze złością i pobiegła do matki z wymówkami, ale stara potwierdziła stanowczo.

- Nieprawda, zdaje się wam ino! - zaprzeczała gorączkowo.

- Nie cieszy cię to, widzę?

- Coby zaś miało cieszyć, mało to kłopotów? a tu jeszcze nowe utrapienie!

- Nie wyrzekaj, by cię Pan Jezus nie pokarał.

- A niechta, a niechta!

- Czemuż to się tak wyrzekasz tego, co?

- Bo nie chcę i tyle!

- Przecież gdyby było dziecko, to w razie śmierci starego, czego Boże broń, do zapisu i jego część by przyszła, a po równo z drugimi, może i na całym gruncie byś ostała...

- Wam ino jedno w głowie: grunt i grunt, a la mnie tyla stoi, co nic...

- Boś młódka jeszcze i głupia, a pleciesz bele co! Człowiek przez gruntu to jak bez nóg, tula się ino, tula, a do nikąd nie zajdzie. Nie powiadaj tylko na sprzeciw Maciejowi, bo mu markotno będzie...

- Nie będę wstrzymywała w sobie, co mi tam Maciej ;

- To pyskujże sobie choćby przed całym światem, kiej nie masz rozumu, a mnie daj spokojnie chleb wysadzić, bo się na węgiel spiecze; zajmij się lepiej robotą, śledzie ano przełóż z wody do mleka, to więcej soli stracą, Józka niech maku utrze, jeszcze tyla do zrobienia, a wieczór ino, ino

Jakoż i prawda była, wieczór już stał u proga, słońce padało za bory, a czerwone zorze rozlewały się po niebie krwawymi zatokami, że śniegi gorzeć się zdawały, jakby zarzewiem posypane - ale wieś głuchła i przycichała ; nosili jeszcze wodę ze stawu, rąbali drwa, to ktoś się spieszył saniami, aż koniom śledziony grały, biegali jeszcze przez staw, skrzypiały wrótnie gdzieniegdzie, zrywały się tu i ówdzie głosy różne, ale z wolna, wraz z gaśnięciem zórz i z tą popielną sinością, jaka się sypała na świat ruch zamierał, przycichały obejścia i pustoszały drogi. Dalekie pola zapadały w mrokach, zimowy wieczór prędko nastawał i brał ziemię w moc swoją, a mróz się podnosił i tak ściskał, że głośniej grały śniegi pod trepami i szyby malowały się w rózgi i kwiaty dziwne...

Wieś zginęła w szarych, śnieżystych mrokach, jakby się rozlała, że ani ujrzał domów, płotów i sadów, jedne tylko światełka migotały ostro a gęściej niźli zwykle, bo wszędy się szykowano do wigilijnej wieczerzy.

W każdej chałupie, zarówno u bogacza, jak i u komornika, jak i u tej biedoty ostatniej, przystrajano się i czekano z namaszczeniem, a wszędy stawiano w kącie od wschodu snop zboża, okrywano ławy czy stoły płótnem bielonym, podścielano sianem i wyglądano oknami pierwszej gwiazdy.

Jakoś niewidne były zaraz z pierwszego wieczoru; jak to zwykle przy mrozie, bo skoro ostatnie zorze się dopalały, niebo zaczęło się zasnuwać jakby dymami sinymi i całkiem zatapiało się w burościach.

Józka z Witkiem dobrze byli przemarzli, bo stali na zwiadach przed gankiem, nim pierwszą gwiazdę uwidzieli.

- Jest! Jest! - wrzasnął naraz Witek.

Wyjrzał na to Boryna, wyjrzeli i drudzy, a na ostatku Rocho.

Juści, że była, tuż nad wschodem, jakby się rozdarły bure opony, a z głębokich granatowych głębin rodziła się gwiazda i zda się rosła w oczach, leciała, pryskała światłem, jarzyła się coraz bystrzej, a coraz bliżej była, aż Rocho uklęknął na śniegu, a za nim drugie.

- Oto gwiazda Trzech Króli, betlejemska gwiazda, przy której blasku Pan nasz się narodził, niech będzie święte imię Jego pochwalone!

Powtórzyli za nim pobożnie i wpili się oczami w tę światłość daleką, w ten świadek cudu, w ten widomy znak zmiłowania Pańskiego nad światem.

Serca im zabiły rzewliwą wdzięcznością, wiarą gorącą, dufnością i brały w siebie to światło czyste jako ten ogień święty, pleniący złe, jako sakrament.

A gwiazda olbrzymiała, niosła się już niby kula ognista, błękitne smugi szły od niej niby szprychy świętego koła, i skrzyły się po śniegach, i świetlistymi drzazgami rozdzierały ciemności, a za nią, jako te służki wierne, wychylały się z nieba inne, a liczne, nieprzeliczoną i nieprzejrzaną gęstwą, że niebo pokryło się rosą świetlistą i rozwijało się nad światem modrą płachtą, poprzebijaną srebrnymi gwoździami.

- Czas wieczerzać, kiedy słowo ciałem się stało!- rzekł Roch.

Weszli do domu i zaraz też obsiedli wysoką i długą ławę.

Siadł Boryna najpierwszy, siadła Dominikowa z synami, bo się dołożyła, aby razem wieczerzać, siadł Rocho, w pośrodku, siadł Pietrek, siadł Witek kole Józki, tylko Jagusia przysiadała na krótko, bo trzeba było o jadle i przykładaniu pamiętać.

Uroczysta cichość zaległa izbę.

Boryna się przeżegnał i podzielił opłatek pomiędzy wszystkich, pojedli go ze czcią, kieby ten chleb Pański.

- Chrystus się w onej godzinie narodził, to niech każde stworzenie krzepi się tym chlebem świętym! - powiedział Rocho.

A chociaż głodni byli, boć to dzień cały o suchym chlebie, a pojadali wolno i godnie.

Najpierw był buraczany kwas, gotowany na grzybach z ziemniakami całymi, a potem przyszły śledzie w mące obtaczane i smażone w oleju konopnym, później zaś pszenne kluski z makiem, a potem szła kapusta z grzybami, olejem również omaszczona, a na ostatek podała Jagusia przysmak prawdziwy, bo racuszki z gryczanej mąki z miodem zatarte i w makowym oleju uprużone, a przegryzali to wszystko prostym chlebem, bo placka ni strucli, że z mlekiem i masłem były, nie godziło się jeść dnia tego.

Jedli długo i mało kiedy jeśli tam które rzekło jakie słowo, więc ino skrzybot łyżek o wręby się rozlegał i mlaskanie - tylko Boryna raz po raz rwał się pomagać Jagusi a wyręczać, aż go stara skarciła

- Siedźcie, nic się jej nie stanie, daleko jeszcze do czasu, a pierwsze święta na swojem, to niechaj się wkłada !...

Ale Łapa skomlał z cicha, trykał łbem o zady, łasił się a przypochlebiał, by mu prędzej dali, a bociek, któren miał swoje miejsce w sieni, to często gęsto kuł dziobem w ścianę, to klekotał, aż się kury odzywały na grzędach.

Nie skończyli jeszcze, gdy ktosik zapukał do okna.

- Nie puszczać i nie obzierać się, to złe, wciśnie się i na cały rok ostanie! - wykrzyknęła Dominikowa.

Opuścili łyżki i słuchali strwożeni, pukanie znowu się ponowiło.

- Kubowa dusza! - szepnęła Józka.

- Nie pleć, ktosik potrzebujący; w ten dzień nikto nie powinien być głodny ni ostawać bez dachu - odezwał się Roch podnosząc się drzwi otwierać.

Jagustynka to była, stanęła pokornie u proga i przez łzy, co się jej jak groch sypały, prosiła cicho:

- Dajcie kąt jaki i choćby to, co psu wyrzucicie! Zmiłujcie się nad sierotą... Czekałam, że mnie dzieci zaproszą... czekałam... w chałupie mróz... na darmo wyziębłam... na darmo... Mój Jezus... a teraz, jak ta dziadówka... jak... rodzone dzieci... samą mię ostawiły i bez tej okruszyny chleba... gorzej niźli tego psa... a tam u nich gwarno, pełno ludzi... chodziłam koło węgłów... w okna zaglądałam...na darmo...

- Siadajcie z nami. Trzeba było przyjść wam zaraz z wieczora, a na dziecińską łaskę nie czekać... jeno do trumny to ochotnie wbiją gwoździe ostatnie, by się upewnić, że nie wrócicie już po nic...

I z wielką dobrością zrobił jej miejsce wedle siebie.

Ale nie mogła nic przełknąć, choć jej Jagusia niczego nie żałowała i szczerym sercem zniewalała do jadła, cóż, kiej nie mogła, siedziała cicho, skulona i zaparta w sobie, że jeno po dryganiu pleców było widno, jaka ją męka ozdzierała.

Cicho się w izbie stało, ciepło, serdecznie, nabożnie i tak uroczyście, jakby między nimi leżało to święte Dzieciątko Jezus.

Ogromny a ciągle podsycany ogień wesoło trzaskał na kominie i rozświetlał całą izbę, aż lśniły się szkła obrazów i czerwieniały zamarznięte szyby, a oni siedzieli teraz wzdłuż ławy, przed ogniem, i poradzali z cicha a poważnie.

Potem Jaguś nagotowała kawy, to słodzili ją suto i popijali z wolna...

Aż Rocho wyjął z zanadrza książkę okręconą w różaniec i zaczął z niej czytać cichym a głęboko wzruszonym głosem:

-Jako to stała się nam nowina, Panna porodziła Syna; aż w judejskiej ziemie, w Betlejem, nie bardzo podłym mieście, narodził się Pan w ubóstwie; na sianie, w stajni lichej, między bydlątkami, co w tej radosnej nocy cichej były Mu bratami. - A ta sama gwiazda, co i dzisiaj świeci, spłonęła wówczas dla tej świętej Dzieciny - i drogę wskazywała trzem królom, co chociaż pogany i czarne jako te sagany, a serca mieli czujące i z krajów dalekich, zza mórz nieprzejrzanych, zza gór srogich przybiegli z darami, by prawdzie dać świadectwo."

Długo czytał opowieść oną, a głos mu się wzmagał i rozmadlał, i w śpiew prawie przechodził, że jakby tę świętą litanię wygłaszał, a wszyscy siedzieli w milczeniu pobożnym, w ciszy serc zasłuchanych, w drżeniu dusz olśnionych cudem i w najszczerszym odczuciu łaski Pańskiej narodowi danej !

Hej, mój Jezus kochany! W stajence ci to lichej urodzić się przyszło, tam w tych krajach dalekich, między obcymi, między Żydy paskudne, między heretyki srogie! a w ubóstwie takim, w taki mróz! O biedoto przenajświętsza, o Dziecineczko słodka!... Myśleli i serca biły współczuciem, a dusze się zrywały i niesły we świat jako ci ptakowie, aż do tej ziemi narodzin, do tej szopy, przed ten żłób, nad którym śpiewali aniołowie, do świętych nóżek Dzieciątka przypadali sercami i całą mocą wiary ognistej i dufności oddawali Mu się w te służki najwierniejsze aż po wiek wieków amen!

A Rocho wciąż czytał, aż Józka, że to miętkie dzieuszysko było i wielce czujące, zapłakała rzewliwie nad Pańską niedolą, a Jaguś wsparłszy twarz na dłoniach też płakała, aż jej łzy ciekły przez palce, że chowała głowę za Jędrzycha, któren z otwartą gębą wpodle słuchał, a tak się wielce dziwował słyszanemu, aż raz po raz szarpał Szymka za kapotę i wykrzykiwał:

- Cie!... - słuchasz to, Szymek! - ale wnet milknął, karany srogim wzrokiem matki.

- Nawet tej kolebeczki nie miała biedota!

- Dziw, że to nie zamarzło!

- I że to chciał Pan Jezus tyle wycierpieć! - powiadali rozważając, gdy skończył, a Rocho im na to:

- Bo ino ofiarą swoją i cierpieniem mógł zbawić naród, a gdyby nie to, to już by zły całkiem zapanował nad światem i wybierał dusze la siebie.

- Rządzi on tu i tak niemało - szepnęła Jagustynka.

- Grzech panuje, to złość rządzi, a to są kumy złego!

- I... co tam rządzi, co panuje, komu tam wiada, jeno to jest pewne, że nad człowiekiem zła dola ma moc swoją i to cierpienie.

- Nie powiadajcie, złość na dzieci was ślepi, byście nie zgrzeszyli!... . Postrofował ja surowo, ale się już nie przeciwiła, pomilkli też wszyscy i rozważali, a Szymek powstał z miejsca i chyłkiem chciał się wynieść.

- Gdzie ci tak pilno? - syknęła stara, bacząca na wszystko.

- Na wieś pójdę, gorąc mię rozbiera... - bełkotał zestraszony.

- Do Nastki cię niesie, na gzy, co?

- Zabronicie to, przytrzymacie... - mówił ostrzej, ale już czapkę cisnął na skrzynię.

- Do chałupy idźta z Jędrzychem, dom na boskiej Opatrzności został, zajrzyjcie do krów i czekajcie, przyjdę po was i razem do kościoła pójdziemy. - Zarządziła, ale chłopaki wolały pozostać niźli w pustej chałupie siedzieć; nie wyganiała ich też więcej, ale się zaraz podniesła i wzięła ze stołu opłatek.

- Witek, zapal latarkę, do krów pójdziemy. W tę noc Narodzenia i każde bydlątko rozumie człowieczą mowę, i przemówić jest zdolne, że to między niemi Pan się narodził. Kto ino bezgrzeszny zagadnie - ludzkim głosem odpowiedzą; równe są dzisiaj ludziom i społecznie z niemi czujące, więc i opłatkiem trza się z niemi podzielić...

Ruszyli wszyscy do obory, a Witek ze światłem przodem.

Krowy leżały rzędem obok siebie i przeżuwały glamiąc powoli, ale na światło i głosy jęły postękiwać, zbierać się ciężko do powstawania a odwracać ciężkie, ogromne łby.

- Tyś gospodynią, Jaguś, to prawo twoje rozdzielić między wszystkie. Darzyć ci się będą lepiej i nie chorować; jeno jutro rano doić nie można, aż wieczorem, straciłyby mleko.

Jagna połamała opłatek na pięć części i przychylając się nad każdą krową, czyniła krzyż święty między rogami, a wtykała po kawałku w gębule, na szerokie, ostre ozory.

- A koniom to nie dacie? - zagadnęła Józka.

- Nie było ich w onym czasie przy Narodzeniu, to nie można.

Wracali do izby, a Roch mówił:

- Kużde stworzenie, trawka kużda, choćby i ta najmarniejsza, kamuszek najmniejszy, nawet ta gwiazda ledwie dojrzana - wszystko dzisiaj czuje, wszystko wie, że Pan się narodził.

- Jezus kochany! Wszystko! To i ta ziemia, i te kamienie! - wykrzyknęła Jagna.

- Prawdę rzekłem, tak ci to i jest - wszystko ma swoją duszę. Co ino jest na świecie, czującem jest i na swoją godzinę czeka, aż Jezus się zmiłuje i rzeknie: "Wstań, duszo, ożyj, zasługuj się nieba!" Bo i robaczek najmniejszy, i ta trawka chwiejna, wszystko się po swojemu zasługuje i po swojemu chwały Pańskiej dostępuje. A w tę noc, jedną na rok cały, wszystko się podnosi, przecyka, nasłuchuje, a czeka tego słowa! Dla jednych ono przychodzi, la drugich jeszcze nie kolej, to legną potem w mrok, cierpliwie czekający świtu, kto kamieniem, wodą, ziemia, drzewem, kto jeszcze czym innym, jak tam któremu Pan naznaczył!...

Zamilkli rozważając, co powiedział, bo mądrze był rzekł, prosto do serca, ale się to Borynie ni Dominikowej nie widziało czystą prawdą, bo ją sobie w głowie przekładali i tak, i owak, a pojąć tego nie mogli. Juścić, moc boska jest nieodgadniona a cuda czyniąca, ale żeby kamienie i wszystko duszę swoją miało... nie mogli tego wymiarkować. I nie myśleli już nad tym dłużej, bo przyszli kowalowie z dziećmi.

- U ojca razem posiedzim i społem pójdziemy na pasterkę - tłumaczył kowal.

- Siadajcie, siadajcie... milej będzie w kupie, a toć wszystkie będziemy razem, Grzeli ino brak.

Józka srogo spojrzała na ojca, bo się jej Antkowie przypomnieli, ale bała się rzec tym.

Obsiedli znowu ławy przed ogniem, tylko Pietrek ostał na podwórzu i rąbał drzewo, aby nie brakło opału na święta, a Witek nosił naręczami i układał drwa w sieni.

- Ale, a to bym zapomniał! Dogonił mnie wójt i prosił, byście, Dominikowa, zaraz szli do niej, już tam krzyczy i wydziera się, że pewnie tej nocy zlegnie...

- Do kościoła chciałam ze wszystkimi, ale kiedy mówicie, że już krzyczy, to polecę zajrzeć. Byłam rano, myślałam, że jeszcze parę dni przetrzyma.

Pogadała po cichu z kowalową i pobiegła do chorej, że to znająca była na chorobach i niejednego lepiej wylekowała niźli dochtory.

A Rocho jął opowiadać historie różne, przygodne na dzień dzisiejszy, a między drugimi i taką:

- "Dawno już temu będzie, bo tyle roków, co ich jest od Narodzenia, chłop jeden, gospodarz bogaty, szedł był sobie z jarmarku, gdzie przedał parę tęgich ciołków; talary miał dobrze schowane w cholewie, kij niezgorszy w garści i krzepki też był, że może we wsi najmocniejszy, ale się spieszył, aby przed nocą do domu się dostać, bo podówczas zbóje kryły się w lasach i poczciwym ludziom drogę zastępowały.

Latową porą musiało to być, bo bór był zielony, pachnący i żywymi głosami rozbrzmiały, a wiater był duży, to drzewa się kołysały i szum srogi szedł górą. Pospieszał chłopina, jak ino mógł, a rozglądał się strachliwie dookoła, ale nic nie dojrzał... chojary ino stały przy chojarach, dęby przy dębach, sosna przy sośnie, a nigdzie żywej duszy; tyle co te ptaszyska przeciągały między pniami. Strach go. brał coraz bardziej, bo przechodził koło krzyża przez taki gąszcz, gdzie się i oczami nie przecisnął, a kędy właśnie najczęściej zbóje następowali, to się przeżegnał, pacierz w głos mówił i w dyrdy pobiegł...

Już się szczęśliwie wydostał z wysokiego lasu, już ino tą karłowatą sośniną a jałowcami się przebierał, już nawet widział pola zielone, rozkołysane, już mu plusk szedł od rzeki, skowronki śpiewały, już ludzi zoczył przy pługach, a nawet boćki jak kluczem ciągnęły na bagniska, a nawet poczuł z wiatrem sady wiśniowe, co były kwitły...gdy wtem z tych krzów ostatnich wyskoczyli zbóje! Dwunastu ich było i wszyscy z nożami! Bronił się, ale wnet przemogli, a że pieniędzy oddać po dobrości nie chciał a krzyczał, to powalili go na plecy, przygnietli nogami, odnieśli noże i już, już mieli go żgnąć... a wtem skamienieli z nagła i zostali tak z podniesionymi nożami, zgarbieni, srodzy a nie ruchający się - i wszystko się w ten mig zatrzymało w miejscu... Ptaki pocichły i wisiały w powietrzu... rzeki stanęły... słońce jakby zakrzepło... wiatr zmartwiał... drzewa ostały, jak je był wicher przygiął... zboża także... bociany zaś kieby wrosły w niebo z rozłożonymi skrzydłami... nawet ten chłop orzący stał z podniesionym batem - świat się cały zaląkł w to oczymgnienie i skamieniał!

Jak to długo było, nie wiadomo - aż rozległ się nad ziemią anielski śpiew: Bóg się rodzi, moc truchleje!

Ruszyło się zaraz wszystko, ale zbóje poniechali chłopa widząc w tym cudzie przestrogę i razem już poszli za tymi głosami anielskimi do stajenki onej pokłonić się Narodzonemu! Wraz z nimi, co ino żyło na ziemi i w powietrzu."

Dziwowali się wielce temu, co Rocho opowiadał, ale potem Boryna, to i kowal też opowiadali różne różności.

A w końcu Jagustynka, która cały czas w cichości siedziała, rzekła cierpko:

- Mówicie, mówicie, a tyle jest z tego, że wam czas się nie dłuży! Hale, prawda to była, że przódzi z nieba przychodziły opiekuny różne, co biednemu i uciśnionemu zmarnieć nie dawały! Czemuż teraz takich nie uwidzi?

Mniej to biedy, mniej mizeracji, mniej tego dusznego skrzybotu?... Człowiek jest jako ten ptak bezbronny, na świat puszczony - a to go jastrząb, a to go zwierz, a to głód, a w końcu i ta kostucha dodusi - a ci prawią o miłosierdziu i głupie żywią, i manią obietnicami, że zbawienie przyjdzie! Przyjdzie, ale Antychryst, i ten sprawiedliwość wymierzy, ten się zmiłuje, jak ten jastrząb nad kurczątkiem.

Porwał się Rocho i zaczął wielkim głosem wołać:

- Nie bluźnij, kobieto, nie grzesz, nie słuchaj podmów diabelskich, bo na potępienie się wiedziesz i wieczny ogień! - Ale upadł na ławę, łzy mu zalały głos, trząsł się cały ze zgrozy świętej, z bólu nad tą duszą zgubioną, a gdy nieco przyszedł do siebie, z całej mocy duszy wierzącej wykładał prawdę i na dobrą drogę wyprowadzał.

I długo, długo mówił, że lepiej i ksiądz na ambonie nie potrafił.

A tymczasem zaś Witek, głęboko tknięty słowami, że w noc tę krowy mowę ludzką mają, wywołał po cichu Józkę i poszli oboje do obory.

Trzymając się za ręce i dygocząc ze strachu, a żegnając się raz po raz, wsunęli się do obory pomiędzy krowy.

Przyklęknęli przy największej, jakby przy matce całej obory; tchu im brakowało, dusze się trzęsły, łzy nabiegały do oczów, serca przenikał strach święty, jakoby w kościele podczas Podniesienia, ale dufność serdeczna i wiara w nich była, bo Witek nachylił się aż do samego ucha i szepnął drżąco:

- Siwula, siwula!...

Nie odrzekła ni tym słowem jednym, postękiwała ino, żuła, ruchała gębulą pomlaskując ozorem.

- Cosik się jej stało, że nie odpowiada, może - za karę.

Przyklęknęli przy drugiej i znowu Witek zapytał, ale już z płaczem prawie...

- Łaciata! Łaciata!...

Przywarli oboje do jej pyska, słuchali z zamarłym tchem, ale nic nie usłyszeli, ani słowa, nic...

- Grześniśmy pewnie, to nie usłyszymy, ino bezgrzesznym odpowiadają, a my grzeszne...

- Prawda, Józia, prawda, grzeszne my, grzeszne... Mój Jezus... prawda... juści, wziąłem gospodarzowi postroneczki... a i ten rzemień stary... a i te... - nie mógł mówić więcej, płacz go chycił, żal i to poczucie winy, że aż się zanosił, a Józka też mu serdecznie wtórowała, i tak płakali społem, nie mogąc się utulić, aż wypowiedzieli przed sobą przewiny swoje a grzechy wszystkie...

Ale w izbie nikt nie spostrzegł ich braku, śpiewali teraz pieśni pobożne, że to nie czas przed północkiem na kolędy.

Na drugiej zaś stronie mył się i pucował do czysta Pietrek a przebierał całkiem, bo mu Jagna nowe przyobleczenie, które miał w komorze, wyniosła.

Aż krzyknęli z podziwu, gdy wszedł potem do izby; pozbył się bowiem szynela i tych sołdackich ubierów, a stanął przybrany zwyczajnie po chłopsku.

- Śmieli się ze mnie, burkiem przezywali, tom się i przeodział! - wybełkotał.

- Mowę odmień; nie szmaty! - rzuciła Jagustynka.

- Sama mu powróci, sama, bo duszy widno jeszcze nie stracił całkiem.

- Pięć roków we świecie był, mowy swojej nie słyszał, to i nie dziwota!...

Umilkli naraz, bo ostry, przenikliwy głos sygnaturki przedzierał się do izby.

- Sygnują na pasterkę, trza się nam zbierać!

Jakoż w pacierz może wyszli wszyscy, prócz Jagustynki, która ostała domu pilnować, a głównie, by dać folgę uciśnionemu sercu.

Noc była mroźna, roziskrzona gwiazdami, modrawa.

Sygnaturka wciąż dzwoniła i jako ten ptaszek świergotała zwołujący do kościoła.

Naród też już wychodził z chałup, gdzieniegdzie otwieranymi drzwiami lunął potok światła i zamigotał jak błyskawica, gdzieniegdzie gasły okna, czasem głos jakiś się podniósł w mrokach, kaszel, skrzyp śniegu pod nogami, to słowo Boże, którym się pozdrawiali, a coraz gęściej majaczeli w tej szaromodrawej nocy, tłumami walili, że ino tupot nóg rozlegał się w suchym powietrzu.

Kto był żyw, do kościoła ciągnął, ostały ino po chałupach całkiem stare, chore albo kaleki.

Już z daleka widniały rozgorzałe okna kościelne i główne drzwi na rozcież wywarte, a światłem buchające, naród zaś płynął przez nie i płynął jak woda, z wolna zapełniając wnętrze, przystrojone w jodły i świerki, że jakby gęsty bór wyrósł w kościele, tulił się do białych ścian, obrastał ołtarze, z ław się wynosił i prawie sięgał czubami sklepień, a chwiał się i kołysał pod naporem tej żywej fali, i przysłaniał mgłą, parami oddechów, zza których ledwie migotały jarzące światła ołtarzów.

A naród wciąż jeszcze nadchodził i płynął bez końca...

Nadeszli hurmą całą aż z Polnych Rudek, a szli ramię w ramię, ostro i ciężko, bo chłopy były ogromne, rozrosłe, w granatowe kapot co do jednej, w podwójnych zapasach i w czepcach pookręcanych w czerwone chusty.

Nadciągali z rzadka, kapaniną, po dwóch, po trzech i ci z Modlicy, cherlaki i mizerota sama; w łatanych siwych kapotach, z kijami, bo na piechty wędrowali; po karczmach szły o nich przekpiewy że samymi piskorzami się żywią, bo to na niskich rolach siedzieli, wśród błot, a dymem torfowym od nich wiało.

I z Woli nadchodził naród, a wiedli się całymi familiami, jak te krze jałowcowe, co zawżdy zwartą kupą rosną, niewyrosłe, średniaki same, a pękate kiej wory, prędkie jednak, wyszczekane, sielne procesowniki, zabijaki niemałe, a szkodniki leśne, w szare kapoty ze sznurami czarnymi przybrane i pasami czerwonymi okręceni.

Nadciągnęła i szlachta rzepecka, co to wedle gadki: "worek ino a płachta", albo że się ich piąciu krowiego ogona trzyma, a we trzech jedną czapkę mają - ci szli kupą, milczkiem, spode łba patrzący i z góry, a kobiety swoje, jakoby dwórki jakie wystrojone i wielce urodne, białe na gębie, świergotliwe, wiedli w pośrodku i mocno uważali.

A zaraz po nich walili ludzie z Przyłęka, szli zaś jak ten bór sosnowy wyrośnięci, śmigli i mocni; a postrojeni aż oczy raziło; kapoty mieli białe, kamizele czerwone wstęgi u koszul zielone i portki żółtopasiaste , a pchali się środkiem nieustępliwie, nie bacząc na nikogo, przed sam ołtarz.

Za nimi zaś, prawie już na ostatku, jak jakie dziedzice, wychodziły chłopy dębickie, niewiela ich było, a każdy z osobna szedł, z paradą, a puszył się, wynosił i po ławkach przed: wielkim ołtarzem zasiadał, i pierwszeństwo brał przed innymi, dufny w bogactwo swoje - a kobiety ich były z książkami, w czepeczkach białych, wiązanych pod brodę, i w katanach z cienkiego sukna... a potem jeszcze szli z wsi dalszych, z przysiółków różnych, z domów w lasach rozsypanych, z trackich bud, ze dworów, że kto by tam zapamiętał i wyliczył!...

A między tym gąszczem zwartym, kolebiącym się i szumiącym jak bór, gęsto się bieliły kapoty Lipczaków i czerwieniały chusty kobiet.

Kościół był zapchany do cna, aż do tego ostatniego miejsca w kruchcie, że którzy byli ostatni, to już na mrozie pod drzwiami pacierz mówili.

Ksiądz wyszedł ze mszą pierwszą, organy zagrały, a naród się zakołysał, pochylił i na kolana padł przed majestatem Pańskim.

I już cicho było, nikt nie śpiewał, a modlił się każdy wpatrzony w księdza i w tę świeczkę, co płonęła wysoko nad ołtarzem, organy huczały przyciszoną a tak tkliwą nutą, że mróz szedł przez kości, czasem ksiądz się odwrócił, rozkładał ręce, powiadał w głos łacińskie święte słowo, to naród wyciągał ramiona, wzdychał głęboko, pochylał się w skrusze pobożnej, bił się w piersi i modlił żarliwie.

Potem zaś, gdy się msza skończyła, ksiądz wlazł na ambonę i prawił długo, nauczał o tym dniu świętym, przestrzegał przed złem, gromił, rękami wytrząchał i grzmiał tym słowem palącym,- że jaki taki westchnął ciężko, kto się bił w piersi, kto się w sumieniu z win kajał, kto się zamedytował, któren znów co miętszy, a kobiety zwłaszcza, płakał - bo ksiądz mówił gorąco a tak mądrze, że każdemu to szło prosto do serca i do rozumu, juści, że tym ino, co słuchali, bo wiela było takich, których śpik morzył z gorąca.

A dopiero przed drugą mszą, kiej już naród skruszał nieco modleniem się, huknęły znowu organy i ksiądz zaśpiewał:

W żłobie leży, któż pobieży.

Naród się zakołysał, powstał z klęczek, wraz też pochwycił nutę i pełnymi piersiami, a z mocą ryknął jednym głosem:

Kolędować małemu !

Zatrzęsły się drzewa i zadygotały światła od tej serdecznej wichury głosów.

I już, tak się zwarli duszami, wiarą i głosami, że jakby jeden głos śpiewał i bił pieśnią ogromną, ze wszystkich serc rwiącą, aż pod te święte nóżeczki Dzieciątka.

Gdy już i drugą mszę wysłuchali, organista jął wycinać kolędy na taką skoczną nutę, że ustoić było trudno, to się kręcili, przedeptywali, odwracali do chóru i wesoło pokrzykiwali kolędy za organami.

Jeden ino Antek nie śpiewał z drugimi, przyszedł był z żoną i ze Stachami, puścił ich naprzód, a sam ostał przy ławkach, nie chciał już zabierać dawnego miejsca pomiędzy gospodarzami przed ołtarzem, właśnie się był rozglądał, gdzie by przysiąść, kiedy spostrzegł ojca wraz z całym domem, przepychali się środkiem, a Jagna szła na przedzie.

Usunął się pod świerk i już z niej oka nie spuścił, bo widna była z dala przez wzrost, siadła w ławce z brzega zaraz, przy przejściu - nawet nie myśląc o tym i nie wiedząc, cisnął się przez gęstwę uparcie, aż dostał się obok niej, a gdy podczas mszy przyklękali, uklęknął i tak się przychylił, że głową dotykał jej kolan.

Nie spostrzegła go od razu, bo stoczek, przy którym modliła się na książce, rozkrążał tak mdłe światło i gałęzie świerków tak przysłaniały, że nic pobok nie dojrzała, dopiero w czasie Podniesienia, gdy uklęknęła i bijąc się w piersi pochyliła głowę - spojrzała w bok bezwiednie zamarło jej serce, skamieniała z radości, nie śmiała się ruszyć, nie śmiała spojrzeć po raz drugi, bo snem się jej wydało to widzenie, majakiem, niczym więcej... Przywarła oczy i długo, długo klęczała pochylona, zgięta do ziemi, nieprzytomna prawie ze wzruszenia... aż usiadła raptem i spojrzała mu prosto w twarz.

Tak, on ci to był, Antek, on, wymizerowany wielce, poczerniały, wynędzniały, że łacno nawet w tym mroku dojrzała, a te jego wielkie, napastliwe i harde oczy tak się słodko patrzyły, a tak żałości były pełne, że ścisnęła się jej dusza trwogą i współczuciem, a łzy same napływały do oczów.

Siedziała sztywno jak i drugie kobiety, w książkę patrzała, ale ani jednej litery nie rozeznała, ni kart nawet, nic, bo te jego oczy smutne, oczy żałosne, oczy parzące blaskami stały przed nią, jaśniały jak gwiazdy, świat cały przysłoniły, że zatraciła się całkiem, przepadła zgoła - a on wciąż klęczał, słyszała jego krótki i gorący oddech i czuła tę moc słodką, tę moc straszną, jaka biła od niego, szła jej prosto do serca, krępowała niby powrozami i przejmowała strachem a słodkością, dreszczem, od którego rozum odchodził, miłowania krzykiem tak potężnym, że trzęsła się w niej każda kosteczka, a serce tłukło się jako ten ptak, gdy mu dla swawoli skrzydła przybiją do ściany!...

Msza się odprawiła, kazanie było, druga msza przeszła, naród śpiewał społem, modlił się, wzdychał, płakał - a oni byli jakby poza światem całym, nie słyszeli nic, nie widzieli nic i nie czuli nic prócz siebie.

Strach, radość, miłowanie, przypomnienia, obietnice, zaklęcia i pożądania paliły się w nich na przemian, szły z serca do serca, wiązały ze sobą, że jednako już czuli, jednako im serca biły, jednakim ogniem grały im oczy.

Antek przysunął się jeszcze bliżej, wsparł się ramieniem w jej biedro, aż ją przytomność odchodziła i rumieńce oblewały, a podczas gdy znowu przyklęknęła, szepnął jej gorącymi jak węgiel ustami w same ucho:

- Jaguś! Jaguś!

Wstrząsnęła się i omal nie padła ze wzruszenia, tak głos ten przeszył ją lubością, jako tym ostrzem przesłodkim, i radością.

- Wyjdź którego dnia za bróg... o każdym wieczorze czekał będę... nie bój się... pomówić mi z tobą pilno...wyjdź... - szeptał namiętnie i tak blisko, tak blisko, aż ją twarz paliła od jego oddechów...

Nie odpowiedziała, sił jej zbrakło, głos uwiązł w gardle, serce dygotało i tak biło, że chyba słyszeć musieli dokoła - ale uniosła się nieco, jakby już iść chciała tam... gdzie prosił... gdzie miłowaniem nakazywał... za bróg...

W czas jakoś gruchnęli pierwszą kolędę, kościół zatrząsł się od śpiewów, że ona opamiętała się nieco i usiadła rozglądając się po ludziach i po kościele... Ale Antka już nie było, odsunął się nieznacznie i z wolna wycofał aż na cmentarz.

Długo stał na mrozie pod dzwonnicą, rzeźwił się i nabierał powietrza, przytomniał... ale taka radość rozpierała mu serce, taki krzyk miał w sobie, taki wicher mocy, że nie słyszał śpiewu, jaki bił z drzwi kościelnych i szedł na świat, ni jakichś cichych, skamlących głosów, rozlegających się w dzwonnicy... Nic, o niczym nie wiedział, nabrał garść śniegu i połykał chciwie, a potem skoczył przez mur na drogę - i poniósł się jak wicher na pola.

ROZDZIAŁ 5

Borynowie dopiero na samym świtaniu powrócili z kościoła i ledwie w pacierz potem już cały dom chrapał, aż się rozlegało, tylko jedna Jagusia, choć była wielce utrudzona, nie zasnęła; próżno się wciskała w poduszki, próżno oczy przywierała i nawet pierzyną zasłaniała głowę nie pomogło, sen nie przychodził, a jeno jakby zmora zwaliła się na nią i na piersi padła takim ciężarem, że ani odetchnąć mogła, ni krzyknąć, ni się porwać z łóżka; leżała nieruchoma, w odrętwieniu takiego półsnu, półjawy, w którym rozum niczego nie rozeznaje, a ino sama dusza się wyprzędza ze wspominek, jak gdyby z kądzieli, i omotuje sobą świat cały, cudności różne patrzy, nad ziemiami się nosi, w słońce się ubiera - a tyla sama jest, co te odbicia na wodzie czystej a zwichrzone... Tak było z Jagną, że chociaż nie zasnęła, a sczezło z jej pamięci wszystko i jako ten ptak niosła się duszą po cudeńkach - po onych dniach pogasłych, po czasach pomarłych, a we wspominaniach jeno żywiących... w kościele się być czuła...Antek klęczał obok... mówił wciąż i parzył ją oczami, parzył ją słowami, przejmował słodką męką i strachem zarazem... to śpiew jakiś się rozlegał i organy huczały tak przenikliwie, aż każdą nutę z osobna czuła w sobie.:. to czerwona groźna twarz księdza się jej widziała i wyciągnięte nad narodem ręce... to światła... to potem inne, dawne wspominki przychodziły... spotykania się z nim... całunki... uściski... aż gorąc ją przenikał i taka lubość; że się prężyła cisnąc mocno do poduszek... to znowu wyraźnie, głośno słyszała: "Wyjdź! Wyjdź!..." aż się podnosiła i jakby szła w sobie, szła:.. chyłkiem pod drzewami; we mrokach... a strach w niej dygotał, krzyk jakiś leciał za nią, przerażenie wiało z ciemności.

I tak wciąż w kółko, to jedno, to drugie, to dziesiąte przychodziło na nią, że się opamiętać ni wyrwać spod tego nie mogła - nic, tylko zmora musiała ją dusić albo zły nagabywał i do grzechu sposobił.

O dużym już dniu podniesła się z pościeli, ale czuła się jak z krzyża zdjęta, wszystkie kości ją bolały, blada była, roztrzęsiona i strasznie smutna.

Mróz był zelżał nieco, ale poczerniało jakoś na świecie, śnieg chwilami prószył, a czasem znów mocny wiatr powiewał, targał drzewami, że stawały w śnieżnej kurzawie, i po drogach prześwistywał, ale mimo to wieś huczała świąteczną radością, pełno ludzi snuło się po drogach, często saniami ktoś walił, to gromadami wystawali w opłotkach poredzając, to odwiedzali się po sąsiedzku,

a dzieci całym stadem, kiej te źrebaki na paśniku, baraszkowały na stawie, aż na wieś całą roznosiły się wrzaski.

Ale Jagusi nie było w sercu wesoło ni drujko, nie!...Ziąb ją przejmował, chociaż ogień wesoło buzował na kominie, głucho jej jakoś było, mimo ciągłego gwaru i Józinych śpiewek, dzwoniących po chałupie, obcą się czuła w pośrodku swoich, tak obcą, że ze strachem patrzała na nich i jakby wśród zbójów się czuła.

A często, nie mogąc się oprzeć, zasłuchiwała się w tych gorących szeptach Antkowych, co wciąż, z jednaką siłą dzwoniły w sercu...

- Gniew boski i potępienie wieczne na takie!"- twarz i wyciągnięte, grożące ręce widziała przed sobą.

Zalękła się srodze, struchlała w głębokim poczuciu winy. - Nie, nie wyjdę! Grzech by był śmiertelny, śmiertelny! - powtarzała krzepiąc się tym słowem i odżegnując od zła, ale dusza jej krzyczała w żalu i męce bo rwała się do niego, rwała całą mocą, całą potęgą życia, jak to drzewo przywalone zwałami rwie się o wiośnie do słońca, jak ta ziemia prężąca się pod pierwszym tchnieniem ciepła...

Ale strach grzechu przeważył jeszcze, że zmogła się w sobie i usiłowała zapomnieć o nim, zapomnieć na zawsze.....nie wychodziła z chałupy, bała się wychylić w opłotki; bo; może tam gdzie przyczajony czeka i zawoła na nią...a oprze mu się to wtedy, wstrzyma duszę, nie poleci za tym głosem? !...

Ostro się wzięła do gospodarstwa, cóż, kiedy nie było wiele do roboty, Józka już obrządziła wszystko, a do tego stary chodził za nią cięgiem i niczego się tknąć nie pozwalał.

- Odpocznij, nie narywaj się, by ci się przed czasem nie stało co złego.

To i nie robiła, a ino tłukła się po izbach bez celu, wyglądała na świat bez potrzeby, w ganku stawała, a coraz większa ckność ją przejmowała i rozdrażnienie zarazem, bo gniewały ją te stróżujące mężowe oczy, gniewała radość i gwar całego domu, gniewał nawet ten bociek łażący po izbie, że z rozmysłem potrącała go wełniakiem, aż nie mogąc już wytrzymać, a upatrzywszy sposobną chwilę pobiegła do matki, ale stawem poleciała, na przełaj i jeszcze się trwożnie rozglądała, czy gdzie nie stoi za drzewem zaczajony !...

Matki nie było, rankiem pono zajrzała i powróciła do wójtowej, Jędrzych zaś dym puszczał w komin, a co trochę wybiegał przed dom patrzeć na drogę, bo Szymek przystrajał się w komorze.

Odmieniło się w niej, opadły wszystkie zgryzoty, skoro jeno poczuła się po dawnemu w swojej izbie, na starych śmieciach, poweselała całkiem i bezwiednie prawie zaczęła się krzątać, zajrzała do krów, przecedziła mleko, które od rana jeszcze stało w skopkach, rzuciła kurom ziarna, zamietła izbę, uprzątnęła, co było potrza, i wesoło pogadywała z chłopakami, bo Szymek, wystrojony w nową kapotę, wyszedł był na izbę i przyczesywał się przed lusterkiem.

- Kędy się to szykujesz?

- A na wieś, u Płoszków zbierają się chłopaki.

- Da ci to matka iść, co?

- Pytał się cięgiem o przyzwoleństwo nie będę, swój rozum też mam i swoją wolę... i co mi się jeno uwidzi - zrobię!...

- Pewnikiem to zrobi, pewnikiem! - dogadywał Jędrzych trwożnie wyglądając na drogę.

- A żebyś wiedział, zrobię, na złość zrobię, do Płoszków pójdę, do karczmy pójdę, z chłopakami pił będę!- wykrzykiwał hardo.

- Daj głupiemu wolę, to jak ten cielak w cały świat się poniesie, choć mu ino do cycka iść potrza! - rzekła cicho nie przeciwiąc mu się w niczym, choć wygadywał na matkę i wygrażał się srodze, nawet mało wiele słyszała, bo ano wracać było potrzeba do domu, wracać, a jej tak było żal wychodzić stąd, że prawie z płaczem się podniosła i wolno a ciężko poszła.

A w domu gwarniej jeszcze było i weselej niźli prźódzi. Nastka Gołębianka przyleciała i gziły się z Józką, aż na drodze było słychać.

- Wiecie, a to moja rózga zakwitła! - krzyknęła do chodzącej Jagny.

- Jaka rózga?

- A tom ją ucięła w Jędrzejki, zasadziłam w piasek, trzymałam na piecu i zakwitła! Zaglądałam wczoraj, nie było jeszcze ani jednego kwiatuszka, a przez noc całkiem zakwitnęła, patrzcie !

Przyniosła ostrożnie garnczek wypełniony piaskiem, w którym tkwiła spora gałęź wiśniowa, obsypana delikatnym kwiatem.

- Trześnia, kwiatuszki różowe i pachnące! - szepnął Witek poważnie.

- A prawda, trześnia!

Obstąpili dokoła i z dziwną radością a podziwem poglądali na okwieconą, woniejącą gałęź, na to weszła Jagustynka, ale dzisiaj była już po dawnemu dufna w siebie, wrzaskliwa, harda i bacząca, aby ino dogryźć komu, a dobrze.

- Zakwitła rózga, prawda, ale nie la ciebie, Józia, tobie jeszcze rzemień potrzebny abo i co twardsze! - rzekła zaraz na wstępie.

- A la mnie zakwitła, samam w noc Jędrzejkową ucieła, samam...

- Młódka jeszcze jesteś, to pewnie la Nastki ślub wróży! - tłumaczyła Jaguś.

- W garnczek wsadzałyśmy razem, ale sama ucinałam, to la mnie zakwitła!... - wrzeszczała i aż na płacz się jej zbierało, że nie przytwierdzają.

- Jeszcze ci czas ganiać za parobkami i wystawać na przełazach; starszym prźódzi pora, starszym! - mówiła nie patrząc na nikogo, a uśmiechała się ku Nastce - cicho no, Józia. Wiecie, a to w nocy Magda od organistów zległa w kruchcie.

- Cudeńka prawicie! - Żeby to cudeńka, ale prawdziwą prawdę! Jambroży szedł dzwonić i nastąpił na nią...

- Mój Jezus! I nie przemarzła!

- Bogać ta nie, dziecko na śmierć zamarzło! a Magda ledwie zipie. Wzięli ją na plebanię i cucą jeszcze... a lepiej, żeby nie docucili... co jej za niewola żyć, co za dobro ją czeka: cierpienie ano i harowanie!

- Powiadał Mateusz, że jak ją organisty wypędziły przychodziła cięgiem do młyna i tam przesiadywała, ale potem Franek ją sprał i wygonił, pono z młynarzowego przykazu.

- Cóż to miał z nią zrobić, w ramki oprawić i na ścianie powiesić! Chłop on jest jak i drugie, przysięgał, jak sięgał, a dostał, zaprzestał! Juści, bez winy on nie jest, ale najwięcej winowate organisty! Póki zdrowa była to orali w

nią kiej w te dwa woły, sama jedna robiła wszystko, a małe to
gospodarstwo mają? Samych krów pięć, a dziecisków tyle, świń, gadziny,
pola tyle! A jak zachorowała, tą ją wygnały, ścierwy nie ludzie!

- A po cóż się zadawała z Frankiem! - wykrzyknęła Nastka.

- To samo byś zrobiła nawet z Jaśkiem, byś ino wierzyła, że na zapowiedzi
poniesie!

Zaperzyła się o to Nastka i jęła przegadywać, ale wszedł Boryna, więc obie
przycichły.

- Wiecie o Magdzie! Już żywie, domacali się w niej ducha, Jambroży
powiada, że jeszcze z pacierz, a już by pięty pokazała światu; Rocho trze ją
jeszcze śniegiem i poi, ale pono lekować się będzie musiała długo.

- A gdzie się to podzieje biedota, gdzie?

- Chyba Kozły muszą ją wziąć do siebie, boć to ich krewniaczka !

- Kozły! Same tym ino żyją, co gdzie urwią, wycyganią albo i ukradną, to
za co będą ją lekowali? Tyle gospodarzy we wsi, tyle bogaczy, a nikto z
poratunkiem nie spieszy!

- Juści, gospodarze to mają studnie nieprzebrane, samo im z nieba leci, że
ino rozdawać na wsze strony! Każdy ma dosyć swojego, co mu do obcych!
Jeszcze by, żebym każdego, komu potrza, z drogi zbierał, do dom zwoził;
jeść dawał, lekował i może jeszcze dochtorów płacił! Stara jesteście, a w
głowie wama przewiewa.

- Prawda, że musu nikt nie ma pomagać drugim, ale człowiek też nie
bydle, żeby zdychał pode płotem.

- Takie już jest i będzie urządzenie na świecie, zmienicie to?

- Baczę, że dawniej przed wojną, jeszcze za pańskich czasów, był we wsi
szpital dla biednych, w tym domu, gdzie teraz organista siedzi, dobrze
baczę, iż z morga płacili.

Boryna się zniecierpliwił i nie chciał o tym mówić więcej:

- Gadanie nasze tyle zrobi, co umarłemu kadzenie zakończył chmurnie:

- Pewnie, że nie pomoże, pewnie! Kto nie ma serca miłosiernego la
ludzkiego skrzybotu, temu i płakania są zbędne! Komu jest dobrze, temu
się widzi, że wszystko się dzieje na świecie, jak przynależy, jak Pan Bóg
przykazał!

Ale już na to Boryna się nie odezwał, wiec Jagustynka zwróciła się do
Nastki:

- Jakże tam Mateuszowe boki, lepiej?

- Mateusz? Cóż mu się to stało?...

- Nie wiecie?.. - zawołała Nastka. - A to przed świętami jeszcze, we wtorek,
widzi mi się, wasz Antek go pobił; za orzydle wziął, wyniósł z młynicy i
tak ciepnął o płot, że cztery żerdki pękły, wpadł do wody i ledwie się nie
utopił. Choruje teraz, krwią pluje, ruchać się nie może. Jambroży
powiadają, że mu się macica przewróciła i cztery żebra pękły! A tak jęczy
cięgiem, tak stęka!

Rozpłakała się.

Jagna porwała się na pierwsze słowa, jakby ją kto żgnął w same serce, bo zaraz jej przyszło do głowy, że to pewnie o nią, ale wnet przysiadła znowu na skrzyni i jęła przyciskać łypiące powieki do wiśniowych kwiatów a chłodzić...

Wszyscy u, domu byli zdumieni, bo o niczym nie wiedzieli, po całej wsi mówiono o tym od początku, a do Borynów nie doszło.

- Trafił swój na swego, zbój na zbója, nie ukrzywdzą się zanadto! - mruknął stary, ale zły być musiał, bo się namarszczył i jął drewka rzucać do komina.

- O co się pobili? - spytała później Jagna.

- O ciebie! - warknęła ze złością stara.

- Juści mówcie prawdę.

- Rzekłam! Mateusz się chwalił we młynie przed chłopami że często bywał u ciebie w komorze, Antek to posłyszał i pobił go! Jak te psy o sukę „.tak się o ciebie zagryzają.

- Nie powiadajcie do śmiechu, bo mnie słuchać nieletko.

- Rozpytaj się na wsi, kiej mnie nie wierzysz, każdy ci to samo przytwierdzi, przeciech nie prawię, że Mateusz prawdę gadał, a ino, co mówił ludziom,..

- Cygan paskudny, cygan!

- Ochroni cię to chto od pleciuchów! i za grobem często nie darują.

- Dobrze, że go pobił, dobrze, jeszcze bym sama dołożyła! - syknęła zawzięcie.

- Widzisz ją, jak to kurczęciu pazury jastrzebieją.

- Za nieprawdę to bym zabiła zaraz! Cygan ścierwo !

- To samo wszystkim mówię, ino że nie wierzą i na zęby cię biorą.

- Jak im Antek przytnie ozory, to zmilkną!

- Hale, z całym światem zawiedzie wojnę o ciebie, co? - skrzywiła się złośliwie.

- A wy jak ten judasz, podpowiadacie swoje, a cieszycie się z cudzej biedy.

Jaguś srodze się rozeźliła, może pierwszy raz w życiu do tego stopnia, taka była zła na Mateusza, że gotowa była lecieć i drzeć go choćby tymi pazurami! Nie zniesłaby tej złości, gdyby nie wspominki o Antku i o jego dobroci!

Zalewała ją wielka czułość, niewypowiedziana wdzięczność gorzała w jej sercu, że ją obronił i okrzywdzić nie dał. Ale mimo to tak się ciskała po domu, tak o byle co krzyczała na Józkę i Witka, aż się stary zaniepokoił, przysiadł do niej, zaczął głaskać po twarzy i pytał:

- Co ci to, Jaguś, co?

- A cóż by, nic. Odsuńcie się, przy ludziach będą się umilali!

Odsunęła go szorstko.

- Hale, będzie ją głaskał i wpół jeszcze brał, dziadyga jakiś, niedojda! - myślała ze złością, bo pierwszy raz spostrzegła jego starość, pierwszy raz obudził się w niej wstręt do niego i głęboka niechęć, nienawiść prawie. Z przyczajoną a radosną wzgardą przyglądała mu się teraz, bo istotnie, w ostatnich czasach postarzał się mocno, powłóczył nogami, garbił się i ręce mu się trzęsły.

- Dziad ten, niezguła!

Otrząsnęła się z obrzydzenia i tym usilniej myślała o Antku, i już się nie broniła przed wspominkami, i nie uciekała od tych kuszących, słodkich szeptów!

A dzień się dłużył ogromnie, nie do wytrzymania, że co chwila wychodziła na ganek, to do sadu za dom i przez drzewa patrzyła na pola... albo wspierała się o chruściany płot, dzielący sad od drogi, biegnącej za wsią wzdłuż sadów i zabudowań, i tęskliwymi oczami leciała we świat, na białe, śnieżne pola, do borów ciemniejących, jeno że nic nie rozeznawała, tak ją całą przejmowała głęboka radość, że za nią się ujął i skrzywdzić nie dał!

- Taki dałby radę wszystkim? Mocarz ci on, mocarz!- myślała z tkliwością. Gdyby się zjawił teraz, w tym oczymgnieniu! nie oparłaby mu się, nie!...

Bróg stał niedaleczko, zaraz za drogą, w polu nieco, wróble w nim świerkały i całymi bandami chroniły się do wielkiej dziury, jaka była wybrana w sianie; parobkowi nie chciało się włazić i z wierzchu zrucać, choć tak Boryna przykazywał, to skubał se po ździebku, kłakami, aż i jamę wyskubał, że parę ludzi mogło się w niej pomieścić.

- Wyjdź! za bróg! Wyjdź! - powtarzała bezwiednie Antkową prośbę.

Uciekła do chałupy, bo zaczęli dzwonić na nieszpory, a jej się zachciało samej iść do kościoła, w głuchej, niejasnej nadziei, że go tam spotka.

Juści, że nie było go w kościele, ale za to spotkała się zaraz przy wejściu w kruchcie z Hanką, pochwaliła Boga wstrzymując rękę przed kropielnicą, by tamta pierwsza umaczała palce, Hanka zaś nie odrzekła pozdrowieniem i nie sięgnęła po wodę święconą, a przeszła mimo i tak ją uderzyła oczami jakby kamieniem.

Aż jej łzy stanęły w oczach z tego spostponowania i jawnej złości, ale siedziała w ławce i nie mogła oczów oderwać od jej zmizerowanej, bladej twarzy.

- Antkowa kobieta, a takie chuchro, taka mizerota, no, no! - snuło się jej po głowie, ale rychło zapomniała o niej, bo śpiewali na chórze i organy tak pięknie przegrywały, tak cicho a uroczyście, że się zatopiła całkiem w muzyce. Nigdy jeszcze nie było jej tak dobrze i słodko w kościele, przenigdy; nie modliła się nawet, książka leżała nie otwarta, różaniec tkwił w palcach nie zaczęty, a ona wzdychała ino, chodziła oczami po mrokach, z wolna płynących z okien, po obrazach, po skrzeniach świateł i złoceń, po tych farbach ledwie widnych i niosła się duszą w zaświaty, w te cudności i nieba obrazów, w przygasłe, cichnące dźwięki, w rozmodlone śpiewy, w święty spokój ekstazy i piła takie zapomnienie wszystkiego, że już nie baczyła, gdzie jest, jeno się jej widziało, że święci zstępują z obrazów, że idą ku niej z uśmiechem przenajsłodszym, że te błogosławiące ręce wyciągają się nad nią i dalej idą, nad całym narodem, aż się przychylił jako ten łan, a nad nim wieją szaty błękitne, szaty czerwone, spojrzenia miłosierne, grania niewypowiedziane, pieśnie dziękczynne - że już i nie wypowiedzieć!

Ocknęła, gdy się nieszpory skończyły i umilkły organy, cisza ją zbudziła z tego sennego rozmarzenia, z żalem się podniosła i wychodziła z drugimi, ale przed kościołem znowu się spotkała z Hanką, która przystanęła na wprost, jakby chciała co rzec, ale ino spojrzała nienawistnie i poszła.

- Wytrzeszcza ślepie i myśli, . że mnie tym nastraszy, głupia - pomyślała Jagna wróciwszy do domu.

Wieczór też już był zapadł, wieczór cichy, omdlały jakiś, świąteczny; mroczno było na świecie, światłości gwiezdne pomdlały w mętnym niebie, że ino gdzieniegdzie tryskał promień jaki, śnieg prószył, opadał z wolna, bez szelestu migotał za szybami i snuł się nieskończonym, kłaczastym przędziwem.

W izbie było cicho również i nieco sennie, przyszedł Szymek zaraz z wieczora niby w odwiedziny, a głównie, by się z Nastką spotkać, siedzieli też wpodle i ciche wiedli rozmowy. Boryny jeszcze nie było. Jagustynka siedziała przed kominem obierając ziemniaki, a po drugiej stronie Pietrek przegrywał z cicha na skrzypicy, ale tak jakoś żałośliwie, że Łapa czasami skomlał i wył przeciągle. Witek też tam siedział z Józką, aż Jagna, którą rozbierało to granie, krzyknęła przez drzwi:

- Przestań, Pietrek, a to się aż na płacz zbiera z tej muzyki!

- Ja to bym spała najlepiej przy graniu - zaśmiała się Jagustynka.

Ale skrzypki ucichły, dopiero po czasie jakimś ozwały się cichutką, ledwie słyszaną nutą za stajni, bo tam się przeniósł Pietrek i długo w noc grał. Kolacja się też dogotowywała, gdy powrócił stary.

- A to wójtowa zległa, rwetes tam niemały, aż Dominikowa przepędza ludzi, tyla się naszło. Trzeba by ci, Jaguś, zajrzeć do niej jutro.

- A zaraz polecę, zaraz! - zawołała skwapliwie a w ogniach cała.

- Możesz i zaraz, pójdę z tobą.

- E... to już jutro może... powiadacie, że tyla tam narodu, wolę po dniu, śnieg pada, ćma!... - tłumaczyła zniechęcona nagle, a on i na to się zgodził i nie nastawał, ile że i weszła akuratnie kowalowa z dziećmi.

- A gdzież to twój?

- Zepsuła się młockarnia we Woli, to go pozwali, bo dworski kowal nie umie obie poradzić...

- Coś często teraz jeździ do dworu? - rzuciła znacząco Jagustynka.

- Przeszkadza to wama?

- Co by zaś, uważam ino, miarkuję i czekam, co z tego wyjdzie...

Ale na tym się skończyło, bo nikomu nie chciało, się wieść głupiej rozmowy la drugich, każdy pogadywał z cicha i leniwie, senność ogarniała wszystkich bez mała z wczorajszego niewywczasowania, że nawet kolację jedli bez smaku, a ino ten i ów z podziwem spoglądał na Jagusię, która gorączkowo uwijała się po izbie, zapraszała do jadła, choć już łyżki pokładli, buchała ni z tego, ni z owego śmiechem, to znowu przysiadała się do dziewczyn i rajcowała trzy po trzy, a nie dokończywszy leciała na drugą stronę, ale już z sieni nawracała z powrotem. Była w gorączce męczącej, bo pełnej obaw i niepokojów. Wieczór wlókł się wolno, ociężale, sennie, a w niej rosła i wzmagała się nieustępliwie chęć wybieżenia za dom... do brogu... Ale nie mogła się zdecydować, bała się, że spostrzegą... bała się grzechu... powstrzymywała się całą mocą i dygotała z męki, skowyczała w niej dusza, jak ten pies na łańcuchu, rwało się serce... nie, nie mogła, nie mogła... a on może już tam stoi... czeka... wypatruje... może koło chałupy błądzi... może gdzie w sadzie przyczajony w okna zagląda i patrzy teraz na nią... i prosi... i truchleje z żałości, że nie wyszła... Poleci chyba, nie wytrzyma dłużej... ino na tę minutkę, na to jedno słowo, by mu rzec: idź, nie wyjdę, grzech... Już się za zapaską oglądała, już szła ku drzwiom... szła... ale cosik jakby ją ułapiło za kark i przytrzymało na miejscu... bała się... i Jagustynki oczy chodziły za nią w ślad, jak te psy tropiące, Nastka też dziwnie spoglądała... stary również... Wiedzą co?... miarkują?... Nie, nie wyjdę dzisiaj, nie...

Zmogła się wreszcie, ale czuła się tak zmordowaną, że ani wiedziała, co się dzieje dokoła. Przecknęła dopiero, gdy Łapa zaczął szczekać przed domem; w izbie było prawie pusto, jedna Jagustynka drzemała pod kominem, a stary patrzał w okno, bo pies szczekał coraz zajadlej.

- Pewnie Antek, nie doczekał się i... - porwała się zestraszona.

Ale to stary Kłąb stanął we drzwiach, a za nim wchodzili wolno, otrzepując się i obijając o próg buty ze śniegu - Winciorek, kulawy Grzela, Michał Caban, Franek Bylica, brat Hanczynego ojca, Walenty z krzywą gębą i Józek Wachnik...

Dziwował się tej procesji Boryna, ale juści, że pary z gęby nie puścił, na pozdrowienia odpowiadał, rękę podawał, siedzieć zapraszał, ławki podsuwał i tabaką częstował...

Usadzili się rzędem, tabakę ochotnie zażywali, ten kichnął, ów nos ucierał, tamten zaś oczy, bo tabaka była krzepka, jenszy rozglądał się po izbie, któren znów to jakie słowo rzucił, drugi zaś rozważnie i z namysłem odrzekał- tamten o śniegach prawił, kto z turbacjami wyjeżdżał, kto ino wzdychał a kiwaniem przytwierdzał - a wszystkie razem mądre dyskursa wiedli i z wolna prowadzili do tego, z czym przyszli...

Boryna się kręcił na ławie, w oczy im patrzał, za języki pociągał i z różnych stron zabiegał.

Nie dali się jednak wywieść; siedzieli w rząd, siwi wszyscy, wyschli, wygoleni, równiaki latami, czerstwi jeszcze; choć już starością i pracą przygięci do ziemi, niby te głazy polne omszali; surowi, twardzi, nieprzystępni a mądrale , to się strzegli wymówić przed czasem i kołowali po miedzach sprawy, jako te zmyślne psy owczarskie, kiedy chcą owce zagnać we wrota.

Aż w końcu Kłąb odchrząknął, splunął i rzekł uroczyście:

- Co tu marudzić i zwlekać; przyślim się dowiedzieć, czy trzymacie z nami?...
- Bez was stanowić nie możem...
- Boć pierwszym we wsi jesteście.
- A rozumu też wam Pan Jezus nie poskąpił:
- I choć przez urzędu, a gromadzie przewodzicie....
- Kużden się na was ogląda.
- Ile że o wszystkich krzywdę chodzi.

Powiedział każdy swoje, a przypochlebnie, że Boryna poczerwieniał, ręce rozłożył i zawołał:
- Ludzie kochane, kiej nie miarkuję, z czym przychodzicie?
- A wedle naszego lasu, mają go rąbać po Trzech Królach !
- Przeciech już na tartaku rzną jakieś drzewo.
- Rzną żydowskie z Rudki, nie wiecie to?
- Nie wiedziałem, czasu nie ma chodzić pomiędzy ludźmi i przepytywać...
- A samiście najpierwsi pomstowali na dziedzica...
- Bom myślał, że nasze poręby sprzedał... A czyjeż to sprzedał, czyje? - zakrzyczał Caban.
- Juści, że na przykupnym.
- Sprzedał i na przykupnym, ale sprzedał i na Wilczych dołach i ma ciąć...
- Bez naszego przyzwoleństwa ciął nie będzie.
- Juści, drzewo już wycechowali, las rozmierzyli i po Trzech Królach rąbać zaczną.
- Kiedy tak, trzeba jechać ze skargą do komisarza- rzekł Boryna po namyśle.
- Od zasiewów do żniw nie każdy będzie żyw! - mruknął Caban.
- A jak kto na śmierć chory, na nic mu i dochtory!- dodał Walenty z krzywą gębą.
- Skarga tyle sprawi, że nim urząd zjedzie i zabroni, to już i pniaków nie ostanie po naszym lesie, a jak to było w Dębicy, baczycie?
- Z dworem to jak z wilkiem, niech ino jedną owcę spróbuje, wnet całe stado wybierze.
- Nie trza dać, by się znarowił!
- Rzekliście mądre słowo, Macieju; jutro po kościele mają się gospodarze zebrać u mnie, by cosik postanowiła gromada, tośwa przyszli waju zaprosić na naradę.
- Wszystkie przyjdą?...
- Wszystkie, a zaraz po kościele...
- Jutro... Cóż, kiej koniecznie muszę jutro jechać do Woli, prawdę mówię, dzielą się tam gospodarką krewniaki, a swarzą i procesują, obiecałem się rozsądzić, by się sierotom krzywda nie stała, jechać muszę, ale co postanowicie, to tak wezmę, jakbym uradzał społem.

Wyszli markotni nieco, bo chociaż wszystkiemu przytwierdzał i zgadzał się na wszystko, co mówili, dobrze poczuli, że z nimi szczerze nie trzyma.

- Hale, uradzajcie sobie, ale beze mnie! - myślał - wójt ni młynarz, ni co pierwsi nie pójdą z wami! Niech się dwór dowie, że nie nastaje na niego, prędzej zapłaci

za krowę... i będzie się chciał godzić z osobna..: Głupie!...do ostatniego chojaka pozwolić mu ciąć... a potem dopiero w krzyk, do sądów, areszt położyć, przycisnąć - dałby więcej niźli zgodą. Niech se radzą, poczekam na boku, nie pilno mi, nie!...

Dom już cały legł spać, a Maciej siedział, kredą na ławce pisał, liczył i długo w noc deliberował.

Nazajutrz zaraz po śniadaniu nakazał parobkowi rychtować sanie.

- Jakom wczoraj powiedział, pojadę do Woli, pilnuj tu domu, Jaguś, a jakby się kto dowiadywał, rozgłaszaj, że musiałem jechać, i do wójtowej zajrzyj.

- Późno to wrócicie? - pytała z przyczajoną w sercu radością.

- Na odwieczerzu, a może i później.

Przyodziewał się świątecznie, a ona znosiła mur z komory ubrania, wiązała wstążki u koszuli pod szyją, pomagała we wszystkim i z gorączkową niecierpliwością przynaglała Pietrka, by prędzej konie zakładał, trzęsła się cała. Nie mogła ustać na miejscu, radość w niej krzyczała, radość, że pojedzie na cały dzień, późno wróci, może dopiero w nocy, a ona zostanie sama i o zmroku - o zmroku wyjdzie za bróg... Wyjdzie! Hej! Rwała się już jej dusza do wylotu, śmiały się oczy, wyciągały ręce, prężyła pierś i ognie błyskawicami upalnymi chodziły po niej i słodką męka oblewały... Ale z nagła, niespodziewanie chwycił ją dziwny lęk i ścisnął za serce, że zmilkła, przycichła w sobie i jak błędna patrzyła za Boryną, gdy się okręcił w pas, nadział czapę i wydawał jakieś przykazania Witkowi.

- Weźcie mnie ze sobą! - szepnęła cicho.

- Hale. Któż w chałupie ostanie? - zdziwił się mocno.

- Weźcie mnie, święty Szczepan dzisiaj, roboty wiele nie ma, weźcie mnie, tak mi się markoci, weźcie! - prosiła tak gorąco, że chociaż się dziwował, ale się nie oparł przyzwolił.

W parę chwil już była gotowa i ruszyli zaraz sprzed domu ostro, z kopyta, aż sanie zamietły.

ROZDZIAŁ 6

- Myślałech, żeś gdzie w śniegach uwięzła! - szepnął przekąśliwie.

- Hale, można to przyspieszyć na taką wieję, po omacku szłam całkiem, bo tak ciepie śniegiem, że oczów nie można ozewrzeć, a takie zaspy na drogach, taki mąt, że i na dwa kroki nic nie rozezna przed się.

- Matka w chałupie?

- A juści, gdzie by ta szli na taki psi czas; rano byli u Kozłów, ale z Magdą jest krucho, na księżą oborę patrzy, to i nic poradzić nie poradzili -

opowiadała Jagna otrzepując się ze śniegu.

- Cóż tam na wsi? - zagadnął naśmieszliwie.

- Idźcie pytać, to wiedzieć będziecie, po nowinki nie latałam !

- Dziedzic przejechał, nie wiesz to?

- Psu wytrzymać trudno na takiej wiejbie, a dziedzicowi by się tam chciało...

- Kogo mus pędzi, ten i na zakurki patrzał nie będzie...

- Pewnie, jak komu mus... - uśmiechnęła się wątpiąco.

- Sam się obiecał, nikto go nie prosił - powiedział Boryna surowo, odłożył ośnik, wstał z kobylicy i podszedł do okna wyjrzeć, ale na świecie była taka kurzawa, tak kotłowało, że ni płotów, ni drzewin widać nie było.

- Widzi mi się, że śnieg już nie sypie - powiedział łagodniej.

- A nie, kręci ino, rwie, zamiata i tak kurzy, tak ciepie, że drogi nie rozezna - rzekła Jagna, rozgrzała ręce i wzięła się do motania nici z wrzecion na motowidło, stary zaś powrócił do roboty, ale coraz niecierpliwiej spoglądał w okno i nasłuchiwał.

- Gdzie to Józka? - spytał po chwili.

Pewnikiem u Nastki, cięgiem tam przesiaduje.

- Lofer dzieucha, że tego pacierza w chałupie nie usiedzi.

- A bo jej się cni, powiada.

- Ale, zabawy se będzie szukała.

- Tak powiada, by ino się od roboty wykręcić.

- Nie możesz to przykazać?

- Juści, raz to mówiłam abo dwa, pysk na mnie wywarła jak na tego psa, jak wy jej nie przykrócicie, to ona ma gdzieś moje przykazy.

Ale stary puścił mimo uszów te skargi, bo coraz niecierpliwiej nasłuchiwał, cóż kiej żaden głos ludzki nie dochodził ze dworu, wichura ino wyła, przewalała się po świecie, biła niby barami w ściany, aż dom trzeszczał i pojękiwał.

- Pójdziecie to? - spytała cicho.

Nie odrzekł, bo dosłyszał otwieranie drzwi od sieni, jakoż w tej chwili wpadł zziajany Witek i krzyknął z progu:

- Dziedzic już przejechał!

- Dawno? Przywieraj drzwi prędko.

- A dyć jeszcze słychać brzękadła!

- Sam jechał?

- Kiej takie zakurki, żem ino konie rozeznał.

- Bieżyj w ten mig i dowiedz się, gdzie stanął!

- Pójdziecie do niego? - zapytała cicho, z tchem przytajonym.

- Poczekam, aż zawołają mnie, napraszał się nie będę, ale beze mnie przeciech nic nie uradzą...

Umilkli oboje, Jagna motała licząc nici i przewiązując je w pasma, a stary, że mu robota leciała z rąk z niecierpliwości, rzucił wszystko i zaczął się przybierać do wyjścia, nim jednak skończył, przyleciał Witek.

- Dziedzic siedzą u młynarza w izbie ode drogi, a konie stoją w podwórzu.
- Cóżeś się tak utytłał?
- A bo mię wiater przewrócił w zaspę...
- Pewnie, dobrześ się musiał z chłopakami za łapy po śniegu wodzić!...
- Wiater mię obalił...
- Drzyj obleczenie, drzyj, jak się, jucho, rzemieniem pogrzeję, to zapamiętasz.
- Kiej prawdę mówię... tak wieje, tak ciepie, że ustoić trudno...
- Puść komin, w nocy się dość wygrzejesz, powiedz Pietrkowi, niech się do młocki weźmie, pomóż mu, nie ganiaj po wsi jak ten psiak z wywieszonym ozorem.
- Idę, ino jeszcze drewek przyniesę, bo gospodyni kazała... - szeptał żałośnie i markotnie, że nie mógł opowiadać, co widział na wsi, zakręcił się po izbie, gwizdnął na Łapę, ale pies zwinął się w kłębek i ani chciał słuchać, więc sam poszedł, Boryna zaś, ubrany do wyjścia, łaził z kąta w kąt, poprawiał w kominie, zachodził do stodoły, to oknem wyglądał, to przed dom wychodził i coraz niecierpliwiej czekał, ale nikt po niego nie przychodził.
- Może zapomnieli... - zauważyła Jaguś.
- Jakże, o mnie by zapomnieli...
- Bo wy kowalowi wierzycie, a on cygan najpierwszy...
- Głupiaś, nie powiadaj, na czym się nie rozumiesz...
Zamilkła obrażona, próżno zagadywał łagodnymi słowy, aż w końcu sam się zeźlił, nadział czapę i z trzaskiem poszedł. Jaguś narządziła kądziel, przysiadła się pod okno i przędła spoglądając od czasu do czasu w śnieżycę, srożącą się za oknem.
Wiatr huczał przeraźliwie, śnieżne tumany kłębami jak domy abo jak te drzewa wielgachne, rozstrzępione taczały się po świecie i raz po raz biły w chałupę, aż wszystko w izbie dygotało, szczękały miski poustawiane w szafce i kolebały się u pułapu opłatkowe światy. Zimno przejmujące, wiejne tak ciągnęło od okien i drzwi, że Łapa wciąż szukał cieplejszego legowiska, a Jagna przyokryła się w zapaskę.
Witek wsunął się cicho i rzekł nieśmiało:
- Gospodyni !
- Czego?
- Wiecie, a to dziedzice w ogiery przyjechał. Cuganty kiej hamany, kare całkiem, w siatkach czerwonych, z piórami na łbach, a brzękadła na pasach to łyśnią się od złota kiej te obrazy w kościele! A jak szły, to niczym ten wiater !
- Nie dziwota, dworskie przecież, nie chłopskie!
- Jezus, jeszczem takich smoków nie widział!
- Jeszcze by, nic nie robią i na czystym owsie stoją!
- Pewnie, że tak, ale żeby naszą źrebicę wypaść, ogon jej obciąć, grzywę zapleść i sprząc z wójtową siwką, toby tak samo rwały, co? gospodyni...

Pies się zerwał nagle, nastroszył i zaczął szczekać.

- Wyjrzyj no, ktosik jest w ganku.

Ale nim zdążył, jakiś obwalony śniegiem człowiek stanął w progu, pochwalił Boga, otrzepywał czapkę o buty i rozglądał się po izbie.

- Pozwólcie się ogrzać i wytchnąć nieco! - rzekł prosząco.

- Siadajcie, Witek, przyrzuć na ogień - zarządziła zmieszana.

Nieznajomy siadł przed kominem, ogrzał się nieco i zapalił fajkę.

- Borynowy to dom, Macieja Boryny? - zagadnął odczytując z papierka.

- Juści, Borynowy - przytwierdziła ze strachem, bo się jej uwidziało, że to jakiś z urzędu.

- Ojciec w domu?

- Mój poszli na wieś.

- Poczekam, pozwólcie, że posiedzę przed ogniem, przemarzłem.

- A siedźcie, przeciech ławki ni ognia nie ubędzie.

Nieznajomy zdjął kożuch, ale snadź zimno mu było, bo wstrząsał się cały, zacierał ręce i coraz bliżej przysuwał się do ognia.

- Ciężka zima latoś - szepnął.

- Pewnie; że nie letka. A może mleka zgotować na rozgrzewkę?

- Dziękuję, gdybyście mieli herbatę!...

- Była ci, była, jeszcze jesienią, kiej mój chorzał na brzuch, przywiezłam z miasta, ale wyszła, a nie wiem, u kogo by na wsi znalazł...

- A dobrodziej pono cięgiem arbatę piją - wtrącił Witek.

- Nie potrzeba, nie, herbatę mam ze sobą, zagotujcie mi tylko wody...

- Wrzątku niby!

Przystawiła garneczek z wodą do ognia i siadła z powrotem do kądzieli, ale nie przędła, tyla co czasem furknęła wrzecionem dla niepoznaki i spozierała na niego pilnie, pełna głuchego niepokoju i ciekawości: co za jeden, czego chce, może z urzędu, po jakim spisie, bo cięgiem zaglądał do książeczki?... Ubiór też miał prawie pański, szary z zielonym, jaki to noszą strzelcy dworscy! a to znowu kożuch chłopski i czapkę też! Cudak ci jakiś abo ten obieżyświat' A może i co drugie! Rozmyślała porozumiewając się oczami z Witkiem, któren niby podkładał na ogień, a głównie rozglądał nieznajomego i mocno się dziwował, że ten cmoknął na Łapę.

- Ugryzie, pies zły! - szepnął mimo woli.

- Nie bój się, mnie psy nie gryzą - uśmiechnął się dziwnie i gładził tulący mu się do kolan psi łeb.

Przyszła wkrótce Józka, a za nią zaraz zajrzała Wawrzonowa, to któryś z sąsiadów, bo się już było rozniesło w sąsiedztwie, że jakiś obcy siedzi u Borynów.

A on wciąż się nagrzewał nie bacząc na ludzi ni ich szepty i uwagi, dopiero gdy się woda zagotowała, wydobył z jakiegoś papierka herbatę, zasypał, sam sobie wziął z półki biały garnuszek, nalał wrzątku i przegryzając kawałkiem cukru, popijał i chodził po izbie, a przyglądał się obrazom, sprzętom, to stawał na środku i tak przenikliwie spoglądał w oczy, że ludziom miętko robiło się w dołku.

- Kto to lepił? - wskazał na światy wiszące u sufitu.

- To ja! - pisnęła rozczerwieniona Józka.

Chodził znowu długo, a Łapa krok w krok za nim.

- Kto tak wymalował? - zawołał zdumiony przystając przed wycinkami, jakie były nalepione na ramach obrazów, a gdzieniegdzie i wprost na ścianie.

- Kiej to nie malowane, ino wystrzyżone z papierów!

- Nie może być! - wykrzyknął.

- Samam strzygła, to juści, wiem!

- I samiście to wymyślili, co?

- Sama, a dyć każde dziecko we wsi to potrafi.

Umilkł znowu, nalał sobie drugi raz herbaty, usiadł przed kominem i z dobre parę pacierzy nie rzekł ani słowa.

Ludzie się porozchodzili, bo wieczór nadchodził i zamieć się uciszała, że ino czasami zrywał się jeszcze ostry wicher, zakręcał, mącił i bił w chałupy, ale coraz rzadziej i słabiej się trzepotał, niby ten ptak wyzbyty z sił dalekim lotem.

Jagna też w końcu odstawiła kądziel i wzięła się do wieczorowych obrządków.

- Służył u was Jakub Socha? - zagadnął nieznajomy.

- Niby Kuba! Juści, że służył, ale się pomarło chudziakowi jeszcze na jesieni.

- Mówił mi ksiądz o tym. Mój Boże, szukałem go od lata po wszystkich wsiach okólnych i znalazłem po śmierci...

- Naszego Kuby szukaliśta? - zawołał Witek wzruszony.

- A to pan muszą być dziedzicowym bratem z Woli?

- Skądże mnie znacie?

- Powiedali nieraz ludzie, że dziedzicowy brat wrócił z dalekich krajów i szuka po wsiach jakiegoś Kuby, ale nikto nie miarkował którego.

- Sochy, dopiero dzisiaj się dowiedziałem, że służył u was i że umarł.

- Postrzelili go, krew go uszła i pomarł, pomarł! - wołał Witek przez łzy.

- Długo był u was?

- A zawdy, jak ino pamięcią sięgnę, to zawdy służył u Borynów.

- Poczciwy był podobno? - pytał nieśmiało.

- I jak jeszcze, cała wieś może przyświadczyć, wszyscy, nawet dobrodziej płakali na pochowku i nic nie wzięli za nabożeństwo.

- A mnie pacierza uczył i strzylać uczył, i kiej rodzony ociec opiekę trzymał nade mną! I po dziesiątku czasem dawał i... - wybuchnął płaczem na przypomnienie.

- A pobożny był, cichy, pracowity parobek, że nieraz dobrodziej sam go chwalił...

- Na waszym cmentarzu pochowany?

- Zaśby indziej?

- Ja wiem gdzie, pokażę. Jambroży mu krzyż postawił, a Rocho wypisał na deseczce wszystko, że choć zawiane śniegiem, trafię i doprowadzę! - zawołał Witek.

- A to zaraz pójdźmy, aby przed nocą zdążyć.

Nieznajomy odział się w kożuch i przez długą chwilę stał na środku izby, gdzieś przed się zapatrzony. Stary już był, przygarbiony nieco, siwy, suchy jak wiór; twarz miał poradloną i ziemistą, dziurę w prawym policzku, stary ślad od kuli, a czerwoną, długą krychę nad okiem, nos długi, krzaczastą, rzadką bródkę i ciemne oczy, głęboko wpadnięte i jarzące mocno; fajki z zębów nie popuszczał ani na chwilę i cięgiem ją zapalał. Poruszył się wreszcie i chciał jakieś pieniądze dać Jagusi, ale cofnęła ręce za siebie i poczerwieniała

- Weźcie, za darmo nic na świecie nie dają...

- Hale, we świecie może taka moda. Żyd to jestem albo ten handlarz, co za wodę i ogień każe sobie płacić!- szepnęła obrażona.

- Bóg wam zapłać za gościnność! Powiedzcie waszemu, że był Jacek z Woli. Przypomni mnie sobie, zajrzę tu jeszcze do was kiedy, teraz mi pilno, bo noc nadchodzi; ostajcie z Bogiem.

- Panu Bogu oddajem!

Chciała go pocałować w rękę, ale wyrwał się i żwawo ruszył z chałupy.

Na ziemię, sypał się pierwszy, ledwie dojrzany mrok, wicher ustał, jeno z zasp, co groblami leżały w poprzek drogi, kurzył suchy, miałki śnieg, kieby kto pytle wytrzepywał z mąki, ale ino dołem szła mątwa i kurniawa, bo górą już było przycichło, że domy i sady wychyliły się na jaśnię i stały widne w omdlałym, sinawym tumanie mroczenia.

A wieś jakby przecknęła z odrętwienia, zaroiły się drogi, zawrzały głosami opłotki, gdzieniegdzie brali się do odwalania śniegów sprzed chałup, rąbali w stawie przeręble, nosili wodę, wywierali wrótnie do stodół, że bicie cepów donośniej rozlegało się po drogach, gdzieniegdzie już i sanie z trudem torowały sobie drogę, nawet wrony pokazały się w obejściach, co było niechybnym znakiem, że szło na odmianę.

Pan Jacek rozglądał się ciekawie dokoła, czasem pytał o ludzi spotykanych, to o chałupy, a szedł tak raźno, że Witek ledwie nadążył, ino Łapa biegł przodem i wyszczekiwał radośnie.

Przed kościołem piętrzyły się tak srogie zaspy, że całkiem ogrodzenie przywaliły i prawie po gałęzie drzew sięgały , musieli obchodzić drugą stroną pobok plebanii, naprzeciw której cała hurma chłopaków ganiała się z wrzaskiem i biła śniegiem, a że Łapa szczekał na nich, chycił go któryś za grzbiet i rzucił w puszystą, dymiącą jeszcze zaspę. Witek skoczył na ratunek, ale i jemu dostało się niezgorzej pecynami, że ledwie się wygramolił, coś nieco oddał i poleciał chybcikiem, bo pan Jacek nie czekał.

Ledwie się przekopali na cmentarz, a i tam śniegu , było na dobrego chłopa, tyla że ino ramiona krzyżów czerniały się nad groblami i garbami śniegów; miejsce zaś było nieco otwarte, to wiatr jeszcze przeciągał czasami i kurzawa raz po raz przysłaniała wszystko mgławicą, że ino drzewa nagie targały się w niej i majaczyły pniami. Pola zaś naokół zasnute były bielmem, oślepłe zgoła i sine mrocznością, że nic nie rozeznał ni drzew, ni kamionek, ni borów - jeno tuż za smętarzem, na dróżce zasypanej ciągnęło kilkanaścioro ludzi, ciężko obrzemienionych i przygiętych do ziemi, kurzawa ich przysłaniała co trochę, że przepadali całkiem, ale gdy się przyciszyło, coraz bliżej czerwieniały wełniaki kobiet i widni byli pojedynczo.

- Co to za ludzie, z jarmarku wracają?
- Hale, komorniki, po drzewo chodzili do lasu.
- I na plecach je noszą?
- A juści, koni nie mają, to muszą na plecach dygować.
- Dużo takich we wsi?
- Przeciech niemało. Ino gospodarze mają gronta, a insze na komornym siedzą i na wyrobki chodzą abo do służby się godzą.
- I często po drzewo chodzą, co?
- A raz w tydzień dwór pozwala każdemu przychodzić z kulką, bo co se suszu obłamie a zbierze w płachtę i udźwignie, to jego, ino gospodarze mają prawo z wozem jeździć i z siekierą do lasu... Myśwa z Kubą jeździli cięgiem i nie raz jeden z dobrą duszą we wozie wracalim... bo Kuba umieli tak ściąć jakiego grabka i schować pod gałęzie, że ani borowy poznał! - zawołał z dumą.
- Długo Kuba chorował? Opowiedz wszystko.

Juści, że Witek prosić się nie dał i opowiedział, co ino wiedział. Pan Jacek przerywał mu pytaniami, przystawał aż z gorącości, rozkładał ręce, cosik w głos wołał, ale chłopak nie wymiarkował, o co mu szło i dlaczego się tak dziwował, bo po prawdzie nie baczył dobrze, strach go zdziebko przejmował, że to już mroczało i cały smętarz jakoby się w śmiertelne gzło przyodziewał i różnymi głosami gadał, więc biegł przodem i zestrachanymi oczami wypatrywał Kubowego krzyża; odnalazł go wreszcie, stał pod samym parkanem, wpodle tych rozwianych mogiłek pobitych na wojnie, przy których modlił się w Zaduszki.
- A dyć tutaj, na krzyże stoi wypisane: Jakub Socha! - przesylabizował wodząc palcem po białych, wielkich literach. - To Rocho wypisali, a krzyż sporządził Jambroży!

Pan Jacek dał mu dwie złotówki i kazał spiesznie wracać do domu. Chłopak w dyrdy uciekał, a ino jeden raz się odwrócił, by gwizdnąć na Łapę i spojrzeć, co tamten robi.
- Jezus! Dziedzicowy brat, a klęczy przy Kubowym grobie! - szepnął zdumiony, ale że mrok zapadał i przygięte drzewa trzęsły się jakoś strasznie, strach go przejął taki, że galopem i na przełaj poleciał do wsi. Dopiero koło kościoła się zatrzymał, by złapać nieco powietrza i popatrzeć na pieniądze, trzymane mocno w garści, pies go też właśnie dopędził, że wracali już razem i wolno do chałupy.

A koło stawu natknął się na Antka, wracającego z roboty, pies się rzucił do niego przyłaszać, szczekać i skomleć radośnie, aż go Antek jął głaskać.

- Dobry pies, poczciwy, dobry! Skąd to wracasz, Witek?

Witek opowiedział wszystko, juści, że o pieniądzach nie rzekł.

- Zajrzałbyś do dzieci kiedy.

- Przyletę, przyletę, nawet la Pietrusia zrobiłem wózik i jednego cudaka...

- Przynieś go, naści dziesiątkę, byś nie zabaczył!

- A to chybcikiem przylecę, obaczę ino, czy gospodarz nie przyszli...

- Nie ma ich to w domu? - rzekł niby obojętnie, ale aż zadygotał.

- A u młynarza radzą cosik z dziedzicem i z drugimi!

- Gospodyni w domu? - zapytał ciszej.

- W domu, obrządzają. To ino obaczę i zaraz przylecę...

- Przychodź, przychodź! - szepnął, chciał go pytać, dowiadywać się, ale nie śmiał, ludzie się kręcili dokoła, choć już mroczało, a przy tym chłopak głupi, wygadałby jeszcze, rozgłosił... Poszedł prędko ku domowi, ale przed kościołem rozejrzał się uważnie, czy kto nie patrzy, i skręcił w bok, na dróżkę biegnącą za stodołami.

Witek zaś pobiegł do chałupy.

Boryny jeszcze nie było, w izbie panował mrok, bo ino na kominie żarzyły się głownie. Jagna zwijała się koło obrządków wieczornych, ale zła była, gdyż Józka znowu gdzieś przepadła, a roboty było tyla, że nie wiada, za którą pródzi się imać! Nie słuchała nawet opowiadań Witka, dopiero gdy wspomniał o Antku, przystanęła nagle i nadstawiła uszów...

- Nie powiadaj nikomu, że ci dał dziesiątkę.

- Kiej przykazujecie, to i pary nie puszczę.

- Naści drugą, a zapamiętaj sobie. Do domu poszedł?...

Nie, nie czekała już jego odpowiedzi, porwała się z miejsca nagle, jakby ze strachem wybiegła na ganek i zaczęła wołać Pietrka, a zalęknionym i czatującym wzrokiem przebiegała sad i opłotki. Nawet za szopę pod bróg zajrzała, nie było nikogo... Uspokoiła się wnet, ale ją taka markotność rozebrała, że zaczęła krzyczeć na Józkę i pędzać ją, by rychlej szykowała krowom picie, a wymawiać, że się ciągle po chałupach włóczy i nic nie robi, juści, że dzieucha też nie zmilkła, harda była, pyskata i zawzięta, to się ząb za ząb kłóciła.

- Pyskuj, pyskuj, ociec przyjdą, to cię wnet rzemieniem przyciszą! - pogroziła Jagna zapalając lampę i biorąc się znów do przędzenia, nie odpowiadała już na mamroty Jóczczyne, bo się jej wydało, że ktoś chodzi za szczytowym oknem...

- Witek, wyjrzyj no, musiał prosiak wyleźć z chlewa i chodzi tam ano po sadzie.

Ale Witek upewniał, że zagnał wszystkie i przymknął drzwi, Józka poszła na drugą stronę i wynosiła z Pietrkiem cebratki z piciem dla krów, a potem przyleciała po skopki do dojenia.

- Sama wydoję, odpocznij se, kiedyś się tak spracowała!

- A dójcie sami, znowu z połowę mleka ostawicie w wymionach! - dogryzała Józka.

- Zawrzyj gębę! - wrzasnęła rozgniewana, wdziała trepy, podkasała wełniaka, zabrała szkopki i poszła do obory.

Wieczór już był zapadł, wiatr ustał, kurzawa się uciszyła, ale niebo wisiało czarne, bezgwiezdne, wezbrane chmurzyskami, niskie; śniegi szarzały posępnie, jakaś żałosna, zmęczona cichość przygniatała świat, żaden głos ze wsi nie dochodził, a jeno gdzieś od kuźni szło dalekie, głuche bicie młotów.

W oborze było ciemno i duszno, krowy chlipały picie i głośno szorowały ozorami dna cebratek, a raz w raz postękiwały ciężko.

Jagna znalazła po omacku stołek, przysiadła się pod pierwszą z brzegu, namacała wymiona, wytarła je zapaską i wsparłszy głowę o kałdun krowi zaczęła doić.

Cichość ją ogarnęła, że by najlżejszy szelest słyszała wyraźnie; mleko siurkało raz po razie do szkopka, ze stajni dochodziły końskie tupania, to od chałupy szły przytłumione a jazgotliwe rozprawy Józki.

- Rajcuje, a ziemniaków nie obiera! - mruknęła i zmilkła nagle nasłuchując, bo śnieg zaskrzypiał na podwórzu, jakby kto szedł z prawej strony od szopy, snadź wolno...przystawał nawet... bo przyciszało się na mgnienie... znowu szedł... śnieg trzeszczał coraz bliżej... oderwała głowę i spojrzała w szary otwór drzwi... Zamajaczyła w nim jakaś niewyraźna postać...

- Pietrek!... - zawołała.

- Cicho, Jaguś, cicho!

- Antek !

Struchlała całkiem i tak ją wszelka moc odeszła, że nie wykrztusiła ni słowa więcej, ruszyć się nie mogła, pomyśleć nie umiała, ciągnęła bezwiednie za wymiona jeno, że mleko strzykało na wełniak i na ziemię. Goręc ją objął i kieby płomień palący wichrem wiał po niej, błyskawicami migotał w oczach a słodkością serce rozpierał; a tak ją cosik ułapiło za grdykę i zatkało piersi, że dziw nie padła umarłą...

- Od samych Godów czatowałem na ciebie, co dnia, w każden wieczór warowałem jak pies pod brogiem, nie wyszłaś!... - szeptał.

A ten głos zduszony, namiętny, zapiekły mocą kochania, nabrzmiały lubością, warem ją oblewał, ogniami, słodkością, krzykiem potęgi... Stał na wprost, czuła, że się wsparł na krowie, pochylił i patrzył w nią tak z bliska, aż jego gorący oddech palił ją w głowę.

- Nie bój się, Jaguś! Nikto nie widział, nie bojaj się. A jużem nie zdzierżył, nie poradzę, a to i w dzień, i w nocy, i w każden czas, cięgiem stoisz przede mną, na oczach mi wisisz. Jaguś, nic mi to nie powiesz?

- Cóż ci to rzeknę, co? - szepnęła rozpłakanym głosem.

Zmilkli oboje. Zabrakło im głosu, wzruszenie ich dławiło i ta bliskość, ta upragniona samotność, ta noc niemocą się na nich zwaliła, ciężarem słodkim, ale i dziwnym lękiem! Rwali się do siebie, a teraz i tego słowa rzec było trudno i ciężko, pożądali się nawzajem, a i ręki do się wyciągnąć było niepodobna - milczeli.

Krowa głośno chlipała picie i tak chlastała ogonem po bokach, że raz po raz zacinała go w twarz, aż go przytrzymał mocno, przechylił się barzej przez kłęby i szepnął znowu:

- Ani śpię, ani jem, ani robić mogę bez ciebie, Jaguś, bez ciebie...

- A mnie też nieletko, nie...

- Myślałaś to kiej o mnie, Jaguś, myślałaś?...

- Mogłam to nie myśleć, kiej mi cięgiem do głowy przychodzisz, cięgiem, że już rady nijakiej dać sobie nie mogę. Prawda to, żeś o mnie pobił Mateusza?

- Prawda. Cyganił o tobie, tom mu pysk stulił, a każdemu zrobię to samo!

Drzwi trzasnęły od chałupy i ktosik prędko leciał przez podwórze, prosto do obory, że Antek ledwie zdążył skoczyć do żłobów i tam przywarować.

- A to Józia kazała przynieść cebratki, bo świniom trza żarcie narządzać.

- Weź obie, weź! - ledwie wykrztusiła.

- Kiej łysula nie wypiła jeszcze, potem przyletę.

Witek pędem poleciał, słychać było, jak znowu drzwi trzasnęły, dopiero Antek się wysunął z ukrycia.

- Wróci ścierwa... pójdę pod bróg, zaczekam... wyjdziesz, Jaguś?

- Bojam się...

- Przyjdź, choćby godzinę abo i dwie, a czekał będę, przyjdź!... - błagał.

Przysunął się z tyłu, bo wciąż siedziała przy krowie, objął ją potężnie przez piersi, przechylił głowę w tył i wpił się tak mocno wargami w jej usta, że straciła oddech, opadły jej ręce, skopek poleciał na ziemię, straciła przytomność, ale prężyła się coraz mocniej i tak zapamiętale cisnęła się ustami do jego ust, że zwarli się na śmierć, padli w siebie i przez długą chwilę trwali w takim szalonym, dzikim, bezprzytomnym pocałunku.

Oderwał się wreszcie i chyłkiem wybiegł z obory.

Zerwała się wreszcie, aby doń skoczyć, ale już cieniem mignął na progu i przepadł w nocy. Nie było go, jeno ten cichy, palący szept grał w niej tak mocno, a tak nakazująco, że się ze zdumieniem rozglądała po oborze... Juści, nie było nikogój; krowy jeno przeżuwały paszę i chlastały ogonami. Wyjrzała w podwórze, noc stała za progiem nieprzeniknionymi mrokami, cisza gniotła świat, tyla co te kucia młotów pobrzękiwały w dalekościach... A był przeciech, był... stojał przy niej, obejmował ją, całował... jeszcze usta palą, jeszcze ognie chodzą po niej błyskawicami, a w sercu wzbiera taki krzyk radości, że nie wypowiedzieć! Jezus, mój Jezus! Poderwało ją cosik i niosło, że choćby w cały świat, zaraz, w ten mig, a poszłaby tam, z nim!... Jantoś! - krzyknęła bezwiednie i dopiero własny głos oprzytomnił ją nieco. Zwijała się z dojeniem ze wszystkich sił, ale była tak roztrzęsiona, że często pod przodkami krów szukała wymion, i tak roztkliwiona szczęściem, że dopiero idąc do chałupy, na mrozie poczuła, że ma twarz mokrą od płaczu. Zaniosła mleko, ale zapomniała je przecedzić, pobiegła na drugą stronę, bo

dosłyszała głos Nastki, nic jej nie rzekła i powróciła, przystrajała się przed lusterkiem, to jeszcze polan dorzuciła na ogień, to rozmyślała, że ma coś pilnego zrobić... cóż, kiej nie mogła sobie niczegój przypomnieć, niczegój... bo ino to stało jej w myślach, że Antek czeka pod brogiem, czeka...
Pokręciła się jeszcze błędnie po izbie, okryła się zapaską i poszła.

Przesunęła się cicho koło okien i poszła szczytową ścianą do wąskiego przejścia między sadem a szopą, nakrytego niby dachem obwisłymi pod śniegiem gałęziami, że musiała się przychylać.

Antek czaił się przy przełazie, skoczył do niej jak wilk, przeniósł ją prawie i pociągnął pod bróg, stojący zaraz za drogą.

Ale nie wiodło się im całkiem dnia tego, bo tyla co wleźli w bróg, co się tam zwarli w całunkach, rozległ się ostry, donośny głos Boryny.

- Jaguś! Jaguś!...

Kieby piorun w nich trzasnął, tak się rozniešli, Antek skoczył w bok i chyłkiem pod ogrodami rwał, a Jagna pobiegła w podwórze, nie bacząc, że gałęzie zdarły jej zapaskę z głowy i całą obsypały kurzawą. Przetarła twarz śniegiem, nazbierała pod szopą naręcz drzewa i wolno spokojnie wróciła do izby.

Stary patrzał na nią spode łba, dziwnie jakoś.

- Zajrzałam do siwuli, bo cosik stęka i pokłada się...

- Szukałem cię w oborze, a nie uwidziałem...

- Bom wtedy już musiała być pod szopą, drwa zbierałam.

- A gdzieżeś się to tak utytłała w śniegu?...

- Gdzie? Ze strzechy śniegowe brody wiszą, to ino trącić, a na głowę się sypią - tłumaczyła się spokojnie, ale twarz odwracała od ognia, by ukryć wypieki.

Ale starego nie zwiedła, niby wprost, oczy w oczy, nie patrzał, dobrze jednak widział, że cała w ogniach, czerwona, a oczy rozjarzone błyszczą się kiej w chorobie. Jakieś głuche, niejasne podejrzenie wśliznęło mu się do serca, zazdrość kąśliwa zawarczała w nim jak pies i jak pies się przyczaiła. Długo się biedził i rozmyślał, aż w końcu przyszło mu do głowy, że to pewnie Mateusz ją spotkał i przyparł gdzie do płotu.

Nastka właśnie weszła na, to, więc dalejże ją pociągać za język.

- Cóż to, pono Mateusz już zdrowy, chodzi?...

- Hale, zdrowy tam!

- Mówił mi ktosik, że widzieli go na odwieczerzu, po wsi chodził pono... - zagadywał chytrze, a pilnie patrzał w Jagnę.

- Pleciuchy bają, co ino się im uwidzi, Mateusz ledwie się rucha, z łóżka nawet się nie podnosi, tyla że już krwią nie oddaje. Jambroży stawiał mu dzisiaj bańki, a teraz narządził okowitki z tłustością i lekują się tam obaj tak galanto, aże na drodze się rozlegają śpiewania.

Nie pytał się już więcej, ale podejrzeń się nie pozbył.

A Jagusia, że ciężyło jej milczenie i te jego szpiegujące oczy nie dawały spokoju, jęła szeroko opowiadać o bytności pana Jacka.

Zdumiał się tym wielce i zaczął wymiarkowywać, co by to mogło znaczyć, biedził się niemało, rozważał, deliberował, każde słowo z osobna w głowie obracał, aż w końcu wyraźnie z tego wyszło, że dziedzic wysłał pana Jacka do niego, by się wywiedział, co to naród powie o porębie.

- Kiej nic a nic o las nie pytał.
- Hale, kiej taki cię wywiedzie niby na postronku, że
ani zmiarkujesz, kiedy, co i jak, a wszystko wypowiesz. Ho, ho, znam ja ten dziedzicowy pomiot.
- Powiadam wam, że ino o Kubę pytał i o te strzyżki!
- Miedzami kołuje, by drogę wypatrzeć! W tym cosik jest, jakaś dziedzicowa sztuczka, bo jakże, dziedzicowy brat i stojałby tam o Kubę! Głupi ino w takie bajdy uwierzy. Powiadają, że ten Jacek głupawy jest nieco, po wsiach cięgiem się nosi, na skrzypkach pod figurami wygrywa i trzy po trzy plecie. I powiedział, że przyjdzie?
- Powiedział i o was się wypytywał.
- No, no, w głowie się nie chce pomieścić.
- A widzieliście się z dziedzicem? - zagadnęła miękko, by ino nie dać mu rozmyślać.
Ciepnął się, jakby go giez ukąsił w słabiznę.
- Nie, u Szymona cały czas siedziałem - powiedział i zamilkł.
Już nie śmiała pytać, bo ciepał się po chałupie kiej ten pies wściekły, o bele co krzyczał, przyganiał, pomstował, że uczyniło się tak cicho, jakby kto makiem posiał, kużden mu z oczów rad schodził, bych czego oberwać.
I w takiej przykrej cichości siadali do kolacji, gdy wszedł Rocho, siadł swoim zwyczajem przed ogniem, jeść nie chciał, a gdy skończyli, rzekł cicho:
- Nie od siebie przychodzę. Na wsi powiadają, że dziedzic się na Lipce zawziął i ani jednego chłopa nie zawoła do rąbania, przyszedłem się spytać, czy to prawda?
- W imię Ojca i Syna, a skądże mnie to wiedzieć, pierwszy raz słyszę.
- Narada była dzisiaj u młynarza, stamtąd poszła nowina.
- Naradzał się wójt, młynarz i kowal, ale nie ja!
- Jakże, powiadali, że u was był sam dziedzic i żeście z nim poszli.
- Nie naredzałem się z nimi, chcecie, to wierzcie, prawdę wam rzekłem...
Nie przyznał się, jak wielce go bolało to pominięcie, i że radzili bez niego! Rozsrożył się znowu na przypomnienie, ale milczał, przeżuwał ino w sobie tę obrazę kiej pokrzywy, powstrzymywał się, jak mógł, bych Rocho nie zmiarkował, co się z nim dzieje!
- Jakże, czekał, wypatrywał jak ten głupi, a oni bez niego radzili! Nie daruje im tego, popamiętają. Mają go widać za nic, to im pokaże, co znaczy na wsi. Nie kto drugi, jeno młynarz tak zrobił, parob jeden, obieżyświat krzywdą ludzką się dorobił, a teraz nad wszystkich się wynosi, oszukaniec, zna on o nim takie sprawy, iż z tego może być i kreminał, zna... Abo i ten wójt! Bydło mu pasać, nie przewodzić starszym, pijanica; zrobili go

wójtem, ale tak samo mogą jutro go zrucić i wybrać choćby Jambroża, jedna by z nich była pociecha! A kowal, zięciaszek zapowietrzony! Niech się jeno pojawi w chałupie! Albo i ten dziedzic, to jak wilk, ogania ino koło narodu, a zabiega, a węszy, gdzie by co urwać! Pan, ścierwo, na chłopskich ziemiach siedzi, chłopski las sprzedaje, z chłopskiej łaski żyje, a będzie się tu na naród zmawiał! Ścierwa, nie baczy, że i pańskiej skóry tak samo imają się cepy jak i kużdego! - Ale nie rzekł ni słowa z tych deliberacji, jakże, nie baba przeciech, by się przed drugimi użalał i przyjacielstwa szukał! Gryzło go to srodze, bolało nawet wielce, ale zasie komu do tego! Zmiarkował się rychło, że to nieobyczajnie przy obcym tak siedzieć z zawartą gębą, to podniósł się z ławy i rzekł:

- Nowiny powiadacie, ale jak się dziedzic uweźmie i nie zawoła, nikto go nie zmusi.

- Prawda, ale żeby mu kto godny przełożył, ile narodu przez to bieduje, to może by ustąpił.

- Prosił go nie będę! - zawołał ostro.

- A ze dwudziestu komorników we wsi siedzi i roboty kiej zmiłowania wygląda! Wiecie sami które, a zima ciężka, śniegi, mrozy, niejednemu już ziemniaki prze-

marzły, a zarobku nie ma żadnego. Nim wiosna przyjdzie, to zrobi się taki przednowek, że strach pomyśleć! A i teraz już bieda taka, że niejeden raz na dzień gorącą warzę pojada i z głodnym brzuchem spać chodzi! Rachowali wszystkie, że skoro dziedzic zacznie ciąć przy Wilczych Dołach, to się robota la wszystkich otworzy! A tu pono się zaprzysiągł, że ani jednego Lipczaka do roboty nie weźmie! Rozgniewał się o to, że podobno skargę na niego pisali do komisarza.

- Samem ją podpisywał i twardo będę przy tym stojał, że ni jednej chojki nie zetnie, póki się z nami nie ugodzi i nie odda, co nasze.

- Kiedy tak, to lasu może ciąć nie będą!

- Naszego nie będą.

- A cóż poradzą te biedaki, co? - jęknął.

- Nic im nie poradzę, a latego, by miały robotę, swojego przeciech nie dam. Bronił będę drugich, upominał się za kogo, a jak się mnie krzywda stanie, to chyba ten pies mi pomoże...

- Z tego widzę, że z dworem nie trzymacie.

- Trzymam ze sobą i ze sprawiedliwością, miarkujcie ino. Mam co innego na głowie. To i płakał nie będę, że tam który Wojtek abo Bartek nie ma co do gęby włożyć, księdzowa to sprawa, nie moja! Jeden, żeby i chciał, nie uradzi wszystkiemu.

- Ale wiele pomóc może, wiele - rzucił smutnie Rocho.

- Popróbujcie wodę nosić przetakiem, a obaczycie, co nanosicie, tak jest i z biedą! już takie urządzenie boskie jest, to widzi mi się i ostanie, że jeden ma, a drugi wiater po polu łapie.

Rocho ino pokiwał głową i wyszedł zgryziony, bo nie spodziewał się takiej twardości na biedę ludzką w Borynie, stary go wyprowadził w opłotki i jak zwyczajnie to robił co dnia, poszedł w obejście zajrzeć do krów i do, koni, bo późno już było.

Jagna słała łóżka i właśnie pierzynę roztrzepywała, pacierz mówiąc półgłosem, gdy Maciej wszedł i jakąś ośnieżoną szmatę rzucił jej pod nogi.

- Zapaski gubisz, nalazłem ją przy przełazie! - powiedział cicho, ale tak twardo i tak spojrzał na nią przenikliwie, że zmartwiała z przerażenia i dopiero po chwili zaczęła się jękliwie tłumaczyć:

- To... ten Łapa... co ino może... wywłóczy z chałupy... wczoraj to mi trepy zaniósł do budy! Ścierwa, nie pies, taki szkudny...

- Łapa?... cie... no, no... - szeptał urągliwie, bo nic a nic nie uwierzył.

ROZDZIAŁ 7

We Trzy Króle, które jakoś tego roku wypadały w poniedziałek, jeszcze przed skończeniem nieszporów, bo słychać było grania i przyśpiewy w kościele, a już naród z wolna ciągnął do karczmy, że to pierwszy raz po adwencie i Godach miała być muzyka, a i szykowały się zmówiny Małgośki Kłębianki z Wickiem Sochą, który chocia tak samo się pisał jak nieboszczyk Kuba, ale krewniactwa się z nim wypierał, jako że parob był niepoczciwy i sielnie dufający w swoje morgi.

Powiadali też, jako i Stacho Płoszka, mający się już od kopania ku Ulisi sołtysównie, pewnikiem dzisiaj zapije sprawę i wszystko ze starym uładzi, bo krzyw mu był i córki odmawiał, że Stacho był sielny zabijaka, wicher nieposkromiony i z rodzicielami cięgiem się wadził, a za Ulisią chciał całe cztery morgi abo dwa tysiące spłaty na rękę i dwa krowie ogony w dodatku.

Wójt też dzisiaj wyprawiał chrzciny, jeno że w chałupie, ale różni znajomkowie tak se rachowali, że jak się rozochoci, to w domu nie wytrzyma i z całą kompanią

do karczmy zwali, i fundował będzie.

Zaś prócz tych przynęt były jeszcze większe, ważniejsze sprawy, zarówno obchodzące wszystkich.

Bo tak się ano stało, że na sumie od ludzi z drugich wsi dowiedzieli się, że dziedzic, co ino mu było potrza ludzi do poręby, to już zgodził i zadatki podawał: miało iść z Rudki dziesięciu, z Modlicy piętnastu, z Dębicy cosik ośmiu, a samej rzepeckiej szlachty bez mała dwudziestu a z Lipiec ani jeden. Prawda to już była jasna i pewna, bo i sam borowy, któren był na sumie, przytwierdził.

Niemała z tego turbacja padła na biedotę, nieletka.

Juści, że byli w Lipcach bogacze całą gębą, byli i pomniejsi, którzy zarówno o zarobki nie stali, byli takoż jensi, u których aż piszczało z biedy, ale się do niej nie przyznawali, bych ino przyjacielstwa z bogaczami nie stracić i w jeden rząd zawżdy z nimi stawać - ale i komorników, i takich, co

ino chałupy mieli, też nie brakowało: którzy wyrabiali u gospodarzy
młocką, którzy na tartaku siekierą, którzy zaś, gdzie się ino zdarzyła
robota, a chyla tyla wyskrzybali, iż jakoś się tam z boska pomocą
przeżywili, ale ostawało jeszcze z pięć familii, la których zimową porą
całkiem brakowało we wsi roboty, ci to właśnie jako zbawienia czekali na te
poręby.

A teraz co począć?

Zima była sroga, mało któren miał jaki taki grosz zapaśny, niejednemu już
i ziemniaki się kończyły, bieda była w chałupie, a głód już zębce szczerzył
za węgłem, do zwiesny daleko, a wspomożenia znikąd, to i nie dziwota, że
ciężki frasunek padł na dusze. Zbierali się po chałupach ,medytowali, aż w
końcu kupą całą poszli do Kłęba, by ich ten powiedł do dobrodzieja na
poradę, ale Kłąb się wymówił rzekomo zmówinami córki, jensi też
podobnie wykręcili się kiej piskorze, bo stali ino o siebie i swoje
wyrachowania mieli. Zeźlił się tym srodze Bartek z tartaku, któren choć
robotę miał, zawżdy z biednym narodem trzymał, przybrał do się Filipa
zza wody, Stacha Bylicowego zięcia, Bartka Kozła, Walka z krzywą gębą i
w piąciu poszli do dobrodzieja prosić, by się wstawił za nimi do dziedzica.

Długo nie było ich widać, dopiero po nieszporach przyleciał Jambroży do
Kobusów i powiedział, że z księdzem radzą i do karczmy prosto przyjdą.

A tymczasem wieczór się już był uczynił, ostatnie zorze zetliły się do cna,
że ino kajś niekaj na zachodzie z tych szarych popiołów żarzyły się kieby
głownie dogasające, a świat z wolna otulał się w modrawą a lutą płachtę
nocy. Księżyca jeszcze nie było, jeno od suchych, przemarzniętych śniegów
biły ostygłe, lodowate brzaski, w których rzecz każda widniała jakoby w
śmiertelne gzło przyodziana i zgoła umarła; gwiazdy też jęły się
wysypywać na ciemne niebo, a tak rosły i trzęsły się w onych dalekościach,
tak się jarzyły bystro, aż po śniegach szły skrzenia. Mróz zaś brał srogi i
podnosiła się taka skrzytwa, aż w uszach dzwoniło i żeby najcichszy głos, a
leciał światem całym.

W chałupach zaś ognie zapalali i spieszyli z wieczorowymi obrządkami,
jeszcze wodę nosili ze stawu, jeszcze czasem skrzypnęły wierzeje albo się
jakie bydlątko ozwało, to ktosik podążał spieszno saniami, a ludzie w
dyrdy ganiali po obejściach, bo parzyło w twarze jakby rozpalonym
żelazem i dech zapierało, ale już wieś cichła całkiem.

Jeno od karczmy coraz ostrzej rozlegały się muzyckie głosy, bo juści, że
prawie z każdej chałupy ktosik się tam przebierał na przewiady, a insze
zaś, którym nie było do zmówin ni do spraw, też ciągnęli, bo im gorzała
pachniała. Że zaś i babom cniło się ostawać samym, a dziewczyny aż
piszczały do gzów i na muzykę nogami przebierały, to raz w raz, nim się
jeszcze do cna ściemniało, leciały chyłkiem do karczmy, rzekomo by
chłopów nagnać do domów, ale już ostawały. Juści, że za ojcami i dzieci
ciągnęły co starsze, zwłaszcza chłopaki zwoływali się z opłotków
gwizdaniem i szli kupą, zalegając karczmowe sienie i przyzby, choć mróz

242

prażył żywym ogniem.

A w karczmie kłębiła się już niezgorsza gęstwa.

Tęgi ogień buzował się na kominie, że z pół izby zalewało krwawe światło szczap, których Żyd cięgiem przykładać kazał dziewce, bo kto ino wszedł, otrzepywał buciska o trzon, nagrzewał zgrabiałe ręce i szedł w ciżbę odszukiwać swojaków, że to, mimo ognia i lampy nad szynkwasem, mrok zalegał kąty i trudno było zrazu rozeznać. W jednym kącie ode drogi, na kłodach od kapusty, siedziały muzykanty pobrzękujący niekiedy, jakby od niechcenia, bo się jeszcze tany nie rozpoczęły na dobre, tyla co tam jakaś niecierpliwsza para się pokręciła.

Na izbie zaś, pod ścianami, przy stołach kupili się kompaniami ludzie, ale mało kto ściskał kieliszek i przepijał, a jeno rajcowali rozglądając się wkoło, a bacząc na wchodzących.

Jeno przy szynkwasie był większy rejwach, bo stali tam całą kupą goście Kłębowi i familianci Sochy, ale też jeszcze z rzadka przepijali do się, a tylko poredzali, świadczyli sobie godności, jak to przystało na zmówinach.

Wszyscy zaś często a nieznacznie naglądali pod okna, gdzie za stołami siedziało kilkunastu Rzepczaków, przyszli jeszcze za dnia i ostali. Nikt im wstrętów nie czynił, ale i nikto się do nich nie kwapił, tyle co Jambroży zaraz się z nimi pokumał i sielnie gorzałę ciągnął a ocyganiał, co ino wlazło. A pobok nich stojał Bartek z tartaku ze swoimi i w głoś opowiadał, co im rzekł dobrodziej, a sielnie pomstował na dziedzica, w czym mu najgłośniej wtórował Wojtek Kobus, chłop suchy, mały a tak zapalczywy, że cięgiem się podrywał, walił pięściami w stół i ciepał się jako ten ptak, którego przezwisko nosił, z rozmysłem zaś to czynił, bo domyślali się, że Rzepczaki ciągną na jutro do boru do rąbania, ale żaden z nich jakby nic nie słyszał, tak siedzieli spokojnie, zajęci między sobą.

Nikto też z gospodarzy nie słuchał tych wyzwisk ni zbytnio do serca nie brał, że dobrodziej nie chciał się wstawiać za nimi do dziedzica, a naprzeciw, odwracano się od nich i unikano, czym głośniej krzyczeli, w gąszczu bowiem, jaki rozpierał karczmę, stowarzyszał się każden do upodoby i kupił, gdzie było dogodniej, nie bacząc na sąsiadów - tylko jedna Jagustynka chodziła od kupy do kupy, podjudzała, żarty stroiła, nowiny w uszy ludziom kładła, pilnie jednak bacząc, gdzie już pobrzękują flachy a kieliszek kołem chodzi.

I tak powoli, z wolna, niepostrzeżenie wciągał się naród do zabawy, bo coraz większy gwar napełniał izbę i coraz częściej podzwaniały kieliszki, i coraz gęściej się robiło, że już drzwi się prawie nie zamykały, tak szli i szli aż muzykanci, uczęstowani przez Kłęba, urznęli rzęsistego mazura i w pierwszą parę puścił się Socha z Małgośką, a za nimi zaś, kto ino miał ochotę.

Ale niewielu szło w tany, oglądając się na pierwszych lipeckich kawalerów, na Płoszkę Stacha, Wachnika, wójtowego brata i drugich, którzy zmawiali się po kątach z dzieuchami, wesołe rozmowy wiedli, a podkpiwali półgłosem z rzepeckiej szlachty, którym wciąż basował Jambroży.

Na to właśnie pokazał się Mateusz, o kiju jeszcze szedł, bo ledwie się był z łóżka zwlókł, że mu się to cniło za ludźmi, kazał se wnet narządzić gorzałki przegotowanej z miodem, usiadł z boku komina, popijał i rzucał tym słowem wesołym do znajomków, ale z nagła ucichł, bo Antek stanął we drzwiach, spostrzegł go, podniósł hardo głowę, łypnął ślepiami i przechodzi wpodle, jakby nie pojstrzegając.

Mateusz się uniósł i zawołał:

Boryna! a chodźcie no do mnie.

- Masz sprawę, to pierwszy przystąp - powiedział ostro myśląc, że Mateusz zaczepia. ,

- Przyszedłbym, jeno się jeszcze ruchać bez kijaszka nie mogę - odparł miętko.

Antek nie dowierzał, zmarszczył groźnie brwi i podszedł, ale na to Mateusz chycił go za rękę i zniewolił, by przysiadł na ławie.

- Siadaj przy mnie. Owstydziłeś mnie przed całym światem, pobiłeś tak, jucho, że już mi księdza wołali, ale gniewu do ciebie nie mam nijakiego i pierwszy z tym słowem zgody przychodzę. Napij się ze mną. Nikt mnie jeszcze nie pobił i myślałem, że takiego na świecie nie ma. Mocarz z ciebie prawdziwy, żeby takim chłopem jak ja rzucić kiej snopem, no, no...

- Boś mi na robocie przypiekał cięgiem, a potem i szczekał paskudnie, to mię rozebrało, żem. już i nie baczył, co robię.

- Twoja prawda, twoja, sam to przytwierdzam i nie strachu, a po dobroci... Aleś mnie przyrychtował, no, żywą krew oddawałem, ziobra mi popękały, do ciebie piję, Antek, co tam, poniechaj złości, ja ci już nie pamiętam, choć mnie jeszcze plecy bolą... aleś ty chyba krzepciejszy niźli Wawrzek z Woli?...

- Nie zbiłem go to na odpuście we żniwa, jeszcze się pono lekuje...

- Wawrzona! Powiadali o tym, alem wierzyć nie wierzył. Żydzie, haraku z esencją, a w ten mig, bo przetrącę! - krzyknął.

- Ale coś pyskował przed chłopami, to nieprawda?- pytał cicho Antek.

- Nieprawda, przez złość ino gadałem, tak sobie:... nie, gdzieby tam zaś - wypierał się przeglądając pod światło flaszkę, by mu prawdy z oczów nie wyczytał.

Przepili raz i drugi, potem Antek postawił kolejkę i znowu przepili, i już tak siedzieli wpodle siebie, pobratani zgoła i w takim przyjacielstwie, aż się na karczmie dziwowano temu. Mateusz zaś, że sobie był podpił niezgorzej, pokrzykiwał na muzykę, by raźniej grała, przytupywał, śmiał się w głos do chłopaków, aż przycichnął i jął Antkowi do ucha powiadać.

- Juści i to prawda, że brać ją chciałem przez moc, ale mnie tak pazurami pobronowała, jakby mnie kto pyskiem po cierniach przewlókł. Tyś jej był milszy, wiem o tym dobrze, nie wypieraj się, ty, i bez to na mnie nie chciała patrzeć!... Trudno wołu wodzić, kiej nie chce sam chodzić; zazdrość mnie

244

kąsała, że i nie wypowiedzieć, hej! Dziewka równa cudu, że i nie należć śliczniejszej, a poszła za starego na twoją krzywdę, tego to już wyrozumieć nie mogę...

- Na moją krzywdę i na moje zatracenie! - jęknął cicho i aż się zerwał, tak ognie w nim zagrały na wspomnienie; że ino zaklął i cosik mruczał do siebie.

- Cichoj, ludzie ano posłyszą i roznieść gotowi.

- Bom to co rzekł?

- Juści, inom ja nie dosłyszał, ale mogli drudzy.

- Bo już mi ścierpieć trudno, tak mię tu w piersiach rozpiera, że samo się rwie ze mnie, samo...

- Mówię ci, nie daj się, póki czas - radził chytrze, pociągając go z wolna za język.

- Mogę to, kiej kochanie gorsze choroby, ogniem po kościach chodzi, wrzątkiem w sercu bełkocze, a taką tęsknością duszę przejmuje, że ni jeść, ni spać, ni robić nic, jeno by człowiek łbem tłukł o ścianę albo i zgoła życia się pozbawił!

- Abo to nie wiem! Mój Jezus, abom to sam za Jagną nie latał! Ale jest tylko jedna rada na kochanie: ożenić się, a jakby ręką odjął. Znalazłaby się i druga: kiej ożenkiem nie można, dostać kobietę, a wnet smak do niej przejdzie i kochanie się skończy! Prawdę ci mówię, przecieżem niezgorszy praktyk! - dowodził chełpliwie.

- A jak i potem nie przejdzie? - rzekł smutnie.

- Juści, któren zza płota postępuje, za węgłami się czai, a kiej kiecka zachrzęści, drygają mu kulasy - takiemu rychło się nie przemieni, ale to ciołak, nie chłop, za takiego nie dałbym i tego grosza - rzucił pogardliwie.

- Czystą prawdę rzekłeś, ale widzi mi się, że są i takie chłopy, są... - zamedytował się.

- Przepij no do mnie, do cna mi zaschło w gardzieli! Psiachmać sobacza z babami, niektóra chuchro takie, co kieby dmuchnął, nakryłaby się nogami, a często i największego mocarza wodzi kieby to cielę na postroneczku, mocy pozbawi, rozumu pozbawi i jeszcze na pośmiewisko światu poda! Diable nasienie, ścierwo, mówię ci, pij do mnie!..

- W twoje ręce, bracie, w twoje!

- Bóg zapłać, mówię ci, pluń na to diable nasienie, przecież rozum swój masz...

Przepili raz i drugi a pogadywali, Antek już był zdziebko napity, a że nigdy nie miał przed kim się wyżalić, to teraz brała go szalona chęć do wywnętrzenia, że ledwie się powstrzymał, tyla co tam rzucił czasami jakie ważne słowo, z którego Mateusz i tak wszystko miarkował, jeno nie dawał tego poznać po sobie.

W karczmie zaś zabawa już szła rzetelna, muzyka rznęła co sił i tany szły za tanami, pito już we wszystkich kątach, gdzieniegdzie już przychodziło do sporów, a wszędy gadano tak głośno, że wrzawa przepełniała izbę, a tupoty taneczników rozlegały się kieby bicie cepów. Kłębowa kompania przetoczyła się do alkierza, skąd też niezgorszy wrzask dochodził, jeno Socha i Małgośka tańcowali zapamiętale abo ująwszy się wpół na mróz biegli na powietrze. Bartek z tartaku ze swoimi wciąż stali na jednym miejscu, pili już z drugiej flachy, a Wojtek Kobus już wprost wykrzykiwał ku rzepeckim ludziom:

- Ślachta, ścierwy, worek i płachta! - że to za szlachtę się uważali.

- Dziedzice, pół wsi jedną krowę doi! - dorzucił zjadliwie drugi.

- Kołtuniarze, przez koni się obywają, bo ich same wszy noszą.

- Żydoskie paroby!

- Dworskie pomietła, do psów się im godzić, kiej taki dobry wiatr czują!

- Poczuły też we dworze swoje i ciągną.

- Będą tu ludziom odbierać robotę.

- Wyczeszemy wama kołtuny, że bez łbów pouciekacie!

- Wycieruchy, obieżyświaty, brakło u Żydów palenia w piecach, to przyleciały!

Dogadywali mocno, a jaki taki pięścią wygrażał i darł się do nich, a coraz więcej ludzi wrzało przeciwko, coraz zapalczywsze koło ich otaczało, że to już gorzałka ponosiła, ale oni się nie odzywali, siedzieli przy sobie kupą całą, kije ino ściskali między kolanami, popijali piwo, przegryzali kiełbasę, jaką mieli ze sobą, a hardo, nieustraszliwie poglądali na chłopów.

Byłoby może i przyszło z miejsca do bitki, ale Kłąb przyleciał, jął uspokajać, przekładać a prosić, a za nim starsi i Jambroży, że Kobus zaprzestał pyskować, drugich też odciągnęli na poczęstunek do szynkwasu, potem muzyka sielnie zagrała, a Jambroż jął znowu cyganić niestworzone historie o wojnach, Napolionie, Naczelniku, a później i insze ucieszne rzeczy, aż się niejedni pokładali ze śmiechu; a on rad wielce, podpity niezgorzej, rozparł się przy stole i prawił:

- Na ostatek opowiem jeszcze jedną historię, krótką, bo mi pilno tańcować, a i dzieuchy krzywe, że do nich nie przychodzę! Wiecie, zmówiny dzisiaj Kłębianki ze Sochą Wickiem. Gdybym chciał, moje by były z Małgośką, moje! Bo ano było tak:

"We czwartek zwalili się do starego Kłęba z wódką! Przyszli w jeden czas od Sochy i przyszli od Pryczka; jedni przepijają harakiem, drudzy zaś słodką, od jednych Kłąb pije i od drugich nie wylewa. Jeden jest dobry, a i drugi nie gorszy!

Swaty aż się pocą, tak prawią i zalecają swoich kawalerów:

Ten ma morgi galante przez skowronków nawożone, a drugi też takie, na których ino pieskowie wesela swoje odprawują.

Jeden ma chałupę, do której świnie pod przyciesiami włażą, a i drugi nie gorszą.

Obaj sielne bogacze, że szukać daleko!

Socha ma cały kołnierz od kożucha, bo resztę pieski rozniosły, Pryczek zaś ma obertelek od świątecznych portek i guzik świecący kiej ze złota!

Jeden chłopak śmigły kiej ta kopica, a i drugiemu brzucho wzdeno od ziemniaków!

Galante parobki!

Sosze ślina z gęby cieknie, a Pryczek ma ślepie kaprawe!

Równe we wszystkim, a takie robotne i zapamiętałe, że choćby pół ćwiartki ziemniaków na raz zjedzą i za drugą patrzą!

Oba dobre na zięciów, oba krowy mogą popaść, izbę przymieść, gnoju urzucić; oba krzywdy dziewce nie zrobią nijakiej, bo z boćkami kompanii nie trzymają. Sielne parobki, rozmowne, mądrale, przemyślne, z jadłem zawsze do gęby trafiają, a nie gdzie indziej.

Co tu począć, kiej oba się zarówno widzą staremu, to się kręci, w nosie dłubie, a Małgośki pyta: którego chcesz?...

- Oba pokraki, tatulu, pozwólcie, to już se Jambroża wybierę!...

Stary głową kręcił, deliberował długo, wiadomo, że mądrala na całą chałupę, a tu chłopaki przynaglają, swaty swoje wciąż prawią, to się napił od jednych haraku, napił się od drugich słodkiej i powiada:

- Wagę przyniesta!

Przynieśli oną wagę, ustawili, a on prawi:

- Zważta się, chłopaki, który będzie cięższy, tego na zięcia wybierę.

Zafrasowały się swaty, posłali po gorzałkę i medytują: któren? bo obaj byli kieby te pluskwy zeschnięte! Skoczyły po rozum do głowy Pryczkowe swaty, nasuły mu za pazuchę kamieni, to w kieszenie napchały. Ale i Sochowie też nie były głupie, nie było co, to gęsiora wsadzili mu pod kapotę i na wagę go stawią... liczą, aż tu cosik powiada: S... s... s... Socha niby, i gęsior bęc na ziemię! Roześmieli się wszyscy, a Kłąb powiada:

- Zmyślna jucha jest, choć wagi nie trzyma, ty będziesz moim zięciem!"

Juści, że w tym, prócz tego ważenia, innej prawdy nie było, jeno że opowiadał tak śmiesznie, aż się popłakiwali z uciechy i takim śmiechem buchali, że na całą karczmę szło.

Że wnet Kłębowi goście wywalili się z alkierza i całą hurmą szli w taniec, to wrzask się podniósł, tupot, krzyki, że już żadnego głosu z osobna nie rozeznał.

Ze łbów poczynało kurzyć, gorącość rozbierała, uciecha rosła, to i młodzi hulali z całej mocy, a starsi zasię zalegali stoły, stowarzyszali się, gdzie ino mogli i gdzie kto ustojał, bo tanecznicy rozbijali i coraz większym kołem zataczali, a każden w głos gadał, przepijał, z drugimi się cieszył, swojego dowodził, święta używał.

Muzyka zaś rznęła siarczyście i tany szły zapamiętałe, choć był taki gąszcz, że głowa przy głowie, plecy przy plecach, to i tak się trząchali, po izbie nosili, pokrzykiwali wesoło, a obcasami bili, że ino dyle skowyczały i szynkwas podrygiwał!

Zabawa była sielna, boć wszyscy się dokładali z całej mocy, duszą całą.

Zima toć szła, naród oderwał ręce spracowane od matki ziemi, to i podnosił przygięte karki, podnosił zafrasowane dusze, prostował się, rozrastał i równał jeden z drugim w wolności, w odpoczywaniu i w tej myśli swobodnej, że kożden człowiek widniał z osobna i wyraźnie jako ten bór, z którego nie wydzielisz drzewin latem, bo w jednakim, równo zielonym gąszczu stoi przywarty do rodnej ziemi, a niech jeno śnieg spadnie, ziemia się prześłoni, a wnet każde drzewo dojrzysz z osobna i w ten mig rozeznasz: dąbek-li to, grabek-li to, osiczyna-li to!

Takuteńko było i z narodem.

Jeno Antek z Mateuszem nie ruchali się ze swoich miejsc, siedzieli przy się po przyjacielsku i z cicha ugwarzali o różnościach, ile że cięgiem ktoś do nich przystawał i swoje dokładał; przyszedł Stacho Płoszka, przyszedł Balcerek, przyszedł wójtów brat i drugie; te wszystkie najpierwsze we wsi kawalery, którzy drużbowali na weselu Jagusi. Zrazu nieśmiało przystawali, że to nie wiada było, czy Antek jakim ostrym słowem nie ciepnie, ale nie, podawał każdemu rękę a z dobrością patrzał, to i wnet otoczyli go zwartym kołem, pilnie słuchali, przyjacielstwo świadczyli i tak mu się umilali a zdawali we wszystkim, jak przódzi, kiedy to im przewodził jeszcze, uśmiechał się ino gorzko jakoś, bo mu się wspomniało jak to jeszcze wczoraj a ci sami omijali go z dala na drodze.

- Ani cię nikaj nie ujrzeć, do karczmy nie zachodzisz! - powiedział Płoszka.

- Od rana do nocy robię, to kiej to mam czas na karczmę?

- Prawda, prawda! - przytwierdzili półgłosem, a potem z wolna przeszli na różne sprawy wsiowe, na ojców, to o dzieuchach mówili, to o zimie, bo rozmowa jakoś się nie wiedła, Antek mało mówił, a cięgiem spoglądał na drzwi, spodziewał się, że Jagna przyjdzie. Dopiero gdy Balcerek jął opowiadać o naradzie, jaka się odbyła we święta u Kłębów względem lasu, słuchał uważnie.

- Cóż uredzili? - zapytał.

- A cóż, skamlali, narzekali, żalili się, a rady nijakiej nie powzięli, prócz tej, że nie trza pozwolić na wyręb.

- A bo to co mądrego uradzą te słomiane wiechcie!- wykrzyknął Płoszka. - Zbierają się, gorzały się napiją, wysapią, nawyrzekają i tyla z tych narad jest, co z łońskiego śniegu, a dziedzic może sobie spokojnie ciąć choćby i wszystek las.

- Nie trza pozwolić - rzucił krótko Mateusz.

- Któż to go powstrzyma, któż zabroni? - zaczęli wykrzykiwać.

- Któż jak nie wy?

- A juści, pozwolą to na co? Ozwałem się kiedyś, to ociec mię skrzyczał, żebym nosa pilnował, że to nie moja sprawa, a ich, gospodarzy! Juści, mają prawo do tego, bo wszystko w garści dzierżą i choćby na tę minutę, a nie popuszczą, a my cóż znaczymy, tyle co te parobki! - unosił się Płoszka.

- Źle jest całkiem, źle.

- A nie tak powinno być!

- Juści, że młodych powinni przypuścić do gruntów i do rządów.

- A samym na wycugi iść!

- Ja wojsko odsłużyłem, lata mi idą, a tego, co moje, dać nie chcą! - krzyczał Płoszka.

- Każdemu czas na swoje.

- A wszyscyśmy tutaj pokrzywdzeni.

- A najbarzej Antek!

- Trza by we wsi zrobić porządki! - szepnął twardo Szymek, Jagusin brat, który niedawno przyszedł i stojał poza drugimi cicho, spojrzeli na niego zdumieni, a on wysunął się na czoło i jął gorąco prawić o swoich krzywdach, a w oczy wszystkim patrzał i czerwienił się, że to nieprzywykły był przed drugimi mówić i bojał się jeszcze nieco matki.

- Nastka go tak nauczyła rozumu! - szepnął któryś, roześmiali się wszyscy, aż Szymek zmilknął i cofnął się w cień, wtedy wójtów brat, Grzela Rakoski, choć nie był rozmowny i nieco się zająkiwał, zaczął prawić.

- Że starzy trzymają grunta i dzieciom nie popuszczają, źle juści jest, bo krzywda - ale to jest najgorsze, że się głupio rządzą. Przecie z tym lasem dawno byłby koniec, żeby się byli zgodzili z dziedzicem.

- Jakże, dawał po dwie morgi, kiedy się nam należy po cztery na półwłóczek.

- Należy albo i nie należy, to jeszcze nie wiadomo, to już urzędniki rozsądzą.

- Kiedy oni z dziedzicami trzymają!

- Hale, trzymają tam, przecież sam komisarz powiedział, by się nie godzić na dwie morgi, to dziedzic musi dać więcej! - tłumaczył Balcerek.

- Cichocie no, bo kowal ano ze starszym idzie!- szepnął Mateusz.

Obejrzeli się na drzwi, jakoż prawdziwie, kowal wiódł się pod pachy ze starszym, obaj już byli napici niezgorzej, to się mocno przepychali przez gęstwę i rznęli prosto do szynkwasu, ale nie postali tam długo, Żyd ich powiódł do alkierza.

- Na chrzcinach u wójta się uraczyli.

- Wyprawia to dzisiaj? - zapytał Antek.

- A dyć ojcowie nasi tam siedzą. Sołtys poszedł w kumy z Balcerkową, bo pono stary Boryna się pogniewał i nie chciał - tłumaczył Płoszka.

- A to co za jeden ? - wykrzyknął Balcerek.

- To pan Jacek, dziedzicowy brat z Woli! - objaśniał Grzela. Aż powstali, by się przyjrzeć, bo pan Jacek przeciskał się z wolna a oczami kogoś szukał, aż i natknął się na Bartka z tartaku i z nim poszedł pod ścianę, do rzepeckich.

- Czego on może chcieć?

- Czego, a niczego, tak se chodzi ino po wsiach, z chłopami gada, niejednemu pomoże, na skrzypkach przygrywa, dzieuchy piosneczek uczy, głupawy jest pono.

- Kończ no, Grzela, coś zaczął, kończ!

- O lesie zacząłem mówić; moja rada jest taka, aby tej sprawy samym starym nie ostawiać, bo zepsują.

- Cóż, na to jest tylko jedna rada, zaczną las ciąć, całą wsią iść, rozegnać, nie pozwolić dopóty, aż się dziedzic ze wsią nie ugodzi! - rzekł mocno Antek.

- To samo uradzali u Kłęba.
- Uradzali! Ale nie zrobią, bo kto pójdzie za nimi?
- Gospodarze pójdą.
- Nie wszystkie.
- Jak Boryna poprowadzi, to i wszyscy pójdą.
- Jeno nie wiada, czy Maciej zechce.
- To Antek poprowadzi - wykrzyknął zapalczywie Balcerek.

Przytwierdzili mu gorąco wszyscy, jeden tylko Grzela się sprzeciwiał, a że bywał we świecie i gazetę "Zorzę" czytywał, to jął naucznie i kiej z książki prawić, że gwałtu nie można czynić, bo wda się w to sąd i prócz kozy nikt więcej nie wskóra, że trzeba, aby wieś sprowadziła z miasta adwokata, a ten by wszystko po sprawiedliwości wyrychtował.

Nie chcieli go słuchać długo i jaki taki przekpiwał, oźźlił się też srodze i powiedział:

- Na ojców wyrzekacie, że głupie, a sami ani za grosz pomyślenia nie macie, a jeno jak te dzieci, co jeszcze bałykują, cudze powtarzacie!
- Boryna z Jagusią i dzieuchami! - zauważył któryś.

Antek, któren chciał coś odpowiedzieć Grzeli, zmilknął i poleciał oczami za Jagną.

Późno przyszli, już po kolacji, bo stary długo się opierał skamleniom Józki i namowom Nastki, czekał, aż Jagusia poprosi, ale ona zaraz po obiedzie zapowiedziała ostro, że pójdzie na muzykę, odparł jej ostro, iż się nogą z chałupy nie ruszy, nie poszedł do wójta, to nigdzie nie pójdzie.

Nie prosiła go już więcej, zawzięła się tak, że ani tym słowem więcej się nie odezwała, popłakiwała jeno po kątach, drzwiami trzaskała, wystawała przed domem na mrozie i ciskała się po chałupie jak ten zły wiatr, aże mroziło od niej złością, a gdy do kolacji siadali, nie poszła jeść, jeno zaczęła wełniaki ze skrzyni dobywać, przymierzać a przystrajać się.

To i cóż miał stary począć, klął, przygadywał, zapowiadał, że nie pójdzie, w końcu jeszcze ją sielnie musiał przepraszać i rad nierad powiódł do karczmy.

Hardo ano wchodził, wyniośle i mało z kim się witał, bo i równych było niewiela, jako że co najpierwsi u wójta byli na chrzcinach, syna zaś nie spostrzegł, chociaż się pilnie rozglądał w tłoku.

Antek zaś już nie spuszczał oczów z Jagusi, stała właśnie przy szynkwasie, chłopaki się do niej sypnęli zapraszać do tańca, odmawiała pogadując wesoło, a ukradkiem przebierając oczami wskróś ludzi - taka urodna widziała się dzisiaj, że choć naród już był napity, a spoglądali na nią z podziwem. Ponad wszystkie piękniejsza. A przecież była tam i Nastka, ano do malwy z czerwieni szmat i wyrostu podobna, była i Weronka Płoszkówna kiej georginia rumiana i w sobie wielce podufała, była Sochówna, skrzat ledwie dorosły, gibki i z gębusią kiej ten cukier słodką,

były i drugie urodne, wyrosłe, ciągnące oczy parobków, a jak Balcerkówna
Marysia, na podziw wyrosła, biała, rzepiasta dziewka i pierwsza we wsi
tanecznica - ale żadna ani się równała z Jagną, żadna. Przenosiła wszystkie
urodą, strojem, postawą i tymi modrymi, jarzącymi ślepiami, jako róża
przenosi one nasturcje a malwy, a georginie, a maki, że zgoła podlejsze się
przy niej widzą, tak ci ona przenosiła wszystkie i nad wszystkie panowała.
Przystroiła się też dzisiaj kiej na jakie wesele; wełniak wdziała gorącożółty
w zielone a białe pasy, stanik zaś z modrego aksamitu, dziergany złotą
nitką i głęboko, do pół piersi wycięty, a na koszuli cieniuśkiej, która
bieluchną fryzką burzyła się suto koło szyi i przy dłoniach, zawiesiła rzędy
korali, bursztynów i onych pereł, na włosach miała chusteczkę jedwabną,
modrawą, w różowy rzucik farbowaną, a końce od niej puściła na plecy.
  Brały ją za to przystrojenie kobiety na ozory i przymawiały złośliwie, nie
dbała ta o to wcale, dojrzała wnet Antka i pokraśniawszy z radości, jako ta
woda pod zachód, odwróciła się od starego, któremu Żyd cosik gadał i
zaraz poprowadził do alkierza, gdzie i pozostał.
  Juści, że Antek ino tego czekał, bo wnet bokiem karczmy się przecisnął i
spokojnie witał się z nimi, choć Józka umyślnie się odwróciła.
  - Przyszliście na muzykę czy na zmówiny Małgośki?
  - Na muzykę... - odparła cicho, bo głos jej całkiem odjęło wzruszenie.
  Stali przy sobie czas jakiś bez słowa, jeno dychali prędzej, a ukradkiem
zaglądali sobie w oczy, tanecznicy zepchnęli ich pod ścianę, Nastkę pojął
do tańca Szymek, Józka też się gdzieś zapodziała, że sami zostali.
  - Co dnia wyczekuję, co dnia... - szepnął cicho.
  - A mogę to wyjść?... pilnują mnie odparła ze drżeniem, ręce się ich
spotkały same jakoś, cisnęli się biodrami, pobledli oboje, tchu im
brakowało, w oczach skry się jarzyły, a w sercach była taka muzyka, że i
nie wypowiedzieć.
  - Odstąp ździebko, puść!... - prosiła cichutko, boć pełno było ludzi
dookoła.
  Nie odrzekł na to, jeno ujął ją mocno wpół, gęstwę roztrącił, wywiódł w
koło i krzyknął do muzykantów:
  - Obertasa; chłopacy, a ostro!
  Juści, że trzasnęli z całej mocy, aż basica jęknęła, znali go przecież, że jak
się rozochoci, to gotów całej karczmie fundować !
  A za nim puścili się w tan i jego kamraty, tańcował Płoszka, tańcował
Balcerek, tańcował Grzela, tańcowały i drugie, a Mateusz, że mu to żebra
jeszcze nie popuszczały, to ino przytupywał a krzykał la zachęty!
  Antek zaś hulał zapamiętale, wywiódł się naprzód, przegonił wszystkich i
wiał w pierwszą parę tak siarczyście, że już nic nie pamiętał i na nic ni
zważał, bo Jaguś cisnęła się do niego słodko, a raz w raz, ledwie dech
łapiąc, prosiła:
  - Jeszcze, Jantoś, jeszcze ździebko!
  Długo tańcowali, odpoczęli tyla, by złapać niecoś tchu napić się piwa, i

znowu poszli w tan nie bacząc, że ludzie zwracają na nich uwagę, coś szepczą a krzywią się i w głos dogadują.

Ale Antkowi już było wszystko jedno dzisiaj, skoro jeno poczuł ją przy sobie, skoro przycisnął do się, że aż się prężyła i przywierała te lube modre oczy, to się już był całkiem zapamiętał! Radość w nim grała i takie wesele, jak kieby się ten zwiesnowy dzień w nim zrobił. Zapomniał o ludziach i świecie całym, krew w nim zawrzała i moc wstała taka harda, nieustępliwa, aż mu piersi rozpierało! A Jaguś też była całkiem jakby utopiona w lubości i w zapamiętaniu! Unosił ją jak ten smok, nie opierała się temu, bo jakże, mogłaby to, kiej kręcił nią, ponosił, przyciskał, że chwilami mroczało w niej i traciła z pamięci świat wszystek, a grało w niej takim weselem, młodością, uciechą, że już nic nie widziała, ino te jego brwie czarne, te oczy przepaściste, a te wargi czerwone, ciągnące!

A skrzypice wycinały siarczyście, zawodzący i niesły się piesneczką, jako ten żniwny wicher palącą, od której krew się w ogień przemieniała i serce grało weselem a mocą; basy zaś pobekiwały drygliwie do taktu, że same nogi niosły i trzaskały hołubce; flet zaś przegwizdywał i wabił kiej ten kos na zwiesnę, a taką lubością przejmował, tak serce otwierał, aż ciarki przechodziły, w głowie się mąciło, tchu brakowało, a zarazem chciało się płakać i śmiać, i krzykać, i tulić, i całować, i lecieć gdzieś we świat wszystek, w zapamiętanie - to i tańcowali tak ogniście, aż się karczma trzęsła i dygotały beczki z muzykantami.

Z pięćdziesiąt par mieniło się w tym kole wielgachnym, taczającym się od ściany do ściany, rozśpiewanym, pijanym uciechą i taką mocą, że flachy się przewracały, lampy gasły, noc ich obejmowała i rozdrgany mrok, bo ino te głownie w kominie rozżarzane wichurą pędu, sypały iskrami i buchały krwawym płomieniem, w którym ledwie majaczył zbity kłąb ludzki, wijący się dookoła taką gęstwą, że ani okiem uchwycił ni rozpoznał, gdzie chłop, gdzie kobieta! Kapoty wiewały górą kiej te skrzydła białe, wełniaki, wstążki, zapaski, rozpalone twarze, jarzące oczy, tupoty zapamiętałe, śpiewki, pokrzyki, wszystko się wraz mieszało, kręciło w kółko kieby jedno wrzeciono, od którego bił ogromny wrzask i leciał przez wywarte do sieni drzwi w ośnieżoną, mroźną, zimową noc.

Antek zaś hulał wciąż na przedzie, bił obcasami najgłośniej, zawijał kiej wichura, przypadał do ziemi, że myśleli: upadnie! Gdzie zaś, on już stał, już znowu ponosił, już krzykał, czasem jaką piosneczkę muzykantom rzucał i nosił się wskroś ciżby, rozbijał, tratował, jak burza szedł, aż strach brał niejednych, a mało kto za nim nadążył.

Z dobrą godzinę tak wywijał, bo chociaż inni przystawali zmęczeni, a nawet i muzyce mdlały ręce, pieniądze im rzucał, przynaglał grać i tańcował, że w końcu prawie ino we dwoje pozostali w kole. Juści, że przez to baby już głośno wydziwiały z takiej hulanki, kiwały głowami, mełły ozorami i litowały się nad Boryną, aż Józka, zła na Antka, a barzej jeszcze na macochę, poleciała do starego.

- Ociec, a to Antek tańcuje z macochą, aż ludzie wydziwiają! - szepnęła.
- Niech tańcują, od tego karczma! - odparł i wziął się znowu trącać ze starszym i kowalem, a prawić cosik.

Wróciła z niczym, ale jęła naglądać za nimi pilnie, bo po tańcu stali przy szynkwasie z całą gromadą dziewczyn i chłopaków. Wesoło im było, Jambroży bowiem, pijany już całkiem, prawił im takie przypowiastki, aż się dziewczyny przysłaniały zapaskami, a parobcy w głos śmieli, a jeszcze swoje dokładali. Antek fundował wszystkim piwo, pierwszy przepijał, niewolił, w ramiona brał parobków, ściskał, a dzieuchom całymi garściami pchał za pazuchę karmelki, by móc przy tym i Jagusi nakłaść, a mimo zmęczenia śmiał się najgłośniej i rad się rozgadywał!

Na karczmie też się zabawiano niezgorzej, naród się już całkiem rozochocił i rozgrzał, to cięgiem jakieś pary tańcowały, a drudzy gęstwili się, gdzie się ino dało, i radzili, przepijali, kumali się jedni z drugimi i wesołości całym sercem zażywali. Rzepecka szlachta ruszyła zza swojego stołu, bo się już byli pokumali przy gorzałce z Lipczakami, a niektórzy i do tańca się brali, dzieuchy się nie wymawiały, że to obejście mieli delikatniejsze i grzecznie prosili.

Antkowa zaś gromada zabawiała się z osobna, że to młódź sama była i co najpierwsza we wsi, a on, mimo że ze wszystkimi pogadywał, prawie o Bożym świecie nie wiedział i prosto jakby się dzisiaj zapamiętał, na nic już nie patrzył, z niczym się nie krył, bo i nie poradził nawet - to i nie baczył, że ludzie dookoła spozierają uważnie i pilnie nasłuchują. Hale, dbał tam o to - wciąż jej prawił do ucha, przypierał do ściany, obejmował, za ręce brał, ale ledwie się już wstrzymywał od całowania! Oczy mu ino latały nieprzytomnie i w piersiach wzbierała taka burza, że gotów się był ważyć na wszystko, byle zaraz przed nią, bo widział w modrych, rozpłomienionych oczach podziw i kochanie! To i rósł coraz bardziej, puszył się i hukał kiej ten wicher, nim uderzy! Pił przy tym tęgo i Jagusię niewolił, aż się jej w głowie mąciło, że ani wiedziała, co się z nią dzieje, jeno chwilami, gdy muzyka milkła i karczma nieco przycichała, przytomniała zdziebko, strach ją ogarniał, obzierała się ze zdumieniem, jakby poratunku szukając, uciekać nawet pragnęła, ale stał pobok i tak patrzał; taki żar buchał od niego, takie kochanie w niej wzbierało, że w mig zapominała o wszystkim.

Ciągnęło się to dosyć długo, bo Antek już gorzałkę stawiał całej kompanii. Żyd chętnie dawał i każdą kwartę dwa razy na drzwiach znaczył.

Że zaś całej kompanii zaczęło w głowach się mącić, to kupą poszli tańcować, bych się nieco otrzeźwić, juści, że i Antek z Jagusią tańcowali na przedzie.

Wyszedł na to z alkierza Boryna, przywiedły go kobiety zgorszone, popatrzył i wnet się we wszystkim pomiarkował, złość go poderwała sroga, zakąsił ino zęby, zapiął pętle kapoty, czapę nacisnął i jął się przebierać do nich. Ustępowali mu z drogi, bo blady był kiej ściana i oczami dziko świecił.

- Do domu! - powiedział głośno, gdy nadlecieli, i chciał ją chycić za rękę, ale w ten mig Antek zakręcił w miejscu i poniósł dalej, że próżno chciała się wyrwać. Podskoczył wtedy Boryna, rozwalił koło, wyrwał ją z Antkowych ramion, nie popuścił i nie spojrzawszy nawet na syna wiódł z karczmy.

Muzyka raptem ustała, cichość z nagła padła na wszystkich, że stanęli jak wryci, nikt się i słowem nie ozwał, miarkowali bowiem, że staje się coś strasznego, gdyż Antek rzucił się za nimi, roztrącił ciżbę kiej snopki i wybiegł z karczmy, ale skoro go jeno mróz owionął, zatoczył się na drzewo leżące przed domem i padł w śnieg, rychło się jednak podniósł i dognał ich na skręcie drogi koło stawu.

- Idź swoją drogą i ludzi nie zaczepiaj! - krzyknął stary odwracając się do niego. Jagna z wrzaskiem uciekła do chałupy, a Józka wtykała w garście staremu jakiś kół i wrzeszczała:

- Bijcie tego zbója, bijcie, tatulu!...

- Puśćcie ją, puśćcie! - bełkotał Antek zgoła nieprzytomnie i przysuwał się z pięściami, gotowymi do darcia.

- Mówię ci, odejdź, bo, jak Bóg na niebie, zakatrupię cię jak psa! Słyszysz? - krzyknął znów stary, gotowy na wszystko, Antek cofnął się bezwiednie, opadły mu ręce, strach go uderzył tak mocny, że drżeć zaczął, a stary poszedł wolno ku domowi.

Nie skoczył już za nim, stał roztrzęsiony, nieprzytomny i wodził pustymi oczami dookoła, nie było już nikogo, księżyc świecił jasno, śniegi się skrzyły i posępna białość widniała wszędzie. Nic nie mógł wymiarkować, co się to stało, oprzytomniał nieco w karczmie dopiero, dokąd go przywiedli przyjaciele, którzy mu skoczyli na ratunek, bo gruchnęło, że się z ojcem bije.

Zabawa się też skończyła, rozchodzili się do domów, że to i późno już było, karczma opustoszała rychło, jeno po drogach grzmiały jeszcze czas jakiś hukania i przyśpiewki, pozostali tylko Rzepeczaki, którzy mieli zanocować, i pan Jacek przygrywał im ano na skrzypicy wielce żałośliwe pienia, że siedzieli za stołem powspierani na rękach i wzdychali, no i Antek, siedzący w kącie samotnie, bo że się nie mogli z nim dogadać, gdyż nic nie odpowiadał, opuścili go wszyscy. Siedział tak martwy i niewiedzący, że darmo mu Żyd przypominał, iż karczmę zamyka, nie słyszał i nie rozumiał zgoła, przecknął dopiero na głos Hanki, której ludzie donieśli, że się pobił znowu z ojcem.

- Czego ci potrza? - zapytał.

- Chodź do domu, późno już - prosiła powstrzymując łzy.

- Idź sama, nie pójdę z tobą! Mówię ci, odejdź! - krzyknął groźnie, a potem nagle, nie wiada laczego, nachylił się do niej i w samą twarz powiedział: - Żeby mnie w kajdany skuli, w lochu zamknęli, wolniejszym bym był niźli przy tobie, słyszysz, wolniejszym!

254

Hanka zapłakała żałośnie i poszła.

I on się zaraz podniósł, wyszedł na dwór i powlókł się ku młynowi.

Noc była jasna, rozgorzała miesięczną poświatą, drzewa kładły długie, zgoła niebieskie, przesrebrzone cienie, mróz taki ściskał, że raz po raz słychać było trzaskanie żerdek i jakby cichy, przejmujący skowyt niósł się po roziskrzonych śniegach, cichość martwa, zeskrzytwiała tuliła świat cały, wieś już spała, ani jedno okno nie błyskało światłem, ni pies nie zaszczekał, ni młyn nie turkotał, nic - jeno od _karczmy dochodził schrypły śpiew Jambroża, który swoim zwyczajem wyśpiewywał na środku drogi, ale słabo kieby przez sen.

Antek wlókł się ciężko i wolno dookoła stawu, przystawał, rozglądał się nieprzytomnie, nasłuchiwał trwożnie, bo wciąż huczały mu we łbie ojcowe straszne słowa, bo wciąż widział jego oczy rozsrożone, bijące w niego kiej nożem, że cofał się bezwiednie, lęk ściskał go za gardło, serce zamierało, włosy się jeżyły - a z pamięci ginęła zawziętość, ginęło kochanie, ginęło wszystko, a ostawał jeno strach śmiertelny, dygocące przerażenia i rozpaczliwa, żalna niemoc...

Sam nie wiedział, kiedy zaczął iść ku domowi, gdy sprzed kościoła doszedł go bolesny płacz i głośne wyrzekania, pod figurą, stojącą przed samymi wrótniami na cmentarz, ktosik leżał rozkrzyżowany na śniegu, w cieniu, jaki padał od parkanu, nic nie można było rozpoznać, pochylił się myśląc, że to jaki obcy wędrownik albo i pijany - a to Hanka leżała żebrząc miłosierdzia.

- Chodź do domu, ziąb taki, chodź, Hanuś! - prosił, bo mu dziwnie zmiękła dusza, a że się nie odezwała, uniósł ją przez siłę i powiódł do domu.

Nie mówili nic ze sobą, bo Hanka rzewnie płakała.

ROZDZIAŁ 8

U Borynów było kiej w grobie po tym święcie - nie płacz, nie krzyki, nie pomstowania, a ino ciężka cichość, złowrogo przyczajona i pełna powstrzymywanych gniewów a żalów.

Cały dom zmilknął, osnuł się posępnością, a żył w ciągłej trwodze i oczekiwaniu czegoś strasznego, jak kieby pod dachem, który lada chwila ma paść na głowy.

Stary, powróciwszy do domu ni potem, nawet nazajutrz ani marnego słowa nie rzekł Jagusi, nawet przed Dominikową się nie użalał, jakby się nic nie stało.

Rozchorzał jeno z tych przytajonych w sobie złości i z łóżka się podnieść nie mógł, że to go cięgiem mdliło, kolki spierały w boku i gorącość rozbierała.

- Nic to innego, tylko wątroba się wama zapiekła albo macica opadła! - rzekła Dominikowa smarując mu boki gorącym olejem; nic się nie odezwał, jeno postękiwał boleśnie i w pułap uparcie patrzył.

- Nie Jagusina to wina, nie! - zaczęła cicho, by na izbie nie dosłyszeli, bo się już srodze frasowała, że ani słowa nie powiedział o wczorajszej sprawie.

- A czyja? - mruknął.

- W czym to winowata? Wyście ostawili ją samą i poszli pić do alkierza, muzyka grała, tańcowały wszystkie, bawiły się, to cóż, jak ten samson miała stać w kącie, młoda przecież, zdrowa i zabawy jej potrzeba: Zniewolił ją, to i poszła tańcować. Mogła to nie iść? Kużden w karczmie ma prawo brać do tańca, która mu się jeno uwidzi, a że ją wybrał i nie popuszczał zbój ten jeden, to ino przez złość do was, ino przez złość!

- Smarujcie jeno i róbcie, bym wyzdrowiał rychło, a nie uczcie mnie rozumu, dobrze sam wiem, jak było, nie trzeba mi waszego powiedania.

- Kiejście taki mądry, to i to wiedzieć powinniście, że kobieta młoda, zdrowa też swojej uciechy potrzebuje! Nie drewno jest ni starucha, za chłopa poszła, to chłopa jej potrza, nie dziadygi, by z nim różaniec przebierała, nie!

- A i to czemuście mi ją dali? - rzucił urągliwie.

- Czemu? A kto to skamlał jak ten pies? Nie ja was molestowałam, byście ją wzieni, nie ja wam ją podtykałam ni ona sama! Mogła se iść za każdego drugiego i z tych najpierwszych we wsi, tylu ich było...

- Było, jeno nie do żeniaczki!...

- Ażeby wam ozór wykręciło za to pieskie szczekanie!

- Prawda was sparzyła kiej pokrzywa, żeście się tak ciepnęli !

- Cygaństwo paskudne to, nie prawda! Cygaństwo!

Naciągnął pierzynę na piersi, odwrócił się do ściany i ani już słowem się ozwał na jej dowodzenia gorące, dopiero gdy w płacz uderzyła, szepnął złośliwie:

- Jak baba kijanką nie poredzi, to myśli płaczem co wskórać!

Dobrze wiedział, co powiedział, dobrze! Teraz ano, kiej się z łóżka podnieść nie mógł, przychodziło mu do głowy, co to o niej powiadano pródzi, rozważał to sobie, układał, do kupy ściągał, deliberował - i taka złość go przejmowała, taka zazdrość gryzła, że nie mógł wyleżeć, rzucał się na łóżku,. kląl z cicha, to odwracał się twarzą do izby i tymi złymi, jastrzębimi ślepiami chodził za Jagną... Ona zaś była jakaś blada, zmizerowana, że jak senna chodziła po domu, a ino tymi żałosnymi oczami skrzywdzonego dzieciątka spozierała na niego i tak wzdychała, aż mu się żal robiło i serce zdziebko tajało, ale i zazdrość tym większa rosła.

Wlekło się tak blisko całą niedzielę, że już w chałupie wytrzymać było trudno, miałać przecież duszę wielce czującą - jako ten kwiat niektóry, co niech jeno ziąb nań chuchnie, a wnet owarzy się i rozdygocze z bolenia. Mizerniała też w oczach, sypiać nie mogła, jadło nie smakowało, usiedzieć trudno było na miejscu i robotą zająć, bo wszystko leciało z rąk i strach cięgiem za nią chodził, bo i jakże, kiej stary wciąż leżał, postękiwał, dobrego słowa nie rzekł, a jako ten zbój spoglądał. Cięgiem czuła jego oczy na sobie, cięgiem, że już wytrzymać nie mogła. Ciężyło jej życie, bo i tęskności rozbierały nieopowiedziane, że to i o Antku nic nie wiedziała, nie pokazał się bowiem przez tę niedzielę, choć nieraz o zmierzchu pod śmiertelnym strachem wyglądała pod bróg! Nie śmiała się zaś pytać nikogo. Już się jej tak mierziło w chałupie, że po parę razy w dzień biegała do matki, ale Dominikowa mało siedziała w chałupie, do chorych chodziła, to w kościele przesiadywała, a jeśli była, to pokazywała srogą twarz i gorzkie wymówki czyniła, a chłopaki też łaziły omroczone, złe i strapione, bo stara Szymka pobiła miądlicą, że to we Trzy Króle przepił był w karczmie całe cztery złote. Zaglądała potem do sąsiadów, by ino jakoś ten dzień zepchnąć, ale i tam dobrze jej nie było, juści, nie wyganiali jej, ale przez zęby cedzili słowa, twardo spozierali, a wszyscy zarówno biadali nad chorobą starego wyrzekając żałośliwie, jakie to teraz czasy nastają paskudne!

A Józka też, jak ino mogła, dogryzała jej na każdym kroku, nawet Witek bojał się pleść po swojemu przy gospodarzu, że słowa nie było z kim przemówić, tyla było całej uciechy i rozerwania myśli, co tam Pietrek wieczorami po robocie przegrywał z cicha na skrzypkach we stajni; bo w chałupie stary nie pozwalał.

A zima wciąż była sroga, mroźna i wiejna, że trza było w chałupie siedzieć!

Dopiero jakoś w sobotę stary, choć zdrowy nie był jeszcze, zwlókł się z łóżka, ubrał ciepło, bo mróz był trzaskający, i poszedł na wieś.

Zachodził do różnych chałup, niby to ogrzać się zdziebko, gdzie znowu ze sprawami, a nawet z takimi przestawał chętliwie, jakich prżódzi mijał bez słowa, i wszędy pierwszy zaczynał o karczmie i całą sprawę w śmieszki obracał a rad rozpowiadał, jako się był tęgo napił i przez to zachorzał!

Dziwowano się temu, przytakiwano, głowami kiwano, ale nikt się w pole wyprowadzić nie dał: Znali przecież dobrze jego nieustępliwą hardość, a i to, że skoro na ambit wziął, można go było żywym ogniem przypiekać, a głosu by nie wydał; wiedziano również, jako się zawżdy wynosił nad inne, puszył, za najlepszego we wsi miał, a wielce baczył, by go na ozorach nie obnosili.

Rozumiano też, że zapobiega i plotki gasi, jakie były powstały.

A nawet stary Szymon, sołtys, powiedział mu prosto w oczy, jak to u niego było zwyczajne:

- Baj baju, chłop śliwy rwie, a ino ich dwie! Ludzkie gadanie jest jak ten ogień, nie przygasicie pazurami, sam się musi wypalić! A to wam jeno przypomnę, com był rzekł przed ślubem: jak stary bierze młodą, złego nie odegna i święconą wodą!

Zeźlił się tym i prosto wrócił do chałupy, Jaguś zaś myśląc, że skoro wstał, to już wszystko przeminęło i powróci do dawnego, odetchnęła z ulgą i jęła do niego zagadywać, to w oczy naglądać, przymilać się i po izbie krzekorzyć słodko, jak prżódzi... Ale wnet ją opamiętał takim ostrym słowem, że struchlała; a potem nie zrobił się inszym, nie pieścił, nie hołubił, myśli nie zgadywał ni o jej łaski się starał, a ostro kiej na dziewkę krzyczał za nieporządki i do roboty zaganiał.

Od tego dnia wszystko z nawrotem w swoje garście ujął, przypilnowywał i z rąk nie popuszczał. Całe dnie, skoro jeno wyzdrowiał, młócił z Pietrkiem i w stodole robił koło zboża, krokiem się prawie nie ruszając z obejścia, bo nawet wieczorami w chałupie narządzał uprzęże albo na kobylicy wystrugiwał różne porządki gospodarskie, a tak pilnie stróżował Jagusi, że i kroku nie mogła zrobić, by za nią nie wyglądał, nawet jej świąteczne szmaty zamknął i klucz nosił przy sobie.

Nacierzpiała się ona, nacierzpiała! Mało tego bowiem, że o bele co krzyczał i słowa dobrego nie powiedział, ale prosto tak wszystko robił, jakby nie ona była gospodynią, bo ino Józce rozporządzał, co się ma robić, z Józką o różnych rzeczach prawił, których i dziewczyna nie wyrozumiała, i Józce o wszystkim kazał mieć baczenie!

A Jagny jakby nie było, przędła dnie całe, chodziła kiej błędna albo do matki uciekała na wyżalenie i skargi, nie poradziła na to stara, bo jej rzekł ostro:

- Była panią, robiła, co chciała, nic jej nie brakowało, a nie umiała tego poszanować, to niech popróbuje czego innego! A to wam zapowiadam, powiedzcie jej, że póki kulasami rucham, bronił swojego dobra będę i nie dopuszczę, żeby się prześmiewano ze mnie kiej z kukły jakiej, zapamiętajcie to sobie.

- Bójcie się Boga, a dyć ona nic złego nie zrobiła!

- Niechby zrobiła, nie tak bym gadał i nie tak postąpił! Ale dosyć i tego, że się z Antkiem zadawała!

- W karczmie, w tańcu, przy wszystkich przecież!

- Hale, w karczmie tylko! Hale!... - bowiem, że kiedy to jej zapaskę znalazł w opłotkach, musiała wychodzić do Antka.

Nie dał się więc przekonać, nie wierzył niczemu i twardo stał przy swoim, a na zakończenie powiedział:

- Dobry człowiek jestem, zgodliwy, wszyscy o tym wiedzą, ale jak mnie kto chlaśnie batem, gotowem oddać kłonicą.

- Bijcie, kto wama winowaty, ale nie krzywdźcie bo z krzywdy każdej pomsta rośnie.

- Któren swojego broni, nie krzywdzi!

- Jeno byście w porę uwidzieli, kaj się wasze kończy!

- Grozicie, widzę!

- Swoje tylko powiadam, a wy zbytnio w siebie dufacie. Baczcie i na to, że kto na innych kładzie znaki - sam taki !

- Dosyć mi waszych nauk i przypowiastek, swój rozum też mam! - rozgniewał się.

I na tym się skończyło, bo Dominikowa, widząc jego zatwardziałość i nieustępliwość, nie ponawiała już tej sprawy dufając, iż to samo przejdzie i

jakoś się uładzi, ale on ani na dzień jeden nie pofolgował, zawziął się i
nawet w tej złości smak znajdował, a chociaż nieraz w nocy słysząc
Jagusine płacze zrywał się bezwiednie, by do niej biec, w porę się jednak
miarkował udając, że wstał oknem wyjrzeć albo czy drzwi pozamykane.
 Ciągnęło się tak bez przerwy całych parę tygodni, Jagnie było markotno,
smutno i tak źle, że ledwie już ścierpiała, na ludzi patrzeć nie śmiała, wstyd
jej było przed wsią, boć wszyscy dobrze wiedzieli, co się tam u Borynów
wyprawia !
Dom całkiem omroczał, że snuli się po nim cicho, lękliwie kieby te cienie.
 Co prawda, mało kto zaglądał mając i u siebie dość swarów! Wójt się też
nie pokazywał, zagniewany, że Boryna nie chciał mu podawać do chrztu;
tyle jeno, co tam chłopaki Dominikowej czasem zajrzały, Nastka
Gołębianka przybiegła z kądzielą, ale ta więcej do Józki i by się z Szymkiem
spotykać, że nie było z niej pociechy, to i Rocho czasem zaglądał, ale
widząc twarze posępne, zagniewane, mało siedział.
 Jeden tylko kowal przychodził co wieczór i długo przesiadywał, a jak tylko
mógł, podjudzał jeszcze starego przeciw Jagnie i w łaski się nowe wkradał,
juści, że i Jagustynka często zachodziła, chętnie swoje dokładając, gdzie się
kłócili. Dominikowa też bywała co dnia i co dnia jedno przywtarzała, by
Jagna pokorą starego ujmowała. Cóż? kiej Jagna nie mogła się upokorzyć,
za nic nie mogła, a naprzeciw, bunt się w niej podnosił i złość ją podrywała
coraz częściej. Wielce jej w tym pomagała Jagustynka, bo raz z cicha
zaczęła:
- Jaguś, a to mi cię żal okrutnie kieby rodzonej? Ten stary pies cię
ukrzywdza, a ty kiej ten baranek cierpisz! Nie tak inne kobiety robią, nie!...
- Jakże? - spytała dość ciekawie, bo już jej obmierzł ten stan.
- Złego dobrością nie przeprzesz, a ino jeszcze większą złością! Za dziewkę
cię ma, a ty nic; szmaty ci pono w skrzyni pozamykał, na każdym kroku
pilnuje, dobrego słowa nie da - a ty co? Wzdychasz, trujesz się i boskiego
zmiłowania wyczekujesz! Póki się człowiek nie przyłoży, to mu i Pan Bóg
nie dołoży! Żeby tak na mnie, wiedziałabym, co zrobić! Józkę sprałabym,
niech się nie rządzi w chałupie, gospodynią przecież jesteś, chłopu bym też
nie ustąpiła w niczym! Kiej chce wojny, to niech ma taką, aże mu grdyką
wylezie! Hale, pozwól chłopu panować nad sobą, to :się wnet do bicia
weźmie i nie wiada, na czym skończy! - A najpierwsze - zniżyła głos i do
ucha jej szeptała - odstaw go kiej tego ciołka od krowy, nie przypuszczaj do
siebie ani na zdziebko, jak tego psa przed progiem trzymaj! Wnet
zobaczysz, jak zmięknie i jak się udobrzy!
 Jagna zerwała się od kądzieli, by ukryć twarz rozczerwienioną.
- Czegóż się, głupia, sromasz? Złego w tym nie ma! wszystkie tak robią i
robić będą, nie ja pierwsza wymyśliłam taki sposób! Wiadomo przeciech,
że kiecką chłopa dalej zaprowadzi niźli psa sperką, bo pies rychlej się
pomiarkuje! A starego łacniej niźli młodziaka, bo łakomszy i trudno mu po
cudzych chałupach szkodzić! Zrób tak, a wnet mi podziękujesz! A co tam

pyskują na ciebie i Antka, do serca nie bierz, żebyś jak ten młody śnieg była, sadzy się dowidzą! Na świecie jest takie urządzenie, że któren się da, to mu i kiwnąć palcem nie przepuszczą, a któren nie stoi, co o nim powiadają, mocny jest a hardy, to może robić, co mu się żywnie podoba! Nikt nawet słówkiem nie piśnie naprzeciw, a łasić się będą kiej pieski! Do krzepkich należy świat wszystek, do nieustępliwych a zawziętych! Na mnie się dosyć wygadywali, dosyć, ca na twoją matkę też, że to z tym Florkiem wiadomo było...

- Nie tykajcie matki!

- Niech ci ta świętą ostanie! Prawda i to, że każden potrzebuje świętości jakiejś.

Długo jeszcze prawiła, nauczała ją, a z wolna, choć i nie pytana, rozpowiadała o Antku, co ino mogła wymyślić. Słuchała tego chciwie Jagusia nie zdradziwszy się jednak ani słówkiem, ale rady owe mocno wzięła do głowy i cały dzień deliberowała nad nimi. Wieczorem zaś, kiedy był Rocho, kowal i Nastka, rzekła do starego:

- Dajcie no klucze od skrzyni, muszę szmaty przewietrzyć.

Dał przywstydzony nieco, bo Nastka śmiechem buchnęła, ale mimo to, gdy skończyła przekładanie, wyciągnął rękę po klucz.

- Same moje są tam szmaty, to już sama se przypilnuję! - powiedziała hardo.

I od tego wieczoru zaczęło się piekło w chałupie. Stary się nie przemienił, ale i ona nie ustępowała, na słowo odpowiadała całą kopą, a tak głośno, że na drodze słychać było krzyki. Nie pomagało to wiele, to na złość zaczęła wszystko robić.

Do Józki przyczepiała się na każdym kroku, a tak nieraz boleśnie karciła, że dziewczyna z płaczem biegała się skarżyć; nic to nie pomagało, bo jeszcze barzej piekłowała, skoro nie szło po jej woli. Wieczorami zaś umyślnie się przenosiła na drugą stronę ostawiając starego w pierwszej izbie, tam Pietrka niewoliła do grania przyśpiewując mu do wtóru różne piosneczki do późna w noc; to znowu w niedzielę przystroiła się, jak ino mogła najlepiej, a nie czekając na męża sama poszła do kościoła, wystając po drogach z parobkami.

Stary się zdumiewał tą przemianą, wściekał ze złości, próbował się nie dawać, zapobiegał, by się to po wsi nie rozniosło, nic jednak nie poradził na jej humory, a coraz częściej dla świętego spokoju ustępował.

- Moiściewy! barankiem się widziała, tą owieczką pokorną, a teraz okoniem stawa! - wykrzyknął raz do Jagustynki.

- Chleb ją rozpiera i ponosi! - odrzekła z oburzeniem, bo zawsze temu przytwierdzała, kto z nią radził. - Ale to wam powiem, że póki czas, trza czymś twardym wyganiać humory, bo potem i kłonicą nie poradzi.

- Nie jest to we zwyczaju Borynów! - powiedział wyniośle.

- Widzi mi się, że i u Borynów do tego przyjdzie!- szepnęła złośliwie.

Jakoś w parę dni potem, zaraz po Gromnicznej, dał znać wieczorem

Jambroży, że ksiądz nazajutrz będzie jeździł po kolędzie.

Zakrzątnęli się zaraz od rana koło porządków, że nawet stary unikając piekła, bo Jagna sielnie dunderowała na Józkę, sam się zabrał do odwalania śniegu z opłotków; wywietrzono izby, omieciono z pajęczyn ściany, Józka wysypała żółtym piaskiem ganek i sienie, i spiesznie przebierali się odświętnie, bo ksiądz już był w niedalekim sąsiedztwie, u Balcerków.

Jakoż wkrótce stanęły księże sanie przed gankiem, a on sam w komży na futrze, poprzedzany przez dwóch organiściaków, przybranych kiej do mszy, wszedł do izby, odmówił łacińskie modlitwy, pokropił i poszedł w obejście poświęcić budynki i cały dobytek. Boryna niósł przed nim na talerzu wodę święconą, a on w głos się modlił i poświęcał wszystko po kolei, organiściaki zaś szli wpodle przyśpiewując kolędy i gęsto potrząchając dzwonkami, a reszta kieby za procesją szła z tyłu.

Skończywszy zaś wrócił do izby i przysiadł odpoczywać, a nim Boryna z parobkiem zsypali do sań pół korca owsa i grochu ćwiartkę, jął przesłuchiwać pacierza Józkę i Witka.

Tak galanto umieli, aż się dziwił i pytał, kto ich uczył.

- Pacierza to mię nauczył Kuba, a katechizmu i na lementarzu Rocho! - odpowiadał śmiało Witek, aż go ksiądz pogłaskał po głowie, ale Józka tak straciła śmiałość, że się ino rozczerwieniła, popłakała i tego słowa nie wykrztusiła! Dal im po dwa obrazki, a nauczał, by słuchali starszych, pacierze odmawiali i grzechu się strzegli, bo zły na każdym kroku się czai, a do piekła namawia. A potem podniósłszy głos spojrzał na Jagnę i groźnie zakończył:

- Powiadam wam, że nic się nie ukryje przed okiem sprawiedliwości Bożej, nic! Strzeżcie się dnia sądu i dnia kary, pokutujcie i poprawiajcie się póki czas!

Dzieci buchnęły płaczem, bo się im uwidziało, jakoby w kościele byli podczas kazania, Jagusi też serce zabiło trwożnie i rumieńce powlekły twarz, bo dobrze zrozumiała, że do niej mówił, a skoro Maciej powrócił, wyszła zaraz nie śmiejąc księdzu spojrzeć w oczy.

- Chciałbym z wami pomówić, Macieju! - szepnął, gdy zostali sami, kazał mu przy sobie siadać, odchrząknął, tabaki mu podał, nos wytarł chusteczką, od której szły zapachy kiej z trybularza, jak potem opowiadał Witek, palce z trzaskiem wyciągał ze stawów i z cicha zaczął:

- Mówili mi ludzie o tym, co się tam w karczmie stało, mówili!

- Juści, na oczach wszystkich było! - powtórzył stary smutnie.

- Nie chodźcie do karczmy i kobiet tam nie prowadzajcie, tyle zakazuję, piersi zrywam, proszę, nic nie pomaga, macie więc za swoje, ale jednak Bogu gorąco dziękujcie, że grzechu większego tam nie było, mówię wam, nie było!

- Nie było! - Twarz mu się rozjaśniła, bo księdzu wierzył.

- Powiadali mi też, że ją srogo karzecie za to, niesłusznie robicie, a kto niesprawiedliwość czyni, grzeszy, mówię wam, grzeszy!

- Gdzie zaś, jenom ją chciał nieco przykrócić, jeno...

- Antek jest winien, nie ona! - przerwał mu popędliwie. - Umyślnie przez złość na was zmusił ją do tańcowania, widocznie, że chciał z wami awantury, mówię wam, że chciał awantury! - zapewniał uroczyście, przyrychtowany przez Dominikową, na której słowach zupełnie polegał. - Ale, co tom miał jeszcze powiedzieć... aha... źróbka łazi po stajni, trzeba zamknąć w gródce, bo kopnie ją wałach i gotowe nieszczęście, w przeszłym roku przez to samo zmarnowali mi klaczkę! Po jakim to ogierze?

- A po młynarzowym!

- Zaraz poznałem z maści i z tego łyska na czole, tęgi źrebak!... Ale z Antkiem powinniście zgodę zrobić koniecznie, przez te gniewy na nic się chłop rozpuścił.

- Nie gniewałem się z nim, to i o zgodę prosił go nie będę - powiedział zawzięcie.

- Radzę wam jak ksiądz, a zrobicie, co wam sumienie dyktuje, ale to wam mówię, że z waszej winy człowiek się marnuje, dzisiaj jeszcze mi mówili, że ciągle w karczmie przesiaduje i wszystkich chłopaków buntuje, na starszych powstaje i podobno coś przeciw dworowi zamierza.

- Nic mi o tym nie powiadali.

- Jak się parszywa owca do stada wśliźnie, wszystkie zarazi! A z tych zmawiań przeciwko dworowi może wypaść dla całej wsi wielkie nieszczęście.

Ale Boryna nie chciał o tej sprawie mówić, więc ksiądz pogadał o c różnych rzeczach, a w końcu rzekł:

- Zgodą tylko, moi drodzy, zgodą - zażył tabaki i nakładał czapkę. - Na zgodzie opiera się świat cały, zgodnie, po dobroci, to i dwór by się ugodził z wami, mówił, wspominał mi coś o tym dziedzic, dobry to człowiek i chciałby to załatwić po sąsiedzku...

- Wilcze sąsiedztwo, a na takiego najlepszy kół albo żelazo.

Ksiądz się żachnął, popatrzył mu w twarz, ale spotkawszy jego szare, zimne, nieubłagane oczy i zacięte wargi, odwrócił się spiesznie i zatarł ręce ze zdenerwowania, nie lubił bowiem sporów.

- Muszę już iść. To wam jeszcze powiem, że nie powinniście zbytnią surowością zrażać do siebie kobiety, młoda jest, pstro ma w głowie jak każda kobieta, to trzeba z nią mądrze i sprawiedliwie postępować; trzeba jedno nie widzieć, drugiego nie dosłyszeć, a na trzecie nie zważać, by tym sposobem uchronić się przed niesnaskami, z tego wychodzą najgorsze rzeczy. Pan Bóg zawsze błogosławi zgodliwym, mówię wam, błogosławi! Kiż to diabeł! - krzyknął zrywając się, bo bociek, stojący przy skrzyni nieruchomo, kujnął z całej siły w błyszczący but księdza.

- Dyć bociek, Witek go jesienią przygarnął, bo ostało ptaszysko, wykurował, że to miał skrzydło złamane, i teraz siedzi w chałupie i myszy łowi kiej kot.

- No, wiecie, jeszcze nie widziałem oswojonego bociana dziwne, dziwne!

Nachylił się do niego, chciał głaskać, ale bociek się nie dał ruszyć, przekręcił szyję i boczkiem, czająco znów godził w księże buty.

- Wiecie, tak mi się podoba, że chętnie bym go kupił od was, sprzedacie?
- Cóż bym tam miał sprzedawać, chłopak go wnet zaniesie na plebanię.
- Przyślę po niego Walka.
- Nie da się on tknąć nikomu, tylko jednego Witka słucha.

Zawołali chłopaka, ksiądz mu dał złotówkę i polecił przynieść o zmroku; skoro wróci z objazdu, ale Witek uderzył w bek i zaraz po wyjściu księdza zabrał boćka do obory i tam ryczał prawie do wieczora, że stary musiał go przyciszać rzemieniem przypominając odniesienie ptaka Juści, chłopak usłuchać musiał, ale serce skwierczało mu z żalu i boleści, nawet rzemieni zbytnio nie czuł, chodził kiej ogłupiały z zapuchłymi od płaczu oczami, a jak ino mógł, dopadał boćka, ogarniał go ramionami, całował a żałosnym płaczem się zanosił...

O zmierzchu zaś, kiej ksiądz już ze wsi powrócił, ukrył boćka w swoją kapotę, by go uchronić od mrozu, i do spółki. z Józką, ptak bowiem był ciężki, popłakując rzewnie ponieśli go na plebanię, a Łapa pobiegł z nimi i też coś markotno szczekał.

Stary, im dłużej rozważał słowa księdza i te jego szczere zapewnienia, tym więcej się rozjaśniał, uspakajał i z wolna, niepostrzeżenie zmieniał swoje postępowanie z Jagusią.

Wszystko powracało do dawnego stanu, ale już nie powróciła do chałupy dawna radosna wrzawa, ten spokój wewnętrzny i ta cicha, głęboka dufność.

Było jak z tym garnkiem rozbitym, co choć odrutowany i zgoła cały się widział, a gdziesik ciekł i przepuszczał wodę w takim miejscu, że i pod światło nie rozpoznał.

Tak i w chałupie się widziało, bo przez oną zgodę nierozeznanymi szparutkami ciekły przyczajone nieufności, żale przypływiałe zdziebko, ale żywe jeszcze i zgoła nie zabite jeszcze podejrzenia.

Stary bowiem mimo najszczerszych usiłowań nie zatracił w sobie nieufności i prawie mimo woli, a dawał ciągłe baczenie na każdy ruch Jagny, ona zaś ani na to oczymgnienie nie zapomniała mu tych złości i srogich słów, wrzała wciąż odemstą nie mogąc uciec spod tych jego przenikliwych, stróżujących oczów.

Może i dlatego, że pilnował i nie wierzył jej, znienawidziła go jeszcze barzej, a coraz potężniej wydzierała się do Antka.

Tak się już umiała zmyślnie urządzać, że co parę dni widywała się z nim pod brogiem. Pomagał im w tym Witek, który całkiem serce stracił do gospodarza za tego boćka, a przylgnął do Jagny, że to mu i teraz dawała lepsze podwieczorki, więcej omasty, a czego gęsto i parę groszy kapnęło od Antka. Ale głównie pomagała im Jagustynka, tak się umiała wkraść w łaski Jagny i tyle zaufania wzbudziła w Antku, że prosto nie było sposobu widywania się bez jej pomocy. Cna to nosiła wieści między nimi, ona stróżowała przed starym i ochraniała przed niespodziankami! A wszystko to robiła przez czystą złość do całego świata! Mściła się na drugich za własną poniewierkę i krzywdy; nie cierpiała bowiem Jagny ni Antka, ale jeszcze barzej starego, jak zresztą wszystkich bogaczy ze wsi, że mają wszystko, a jej nie dostaje nawet tego kąta, gdzie by mogła głowę schronić, i tej łyżki warzy! Zarówno jednak nienawidziła biednych i jeszcze barzej prześmiewała.

Prosto diabelska kuma albo i co gorszego, jak o niej powiadali.

- Wezmą się za łby i pozagryzają jak te wściekłe psy - myślała często, wielce rada ze swojej roboty, że zaś zimą nie było wiela co robić, to łaziła po chałupach z kądzielą, podsłuchiwała, a judziła jednych na drugich prześmiewając ze wszystkich zarówno, nie śmieli drzwi zamykać przed nią obawiając się jej ozora, a głównie tego, że pono złe oczy miała... Zazierała i do Antków, ale najczęściej spotykała się z nim, gdy z roboty powracał, i wtedy to mu w uszy kładła nowiny od Jagny.

Jakoś we dwie niedziele po bytności księdza u Borynów przydybała go koło stawu.

- Wiesz, stary sielnie powstawał na ciebie przed księdzem.

- O cóż to znowu szczekał? - pytał niedbale.

- Że ludzi podmawiasz na dwór, że trzeba by cię oddać strażnikom i jeszcze drugie...

- Niech popróbuje! Nimby mnie wzięli, takiego bym mu na dach puścił koguta, że kamień na kamieniu by nie ostał? - zawołał namiętnie.

Poleciała zaraz z tą nowiną do starego, .myślał długo i powiedział cicho:

- Podobne to do niego, taki zbój, podobne.

I więcej nie rzekł, nie chciał się z babą zadawać w poufałości, ale skoro Rocho przyszedł wieczorem, zwierzył się przed nim.

- Nie wierzcie wszystkiemu, co Jagustynka przynosi, zła to kobieta!

- Może to i nieprawda, ale bywały podobne przypadki. Przecież stary Pryczek spalił swojego szwagra, że go skrzywdził przy działach, siedział za to w kreminale, ale spalił. To i Antek może to zrobić, musiał coś napomknąć o tym, całkiem nie stworzyłaby sobie.

A Rocho, że to dobry był człowiek, wielce się tym strapił i jął namawiać:

- Pogódźcie się, odpuśćcie mu co gruntu, przecież i on żyć musi, ustatkuje się prędzej, a nie będzie już powodów do kłótni i odgrażań...

- Nie, żebym miał zmarnieć, żebym miał z torbami, iść, pójdę; a pókim żyw, nie dam i tego zagona! Że mnie pobił i sponiewierał jak psa, darowałbym, choć ciężko i trudno - ale jeśli on i co innego zamierza!...

- Napletli wam, a wy to do serca bierzecie!...

- Juści, nieprawda to jest, juści... ale żeby się to mogło stać... aże mnie rozum odchodzi i zimno w kościach przewierca... kiej pomyślę, że mogłoby się to stać...

Zacisnął pięście i skamieniał ze zgrozy samego przypuszczenia możliwości onej. Nic nie wiedział, nie myślał nigdy o tym, był nawet pewnym w głębi

Jagusinej niewinności, ale poczuł, że w tej synowskiej nienawiści do niego musi być cosik więcej niźli gniewy i żale o grunt, że ta zapamiętałość, którą wtedy uwidział w jego oczach, z innego źródliska bije, czuł to dobrze i w tej właśnie chwili poczuł sam w trzewiach taką samą nienawiść zimną, mściwą i nieubłaganą, zwrócił się do Rocha i cicho powiedział:

- Za ciasno dla nas obydwóch w Lipcach!
- Co wam znowu przychodzi do głowy, co? - krzyknął wystraszony.
- I niechaj Bóg broni, by mi wlazł kiedy w pazury przy takiej okazji...
Uspokajał go Rocho, tłumaczył, ale nic nie wskórał.
- Spali mnie, zobaczycie!

I od tej chwili mało już kiedy zaznał spokoju. O każdym zmierzchu stróżował niepostrzeżenie, czaił się za węgłami, obchodził dom i budynki, zaglądał pod strzechy, a w nocy się często budził, godzinami całymi nasłuchiwał, i za najmniejszym trzaskiem zrywał się z łóżka i z psem obiegał wszystkie kąty. Dopatrzył raz pod brogiem jakieś wydeptane, na wpół zawiane ślady, dopatrzył później i przy przełazie i jeszcze lepiej się utwierdził w pewności, że to Antek podchodzi nocami i wypatruje jeno sposobności podpalenia; co innego nie przychodziło mu jeszcze na myśl.

Kupił od młynarza wielce srogiego psa i zrobił mu budę pod szopą, a jątrzył cięgiem, mało jeść dawał, podszczuwał, że nocami pies latał i użerał jak wściekły, a rzucał się na każdego, że niejednego dobrze skaleczył, aż skargi z tego powstały.

Ale przy tych ostrożnościach i pilnowaniach stary mizerniał i tak chudł, że pas do pół bieder opadał, poczerniał, przygarbił się, nogami za sobą ciągał i na wiór się zesychał z tych utajonych myślunków i turbacji, że mu ino oczy gorzały kiej w chorobie. Że zaś nikogo bliżej nie dopuszczał i zwierzać się a wyżalać nie miał przed kim, to go i barzej piekły te ognie i przepalały.

Nikt też się nie dorozumiewał, co mu ta we wątpiach siedzi a podgryza.

Baczył więcej na dobytek, sprawił złego psa, czuwał nocami, rozumieli bez to, że wilki się ano nad podziw rozmnożyły tej zimy i mało której nocy nie podbierały się stadami pod wieś; nieraz słychać było ich wycia i często też się podkopywały do obór, i gdzieniegdzie coś uskubnęły. A przy tym, jak to zawdy pod wiosnę, i o złodziejach chodziły słuchy coraz częstsze; wzięli podobno chłopu z Dębicy parę klaczy, wzięli w Rudce wieprza, to znowu krowę gdzie indziej - i jak kamień we wodę, ni znaku po nich! To i niejeden w Lipcach w łeb się skrobał, opatrywał zamki i stajni strzegł, że to najlepsze mieli konie na okolicę.

I tak szedł czas wolno i równo, jako te godziny na zegarze, ani go wyprzedzić, ani wstrzymać!

Zima wciąż była sroga, choć zmienna jak rzadko; bywały takie mrozy, jakich i najstarsi nie pamiętali, to śniegi spadały ogromne, to znowu były całe tygodnie odwilgi, że woda stała po rowach, a gdzieniegdzie i zagony czerniały, to przychodziły takie wiejby, takie kurzawy, że świata nie dojrzał, a po nich zaś bywały dnie spokojne, ciche i tak słońce przygrzewało, że drogi roiły się od dzieci, wywierano drzwi, ludzi ogarniała radość, a starzy, się pod ścianami wygrzewali.

Zaś w Lipcach szło swoim odwiecznym porządkiem, komu śmierć była naznaczona - umierał, komu radość weselił się, komu bieda - wyrzekał, komu choroba spowiadał się i czekał końca - i pchało się jakoś z Bożą pomocą, z dnia na dzień, z tygodnia na tydzień, bych się ino zwiesny doczekać abo tego, co komu przeznaczone.

Tymczasem zaś co niedziela grzmiała muzyka w karczmie, hulano, pito, czasem się wadzono, czasem za łby brano, aż ksiądz potem karcił z ambony, no i drugie szły sprawy. Odbyło się wesele Kłębianki, trzy dni się zabawiali, a tak hucznie, że powiadali, jako Kłąb dopożyczył pięćdziesiąt rubli od organisty na to wesele. Sołtys też wyprawił niezgorsze zmówiny córce z Płoszką. Gdzie znowu chrzciny się odbyły, ale z rzadka, nie pora jeszcze była, wiele bowiem kobiet spodziewało się dopiero na zwiesne.

Staremu Pryczkowi też się zmarło jakoś w tym czasie, tydzień ledwie chorzał, a miał chudziaczek dopiero na sześćdziesiąty i czwarty - cała wieś poszła na pogrzeb, bo dzieci stypę wyprawiali galantą...

Gdzie zaś zbierano się wieczorami na oprzęd, tam nachodziło się tyla dzieuch i parobków, że robiła się taka zabawa, śmiechy, radoście - aż miło, bo to i Mateusz, wyzdrowiawszy całkiem, przewodził młodzi i najbarzej dokazywał.

A te pogwary ciągłe, obmowy, kwasy, kłótnie, sąsiedzkie swary, nowinki - wieś się od nich trzęsła. A czasem trafił się dziad jaki bywały, to opowiadał różności o świecie i tygodniami we wsi siedział.

Czasem znów list przyszedł od którego chłopaka z wojska, co to było czytań, narad, opowiadań, wzdychów dzieuszyn a matczynych płaczów, że i na całe tygodnie starczyło!

A insze rzeczy! a to Magda poszła w służbę do karczmy, to pies Borynów pogryzł Walkowego chłopaka, że precesem się odgrażali, to krowa Jędrzejom udławiła się ziemniakiem, że dorzynać ją musiał Jambroży, to Grzela pożyczył sto pięćdziesiąt rubli od młynarza i dał w zastaw łąkę, to kowal kupił parę koni, że dziwowano się temu wielce i mocno nad tym deliberowano, to dobrodziej chorował przez cały tydzień, aż ksiądz z Tymowa przyjeżdżał go zastępować - a to o złodziejach mówiono, o strachach różnych baby pletły, o wilkach też często, bo pono wydusiły owce we dworze, o gospodarstwie, o świecie, ludziach, a te insze rzeczy, że ni spamiętać, ni opowiedzieć któż poredzi! a tak cięgiem coś nowego, że wszystkim starczyło i na dnie, i na długie wieczory, że to czasu zimową porą nikomu nie brakowało.

Tym samym zabawiali się i u Borynów, jeno z tą odmianą, że stary kamieniem siedział w domu i na żadne zabawy nie chodził, a i kobietom też iść nie pozwalał, że już desperacja brała Jagusię, a Józka całe dnie mamrotała ze złości, bo się jej dziwnie matyjasiło w chałupie siedzieć, tyla bywało całej uciechy, że nie wzbraniał chodzić z kądzielą, ale do tych jeno chałup, gdzie się same starsze kobiety zbierały.

Więc też przeważnie siedzieli wieczorami w domu.

Jednego wieczora, jakoś już pod koniec lutego, zeszło się parę osób i siedzieli po drugiej stronie, bo tam tkała płótno Dominikowa przy lampce, a reszta z powodu tęgiego ziębu kupiła się przed kominem. Jagusia z Nastką przędły, aż wrzeciona warczały, kolacja się dogotowywała, Józka kręciła się po izbie, a stary pykał z fajki w komin i coś sobie myślał głęboko, bo prawie się nie odzywał. Przykrzyła się wszystkim ta cichość, bo ino ogień trzaskał, świerszcz skrzypiał z kąta, warsztat hukał od czasu do czasu, a nikt jakoś się nie odzywał, więc Nastka pierwsza zaczęła:

- Pójdziecie to jutro z kądzielą do Kłębów?
- Zapraszała Marysia dzisiaj.
- Rocho obiecali, że jutro tam z książki będą czytać historie o królach.
- Poszłabym, ale nie wiem jeszcze... - spojrzała pytająco na starego.
- To i ja pójdę, tatulu... - prosiła Józka.

Nie odpowiedział, bo pies mocno przyszczekiwał na ganku i zaraz wsunął się nieśmiało Jasiek, Przewrotnym nazywany z prześmiewiska.

- Zawieraj drzwi, gapo, bo tu nie obora! - wrzasnęła Dominikowa.
- Nie bójże się, nie zjedzą cię, czegóż się rozglądasz? - pytała Jagna.
- A bo... bociek musiał się kajś przytaić i jeszcze mie kujnie... - jąkał się, wystraszonymi oczami wodząc po kątach.
- Oho, boćka gospodarz wydali dobrodziejowi, nic ci już nie zrobi! - mruknął Witek.
- A bo i nie wiem, po co go było trzymać, jeno ludzi krzywdził!
- Siadaj, nie marudź! - nakazała Nastka wskazując miejsce wpodle siebie.
- Hale, kogo to ukrzywdził, cheba jednych głupich abo psów obcych? Chodził se jak ten dziedzic po stancji, myszy łowił, wszystkim ustępował, a wydali go! - szepnął z wyrzutem chłopak.
- Cicho, cicho, obłaskawisz se na wiosnę drugiego, kiej ci żal za boćkami!
- A nie obłaskawię, bo i ten będzie jeszcze mój, niech się jeno ciepło zrobi, to już umyśliłem taki sposób na niego, że nie wytrzyma na plebanii, a przyleci!

Jasiek koniecznie chciał się dowiedzieć tego sposobu, ale Witek burknął:
- Głupi! kury se macaj, myśli, że co lepszego poradzi. Kto ma rozum, to se swój sposób wynajdzie, a nie będzie brał od drugich!

Skrzyczała go Nastka biorąc w obronę Jaśka, boć wielce stała o niego; głupawy on juści był, wieś się z niego prześmiewała, niezgraba, ale jedynak na dziesięciu morgach, to dziewczyna tak sobie rachowała, że Szymek miał tylko pięć morgów i to nie wiadomo; czy mu Dominikowa pozwoli się żenić, . więc znarowiła chłopaka do siebie, iż cięgiem łaził za nią, a trzymała w odwodzie na ten przypadek.

Siedział ano teraz przy niej, w oczy poglądał i rozmyślał, co by tu rzec takiego, gdy wszedł wójt, bo się już był ze starym pogodził, a zaraz od proga zawołał:

- Powiestkę wama przyniosłem, macie się jawić na sądy jutro w południe.

- Do zjazdu o krowę?

- Tak to i stoi, o krowę ze dworem!

- Rano trzeba wyjechać, bo do powiatu kawał drogi. Witek, idź zaraz do Pietrka i naszykujcie, co potrza, a ty pojedziesz na świadka. A Bartek uwiadomiony?

- Byłem dzisiaj w kancelarii i la wszystkich przywiozłem powiestki, kupą całą pojedziecie, ale dwór winowaty, to niech płaci.

- A bogać tam niewinien, tylachna krowa!

- Chodźcie na drugą stronę, mam z wami pogadać! - szepnął wójt.

Prześli i siedzieli tak długo, że tam im kolację Józka podała.

Wójt go namawiał już nie po raz pierwszy, by się do nich przyłączył, z dworem nie zrywał, przewłóczył sprawę, czekał, z Kłębem i drugimi razem nie szedł, i tym podobnie. Stary dotychczas się wahał, kalkulował, nie odmawiał ale na tę ni na drugą stronę się nie przechylał, bo był się mocno zagniewał, że go to wtedy dziedzic nie wezwał na naradę do młynarza.

Wójt zaś, widząc, że nie poradzi, na ostatku już na przynętę powiedział:

- Wiecie o tym, jako ja, młynarz i kowal zrobiliśmy ugodę ze dworem, że sami we trzech zwozić będziemy drzewo na tartak, a potem deski do miasta.

- No, juści, że wiem, dosyć się przecież napomstowali na was inni, że nikomu zarobić nie pozwalacie.

- Dużo ta o to stoję, co pyskują, szkoda na to czasu, to wam zaś chcę powiedzieć, cośmy we trzech uredzili - słuchajcie jeno; co powiem.

Stary ino łysnął ślepiami i rozważał, jaki to będzie podstęp.

- Uradzilim przypuścić waju do spółki! Woźcie tyla, co i my! Sprzężaj macie dobry, parobek się jeno wałkoni, a zarobek pewny, płacą od kubika. Nim się w polu roboty zaczną, jak nic zarobicie ze sto rubli.

- Kiedy zaczynacie zwózkę? - rzekł po długim namyśle.

- A choćby od jutra zaczynać! Tną już na bliższych porębach, drogi też niezgorsze, to póki sanna, siła można nawieźć, mój parobek wyjeżdża we czwartek.

- Psiakrótka, żebym to wiedział, jak wypadnie ta moja sprawa o krowę.

- Przystańcie jeno do nas, a dobrze wypadnie, już ja wójt to wama mówię...

Stary długo deliberował spozierając pilnie na wójta, kredą se cosik na ławie pisał, po łbie skrobał, aż i rzekł:

- Dobrze, woził będę i sprzęgnę się z wami.

- Kiej tak, zajrzyjcie jutro po sądach do młynarza, a poredzimy jeszcze, muszę już bieżyć, bo mi kowal sanie podkuwa.

Odszedł wielce uradowany myśląc, iż starego kupił tą zwózką i na swoją stronę przyciągnął.

Juści, młynarz mógł się z dworem godzić, grunty miał nietabelowe i do lasu mu było nic; wójt też siedział na ziemiach poduchownych, kowal toż samo, ale nie on, Boryna! Rachował sobie, że zwózka zwózką, sprawa zaś o las osobno; nim zgoda z dziedzicem nastanie albo-li do wojny przyjdzie, upłynie dość czasu... a co mu szkodzi tamtym przytwierdzać, głupiego udawać, z nimi trzymać, kiej i tak swojego nie daruje przy sposobie, a tymczasem dobrze zarobić te kilkadziesiąt rubli, konie i tak trza żywić, i parobka płacić! - uśmiechał się do siebie, ręce zacierał a mruczał zadowolony:

- Głupie juchy jak te barany, myślą, że mnie wywiedły w pole kiej ciołaka, głupie!

Wrócił do kobiet wielce rozradowany, Jagusi w izbie nie było.

- Gdzież to Jagusia?

- Świniom ponieśli żarcie! - objaśniła Nastka.

Pogadywał wesoło, żartował z Jaśkiem, to z Dominikową, a coraz niespokojniej czekał na żonę, bo jakoś długo nie przychodziła, nic nie dał znać po sobie i wyszedł w podwórze. Chłopaki w stodole na klepisku szykowali sanie na jutrzejszą jazdę, bo trza było na płozy włożyć półkoszki i umocować. Obejrzał, pogadał, zajrzał do koni, zajrzał do świń, to do obory - Jagny nigdzie nie było. Przystanął pod okapem w cieniu nieco i czekał. Noc była ciemna, wiatr się zrywał zimny i szumiał, wielkie ciężkie chmury gnały po niebie stadami, śnieg prószył chwilami.

Może w pacierz abo i dwa cień jakiś zamajaczył w przejściu od przełazu - stary się szybko wysunął, przyskoczył i szepnął ze wściekłością:

- Gdzieżeś to była, co?

Ale Jagna, choć się wystraszyła zrazu, odrzekła urągliwie:

- Obaczcie, łacno za wiatrem traficie! - i poszła do chałupy.

Nic już o tym w domu nie zaczynał, a gdy się szykowali do spania, powiedział dobrotliwie i całkiem miętko nie podnosząc oczów na Jagnę:

- Chcesz to jutro bieżyć do Kłębów?

- Kiej nie bronicie, to z Józką pójdziemy.

- Chcesz, to cię nie wstrzymuję... ale do sądu pojadę, dom zostanie na boskiej Opatrzności, lepiej byś w chałupie ostała...

- A bo to nie wrócicie do zmroku?...

- Widzi mi się, że chyba dopiero późno w noc... na śnieg się ma, daleko, nie pospieszę... ale kiej się napierasz, idź, nie wzbraniam...

ROZDZIAŁ 9

Już od wczesnego rana miało się na kurzawę; dzień nastał chmurny, wietrzny i wielce swarliwy, śnieg prószył drobny, suchy a ostry kiej kasza ledwie przetarta w żarnach, po równo zaś zrywał się coraz mocniejszy wiatr, hukliwy sielnie i kołujący niespodzianymi nawrotami, że jako ten pijanica taczał się na wszystkie strony, skowyczał, przegwizdywał a śniegami miecił zapalczywie.

Nie bacząc jednak na pogodę, zaraz z pierwszego południa Hanka ze starym Bylicą, a z nimi jeszcze parę komornic, wybrali się po susz do lasu.

Czas był nieopowiedzianie przykry; wiatr tłukł się po polach, ciepał drzewinami, hurkotał po wsi, a co trochę podrywał tumany śniegów, zakręcał z poświstem i wytrzepywał je nad światem kieby te chusty pełne białych, a kłujących paździerzy, że wszystko topiło się w nierozpoznanej mątwie i świstach.

Zaraz za wsią poszli gęsiego przywianymi miedzami ku borom ledwie czubami widnym w kurzawie, a jeszcze dalekim.

Wiatr wzmagał się jeszcze, bił ze wszystkich stron, tańcował, kręcił i tak w nich siepał, że ledwie mogli się utrzymać na nogach, przyginali się ino barzej ku ziemi, a on zabiegał z przodu, darł suchy śnieg pomieszany z piaskiem i prażył w twarze, aż oczy trza było przysłaniać.

Szli w milczeniu, jako że wiatr zatykał i rwał słowa, a postękując nieco i ręce rozcierając śniegiem, bo ziąb był przenikliwy i na wskroś lichą przyodziewę przejmował, i zaspy się czyniły od kamionek, to od drzew i groblami zastępowały, że każdą trza było wymijać nakładając niemało drogi.

Hanka szła na przedzie, często się obzierając za ojcem, który skulony, z okręconą w zapaskę głową, w starym kożuchu Antkowym, przepasany powrósłem, włókł się na końcu, ledwie się poruchając pod wiatr; zatykało go cięgiem, przystawać musiał co trochę; by wytchnąć i obetrzeć załzawione od wiatru oczy, potem zaś w dyrdy śpieszył cicho pojękując:

- Idę Hanuś, idę... Nie bój się, nie ostanę!

Juści, wolałby pozostać na przypiecku, wolał, ale cóż kiej ona, biedaczka, szła, śmiałby to ostać! a i w chałupie ziąb nie do wytrzymania, dzieci skwierczą z zimna, warzy już nie było przy czym zrobić, że jeno suchego chleba pojedli... a tu zimny wiatr tak przebiera po kościach, kieby tymi lodowymi palicami... - przemyśliwał dyrdając za nimi.

Pewnie, że kiedy mus ułapi za łeb, nie wyślizgniesz się, człowieku, nie!

To Hanusia jeno zasiekała zęby i szła ano po drzewo razem z komornicami. Prawda, na to już zeszło, że w parze z Filipką, z Krakaliną, ze starą Kobusową i Magdą Kozłową, z tymi największymi biedotami w jeden rząd, razem.

Wzdychała jeno ciężko, zacinała zęby, a szła, i to nie po raz pierwszy, nie...

- A niechta! A niechta! - szeptała twardo, moc w sobie wzbierając i cierpliwość.

Trzeba, to chodzi po drzewo, dyguje na plecach, w jeden rząd z dziadówkami, jak Filipka, stawa, a płakać nie będzie ni żalić się nie będzie, ni o poratunek zabiegać.

Gdzie to i pójdzie? Dadzą chyba, ale to jakie słowo litościwe, od którego dziw krew nie tryśnie z serca... Pan Jezus ją doświadcza, krzyże zsyła, to może kiedyś i wynagrodzi... A niechta, przetrzyma wszystko, nie pomarnuje się z dziećmi i rąk nie opuści, a na politowanie ludzkie ni pośmiewisko się nie da! .

Wycierpiała się ona ostatnimi czasy tyla, że każda kosteczka trzęsła się w niej i łamała z osobna z tego bolenia - wycierpiała! Nie to, że bieda i poniewierka, że często głód, iż ledwie dzieciom starczyło, nie, że Antek w karczmie przepijał z kamratami, o dom nie stojał, a kiej ten pies zwleczony chyłkiem się do chałupy wsuwa i na jakie bądź słowo napomknienia za kij chwyta - bywa to bowiem nierzadko i gdzie indziej, można by odpuścić; ot, przyszła na niego taka zła godzina, to aby jeno cierpliwie przeczekać, przejść jeszcze może. Ale tego przeniewierstwa nie mogła mu zapomnieć, przeboleć i darować!

Nie, nie poredziła. Jak to, ma żonę i dzieci, a o wszystkim zapomina la tamtej. To ją kieby rozpalonymi obcęgami ściskało za serce, przegryzało na wskroś i rozrastało się w niej piekącą, nieustępliwą pamięcią.

- Za Jagną lata, ją miłuje, przez nią to wszystko!

Zdało się jej, że zły idzie pobok, a wciąż szepta do ucha te straszne przypominki, nie uciec od nich nie zapomnieć, nie! Ból poniewierki dusznej, poniżenia, wstyd, zazdrość, pomsta i te wszystkie jędze nieszczęścia wsadzały kolczaste łby do jej serca i tak szarpały, że choćby krzyczeć wniebogłosy, a łbem tłuc o ścianę!

- Zmiłuj się, Panie, pofolguj, Jezu! - jęczała w sobie podnosząc rozpalone nigdy nie wysychającymi łzami oczy ku niebu.

Zaczęła przyspieszać kroku, bo tak wiało na tych podleśnych wyżniach, że już nie mogła wytrzymać z zimna; baby zaś ostawały nieco i szły wolno, kiej te czerwone kłęby ledwie widne w kurzawie, a bór już był niedaleko, gdy tumany opadały na chwilę, wyrastał nagle z bielizny ogromną, ciemną ścianą pni zwartych, przez które mroczały ciche, lodowate głębie.

- Chodźcie prędzej, w lesie będzieta odpoczywały! - nawoływała niecierpliwie.

Ale kobietom się nie spieszyło, odpoczywały często przykucając na śniegu, głowami od wiatru, kiej to stado kuropatew, i rajcowały z cicha, zaś na jej wołania Filipka mruknęła niechętnie:

- Hanka gania jak ten pies za wroną i myśli, że rychlej co złapie...

- Na co to jej zeszło, chudziaczce - szepnęła współczująco Krakalina.

- Nawygrzewała się dosyć w Borynowej chałupie, najadła tłusto, nasmakowała dobrości, to może teraz i biedy popróbować. Człowiek całe życie przymiera głodem, haruje jak wół, a nikto nawet nie polituje.

- A przódzi to nas nawet nie pozdrawiała...

- Moiściewy, chleb daje rogi, a głód nogi, powiedają.

- Chciałam kiejś pożyczyć terlicy, powiedziała, że ma la siebie.

- Prawda, że ona ta otwartej ręki la ludzi nie miała, wynosiła się nad drugie, jak wszystkie Boryny, ale szkoda kobiety, szkoda !

- Po sprawiedliwości, ale ten Antek łajdus, no!

- Juści, że łajdus, juści. Ale i to wiadomo, że kiep, suczka nie chce, pies nie weźmie, każdy chłop poleci, jak go kiecką przywabią.

- Gdyby na mnie padło, na środku drogi zdarłabym Jagnę za łeb, a wyzwała, a skleła, a kudłów naczesała, żeby całe życie pamiętała.

- Przyjdzie i do tego, jeśli czymś gorszym się nie skończy!

- To już takie Paczesiowe nasienie, a Dominikowa nie insza była, nie.

- Chodźma; wiater nisko podbiera, to na noc może ustać.

Dowlekli się wnet do lasu i porozchodzili, a blisko, by móc się skrzyknąć łacno do powrotu.

Mrok ich ogarnął i pochłonął całkiem, że ledwie gdzieniegdzie ślad jaki ostał.

Bór był stary, ogromny, wyniosły; sosna stała przy sośnie nieprzeliczoną ciżbą, gęstwą nieprzebraną, a tak śmigłą, prostą i mocarną, że widziały się kiej te wielgachne słupy z opleśniałej miedzi, majaczące w mroku szarozielonych sklepień nieprzejrzanymi rzędami - posępne, lodowe brzaski biły z dołu od śniegów, zaś w górze, przez strzępiaste konary, niby wskroś zdziurawionych strzech, świtało niebo białawe i mętne.

Wichura przewalała się górą, że czasami cichość się czyniła jakby w kościele, kiedy to z nagła organy zmilkną i śpiewy ustaną, a jeno szemrzą wzdychy ostatnie, tupoty, pogasłe brzmienia pacierzów i te przytajone, konające nuty - bór stawał wtedy nieruchomy, oniemiały, jakby wsłuchany w grzmotliwą wrzawę, w ten dziki krzyk pól tratowanych, co rwał się gdziesik ze świata i niósł wysoko, daleko, że tylko jękliwym świegotem drgał po lesie.

Wnet jednak wicher uderzał w bór całą mocą, wszystkimi kłami trzaskał o pnie, wżerał się w lute głębie, porykiwał w mrokach, targał olbrzymami, ale na darmo, nie przemógł, bo wyzbyty z sił opadał, głuchnął i marł ze skowytem w gęstych, przyziemnych krzach - a las ni drgnął, ni jedna gałęź nie trzasnęła, ni jeden pień się zakołysał, cichość była jeszcze głębsza i bardziej przerażająca, że tylko ptak jaki niekiedy załopotał wskroś mroków.

A czasami znowu wichura spadała tak nagle, niespodziewanie i potężnie, jak ten jastrząb spada zgłodniały, tak łomotała skrzydłami, rwała wierzchoły, gniotła i rozwalała wszystko ze wściekłym rykiem, aż bór drgał jakby przebudzony, otrząsał się z martwoty, chwiał z końca w koniec, drzewa kolebały się, od drzew pomruk leciał groźny, przyduszony i z nagła bór się prostował, podnosił, szedł jakby, przyginał ciężko i uderzał ze strasznym krzykiem, a bił już jak ten mocarz oślepły gniewem i pomstą, że wrzask się zrywał, bój napełniał las, strach padał na wszelkie stworzenia, przyczajone w podszyciach, a oszalałe z trwogi ptactwo tłukło się wśród śniegów, lejących się wzburzonymi strugami, i wśród podruzgotanych gałęzi i wierzchołów.

Ale potem nastawały długie, zgoła martwe cisze, w których słychać było wyraźnie jakieś dalekie, ciężkie łomoty.

- Las rąbią przy Wilczych Dołach, gęsto się wali - szepnął stary nasłuchując nad ziemią głuchych drgań.

- Nie marudźcie, do nocy siedzieć nie będziemy.

Zaszyli się w wysoki, młody zagajnik, w taki gąszcz splątanych i zwartych ze sobą gałęzi, że ledwie się mogli przeciskać do środka, cisza ich otoczyła grobowa, żaden głos się już tam nie przedzierał, nawet światło jeno z trudem sączyło się przez grubą pokrywę śniegów, wiszącą na czubach niby dach. Ziemista, spopielała szarość zapełniała głębię, śniegu prawie nie było na ziemi, a tylko opadły z dawna, zwietrzały susz zaścielał miejscami po kolana, kajś niekajś zieleniły się pólka mchów, to jakby przytajone przed zimą żółkłe jagodziny albo muchar zaschnięty.

Hanka obłamywała kulką co grubsze gałęzie, przycinała je do jednego wymiaru układając w rozpostartą płachtę, a robiła tak zapalczywie, aż chustkę zruciła z gorąca, i może w jaką godzinę narychtowała takie brzemiono drewek, iż ledwie mogła je sobie zadać, stary też narządził pęk niezgorszy, obwiązał sznurem i wlókł go rozglądając się za pniem, by z niego łacniej wziąć na plecy.

Hukali na kobiety, ale w dużym lesie znowu się srożyła wichura, to się i nie skrzyknęli.

- Hanuś, do topolowej nam się przebrać, lepiej będzie niźli przez pola.
- To chodźmy, pilnujcie się mnie i daleko nie ostajcie.

Wzięli się zaraz z miejsca na lewo, przez kawał starej dębiny, ale ciężko było, śnieg leżał po kolana, to gurbił się miejscami w zagony, bo drzewa stały rzadko i bez liści, tyle że gdzieniegdzie wśród rozłożystych potężnych konarów trzęsły się siwe brody, tu i owdzie jaki młody dąbek, pokryty zrudziałymi kudłami, przyginał się do ziemi ze świstem. Wiatr dął z całej mocy i tak kurzył śniegami, że iść było niepodobna, stary się wnet zmęczył i ustał, a i Hance sił brakowało, to jeno wspierała się brzemieniem o drzewa, wystrachanymi oczami szukając lepszej drogi.

- Nie przejdziemy tędy, a za dębiną mokradła, nawróćmy do pól.

Jakoż nawrócili w duży i zwarty las sosnowy, gdzie ciszej było nieco i śniegi nie zalegały tak wysoko, a pokrótce wyszli na pola - ale tam szły takie zakurki, że świata nie rozpoznał nawet na to śmignięcie kamieniem, nic, jeno biała, rozkłębiona, przewalająca się ćma. Wicher zaś wciąż parł ku borowi, odbijał się kiej od ściany, przewalał wznak na pola, ale wstawał niezmożony, zgarniał całe góry śniegów i niby tą białą chmurą prał w drzewa, aż jęk leciał po lesie, a tak mącił, zakręcał i bił, że ledwie weszli na zagony, starego ciepnął o ziem, aż dźwigać go musiała, sama ledwie mogąc się utrzymać na nogach.

Wrócili do boru i przykucnąwszy za pniami medytowali, którędy pójść, bo całkiem już nie wiada było, w jaką stronę się obrócić.

- Tą dróżką na lewo, a wyjdzierny niechybnie do topolowej, przy krzyżu.
- Kiej całkiem nie baczę tej dróżki.

Tłumaczył długo, bo się bała puścić na niepewne.

- A miarkujecie aby, w jaką stronę się wziąć?
- Od lewej ręki, widzi mi się.

Powlekli się wzdłuż lasu, pobrzeżem skrywając się nieco od naporu wichury.

- Chodźcie prędzej, nocy tylko co patrzeć.

- Jeno tego powietrza złapię i letę, Hanuś, letę...

Juści, nieletko się im było przebierać, dróżkę całkiem zasypało, a do tego z boku od pól wciąż grzmocił wicher i ciepał śnieżycą, próżno się chronili za drzewa, to przywierali jak te zajączki pod jałowcami, wszędzie przewiewało do kości, zaś głębią straszno było iść, drzewa szumiały dziko, cały las się kolebał i prawie ziemię zamiatał konarami, gałęzie siekły, po twarzach, to czasami z takim trzaskiem padały chojary, iż się wydawało, jako cały bór runie zdruzgotany.

Biegli też, co ino sił i tchu starczyło, aby rychlej dopaść drogi i zdążyć przed nocą, która mogła spaść leda chwila, bo już szarzało nieco na polach i wskróś skołtunionych śniegów przewijały się ślepe smugi, kieby te dymy jeszcze nikłe.

Dorwali się wreszcie drogi i padli pod krzyżem, ledwie żywi z utrudzenia.

Krzyż stał na skraju lasu, tuż przy drodze, broniły go od burz cztery ogromne brzozy w białych gzłach, z obwisłymi niby warkocze gałęziami; na czarnym drzewie był rozkrzyżowany Chrystus z blachy, pomalowanej w takie kolory, że jak żywy się widział; snadź wiater oderwał go, bo wisiał tylko na jednej ręce, trzaskał sobą o drzewa i skrzypiał zardzewiałym głosem, jakby litości prosił i poratunku. Brzozy targane wichurą okrywały go cięgiem sobą, trzęsły się, przyginały, a śniegowe tumany zasypywały kurzawą, że stał cały w mgłach, przez które migotało Jezusowe sine ciało i jego blada, okrwawiona twarz wychylała się raz po raz z bielizn, aż się luto robiło na sercu.

Stary spoglądał nań z przerażeniem, żegnał się, ale nie śmiał się odezwać, bo Hanka miała twarz srogą, zaciętą, nierozpoznaną, jak ta noc, co już szła przyczajona wskroś wichrów, śniegów, tumanów - wskróś świata.

Zdawała się nic nie widzieć, i na nic nie baczyć, siedziała zatopiona w mrocznych myśleniach, a wciąż o jednym: o Antkowym przeniewierstwie; tuman się w niej kłębił, pełen okrwawionych wzdychów, jako to Jezusowe ciało na krzyżu, pełen zakrzepłych w lód, a palących łez, pełen żywych, a zapiekłych w boleści głosów.

- Wstydu nie ma, Boga się nie boi, toć jakby z rodzoną matką się sprzągł! Jezus! Jezus!

Zgroza ją poderwała kieby huragan, strach nią zatrząsł, a potem zawrzała gniewem tak dzikim i mściwym, jak ten bór, co się był przygiął naraz i rzucił rozsrożony na wichurę.

- Chodźmy prędzej, chodźmy! - wołała zarzucając brzemię i przygięta pod ciężarem weszła na drogę nie oglądając się za starym, poganiała ją niezmożona, zawzięta złość.

- Zapłacę ci za wszystko, zapłacę! - skowyczała dziko, kiej te topole nagie, rozkrzyczane, zmagające się z wichurą. - Dosyć już tego, a to i kamień już by się rozpękł, gdyby go robak taki przewiercał! Antek chce, to niech przepada, niech w karczmie przesiaduje, ale swojej krzywdy nie daruję, nie, zapłacę jej za wszystko! Zgniję za to w kreminale, to zgniję, ale już by sprawiedliwości na świecie nie było, żeby taka spokojnie chodziła po świętej ziemi... - przemyśliwała srogo, ale z wolna przygasały w niej złoście i bladły, kiej te kwiaty na mrozie, bo sił zaczynało brakować, ciężar ją przygniatał, sęki wpijały się w plecy i chociaż przez zapaskę i kaftan, a wgniatały się w żywe mięso, ramiona ją strasznie bolały, a zaś ten węzeł płachty, zakręcony w kij, wrzynał się w gardziel i dusił, szła coraz wolniej i ciężej.

Droga była kopna, zawalona zaspami i otwarta na przestrzał la wiatrów, że topole z obu stron ledwie były widne w kurzawie, stały chwiejnym, nieskończonym szeregiem, szumiały rozpacznie targając się kiej te ptaki poplątane we wnykach, bijące na oślep skrzydłami, rozkrzyczane. Wicher jakby już tracił na mocy, przycichał górą, ale natomiast coraz wścieklej tarzał się na polach, z obu stron drogi, na równiach, w poszarzałych i mętnych dalach kotłowała wciąż zawieja, tysiące wirów zawodziło diabelski tan, tysiące kłębów zrywało się z ziemi, toczyło, narastało, kieby te wielgachne białe wrzeciona furkoczące, tysiące kup ogromnych, stogów powichrzonych, grobel szło po polach, ruchało się, kłębiło, w oczach rosło, podnosiło w górę, sięgało, zda się, nieba, przysłaniało świat i pękało ze świstem i wrzawą. Jakby tym kotłem gotującym się, przepełnionym białym wrzątkiem, rozkipionym, okrytym osędzielizną i parami lodowymi, widziała się cała ziemia.

A zewsząd wraz z noc szło tysiące głosów, podnosiły się z ziemi, syczały górą, grzmiały wszędzie, jakieś poświsty kieby batami siekły naokół, to grania nierozeznane drgały nad ziemią, to szumy borów huczały niby ta organowa muzyka w czas Podniesienia, to jakieś krzyki, długie, żałosne, rozdzierały powietrze, jakby krzyki ptaków zbłąkanych, jakieś skowyczące, straszne łkania, to chichoty, to te ostre, suche poświsty topoli kołyszących się w mętnych, białawych kurzawach, niby straszne majaki z powyciąganymi ku niebu ramionami.

Nic nie rozeznał i na krok jeden, że Hanka omackiem prawie się wlekła od topoli do topoli, odpoczywała często, z przerażeniem nasłuchując tych głosów.

Pod jakąś topolą czerniał przyczajony zajączek, który na jej widok rymnął w zawieję, że go porwała jakby w pazury, aż bek się rozległ bolesny w kurzawie. Patrzała za nim z politowaniem, bo już ruchać się nie mogła, przyginała się coraz niżej i ledwie nogi potrafiła wyciągać ze śniegu, tak ją przygniatało to brzemię, iż zdawało się jej chwilami, jako dźwiga na sobie zimę, śniegi, wichry, cały świat zgoła i że zawsze tak szła śmiertelnie wyczerpana, ledwie żywa z utrudzenia, z okrwawioną, przesmutną duszą w sobie, i zawsze do końca świata tak wlec się będzie, zawsze. Strasznie się jej dłużyło, droga jakby nie miała końca, a ciężar tak przygniatał, iż coraz częściej przywierała pod drzewami i coraz dłużej siedziała omroczona, na pół przytomna, chłodziła śniegiem rozpalona twarz, przecierała oczy, trzeźwiła się, jak mogła, a wciąż jakby zapadała na samo dno tej rozkrzyczanej, lutej rozwiei żywiołów. Jeno popłakiwała żałośnie, łzy same się lały tryskając z tych najgłębszych, utajonych smutków człowieczych, z samego dna serca rozdartego, z tego skrzybotu ginących bez ratunku, czasem zaś, ale rzadko, bo zapominała o wszystkim, modliła się, szeptała pacierze jękliwym głosem, ćwierkała je w sobie porwanymi słowy kiej ten ptaszek marznący, któren tylko kiejś niekiej zatrzepie skrzydłem, a że już mocy nijakiej nie ma, to przysiada, tuli się, piuka i wraz zapada w coraz głębszą senność !

Drgała naraz porywając się z miejsca wystraszona, zdało się jej bowiem, iż słyszy jakieś płakania i przyzywy dziecińskie, jakby to jej Pietruś wołał!

I biegła znowu całą mocą, potykała się o zwały, plątała w zaspach, a szła gnana trwogą o dzieci, która wstała w niej z nagła i kieby biczem popędzała, że już nie czuła zmęczenia ni zimna.

Z wiatrem dobiegło ją jakieś dzwonienie, brzęk orczyków i głosy ludzkie, ale tak rozpadłe, że choć przystanęła nasłuchując, nie zebrała ni słowa, ktoś jednak jechał za nią i był coraz bliżej, aż się wyłoniły z kurzawy łby końskie.

- Ojcowe! - szepnęła dojrzawszy białą łysicę źrebicy i ruszyła nie czekając.

Nie omyliła się, Boryna to powracał ze sądów z Witkiem i Jambrożym; jechali z wolna, gdyż przez zaspy ledwie się było można przekopać, a nawet w gorszych miejscach musieli kanie przeprowadzać za uzdy; snadź byli niezgorzej napici, bo rajcowali z prześmiechami głośnymi, a Jambroży często podśpiewywał po swojemu, nie bacząc na zamieć.

Hanka ustąpiła z drogi, naciągając chustkę barzej na oczy, ale mimo to stary przy wymijaniu poznał ją zaraz z pierwszego rzutu i przyłożył koniom po bacie, by prędzej przejechać, szkapy poderwały się z miejsca i wnet utknęły w nowej zaspie; wtedy obejrzał się i wstrzymał konie, a gdy się wyłoniła z kurzawy i zrównała z saniami, powiedział:

- Zwal drzewo w półkoszki, przysiądź, podwiozę cię.

Tak była nawykła do ojcowych przykazów, że spełniła wszystko bez wahania.

- Bylicę zabrali Bartek, siedział ano pod drzewem i płakał, jadą za nami.

Nie odrzekła, zapatrzona ponuro w mątwę nocy i kurzawy, jaka się srożyła dookoła, siedziała skulona na przednim siedzeniu dygocząc z utrudzenia i nie mogąc jeszcze myśli pozbierać, a stary przyglądał się jej długo i uważnie. Zmizerowana była, że aż litość brała patrzeć na jej twarz wychudzoną, siną, poodmrażaną, oczy miała zapuchłe od płaczów, a usta zacięte boleśnie, trzęsła się cała z umęczenia i zimna, próżno obtulając w podartą chuścinę.

- Powinnaś się ochraniać, w takim stanie nietrudno o chorobę...

- A któż to za mnie zrobi? - szepnęła cicho.

- Na taki czas wybierać się do boru!

- Drzewa zbrakło, warzy nie było przy czym zgotować...
- Chłopaki zdrowe?
- Pietruś chorzał bez parę niedziel, ale już tak całkiem wydobrzał, że teraz dwa razy tyle by jadł - odpowiadała śmiało budząc się z odrętwienia, odsłoniła z twarzy chustę spozierając mu prosto w oczy bez dawnego lęku i zestrachanej pokorności, stary zaś wciąż zagadywał i pytał, a zdumiewał się wielce nad jej przemianą, nie mógł się bowiem doszukać dawnej Hanki. Dziwny, mrożący spokój bił od niej, a jakaś moc skamieniała, nieustępliwa widniała w jej zaciętych wargach. Nie przerażał ją jak dawniej, mówiła niby z równym a obcym o różnych rzeczach nie skarżąc się ani słówkiem, nie żaląc... Odpowiadała prosto, do składu, a głosem dziwnie surowym, przecierpianym i przez to jakby stężałym w chropawą grudę utajonych boleń, jeno w oczach niebieskich, wypłakanych tliło się ostre zarzewie czującej mocno duszy.
- Odmieniłaś się, widzę.
- Bieda łacniej przekuwa człowieka niźli kowal żelazo.
  Zdumiał się nad odpowiedzią, że nie wiedział, co na to rzec, więc zwrócił się do Jambroża mówić o sprawie ze dworem, którą wbrew zapewnieniom wójta przegrał i jeszcze koszta musiał zapłacić:
- Odbierę se, com stracił, odbierę... - mówił spokojnie.
- Trudno to będzie, dwór ma długie ręce i wszędzie poradzi się zastawić.
- I na zastawę jest sposób, na wszystko jest sposób, by ino cierpliwość mieć i poczekać na porę.
- Wasza prawda, Macieju, ale też ziąb, no, wartałoby do karczmy na rozgrzewkę wstąpić.
- Wstąpimy, ma być kwaśno, niech będzie kiej ocet. Ale powiadam wam, że ino kowal musi kuć żelazo, póki gorąc trzyma, człowiek, jeśli chce co wygrać, na zimno musi kuć dolę a w cierpliwości hartować.
  Dojeżdżali do wsi, mrok się już był zrobił gęsty i wichura przechodziła, kurzyło jeszcze galanto po drodze, że domów nie rozpoznał, ale z wolna przycichało na świecie.
  Na wprost dróżki do chałupy stary wstrzymał konie i gdy wysiadła, pomagał jej wziąć brzemię na plecy, a wreszcie rzekł z cicha do niej tylko:
- A zajrzyj do mnie którego dnia, choćby jutro. Miarkuję, że musi być z wami krucho, ten łajdus przepija wszystko, a ty pewnikiem mrzesz głodem z dziećmi.
- Wygnaliście nas, to gdziebym zaś śmiała przyjść.
- Głupiaś, jensza to rzecz, nie twoja, mówię ci, przyjdź, znajdzie się jeszcze i dla was.
  Pocałowała go w rękę i odchodziła bez słowa, tak ją ułapiło rozrzewnienie za grdykę, że głosu nie mogła wydobyć.
- Przyjdziesz to? - zapytał za nią dziwnie miętko i ciepło.
- Przyjdę. Bóg wam zapłać, kiej przykazujecie, to przyjdę...
  Popędził konie i zaraz skręcał przed karczmę, a Hanka już nie czekając na

ojca, któren akuratnie wysiadał z Bartkowych sani, poleciała do chałupy.

W izbie było ciemno i tak zimno, że gorzej się widziało niźli na dworze, dzieci spały pokulone w łóżku pod pierzyną, zakrzątnęła się żwawo koło warzy i obrządków, a wciąż przemyśliwała o tym dziwnym spotkaniu z Boryną.

- Nie, żebyś skapiał, nie przyjdę, dałby mi Antek! - wykrzyknęła ze złością, ale równocześnie i inne, bardziej spokojne myśli przychodziły, a z nimi i bunt srogi przeciwko mężowi.

Jakże, przez kogóż to wycierpiała najwięcej, jeśli nie przez niego! Stary zapisał grunt tej świni i wygnał ich, prawda, ale Antek go pierwszy pobił i zawsze szczekał na niego, to się i oźeźlił... Miał prawo, każdy by to zrobił, grunt jego i dzieciński, ale póki żyje, jego wola dać lub nie. A jak to miętko powiedział: "Przyjdź!", o dzieci pytał, o wszystko! Juści, a i pół tej biedy i poniewierki by nie było, gdyby się Antek nie sprzągł z tą suką, temu stary nie winowaty, nie!

Rozmyślała różnie i tłumaczyła, i coraz bardziej ustępował z niej gniew do starego.

Przywlókł się i Bylica, tak przemarzły i zmęczony srodze, że z dobrą godzinę rozgrzewał się przed kominem, nim zaczął opowiadać, jako już był całkiem ustał, a może by i zamroził się na śmierć pod drzewem, gdyby nie Boryna.

- Dojrzał mnie i chciał brać na sanie, ale gdym mu rzekł żeś przodem poszła, ostawił mnie Bartkowi, a sam pognał konie, by cię dogonić...

- Tak było? Nic mi o tym nie powiedział.

- Kwardy on jeno z wierzchu, la niepoznaki.

Po kolacji, gdy dzieci nakarmione do syta, poobtulane w pierzyny, znowu zasnęły, Hanka siadła przed ogniem do przędzenia resztek wełny organiścinej, a stary wygrzewał się wciąż, spoglądał nieśmiało, chrząkał, zbierał odwagę, aż w końcu zaczął jękliwie:

- Zrób z nim zgodę, na Antka się nie oglądaj, a ino siebie i dzieci miej na widoku.

- Łacno to powiedzieć.

- Kiedy on pierwszy przystąpił do ciebie z dobrym słowem, poniechaj złości. Tam u niego w chałupie piekło... nie dziś, to jutro Jagnę wygoni i ostanie sam... Józka nie poredzi w tylem gospodarstwie, stary jeszcze nie jest, ale też wszystkiego nie zrobi ni dojrzy... dobrze, byś jego łaskę na ten czas miała... o toś zabiegać powinnaś... Byłabyś mu pod ręką w sposobną porę... to nie wiada, jak by się stało... może by przyzwał z powrotem... nie zdzierżysz tej biedzie, nie...

Opuściła na te słowa wrzeciono, wsparła głowę o prześlicę i zadumała się głęboko nad swoją dolą rozważając powoli rady ojcowe.

A stary przyszykował sobie spanie i cicho zapytał:

- Mówił w drodze z tobą?

Opowiedziała, jak było.

278

- To idź, córko, bieżyj choćby zaraz jutro, staw mu się, kiej przyzywa, bieżyj... bacz ino na siebie i dzieci... starego się trzymaj... oczami mu świeć... dobrą mu bądź... pokorne cielę dwie matki ssie... złością jeszcze nikto świata nie zwojował... Antek jeszcze powróci do ciebie... opętało go złe i rzuca po świecie... ale wnet przejrzy i powróci... Pan Jezus podaje ci taką godzinę, by z biedy wyciągnąć... to nikogo nie słuchaj, a bieżyj...

Długo ją namawiał i przekonywał, a nie doczekawszy się żadnej odpowiedzi zmilknął pomarkotniały i narządziwszy sobie spanie legł cicho, Hanka zaś przędła dalej rozmyślając nad jego radami.

Czasem zaś wyglądała oknem, czy Antek nie wraca, ale nie było ani słychu.

Siadała znowu do roboty, ale nie mogła prząść dzisiaj, nitka się rwała, to wrzeciono wypadało z palców, bo coraz pilniej rozważała słowa Borynowe.

- A może się tak stanie, może przyjdzie taka godzina, że ją przyzwie...

I z wolna, z wolna, kołująca jeszcze, pełna wahań wstawała w niej niezmożona chęć zgody i powrotu do starego.

- Troje nas cierpi biedę, a niezadługo będzie czworo! Dam to wtedy radę, co?

Antka już nie wliczała, nie brała w rachubę w tej chwili, widziała tylko siebie i dzieci; sama się czuła gotową do stanowienia za wszystkich. Jakże, na kogo się to spuści? Kto to pomoże, chyba Bóg jeden albo i Boryna!

Zaczęła marzyć, że niechby się jeno dorwała z powrotem gospodarstwa, niechby znowu poczuła ziemię pod nogami, to się tak przypnie do niej, tak weprze całą duszą pazurami, że nic ją nie oderwie i nie zmoże. Nadzieja w niej rosła wraz z takim nabierem sił, aż ją rozpierało we środku od mocy, nieustępliwości a odwagi, ognie chodziły po niej, oczy się roziskrzały... już się nawet czuła tam, u Borynów, rządziła wszystkim, gospodynią była...

Długo, może do samego północka tak się rozmarzała postanawiając równocześnie, że zaraz z rana, jak przykazywał, zabierze jeno dzieci i pójdzie do starego, choćby Antek nie wiem jak zakazywał, choćby ją nawet skatował, nie posłucha i pójdzie, a tej dobrej okazji nie popuści... Moc w sobie poczuła niezmożoną do walki choćby z całym światem, nie wahała się już ni bała niczego!

Wyjrzała jeszcze na dwór, wiatr całkiem ustał, uspokoiło się zupełnie, noc była ciemna, że ledwie te śniegi szarzały, na niebie kłębiły się ogromne chmury i przewalały się kiej wody, od borów dalekich czy też z tej ciemnicy nieprzejrzanej szły jakieś głuche szumy.

Zgasiła światło i szepcząc pacierze zaczęła się rozbierać.

Naraz jakiś wrzask daleki, przytłumiony zadrgał w ciszy, rósł, rozlegał się coraz wyraźniej, a wraz z nim i blask krwawy uderzył w szyby.

Wybiegła przed dom wystraszona.

Paliło się, gdziesik ze środka wsi buchały słupy ognia, dymów i skier. Dzwon zaczął bić na trwogę i krzyki się wzmagały.

- Gore! wstawajta, gore! - zakrzyczała do Stachów, przyodziała się naprędce i wypadła na dróżkę, ale zaraz prawie natknęła się na Antka biegnącego pędem ode wsi.

- U kogo się pali?...
- Nie wiem, wracaj do chałupy!
- Może to u ojca, bo jakoś w pośrodku! - bełkotała w trwodze śmiertelnej.
- Wracaj, psiakrew! - ryknął porywając ją przez siłę do izby.

Okrwawiony był, bez czapki, kożuch miał porozrywany, twarz osmoloną i dziki, nieprzytomny ogień w oczach.

ROZDZIAŁ 10

Tegoż samego dnia, po obrządkach, a już o dobrym wieczorze zaczęli się schodzić do Kłębów na oną prześlicową wieczornicę.

Kłębowa sprosiła głównie same starsze kobiety, powinowate swoje albo w kumostwie będące. Przychodziły też w porę, jedna za drugą, nie zawodząc ni się zbytnio opóźniając, boć każda kuma rada ciągnęła do drugiej, aby się zgwarzyć społecznie i co nowego posłuchać.

Najpierwsza, jak to miała we zwyczaju, przyszła Wachnikowa z kłakiem wełny w zapasce i z wrzecionami zapasowymi pod pachą; potem przyszła Gołębowa, Mateusza matka, skrzywiona kiej po occie, z obwiązaną gębą, narzekająca wiecznie i cięgiem się skarżąca na wszystko; a po niej, niby ta rozgdakana, odęta kwoka, przyszła Walentowa; po tej zaś Sikorzyna, chuda kiej mietła, turkot baba i w sąsiedzkich swarach najzawziętsza; a po niej wtoczyła się gruba kiej beczka Płoszkowa, czerwona na gębie, spaśna, zestrojona zawdy, dufna w siebie, dworująca nad wszystkie i wyszczekana, jak mało która, ale ogólnie nie lubiana; tuż za nią wsunęła się cicho, czająco kiej ten koczur, Balcerkowa, sucha, mała, zawiędła, ponura a sielna procesownica, która z pół wsią za łeb się wodziła i co miesiąc stawała na sądy; a po nich wlazła hardo, choć i nie proszona Kobusowa, Wojtka żona, pleciuch najgorszy i zazdrośnica niepomierna, że strzegli się jej przyjacielstwa kiej ognia. Przyszła jeszcze, zasapana i zgoniona, Grzeli z krzywą gębą kobieta, pijak baba, wykpis i fortelnica, jakich mało, a szkudnik w cudzym najgorszy! Przyszła i stara Sochowa, mać Kłębowego zięcia, cicha kobieta, pobożna wielce i wraz z Dominikową najwięcej w kościele przesiadująca; przyszły i drugie jeszcze insze, ale już tak wybrane, o których nie wiada, co rzec, bo podobne sobie kiej te gąski w stadzie, że nie rozpoznał jednej od drugiej, chyba jeno po obleczeniu - a zeszło się razem sporo babiego narodu i z czym która miała: to z wełną do oprzędu, to ze lnem, to z pakułami, a niektóre z szyciem albo z tą przygarścią pierza do zdarcia, by ino nie dać pozoru, jako się zeszły po próżnicy; na rajcowanie.

Sadowiły się wielkim kołem w pośrodku izby, pod lampą wiszącą u pułapu, kiej te krze na szerokiej grzędzie, rozrosłe, dostałe i późną jesienią owarzone, bo starsze już były a prawie jednolatki.

Kłębowa wszystkim zarówno była rada witając się z każdą cicho, że to słabowała na piersi i głos miała cedzący, zadychliwy, Kłąb zaś, jako człowiek ludzki, mądry i zgodę ze wszystkimi trzymający, to prawił miłe słowa i sam stołki a ławy podsuwał...

Nadeszła później nieco Jagusia z Józką i Nastką, a z nimi jeszcze parę dziewczyn, za którymi ściągali w pojedynkę parobcy.

Sporo ludu się nabrało, boć i wieczory były długie, roboty nie mieli żadnej. Zima szła sroga i przykre dnie, to kniło się chodzić spać razem z kurami, gdyż i tak do świtania tyla się jeszcze wyspał i wyleżał, aż boki bolały.

Porozsadzali się, jak mogli, kto na ławach, kto na skrzyniach, którym zaś, jak parobkom, Kłębiaki pieńki przynosili ze dwora, a jeszcze miejsca dosyć ostawało w izbie, bo dom był wielki, choć niski, starą modą pobudowany, pono jeszcze przez Kłębowego pradziada, że rachowali mu ze sto pięćdziesiąt roków z okładem, w ziemię też już zapadał, przygarbił się kiej staruch i strzechami płotów dotykał, aż musieli podporami go wspierać, by się do cna nie zwalił.

Gwar się czynił z wolna, bo cicho jeszcze pogadywały między sobą tylko, wrzeciona jeno furkotały i dudniły po podłodze, a gdzieniegdzie i kółko warczało, ale niewiela, bo nie dowierzały zbytnio tym nowomodnym wymysłom woląc prząść po staremu na prześlicach.

Kłębiaki, a czterech było młodziaków, wyrosłych jak sosny i już prawie pod wąsem, skręcali powrósła przy drzwiach, reszta zaś parobków rozwalała się po kątach kurząc papierosy, szczerząc zęby i prześmiewając się z dziewczynami, że co trochę cała izba się trzęsła od chichotów; a starsze jeszcze rade dokładały swoje, bych więcej było do śmiechów i zabawy.

Przyszedł w końcu i wyczekiwany Rocho, a tuż za nim Mateusz.

- Wieje to jeszcze? - spytała któraś.

- Całkiem ustało i ma się na odmianę.

- Od borów coś huczy, pewnikiem przyjdzie odelga - dorzucił Kłąb.

Rocho siadł na uboczy do zastawionej miski, bo u Kłębów teraz dzieci nauczał, mieszkał i jadał, Mateusz zaś witał się z niektórymi, nie patrząc nawet na Jagnę, jakby jej nie dojrzał, choć siedziała w pośrodku i najpierwsza mu w oczy wpadła, uśmiechnęła się na to leciutko, nieznacznie stróżując oczami drzwi wchodowych.

- A wiało też dzisiaj, że niech ręka boska broni! Kobiety na pół żywe przywlekły się z lasu, a pono Hanka z Bylicą jeszcze nie powróciła - zagadnęła Sochowa.

- Juści, biednym to zawdy wieje w plecy - mruknęła Kobusowa.

- Na co to ano i tej Hance zeszło! - zaczęła Płoszkowa, ale spostrzegłszy, że na Jagnę uderzyły ognie, urwała prędko zagadując czym innym.

- Jagustynki nie było? - zapytał Rocho.

- Plotkami ni obmową nie pożywi się u nas, to za nic ma taką kompanię.

- Pleciuch baba, tak dzisiaj najurzyła u Szymków, że sołtysowa sklęła się z wójtową, i żeby nie ludzie, do bicia by przyszło.

- A bo jej pozwalają przewodzić.

- I ustępują kiej przed czym poczciwym.

- Nikto się nie znajdzie, żeby jej zapłacił za te ciągłe swary i kłyźnienia.

- Przeciech wiedzą wszyscy jaka, to czemu szczekaczowi wiarę dają.

- Juści, kto wymiarkuje, kiedy prawdę powie, a kiej scygani !

- Wszystko jest bez to, że każda rada słucha na drugą - zakończyła Płoszkowa.

- Niechby się mnie czepiła, nie darowałabym! - wykrzyknęła Tereska żołnierka.

- Hale, jakby o tobie co dnia nie pyskowała po wsi szepnęła urągliwie Balcerkowa.

- Słyszeliście, przywtórzcie! - zakrzyczała rozczerwieniona, boć wiadomym było, że z Mateuszem dobrze się znała.

- Przywtórzę, nawet prosto do oczów powiem, niech jeno twój z wojska powróci!

- Wara wam do mnie! ale, będą tu bele co powiadać!...

- Nie drzyj się, kiej cię nikt nie zaczepia - zgromiła ją surowo Płoszkowa, ale Tereska długo nie mogła się uspokoić mamrocząc cosik z cicha.

- Byli już z niedźwiedziem? - zagadnął Rocho, aby zwrócić uwagę w inną stronę.

- Ino ich patrzeć, bo są już u organistów.

- Które to chodzą?

- A dyć te wisielaki Gulbasowe i Filipki chłopaki!

- Idą już, idą! - zaczęły wołać dziewczyny, bo się rozległ przed domem długi ryk, a po nim głosy różnych zwierząt zaczęły się rozlegać w sieni, to kogut piał, owce beczały; koń rżał, a przewodził im ktosik na piszczałce, wreszcie drzwi się otwarły i przodem wlazł chłopak, przyodziany w kożuch do góry wełną, z czapą wysoką, przysmolony na gębie, że jak Cygan się widział, a ciągnął za sobą na długim powróśle onego niedźwiedzia, przybranego całkiem w grochowiny, z kożuszanym łbem, z ruchającymi się uszami z papieru i z ozorem czerwonym, może na łokieć wywalonym, do rąk zaś miał przywiązane kije, okręcone w grochowiny i wrażone w trepy, że chodził niby na czworakach, a za nim szedł tuż drugi wodziciel, ze słomianą pytą i kijem ostrymi kołkami najeżonym, na których tkwiły kawałki słoniny, to chleby, to jakieś pękate torbeczki wisiały, a dopiero za nimi Michał od organisty na piszczałce przygrywający i cała hurma chłopaków z kijami, bijąc nimi w podłogę i pokrzykując z całej mocy.

Niedźwiednik pochwalił Boga, zapiał potem kiej kokot, zabeczał jak baran, zarżał niby ogier rozgrzany i zaczął wykrzykiwać:

- Niedźwiedniki my z kraju dalekiego, zza morza szerokiego, z lasu wielgachnego! gdzie ludzie do góry nogami chodzą, gdzie płoty kiełbasami grodzą, a ogniem się chłodzą; gdzie garnki do słońca przystawiają, świnie po wodach pływają i deszcze gorzałką padają; niedźwiedzia my srogiego wodzim i po świecie chodzim! Powiedzieli nam ludzie, że w tej wsi są gospodarze bogacze, gospodynie użyczliwe, a dzieuchy piękne, tośmy przyśli z kraju dalekiego, zza dunaju szerokiego, by nas opatrzyli, grzecznie przyjęli i na drogę co dali. Amen.

- Pokażcie, co umiecie, a może się la was znajdzie co w komorze - rzekł Kłąb.

- Pokażemy wraz! Hej! graj, piszczało! tańcuj, misiu, tańcuj! - zakrzyczał kropiąc go kijem, a na to piszczałka wrzasnęła przebieraną nutą, chłopaki rypnęli kijami w podłogę i nuż przykrzykiwać, wodziciel udawał różne głosy, a niedźwiadek jął skakać na czworakach, ruchał uszami. kłapał ozorem, wierzgał, za dzieuchami gonił, a wodziciel niby go to powstrzymywał, a pytą wokół prał, co wlazło, i krzykał:

- Nie znalazłaś se mężyny, naści, babo, grochowiny!

Krzyk się podniósł w izbie, wrzaski, rwetes, bieganina, przegony, piski, a taka uciecha zapanowała, aż się za boki brali, niedźwiedź zaś wciąż baraszkował, figle stroił, przewalał się na ziem, ryczał, uciesznie skakał, to dziewczyny brał wpół tymi drewnianymi kulasami i ciągnął w tan, do taktu Michałowej piszczałki, a rzekome niedźwiedniki wraz z chłopakami tak dokazywali, że dziw się chałupa nie rozwaliła od tych wrzasków, gonów i śmiechów!

Opatrzyła ich suto Kłębowa, że wreszcie się wynieśli, ale długo jeszcze słychać było na drodze wrzaski i naszczekiwania psów.

- Któryż to udawał niedźwiedzia? - zapytała Sochowa, gdy się nieco uspokoiło.

- A Jasiek Przewrotny, nie poznaliście to?

- Kiej pod tym łbem kożuszanym nie mogłam rozpoznać.

- Moiściewy, do figlów to rozum ma, pokraka jedna zauważyła Kobusowa.

- Powiadacie, jakby już Jasiek całkiem był głupi!- broniła go Nastka, Mateusz pomagał jej opowiadając różności o nim, jako tylko nieśmiały jest, ale zgoła niegłupi., a tak bronił Jaśkowej sprawy, że nikto się nie przeciwił, jeno domyślne, przytajone uśmiechy zaczęły latać po twarzach.

Usadzili się znowu na dawne miejsca i pogwarzali wesoło, dziewczyny zaś z Józką na czele, jako najśmielszą, nacisnęły Rocha pod kominem i nuż go molestować i milić się przed nim, by opowiedział jaką historię, jak to u Borynów na jesieni:

- A pamiętasz to, Józia, com wtedy powiadał?

- I jak! Było to o tym Burku Panajezusowym!

- Rzeknę wam dzisiaj o królach, kiejście ciekawe!

Przysunęli mu stołek pod lampę, rozstąpili się nieco, że usiadł w pośrodku, kiej ten stary, siwy dąb na polanie, otoczony półkolem zwartych, pochylonych krzy, i zaczął prawić z wolna i niegłośno.

Cichość ogarnęła izbę, że jeno wrzeciona warkotały, a czasem ogień trzasnął na kominie albo czyjeś westchnienie zaszemrało - a Rocho powiadał cudeńka różne i historie o królach, o wojnach srogich, o górach, gdzie śpi wojsko zaklęte, czekając jego zatrąbienia, by się zbudzić i paść na nieprzyjacioły, i pobić, i ziemię ze złego oczyścić; o zamkach wielgachnych, gdzie złote izby, gdzie królewny zaklęte w białych gzłach w księżycowe noce lamentują i wybawiciela czekają, gdzie w pustych pokojach co noc brzmi muzyka, zabawy idą, ludzie się schodzą, a niech kur zapieje, wszystko zapada i w groby się kładzie; o krajach, gdzie ludzie kiej drzewa, gdzie mocarze, co górami rzucają, gdzie skarby nieprzebrane, przez smoki one piekielne strzeżone, gdzie ptaki-żary, gdzie Madeje, gdzie kije samobije, a one Lele-Polele, a one południce, upiory, strachy, czary, dziwności ! - a drugie jeszcze, insze a cudne i wprost nie do wiary, że wrzeciona z rąk leciały, a dusze się niesły w zaczarowane światy, oczy gorzały, łzy ciekły z nieopowiedzianej lubości i serca dziw nie wyskoczyły z piersi z utęsknienia i podziwu.

A na końcu opowiadał o królu, którego panowie la prześmiewiska chłopskim królem przezywali, że to był pan ludzki, sprawiedliwy i dobro narodowi całemu czyniący, o jego wojnach srogich, tułactwie, przebieraniach się po chłopsku, w którym chodził po wsiach, w kumostwach się bratał, o złem się przewiadywał i krzywdy naprawiał, i złości gasił, a potem, by już być za jedno z chłopami, to się ożenił z gospodarską córką spod Krakowa, a Zofia było jej na imię, dzieci z nią miał, na zamek powiódł krakowski i tam w długi wiek rządy sprawował jako ten ociec najlepszy narodu i pierwszy gospodarz!

Słuchali coraz pilniej, nie tracąc ani słowa i dech nawet tając w sobie, bych ino nie przerwać tego różańca cudowności. Jagusia zaś całkiem nie mogła prząść, opadły jej ręce, pochyliła głowę i wsparta policzkiem o kądziel, utopiła modre, ołzawione oczy w Rochowej twarzy, który się jej widział jako ten święty z obrazów zeszły, boć i był podobien ze siwego włosa, z długiej białej brody i z tych oczów bladych, zapatrzonych gdziesik w zaświaty - słuchała go całą duszą, całą mocą czującego mocno serca i tak gorąco brała w siebie jego powiadania, że ledwie mogła dychać ze wzruszenia, widziała wszystko jak żywe i tam szła duszą, gdzie wiódł słowami, a już najbardziej chwyciła ją za serce ta historia o królu i tej gospodarskiej córce. Jezus, jak się to jej ślicznym widziało!

- I to sam król tak żył z chłopami? - zapytał Kłąb po długim milczeniu.
- Sam król!
- Jezus, umarłabym, gdyby król do mnie przemówił! - szepnęła Nastka.
- Poszłabym za nim w cały świat za to jedno słowo!'

W cały świat! - wykrzyknęła namiętnie Jagna, przejęta takim mocnym a zapamiętałym wzruszeniem, że niechby się jawił w ten moment, niechby rzekł to słowo, a poszłaby, jak stała, w tę noc, w ten mróz, w cały świat!

Opadli wnet Rocha pytaniami, a gdzie to zamki takie, wojska takie, te bogactwa, te moce, śliczności takie, króle takie, gdzie?

Więc opowiadał smutnie nieco a tak mądrze, wraz prawdy różne i przykazania powiadał, że jeno wzdychali ciężko medytując i rozważając pilnie te urządzenia na świecie...

- Jedno dzisiaj człowiekowe, a jutro w boskiej mocy! - rzekł Kłąb.

Rocho odpoczywał zmęczony, a że zaś wszystkich dusze ogarnięte były jeszcze onymi cudownościami, to zaczęli między sobą cicho zrazu, a potem już dla wszystkich w głos opowiadać, co kto wiedział.

Jedna co rzekła, po tej druga, to i trzeciej się przypomniało, i czwartej, a każda co nowego niesła, że snuły się one gadki jako te nici z kądzieli, jako ta miesięczna poświata, grająca farbami na poślepłych, pomarłych wodach, przytajonych w borach - to o topielicy przychodzącej nocami karmić głodne dzieciątko, o upiorach, którym musiano w trumnach serca przebijać osikowymi kołkami, by z ludzi krwi nie wypijały, o południcach duszących po miedzach, o drzewach gadających, o wilkołakach, o zjawach strasznych północnych godzin, strachach, wisielcach, o czarownicach i pokutujących duszach, i o takich dziwnych, przerażających rzeczach, od których słuchania włosy się podnosiły, serca zamierały z trwogi, zimny dreszcz przenikał wszystkich, że milkli naraz oglądając się trwożnie, nasłuchując, bo się wydawało, iż coś chodzi po pułapie, że cosik czai się za oknami, że przez szyby krwawią się jakieś ślepia i w ciemnych kątach kłębią się nierozpoznane cienie... aż niejedna żegnała się prędko, pacierz trzepiąc w cichości dzwoniącymi zębami... ale to rychło przechodziło jak cień, gdy chmurka słońce nakryje, że potem nie wiada nawet, czy był... i znowu powiadali, przędli a motali dalej one gadki nieskończone, którym sam Rocho pilnie się przysłuchiwał i nową historię rzekł o koniu...

- „Jeden biedny gospodarz pięciomorgowy miał konia, ale tak narownego i próżniaka jak mało, próżno mu dogadzał, owsem pasł, a nie dogodził, koń robić nie chciał, uprzęże rwał i kopytami bił, że ani dostąpić... Pewnego razu zeźlił się chłop srodze; bo obaczył, że z nim dobrością nie poradzi, założył go do pługa i począł umyślnie orać stary ugor, by go przemęczyć i do pokory nagiąć, ale koń ciągnąć nie chciał, sprał go wtedy kozicą, co wlazło, i przymusił; koń robił, jeno że sobie to miał za krzywdę i zapamiętał dobrze, aż i wyczekał na porę sposobną, kiej gospodarz razu jednego schylił się, by mu pęta zdjąć z kulasów, trzasnął go zadnimi kopytami i na miejscu zabił, a sam w cały świat pognał na wolność!

Latem było mu niezgorzej, w cieniach się wylegiwał i w cudzych zbożach wypasał, ale skoro nadeszła zima, spadły śniegi, mróz chwycił, paszy brakło i ziąb przejmował go do kości, to popędził znowu dalej szukać strawy, leciał tak dnie i noce, bo wciąż była zima, śniegi i mrozy, a wilki tuż za nim, że mu już niejeden dobrze boków pazurami zmacał!...

Bieży, bieży, bieży, aż i wyszedł na kraj zimy, w jakąś łąkę, gdzie ciepło było, trawy po kolana, źródełka bełkotały i skrzyły się w słońcu, cienie chłodne chwiały się nad brzegami i wiaterek miły przeciągał, wparł się wnet w trawę i dalej żreć, boć zgłodniały był do cna - ale co chyci zębami trawy, to ino ostre kamienie przegryza trawa zniknęła! Wody chciał popić -

nie było, ostało jeno błocko śmierdzące; położyć się chciał w cieniu - cienie odlatywały, a słońce żarło żywym ogniem! Cały dzień się tak trudził i na darmo! Chciał już wrócić do borów, borów nie było! Zarżało konisko boleśnie, odpowiedziały mu jakieś konie z dala, powlókł się za głosem i w końcu dojrzał za łąkami jakiś dwór sielny, jakby cały ze śrebła, szyby miał z drogich kamieni, a strzechę kieby z nieba nabitego gwiazdami, ludzie tam jakieś chudzili. Powlókł się do nich, bo już wolał nawet pracować ciężko niźli z głodu marnie ginąć... Przestojał na skwarze dzień cały, bo nikto z uzdą do niego nie wyszedł, dopiero o wieczornym czasie wychodzi ktosik ku niemu, jakby sam gospodarz! Jezus ci to był, on Gospodarz Przenajświętszy, on Pan niebieski, i rzecze:

- Nic tu po tobie, wałkoniu i zabijaku, jak błogosławić będą ci, co się teraz przeklinają, każę cię wpuścić do stajni.

- Bił me, tom się bronił!

- Za bicie przede mną sprawa, ale i sprawiedliwość ja w ręce trzymam.

- Takim głodny, takim spragniony, takim obolały! - jęczało konisko.

- Rzekłem swoje, ruszaj precz, wilkom cię każę jeszcze szczuć i poganiać...

To i zawróciło konisko do zimowego kraju, i wlekło się o chłodzie i głodzie, a w wielkim strachu, bo wilki, jako te psy Jezusowe, poganiały pilnie strasząc go wyciem, aż i pewnej nocy zwiesnowej stanął przed wrótniami swojego gospodarza i zarżał, by go przyjęli z powrotem, ale na to wyleciała wdowa z dziećmi, a poznawszy go, choć tak był zbiedzony, nuż go prać, czym popadło, odganiać a wyklinać za krzywdy, bo bez te śmierć chłopa pobidniała i w wielkiej nędzy żyła wraz z dziećmi.

Nawrócił do borów, bo już nie wiedział, co począć, opadły go zwierzaki, nie bronił się nawet, zarówno mu już była i śmierć, ale one go ino obmacały i starszy powiedział:

- Nie zjemy cię, boś za chudy, skóra i gnaty, szkoda pazurów, ale ulitujem się nad tobą i pomożemy...

Wzięły go między siebie i powiedły rankiem na gospodarzowe pole, i założyły do pługa, któren stał w roli, wdowa nim orała wraz z krową i dziećmi.

- Poorzą tobą, podpasą, to jesienią powrócim cię wyprząść! - powiedziały.

O dniu nadeszła wdowa i poznała go zaraz, to choć krzyknęła zrazu, że to cud, iż powrócił i stał już w pługu, ale rychło żałośliwość przypominków tak ją objęła, że zaczęła znowu wyklinać i bić, co ino wlazło! Robiła też w, niego potem, robiła, a odbijała się za krzywdę! Całe lata tak szło w ciężkiej, cierzpliwej pracy, bo choć koniskowi skóra się odparzała od chomąta, ani zarżał, wiedział, iż cierzpi sprawiedliwie. Dopiero w parę roków, kiej wdowa się dorobiła nowego chłopa i tych morgów, co po sąsiedzku szły wpodle, zmiękła la konia i powiedziała:

- Ukrzywdziłeś nas, ale za twoją sprawą Pan Jezus pobłogosławił, rodziło się, chłop się niezgorszy trafił, rolim przykupiła, to ci już z serca odpuszczam.

I zaraz tej samej nocy, kiej w chałupie chrzciny sprawiali, przyszły Panajezusowe wilki, wyprowadziły konia ze stajni i powiedły do niebieskiej zagrody!"

Dziwowali się temu zrządzeniu boskiemu niepomiernie, zastanawiając szeroko, jak to Pan Jezus zawsze karze zło, a dobre wynagradza i o niczym, choćby na ten przykład o koniu takim, nie przepomni.

- Choćby i ten robaczek wiercący w ścianie, a nie ukryje się przed Jego okiem...

- Ni nawet najtajniejsze pomyślenie, ni chęć jaka paskudna - dorzucił Rocho.

Wzdrygnęła się na to Jagna, bo i Antek wszedł akuratnie, ale mało kto go zauważył, choć cichość była, bo pod ten czas opowiadała Walentowa takie cudności o królewnie zaklętej, że wrzeciona przestały warczeć, wszystkim ręce opadły, powstrzymywali oddechy i jak uroczeni siedzieli wsłuchując się całą duszą.

I tak się ano przesuwał ten lutowy, zimny wieczór.

Dusze się wznosiły, pod niebo rosły, a płonęły jak te smolne szczapy, że jeno szmer wzdychów, marzeń i pożądań niby te kwietne motyle trzęsły się po izbie.

Osnuwali się w żywy, rozdrgany, mieniący farbami oprzęd cudowności, że całkiem przysłoniły się oczy na wszystek świat smutny i szary, i biedny!

Po polach błądzili ciemnych, prześwietlonych widziadłami, co jak żagwie buchały krwawą pożogą; na one ruczaje szli srebrne, pełne śpiewań nierozeznanych, tajemnych wołań, plusków; w bory zaklęte, gdzie rycerze, wielkoludy, zamki one; widma straszliwe, smoki piekielnym ogniem zionące; po rozstajach stawali strwożeni, gdzie upiory z chichotem przelatywały, gdzie potępionych głosem jęczą wisielce, a strzygi z nietoperzowymi skrzydłami przelatują; błądzili po mogiłkach za cieniami pokutujących samobójców; w pustych rozwalonych zamkach i kościołach słuchali głosów dziwnych, patrzeli się nieskończonym korowodom mar przerażających, w bojach byli, pod wodami, gdzie śpiące jaskółki, poplątane w girlandy, budzi o każdej wiośnie Matka Boża i na świat wypuszcza.

I nosili się przez nieba i piekła, przez wszystkie straszności, przez ciemnice Bożego gniewu i przez jasności łaski Jego świętej, przez nieopowiedziane krainy cudów i czarów, dziwów i zachwytów, przez takie światy, gdzie jeno dusze człowiekowe błądzą jako te ptaki poślepłe od piorunów i błyskawic, przez takie miejsca, do których człowiek tylko w godzinie cudu albo i we śnie zagląda, patrzy olśniony, dziwuje się i nie wie sam o sobie, czy jest-li w żywych jeszcze!

Hej! jakby morze powstało wałem nieprzeniknionym, wałem czarów, skrzeń i cudowności, że przepadła sprzed oczów ziemia cała, izba, luta noc, świat ten cały pełen utrapień i nędz wszelkich, i krzywd, i płakań, i żaleń, i czekań - a otwarły się oczy na świat inny, nowy i tak cudowny, że żadne usta tego nie wypowiedzą!

Baśniowy świat ich otoczył, baśniowe życie objęło tęczami, baśniowe marzenia stawały się rzeczywistością- umierali prawie z zachwytów zmartwychwstając zarazem tam, w tym życiu jasnym, wielkim, mocarnym, bujnym a świętym, i cudownościami poprzerastanym kieby dojrzałe zboże wyczką i makami, tam gdzie każde drzewo mówi, każdy ruczaj śpiewa, każdy ptak jest zaklęty, każdy kamień ma duszę, każdy bór jest pełen czarów, każda grudka ziemi przepojona nieznanymi potęgami - gdzie wszystko wielkie, nadludzkie, niewidziane żyło świętym życiem cudów!

Tam się parli całą potęgą tęsknoty, tam snuli się oczarowani, gdzie wszystko splatało się w nierozerwalny łań cuch marzeń i życia, cudów i pragnień, w czarodziejski korowód wyśnionego istnienia, do którego wciąż, przez całą nędzę bytowania ziemskiego rwały się im strudzone, okaleczałe dusze!

Cóż ta to życie szare i nędzne, cóż ta ten dzień zwykły, podobien do patrzenia chorego, smutkami kieby mgłą przysłoniony, mrok to jeno, noc smutna i ciężka, przez którą chyba dopiero w godzinę śmierci dojrzeć własnymi oczami dziwy one.

Jako to bydlę, jarzmem przygięte do ziemi, żyjesz, człowieku, zabiegasz, turbujesz się, by dzień ten przeżyć, a nie pomyślisz nawet, co się okólnie dzieje, jakie to kadzielne zapachy wioną światem, od jakich świętych ołtarzy idą głosy, jakie utajone cuda są wszędy!...

Jako ten ślepy kamień pod wodą głęboką żyjesz, człowieku...

W ciemnicy, człowieku, orzesz żywota rolę i płacz zasiewasz, ten trud, ten ból...

I w błocie tarzasz gwiezdną duszę, człowieku, w błocie.. . Opowiadali dalej, wciąż, a Rocho dopomagał chętliwie, sam się dziwował, sam wzdychał, sam płakał, kiej i drudzy płakali...

A czasem następowały długie, głębokie milczenia, że słychać było kołatanie serc wzruszonych, wilgotne blaski oczów świeciły kiej rosa, drżały westchnienia podziwu i tęsknot, dusze się kładły do stóp Pańskich w tym cudów kościele i śpiewały przepotężny hymn dziękczynienia. Cichością śpiewały wszystkie serca, przepełnione czarem, drżące, upojone świętą komunią marzenia - jako ta ziemia drży pławiąc się w słońcu wiośnianym, jako te wody pod wieczór w pogodny czas i cichy, że jeno drgnienia po niej się snują, a tęcze, a kolory; jako te zboża młode o pierwszym wieczorze majowym, co jeno kolebią się słodko, szemrzą przeciągle a trzęsą piórkami kieby tym pacierzem dziękczynnym.

Jagusia zaś była jakby wniebowzięta, tak czuła wszystko głęboko, tak brała w siebie i za taką prawdę miała, że rosło to w niej i stawało przed oczami kiej żywe, że mogła wszystko powycinać z papieru. Dali też jej jakieś pozapisywane karty dzieci, które Rocho nauczał a ona nasłuchując opowiadań wystrzygała po kolei czy to strachy, czy króle, czy upiory, czy smoki, czy inne różności, a tak utrafiała, że każden mógł poznać od wejrzenia.

Tyla wystrzygnęła, że można było nimi oblepić całą belkę, a jeszcze i pofarbowała lubryką czerwoną i niebieską, jaką jej Antek podsunął, tak była zajęta słuchaniem i robotą, że o całym świecie zapomniała, nie baczyła nawet na niego, nie widząc, że się czegoś niecierpliwi, a ukradkiem daje jakieś znaki... a nikto drugi też nie spostrzegł tego w zasłuchaniu i w tej ciszy, jaka panowała.

Naraz psy zaczęły doszczekiwać zajadle i skowyczeć w opłotkach, aż któryś Kłębiak na dwór wyleciał i powiadał potem, iż chłop jakiś uciekał sprzed okien.

Nie zwracali na to uwagi, nie widząc wcale, że później, gdy psy zmilkły, jakaś twarz przesunęła się za szybą i przepadła tak prędko, że tylko jedna z dziewczyn krzyknęła zalękła, oczy przecierając zdumiona.

- Tam ktosik chodzi pod oknami! - zawołała.

- Słychać, jak śnieg skrzypi pod nogami!

- Jakby na ścianę się skrabał!

Zmartwieli wszyscy nasłuchując, a bojąc ruszyć się z miejsca, opadli nagłą trwogą.

- Kto o czym baje, temu się staje! - szepnęła ze strachem któraś.

- O złym się powiadało, to może się i wywołał i wypatruje, kogo by wziąć!

- Jezus Maria !

- Wyjrzyjcie no, chłopaki, tam nie ma nikogo, psy pewnie baraszkują po śniegu.

- Hale, kiedym dobrze widziała za oknem, łeb kiej ceber i ślepie czerwone!

- Przywidziało ci się! - zawołał Rocho i że nikt nie chciał wyjrzeć, sam poszedł na dwór, by uspokoić wszystkich. j

- Opowiem wam historię o Matce Boskiej, to wnet szczezną przewidzenia - zagadał siadając na dawnym miejscu, uspokoili się nieco, ale raz po raz ktoś podnosił oczy na okno i strachem utajonym dygotał.

- „Dawno to już się działo, dawno, przed wiekami, że jeno o tym w starych księgach stoi... We wsi jednej pod Krakowem żył kmieć, Kazimierz mu było na imię, a na przezwisko Jastrząb, osiadły był z dawna, rodowy i bogacz, całe włóki obsiewał, las swój miał, chałupę kiej dwór i młynek nad strugą.. Pan Jezus mu błogosławił, wiedło się wszystko, brogi zawdy miał pełne, gotowy grosz w skrzyni, dzieci zdrowe i kobietę poczciwą; bo dobry był człowiek, mądry, wyrozumiały, pokornego serca i sprawiedliwy dla wszelkiego stworzenia.

Przewodził gromadzie kiej ojciec, opiekował się biednymi, sprawiedliwości bronił, podatkami nie uciskał, a poczciwości we wszystkim przestrzegał pilnie i pierwszy był zawdy do pomocy bliźniemu i poratunku.

Żył też sobie cicho, spokojnie i szczęśliwie jak u Pana Boga za piecem.

Aż razu pewnego król jął skrzykiwać naród na wojnę przeciw poganom.

Zafraswał się wielce Jastrząb, bo żal mu było doma odbieżyć i ruszać na one boje srogie.

Ale królewski parobek u drzwi stojał i przynaglał!

Na wielką wojnę się miało, Turek ano sprośny w kraje polskie wszedł, wsie palił, kościoły rabował, księży zarzynał, naród tępił lebo w postronkach pędził do swoich pogańskich krajów.

Trza się było gotować i na obronę stawać!

Zbawienie wieczne czeka tego, którem ochotnie kładzie głowę za swoich i wiarę świętą.

Zwołał tedy Jastrząb gromadę, wybrał co tęższych parobków, konie, wozy i wnet ruszyli rankiem jakoś po mszy świętej!

A cała wieś odprowadzała ich z płaczem i lamentem aż pod figurę Częstochowskiej, która stojała przy drodze na rozstajach.

Wojował rok, wojował dwa, że w końcu i słuch wszelki o nim zaginął.

Insze dawno powrócili do domów, a Jastrzębia jak nie było, tak nie było, myśleli, że już był zabit albo go Turek wziął do niewoli, o czym nawet z cicha jeszcze dziady i wędrowce różne powiadali...

Aż w końcu trzeciego roku na pierwszą zwiesnę powrócił, ale sam, bez czeladzi, bez wozów i koni, piechty, zbiedzony, zmarnowany, z kosturem jeno kiej dziad...

Pomodlił się gorąco przed Matką Bożą, że mu pozwolili jeszcze swojej ziemie, i spiesznie ruszył do wsi...

Nikt go nie witał, nikt nie poznawał, że psom się ano musiał oganiać.

Przychodzi przed swój dom, przeciera oczy, żegna się, a poznać nie może... Jezus Maria! Gumien nie ma, stajen nie ma, sadów nie ma, płotów nawet nie ma, z lewentarza ni śladu... a z chałupy ino zręby spalone... dzieci nie ma... pusto... straszno... jeno żona schorowana wywlekła się z barłogu na jego spotkanie i gorzkimi łzami zapłakała!

Kieby piorun w niego trzasnął!

Oto kiedy on wojował i nieprzyjacioły Pańskie gromił, przyszedł do chałupy mór i pobił mu wszystkie dzieci... pierun spalił... wilki wydusiły stada... źli ludzie rozgrabili... sąsiady zabrały ziemię... susze wypaliły zboża... grady wytłukły resztę... że nie ostało nic, ziemia jeno a niebo.

Siedział na progu kiej zmartwiały, a na odwieczerzu, kiedy przedzwaniali na Anioł Pański, zerwał się nagle i jął strasznym głosem wyklinać i pomstować!

Próżno go żona wstrzymywała, próżno u nóg mu się wlekła błagający, przeklinał i przeklinał, że na darmo krew swoją lał za Pańską sprawę, na darmo bronił kościołów, na darmo rany ponosił, głód cierpiał, na darmo poczciwym był i pobożnym; na darmo. - Pan Bóg i .tak go opuścił i na zatracenie skazał!

Strasznie bluźnił przeciw boskiemu imieniowi a krzyczał, że już chyba złemu się cały odda, bo on jeden ludzi w biedzie nie opuszcza.

Juści, że na takie przyzwy wnet się zły jawił przed nim.

Jastrząb się już nie pomiarkował w tej złości, a ino zawołał:

- Pomagaj, diable, jeśli możesz, bo mi się wielka krzywda stała.

Głupi, nie pomiarkował, że Pan Jezus chciał go doświadczyć i wypróbować.

- Pomogę, a oddasz duszę? - zaskrzeczał zły.

- Dam, choćby i zaraz!

Napisali cyrograf, któren chłop krwią ze serdecznego palca podpisał.

I już od tego dnia zaczęło mu się wszystko wieść, sam mało co robił, a ino doglądał i rządził, Michałek, bo tak się kazał zły przezywać, robił za niego, a drugie diabły poprzebierane za parobków, to za Miemców, pomagały, że w krótkim czasie gospodarstwo było jeszcze lepsze, większe i bogatsze niźli prźódzi.

Ino dzieci nie było nowych, bo jakże bez błogosławieństwa boskiego mogły być!

Gryzł się tym Jastrząb srodze, a po nocach czasami rozmyślał, jak to przyjdzie gorzeć w tym piekle wiecznym, i nie cieszyły go ni bogactwa, ni nic... Aż musiał mu Michałek jawić przed oczy, jako wszystkie bogacze, panowie, kupy diabłom się za żywota zaprzedali, a żaden z nich się nie turbuje ni rozmyśla, co tam będzie po śmierci, a jeno się weselą i wszystkiego używają do syta!

Uspokajał się potem Jastrząb i jeszcze barzej przeciwko Bogu srożył, że aż sam krzyż pod lasem zrąbał, obrazy z domu powyrzucał i do figury Częstochowskiej się brał, by ją roznieść, iż mu to do orki przeszkadzała, ledwie go od tego kobieta odwiedła skamleniem i prośbami.

I tak roki płynęły za rokami jako ta woda bystra, bogactwa rosły niepomiernie, a z nimi także znaczenie, iż nawet sam król zajeżdżał do niego, na dwór zapraszał i między swoich komorników sadzał.

Puszył się tym Jastrząb, wynosił nad drugie, biedotą pomiatał, wszelkiej poczciwości się wyzbył, że już za nic miał świat cały.

Głupi! nie baczył, czym przyjdzie zapłacić za to...

Aż w końcu i przyszła godzina porachunku. Panu Jezusowi już zbrakło cierpliwości i pobłażania la zatwardziałego grzesznika...

Nadszedł czas sądu i kary.

Najpierw zwaliły się na niego ciężkie choroby i nie popuszczały ni na to oczymgnienie.

Potem lewentarze padły na mór.

Potem piorun spalił wszelkie zabudowania.

Potem grady wybiły zboża.

Potem czeladź go odbiegła.

Potem zaś przyszły takie susze, że wszystko spaliło się na popiół, drzewa poschły, wody wyschły, ziemia popękała.

Potem opuścili go całkiem ludzie i bieda siadła na progu.

A on chorzał ciężko, ciało mu kawałami odpadało, kości próchniały.

Na darmo skamlał o poratunek Michałka i jego diablich kamratów: nawet zły nie poradzi, kiej nad kim zawiśnie ręka Bożego gniewu!

A i diabli nie stali już o niego: ich był, to aby prędzej skonał, dmuchali mu w one rany straszne, bych się barzej jątrzyły.

Jedno zmiłowanie Pańskie mogło go tylko wybawić!

Jakoś późną jesienią przyszła jedna noc tak wiejna, że wicher zerwał dach z chałupy i powyrywał wszystkie drzwi i okna, wraz zaś zleciała się cała hurma diabłów i nuż tańcować koło węgłów, a cisnąć się z widłami do środka, bo Jastrząb już był na skonaniu...

Kobieta broniła go, jak mogła, obrazem świętym osłaniając, to kredą poświęconą znacząc progi a okna, ale już ustawała z wielkiej turbacji, by nie pomarł bez Sakramentów i pojednania z Bogiem; to chociaż zakazywał, tak był jeszcze w tej ostatniej godzinie zatwardziały, chociaż złe przeszkadzało, upatrzyła porę i poleciała na plebanię.

Ale ksiądz szykował się gdziesik do drogi, a do bezbożnika iść nie chciał.

- Co Pan Bóg opuścił, diabli zabrać muszą, nic tam już po mnie... - i pojechał na karty do dworu.

Zapłakała gorzko z frasunku, przyklękła przed oną figurą Częstochowskiej i tym szlochem krwawym, tym szrybotem serdecznym skamlała o zmiłowanie.

Ulitowała się nad nią Panienka święta i przemówiła:

- Nie płacz, kobieto, wysłuchane są twoje prośby...

I schodzi do niej z ołtarza, jak stała, w koronie złotej, w onym płaszczu modrym, zasianym gwiazdami, z różańcem u pasa... jaśniejąca dobrotliwością... Przenajświętsza i gwieździe zarannej podobna... Kobieta padła przed Nią na twarz.

Podniosła ją świętymi rączkami, otarła te łzy żałośliwe, przytuliła do serca i powiada tkliwie:

- Prowadź do chałupy, może ci co poredzę, służebnico wierna.

Obejrzała chorego i zafrasowało się wielce serce miłościwe.

- Bez księdza się nie obejdzie, kobietą jeno jestem i takiej mocy nie mam, jaką Jezus dał księżom! Łajdus on jest, o naród nie dba, zgoła zły pasterz, odpowie za to srogo, ale on jeden ma moc rozgrzeszania... Sama pójdę po tego kostyrę do dworu... Naści różaniec, broń nim grzesznika, póki nie przyjdę.

Ale jak tu było iść?... noc ciemna, wiater, deszcz, błocko, kawał drogi, a do tego diabli wszędzie psocili.

Nie ulękła się niczego Pani Niebieska, nie! Przyodziała się jeno od pluchy w płachtę i poszła w tę ciemnicę...

Doszła do dworu umęczona srodze i przemokła do nitki; zapukała prosząc pokornie, bych ksiądz szedł pilno do chorego, ale on, dojrzawszy, iż to jakaś biedota i taki psi czas na dworze, kazał powiedzieć, że rano przyjedzie, teraz nie ma czasu i grał dalej, pił i baraszkował z panami.

Matka Boża jeno westchnęła boleśnie nad jego niepoczciwością, to sprawiając, że zaraz zjawiła się złota kareta, cugi, lokaje, przeodziała się na panią starościnę i weszła na pokoje.

Juści, że ksiądz zaraz pojechał chętliwie i w te pędy.

Przyjechali jeszcze na czas, ale już śmierć siedziała na progu, a diabli przez moc dobywali się do chłopa, by go porwać żywcem, nim ksiądz nadjedzie z Panem Jezusem; tyle że broniła go kobieta różańcem, to obrazem drzwi przytykając, to pacierzem, to tym Imieniem Pańskim.

Wyspowiadał się Jastrząb, za grzechy żałował, Boga przepraszał, rozgrzeszenie dostał i zaraz w ten moment Bogu ducha oddał. Sama Najświętsza zamknęła mu oczy, pobłogosławiła kobietę i powiada do struchlałego księdza:

- Pódzi za mną!...

Nie mógł się jeszcze pomiarkować, ale poszedł, rozgląda się przed chałupą, a tu ani karety, ni lokajów, jeno deszcz, błoto, ciemnica i śmierć, idąca za nim trop w trop... Ulękł się wielce i dalejże gnać za Panienką ku kapliczce !

Patrzy, a tu Ona już w płaszczu i koronie, otoczona chórami anielskimi, wstępuje na ołtarz, na dawne miejsce.

Poznał ci wtedy Królową Niebieską, strach go wziął, padł na kolana, ryknął płaczem i wyciągnął ręce o zmiłowanie.

A Panienka święta spojrzała nań gniewnie i rzekła:

Wieki tak całe poklęczysz za grzechy, popłaczesz, nim odpokutujesz...

W kamień się wnet obrócił i tak już ostał, nocami jeno płacze, ręce wyciągnięte trzyma, zmiłowania czeka i już od wiek wieków tak klęczy. Amen!

. . . .

Do dzisiaj oglądać można oną figurę w Dąbrowie pod Przedborzem: pod kościołem stoi ku wiecznej pamiętliwości i ostrzeżeniu grzeszników, jako "kara za złe nikogo nie minie."

Długie a głębokie milczenie padło na wszystkich, każden rozważał słyszane i każden pełen był świętej cichości, podziwu, dobrotliwości i lęku.

Co tu rzec w taką porę, kiej się dusza człowiekowa rozpręży jako to żelazo w ogniu, nabrzmieje czuciem i jasnością, że jeno ją tknąć, a gotowa gwiezdnym deszczem rozprysnąć i tęczą się rozsnuć między ziemią a niebem.

To trwali w cichości, póki ostatnie zarzewia nie zaczęły w nich przygasać.

Mateusz wyciągnął flecik i jął na nim przebierać i ciągnąć z cicha tą nutą rzewliwą a mieniącą, jakoby kto rosy suł po owych pajęczynach, a Sochowa zaśpiewała "Pod Twoją obronę". Przywtarzali jej z cicha.

A potem zaś z wolna zaczęli pogadywać o tym i owym, jak zwyczajnie.

Młódź zaczęła między sobą się prześmiewać, bo Tereska żołnierka zadawała parobkom zagadki ucieszne, że zaś ktosik powiedział, jako Boryna powrócił już ze sądów i pije teraz w karczmie ze swoją kompanią, Jagusia zawinęła się cicho i wyszła nie wołając nawet Józki, a za nią Antek wysunął się też ukradkiem, dopadł jeszcze w sieni u proga, ujął mocno za rękę i powiódł do innych drzwi na podwórze, a stamtąd przez sad do stodoły.

Prawie nie zauważono ich wyjścia, bo Tereska w głos wołała:

- "Przez ciała, przez duszy, a pod pierzyną się ruszy. ."co to jest?

- Chleb, chleb, każdy wie! - wołali skupiając się koło niej.

- Albo to: "Gonią się goście po lipowym moście..."

- Przetak i groch!

- Każde dziecko o takich zagadkach wie.

- To mówcie drugie, mądrzejsze!

- "W koszuli się na świat rodzi,

A po świecie nago chodzi."

Długo zgadywali, aż dopiero Mateusz powiedział, że to ser, i sam zadał taką zagadkę:

- "Lipowe drzewo wesoło śpiwa,

A koń na baranie ogonem kiwa."

Z trudem się domyślili, iż to ma znaczyć skrzypce.

Tereska zaś powiedziała jeszcze trudniejszą:

- "Bez nóg, bez rąk, bez głowy i brzucha,

A kaj się obróci, wszędy se dmucha!"

Wiater to miało znaczyć; zaczęli się o to swarzyć, prześmiewać i coraz ucieszniejsze zagadki powiadać, aż się izba roztrzęsła gwarem i wesołością.

I jeszcze długo w noc tak się społecznie zabawiali.

ROZDZIAŁ 11

...Wpadli do sadu, chyłkiem przesunęli się pod obwisłymi gałęziami i prędko, trwożnie, niby spłoszone jelonki, wybiegli za stodoły, w omroczałe śniegi, w noc bezgwiezdną i w niezgłębioną cichość pól przemarzłych.

Przepadli w nocy; zginęła wieś, umilkła nagle wrzawa ludzka, porwały się nawet najsłabsze odgłosy życia, że zapomnieli wnet o wszystkim i ująwszy się wpół, przywarli mocno do siebie biedro w biedro, przychyleni nieco, radośni a strwożeni, milczący a pełni rozśpiewania, lecieli ze wszystkich sił w cały ten świat, modrością siną zasnuty i milczeniem.

- Jaguś !

- Co?

- Jesteś to?

- Zaśby nie!...

Tyle jeno rzekli, czasami przystając, aby odetchnąć.

Zapierało im głosy trwożne bicie serc i potężny krzyk radości przytajonej; zaglądali w siebie co chwila, oczy przeświecały się nawzajem, niby upalne, nieme błyskawice, a usta spadały na się z piorunową mocą i z takim głodnym, pożerającym ogniem, że zataczali się z upojenia, tchu brakowało, dziw serca nie rozpękły; ziemia usuwała się spod nóg, lecieli jakoby w ognistą przepaść i rozglądając się ślepymi od żarów oczyma, zrywali się wnet z miejsca i znowu biegli, ani wiedząc dokąd i kędy, byle dalej, choćby w samą najgłębszą noc, aż tam, w te zwite kołtuny cieniów...

Jeszcze staje... jeszcze dwa... dalej... głębiej... aż wszystko zginęło z oczu, i świat cały, i sama pamięć o nim, aż przepadli całkiem w zapamiętaniu, jakoby we śnie nieprzypomnianym, a jeno przez dusze wiedzianym, jakoby w tym śnie cudownym, śnionym na jawie tam, w Kłębowej izbie, przed chwilą zaledwie, że tonęli jeszcze w świetlistej smudze cichych, mistycznych powiadań, że jeszcze pełni byli dziwów i zjaw onych, że jeszcze te prześnione baśniowe moce otrząsały na ich dusze cudowny okwiat oczarowań, trwóg świętych, zdumień najgłębszych, uniesień i nieutulonych tęsknic!

Byli spowici jeszcze w czarodziejską tęczę cudów i marzeń, że płynęli jakby z korowodem tych dziwów, wywołanych przed chwilą, przez baśniowe kraje szli, na wskroś tych scen nadludzkich, wszystkich stawań, wszystkich cudów, przez najgłębsze kręgi zdumień i oczarowań. Jawy kołysały się w cieniach, po niebie błądziły, wyrastały z każdym spojrzeniem oczu, przez serca płynęły, aż chwilami przytajali oddechy, zamierali z trwogi i przywarci do siebie, oniemieli, zalękli, wpatrywali się w bezdenną, skłębioną głąb marzenia, aż rozkwitały im dusze w kwiat zdumień, w prześwięty kwiat wiary i modlitewnych uniesień, że padali na samo dno podziwu i niepamięci.

A potem, powracając do przytomności, długo błądzili oczyma zdumionymi po nocy, nie wiedząc dobrze, zali są jeszcze między żywe, zali w nich się stawały te cuda, zali nie sen to wszystko, nie omanienie!...

- Nie bojasz się, Jaguś, co?

- Dyć bym za tobą poszła w cały świat na śmierć! - szepnęła z mocą, tuląc się do niego zapamiętale...

- Czekałaś to na mnie? - zapytał po chwili.

- Jakże! Kto ino w sienie wszedł, to aż me podrywało... po tom przeciech jeno poszła do Kłębów... po to... myślałach, że się nie doczekam...

- A kiej wszedłem, to udałaś, że mnie nie widzisz...

- Głupi... miałam patrzeć, żeby co pomiarkowali! Ale mę tak w dołku ścisnęło, że dziw nie spadłam ze stołka... ażem wode piła na strzeźwienie...

- Najmilejsza moja!...

- Siedziałeś z tyłu, czułam, ale bojałam się popatrzeć na ciebie, bojałam się zagadać... a serce to mi się tak tłukło, tak kołatało, że ludzie musieli słyszeć... Jezus! o małom nie krzykała z kuntentności!...

- Miarkowałem, że cię u Kłębów zastanę i razem wyjdziemy...

- Do dom chciałam bieżyć, a zniewoliłeś...

- Nie chciałaś to, Jaguś, co?...

- Hale... nieraz myślałam, by się tak stało... nieraz...

- Myślałaś tak! Myślałaś - szeptał namiętnie.

- Zaśby nie, Jantoś! a cięgiem, cięgiem... Tam za przełazem niedobrze...

- Prawda... tutaj nikto nas nie spłoszy... Sami jesteśmy...

- Sami!... i taka ciemnica... i... - szeptała rzucając mu się na szyję i obejmując go ze wszystkiej mocy szału i miłości...

. . . .

Nie wiało już na polach, jeno czasami wiater przegarniał miękkim powiewem i kieby tymi pieszczącymi szeptami przechładzał rozpalone twarze. Nie było gwiazd jarzących ni księżyca, niebo wisiało nisko, skłębione brudnymi i poszarpanymi runami chmur, kieby to stado wołów burych zaległo puste i nagie ugory, a dale majaczyły jakoby przez szare, rozwleczone dymy, że świat cały zdał się utkany z mgieł, drgającej wszędy ciemności i wzburzonego mętu.

Głęboki, niepokojący, a ledwie odczuty szmer drgał w powietrzu, płynął jakby od borów zatopionych w nocy albo od chmur, z tych dzikich rozpadlin, z których raz po raz wyfruwały stada białych obłoków, uciekających chyżo, kieby klucze wiosennego ptactwa gonione przez jastrzębie.

Noc była ciemna i boleśnie wzburzona, głucha, a pełna dziwnego ruchu, pełna lęku, niepochwytnych drgań, trwożnych szmerów, przyczajonych zjaw i nagłych stawań rzeczy niewytłumaczonych a przerażających; czasami z nagła spod zwałów ciemnicy wybłyskiwały widmowe bladości śniegów, to jakieś lodowe, wilgotnawe, ropiące brzaski pełzały w wężowych skrętach wskroś cieniów, to znowu noc jakby zawierała powieki, mroki spadały czarną, nieprzeniknioną ulewą i świat cały przepadał, że oczy, nie mogąc się uchwycić niczego, zsuwały się bezsilnie w samą głąb przerażenia i dusza drętwiała, przywalona głuchą martwotą grobu, a chwilami rozdzierały się przysłony cieniów, pękały jakby gromem rozprute i przez straszliwe rozpadliny chmur widać było w głębokościach granatowe, pola ugwieżdżonego, cichego nieba.

To znowu z pól czy od chałup, z nieba czy z zatopionych dali, nie wiada zgoła skąd, drgały rozprysłe, pełzające jakby głosy, jakby blaski, jakby echa jakieś zgubione, widma dźwięków i rzeczy dawno pomarłych a błądzących po świecie płynęły żałosnym korowodem i ginęły nie wiadomo gdzie, jak te pomarłe światłości gwiezdne.

Ale oni oślepli na wszystko, burza się w nich zerwała i rosła wzmagając się co mgnienie, przewalała się z serca do serca potokiem palących a niewypowiedzianych żądz, błyskawicowych spojrzeń, bolesnych drżeń, niepokojów nagłych, całunków parzących, słów splątanych, bezładnych a olśniewających niby dzikie mioty piorunów, oniemień śmiertelnych, tkliwości, a takiego czaru zarazem, że dusili się w uściskach, rozgniatali do bólu, darli się wprost pazurami, jakby chcąc wyrwać z siebie wnętrzności i skąpać się w rozkoszach męki, a przesłonione bielmami oczy nie widziały już nic, nawet samych siebie.

I porwani miłosną wichurą, oślepli na wszystko, oszaleli, wyzbyci z pamięci stopieni z sobą jako dwie żagwie płonące, nieśli się w tę noc nieprzejrzaną, w pustkę i głuchą samotność, by oddawać się sobie na śmierć, do dna dusz, pożeranych wieczystym głodem trwania...

Nie mogli już mówić, tylko nieprzytomne krzyki rwały się im gdziesik aż z samych trzewiów, tylko szepty zduszone, porwane a strzeliste jak wytryski ognia, słowa błędne i opite szałem, spojrzenia żrące do szpiku, spojrzenia struchlałe obłąkaniem, spojrzenia huraganów walących na siebie, aż przejął ich taki straszny dygot żądzy że zwarli się z dzikim skowytem i padli... nieprzytomni zgoła. . .

Świat się wszystek zakołował i runął wraz z nimi w ogniste przepaście...

. . . .

- Już me rozum odchodzi!...
- Nie krzycz... cicho, Jaguś...
- Kiej muszę... wścieknę się abo co!
- Dziw mi serce nie rozpęknie!
- Spalę się... loboga, puść... daj odzipnąć...

. . . .

- O Jezu... bo zamrę... o Jezu!...
- We świecie jedyna...
- Jantoś! Jantoś!...

. . . .

...Jako te soki, żywiące skryto pod ziemią, budzą się o wiośnie każdej, rozprężają nieśmiertelną żądzą, prą do się przez zwały świata, z krańców ziemi płyną, niebami kołują, aż się odnajdą, przepadną w sobie i w świętej tajemnicy poczną, bych się potem stać zdumionym oczom: wiośnianą porą albo kwiatem, duszą człowieczą lebo poszumem drzewin zielonych...

Tak ci i oni parli do siebie przez długie tęsknice, przez dnie udręki, przez szare, długie, puste dnie, aż się odnaleźli i z jednakim, niezmożonym krzykiem pożądań padali sobie w ramiona zwierając się tak potężnie jako te sosny, gdy je burza wyrwie i zdruzgotane rzuci na siebie, że obejmują się rozpacznie, mocą wszystką i w śmiertelnym zmaganiu kolebią się, szamocą, chwieją, nim społem w lutą śmierć upadną...

A osłaniała ich noc i oprzędła, bych się stało, co przeznaczone...

. . . .

Kuropatwy zaczęły się skrzykiwać gdzieś w ciemnościach, a tak blisko, że słychać było idące całe stado; rozlegał się szybki szelest, jakby skrzydeł

podnoszonych do lotu i bijących o śniegi, to oddzielne, cierpkie głosy rozdzierały ciszę, a od wsi, snadź niedalekiej, zrywały się
 przyduszone, a mocne piania kogutów.
- Późno już... - szepnęła trwożnie.
- Jeszcze daleko do północka, pieją ano na odmianę.
- Odwilga będzie.
- Juści, śnieg zamiękł.
 Zającе gdziesik blisko jakby za kamionką, pod którą siedzieli, zaczęły beczeć, przeganiać się i gzić kieby na weselisku, aż całą gromadą przeleciały obok nich, że odskoczyli z przerażeniem.
 Parzą się juchy i tak ślepną, że na człowieka nie baczą. Na zwiesnę idzie.
- Myślałam, że jakiś zwierz dziki...
- Cicho no, przykucnij! - szepnął zalękłym głosem.
 Przywarli do kamionki w milczeniu. Z rozbielonej śniegowymi brzaskami ciemności jęły się wynurzać jakieś cienie długie i pełzające... posuwały się wolno... chyłkiem, to znikały całkiem, jakby się pod ziemię zapadły, że ino oczy świeciły kieby te świętojańskie robaczki w gęstwinie; były może o pół staja zaledwie od nich, przewlekły się wnet i całkiem zginęły w ciemnicy, aż nagle rozległ się krótki, bolesny, śmiertelny bek zajęczy, potem ostry tupot, wrzawa charczeń, kotłowanina jakaś przerażająca, chrupot miażdżonych kości, groźny warkot i znowu milczenie głębokie a niepokojące zaległo dookoła.
- Wilki ozdarły zajączka.
- Od wiatru siedzim, to i nie zwąchały.
- Bojam się... chodźmy już... ziąb mnie przejmuje... - wstrząsnęła się.
 Ogarnął ją sobą i rozgrzewał takimi całunkami, aż oboje wnet zabaczyli o całym świecie, objęli się krzepko w pas i poszli jakąś dróżką, która się im sama nawinęła pod nogi; szli kołysząc się ciężko ruchem drzew, pokrytych nadmiarem kwiatów i kolebiących się cicho w pszczelnym brzęku...
 Milczeli, a jeno szmer pocałunków, wzdychów, namiętne pokrzyki, głuchy warkot upojeń, radosne bicie serc okryły, ich jakoby drgającym żarem pól wiośnianych: byli jako te okwiecone wiosną rozłogi, zatopione w świetlistym pobrzęku radości; boć tak samo rozkwitały im oczy, tak samo dyszeli upalnym tchnieniem pól rozprażonych w słonecznej pożodze, drżeniem traw rosnących, drganiem i pobłyskiem strumieni, stłumionym krzykiem ptaków; serca tętniały w jedno z tą ziemią świętą, a spojrzenia padały kieby ten ciężki, rodny okwiat jabłonkowy, a słowa ciche, rzadkie, ważne wytryskiwały z samego rdzenia duszy, niby olśniewające pędy drzew w majowe świty, a oddechy były jako te wiewy pieszczące młodą ruń, a dusze jako ten dzień wiośniany, rozsłoneczniony, jako te zboża w słup idące, pełne skowronkowych świergotów, blasków, poszumów, lśniącej zieleni i niezmożonej radości istnienia...
 To milkli z nagła i przystawali zapadając w ciemnościach jakiegoś przepadania, jak kiedy chmura przysłoni słońce i świat ścichnie, omroczy

się i w żałości a lęku przepada na mgnienie...

Ale wnet podnosili się z oniemień, radość buchała w nich pożarem, weselny ton rozbrzmiewał w duszach, uskrzydlał mocą takiego szczęścia i tak. rwał do podniebnego lotu, że ni wiedząc wybuchali namiętnym, nieprzytomnym zgoła śpiewem...

Kołysali się w takt głosów, co zdały się bić tęczowymi skrzydłami i gwiezdnym, rozpalonym wytryskiem dźwięków rozsypywały się w noc zmartwiałą i pustą.

Nie wiedzieli już nic, szli przywarci do się a bezwolni, zgubieni w sobie a niepamiętliwi, pijani jeno tą nadludzką mocą czucia, co ich niesła w nadświaty i rwała się pieśnią bezładną, splątaną, bez słów prawie.

...Pieśń dzika i wzburzona płynęła rwiącym potokiem z serc wezbranych i biła we świat wszystek zwycięskim krzykiem miłości...

...I jako krzew ogrnisty płonęła w chaosie mroków i nocnego mętu...

...To była chwilami jakby ciężkim, druzgocącym warkotern wód, zrywających lodowe okowy...

...Ledwie dosłyszalnym, brzękliwym a słodkim poszumem dzwoniła, niby fala zbóż kołyszących się w słońcu...

...Pękały złote łańcuchy brzemień, rozsypywały się na wiatr i ordzawiałe wlekły się ciężko po zagonach, że były jeno krzykami nocy, czasem szlochem bezsilnym, wołaniem sierocym, głosem zaguby i lęku...

...I w grobowej cichości umierały.

Ale po chwili jak ptaki wystraszone zrywały się kur słońcu szalonym lotem, serca nabrzmiewały taką potęgą wzlotu i zagubienia się we wszystkim, że wybuchali oślepiającym hymnem uniesienia, modlitewną pieśnią ziemi całej, nieśmiertelnym krzykiem istnienia.

. . . .

- Jaguś ! - szepnął zdumiony m głosem, jakby spostrzegając ją przy sobie.
- Dyć to ja! - odparła jakoś łzawo i cicho.

Znaleźli się na dróżce, biegnącej wzdłuż wsi za stodołami, ale już po Borynowej stronie.

Naraz Jagna zaczęła płakać.

Co ci to?

Abo to wiem?... a tak mię cosik sparło, że się same łzy leją.

Zafrasował się wielce, przysiedli pod jakąś stodołą na wystających węglach, przygarnął ją mocno i otoczył ramionami, że kieby dzieciątko przywarła mu do piersi, zapatrzyła się gdziesik w siebie, a łzy skapywały jej z oczu jak ta rosa z kwiatów; obcierał je dłonią, to rękawem, ale wciąż płynęły

Boisz się?...

Zaśby czego! jeno taka cichość we mnie rośnie, kieby śmierć przy mnie stojała, a tak mnie cosik podrywa, tak ponosi, że tego nieba bym się uwiesiła i z tymi chmurami poniesła we świat.

Nie odrzekł, zamilkli oboje; przymroczało w nich nagle, jakiś cień padł na dusze i zmącił jasne tonie, i przenikną dziwnie bolesną tęskliwością, że jeszcze barzej rwali się do siebie, barzej szukali w sobie ostoi jakiejś, barzej przepierali przez się w jakiś upragniony świat...

Wiatr zawiał, drzewa zakołysały się trwożnie, osypujące ich mokrym śniegiem; chmury skłębione, ciężkie zaczęły się nagle rozpadać i uciekać w różne strony, a cichy, rozedrgany jęk powiał po śniegach.

- Trza bieżyć do dom, późno już - szepnęła unosząc się nieco.

- Nie bój się, jeszcze spać nie śpią, słychać głosy na drodze, pewnikiem rozchodzą się od Kłębów.

Cebratki zostawiłam przy dojeniu, jeszcze se kulasy krowy połamią.

Ucichli, bo jakieś głosy rozległy się bliżej i przeszły; ale gdzieś z boku, jakby na tej samej dróżce, zaskrzypiał śnieg i jakiś cień wysoki zamajaczył tak wyraźnie, że zerwali się na równe nogi.

Ktosik tam jest... przyczaił się jeno pod płotem.

Uwidziało ci się... czasem za chmurą takie cienie idą.

Długo nasłuchiwali rozpatrując ciemności.

Chodźmy do broga, tam będzie ciszej! - szepnął gorąco.

Oglądali się trwożnie co chwila, przystając z zapartym tchem i nasłuchując, ale cicho było naokół i martwo; podeszli więc chyłkiem, ostrożnie do broga i wsunęli się w głęboki otwór, czerniejący tuż nad ziemią.

. . . .

Pociemniało znowu na świecie, chmury się zawarły w gąszcz nieprzeniknioną, blade światłości pogasły, noc jakby przymknęła powieki i zapadła w głęboki sen, wiatr przemknął bez śladu, cisza wionęła jeszcze głębsza i bardziej niepokojąca, że słychać było dygotanie drzew obwisłych pod śniegiem i daleki, daleki bełkot wody spadającej na koła młyńskie, a po długiej chwili śnieg znowu zaskrzypiał na dróżce: dobrze już słychać było ciche, ostrożne, jakby wilcze kroki... Cień jakiś oderwał się od ścian i przygarbiony posuwał się po śniegach, był coraz bliżej, wyrastał, zatrzymywał się co mgnienie i znowu szedł... skręcił za bróg od pola, przyczołgał się prawie pod otwór i nasłuchiwał długo...

Potem przesunął się do przełazu i zniknął pod drzewami...

Nie wyszło i Zdrowaś, kiej się znowu pokazał wlekąc za sobą wielgachną wiązkę słomy, przystanął na mgnienie, posłuchał i skoczył do brogu, przytkał wiązką dziurę... trzasnęła zapałka i ogień w mig rozbłysnął po słomie, zatrzepał się, tysiącem jęzorów błysnął i po chwili buchnął krwawą płachtą, ogarniając całą ścianę brogu...

Boryna zaś przygięty, straszny kiej trup, czatował z widłami w ręku.

300

....

Oni zaś wnet pomiarkowali, co się dzieje: krwawe błyski jęły się przeciskać do środka i dym gryzący zapełniał jamę, porwali się z krzykiem, bijąc się o ściany, nie wiedząc wyjścia, oszaleli ze strachu i ledwie co dychający, aż Antek cudem jakimś natrafił na przysłonę, wparł się całą mocą i razem z nią padł na ziemię, ale nim się porwał, stary runął na niego i przebódł widłami do ziemi, nie trafił dobrze, bo Antek się zerwał i nim stary ponowił, trzasnął go pięściami w piersi i pognał w cały świat.

Rzucił się wtedy stary do brogu, ale już i Jagny nie było, jeno mu mignęła i przepadła w nocy, więc jął ryczeć oszalałym, nieprzytomnym zgoła głosem:

- Gore! gore! - i biegał z widłami dookoła brogu że kiej zły widział się w krwawym brzasku, bo ogień objął już cały bróg i z szumem miotając się, sycząc, bił w górę okropnym słupem płomieni i dymów.

Ludzie zaczęli nadbiegać, krzyki poszły po wsi, ktosik uderzył w dzwon, trwoga zaszarpała serca, a łuna rosła i pożar ognistą płachtą powiewał na wsze strony, i pryskał deszczem iskier na zabudowania, na wieś całą.

ROZDZIAŁ 12

Co się działo w Lipcach po onej nocy pamiętliwej, to i najpierwszemu głowaczowi niełacno byłoby zapamiętać wszystko a opowiedzieć; tak się bowiem zakotłowało we wsi jakoby w tym mrowisku, kiej w nim jaki niecnota kijaszkiem zagrzebie.

Ledwie rozedniało chyla tyla i ludzie oczy z pomroki nocnej przetarli, a już każdemu było pilno na pogorzelisko, że niejeden pacierze jeszcze w drodze odmawiał, a pędem bieżał kieby na ten jarmarek.

Dzień się był podniósł ciężki i tak przemglony, że choć już pora była na dużą jasność, a mroczało jeszcze kieby na świtaniu, śnieg bowiem jął walić mokrymi płatami i przysłonił świat roztrzęsioną, szklistą i przemiękłą płachtą, ale nikto na pluchę nie zważał, schodzili się ze wszystkich stron i całymi godzinami wystawali na pogorzelisku przeredzając z cicha o wczorajszym, a strzygąc uszami, bych czego nowego dosłyszeć.

Gwar się też czynił niemały, bo coraz więcej nadciągało narodu, że kupy już stały w opłotkach, pełno było w podwórzu, a już zgoła ciżbą się gęstwili wpodle brogu, że ino czerwieniało na śniegach od kobiecego przyodziewku.

Bróg był spalony do cna i porozwalany, że jeno dwa słupy sterczały z pogorzeli, opalone kiej głownie, na chlewach zaś i szopie dachy pozrywano do samych zrębów i rozrzucono, że cała dróżka i pole wokoło, na jakie pół stajania, zaniesione były opalonym poszyciem, potrzaskanymi łatami, przepaloną słomą i na pół zwęglonym drzewem i wszelką spalenizną.

Śnieg padał bez przerwy i z wolna pokrywał wszystko szklistą powłoką, ale miejscami topniał od przytajonych żarów. a niekiedy z porozwalanych kup siana wytryskiwały strugi czarnego dymu i buchał blady, trzeszczący płomień, ale wnet rzucali się nań chłopi z osękami, dusili trepami, bili kijami i przywalali śniegiem.

Właśnie byli rozwlekli taką roztlałą kupę, gdy któryś, bodaj chłopak Kłębów, wygarnął osękiem jakąś opaloną szmatę i podniósł wysoko.

- Jagusina zapaska! - wrzasnęła urągliwie Kozłowa, boć już dobrze wiedziano, co się stało.

- Pogrzebta no, chłopaki, może najdzieta tam jeszcze jakie portki!...

- Hale! wyniósł je całe, tyle że mógł zgubić na drodze.

- Dzieuchy już szukały, ktosik je uprzedził.

- Bych Hance odnieść - gadały wybuchając śmiechem.

- Cichota, pyskacze, ale! Na zabawę się zebrały i zęby będą szczerzyć z cudzego nieszczęścia! - krzyknął rozgniewany sołtys. - Do domu, baby! Czego tu stoita? Jużeśta dosyć namełły ozorami - i rzucił się, by rozganiać.

- Zasie wam do nas! pilnujcie swojego, kiejście na to ustanowieni! - krzyknęła Kozłowa tak mocno, że sołtys tylko popatrzył na nią, splunął i poszedł w podwórze, a nikt się nawet nie ruszył z miejsca, baby zaś jęły sobie trepami podsuwać zapaskę, oglądać, a coś cicho i ze zgrozą opowiadać.

- Taką trzeba ze wsi wyświecić ożogiem kiej czarownicę! - rzekła w głos Kobusowa.

- A przeciech! bez nią to wszystko! bez nią! - przygadywała Sikorzyna.

- Juścić, ale Pan Jezus strzegł, że cała wieś nie poszła z dymem! - szepnęła Sochowa.

- Bo i prawda, że cud, prawdziwy cud!

- Wiatru też nie było i w czas spostrzegli.

- A ktosik w dzwon uderzył, bo wieś była w pierwszym śpiku.

Pono to niedźwiedniki szły z karzmy i pierwsze zobaczyły.

- Moiściewy! ale ich sam Boryna złapał w brogu i tyle co rozegnał, a tu ogień zaraz buchnął... Miarkowałem wczoraj u Kłębów, że coś będzie, skoro razem się wynieśli.

- Pono już dawno stróżował za nimi.

- Jakże! powiadał mój chłopak, że wczoraj cały czas chodził po drodze przed Kłębową chałupą i miał ich na oku - prawiła pod nosem Kobusowa.

- Toteż widno, co bez złość Antek podpalił.

- Abo się to nie odgrażał?

- Cała wieś o tym wiedziała.

- Musiało się na tym skończyć, musiało! - dogadywała Kozłowa.

A w drugiej grupie starszych gospodyń szeptano również różności, jeno tyle że ciszej i ważniej.

- Stary pono tak zbił Jagnę, że leży chora u matki...wiecie to?

- Jakże! zaraz do dnia, powiadali, wygnał ją, skrzynkę za nią wyrzucił i wszystkie szmaty - dorzuciła milcząca dotąd Balcerkowa.

- Nie powiadajcie byle czego, byłam dopiero co w cha-łupie, skrzynka stoi na swoim miejscu - objaśniała Płoszkowa.

- Ale już na weselu przepowiadałam, że się tak skończy - podjęła głośniej.

- Co się dzieje, mój Jezus! co się dzieje! - jęknęła Sochowa chwytając się za głowę.

- Ano co, do kreminału go wezmą i tyla!

- Sprawiedliwie mu się to należy: cała wieś mogła pogorzeć!

- A tom już spała w najlepsze, a tu Łuka, co latał z niedźwiednikami, bębni w okno i krzyczy: "Gore!"

Jezus Maria! w oknach czerwono, jakoby kto zarzewiem szyby obwalił, to mi już ze strachu całkiem moc odjęło... a tu dzwon bije... ludzie krzyczą... - opowiadała Płoszkowa.

- Skoro jeno powiedzieli, że Boryna się pali, zaraz mnie tknęło, że to Antkowa sprawa - przerwała jej któraś.

- Cichocie, powiadacie, jakbyście na oczy widzieli.

- Widzieć nie widziałam, ale skoro tak wszystkie powiedają...

- Jeszcze w zapusty bąkała o tym tu i owdzie Jagnustynka...

- Ani chybi, wezmą go w dybki i posadzą w kreminale.

- Co mu ta zrobią? widział to kto? są na to świadki? co? - zauważyła Balcerkowa, że to procesownica była sielna i na prawie się znała.

- A nie złapał go to stary?...

- Złapał, ale na czym innym, a choćby i widział podpalanie, świadczyć nie może, bo ociec i w złości z sobą żyli.

- Sądów to sprawa, nie nasza, ale kto winowaty przed Bogiem i ludźmi, jeśli nie ta suka Jagna? Co - podniesła znowu surowy głos Balcerkowa.

- Prawda! Juści! takie zbereżeństwo, taki grzech! - szeptały ciszej, zbiły się w kupę i zaczęły jedna przez drugą wypominać jej grzechy.

Gadały coraz głośniej i coraz zawzięciej potępiały Jagnę, wygłaszały teraz wszystko, co ino było i nie było, co ino która kiedy bądź zasłyszała abo i sama stworzyła na nią: wszystkie dawne urazy i zawiści zasyczały w duszach, że jako ten kamienny grad leciały na nią przezwiska, wymysły, odgróżki złe i nienawistne słowa, wzburzona złość, że gdyby się tak jawiła w tej chwili, to ani chybi z pięściami rzuciłyby się do niej.

Chłopi zaś w drugiej kupie poredzali spokojniej, ale nie mniej zawzięcie powstawali na Antka; gniew z wolna ogarniał wszystkie serca, wzburzenie głębokie, srogie kołysało tłumem, błyskało w oczach piorunami, że niejedna pięść się wyciągała groźnie, gotowa do spadnięcia, niejedno twarde słowo jak kamień zawarczało, że nawet Mateusz. któren go obraniał zrazu, dał spokój, a jeno w końcu rzekł:

- Rozum mu odjąć musiało, jeśli się na taką rzecz ważył!

Ale na to skoczył rozsrożony kowal i ją przekładać gospodarzom, że Antek dawno się odgrażał podpaleniem, że stary już z dawna wiedział o tym i całymi nocami pilnował.

- A że on to zrobił, to bym przysiągł, a zresztą są świadki, zeznają i musi być kara na takich, musi! A bo to nie zmawiał się wciąż z parobkami, nie buntował to przeciw starszym, nie podmawiał do złego, wiem ci ja nawet z którymi, wiem, patrzę nawet na nich, słuchają mnie teraz i jeszcze śmią bronić takiego - wrzeszczał groźnie. - Zaraza z takiego na całą wieś płynie, zaraza, że do kreminału, na Sybir go, kijami zatłuc kiej psa wściekłego, bo nie dość obrazy boskiej, żeby z rodzoną macochą... a tu podpala jeszcze! Cud jeno, że cała wieś nie poszła! - wykrzykiwał namiętnie, snadź miał w tym jakieś wyrachowanie.

Zmiarkował to Rocho stojący z Kłębem na uboczy i rzekł:

- Mocno stajecie mu naprzeciw, choć wczoraj jeszcze piliście z nim w karczmie.

- Wróg mi każden, któren wieś całą mógł powieść na dziady!

- Ale dziedzic to wama nie wrogiem! - dorzucił poważnie Kłąb.

Zawrzeszczał ich, zakrzyczeli i insi, a kowal rzucał się między ludzi, podjudzał, do pomsty wzywał, niestworzone rzeczy wymyślał na niego; aż i naród dość już wzburzony zmącił się do dna i zakłębił, zaczęli głośno wołać, by przywieść podpalacza, skuć w, kajdany i do urzędu powieść, a insi, gorętsi, już się oglądali za kijami i chcieli bieżyć, wywlec go z chałupy i tak sprać, bych całe życie popamiętał!... najbarzej nastawali ci, którym nieraz Antek żebra zrachował kijaszkiem...

Rejwach się podniósł, krzyki, klątwy, wygróżki i takie zamieszanie, że naród się skłębił i miotał jako ten gąszcz smagany wichurą, i jął się kolebać, bić kiej fala o płoty, przeć ku wrótniom i na drogę przeciekać - próżno wójt skoczył uspokajać, próżno sołtys i co starsi przekładali i tłumaczyli, głosy ich ginęły w piekielnej wrzawie, a oni sami porwani przez pęd szli razem z innymi, nikt ani słuchał, ni zważał na ich mowy, kużden się rwał, rzucał, krzykał, co mu sił starczyło, że kieby opętanie jakieś poniesło wszystkich wichurą pomsty...

Naraz Kozłowa jęła się przedzierać naprzód i krzyczeć wniebogłosy:

- Oboje winowaci, oboje przywlec i skarać na pogorzelisku!...

Baby, a zwłaszcza komornice i biedota wszystka, wzięły wtór za nią i z krzykiem nieludzkim, rozczapierzone, nieprzytomne zgoła, darły się pobok niej na czoło przez gęstwę rozwścieklonym, huczącym potokiem; podniósł się wrzask i pisk w wąskich opłotkach, boć wszyscy się naraz cisnęli, wszyscy krzyczeli, wszyscy trząchali pięściami, przepychali się z mocą, że jeno oczy błyszczały groźnie i splątana, dzika wrzawa biła od nich kiej bełkot wód wzburzonych, kiej ten głos gniewu powszechnego, co objął wszystkie serca płomieniem - tłoczyli się coraz mocniej i prędzej, gdy ci na przedzie idący jęli wołać:

- Ksiądz z Panem Jezusem idzie! ksiądz!

Tłum się zatargał jakby na uwięzi, zakołysał i runął na drogę, przystawał, rozpadał się na bryzgi, ściszał, aż nagle przymilkł całkiem i upadł na kolana, i pochylił obnażone głowy...

Ksiądz bowiem nadchodził od kościoła z Panem Jezusem; Jambroży szedł z zapaloną latarnią na przedzie i przydzwaniał...

Przeszedł rychło, że widział się już jakoby za obmarzniętą szybą w tym gęstym, śniegowym tumanie, gdy zaczęli powstawać z klęczek.

- Do Filipki idzie, tak pono przemarzła wczoraj w boru, że już od świtania ledwie zipie, mówią, co wieczora nie doczeka.

- Wzywali go też i do Bartka z tartaka...

- Zachorzał to?

- Jakże, nie wiecie? drzewo go tak przygnietło, że pewnie już nic z chłopa nie będzie... - szeptano spoglądając za księdzem. Kilka gospodyń ruszyło za nim w asyście i cała hurma chłopaków poleciała na przełaj przez staw ku młynowi, reszta zaś stała bezradnie jak to stado owiec, kiedy je z nagła pies obgoni, gniew się gdziesik podział, ten pęd mocy prysnął, gwar umilkł, że rozglądali się po sobie, jakby przecknięci z głębokiego snu, przestępowali z nogi na nogę, drapali się po łbach, coś niecoś przerzekali, a że niejednemu wstyd się robiło, to jeno spluwał, czapę naciskał i chyłkiem przebierał się z gromady, która kiej ta woda rozlewała się po drodze i ginęła z wolna rozciekając się po opłotkach i chałupach. Kozłowa jedna mimo wszystko jazgotała głośno i wygrażający się Jagnie i Antkowi, ale widząc, że ją wszyscy odstąpili, naklęła, by sobie ulżyć złości, skłóciła się z Rochem, który jej słowa prawdy powiedział, i poszła na wieś, że w końcu ostało ludzi mało wiele i ci, którzy czuwali nad pogorzelą i strzegli, by w razie odnowy ognia dać pomoc.

Ostał się w podwórzu i kowal, ale tak zeźlony tym, co się stało, że milczał, kręcił się niespokojnie, zaglądał po kątach i raz po raz przeganiał Łapę, który wciąż za nim naszczekiwał i docierał...

Boryna zaś nie pokazał się ani razu przez cały ten czas, powiadali, że zakopał się w pierzyny i śpi, jedna tylko Józka, z zapuchłymi od płaczów oczami, wyzierała przed chałupę na naród i kryła się z nawrotem, że sama Jagustynka obrządzała gospodarstwo, ale i stara była dzisiaj kiej osa, kąśliwa i nieprzystępna jak nigdy, że bali się jej pytać, bo tak odpowiadała, iż jakby kto pokrzyw polizał.

Zaś o samym południu przyjechał pisarz ze strażnikami i jęli opisywać pogorzel i badać przyczyny pożaru, to juści, że i reszta narodu rozpierzchła się na wsze strony, bych czasem nie pociągnęli do świadczenia.

Drogi z nagła opustoszały prawie całkiem, prawda, że i śnieg walił bezustannie, a nawet jeszcze mokrzejszy, bo nim tknął ziemi, topniał i grząską młaką pokrywał wszystko, w chałupach natomiast wrzało kieby w ulach, bo w Lipcach tego dnia zrobiło się jakoby święto niespodziane, mało kto co robił i pamiętał o czym, że gdzieniegdzie krowy jęczały przy pustych żłobach, a jeno radzono wszędzie, często ktoś się przemykał z chałupy do chałupy, baby latały z ozorami, nowiny krążyły kiej wrony z komina do komina, a w oknach i przed drzwiami, to w opłotkach wyzierały rozciekawione twarze, czekające, czy też Antka powiezą strażniki!

Ciekawość i zniecierpliwienie rosło z godziny na godzinę, a nie wiada było nic pewnego, bo co trochę ktosik wpadał zziajany i powiedał, że już po

Antka poszli, drudzy zaś przysięgali, że strażników pobił, wyrwał się z więzów i w cały świat poszedł, a insi zaś zasię znowu co innego pletli.

To zaś ino było prawdą, że Witek latał do karczmy po gorzałkę i że z komina Borynowego sielnie się kurzyło, miarkowali z tego, co jakąś warzę la strażników narządzają.

A już pod sam wieczór przejechała wójtowa bryka z pisarzem i strażnikami, ale bez Antka!

Zdumienie i rozczarowanie zawodu ogarnęło wieś, boć wszyscy byli pewni, że go zakutego w kajdany powiozą do kreminału, próżno się głowili a deliberowali, co stary zeznał do protokółu, wiedział jeno o tym wójt i sołtys, ale ci nie chcieli nic powiadać, więc ciekawość wzrosła niepomiernie i snuły się przypuszczenia coraz insze i zgoła niepodobne do wiary...

Noc się z wolna zrobiła ciemna i dość cicha, śnieg był przestał padać i brało jakby na przymrozek, bo choć chmurzyska bure przeganiały po niebie, ale gdzieniegdzie, w przerwach wysokich, błysnęła gwiazda wyiskrzona i ostry powiew ściskał zdziebko rozmiękłe śniegi, że chrupały pod nogami, po chałupach błyskały światła, i ludzie, kupiąc się po ciasnych izbach przed ogniskami, uspokajali się po całodziennych wzruszeniach, nie przestając jednak snuć domysłów i przypuszczeń!

Bo juści materii nie brakowało, jeśli bowiem Antka nie zabrali, to nie on spalił, więc kto? - Nie Jagna przecież, nikt by temu wiary nie dał, nie stary; taka myśl ani postała komu w głowie!

Błądzili przeto kieby po omacku nie mogąc w żaden sposób znaleźć wyjścia z męczącej zagadki... We wszystkich chałupach gadali o tym, a nikto prawdy się nie dowiedział, tyle jeno z tych deliberacji wyszło, że gniew do Antka przeszedł, zmilkli nawet jego wrogowie, a przyjaciele, jak Mateusz, podnieśli znowu obronne głosy; ale natomiast wzniosła się sroga niechęć ku Jagnie i dochodziła aż do zgrozy strasznego, śmiertelnego grzechu. Kobiety ją ano wzięły na ozory i tak przewlekały między sobą, że jakby po tych ostrych cierniach, nie ostawiając całego nawet ni kawałka skóry! Dostało się przy tym i Dominikowej niemało, dostało... a jeszcze i barzej ciskały się na nią w złości, że nikto nie wiedział, co się z Jagną dzieje, bo stara odpędzała ciekawych od proga kieby tych psów naprzykrzonych.

Ale jedno, co zgodnie i jednako wszyscy czuli, to głębokie współczucie dla Hanki, nad którą się szczerze litowano i żałowano serdecznie, a nawet Kłębowa i Sikorowa zaraz z wieczora poszły do niej z dobrym słowem wziąwszy coś niecoś w węzełki.

Tak ano przeszedł on dzień na długo pamiętliwy, nazajutrz zaś wszystko powróciło do dawnego, ciekawość przygasła, gniewy ostygły, wzburzenie się uciszyło i opadło, kużden znowu wrócił do swojej koleiny, pochylił głowę pod jarzmem i niósł dolę, jak Pan Bóg przykazał, bez szemrania i z cierpliwością.

Juścić, że gadano tu i owdzie o tych zdarzeniach, ale coraz rzadziej i płoniej, boć każdemu bliższe są i pierwsze własne troski a frasunki, jakie dzień każdy z osobna przynosi.

Przyszedł marzec i nastały czasy zgoła nie do wytrzymania, dnie były ciemne, smutne i tak przejęte pluchą, deszczami, to śniegiem mokrym, że trudno się było wychylić za chałupę, słońce jakby się gdziesik zatraciło w tych niskich, zielonawych topielach chmur, że nawet i na to oczów mgnienie nie rozbłyskało - śniegi z wolna topniały albo podmiękłe, sflażone zieleniły się od pluchy kiej pleśnią obrosłe, woda stała w bruzdach i zatapiała niziny i obejścia, nocami zaś brały przymrozki, że trudno się było utrzymać na olodowaciałych drogach i przejściach.

Przez taki psi czas prędzej i zapomniano o pożarze, ile że ni Boryna, ni Antek, ni Jagna nie drażnili sobą ludzkich oczów, to wpadli w niepamięć jako ten kamień na dno, że jeno woda czasami zgurbi się nad nim, zmarszczy, połamie, rozkolesi, zaszemrze i znowu płynie spokojnie.

Tak przeszło dni parę aż do ostatniego, zapustnego wtorku.

Że zaś ostatki były półświątkiem, więc już od samego rana niemały ruch uczynił się po chałupach, bo przyogarniano nieco izby, a z każdego prawie domu ktosik pojechał do miasteczka za różnościami, głównie zaś po mięso albo choćby po ten kawał kiełbasy lub sperki, jeno biedota musiała się kuntentować śledziem, wziętym na bórg od Żyda, i ziemniakami ze solą.

U bogaczy to już od samego południa smażono pączki, że mimo pluchy po całej wsi rozwłóczyły się zapachy przepalonego szmalcu, prażonych mięsiw i jensze, barzej jeszcze jątrzące ślinę smaki.

Niedźwiednicy włóczyły się znowu od chałupy do chałupy ze swoimi cudakami, że wciąż a coraz w innej stronie buchały wrzawliwe głosy chłopaków...

Wieczorem zaś po kolacji zrobili muzykę w karczmie, na którą, kto żyw i ruchał nogami, pospieszył, nie bacząc na deszcz ze śniegiem, jaki zaraz od zmierzchu padał. Zabawiano się ze wszystkiego serca, ile że to ostatni raz przed Wielkim Postem. Mateusz grał na skrzypicy, od wtóru mu przebierał na fleciku Pietrek, Borynów parobek, a przybębniał Jasiek Przewrotny.

Hulano ochotnie jak mało kiedy i do późna, do tela, póki dzwon na kościele nie uderzył na znak, że to już północ i zapustom koniec; wnet zmilkły muzyckie głosy, zaprzestano tańców, dopito spiesznie flach i kieliszków, i naród się cicho rozchodził. że ostał jeno Jambroży, niezgorzej napity, bo swoim zwyczajem jął przed karczmą wyśpiewywać.

Tylko w chałupie Dominikowej błyszczało światło do późna, powiadali, że do drugich kurów, bo siedział tam ano wójt ze sołtysem i zgodę czynili między Jagną a Boryną.

Wieś już dawno spała, cichość objęła świat, bo deszcz jakoś z północka ustał, a oni jeszcze radzili...

. . . .

Jeno w Antkowym domu nie było cichości ni spokojnego śpiku, ni wesołych ostatków.

Co się tam działo w Hanczynej duszy przez te długie dni i noce, od tej minuty gdy ją w czas pożaru spotkał przed chałupą i siłą przyniewolił do powrotu, to chyba jeden Pan Bóg wie, ale tego żadne ludzkie słowo nie wypomni.

Juści, że jeszcze tej samej nocy dowiedziała się wszystkiego od Weronki.

To zamarła w niej dusza od męki i leżała jako ten trup nagi, śmiercią swoją okropny. Przez pierwsze dwa dni prawie się nie ruszała od prześlicy, prząść nie przędła, a jeno ruchała bezwolnie rękami, jako ten człowiek we śpiączce śmiertelnej, zapatrzona pustym, wyżartym wzrokiem w siebie, w te lute wieje smutków, w te żałosne odmęty łez palących, krzywd i niesprawiedliwości, że ni spała przez ten czas, ni jadła, ni wiedziała dobrze, co się wokoło dzieje, nawet płaczów dziecińskich niepomna ni siebie, aż ulitowała się nad nią Weronka i zajęła się dziećmi i starym, któren na dobitkę zachorzał po tym chodzeniu do lasu i leżał na przypiecku postękując z cicha.

Antka też jakby nie było, wychodził równo ze świtem, a wracał późną nocą, nie bacząc na nią ni na dzieci, a zresztą nie mogła się przemóc choćby na to jedno słowo do niego, nie poredziła, tak zapiekłą miała duszę z żałości i jakby na kamień stężałą.

Dopiero trzeciego dnia jakoś przebudziła się; przecknęła jakby ze snu strasznego, ale tak zmieniona, że kieby zgoła inna podniesła się z tej martwicy, twarz miała szarą, popielną zgoła, porytą zmarszczkami, postarzałą o lata, a tak przystygłą, że jakoby ją kto z drzewa wyrzezał, jeno oczy gorzały bystro a sucho i usta zacinały się mocno, opadła przy tym do cna z ciała, że szmaty wisiały na niej kiej na kołku.

Powstała znowu do życia, ale i na wnątrzu przemieniona, bo choć dawną duszę miała jakby zetloną na proch, to w sercu poczuła jakąś dziwną, nie odczuwaną dawniej moc, nieustępliwą siłę życia i walki, hardą pewność, że przemoże i weźmie górę nad wszystkim.

Przypadła zaraz do dzieci popłakujących żałośnie, ogarnęła je sobą i dziw nie zadusiła w całunkach i wraz z nimi buchnęła długim, słodkim płaczem, to jej dopiero ulżyło i powróciło całkiem do pamięci.

Uporządkowała prędko izbę i poszła do Weronki dziękować za dobre serce i przepraszać za dawne winy; zgoda wnet nastąpiła, nie dziwiła się temu siostra, a jeno tego nie mogła zmiarkować, że Hanka się nie skarżyła na Antka, nie pomstowała, nie wyrzekała na dolę, nie, jakby te rzeczy umarły dawno i padły w niepamięć, tyle co w końcu powiedziała twardo:

Tak się teraz czuję kiej wdowa, to juści, że już sama muszę się poturbować o dzieciach i o wszystkim.

I wkrótce, jeszcze tego dnia na odwieczerzu, poszła na wieś do Kłębów i inszych znajomków, bych się przewiedzieć, co się tam z Boryną dzieje... boć dobrze zapamiętała jego słowa wyrzeczone wtedy przy rozstaniu.

Ale nie poszła zaraz do niego, przeczekała jeszcze dni parę, wagowała się bowiem nawijać mu się przed oczy tak prędko po wszystkim.

Dopiero we wstępną środę, w Popielec, nie szykując nawet śniadania, ogarnęła się, jak mogła najlepiej, dzieci dała pod Weronczyną opiekę i zabierała się do wyjścia.

- Kaj się to zbierasz tak rano? - zapytał Antek.

- Do kościoła, Popielec dzisiaj - odrzekła niechętnie i wymijająco.

- Nie sporządzisz to śniadania?

- Idź se do karczmy, Żyd ci jeszcze poborguje - wyrwało się jej niechcący.

Skoczył na równe nogi, kieby go kto kijem zdzielił, ale nie zważając na to wyszła. Nie bojała się już teraz krzyków jego ni złości, jakby obcym, a tak dalekim się jej widział, aż się sama temu dziwowała, a choć czasami drgało w niej cosik, jakby ostatni płomyk dawnego miłowania, niby to zarzewie, przywalone smutkami i rozdeptane, gasiła je w sobie z rozmysłem, siłą przypominków tych nie przebolanych nigdy krzywd.

Akuratnie i ludzie wychodzili do kościoła, gdy skręciła na topolową drogę.

Dzień się zrobił dziwnie jasny i pogodny, słońce świeciło od samego wschodu, nocny, tęgi przymrozek jeszcze się był nie roztopił w odwilże, ze strzech kapało sznurami lśniących paciorków, a zlodowaciałe wody po drogach i rowach świeciły się kiej lustra, oszroniałe zaś drzewa roziskrzały się w słońcu, płonęły i kieby tą srebrną przędzą leciały na ziemię; czyste, niebieskie niebo, pełne mlecznych, małych chmur, grało w słońcu jako rozkwitły lnowy łan, gdy ;weń stado owiec wpadnie i tak się weprze, że ledwie im białe grzbiety widać, powietrze przeciągało czyste, mroźne a tak rzeźwe, iż człek z lubością nim dychał. Poweselał cały świat, lśniły się kałuże i mieniły się złotymi brzaskami wyszklone śniegi, po drogach dzieci ślizgały się zawzięcie i pokrzykiwały radośnie, gdzieniegdzie zaś staruch jaki wystawał pod ścianą na słońcu, psy nawet naszczekiwały radośnie przeganiając stada wron włóczących się za żerem - a cudna, przesłoneczniona roztocz zalewała cały świat pogodną jasnością i prawie wiośnianym ciepłem.

W kościele natomiast owionął Hankę przejmujący chłód i głębokie, modlitewne milczenie, msza cicha już się odprawiała przed wielkim ołtarzem, naród w pobożnym skupieniu, rozmodlony, zalegał gęstwą środkową nawę, zalana potokami światła, a wciąż jeszcze nadchodzili opóźnieni.

Ale Hanka nie cisnęła się do ludzi, poszła w boczna nawę, pustą całkiem i tak mroczną, że jeno gdzieniegdzie żółciły się złocenia o lodowych, skąpych smugach światła, chciała ostać sam na sam z duszą własną i Bogiem, przyklękła przed ołtarzem Wniebowzięcia, pocałowała ziemię, rozłożyła ręce i wpatrzona w słodką twarz Matki litościwej, zatopiła się w modlitwie.

Tutaj dopiero wybuchnęła żalami, u tych świętych nóżek Pocieszycielki złożyła przekrwioną ranami duszę w pokorze najgłębszej a dufności bezgranicznej i czyniła spowiedź serdeczną. Przed Matką i Panią całego narodu kajała się z win wszelkich, bo juści, grzeszna była, skoro ją tak Pan Jezus pokarał, grzeszna! A to nieużycliwa la drugich, a to wynosząca się nad inne, a to kłótliwa a niechluj, a to lubiła i zjeść dobrze, i polenić się, a to w służbie Bożej opieszała - grzeszną była. Krzyczała w sobie rozpalonym, opłyniętym krwią żalem skruchy, że dziw jej serce nie pękło, i błagała o zmiłowanie, za Antkowe ciężkie grzechy i przewiny żebrała miłosierdzia, i tłukła się w serdecznej prośbie jako ten ptaszek, co przed śmiercią ucieka i bije skrzydełkami w szyby, trzepocze się, piuka żałośnie, bych go zratowali.

Płacz nią wstrząsał i przepalał żar próśb i błagań, z duszy jakby raną otwartą płynął strumień modłów i płakań, co się kiej te krwawe perły rozsuwały po zimnej podłodze.

Msza się skończyła i cały naród w skrusze, a często gęsto i z płakaniem przystępował do ołtarza chyląc pokornie głowy pod popiół, którym ksiądz z głośną modlitwą pokutną posypywał przyklękających.

Hanka nie czekając końca tej popielcowej uroczystości wyszła na świat, wielce czując się wzmożoną na siłach i dufna już całkiem w pomoc Bożą.

Z podniesioną głową odpowiadała na ludzkie pozdrowienia i szła wśród spojrzeń ciekawych nieulękła, śmiało zaś, choć ze drżeniem, skręciła w Borynowe opłotki.

Mój Boże, tylachna czasu nogą tutaj nie stąpiła, a jeno jako ten pies zawsze krążyła z dala i żałośnie, ogarniała też teraz kochającym wzrokiem dom i budynki, płoty i każde drzewko lśniące w osędzieliznie, a tak pamiętliwe, jakby z jej serca wyrosło, z jej krwi było. Roześmiała się jej dusza rozradowaniem, że gotowa była całować tę ziemię świętą, a ledwo wstąpiła przed ganek, Łapa się doń rzucił z takim skowytem radosnym, aż Józka wyjrzała do sieni stając w zdumieniu, nie wierząc własnym oczom.

Hanka! Loboga! Hanka!

- Jam ci, jam, nie poznajesz czy co? Ociec doma?

- Dyć są w chałupie, są... żeście to przyszli... Hanka!... - i rozpłakało się dzieuszysko całując ją po rękach kiej tę matkę rodzoną.

Stary zaś posłyszawszy głos sam wyszedł naprzeciw i wprowadził do izby, do nóg mu padła z płaczem, wzruszona jego widokiem i przypomnieniami bijącymi z każdego kąta tej chałupy kochanej. Rychło się utuliła, bo stary jął się wypytywać o dzieci i ze współczuciem użalał się nad nią i jej zmizerowaniem; opowiadała wszystko, nie tając niczego, wystraszona tylko zmianą, jaka w nim zaszła, postarzał się bowiem bardzo, wychudł na wiór i pochylił mocno, twarz mu jeno ostała dawna, barzej jeszcze zacięta i groźna.

Rozmawiali długo, ani razu nie wypominając Antka ni Jagny, strzegli się oboje tykać tych bolączek nabrzmiałych, a gdy po jakiej godzinie Hanka zabierała się do wyjścia, stary przykazał Józce naszykować w tobołki, co ino było można, aż Witek musiał to wieźć na saneczkach, boby sama nie udźwignęła, a jeszcze na odchodnym dał jej parę złotych na sól i rzekł:

- Przychodźże częściej, choćby i co dzień, nie wiada, co się ze mną stać może, to dawaj na dom baczenie, Józka

ci krzywą nie jest. Z tym i poszła rozmyślając po drodze nad ojcowcymi słowami, że nawet mało zwracała uwagi na opowiadanie Witka, które jej szeptał, jako wójt ze sołtysem co dnia przychodzą i do zgody z Jagną naglą starego, że nawet do dobrodzieja gospodarz chodził wraz z Dominikową, która wczoraj do późna w noc radziła ze starym, i talk plótł, co ino wiedział, bych się jej przypochlebić.

W chałupie zastała jeszcze Antka, naprawiał sobie but pod oknem, nie spojrzał nawet na nią, a dopiero ujrzawszy Witka i tobołki ozwał się ze złością:

- Byłaś, widzę, po proszonym...
- Kiej zeszłam na dziadówkę, to i z litości ludzkiej żyć muszę.

Gdy zaś Witek wyszedł, wybuchnął gniewiem.

- Przykazywałem ci, psiakrew, byś do ojca nie chodziła !
- Sam mnie przyzwał, tom poszła, sam mnie opatrzył, tom wzięła, z głodu mrzeć nie będę ni dzieciom nie dam, kiej ty o to nie stoisz!
- Odnieś to zaraz, nie potrza mi nic od niego! - zakrzyczał.
- Ale mnie potrza i dzieciom.
- Mówię ci, odnieś abo sam mu odniosę i w gardziel wrażę, niech się udusi swoją dobrością, słyszysz, bo za drzwi wszystko wyciepnę!
- Spróbuj ano, tknij choćby, a obaczysz! - warknęła chwytając za maglownicę, gotowa bronić do upadłego, tak groźna i rozjuszona, że cofnął się zmieszany tym oporem niespodziewanym.
- Tanio cię kupił, glonkiem chleba jak tego psa - mruknął ponuro.
- Jeszcześ taniej nas i siebie przedał, bo za Jagniną kieckę! - wykrzyknęła bez namysłu, że zwinął się jakby nożem pchnięty, ale Hanka jakby się naraz wściekła, zalały ją wspomnienia krzywd, że buchnęła nagłym, wezbranym potokiem wypominków i żalów wiecznie tajonych, nie darowała mu już nic, nie przepomniała ani jednej przewiny, ani jednego zła, a jeno biła w niego zapamiętałością kieby tymi cepami, żebych mogła - zabiłaby na śmierć w tej minucie!...

Ulękł się jej rozwścieklenia, zatargało mu się cosik w piersiach, przychylił się i nie wiedział, co rzec, złość go odpadła i gorzki, gryzący wstyd tak mu zalał duszę, że chwycił czapkę i uciekł z chałupy.

Długo nie mógł pomiarkować, co się jej stało, a jeno jak ten pies sponiewierany gnał gdzieś przed się, bez pamięci zgoła - jak zresztą co dnia...

Od owej strasznej chwili pożaru wyrabiało się w nim cosik strasznego, że jakoby się całkiem wściekł w sobie. Na robotę nie chodził, choć młynarz przysyłał po niego parę razy, a ino wałęsał się po wsi, w karczmie przesiadywał i pił, snując coraz krwawsze zamysły pomsty i nie widząc już nic poza tym, iż go nawet nie obchodziły posądzenia o podpalenie ojca.

- Niech mi to do oczów który powie, niech się waży!- powiedział

Mateuszowi w karczmie i na głos, by ludzie słyszeli.

Sprzedał Żydowi ostatnią jałówkę i przepijał ją z kompanami ,bo stowarzyszył się z najgorszymi we wsi, przystali do niego tacy, jak Bartek, Kozioł, Filip zza wody, Franek młynarczyk i te co najgorsze Gulbasowe wisielaki, które zawżdy były pierwsze do wszelkiej rozpusty i cięgiem się po wsi wałęsały, kiej wilki, upatrując, co by się chycić dało i nieść Żydowi na gorzałkę, ale jemu zarówno było, jakie są, byle się jeno przy nim kompaniono, bo bakę mu świecili, jak pieski w oczy naglądając, że choć czasem i pobił, ale półkwaterki gęsto stawiał i ochraniał przed ludźmi.

Wyprawiali też społem takie brewerie po wsi, napastowania i bijatyki, że co dnia chodziły na nich skargi do wójta, a nawet i przed dobrodzieja.

Przestrzegał go Mateusz, ale na darmo, próżno i Kłąb z czystego przyjacielstwa zaklinał, by się ustatkował i do zguby nie szedł, próżno mu przekładał - Antek ani usłuchał, ni dał sobie co mówić, zapamiętywał się coraz barzej, jeszcze więcej pił i już się całej wsi odgrażał.

I tak się stulał w, to jakieś zatracenie, kieby z tego pagórka spadzistego, nie bacząc na nic ni na nikogo, a wieś nie przestała mieć na niego pilnego baczenia, bo choć o tym podpaleniu różnie różni powiadali, ale widząc, co wyprawia, oburzali się coraz mocniej, a że przy tym i kowal z cicha podjudzał, to z wolna odstręczali się nawet dawni przyjaciele, omijali go z dala, pierwsi głośno powstając na niego, juści, nie stojał o to, pomstą zaślepiony, boć tym jeno dychał, rozdmuchując ją w sobie niby zarzewie, bych płomieniem buchnęło.

A do tego, jakby na złość wszystkim, z Jagną nie zaprzestał, kochanie go tam do niej ciągnęło czy co innego, Bóg ta wie - w Dominikowej stodole się schodzili, juści, że skryto przed matką, tyle że im Szymek pomagał ochotnie, pewny za to Antkowej pomocy przy ożenku z Nastką.

Jaguś wychodziła do niego niechętnie, pod strachem zawdy, bo jakby w niej do cna struchlało kochanie po mężowych basałykach, od czego nosiła jeszcze bolące ślady, ale zarówno bojała się Antka, gdyż zapowiedział groźnie, że jeśli nie wyjdzie do niego na każde zawołanie, to on w biały dzień, przy wszystkich, przyjdzie do chałupy i spierze ją jeszcze lepiej od Boryny.

Juści, kto przez kogo zgrzeszy, temu się do niego nie spieszy, ale że groźbą niewolił, to wychodziła rada nierada.

Niedługo to jednak trwało, bo jakoś zaraz we czwartek popielcowy przyleciał do karczmy Szymek, odciągnął go w kąt i powiedział, że dopiero co Jagnę pogodzili ze starym i już się do niego przeniosła.

Jakby go kłonicą zdzielił przez ciemienie, tak go zamroczyła ta nowina, boć wczoraj jeszcze o zmierzchu widział się z nią i ani słówkiem nie wspomniała!

- Taiła przede mną! - pomyślał, jakby mu kto żywego ognia nasypał w serce, że ledwie się doczekał wieczora i pobiegł.

Długo krążył koło ojcowej chałupy, naglądał i wyczekiwał przy przełazie, nawet się, nie pokazała, tak się tym rozjątrzył i uzuchwalił, że wyrwał jakiś kołek i wszedł w obejście gotowy na wszystko, zdecydowany iść choćby do chałupy - już był na ganku i nawet za klamkę brał, ale w ostatniej chwili odrzuciło go cosik od drzwi, przypomnienie ojcowej twarzy stanęło mu w oczach z taką mocą, że cofnął się strwożony, zadygotał cały z przerażenia, nie mógł się przemóc, a ino cicho, strachliwie, chyłkiem poniósł się z nawrotem.

Nie mógł potem zrozumieć, czego się ulęknął, co się z nim stało, zupełnie jak wtedy nad stawem.

Ale i dni następnych nie mógł się z nią zobaczyć, choć całe wieczory wystawał przy przełazie i czaił się jak wilk.

Nie spotkał jej nawet w niedzielę, choć długo czatował przed kościołem.

Umyślił przeto iść na nieszpory, pewny, że ją tam spotka i znajdzie jakiś sposób pomówienia.

Spóźnił się nieco, bo nieszpory już się zaczęły, kościół był pełny a tak mroczny, że jeno pod sklepieniami szarzały resztki dnia, dołem zaś, w ciemnościach gdzieniegdzie roztlałych płomieniem stoczków, mrowił się naród i warkotał kiej rzeka kołysząc się ku wielkiemu ołtarzowi rzęsiście oświetlonemu, przepchał się aż do kraty i rozglądał nieznacznie, ale nie dojrzał Jagny ni nikogo od ojca, natomiast często łapał ciekawe spojrzenia wlepione w siebie i czuł, że zwracają baczenie, bo ktoś niektoś poszeptywał do sąsiada wskazując nań ukradkiem.

Śpiewali już Gorzkie Żale, boć to była pierwsza niedziela postu. Ksiądz, ubrany w komżę, siedział z boku ołtarza z książką w ręku i raz w raz spoglądał na niego surowo.

Organy huczały przejmująco, a cały naród śpiewał w jeden głos, chwilami zaś urywały się głosy, ścichały organy i z chóru, jakoby gdziesik spod nieba, rozlegał się płaczliwy, urywany głos organisty, czytającego rozważania męki Panajezusowej.

Antek zaś nic nie słyszał, bo z wolna zapomniał, po co przyszedł i gdzie jest, przejęły go te śpiewy na wskroś i osnuły pieszczoną, kołyszącą nutą, że dziwnie osłabł w sobie, senność go ogarniała i głęboka cisza, że zapadał i jakby leciał gdziesik w jakąś światłość, a co oprzytomniał i otworzył oczy, spotykał się z oczami księdza; który nań wciąż spoglądał, że to wyższy był nad drugie i już z dala widny, a tak świdrował, iż Antek odwracał ociężałą głowę i znowu zapominał o wszystkim; przecknął z nagła:

Wisi na krzyżu Pan, Stwórca nieba,

Płakać za grzechy, człowiecze, trzeba

- zahuczał kościół, że jakby z jednej, niepojętej jakiejś gardzieli wyrwał się ten krzyk i buchnął taką żałośliwą mocą, takim przepłakanym jękiem, aż mury się zatrzęsły, naród porwał się z klęczek, zakłębił i rozgrzmiał wszystkimi naraz głosami, duszą wszystką śpiewał i wszystkim płaczem pokutnym.

Prześpiewali, a długo jeszcze po kościele tłukły się jękliwe, bolesne echa i szmer łkań, westchnień i modłów gorących.

Nabożeństwo jeszcze się ciągnęło dość długo, ale już był do cna przytomny. Odszedł go śpik, a jeno jakiś ciężki, niezwalczony smutek czepił się duszy i tak ją rozpierał, że gdyby nie wstyd, nie zdzierżyłby tych łez, co się cisnęły do oczów, że już chciał wyjść nie czekając końca, gdy naraz organy umilkły, ksiądz stanął przed ołtarzem i zaczął wygłaszać naukę.

Ludzie zaczęli się pchać naprzód, że ani myśleć było o wyjściu, ruszyć się nawet nie mógł przyparty do kraty; cisza ogarnęła kościół, że każde słowo księdza słychać było wyraźnie. Opowiadał o Męce Jezusowej, a gdy skończył, jął napominać grzesznych, groźnie wytrząchając rękami, a patrząc co trochę na Antka, któren wprost niego stojał, jeno niżej nieco, i nie mógł oderwać oczów, kieby przykuty i urzeczony pałającymi spojrzeniami księdza...

W skupionej i zasłuchanej gęstwie już się zrywały płacze, już gdzieniegdzie żalne westchnienie się rozległo, to święte słowo "Jezus" zabrzmiało jękiem, a ksiądz mówił coraz mocniej i groźniej, rósł, zda się, w oczach wszystkich, olbrzymiał, błyskawice rzucał oczami, wznosił ręce, i słowa jego padały na głowy kiej kamienie i jako rozpalone żelazo przypiekały serca - bo jął smagać a wypominać przewiny wszystkie i zdrożności, jakich się dopuszczali: a zakwardziałość w grzechach, niepamięć przykazań Bożych i one kłótnie wieczne, bijatyki, pijaństwa - mówił zaś tak gorąco, że zatrzęsły się dusze w udręce grzeszności swojej, rozpłakały się żalami wszystkie serca i kieby deszcz rosisty zaszemrały płacze i wzdychy pokutne - a ksiądz naraz pochylił się ku Antkowi i ogromnym głosem wołał o synach wyrodnych, o podpalaczach ojców rodzonych, o uwodzicielach i grzesznikach takich, których nie minie ogień wieczny ni kara ludzka!

Struchlał ci cały naród, przycichł raptem, tając dech w piersiach, wszystkie oczy kiej ten grad piorunowy padły na Antka, boć rozumieli, kogo ksiądz wypomina, a on stał wyprostowany, pobladły na płótno i ledwie dychający, gdyż te słowa leciały na niego z hukiem, jakby cały kościół się walił, obejrzał się jeno jakby za ratunkiem, ale luz się robił dookoła, dojrzał zalękłe i groźne twarze, odsuwające się mimo woli kiej od zapowietrzonego, a ksiądz krzyczał już całym głosem i wyklinał go, a do pokuty wzywał, a potem zwrócił się do całego narodu, wyciągnął ręce i wołał, bych się strzegli takiego zbója, bych się chronili przed takim, bych dawali takiemu odprawę od ognia, wody i jadła, od strzechy nawet, by odganiali jak parszywego grzechem, bo zaraża wszystko i kala, a gdy się nie poprawi, złego nie naprawi, pokutował nie będzie - to by wyrwali go jak pokrzywę i precz wyrzucili na zatracenie!

Antek odwrócił się nagle i wolno szedł do wyjścia, ludzie mu się usuwali z drogi, że kieby ulicą z nagła uczynioną przechodził, a głos księdza biegł za nim i smagał go do żywej krwi.

Jakiś krzyk rozpaczliwy zerwał się na kościele, ale nie słyszał, jeno szedł prosto przed siebie, prędko, by nie paść trupem z męki, by uciec z tych oczów szarpiących, od tego głosu strasznego.

Wypadł na drogę i ani wiedząc gdzie, poleciał w topolową drogę ku lasom, przystawał chwilami zalękły i słuchał głosu, który mu wciąż brzmiał w uszach kiej dzwon tak bił ciężko, że dziw głowa nie rozpękła.

Noc była ciemna i wietrzna, topole przyginały się z szumem, że niekiedy gałęź jakaś chlastała go po twarzy, to znowu przyciszało się i drobny, przykry, marcowy deszcz zacinał w twarz, ale Antek nie zważał na nic, biegł jak błędny, a przerażony i pełen zgrozy niewypowiedzianej

- Że już i gorzej być nie może! - szepnął wreszcie przystając. - Sprawiedliwie mówił! Sprawiedliwie! - Jezus mój, Jezus! - ryknął naraz chwytając się za głowę, bo w tym momencie jakby przejrzał i zrozumiał winy swoje i grzechy, że wstyd wprost nieludzki zaszarpał mu duszą i ozrywał ją na kawały.

Pod jakimś drzewem siedział długo, zapatrzony w noc i zasłuchany w cichą, trwożliwą i straszną jakąś gędźbę drzew.

- Przez niego wszystko, przez niego! - począł krzyczeć i ogarnęło go jakby szaleństwo gniewu i nienawiści, wstały wszystkie żale dawne i wszystkie dzikie zamysły pomsty skłębiły się w nim i przewalały, jak te chmury pędzące po niebie.

- Nie daruję! Nie daruję! - zawyła w nim dawna zapamiętałość, że ostro ruszył z powrotem do wsi.

Kościół był już zamknięty, w chałupach się świeciło, a po drogach tu i owdzie spotykał ludzi stojących kupkami i radzących cosik mimo deszczu i zimna.

Poszedł do karczmy, dojrzał przez okno, że jest tam sporo ludzi, ale się nie zawahał i wszedł ostro, i jakby nigdy nic, przystąpił do największej kupy i chciał się witać ze znajomkami, któryś mu tam rękę podał, ale reszta odsunęła się żywo na wsze strony i spiesznie zaczęli wychodzić.

Nim się spostrzegł, został prawie sam w karczmie; dziad jakiś siedział przed kominem i Żyd za szynkwasem.

Zrozumiał, że to on rozgonił wszystkich, ale połknął i to, i kazał dać wódki, jeno że, postawił nie dopity kieliszek i spiesznie wyszedł.

Łaził błędnie dookoła stawu i spoglądał z uwagą na pręgi świateł, co chlustały gdzieniegdzie z okien na śnieg przemiękły i lśniły się we wodzie, pokrywającej lód.

Zmiękł znowu w sobie i niewypowiedziana ciężkość zwaliła mu się na serce, poczuł się tak samotnym, zbiedzonym i nieszczęśliwym, taką potrzebę czuł wyżalenia się i wejścia między ludzi, posiedzenia choćby przed jakim ogniem, że do pierwszej z brzega chałupy poszedł, do Płoszków.

Byli wszyscy, ale na jego wejście porwali się zestraszeni, nawet Stacho nie wiedział, co rzec.

- Jakbym zarznął kogo, tak patrzycie! - rzekł cicho i poszedł do drugich, do Balcerków, ale i ci przyjęli go lodowato, bąkali coś niecoś, a nikt nawet przysiąść nie zapraszał.

Zajrzał jeszcze tu i owdzie, wszędzie było to samo.

Więc jakby dla próby ostatniej, by sobie nie oszczędzić żadnej boleści i upokorzenia, poszedł do Mateusza, nie było go doma, jeno stara Gołębowa prosto z miejsca wywarła na niego pysk, sklęła i jak tego psa przegoniła z chałupy.

Ani słówkiem nie odrzekł ni się gniewem zapalił, odeszła go bowiem wszelka złość i pomiarkowanie, co się z nim dzieje. Powlókł się wolno w noc, obchodził staw, to przystawał gdzieniegdzie i patrzył na wieś, zatopioną w mrokach, znaczącą się jeno światełkami okien, patrzył zdumiony, jakby ją po raz pierwszy widział, otaczała go dookoła przywartymi do ziemi chałupami, zagradzała go zewsząd, że jakby ruszyć się nie mógł i wyrwać z tych płotów i sadów, i świateł! Nie mógł się pomiarkować, czuł jeno, że jakaś moc nieprzeparta bierze go za gardziel i do ziemi przygina, do jarzma nakłania i przejmuje niewytłumaczonym strachem.

Z głęboką trwogą spozierał na rozbłysłe okna, bo mu się wydało, że go stróżują, że patrzą za nim i nieprzerwanym łańcuchem idą na niego, ściskają i wiążą w pęta, że już ruchać się nie mógł ni krzyczeć, ni uciekać, więc przywarł pod jakimś drzewem i zmącony do dna słuchał, że od domów, z cieniów wszystkich, z pól, spod samego nieba, spadają nań srogie potępienia słowa i cały naród idzie na niego.

- Sprawiedliwie! Sprawiedliwie! - szeptał z najgłębszą pokorą, pełnią serca skruszonego, strachem śmiertelnym przejęty i tą mocą wsi potężną.

Światła z wolna gasły jedno po drugim, wieś usypiała, deszcz jeno mżył i trzepał w pochylone drzewa, a czasem pies gdziesik zaszczekał i cichość przerażająca ogarniała świat, gdy Antek oprzytomniał zupełnie i porwał się na nogi.

- Sprawiedliwie mówił... swoją prawdę powiadał... ale ja mojego nie daruję... żebym skapiał, nie daruję, psiakrew!...

Krzyknął zapamiętale wygrażając pięściami wsi całej i wszystkiemu światu!...

Nacisnął czapkę i poszedł do karczmy.

ROZDZIAŁ 13

Na zwiesnę się miało; ciągiem nieprzerwanym szły już te rozkisłe dnie marcowe, że czas się ano uczynił zgoła psi, rozmiękły, zimny i przemglony; co dnia padały deszcze ze śniegiem, co dnia szły takie wycinki a flagi, iż na świat wyjrzeć było nie sposób; co dnia brudne, skołtunione ciemnice tłukły się po polach i tak przyduszały wszelką światłość, że posępne, ciężkie zmierzchy wisiały nad ziemią od świtu do nocy, zaś niekiedy, jeśli z burych topieli wyjrzało słońce, to ledwie na to Zdrowaś, że nim dusza pocieszyła się jasnością i kości poczuły ciepło - już nowe mroki się roztrzęsały nad światem, nowe wichry zawodziły, nowe pluchy i flagi szły, aż dzień się niejeden widział jako ten psiak utytłany, błotem ociekły i z zimna skamlący:

Matyjasiło się to narodowi, że i nie wypowiedzieć, tym się, jeno każden krzepił a pocieszał, bych jeszcze jaką niedzielę wstrzymać abo i dwie, i zwiesna całkiem przemoże i za wszystko zapłaci, ale tymczasowie flażyło cięgiem nie do wytrzymania, przeciekało przez dachy, kajś niekaj zacinało przez ściany i okna, lało ze wszystkich stron, że już nie można było sobie dać rady z wodą, waliła bowiem z pól, pełno jej było po rowach, a drogi lśniły się kiej te potoki bystre, zatapiała opłotki i stała grząskimi sadzawkami w obejściach, a że zaś śnieg co dnia barzej topniał i szły ciągłe deszcze, ziemia prędko odmarzała i puszczały lody, to już miejscami, po stronie przypołudniowej, czyniło się takie błocko, iż musieli kłaść przed chałupami deski albo mościć przejścia słomą.

Noce zaś tak samo były ciężkie do zniesienia, hurkotliwe, zadeszczone, a tak ciemnicami przejęte, że się już nieraz widziało, jakoby na wieki pogasły wszelkie światłości; nawet z wieczora mało w której chałupie zapalali ognie; chodzili spać o zmierzchu, tak się czas przykrzył, tyle jeno, co tam, gdzie zbierały się prządki, jaśniały szybki i brzęczały z cicha prześpiewywane Gorzkie Żale i drugie pieśnie żałosne o Męce Pańskiej, a wtórował im wiatr, deszcze i szum drzewin, tłukących się o płoty.

To i nie dziwota, że Lipce jakby przepadły w tych roztopach, boć ledwie ano mógł rozeznać chałupy od pól przemiękłych i zadeszczonego świata, ledwie je dojrzał w tych mgliskach burych, przywarte do ziemi, obmokłe, poczerniałe i do cna zbiedzone, a co już pola, sady, drogi i niebo, to jedną topielą siną się widziały, że nie wiada było zgoła, kaj jej początek, a kędy koniec.

Ziąb przy tym był przykry i do żywego przejmujący, to i mało kiedy dojrzał kogo na drogach, deszcz jeno trzepał, wiatry przemiatały, drzewiny się trzęsły i smutek wiał światem całym, pustka była naokół i cichość w całej wsi jakby wymarłej, tyle jeno było żywych, głosów, co tam jakieś bydlątko zaryczało przy pustym żłobie, to kury zapiały od czasu do czasu albo gęsiory, odsadzone od gęsi siedzących na jajach, rozkrzykiwały po podwórcach.

A że dnie były coraz dłuższe, to i barzej się mierziło ludziom, boć nikto roboty żadnej nie miał, paru robiło na tartaku, paru zwoziło z lasu drzewo dla młynarza, a reszta wałęsała się po chałupach, wysiadywała w sąsiedztwach, bych jakoś ten dzień się przewlókł - a jaki taki, co starowniejszy, brał się narządzać pługi, to brony lub inszy sprzęt gospodarski sposobił na zwiesnę, do roli przydatny, jeno niesporo to szło i ciężko, bo wszystkim zarówno dokuczały pluchy i frasunki przejmowały serca; oziminy bowiem srodze cierpiały od tych wycinków, że już

miejscami na niższych polach widziały się do cna wymarzłe, to niejednemu
kończyła się pasza i głód zaglądał do obór, gdzie znów ziemniaki pokazały
się przemrożone, owdzie choroby zagnieździły się w chałupie, a do wielu
przednowek się dobierał.

Nie w jednej bo już chałupie jeno raz w dzień warzyli jadło, a sól za jedyną
okrasę mieli - to i coraz częściej ciągnęli do młynarza brać ten jaki korczyk
na krwawy odrobek, bo zdzierus był srogi, a nikto gotowego grosza nie
miał ni co wywieźć do miasteczka, drudzy zasie to i do Żyda do karczmy
szli skamląc, bych ino na bórg dał tę szczyptę soli, jaką kwartę kaszy albo i
ten chleba bochenek!

Juści, koszula nie rządzi, kiej brzuch błądzi.

A narodu potrzebującego było tyla, zarobków zaś żadnych i u nikogo,
gospodarze sami nie mieli co robić, dziedzic jak się był zawziął, że
żadnemu Lipczakowi grosza zarobić w lesie nie da, tak i nie ustąpił mimo
próśb, choć całą gromadą do niego chodzili, to juści, że i bieda u
komorników i co biedniejszych gospodarzy robiła się taka, że dobrze stojał
niejeden i Bogu dziękował, jeśli miał choć ziemniaki ze solą i te gorzkie łzy
za przyprawę.

To juści, że z tych różnych różności rodziły się we wsi ciągłe biadania,
swary a kłótnie, a bijatyki, boć naród cierpiał, chodził strapiony, niepewny
jutra, struty niepokojem, że jeno szukał okazji, bych na drugich wywrzeć z
nawiązką to, co go na wnątrzu jadło - toć i bez to aż się chałupy trzęsły od
plotek, kłyźnień a przemówień.

A kieby na tę przykładkę diabelską zwaliły się choroby różne na wieś, jak
to zresztą zwyczajnie bywa przed zwiesną, w niezdrowy czas, kiej wapory
smrodliwe biją z tającej ziemi, to i najpierwej spadła ospica kiej ten
jastrząb na gąsięta i dusiła dzieciątka, biorąc kajś niekaj i starsze, że nawet
dwoje wójtowych, najmłodszych, nie odratowały sprowadzone dochtory i
powieźli je na cmentarz, potem zaś febry i gorączki, to insze choróbska
zwaliły się na starszych, iż co drugi dom ktosik kwękał, na księżą oborę
patrzył i zmiłowania Pańskiego wyglądał - aż Dominikowa nie mogła
nastarczyć lekować, a że przy tym i krowy zaczynały się cielić, i niektóra
kobieta też zległa, to rwetes we wsi stawał się coraz większy i zamieszanie
jeszcze narastało.

Bez takie ano sprawy naród burzył się w sobie i coraz niecierpliwiej
wyglądał zwiesny, boć wszystkim się widziało, że niech jeno śniegi spłyną,
ziemia odtaje i przeschnie, słońce przygrzeje, bych można wyjść z pługiem;
na role, to i biedy a frasunki się skończą.

Ale wszystkim się widziało, że wiosna wolniej nadchodzi latoś niźli po
drugie roki, bo wciąż lało i ziemia wolniej puszczała, i wody leniwiej
spływały, a co gorsza, że ano krowy jeszcze się nie leniły i włos mocno
siedział, co znaczyło, że zima potrzyma dłużej.

Więc niech jeno nastała jaka godzina suchsza i słońce zaświeciło, roiło się
zaraz przed chałupami, ludzie z zadartymi głowami tęskliwie

przepatrywali niebo wymiarkowując, zali to nie na dłuższą odmianę idzie, staruchy zaś wyłazili pod ściany nagrzewać struchlałe kości, a co było dzieci, wszystkie biegały z wrzaskiem po drogach, kiej te źrebaki wypuszczone na pierwszą trawę.

I co w taki czas było radości, wesela, śmiechów!

Świat cały zajmował się płomieniami od słońca, gorzały światłością wody wszelkie, rowy były, kiejby je kto roztopionym słońcem napełnił po brzegi, drogi zaś widziały się jakby z topionego złota uczynione, lody na stawie przemyte deszczami pobłyskiwały jako ta misa cynowa czarniawo, drzewa nawet skrzyły się od rosy nieobeschłej, a pola, pobruzdżone strugami, leżały jeszcze oniemiałe, czarne, martwe, a już jakby dychające ciepłem i wezbrane wiosną, i pełne skrzeń i bełkotliwych głosów wód, a tu i ówdzie nie stopione śniegi jarzyły się ostrą białością, kiej te płótna rozciągnięte do blichu; niebo zmodrzało, odsłoniły się dale przymglone, zdziebko jakby osnute pajęczynami, że oko szło na wskróś i leciało hen, na pola nieobjęte, na czarne linie wsi, na otoki borów, we świat ten cały dyszący radością, a powietrzem szły takie lube, wiośniane tchnienia, że w sercach człowieczych wstawał radosny krzyk, dusze się rwały, we świat ponosiło, że kużden by leciał w to słońce jako te ptaki, co nadciągały gdziesik od wschodu i pławiły się w czystym powietrzu; każden rad wystawał przed domem i rad rozprawiał nawet z nieprzyjacioły.

Milknęły wtedy kłótnie, przygasały spory, dobrość przejmowała serca i wesołe półkrzyki leciały po wsi, przepełniały domy radością i drżały świegotliwymi głosami w powietrzu ciepłym.

Wywierano na rozcież chałupy, odbijali okna, by wpuścić do izb nieco powietrza, kobiety wyłaziły na przyzby z kądzielami, nawet dzieciątka wynoszono w kołyskach na słońce, a z otwartych obór rozlegały się raz po raz tęskliwe poryki bydlątek, konie rżały rwiąc się z uździenic na świat, gęsi zaś uciekały z jaj i przekrzykiwały się z gęsiorami po sadach, koguty piały po płotach, a psy kiej oszalałe szczekały po drogach ganiając wraz z dziećmi po błocie.

Naród zaś postawał w opłotkach i mrużąc od blasków oczy spozierał radośnie na wieś taplającą się w słońcu, że jeno szyby grały ogniami, kobiety rozprawiały po sąsiedzku przez sady, że głosy szły na całą wieś, powiedali sobie, że ktosik ano już słyszał skowronka, że i pliszki widzieli na topolowej drodze; to znowu któryś dojrzał na niebie, wysoko pod chmurami, sznur dzikich gęsi, że wnet pół wsi wybiegło na drogę patrzeć, a inszy potem rozpowiadał, jako i boćki już spadły na łęgach za młynem. Nie dawano temu wiary, boć dopiero marzec dobiegał do połowy! A któryś, bodaj Kłębowy chłopak, przyniósł pierwszą przylaszczkę i latał z nią po chałupach, że oglądali ów blady kwiatuszek z podziwem głębokim, bych tę świętość największą, i dziwowali się wielce.

Tak ano to ciepło zwodne czyniło, że się już ludziom widziało, jako zwiesna się zaczyna, jako wnet z pługami ruszą na pola, więc z trwogą tym większą spoglądano na chmurzące się z nagła niebo, a ze smutkiem głębokim, gdy słońce się skryło i zimny wiatr powiał, brzaski pogasły, świat ściemniał i drobny deszcz począł mżyć!... A z wieczora mokry śnieg tak jął walić, że może w jakie dwa pacierze przybielił znowu wieś całą i pola..:

Wszystko powróciło do dawnego tak prędko, że w nowych dniach deszczów, wycinków i błotnej taplaniny niejednemu się widziało, jako tamte słoneczne godziny były jeno snem rychło przespanym. W takich to ano sprawach, radościach, smutkach a tęsknicach przechodził czas narodowi, to juści, nie dziwota, że Antkowe sprawki, Borynowe pożycie czy tam jakie insze historie abo śmiercie czyje i co drugiego jako te kamienie padały na dno pamięci, boć każden miał dosyć swojego, że ledwie uradził.

A dnie przechodziły niepowstrzymanie, narastały kiej te wody płynące z morza wielgachnego, że ani im początku, ni końca wymiarkować, szły i szły, iż ledwie człowiek ozwar oczy, ledwie się obejrzał, ledwie coś niecoś wyrozumiał, a już nowy zmrok, już noc, już nowe świtanie i dzień nowy, i turbacje nowe, i tak ano w kółko, bych się jeno woli boskiej stało zadość!

Któregoś dnia, bodaj w samo półpoście, czas się zrobił jeszcze gorszy niźli kiej indziej, bo chociaż jeno mżył drobny deszcz, ale ludzie czuli się tak źle, jak nigdy do tela, łazili po wsi kiej spętani poglądając żałośnie na świat zatkany chmurzyskami tak gęsto, że darły się ano napęczniałymi brzuszyskami o drzewa. Smutno było, mokro, zimno i tak mroczno na świecie, że płakać się ano chciało z tęskności niezmożonej, nikto się już dzisiaj nie kłócił i nie przemawiał, każdemu zarówno wszystko było, bo każden jeno cichego kąta patrzał, by lec i o niczym nie baczyć.

Dzień był posępny jak to patrzenie chorego, co ledwie oczy ozewrze i coś niecoś rozpozna, i znowu pada w mrok chorobny, bowiem ledwie przedzwonili południe, zmroczało nagle, podniósł się głuchy wiatr i bił wraz z deszczem w poczerniałe chałupy.

Na drogach było pusto i cicho od ludzi, tylko wiatr z szumem przemiatał po błocie, to deszcz pluskał, jak kieby kto tym ziarnem ważnym ciepał na drzewiny roztrzęsione i poczerniałe ściany, to znowu staw barował się ano z pękającymi lodami, bo raz po raz trzask się rozlegał i grochot, i wody z krzykiem wychlustywały na wybrzeża.

W taki to dzień, jakoś na samym odwieczerzu, gruchnęła po wsi nowina, że dziedzic rąbie chłopski las.

Nikt temu zrazu wiary nie dawał, bo skoro do tela nie rąbał, to jakże, teraz by, w połowie marca, kiej ziemia odmarza i drzewa soki ciągnąć zaczynają, ciął będzie?

Szła juści w boru robota, ale każden wiedział, iż przy obróbce drzewa.

Jaki ta dziedzic był, to był, ale za głupiego nikto go nie miał.

A jeno głupi w marcu spuszczałby budulec.

I nawet nie wiada, kto taką nowinę rozgłosił, ale mimo to zakotłowało we wsi, że ino drzwi trzaskały i błoto się otwierało pod trepami, tak biegali z tą wieścią po chałupach, przystawali z nią po drogach, schodzili się do karczmy medytować i Żyda przepytać, ale żółtek jucha zapierał się i przysięgał, że nic nie wie, to już i gdzieniegdzie krzyki powstawały i to złe słowo padało, i lament babi się rozlegał, wzburzenie zaś rosło niepomiernie, niepokój, a złość i trwoga zarazem opanowywała naród cały.

Dopiero stary Kłąb zarządził, bych sprawdzić tę nowinę, i nie bacząc na pluchę pchnął konno swoich chłopaków .do lasu na zwiady.

Długo ich widać nie było z powrotem, nie było chałupy, żeby z niej ktosik nie wypatrywał pod las na dróżki, którędy pojechali, ale już i mrok dobry zapadł, a oni nie wrócili jeszcze, na wieś zaś całą padła cichość wzburzona i przez moc przytłumiana i groźna wielce, złością bowiem, kiej te dymy gryzące, osnuwały duszę, bo chociaż jeszcze nikto wiary pełnej nie dawał, ale wszyscy byli pewni potwierdzenia tej wieści złowróżbnej, więc jaki taki jeno klął, drzwiami trzaskał i szedł na drogę wyglądać, czy nie wracają...

Kozłowa zaś podjudzała naród, co ino mogła, biegała ano z pyskiem kaj jeno chcieli dać ucha, przytwierdzała zaklinając się na wszystkie świętości, jako na własne oczy sprawdziła, że już z dobre pół włóki chłopskiego boru wycięli, powołując się na Jagustynkę, z którą się była sielnie stowarzyszyła w ostatnich czasach. Juści, że stara przytakiwała wszystkiemu, rada będąc wielce mętowi, a nazbierawszy przy tym nowinków różnych po chałupach poszła z nimi do Borynów.

Właśnie byli tam co ino zaświecili lampkę w izbie czeladnej, Józka z Witkiem obierali ziemniaki, a Jaguś krzątała się kiele wieczorowych obrządków, stary zaś przyszedł nieco później, Jagustynka jęła mu wszystko opowiadać pilnie, a z dobrą przykładką.

Nie ozwał się na to, a jeno do Jagny rzekł:

- Weź łopatę i bieżyj pomóc Pietrkowi, trza wodę spuścić ze sadu, bo może wleźć do kopców. Ruszajże się prędzej, kiej mówię! - krzyknął.

Jagna cosik zamamrotała na sprzeciw, ale tak na nią srogo gębę wywarł, że w dyrdy pobiegła, on zaś sam również poszedł w podwórze naglądać, że raz po raz rozlegał się jego gniewny głos w stajni, to w oborze, to przy kopcach, że aż w chałupie było słychać.

- Cięgiem to taki sprzeciwy? - spytała stara zbierając się do zniecenia ognia.

- A cięgiem - odparła Józka, trwożnie nasłuchując.

Jakoż i tak było, bo ano od dnia pogodzenia się z żoną, na co tak rychło się zgodził, aż się temu dziwowano, przemienił się do niepoznania. Zawżdy był kwardy i niełacno ustępliwy, ale teraz to już się zgoła na kamień przemienił. Jagnę do domu przyjął, niczego jej nie wymawiał, ale miał ją teraz zgoła za dziewkę, i tak ją też uważał i honorował. Nie pomogły jej przymilania się ni uroda, ni nawet złość, ni te rzekome dąsy i gniewy, którymi to kobiety chłopów wojują. Całkiem na to nie zważał, jakby mu obcą była, a nie żoną ślubną, że nawet już nie baczył, co ona wyrabia, choć dobrze pewnikiem wiedział o jej schodzeniach się z Antkiem. Nie pilnował jej nawet i jakby całkiem nie stał o nią. Jakoś w parę dni po zgodzie pojechał do miasta i aż drugiego dnia powrócił; powiadali sobie we wsi na ucho, że u rejenta jakieś zapisy robił, a jensi jeszcze przebąkiwali z cicha, że pewnie zapis Jagusi odebrał. Juści, że nikto prawdy nie wiedział, kromie Hanki, która w takich łaskach u ojca teraz była, że ze wszystkim się przed nią zwierzał i radził, ale ona i tej pary z gęby nie puściła przed nikim, co dnia zaglądała do starego, a dzieci to już prawie nie wychodziły z chałupy, że nieraz i sypiały razem z dziadkiem, tak je bowiem miłował.

Boryna zaś jakby pozdrowiał od tej pory, chodził po dawnemu prosto i hardo na świat poglądał, jeno się tak oźeźlił w sobie, że o bele co gniewem buchał i ciężki był la wszystkich, prosto nie do wytrzymania, bo na czym swoją rękę położył, to juści, że do ziemi przygiąć się musiało i tak być, jako chciał, a nie, to fora ze dwora.

Juści, krzywdy nie czynił nikomu, ale też i dobrości społecznie nie posiewał, nie, dobrze to czuły sąsiady. Rządy wziął w swoje ręce i nie popuszczał ni na pacierz, komory pilnie strzegł, a kieszeni jeszcze barzej, sam ano wszystko wydawał i srogo stróżował, bych dobra nie marnowali, la wszystkich w domu był twardy, ale już szczególniej dla Jagusi, boć nigdy tego użyczliwego słowa jej nie dał, a tak napędzał do roboty kiej tego zwałkonionego konia i w niczym nie folgował, że i nie było dnia bez swarów, a często gęsto i rzemień bywał w robocie albo i co twardziejsze, bo i w Jagnę wlazł jakiś zły i ciskał ją na sprzeciw.

Ulegać bowiem ulegała, niewolił ją, to i cóż było począć, mężowy chleb, mężowa wola, ale na słowo przykre miała swoich dziesięć, na krzyk zaś każden podnosiła taki wrzask, takie piekło wyprawiała, że na całą wieś się roznosiło. Piekło też wrzało w chałupie cięgiem, jakby sobie oboje w nim upodobali, zmagając się we złości całą mocą do tela, kto kogo przeprze, a żadne ustąpić pierwsze nie chciało.

Próżno Dominikowa chciała łagodzić i zgodę sprząc między nimi, nie poredziła przemóc zawziętości ni żalów, ni krzywd, jakie im w sercach narastały. Borynowe miłowanie przeszło jako ta łońska zwiesna, o której nikto nie pamięta, a ostała się jeno żywa pamięć przeniewierstwa jej i krwawiący wstyd, i luta, nieprzebłagana złość - w Jagnie się też dusza znacznie przemieniła, źle jej było, ciężko i tak przykro, że i nie wypowiedzieć: win swoich jeszcze nie miarkowała, a kary czuła boleśniej niźli drugie kobiety, że to i serce miała barzej czujące, i chowana była pieściwiej, i już w sobie była zgoła delikatniejsza od inszych.

Męczyła się też, mój Jezus, męczyła!

Juści, że robiła staremu wszystko na złość, nie ustępowała bez musu, broniła się, jak mogła, ale to jarzmo i tak coraz ciężej i boleśniej. przyginało jej kark, a poratunku nie było znikąd: ileż to razy chciała wrócić do matki - stara się nie godziła, pogrążając jeszcze, że przez moc odeśle ją mężowi na postronku... To i cóż miała począć ze sobą? co? Kiej nie poredziła żyć jak

drugie kobiety, co to i parobków se nie żałują, i uciechy żadnej, i rade
znoszą domowe piekło, co dnia się bijają z chłopami i co dnia razem spać
chodzą pogodzeni. Nie, nie poredziła tego, mierziło się jej życie coraz
barzej i jakaś nieopowiedziana tęskność rozrastała się w duszy, wiedziała
to za czym?

Za zło płaciła złem, prawda, ale w sobie była zestrachana cięgiem,
pokrzywdzona wielce i tak rozżalona, że nieraz przepłakała całe długie
noce, aż poduszka była mokra, a nieraz te dnie swarów, kłótni tak się jej
przykrzyły, iż była gotową uciekać choćby w cały świat!

Ale gdzie to pójdzie, dokąd?

Dookoła stał świat otwarty, ale tak straszny, tak nieprzenikniony, tak obcy
i głuchy, że zamierała z bojaźni jako ten ptaszek, kiej go chłopaki
przychwycą i pod garnczek wsadzą.

To i nie dziwota, że z tego wszystkiego garnęła się do Antka, choć go
miłowała jakby jeno ze strachu i rozpaczy, bo wtedy, po onej nocy
strasznej, po ucieczce do matki cosik pękło w niej i pomarło, że się już nie
wyrywała do niego całą duszą jak prźódzi, nie biegała na każde zawołanie
z bijącym sercem a radością, a jeno szła jakby z musu niewolenia, a i bez to,
że w chałupie źle było i nudno, a i bez to, że na złość staremu, a i bez to, iż
się jej widziało, że wróci to dawne, wielkie miłowanie - ale na dnie
głębokim serca krzewił się zjadliwy kiej trutka żal do niego, iż to wszystko,
co ją spotyka, te smutki, zawody, to całe ciężkie życie, to przez niego; i ten
jeszcze boleśniejszy, cichszy i nigdy nie wypowiadany żal, że on nie jest
tym, jakiego w sobie umiłowała - dziki, szarpiący żal zawodu i
rozczarowania. Przeciech się jej widział raniej jakimś inszym, takim, który
do nieba unosił miłowaniem, zniewalał dobrością i był ponad wszystko na
świecie najmilejszy, a tak różny od drugich, że zgoła do nikogo
niepodobien we wszystkim - a teraz widział się jej takim samym jak i
drugie chłopy, gorszym nawet, bo się go barzej bojała niźli Boryny, bo ją
straszył ponurością swoją i cierpieniem, a przerażał zawziętością. Bojała się
go, wydawał się jej dzikim i strasznym kiej ten zbój z lasów; jakże, sam
ksiądz wypomniał go w kościele, wieś cała odstąpiła, ludzie palcami
wytykali jako tego najgorszego; biła od niego jakaś zgroza śmiertelnego
grzechu, że nieraz słuchając jego głosu, zamierała z przerażenia, bo
widziało się jej, że zły jest w nim i całe piekło dookoła; robiło się jej wtedy
tak straszno w duszy, jak wtedy, gdy dobrodziej naród napomina i mękami
straszy!

Ani jej nawet na myśl przyszło, że i ona winowata tych grzechów jego,
gdzie zaś, jeśli czasem rozmyślała, to jeno o jego odmienności, nie poredziła
tak jasno kalkulować, ale czuła ją tylko mocno, że bezwolnie traciła coraz
barzej serce do niego i sztywniała mu nieraz w ramionach, jakby piorunem
z nagła rażona, pozwalała się brać, bo jakże opierać się takiemu
smokowi?... a przy tym młoda przeciech była, o krwie gorącej, mocna, a on

dziw nie zduszał w uściskach, to mimo wszystko, co myślała, oddawała
mu się również potężnie tym rzutem ziemi spragnionej wiecznie ciepłych
dżdżów i słońca, jeno że już ni razu dusza jej nie padała mu do nóg z onej
uciechy niepowściągliwej, ni razu nie omraczało jej czucie takiego
szczęścia, co to aż do proga śmierci z lubością wiedzie, ni razu nie
zapamiętała się już do cna, nie; myślała wtedy o domu, o robotach i o tym,
bych staremu co nowego na złość zrobić, a czasem, aby jak najprędzej ją
puścił i poszedł sobie.

Właśnie teraz snuło się jej to wszystko po głowie, spuszczała wody od
kopców na podwórze, robiła od niechcenia, z przykazu jeno, spoglądając
pilnie za głosem starego i doszukując się go w podwórzu, Pietrek robił
zawzięcie, że ino warczała gruda i błoto wyrzucane, a ona zaś chyba tyla,
by jeno słychać było, że robi, a skoro stary poszedł do domu, naciągnęła
zapaskę na głowę i ostrożnie przebrała się za przełaz, pod Płoszkową
stodołę.

Już tam Antek był.

- Dyć czekam na cię z godzinę - szepnął z wymówką.

- Mogłeś nie czekać, kiej ci było gdzie indziej potrza burknęła niechętnie
rozglądając się dokoła, noc bowiem była dość widna, deszcz ustał, ino
zimny, suchy wiatr pociągał od lasów i z szumem bił w sady.

Przygarnął ją do siebie mocno i zaczął całować po twarzy.

- Gorzałka jedzie od ciebie kiej z kufy! - szepnęła odchylając się z
obrzydzeniem:

- Bom pił, śmierdzi ci już moja gęba.

- Hale, o gorzałcem myślała jeno! - powiedziała miękciej i ciszej.

- Byłech i wczoraj, czemuś to nie wyszła?

- Ziąb był taki, a i roboty przeciech mam niemało.

- Prawda, a i starego też musisz pieścić i pierzyną przyokrywać! - syknął.

- A przeciech, bo to nie mój chłop! - rzuciła twardo i niecierpliwie.

- Jagna, nie drażnij!

- Kiej ci się nie podoba - nie przychodź, płakała po tobie nie będę.

- Przykrzy ci się już wychodzić do mnie, przykrzy...

- Jakże, bo ino na mnie cięgiem huru-buru kiej na tego Łyska...

- Baczysz mi to, Jaguś, dyć mam swojego tylachna, że i nie dziwota, jak się
człowiekowi wypśnie to jakie słowo twarde, nie przez złość przeciech, nie -
szeptał pokornie i objąwszy ją tulił do siebie serdecznie, ale sztywna była,
zadąsana i jeśli oddała całunki, to jakby z musu, i jeśli odrzekła to jakie
słowo, to ino tak, by coś mówić, a cięgiem się rozglądała chcąc już wracać.

Czuł ci to dobrze, czuł, to jakby mu pokrzyw nakładli za pazuchę, tak go
zapiekło, aż szepnął z wyrzutem bojaźliwym:

- Pródzi nie bywało ci tak pilno...

- Bojam się, wszyscy w chałupie mogą mnie szukać...

- Juści, pródzi to choćby na całą noc się nie bojałaś, przemieniłaś się do
cna...

- Nie pleć, co się ta miałam przemienić?...

Przymilkli obejmując się mocno, czasem cisnęli się do się goręcej, sprzągani nagłym pożądaniem, szukając ust. swoich chciwie, porwani wspólną falą przypominków, poczuciem win czynionych względem siebie, żalem nad sobą, litością, głębokim pragnieniem utopienia się w sobie - ale nie poredzili, bo dusze odbiegały od siebie daleko, nie znajdowali słów pieszczonych i kojących, bo w sercach wrzały gorzkie urazy, tak żywe, iż bezwolnie rozplątały się im ramiona, chłodli do siebie i stali kiej te zimne słupy, że jeno serca biły im kołatliwie, a na wargach plątały się słowa czułości i pocieszenia. jakie chcieli sobie powiedzieć i nie poredzili.

- Miłujesz to mnie, Jaguś? - szepnął cicho.

- A bo raz ci to powiadałam? a bo nie wychodzę do cię, kiej jeno chcesz... - odparła unikliwie przysuwając się doń biedrem, bo żal jakiś ściskał jej duszę i napełnił oczy łzami, że zachciało się jej płakać przed nim a przepraszać, że go już miłować nie poradzi, ale on to wnet pomiarkował, bo ten głos padł mu lodem na serce, aż się zatrząsł cały z bólu, i złość, pełna wyrzutów i żalów niewstrzymanych, zalała mu serce.

- Cyganisz jak ten pies; wszyscy mnie odstąpili, to i tobie pilno za drugimi. Miłujesz mnie, juści, jak tego psa złego, który ugryźć może i przed którym ognać się trudno, juści! Przejrzałem cię na wylot, znam ja cię dobrze i wiem, bych mnie powiesić chcieli, pierwsza byś troków nie żałowała, bych ubić kamieniami, pierwsza byś rzuciła za mną! - gadał prędko.

- Jantoś! - jęknęła przerażona.

- Cichoj, póki swoje powiedam? - krzyknął groźnie podnosząc pięście. - Prawdę powiedam! A kiej do tego przyszło, to mi już wszystko zarówno, wszystko!

- Trza mi lecieć, wołają mnie ano! - jąkała chcąc uciekać, zestraszona wielce, ale ją przychwycił za rękę, że ni drgnąć nie mogła, i chrypliwym, złym, pełnym nienawiści głosem gadał:

- A to ci jeszcze powiem, bo swoją głupią głową nie miarkujesz, że jeślim na takie psy zeszedł, to i bez ciebie, bez to, żem cię miłował, rozumiesz, bez to! Za cóż to mnie ksiądz wypomniał i wygnał z kościoła kiej zbója, za ciebie! Za cóż to wieś cała mnie odstąpiła kiej parszywego, za ciebie! Wycierpiałem wszyćko, przeniosłem, nawet i na to nie pomstowałem, że ci stary mojego rodzonego grontu zapisał tylachna... A tobie się już mierzi że mną, wywijasz się kiej ten piskorz, cyganisz, uciekasz, bojasz się mnie i patrzysz na mnie jak wszystkie, kiej na tego mordownika i najgorszego! Innego ci już potrza, innego! rada byś, bych parobki za tobą ganiały kiej te psy na zwiesnę, ty!... - krzyczał zapamiętale i te wszystkie krzywdy, złoście, jakimi się karmił od dawna, jakimi jeno żył, zwalał na jej głowę, ją winił o wszystko, ją przeklinał za to, co przecierpiał, aż w końcu brakło mu już głosu i taka go złość porwała, że rzucił się do niej z pięściami, ale opamiętał się w ostatniej chwili, pchnął ją tylko na ścianę i spiesznie poszedł.

- Jezus mój, Jantoś! - krzyknęła z mocą zrozumiawszy z nagła, co się stało, ale nie nawrócił, rzuciła się za nim z rozpaczą, zabiegła drogę i czepiła mu się szyi, to ją oderwał od siebie kiej pijawkę, rzucił na ziemię i bez jednego słowa poleciał, a ona padła z płaczem okropnym, jakby się świat cały nad nią zawalał.

Dopiero w dobre parę pacierzy przyszła niecoś do siebie, nie mogąc jeszcze wyrozumieć wszystkiego, to jeno czuła okropnie, że stała się jej krzywda, stała się jej taka straszna niesprawiedliwość; iż serce rozpękało z bólu, dusiła się w sobie i chciało się jej krzyczeć ze wszystkich sił, na cały ten świat - jako niewinowata, niewinowata!

Wołała za nim, choć już i kroki jego ucichły, wołała w całą tę noc - na próżno.

Głęboka, ciężka skrucha i ten żal serdeczny, i ten strach głuchy, gnębiący, okropny, że może on już nie powróci, i tu miłowanie dawne, z nagła zmartwychwstałe, zwaliły się na nią ciężkim, twardym brzemieniem nieutulonych smutków, że już i na nic nie bacząc, ryczała w głos idąc do chałupy...

Na ganku zetknęła się z Kłębiakiem, któren jeno wsadził głowę do izby i krzyknął:

- Chłopski las rąbią! - i dalej poleciał.

Migiem ta wieść rozlała się po wsi, buchnęła kiej pożar ogarniając wszystkie serca strapieniem a gniewem srogim, że już drzwi się nie zamykały, tak biegali po chałupach z nowiną.

Juści, rzecz była wielka dla wszystkich i tak groźna, że cala wieś przycichła z nagła, jak kieby piorun uderzył, chodzili lękliwie, na palcach, gadali szeptem ważąc każde słowo, rozglądając się trwożnie i nasłuchując czająco, nikto nie krzyczał, nikto nie lamentował i nikto pomstą nie trząchał, bo każden czuł w tej minucie, że to nie przelewki, a sprawa taka, na którą babie piski nie poredzą, a ino mądre pomyślenie i to społeczne postanowienie.

Wieczór był już późny, ale śpik wszystkich odleciał, nie jedni kolacji odbieżeli, zapominali o obrządkach wieczornych, zapominali zgoła o sobie, a jeno się snuli po drogach, wystawali w opłotkach, to nad stawem, i szepty ciche, trwożne, przytajone drgały w mroku kiej ten brzęk pszczelny.

Czas też był cichszy, deszcz przestał, pojaśniało nawet zdziebko, po niebie leciały chmurzyska stadami, a dołem nisko przeciągał mroźny wiater, że ziemia jęła się ścinać w grudę i obmoknięte, czarne drzewa przybladły szroniejące, głosy zaś, choć przyduszone, szły wyraźniej.

Naraz się rozniosło, że poniektórzy gospodarze się zebrali i walą do wójta. Jakoż przeszedł Winciorek z kulawym Grzelą; przeszedł Caban Michał z Frankiem Bylicą, stryjecznym Hanczynego ojca; przeszedł Socha; przeszedł Walek z krzywą gębą, Wachnik Józek, Sikora Kazimierz, a nawet stary Płoszka - jeno Boryny nikto nie dojrzał, ale mówili, że i on poszedł.

Wójta doma nie było, bo zaraz po południu pojechał do kancelarii, to już wszystkie razem, całą kupą poszli do Kłęba, cisnęło się za nimi sporo ludzi, to bab, to dzieci, ale przywarli drzwi, nikogo już nie puszczając do środka, Kłębiak zaś Wojtek miał przykazane naglądanie po drogach i przy karczmie, czy się gdzie strażnik nie pokaże.

Przed domem zaś, w opłotkach, a nawet na drodze zbierało się coraz więcej narodu, każdy był ciekaw, co tam starszyzna uradzi, a radzili długo, jeno że nikto nie wiedział co i jak, bo ino przez okna widać było ich siwe głowy, w półkolu pochylone do komina, na którym się palił ogień, a z boku stojał Kłąb, cosik im prawił, pochylał się nisko i raz w raz bił pięścią w stół.

Niecierpliwość zaś rosła w czekających z minuty na minutę, aż w końcu Kobus, to Kozłowa, to i parobki niektóre zaczęli szemrać i głośno powstawać na radzących, że nic nie uradzą dobrego la narodu, bo im jeno o samych siebie chodzi, jako gotowi się jeszcze z dworem pogodzić, a resztę na zgubę podać!...

Kobus się już był tak rozsierdził wraz z komornikami i drugą biedotą, że już otwarcie namawiał, by nie zważając na radzących, o sobie pomyśleć, swoje uradzić, cosik postanowić; a rychło, póki czas, póki tamte ich nie sprzedadzą...

Jawił się na to Mateusz i zaczął nawoływać do karczmy, by tam swobodnie poradzić, a nie jak te pieski pod cudzym płotem naszczekiwać...

Trafiło to do serca narodowi, bo całą hurmą ruszyli do karczmy.

Żyd już światła gasił, ale musiał otworzyć i z trwogą patrzył na walącą się ciżbę, wchodzili w milczeniu, spokojnie, zajmując wszystkie ławy, stoły i kąty, nikto bowiem nie pił, a jeno kupili się gęsto poredzając z cicha i wyczekując, kto i z czym pierwszy wystąpi...

Nie brakowało skorych do pierwszeństwa, jeno że się jeszcze każden wagowował wystąpić i na drugich oglądał, aż dopiero Antek się wyrwał, na środek skoczył i ostro, z miejsca zaczął pomstować na dwór...

Ale choć wszystkim trafił prosto do serca, mało kto przytwierdzał, boczono się nań, patrzono zyzem, niechętnie, odwracano się nawet plecami, że to jeszcze zbyt żywo pamiętano księże wypominki, a i te jego grzeszne sprawki, nie zważał na to, a że go wnet poniesła zapamiętałość i jakby dziki bitkowy szał ogarniał, to z całej mocy krzyczał na końcu:

- Nie dajta się, chłopy, nie ustępujta, nie darujta krzywdy! Dzisiaj wama wzięli las, a jak się bronić nie będziecie, to jutro gotowi wyciągnąć pazury po ziemię waszą, po chałupy, po dobytek! Któż im wzbroni, kto się im sprzeciwi?...

Poruszył się nagle naród, pomruk głuchy poszedł po izbie, tłum się zakołysał gwałtownie, rozbłysły dziko oczy, sto pięści naraz wyrwało się nad głowy, i sto piersi ryknęło wraz, kieby piorunami.

- Nie damy! Nie damy! - huczeli, aż się karczma zatrzęsła od mocy.

Na to i czekali przodownicy, bo wnet Mateusz, Kobus, to Kozłowa, to potem i drugie rzucili się we środek i nuż krzyczeć, nuż pomstować a judzić... że wnet karczmę zalał wrzask, groźby, przekleństwa, tupania, bicie pięściami w stoły i hukliwa, sroga wrzawa zagniewanego narodu.

Każdy wołał swoje, każdy się srożył, każden co innego radził, że ciskali się zapamiętale, kiej te pieski w sieniach przywarte, których nie ma kto na świat wypuścić i poszczuć na nieprzyjacioły... To się i tumult srogi uczynił, krzyki i sprzeciwy, bo się naród oześlił i krzywdą swoją ostargał na wnątrzu, a na jedno zgodzić się nie mógł, bo nie było takiego, któren by swoją mocą wszystkich przeparł i do pomsty powiódł...

Kupami się zwierali, a w każdej był jakowyś pyskacz, któren wrzeszczał najgłośniej i pomstował, zaś wskroś gąszczu uwijali się przodownicy rzucając, gdzie trzeba było, to słowo ostre, że już w końcu jeden drugiego nie słyszał, bo wszyscy ano wraz krzyczeli. ,

- Pół lasu położyli, a takie dęby, że w pięciu chłopa nie obejmie.

- Kłębiak widział, Kłębiak!

- Wytną i resztę, wytną, nie będą waju prosili o przyzwoleństwo! - skrzeczała Kozłowa przeciskając się ku szynkwasowi.

- Zawdy naród krzywdzili, jak ino mogli.

- Kiej takie głupie barany jezdeśta, to niech waju zapędzają, kaj chcą...

- Nie dać się, nie dać! Gromadą iść, rozgonić, las odebrać!

- Zakatrupić krzywdzicieli!

- Zakatrupić! - wrzasnęli naraz i znowuj pięście się podniosły groźnie, krzyk buchnął ogromny i tłum cały zawrzał nienawiścią a pomstą, a gdy przycichło, Mateusz krzyczał przy szynkwasie do swoich:

- Ciasno jest wszystkim kiej w tej sieci, bo dwory wszędzie, ze wszystkich stron, kiej te ściany ściskają wieś i duszą, chcesz krowę popaść za wsią - w dworskie wnet utkniesz; konia wypuścisz - dworskie za miedzą; kamieniem ciepnąć nie można, bo w dworskie padnie!... a zaraz zajmą, zaraz sądy, zaraz sztrafy!

- Prawda! prawda! Łąka dobra dwa pokosy-daje - dworska juści; najlepsze pole - dworskie, las - dworskie - wszystko - przytakiwali.

- A ty, narodzie, na piaskach siedź, łajnem się ogrzewaj i zmiłowania Pańskiego czekaj!

- Odebrać lasy, odebrać ziemię! Nie dać swojego!

Długo tak krzyczeli ciepiąc się w różne strony, pomstując i pogrążając srogo, a że radzili głośno i z gorącością niemałą, to niejednemu trza się było napić gorzałki dla pokrzepienia, drugie zaś piwo la ochłody pili, a trzecim się przypominały nie dojedzone kolacje, że krzykali na Żyda o chleb i śledzie.

Ale gdy sobie podjedli a podpili, przestygli mocno z zawziętości i zaczęli się z wolna rozchodzić nic nie postanowiwszy.

Mateusz zaś wraz z Kobusem i Antkiem, któren już cały czas na boku się trzymał i cosik swojego kalkulował, poszli do Kłęba i zastawszy jeszcze gospodarzy, wspólnie z nimi uradzili coś na jutro i cicho rozeszli się po chałupach.

Noc też już było późna, światła pogasły w izbach, cichość padła na wieś, że jeno kiejś niekiej pies zaszczekał albo wiatr zaszumiał, że przemarzłe drzewiny tłukły się w mrokach o siebie kiej nieprzyjacioły, a potem długo i trwożnie szemrały. Przymrozek wziął galanty, płoty pobielały od szronu, ale jakoś zaraz z północka gwiazdy się skryły, pociemniało i zrobiło się na świecie posępnie, straszno jakoś...

Cały naród leżał we śpiku, ale sen był ciężki i gorączkowy, bo raz w raz zrywał się cichy płacz dzieciątek, to ktosik budził się cały w potach i takim strachu dziwnym, że pacierzem duszę krzepić musiał; gdzie znowu huki jakieś spać nie dawały, że zrywali się wyglądać, czy nie złodzieje; niejeden zaś krzyczał przez sen, powiedając potem, że zmora go dusiła; to gdziesik psy zawyły tak żałośnie, aż serca truchlały z trwogi, przerażających przeczuć i obaw.

Noc się wlekła długo i ciężko, oprzędzając dusze trwogą, niepokojem i strasznymi snami, pełnymi mar i widzeń gorączkowych.

A skoro się jeno uczynił świt, że chyla tyla rozedniało i jaki taki oczy ozwarł i ciężką, senną jeszcze głowę podnosił, Antek pobiegł na dzwonnicę i zaczął bić w dzwon kieby na pożar...

Próżno mu bronił Jambroży wespół z organistą, sklął ich, chciał nawet bić i swoje robił z całej mocy.

Dzwon zaś bił wolno, bezustannie a tak ponuro, aż strach padł na serca, że ludzie strwożeni, wylękli wybiegali na pół ubrani pytać, co się stało i ostawali już przed chałupami jakby w skamienieniu, tak zasłuchani, bo dzwon wciąż bił i huczał ponurym, wielkim głosem w świtowych brzaskach, aż ziemia dygotała, aż wystraszone ptactwo uciekało ku borom, a naród przetrwożony żegnał się i skrzepiał w sobie, boć już i Mateusz, Kobus a drugi biegali po wsi łomocząc kijami w płoty i krzycząc:

- Na las! Na las! Wychodź, kto żyw! Pod karczmę! Na las!...

To i na łeb i szyję przyodziewali się, że niejeden jeszcze w drodze się dopinał, a pacierz kończył i w dyrdy bieżał pod karczmę, gdzie już stojał Kłąb z niektórymi gospodarzami.

Zaroiły się wnet drogi, opłotki, obejścia, zawrzały naraz wszystkie chałupy, dzieci podniesły niemały wrzask, kobiety krzykały przez sady, rwetes powstał taki, bieganina, jak gdyby pożar wybuchnął we wsi.

- Na las! Kto ino ma z czym, kosę, to z kosą, cepy, kłonice, siekiery, a brać!

- Na las! - krzykiem tym trzęsło się powietrze i huczała wieś cała.

Dzień się już zrobił duży, a cichy był, jasny, omglony jeszcze i mroźny, drzewa stojały w osędzielinie kiej w pajęczynach, drogi chrupały pod nogami słabą grudzią, wody się ścięły, że pełno było zamarzłych kałuży kiej tego szkła potrzaskanego, w nozdrzach wierciło ostre, rzeźwe powietrze, a tak słuchliwe, że całym światem szły te krzyki a wrzawa.

Ale przycichało z wolna, bo zawziętość przejmowała serca i jakaś sroga, pewna siebie, nieustępliwa moc zakamieniła dusze i oblekała je w taką surową powagę, iż milkli bezwiednie zatapiając się w sobie.

Tłum wciąż się zwiększał, zajęli już cały plac przed karczmą aż do drogi, stojąc gęsto, ramię przy ramieniu, a jeszcze przybywali spóźnieni.

Witano się w milczeniu, kożden stawał, gdzie popadło, obzierał się naokół i czekał cierpliwie na starszyznę, która poszła po Borynę.

Pierwszy był ano we wsi, to jemu się należało naród poprowadzić, bez niego żaden gospodarz by się nie ruszył.

Stojali więc cierzpliwie a cicho, kiej ten bór zbity w gęstwę i zasłuchany w głosy, jakie z niego idą, i w te bełkoty strug, co gdziesik między korzeniami płyną... czasem jeno to jakie słowo przeleciało, czasem czyjaś pięść wychynęła w górę, to jakieś oczy rozgorzały bystrzej, to baranice zakolebały się mocniej, to czyjaś twarz poczerwieniała barzej i znowu nieruchomieli, że widzieli się kiej te_ snopy, ustawione wpodle siebie gęsto.

Kowal przyleciał, przeciskał wskroś gęstwy i zaczął naród odwodzić, straszyć, że za to, co zamyślają, cała wieś pójdzie w kajdany i zmarnieje, a za nim młynarz powtarzał to samo, ale nikto nie zważał na nich ni słuchał - wiedziano bowiem dobrze, że obaj dworowi się wysługują i swój mają interes w przeszkadzaniu.

I Rocho przyszedł, i ze łzami przekładał podobnie - nie pomogło.

Aż w końcu i ksiądz przyleciał i jął swoje prawić - nie usłuchali, stali nieporuszeni, nikt czapki nawet nie zdjął, nikt go w rękę nie pocałował, a ktosik nawet głośno, krzyknął:

- Płacą mu, to prawi!

- Kazaniem krzywdy nie zapłaci - ktosik dorzucił urągliwie.

A tak patrzyli ponuro i zawzięcie, że ksiądz się rozpłakał, nie przestając na wszystkie świętości zaklinać, by się opamiętali a do domów rozeszli, ale nie skończył, bo przyszedł Boryna, i cały naród do niego się odwrócił.

Maciej blady był kiej ściana i surowy, że aż mróz szedł od niego, ale oczy jarzyły mu się kiej wilkowi, szedł wyprostowany, chmurny a pewny siebie, znajomków pozdrawiał skinieniem i oczami po ludziach wodził, rozstąpiali się przed nim czyniąc wolne przejście, a on wstąpił na belki leżące pod karczmą, lecz nim przemówił, zaczęli w tłumie krzyczeć:

- Prowadźcie, Macieju! Prowadźcie!

- Na las! Na las! - darły się drugie.

Dopiero kiej przycichło, pochylił się, wyciągnął ręce
i jął wielkim głosem wołać:

- Narodzie chrześcijański, Polaki sprawiedliwe, gospodarze a komorniki! Krzywda się nam wszystkim stała, krzywda równa, jakiej ni ścierpieć, ni podarować! Dwór las nasz tnie, dwór nikomu z naszych roboty nie dawał, dwór cięgiem na nas nastaje i do zaguby wiedzie!... Bo i nie spamiętać mi tych krzywd, tych fantowań, tych szkód, a utrapień, jakie cały naród ponosi! Podawalim do sądu - co mu kto zrobi! Jeździlim ze skargą - na darmo. Ale miarka się przebrała, tnie nasz bór! Pozwolim to, na to, co?

- Nie, nie! nie dać! Rozpędzić, zakatrupić, nie dać!- krzyczeli, a twarze szare, chmurne, zasępione rozbłysły wnet kiejby piorunami, sto pięści zamigotało w powietrzu i sto gardzieli zaryczało, a gniew zatrząsł sercami.

- Nasze prawo, a nikto go nam nie przyznaje. Nasz bór, a tnie go! To i cóż my, sieroty, poczniemy, kiej nikt na ;wiecie o nas nie stoi, a wszystkie ukrzywdzają, cóż?... Narodzie kochany, ludzie chrześcijańskie, Polaki, .to mówię wama, że rady już inszej nie ma, jeno sami musimy swojego dobra bronić, gromadą całą iść i boru rąbać nie pozwolić! Wszystkie chodźmy, kto jeno żyw, kto jeno kulasami rucha, całą wsią, wszystkie jak jeden! Nie bójta się niczego, ludzie, nie bójta, nasze prawo, to i nasza wola i sprawiedliwość nasza, a całej wsi karać nie ukarzą. Za mną, ludzie, zbierać się duchem, za mną! Na las! - ryknął mocno.

- Na las! - odwrzasnęli wraz wszyscy, rum się uczynił, tłum się zakołysał, rozpękł i z krzykiem każden w dyrdy leciał do domu sposobić się, że powstała gorączkowa spieszna krzątanina, przybierania się, zaprzęgi, wyciągania sań, rżenie koni, wrzaski dzieci, klątwy, to kobiece lamenty, że ino się wieś trzęsła od przygotowań, a może w jakie dwa pacierze już narychtowani ciągnęli na topolową, gdzie czekał Boryna w saniach wraz z Płoszką, Kłębem i co pierwszymi.

Ustawiali się w rzędy, jak komu popadło, chłopy, parobki, kobiety, dzieci nawet co starsze ruszyły; kto był saniami, kto konno, kto wozem, a reszta, wieś prawie cała na piechty się wybrała i zwarła się w gęstwę kieby w ten zagon długi, szumiący zbożem, przerośnięty czerwienią kobiecych przyodziewków, nad którym ino się trzęsły koły niezgorsze, to widły zardzewiałe, to cepy, a tu i owdzie kiej błyskawica zamigotała kosa, że jakby na rolę ciągnął naród, jeno że nie było śmiechów, żartów i wesela. Stali w cichości, omroczeni, surowi, gotowi na wszystko, a gdy już nastał czas, Boryna wstał w saniach, ogarnął naród oczami i krzyknął żegnając się:

- W imię Ojca i Syna, i Ducha świętego! Amen, w drogę !

- Amen! Amen! - przywtórzyli, a że zaświegotała właśnie sygnaturka, snadź ksiądz ze mszą wychodził, żegnano się, zdejmowano czapki, bito się w piersi, a jaki taki - westchnął żałośnie i ruszali sfornie, mocno i w milczeniu, i całą prawie wsią, jeno kowal przywarł gdziesik w opłotkach, przebrał się do chałupy, skoczył na konia i popędził bocznymi drogami ku dworowi, Antek zaś któren był od samego zjawienia się ojca skrył się w karczmie, skoro ruszyli, wziął od Żyda fuzję, schował ją pod kożuch i pognał do borów na przełaj przez pola... nie oglądając się nawet za gromadą...

A naród ruszył żwawo za Boryną, jadącym na przedzie.

Tuż za nim ciągnęły Płoszki, ilu ich było z trzech chałup, ze Stachem na przedzie, naród był nieurodny, ale pyskaty szumny i wielce w siebie dufający.

A za nimi Sochy, których wiódł sołtys.

A trzecie były Wachniki, chłopy drobne, suche, ale zajadłe kiej osy.

A czwarte szły Gołębie Mateusz im przewodził, niewiela ich, było, jeno że starczyli za pół wsi, bo same zabijaki nieustępliwe i rozrosłe kiej dęby.

A piąte Sikory, krępe niby pnie, żylaste i mrukliwe.

A potem Kłębiaki i młódź druga, wyrosła, bujna, swarliwa i na bitki wszelkie łakoma, którą prowadził Grzela, wójtów brat.

A w końcu Bylice szły, Kobusy, Pryczki, Gulbasy, Paczesie, Balcerki i kto by je tam wszystkie spamiętał!...

Szli mocno, aż się ziemia trzęsła, posępni, kwardzi a groźni kiej ta chmura gradowa, co to jeno połyskuje, nabrzmiewa piorunami, głuchnie, a leda chwila spadnie i świat cały roztratuje.

A za nimi niesły się płacze, wrzaski i lamenty pozostałych.

. . . .

Świat był jeszcze zmartwiały od nocnego chłodu, pełen sennej głuszy i spowity w lute i szkliste mgły.

Cichość zalegała bory, ziąb przeciągał ostry i słaby brzask zórz oczerniał czuby i sypał się gdzieniegdzie na śniegi blade.

Jeno na Wilczych Dołach grzmiały huki walących się raz po raz drzew, bicie siekier i przeszywający, zgrzytliwy pisk pił.

Walili bór!...

Więcej niźli czterdzieści chłopa pracowało od samego świtania; kieby to stado dzięciołów spadło na bór, przypięło się do drzew i kuło tak zawzięcie i zajadle, że drzewa padały jedne po drugich, poręba rosła, pocięte olbrzymy leżały pokotem niby łan stratowany, a jeno kajś niekaj niby te osty kwarde sterczały smukłe nasienniki pochylając się ciężko jako matki żałośnie płaczące nad pobitymi, kajś niekaj szeleściły smutno krze nie docięte, to jakaś drzewina - mizerota, której topór nie chycił, dygotała trwożnie - a wszędy, na płachtach śniegów podeptanych, niby na tych całunach ostatnich, leżały pobite drzewa, kupy gałęzi, wierzchoły martwe i kloce potężne, obdartym i poćwiertowanym trupom podobne, zaś strugi żółtych trocin rozsączały się w śniegach kieby ta żałosna krew lasu.

A wokół nad porębą, niby nad grobem otwartym, stał las zbitą, wyniosłą i nieprzeniknioną ciżbą, jako te przyjacioły, krewniaki a znajomkowie, co gęstwą stanęli pochyloną i w trwożnym milczeniu, z tłumionym krzykiem rozpaczy nasłuchują padających w śmierć i patrzą zdrętwiali na nieubłaganą kośbę.

Bo rębacze szli naprzód nieustannie, rozwiedli się w szeroką ławę i z wolna, w milczeniu wpierali się w bór, zda się niezmożony, któren posępną, wyniosłą ścianą pni zwartych zastępował im drogę, a tak przysłaniał ogromem, że ginęli zgoła w cieniu konarów, jeno topory błyskały w mrokach i biły niestrudzenie, jeno świst pił nie ustawał ani na chwilę, a co trochę drzewo się jakieś chwiało i z nagła, kiej ten ptak zdradnie pochwycony we wnyki, odrywało się od swoich, biło gałęziami i z jękiem śmiertelnym padało na ziemię - a za nim drugie, trzecie, dziesiąte...

Padały sosny ogromne, już od starości ozieleniałe, padały jedle, kieby w zgrzebne kapoty przyodziane, padały świerki rozłożyste, padały i dęby bure, brodami siwych mchów obrosłe kiej te starce, których pioruny nie zmogły i setki lat nie skruszyły, a topory na śmierć powiedły, a inszych zasie tyle podlejszych drzew, któż to wypowie, ile a jakich padało!

Las marł z jękiem, drzewa padały ciężko jako te chłopy w boju ściśnięte a parte jedne przez drugie, nieustępliwe, krzepkie, jeno że bite mocą niezmożoną, iż ni "Jezus!" krzyknąć nie krzykną i wraz całą ławą się chylą, i w lutą śmierć padają.

Jęk jeno rozbrzmiewał po lesie, ziemia drgała cięgiem od zwalonych drzew, siekiery waliły bez przestanku, zgrzyt pił nie ustawał, a świst gałęzi, niby ten wzdych ostatni, przedzierał powietrze.

I tak szły godziny za godzinami, a coraz nowe pokosy drzew zalegały porębę i robota nie ustawała.

Sroki krzyczały wieszając się po nasiennikach, to czasem stado wron przeciągało z krakaniem nad tym polem śmierci, to zwierz jaki wysuwał się z gęstwiny, stawał na skraju i długo wodził szklistymi oczami po skołtunionych dymach ognisk, po drzewach padających, a dojrzawszy ludzi z bekiem uciekał.

A chłopi rąbali zawzięcie wżerając się w bór kiej te wilki, gdy stada dopadną, a ono się zbije w kupę i zdrętwiałe śmiertelnie, pobekujące, czeka, póki ostatnia owieczka nie padnie pod kłami.

Dopiero po śniadaniu, gdy słońce podniosło się do tela, że osędzielizna jęła skapywać, a złote pająki światła pełzały wskroś boru, dosłyszał ktosik daleką wrzawę.

- Ludzie jakieś idą całą gromadą - rzekł któryś przyłożywszy ucho do drzewa.

Jakoż i gwar był coraz bliższy i wyraźniejszy, że wnet rozległy się pojedyncze okrzyki i głuchy tupot wielu nóg, a nie wyszło i Zdrowaś, kiedy na dróżce biegnącej od wsi zamajaczyły sanie, które wnet wypadły na porębę, stojał w nich Boryna, a za nim konno, wozami i piechty wysypywał się gęsty tłum kobiet, chłopów i wyrostków, a wszystko to podniósłszy srogi krzyk jęło gnać ku rębaczom.

Boryna wyskoczył ze sani i pognał przodem; za nim zaś, gdzie kto ino wziął miejsce, lecieli drudzy, kto był z kijem, kto znów groźnie potrząsnął widłami, któren cepy dzierżył mocno w garści, inszy kosą migotał, a inszy jeszcze z prostą gałęzią, a jak kobiety, to prosto z pazurami i wrzaskiem, a wszystkie runęli na przerażonych rębaczów.

- Nie rąbać! Wara od boru! Nasz las, nie pozwalamy! - wrzeszczeli razem, że i nikto nie wyrozumiał, czego chcieli, dopiero Boryna przystanął przy struchlałych i ryknął, że na cały las się rozległo:

- Ludzie z Modlicy! ludzie z Rzepek i skąd to jeszcze jesteśta, słuchajcie!

Przycichło zdziebko, a on znowu wołał: - Zabierzta, co wasze, i idźta z Bogiem, rąbać wzbraniamy, a który by nie usłuchał, z całym narodem miał będzie sprawę...

Nie opierali się, boć srogie twarze, kije, widły, cepy i tyla narodu rozgniewanego, gotowego do bitki, strachem przejmowało, to zaczęli się zmawiać, skrzykiwać, topory za pas zakładać, piły zbierać i kupić się do się z pomrukiem gniewnym, a zwłaszcza Rzepczaki, że to szlachta była i od wieków w kłótniach sąsiedzkich z Lipczakami, to wyklinali w głos, trzaskali toporami, odgrażali się, ale chcąc nie chcąc ustępowali przed siłą, a naród zaś krzykał groźnie, następował na nich i wypierał w bór.

Insi zaś rozbiegli się po porębie gasić ogniska i rozwalać poukładane sążnie, a baby, z Kozłową na przedzie, dojrzawszy budy zbite z desek na kraju poręby pognały tam i nuż je rozdzierać a rozwłóczyć po lesie, by i śladu nie zostało.

Boryna zaś, skoro rębacze ustąpili tak łacno, skrzykiwał gospodarzy i namawiał, bych całą gromadą do dwora teraz iść i zapowiedzieć dziedzicowi, aby się nie ważył lasu ruszyć, póki sądy nie oddadzą, co jest chłopskiego. Ale nim się zmówili, nim wymiarkowali, co zrobić, aby było jak najlepiej, baby podniesły krzyk i zaczęły bezładnie uciekać od bud, bo kilkanaście koni wypadłych z lasu jechało im na karkach...

Dwór uprzedzony przybywał rębaczom na pomoc.

Na czele parobków jechał rządca, wpadli na porębę ostro i zaraz z miejsca dopadłszy kobiet zaczęli je prać batami, a rządca, chłop kiej tur, bił pierwszy i krzyczał:

- Złodzieje, wszarze! Batami ich! W postronki, do kryminału!

- Kupą, kupą, do mnie, nie dawać się! - wrzeszczał Boryna, bo naród już się rozlatywał zestrachany, ale na ten głos powstrzymywali się w miejscu i nie bacząc na baty, prażące niejednych już po łbach, w dyrdy, osłaniając rękami głowy, biegli do starego.

- Kijami psubratów! Cepami w konie! - krzyczał rozsrożony stary i porwawszy jakiś kół pierwszy rzucił się na dworskich; a prał, gdzie popadło; za nim zaś, kiej ten bór wichurą gniewu przejęty, zwarły się chłopy ramię w ramię, cepy przy cepach, widły przy widłach i z krzykiem ogromnym runęli na dworskich prażąc, czym kto ino mógł dosięgnąć, aż zadudniało, jakby kto groch na podłodze kijem wyłuskiwał.

Podniesły się wrzaski nieludzkie, przekleństwa, kwiki przetrącanych koni, jęki rannych, głuche a gęste razy kołów, szamotania chrapliwe i dzikie pokrzyki pobojowiska.

Dworscy bronili się tęgo, wymyślali i bili niezgorzej od chłopów, ale zaczęli się w końcu mieszać i cofać, bo konie smagane cepami stawały dęba i z kwikiem nawracały ponosząc, aż rządca, widząc, co się dzieje, spiął swojego ułanka i skoczył w całą kupę narodu, ku Boryrnie, ale ino tyla go było widać, bo naraz zawarczały cepy i kilkadziesiąt bijaków spadło na niego, a kilkadziesiąt rąk chwyciło go ze wszystkich stron i wyrwało z konia, że kiej ten kierz, ryjem podważony, wyleciał w powietrze i padł w śnieg, pod nogi, iż ledwie go Boryna ochronił i zawlókł nieprzytomnego w przezpieczne miejsce.

Skłębiło się wtedy wszystko z nagła, jak kiedy wicher uderzy niespodzianie w kopy, zamąci, że jeno jeden kłęb nierozeznany się uczyni, tacza po polu i przewala po zagonach; krzyk się podniósł straszny i taki zamęt, taki wir, że już nic nie było widno, kromie splątanych kup tarzających się po śniegach, kromie pięści walących z wściekłością, a czasem jakiś wydzierał się z kupy i uciekał kiej oszalały, ale nawracał wnet i z nowym krzykiem, z nową wściekłością rzucał się do bitki.

Prali się w pojedynkę i kupami, wodzili za orzydla, to za łby, gnietli kolanami, ozdzierali do żywego mięsa. a przeprzeć się jeszcze nie mogli, bo dworscy pozeskakiwali z koni, nie ustępując ani na krok, ile że przybywała im ciągła pomoc, bo rębacze przeszli na ich stronę i tęgo wspierali; pierwsze Rzepczaki hurmą a milczkiem kiej te złe psy rzucili się pomagać, a wiódł wszystkich borowy, któren w ostatniej chwili się zjawił, że zaś chłop był jak byk, mocarz głośny na okolicę, a przy tym zadzierżysty i swoje sprawy z Lipcami mający, to pierwszy się rzucał w pojedynkę na całe kupy, rozbijał łby kolbą fuzji, rozpędzał i tak prał, że niech Bóg broni!

Poszedł nań Stacho Płoszka, by go wstrzymać, bo już naród zaczął przed nim uciekać, to go uchwycił za orzydle, okręcił nad sobą i rzucił na ziem kiej ten snopek wymłócony, aż Stacho padł nieprzytomny. Skoczył doń któryś z Wachników i trzasnął go cepami gdziesik w ramię, ale dostał na odlew pięścią między oczy, że jeno ozwarł ramiona i z tym słowem "Jezus!" rymnął na ziemię.

W końcu już i Mateusz nie wytrzymał i rzucił się do niego, ale choć chłop był w mocy jednemu Antkowi równy, nie wytrzymał i pacierza, borowy go zmógł, sprał; w śniegu utyłał i do ucieczki przyniewolił, a sam ruszył ku Borynie, któren w kupie całej wodził się za łby z Rzepczakami, ale nim się doń dobrał, opadły go z wrzaskiem baby, przechwyciły pazurami, wpięły mu się w kudły, splątały i przygiąwszy do ziemi wodziły się z nim - jako te kundle, kiej psa owczarskiego opadną, kłami za skórę ujmą i ciepią się że nim to w tę, to w ową stronę.

Ale już pod ten czas i naród brał górę, zwarli się i pomieszali kiej te liście, każden swojego ułapił, dusił i taczał się z nim po śniegu, a baby dopadały z boków i darły za kudły.

Wrzask było ano już taki, zamęt, kotłowanina, że swój swojego ledwie rozpoznał, ale w końcu przeparli dworskich, paru już z nich leżało pokrwawionych, a insze zaś zmordowane, osłabłe, chyłkiem uciekały w las, tylko rębacze bronili się ostatkami sił, a nawet gdzieniegdzie prosili o miłosierdzie, ale że naród był rozsrożony jeszcze barzej na nich niźli na dworskich, że rozgorzał kiej ta żagiew na wietrze, to próśb nie słuchał i na nic nie baczył, jeno prał z całą wściekłością.

Porzucali kije, cepy, widły, a. zwarli się na moc, chłop z chłopem, pięść na pięść, siła na siłę, gnietli się tak ano, dusili, ozdzierali, kulali po ziemi, że już przymilkły wrzaski, a tylko ciężkie charczenia, klątwy a szamotania słychać było.

Taki się sądny dzień zrobił, że i wypowiedzieć nie sposób !

Ludzie poszaleli prawie, zawziętość nimi rzucała i gniew ponosił, a zwłaszcza Kobus z Kozłową widzieli się całkiem powściekani, że aż strach było na nich patrzeć, tak byli okrwawieni, pobici, a mimo to rzucający się na całe kupy.

Tak się ano przepierali jeszcze, a z coraz większym krzykiem Lipczaków, że już się zaczynały gonitwy uciekających i bicie w dziesięciu jednego, gdy borowy opędził się wreszcie babom, ale srodze poturbowany i przeto jeszcze wścieklejszy zaczął skrzykiwać swoich, a dojrzawszy Borynę skoczył na niego, chycili się wpół, opletli barami kiej niedźwiedzie i nuż się przepierać a zataczać, a bić o drzewa, bo się już byli wywiedli w bór.

Na to właśnie nadleciał Antek, spóźnił się wielce, więc przystanął na skraju boru, by złapać nieco powietrza i wnet dojrzał, co się z ojcem dzieje.

Zatoczył dookoła jastrzębimi ślepiami, nikto na nich nie baczył, wszystkie ano były w takiej bitce, w takim pomieszaniu, że ni jednej twarzy nie rozeznał, więc cofnął się, chyłkiem przedostał się do Boryny i przystanął o parę kroków za drzewem.

Borowy przemagał, ciężko mu szło, bo już był srodze zmordowany, a i stary trzymał się krzepko, padli właśnie na ziemię, tarzając się kiej dwa psy i tłukąc o ziemię, ale coraz częściej stary był na spodzie, czapa mu zleciała, że jeno ten siwy łeb podskakiwał po korzeniach.

Antek raz się jeszcze obejrzał, wyciągnął flintę spod kożucha, przykucnął i przeżegnawszy się bezwiednie, zmierzył do ojcowej głowy... nim jednak spuścił kurek, porwali się obaj na nogi, Antek też się podniósł i fuzję przyłożył do oka - nie strzelił jednak, strach nagły, okropny ścisnął mu tak serce, że ledwie mógł dychać, ręce mu latały kiej w febrze, zadygotał cały, w oczach pociemniało i tak się zakręciło w głowie, że stał długą chwilę, nie wiedząc zgoła, co się z nim dzieje, naraz rozległ się krótki, przerażający krzyk:

- Ratujta, ludzie!... Ratujta!...

Borowy właśnie w ten mig trzasnął Borynę kolbą przez łeb, aż krew chlusnęła, stary jeno zakrzyczał, podniósł ręce do góry i padł kiej kloc na ziemię...

Antek oprzytomniał, rzucił fuzję i skoczył do ojca; stary jeno charczał, krew zalewała mu twarz, głowę miał prawie na pół rozłupaną, żyw był jeszcze, ale już oczy zachodziły mu mgłą i kopał nogami.

- Ociec! Mój Jezus! Ociec! - wrzasnął strasznym głosem, porwał go na ręce, przytulił do piersi i zaczął wniebogłosy krzyczeć:

- Ociec! Zabili go! Zabili! - wył kiej ta suka, gdy jej dzieci potopią.

Aż kilkoro ludzi co najbliższych posłyszało i przybiegło na ratunek; złożyli pobitego na gałęziach i jęli śniegiem obwalać mu głowę i ratować, jak ino poredzili. Antek zaś przysiadł na ziemi, targał się za włosy i krzyczał nieprzytomnie:

- Zabili go! Zabili!

Aż myśleli, iż mu się z nagła w głowie popsuło.

Naraz ucichł, przypomniał sobie z nagła wszystko i rzucił się do borowego. z krzykiem przerażającym i z takim szaleństwem w oczach, że borowy się zląkł i zaczął uciekać, ale czując, że go tamten dogania, odwrócił się raptem i strzelił mu prawie prosto w piersi, nie trafił go jednak jakimś cudem, tyle jeno, że twarz osmalił, a Antek zwalił się na niego jak piorun.

Próżno się bronił, próżno wymykał, próżno przywiedziony rozpaczą i strachem śmiertelnym o zmiłowanie prosił - Antek porwał go w pazury kiej ten wilk wściekły, zdusił za gardziel; aż grdyka zachrzęściała, uniósł do góry i tłukł nim o drzewa potąd, póki ostatniej pary nie puścił.

A potem jakby się zapamiętał, że już nie wiedział, co robił; rzucił się w bitkę, a tam, kędy się zjawił, serca truchlały, ludzie uciekali ze strachem, bo straszny był, umazany ojcową krwią i swoją, bez czapki, z pozlepianym włosem, siny kiej trup, okropny jakiś a tak nadludzko mocny, że prawie sam jeden zmordował i pobił tę resztę dających opór, aż musieli go w końcu uspokajać i odrywać, boby zabijał na śmierć...

Bitka się skończyła i Lipczaki, choć zmordowani, pokaleczeni, okrwawieni, napełniali las radosną wrzawą.

Kobiety opatrywały co ciężej rannych i przenosiły na sanie, a było ich niemało, Kłębiak jeden miał złamaną rękę, Jędrzych Pacześ przetrącony kulas, że stąpić nie mógł i darł się wniebogłosy, kiej go przenosili, Kobus zaś był tak pobity, że się ruchać nie mógł, Mateusz żywą krew oddawał i na krzyż narzekał, a insi też ucierpieli nie gorzej, że prawie nie było ani jednego, który by cało wyszedł, ale że górę wzięli, to i na ból nie bacząc pokrzykali wesoło a rozgłośnie - i zabierali się do powrotu.

Borynę złożyli w saniach i wieźli wolno bojąc się, by w drodze nie zamarł, nieprzytomny był, a spod szmat wciąż wydobywała się krew zalewając mu oczy i twarz całą, blady był jak płótno i zupełnie podobny do trupa.

Antek szedł przy saniach, wpatrzony przerażonym wzrokiem w ojca, podtrzymywał mu głowę na wybojach i raz wraz bełkotał cicho, prosząco, żałośnie:

- Ociec! Loboga, ociec!...

Ludzie szli bezładnie, kupami, jak komu lepiej było, a lasem, bo środkiem drogi szły sanie z poranionymi, jaki taki jęczał i postękiwał, a reszta śmiała się głośno, pokrzykując wesoło i szumnie. Zaczęli opowiadać sobie różności, a przechwalać się z przewagi i przekpiwać z pokonanych, gdzieniegdzie już i śpiewy zaczęły się rozlewać, ktoś znów krzykał na cały bór, aż się rozlegało, a wszyscy byli pijani triumfem, że niejeden zataczał się na drzewa i potykał o lada jaki korzeń..,

Mało kto czuł pobicie i zmęczenie, bo wszystkie serca rozpierała nieopowiedziana radość zwycięstwa, wszyscy pełni byli wesela i takiej mocy, że niechby się kto sprzeciwił, na proch by starli, na cały świat by się porwali.

Szli mocno, głośno, hałaśliwie, tocząc jarzącymi oczami po tym borze zdobytym, któren chwiał się nad głowami, szumiał sennie i sypał na nich rosisty opad osędzielizny, kieby tymi łzami pokrapiał.

Naraz Boryna otworzył oczy i długo patrzał w Antka, jakby sobie nie wierząc, aż głęboka, cicha radość rozświeciła mu twarz, poruszył ustami parę razy i z największym wysiłkiem szepnął:

- Tyżeś to, synu?... Tyżeś?...

I omdlał znowu.

www.ingramcontent.com/pod-product-compliance
Lightning Source LLC
Chambersburg PA
CBHW020609270626
47155CB00022BA/337